Jens Henrik Jensen
Oxen

»Es würde keine schnelle Lösung geben. Seine einzige Chance auf einen Freispruch lag darin, die Schuld der dunklen Männer zu beweisen. Irgendwo auf dem Weg zum Zentrum der Macht lag der Schlüssel zu seiner Freiheit.«

Niels Oxen lebt und arbeitet unter falschem Namen auf einer abgelegenen Fischzucht in Jütland. Der ehemalige Elitesoldat wird noch immer von seinen Albträumen gequält. Eines Tages wird Museumsdirektor Malte Bulbjerg auf Nyborg Slot ermordet. Ihm hatte Oxen zuvor geheimes Material über den Danehof zukommen lassen. Margrethe Franck gelingt es schließlich, Oxen aufzuspüren. Allerdings kann sie ihn nicht davon überzeugen, sich mit Axel Mossman zu treffen. Nach wie vor ist Oxen nicht klar, welche Rolle der Geheimdienstchef im Zusammenhang mit dem Danehof spielt. Doch dann tauchen die dunklen Männer des Danehof in Oxens Versteck auf, und ihm bleibt keine andere Wahl, als Mossmans Kooperationsangebot anzunehmen.

Jens Henrik Jensen wurde 1963 in Søvind, Dänemark, geboren und hat viele Jahre als Redakteur und Ressortleiter für die Tageszeitung ›JydskeVestkysten‹ gearbeitet. Mit seinen Thrillern um den Ex-Elitesoldaten Niels Oxen und der SØG-Reihe um die Ermittlerin Nina Portland wurde er zum Shootingstar der skandinavischen Krimiszene und eroberte auch in Deutschland die Bestsellerlisten.

JENS HENRIK JENSEN

OXEN

DER DUNKLE MANN

Thriller

Aus dem Dänischen von
Friederike Buchinger

dtv

Von Jens Henrik Jensen
sind bei dtv außerdem erschienen:
Oxen – Das erste Opfer
Oxen – Gefrorene Flammen
Oxen – Lupus
Oxen – Noctis
Oxen – Pilgrim
SØG – Dunkel liegt die See
SØG – Schwarzer Himmel
SØG – Land ohne Licht
EAST – Welt ohne Seele
EAST – Auf tiefem Grund

MIX
Papier aus verantwortungsvollen Quellen
FSC® C019821
FSC
www.fsc.org

Ungekürzte Ausgabe 2019
6. Auflage 2024
dtv Verlagsgesellschaft mbH & Co. KG, München

Titel der dänischen Originalausgabe:
›De mørke mænd‹ (JP/Politikens Hus A/S, Kopenhagen 2014)

Umschlaggestaltung: dtv nach einem Entwurf von Stoltzedesign
unter Verwendung eines Fotos von gettyimages/Ralph Wetmore
Satz: Fotosatz Amann, Memmingen
Gesetzt aus der Minion 10/13,6˙
Druck und Bindung: Druckerei C.H.Beck, Nördlingen
Printed in Germany · ISBN 978-3-423-21786-6

1.

Die Ratte saß am Rand des Mondes, fett und selbstgefällig. Ihre Silhouette zeichnete sich messerscharf gegen die bleiche Himmelsscheibe ab.

Riesengroße Douglasien, zahllose Fichten, in Reih und Glied aufgestellt und im Osten ergänzt von einigen winterkahlen Lärchen, bildeten eine schwarze, gezackte Kulisse und rahmten die Welt der Ratte ein.

Wie ein Großmogul saß sie reglos da oben und genoss ihr Reich unter den Sternen. Sie ließ sich nicht einmal zu einem flüchtigen Blick auf das armselige Geschöpf herab, das dort unter ihr lag.

Seine Augen öffneten sich nur widerwillig. Er schwebte. In Zeit und Raum. Die Fähigkeit, in Sekundenschnelle hellwach zu sein, diese kostbare Rettungsleine, geflochten in den vielen Jahren in gefährlichen Regionen, hatte nachgelassen.

Er lag einfach ganz still da. Seine Sinne absorbierten die Dunkelheit. Er hob den Blick – und sah sie, die Ratte.

Erst als er sich bewegte und das Stroh raschelte, gab das Biest seine erhabene Pose auf, trippelte demonstrativ langsam über den Hahnenbalken davon und verschwand.

Die Landschaft war in silbernes Licht getaucht. Bassins und Brunnen, so weit das Auge reichte. Er war zurück am Peterhof des Zaren. Seltsam eigentlich …

Die Augenlider wurden ihm wieder schwer und fielen zu.

Irgendwo tief in seinem Unterbewusstsein zog eine vage Duftspur vorbei. Blühender Jasmin und morgendlicher Sex …

Schloss Peterhof, das russische Versailles bei Sankt Petersburg.

Im August. Er konnte ihr glucksendes Lachen hören. Die Ringe glänzten und fühlten sich noch so ungewohnt an ihren Fingern an. Birgitte in einem dünnen Baumwollkleid im Gegenlicht am Finnischen Meerbusen. »Bis dass der Tod euch scheidet.«

Er riss die Augen auf und drückte sich auf die Ellenbogen hoch.

Doch, da draußen durchschnitt ein Kanal die flache Landschaft, da waren auch einige Becken, und ein paar Fontänen versprühten ihr glitzerndes Silber – aber …

Er ließ sich schwer ins Stroh zurücksinken. Ein schwacher Gestank nach Misthaufen kroch ihm in die Nase. Sollten die Fontänen nicht eigentlich golden sein? Ein Zar gab sich nicht mit Silber zufrieden.

Mit einem Ruck setzte er sich auf und kehrte in die Wirklichkeit zurück. An der einen Wand fehlten gleich mehrere Bretter, und eisiger Wind fuhr durch den Schuppen. Er schlug die Kapuze des Schlafsacks hoch und zog sie enger zu. Es war arschkalt. Um die null Grad. Wenigstens dämpfte die Kälte den Gestank.

Vor den Büschen rechts vom Kanal konnte er eine Handvoll Schafe ausmachen. Die hatten ihm also das Nest verdreckt. Aber abgesehen davon war der Strohhaufen trocken und gemütlich. Er hatte schon in schlechteren Betten geschlafen. Viel schlechteren. Und gefährlicheren.

Ein paar Hundert Meter zu seiner Linken stand ein kleines weiß gekalktes Haus. Hinter den Fenstern brannte Licht, aber sonst gab es kein Anzeichen von Leben.

Sankt Petersburg war ferne Vergangenheit.

Er ließ den Blick wieder über die Landschaft gleiten, die jetzt im Licht der Erkenntnis nackt vor ihm lag. Die Fischzucht in der kleinen Senke und sein Lager unter dem Blechdach waren die Gegenwart. Es war nicht mehr als eine Feststellung, ohne Schmerz, ohne irgendetwas anderes. Er befand sich in Mitteljütland, irgendwo zwischen Brande und Sønder Felding. Der Kanal führte nicht in den Finnischen Meerbusen, sondern in den Skjern Å, und die

Fontänen versprühten kein Silber, sondern gefiltertes Wasser für die Forellen.

Gestern hatte er in einem Schuppen bei Nørre Snede übernachtet, und nur die Götter wussten, wo er morgen schlafen würde.

Erst jetzt fiel es ihm wieder ein: Dieser Abend war kein gewöhnlicher Abend. Es war ein Status-Abend. Der beste Zeitpunkt für den mentalen Kassensturz. Die Königin tat es, der Staatsminister tat es – und ihn selbst hatte der Gedanke gestreift wie ein Projektil.

Es war Silvester.

Er drückte auf den Knopf seiner Armbanduhr. 23:57. Es hätte auch keinen Unterschied gemacht, wenn er den Jahreswechsel verschlafen hätte, aber jetzt war er nun einmal wach. In drei Minuten fing die Rathausuhr in Kopenhagen an zu läuten. Er sah sich wieder um. Hier war es so still, dass man sogar hören könnte, wenn eins der Schafe ein Wollbüschel verlor.

In Birgittes Familie war es Tradition gewesen, sich an den Händen zu fassen und von einem Stuhl oder Schemel gemeinsam ins neue Jahr zu springen. Für so etwas hatte man in seiner Familie weder genug Fantasie noch Wagemut gehabt. Sie waren immer gesprungen, er und Birgitte. Und sie hatten es sogar geschafft, ein paar Jahre lang mit Magnus in der Mitte zu springen.

Ein großes Tier glitt direkt vor seinem Schuppen durch die Luft. Eine Eule flog ins neue Jahr. Gleich würde sie sich auf einen Ast setzen und ihren Mageninhalt hochwürgen – und sich damit kein bisschen von so vielen anderen in dieser Nacht unterscheiden.

In wenigen Minuten sang der Mädchenchor von Danmarks Radio im Fernsehen. Sekt, Gläserklirren und Neujahrskuchen. Besoffene Männer, Feuerwerk und in den frühen Morgenstunden dann eine kurze Lunte. Er war dabei gewesen. Viel zu oft.

00:00. Von den umliegenden Höfen wurde ein Schwarm Silvesterraketen in den Nachthimmel abgefeuert. Sie explodierten hoch oben, bildeten Wolken aus Gold und Silber, während einzelne laute Böller durch die Dunkelheit knallten. Er hasste Feuerwerk.

Mit leichter Verwunderung nahm er zur Kenntnis, dass niemand aus dem kleinen weißen Haus trat. Niemand, der Raketen in die Luft schießen wollte. Wahrscheinlich stieß man beim Besitzer der Forellenteiche lieber im Warmen an. Vielleicht sprangen sie da drinnen auch Händchen haltend ins neue Jahr?

Er ließ sich zurück ins Stroh sinken und schloss die Augen.

Der Mond war teilweise von Wolken verdeckt und die Dunkelheit deshalb viel kompakter als noch um Mitternacht. Das war seine allererste Wahrnehmung, als er zu sich kam und die Augen öffnete. Dieses Mal fühlte er sich sofort wach. Er hatte nicht tief geschlafen, unruhig, von altem Grauen gequält.

Instinktiv drückte er den Knopf an seiner Armbanduhr. 02:43. Nicht mal drei Stunden.

Er registrierte gerade noch, wie ein Motor verstummte und Scheinwerfer am Rand einer kleinen Fichtenschonung erloschen. Vermutlich hatte ihn das Auto geweckt. Wer war da so spät noch gekommen? Der Fischzüchter war längst ins Bett gegangen. Alle Fenster im Haus waren dunkel.

Er lag ganz still da und lauschte. Die Ratte war auf den Hahnenbalken zurückgekommen, diesmal nicht mehr als ein undeutlicher Schatten. Zwei Autotüren klappten leise zu. Er hörte vorsichtige Schritte auf dem Kies hinter dem Schuppen.

Die Ratte huschte ängstlich davon. Er setzte sich auf und spähte in die Dunkelheit. Sein Herz schlug schneller.

Links von ihm tauchten zwei schwarze Schatten auf. Langsam näherten sie sich dem Haus. Nur an einer Stelle gab es Licht, von einer Leuchtstoffröhre, die auf halber Höhe an einem Telefonmast hing.

Die Wolke vor dem Mond verzog sich, und er konnte sehen, dass es zwei Männer waren. Der eine groß, der andere gedrungen. Sie bewegten sich vorsichtig vorwärts, so wie man es macht, wenn man sich nicht auskennt.

Behutsam schlichen sie die letzten Meter bis zum Haus. Prüfend griff der eine nach der Türklinke, während der andere einen Blick durch das Fenster neben dem Eingang warf. Kurz darauf hörte er ein leises Klirren, offenbar hatten sie die Scheibe eingeschlagen. Der Große half seinem Kumpel durch das offene Fenster ins Haus. Dann ging die Tür auf und auch der Große verschwand nach drinnen.

Oxen fluchte. Für den Bruchteil einer Sekunde ärgerte er sich, dass er nicht doch im Silvestertrubel auf dem Rådhusplads in Kopenhagen steckte.

Das hier war wirklich eine unangenehme Situation. Um nicht zu sagen, eine höllisch heikle Situation für einen Mann, der am liebsten unsichtbar sein wollte.

Er zog den Reißverschluss des Schlafsacks auf, kroch aus dem Stroh und stand langsam auf, den Blick fest auf das Haus gerichtet. Er konnte einen schwachen Lichtschein hinter den Fenstern erahnen, vermutlich die Taschenlampe der beiden Einbrecher.

Er zögerte. Wenn er einfach still unter dem Schutzdach stehen blieb, würde sich diese von außen gekommene Bedrohung von selbst auflösen. Die beiden Männer würden irgendetwas finden, das sie klauen konnten, und sich dann leise zurückziehen, ins Auto steigen und mit ihrem Diebesgut verschwinden.

Es würde sein, als wäre nichts gewesen. Er wäre immer noch unsichtbar. Noch vor Tagesanbruch würde er mit seinem Rucksack auf den Schultern wieder unterwegs sein. Niemand auf diesem Planeten würde je erfahren, dass er hier im Stroh geschlafen hatte.

Das Auto? Sollte er …? Er schlich sich um den Unterstand herum zu dem schwarzen Kleintransporter. Ein alter Fiat Ducato. Auf dem Kennzeichen stand »RO«. Die beiden Männer waren also Rumänen. Nicht die ersten osteuropäischen Einbrecher in der Statistik und sicher nicht die letzten. Manchmal entwickelten sich solche Einbrüche in eine gewalttätige Richtung. Vereinzelt endeten sie sogar mit einem Mord, erinnerte er sich. Er hoffte nicht, dass …

Er blieb stehen und versuchte, den Gedanken zu verdrängen. Natürlich würde nichts passieren. Die Rumänen würden den Flachbildfernseher einpacken, alles nach Wertsachen durchwühlen und sich, sobald sie fertig waren, rausschleichen und abhauen.

Er würde dasselbe tun. Nicht abwarten, sondern jetzt packen und in die Neujahrsnacht hinauswandern.

Gerade als er zurück in den Unterschlupf wollte, um seinen Schlafsack einzurollen, ging drüben im Haus Licht an. Wenig später wurden Stimmen laut. Dann hörte er einen Schrei.

Er rannte los. Sekunden später war er am Haus. Er warf einen Blick durchs Fenster. Ein alter Mann mit grauen Haaren lag im Schlafanzug auf dem Boden und hielt sich die Arme schützend vors Gesicht. Oxen registrierte eine schwarze Gestalt, die mit dem Rücken zu ihm stand, den Arm zum Schlag erhoben.

Er riss die Tür auf und war laut brüllend in wenigen Sätzen im Wohnzimmer, wo der kleinere der beiden Männer wie paralysiert stehen geblieben war, das Brecheisen immer noch zum Schlag bereit. Der Große stand neben einem umgeworfenen Sessel.

Die Überraschung war ihnen ins Gesicht geschrieben, doch sie behielten die Ruhe. Sie drehten sich langsam zu Oxen um und gingen gemeinsam zum Angriff über. Der Kleine blaffte ein scharfes Kommando und machte einen Schritt nach vorn. Er war ziemlich kräftig gebaut und sah absolut nicht so aus, als hätte er Skrupel, das Brecheisen auch einzusetzen.

Alles Weitere passierte instinktiv. Dahinter steckten jahrelanges Training und eine gnadenlose Wirklichkeit. *Risk assessment,* Risikobewertung – oder einfach die antrainierte Fähigkeit, sich blitzschnell einen Überblick zu verschaffen, zu erkennen, worin die größte Gefahr bestand, und sie als Erstes zu eliminieren.

Oxen tauchte unter dem ersten brutalen Schlag mit der Brechstange weg, ging in die Knie und riss den Rumänen mit einem

Roundhouse-Kick von den Beinen. Noch bevor sein Gegner den Boden berührte, hatte er sich mit festem Griff die Brechstange gesichert, sie dem Mann aus den Händen gewunden und ihm gegen die Kniescheibe geschmettert.

Als der ohrenbetäubende Schmerzensschrei das kleine Wohnzimmer erfüllte, stand Oxen schon wieder aufrecht, gerade rechtzeitig, um der Attacke des Großen auszuweichen, der wie ein Stier mit gesenktem Kopf auf ihn zustürmte. Ein schneller Griff in den Nacken des Mannes, und Sekunden später donnerte er den Kopf des Rumänen neben dem Türstock gegen die Wand, und während sein Widersacher zusammensackte, rammte er ihm das Knie in die Magengegend – dann ließ er ihn los.

Der kleine Kräftige wand sich wimmernd auf dem Boden und umklammerte sein zertrümmertes Knie. Der Große war völlig erledigt, er röchelte und schnappte nach Luft.

Erst jetzt konnte Oxen dem Alten etwas Aufmerksamkeit widmen. Der Mann lag immer noch auf dem Rücken. Blut rann aus seinem Mundwinkel, er hatte eine Platzwunde auf der Stirn und hielt sich die linke Schulter. Wortlos zog Oxen ihn in eine Ecke, weg vom Kampfplatz.

Dann ging er zurück zu dem Großen, der immer noch nach Atem rang, und durchsuchte seine Taschen. In einer Reißverschlusstasche entdeckte er einen Pass. Er wiederholte die gleiche Aktion bei dem anderen. Obwohl er aufgrund seiner Schmerzen nicht mehr kampftüchtig zu sein schien, fixierte Oxen mit der linken Hand den Hals des Mannes, während er ihn mit der rechten abtastete. Es dauerte nicht lange, und er hatte in der Innentasche seiner Lederjacke einen zweiten Pass gefunden.

Er betrachtete die beiden Dokumente und steckte sie ein.

Der Große kam langsam auf die Beine. Von der Augenbraue rann Blut über sein Gesicht, sie war bei der Begegnung mit dem Mauerwerk aufgeplatzt. Er keuchte schwer, war jedoch in der Lage, seinen Körper zu kontrollieren.

Oxen zeigte wortlos auf den zweiten Rumänen und gab dem Großen zu verstehen, dass er seinem Kumpel aufhelfen und dann mit ihm verschwinden solle. Ohne ein einziges Wort von sich gegeben zu haben, blieb er in der Mitte des Zimmers stehen und beobachtete den Rückzug der lädierten Einbrecher.

Es dauerte mehrere Minuten, bis der Große seinen Kumpel untergehakt hatte und die beiden in der Dunkelheit zurück zum Auto humpelten.

Oxen wartete an der Tür und sah ihnen hinterher. Nach einer Weile hörte er den Motor und konnte die Lichter der Scheinwerfer sehen. Der Wagen wendete hinter dem Schuppen und fuhr dann über den Feldweg davon.

Oxen spürte eine Hand auf seiner Schulter und drehte sich um. Es war der Alte, der wieder auf die Beine gekommen war. Der Mann im gestreiften Pyjama lächelte breit und sagte:

»Danke, mein Freund. Ich habe keine Ahnung, wer zur Hölle du bist und wo du so plötzlich hergekommen bist, aber du hast mich gerettet. Danke!«

Der Alte streckte ihm die Hand hin. Oxen nahm sie, nickte kurz und lächelte. Er blieb immer noch stumm. Er war exakt in der Situation gelandet, die er um jeden Preis hatte vermeiden wollen.

»Komm rein, komm rein.« Der Alte zog ihn am Arm. »Setz dich, kann ich dir etwas anbieten? Heute ist schließlich Silvester. Ein Bier? Ein Bier geht immer, oder? Moment.«

Der Mann verschwand. Bestimmt in der Küche. Oxen betrachtete wieder die beiden Pässe und steckte sie dann hastig zurück in seine Tasche. Er konnte die Kühlschranktür hören und das Rauschen des Wasserhahns. Dann kam der Alte zurück. Er hatte sich das Blut aus dem Gesicht gewaschen und stellte zwei Flaschen Bier auf den Couchtisch.

»Ich heiße übrigens Johannes, aber nenn mich einfach ›Fisch‹. Das machen alle.«

Der Alte nickte in Richtung der Fischbecken vor dem Haus und streckte ihm die Hand zum zweiten Mal entgegen.

»Und jetzt sag mir, was da los war! Wie heißt du? Wer bist du?«

Der alte Fischzüchter sah ihn aufmerksam an und schob ihm ein Bier hin.

Oxen zuckte mit den Schultern und breitete entschuldigend die Hände aus.

»*Sorry, I don't … Dragos … My name is Dragos. Adrian Dragos.*«

»*Oh, yes, from where?*«

Er bemerkte eine Art Erleichterung in den Worten des Alten. Vielleicht weil der Mann jetzt einen Grund für seine ungewöhnliche Schweigsamkeit bekommen hatte.

»*Romania. I am from Romania.*«

»*Thank you very much*«, antwortete Fisch mit ausgeprägtem dänischem Akzent. Dann hob der Alte die Flasche, lächelte breit und zeigte eine Reihe gelber Zähne.

»*And a happy new year, Mr Dragos.*«

2.

Das weiße, blumengeschmückte Schiff wurde nach draußen getragen, um zu Wasser gelassen zu werden. Es war ein wunderschöner Sommertag, eine milde Brise wehte vom Meer herüber und der Himmel war frei von Sorgen.

Der Kapitän würde das kurze Stück bis zur Schleuse in Hvide Sande dem Fjordufer folgen, sein Schiff von dort hinaus auf die Nordsee lenken und dann Kurs auf die endlosen Ozeane nehmen.

Sie stammte aus einer Fischerfamilie in Thyborøn. Vielleicht stellte sie sich einen Sarg deshalb so gern als Schiff vor und den Tod als eine Reise ins Ungewisse.

Die Zeit im Anker Fjord Hospiz verging wie im Flug. Sie arbeitete jetzt seit drei Jahren dort, angelockt von einer Dokumentarserie im Fernsehen, die zwei Männer während ihrer letzten Monate begleitet hatte. Drei Jahre und viele Schiffe, die vom Hafen des Lebens aus in See gestochen waren. Die tägliche Arbeit mit den Sterbenden war geprägt von einem tiefen Respekt für das Leben. Für die zurückgelegten Seemeilen. Es gab keine sinnvollere Tätigkeit, als einem Schwachen den Übergang vom Leben zum Tod erträglicher zu machen.

Sieh, die Sonne steigt aus dem Meer ans Land,
hüllt Himmel und Wellen in ein glühend Gewand;
und Dunkelheit seligem Jubel weicht,
wenn ihr Licht ganz still die Küste erreicht.

Das Lied hatte sich der Verstorbene natürlich selbst ausgesucht. Vitus Sander wollte Kurs auf die Sonne nehmen. Sie musste lächeln. Seine Eltern hatten ihn nach Vitus Bering benannt, dem Dänen, der auch der Namensgeber für die Meerenge zwischen Sibirien und Alaska war.

Vitus Sander, der reiche Besitzer eines Elektronikkonzerns, war schwach gewesen, aber in letzter Zeit war ihr eine Veränderung aufgefallen. Er hatte seinen letzten Gang aufrechter als zuvor und mit neuer Kraft angetreten.

Er war nur siebenundsechzig Jahre alt geworden. Geboren in Hjørring, hatte er die meiste Zeit seines Lebens in Kopenhagen verbracht, wo sich auch der Hauptsitz seines Konzerns befand. Lungenkrebs. Seine Frau hatte er vor drei Jahren verloren.

Sie ließ den Blick durch die Reihen im Foyer wandern. Da standen seine Kinder, ein Sohn und eine Tochter, Seite an Seite, und da war sein Enkelkind, das sogar ein paarmal während seiner treuen Besuche beim Großvater übernachtet hatte. Lange blonde Haare, Studentin an der Universität in Kopenhagen und ein ausgesprochen hübsches Mädchen.

Aber es war seltsam. Ausgerechnet die Person, die in den letzten Wochen die meiste Zeit mit Vitus Sander verbracht hatte, war nicht gekommen. Ein sympathischer Mann in knallbunten Klamotten und weißen Turnschuhen. Immer in weißen Turnschuhen. »Ein guter Freund«, so hatte Vitus Sander ihn genannt. Aber gute Freunde verabschiedeten sich doch …?

Sie war dem mächtigen Konzernchef nähergekommen als den meisten anderen Patienten.

Zweimal hatte er sie sogar gebeten, ihn nach draußen zu begleiten. Sie hatten nebeneinander auf einer Bank gesessen und auf den Fjord geblickt. Dabei wollte er nie über sich selbst sprechen, sondern nur hören, was sie über *ihr* Leben zu erzählen hatte, über ihre Kindheit an der Küste. Und er wollte, dass sie ihm ihre Vorstellung von dieser letzten Reise schilderte.

Man musste keine Fischerstochter aus Thyborøn sein, mit einem angeborenen Blick für den Gemütszustand des Himmels, um die dunklen Wolken zu erahnen, die Vitus Sander von Zeit zu Zeit heimsuchten. Aber das war ganz natürlich, wenn man am Ende des irdischen Weges angelangt war.

Der lächelnde Mann mit den weißen Turnschuhen hatte eine heilsame Wirkung auf Sander gehabt. Ein paar Tage nachdem er zum ersten Mal aufgetaucht war, hatte sie den Umschwung bei Vitus Sander bemerkt. Als wäre der Turnschuh, der, wenn sie sich recht erinnerte, eigentlich Rasmus hieß, ein Wanderprediger gewesen, der ihm die Beichte abgenommen und ihn von seinen Sünden freigesprochen hätte.

Sie würde den sanften, mächtigen Mann vermissen, aber schon morgen zog jemand Neues ein. Ein ehemaliger Zimmermann aus Randers.

Vermutlich war Vitus Sander dann schon auf dem Weg in die Biskaya.

3. Die Angst, die sich in diesem Moment durch sein Zwerchfell fraß, stand in starkem Kontrast zu der friedlichen Umgebung. Von der hohen Wallanlage des Schlosses aus betrachtet, wirkte Nyborg wie ein Ort, an dem es sich gut aushalten ließ.

Er saß auf seiner Lieblingsbank auf der Dronningens Bastion zwischen dem Wasserturm und den vier roten Achtzehn-Pfund-Kanonen. Unterhalb der Bastion lag der Burggraben, breit und mächtig, mit den kleinen Schrebergartenhäuschen am Rand. Drehte er sich um und richtete den Blick nach hinten, bot sich ihm eine herrliche Aussicht über diese Stadt, in die er sich im Laufe der Zeit so verliebt hatte.

Um ihn herum war alles grün. Nicht zartgrün wie im frühen Frühjahr, sondern dunkler, wie es für den Juli so typisch war, wenn die Natur etwas von ihrer Frische verloren hatte.

Er lehnte sich zurück und schloss die Augen. Die Sonne schien ihm ins Gesicht, aber er spürte die Wärme nicht. Stattdessen jagte die Angst ihm eisige Schauer über den Rücken. Angst? Er hatte in seinem Leben schon oft Angst gehabt. Wer hatte das nicht? Aber nicht so. Nicht wie diese alles durchdringende Angst, die genau in diesem Augenblick in Panik umzuschlagen und ihn zu lähmen drohte.

Hätte er die Konsequenzen seines Handelns rechtzeitig überblicken können, wäre es nie so weit gekommen. Dann hätte er einfach hier gesessen und die Sonne genossen. Aber jetzt war es zu spät. Viel zu spät, um umzukehren.

Er sah nach unten und musterte die Spitzen seiner weißen Converse All Stars. Wippte im Schuh mit den Zehen, als wollte er bekräftigen, dass er immer noch die volle Kontrolle über sein Zentralnervensystem hatte. Converse, die trug er seit seiner Zeit an der Uni. Immer weiß, immer das knöchelhohe Modell. Er konnte seine liebe Tante noch hören, wie sie, trotz seines akademischen Hintergrunds und obwohl er schon achtunddreißig war, rief: »Junge, wann kaufst du dir endlich mal andere Schuhe?«

Es gab so viel Kitt, der alles im Leben zusammenhielt. Die weißen All Stars gehörten dazu.

Diese eisige Schicht aus Angst passte nicht hierher auf den Wall. War die Gegenwart des Todes dafür verantwortlich? Hatte sie den ersten Eisblock in seinem Inneren gebildet und der Angst die Tür geöffnet?

Die vielen verschiedenen Menschen mit ihren unterschiedlichen Leben, versammelt in diesem Haus am Fjord, in der Wartehalle des letzten Bahnhofs, wo nur eine Art von Ticket ausgestellt wurde.

Im Moment war er viel zu eingeschüchtert, um kühl abzuwägen, wie seine eigenen Chancen standen. Wenn sich in dieser Stadt jemand mit Chancen auskannte, dann er. Aber er war wie paralysiert.

Tastend schob er eine Hand in die Jackentasche. Das Bündel aus 15 000 Kronen war noch da und wartete auf seinen Einsatz.

Zehn Tippscheine mit mathematischem System für das Mittwochslotto und ungefähr dieselbe Anzahl für die dänische Ziehung am Samstag, außerdem eine Tippreihe für die wöchentlichen Fußballspiele. Immer mit hohen Gewinnchancen. Immer drei Spiele mit Endergebnissen ohne irgendwelche Absicherungen.

Fußball war seine Leidenschaft, aber die Angst überschattete das alte Gefühl der Befriedigung, die er darin gefunden hatte, die richtigen Spiele mit den richtigen Quoten herauszukriegen. So war es lange gewesen.

Auf dem Weg vom Wall bis zum Kvickly-Supermarkt hatten seine Beine sich schwach und zittrig angefühlt.

Jetzt lächelte das Mädchen hinter dem Tresen etwas bemüht und nickte nur, als er ihr den Stapel Tippscheine hinüberschob.

Er verteilte seine Spiele auf verschiedene Wochentage und vier verschiedene Orte in der Stadt, alles im Dienste der Diskretion. Als Nächstes würde er die ganze Strecke zu Fuß zum Bahnhof gehen und seine letzten 7000 Kronen setzen, Oddset und ein bisschen Extra-Lotto.

Es war sein allerletzter Einsatz. Die Glücksgöttin war ihm bislang noch nicht begegnet. Aber jetzt brauchte er sie mehr als je zuvor in seinem Leben.

4.

Die riesige Fichte stand für einen Augenblick unentschlossen da und schüttelte ihren krausen Schopf. Dann musste sie kapitulieren. Wie ein Turm, dessen Sockel gesprengt wird, fiel sie um. Erst ganz langsam, dann mit einem Mal rasend schnell. Sie rauschte auf den Waldboden und wirbelte eine Wolke aus Staub und Sand auf.

Zufrieden stellte er fest, dass der gewaltige Stamm sich genauso gelegt hatte, wie es geplant gewesen war. Als Nächstes musste der Baum entastet werden, aber vorher würde er erst einmal Pause machen. Er schaltete die Motorsäge aus und legte seinen Helm ab.

Die Jahresringe des Baumstumpfs waren die Spuren einer beeindruckenden Vergangenheit. Jahr hatte sich um Jahr gelegt, und jeder Ring erzählte eine Geschichte über die Zeit. Diesen Baum fallen zu sehen erschien ihm so sinnlos. Aber wenn er in den Jahren, die er selbst zurückgelegt hatte, etwas gelernt hatte, dann, dass vieles sinnlos war. Selbst die Größten und Besten fielen. Selbst die wenigen Jahresringe der Kleinsten und Unschuldigsten wurden brutal gekappt.

Es gab keine Gerechtigkeit, sorgsam bilanziert vom höchsten Buchhalter. Es gab nur Zufälle.

Er setzte sich und packte seine Brotbox und die Thermoskanne aus, die er jeden Tag in seinem kleinen Rucksack mit in den Wald nahm. Er biss in das Leberwurstbrot und schenkte sich dampfenden Kaffee ein. Die Sonne wärmte sein Gesicht. Nur ein Eichelhäher störte die Stille.

Sein Blick wanderte zurück zu dem mächtigen Stumpf. Zeit war eine seltsame Größe … Damals im Reihenhaus war Zeit Mangelware gewesen. Unter anderen Umständen konnte zu wenig Zeit ein konkretes Risiko darstellen, aber zu viel davon führte vielleicht zu Unachtsamkeit, was nicht weniger gefährlich war.

In den späteren Jahren hatte Zeit für ihn keine Rolle mehr gespielt. Sie war zu einer nichtexistenten Größe geworden, und trotzdem legte sie mit jedem Zwölf-Monats-Zyklus, der zu Ende ging, einen neuen unsichtbaren Jahresring um den vorigen.

Hier und jetzt hatte er überhaupt kein Zeitgefühl mehr. Ob neun Uhr oder fünf Uhr, es war bedeutungslos. Ob Montag oder Samstag, es war egal. Hätte es den Wechsel der Jahreszeiten nicht gegeben, den er wirklich sehr mochte, wären auch die Monate ohne Relevanz gewesen.

Aber jetzt war Juli und Hochsommer. Es war mehr als ein halbes Jahr vergangen, seit er durch einen Zufall Johannes Ottesen kennengelernt hatte. Oder einfach »Fisch«, wie der Mann am liebsten genannt werden wollte, weil das »alle so machten«.

Ob er zur falschen Zeit am falschen Ort gewesen war oder ganz im Gegenteil – darüber ließ sich immer noch streiten, aber dass er Johannes Fisch in der Silvesternacht zu Hilfe gekommen war, hatte ganz unvermittelt eine neue Tür in seinem Leben geöffnet. Deshalb war er nicht mehr auf der Landstraße unterwegs. Deshalb saß er hier im Wald.

Fisch war vierundsiebzig Jahre alt, zu alt, zu kaputt und zu sehr von der Gicht geplagt, um sich um seine kleine Fischzucht zu kümmern. Aber er kannte ja nichts anderes, als für sein Essen zu arbeiten.

Schon in der Silvesternacht hatte Fisch ihm in gebrochenem Englisch vorgeschlagen, ein paar Tage zu bleiben. Sich ordentlich satt zu essen, im Warmen zu schlafen – und vielleicht auch an den Fischteichen mit anzupacken. Und dabei war es geblieben.

Nach zwei Wochen war er in die abbruchreife Mitarbeiterunterkunft gezogen, die er notdürftig instand gesetzt hatte, um sie bewohnbar zu machen. Laut Fisch hatte das Haus dreizehn Jahre lang leer gestanden, seitdem er seinen Helfer hatte entlassen müssen, weil er ihm keinen Lohn mehr hatte zahlen können.

Das Häuschen stand auf einer kleinen Lichtung am Rand eines weitläufigen Fichtenwalds, einen halben Kilometer von der Fischzucht entfernt. Fisch hatte das Haus vor vielen Jahren aus Gasbetonsteinen selbst gebaut und verputzt. Wohnraum, Küche, Toilette unten, oben Schlafzimmer und Kammer. Das Dach bestand aus bröckelnden Eternitplatten, die dick mit Moos bewachsen waren.

Oxen stand jeden Tag um sechs Uhr auf und erledigte seine Aufgaben an den Forellenteichen. Die restliche Zeit verbrachte er mit Waldarbeit.

Fisch hatte seinen Wald über Jahre vernachlässigt. Hier gab es Arbeit für mindestens ein ganzes Jahr. Wie lange er bei dem alten, freundlichen Mann bleiben würde, wusste er nicht, aber er …

Motorenlärm auf dem Schotterweg riss ihn aus seinen Gedanken. Konzentriert beobachtete er die Stelle, wo jeden Moment ein Auto zwischen den Bäumen auftauchen würde. Er griff nach seiner Pistole, der zuverlässigen Neuhausen, die er immer mit vollem Magazin in Reichweite hatte.

Jetzt kam es. Es war ein rotes Auto. Fisch in seinem alten Pickup. Er zögerte einen kurzen Moment, denn auf dem Beifahrersitz saß ein Mann. Dann schob er die Waffe zurück in den Rucksack, ließ seine rechte Hand aber in der Nähe liegen. Fisch kam sonst immer allein.

»Da sitzt er, der Kerl. Er macht bestimmt gerade Frühstückspause. Es sei ihm gegönnt. Der Mann schuftet wie ein Brauereipferd. Hat gerade erst die riesige Fichte gefällt.«

Johannes Fisch nahm eine Hand vom Lenkrad, um auf die einsame Gestalt zu zeigen, die auf dem Baumstumpf saß.

»Wie heißt er noch mal?«, fragte der Mann auf dem Beifahrersitz.

»Dragos … Aber nach dem Vornamen darfst du mich nicht fragen. Den hab ich vergessen.«

»Dragos? Aus Rumänien?«

»Ja.«

»Wie Dracula.«

»Wieso sagst du das?«

»Weil Dracula auch aus Rumänien war, Fisch. So viel weiß ich gerade noch. Dragos oder Dracula.«

»Ich sag dir jetzt mal was, Bette – Dragos ist in Ordnung.«

»Wer ist er und was will er hier?«

»Er ist einfach ein Rumäne mit Motorsäge.«

Johannes Fisch zögerte, während er bremste und den Pick-up langsam durch die Baumstümpfe manövrierte.

»Kannst du ein Geheimnis für dich behalten, Bette Mathiessen?«, fragte er schließlich.

Der korpulente Mann neben ihm seufzte tief. Er war fast so massig wie diese japanischen Ringer, die bei ihren Kämpfen nicht mehr als eine weiße Windel am Leib haben, um ihre Kronjuwelen an Ort und Stelle zu halten.

»Jaja, das weißt du doch.«

»Dragos hat mir das Leben gerettet. Aber kein Wort darüber, hörst du? Ich will nicht, dass das Kreise zieht. Und er will es auch nicht.«

Mathiessen schüttelte träge den Kopf.

»Also, das war an Silvester … Ich war schon längst im Bett, du weißt ja, ich war allein zu Hause, wie sonst auch …«

Nachdem Johannes Fisch seinen dramatischen Bericht beendet hatte, zog er den Zündschlüssel ab. Das letzte Stück mussten sie zu Fuß gehen.

»Ich fasse es nicht«, sagte Mathiessen. »Echt, ich fasse es nicht. Ein einzelner Mann? Und er hat die Banditen einfach fertiggemacht?«

Fisch nickte und stieg aus.

»Und seitdem ist er hier?«

Fisch nickte noch einmal, während Mathiessen seinen Körper unter dem lauten Knarren der Karosserie aus dem Sitz wuchtete.

»Hat er keine Frau? Keine Kinder? Niemanden, den er besucht? Was macht er denn, wenn er freihat? Was zur Hölle … Der hat ja einen Pferdeschwanz!« Eingehend musterte Mathiessen die Gestalt auf dem Baumstumpf.

»Frei? Er nimmt sich nie frei«, gluckste Fisch. »Ich hab ihn gefragt, ob er mit nach Brande oder Herning will, aber nein. Nicht mal nach Skarrild … Am liebsten will er einfach nur hier sein. Ich erledige alle Einkäufe für ihn. Nein, halt, er hatte tatsächlich ganze drei Tage frei, wenn ich mich recht erinnere. Beim ersten Mal hat er sich mein Auto geliehen, da wollte er irgendwelches Material für sein Haus kaufen. Die beiden anderen Male habe ich ihn mit einem von meinen alten Kanus nach Brande gefahren und ihn dann in Sønder Felding wieder abgeholt. Er liebt es, auf dem Fluss zu sein, sagt er. Und er angelt gern. Und nein, keine Frau und keine Kinder, hat er erzählt. Jetzt komm, Bette, sagen wir ihm Hallo. Er wird dich schon nicht beißen … *Hello, Dragos! How are you?*« Fisch hob eine Hand und winkte.

Der Mann, der Fisch hinterherstapfte, war so groß und dick, dass er an einen Zeppelin mit Beinen erinnerte. Und er sah nicht so aus, als würde ihm der kurze Spaziergang auf dem unebenen Waldboden Spaß machen.

Die Hand, die in Griffnähe der Pistole auf dem Rucksack ruhte, hatte er längst zurückgezogen. Fischs Kumpel war harmlos, trotz all seiner Masse. Doch es ärgerte ihn, dass er dem Mann jetzt offenbar Guten Tag sagen musste. Im Idealfall gab es nur Fisch und ihn – und niemanden sonst, der von seiner Existenz als Helfer des alten Fischzüchters wusste. Warum musste Fisch diesen schwitzenden Fleischberg hier anschleppen?

Oxen hob die Hand und erwiderte Fischs Gruß. Noch vor wenigen Minuten war es so herrlich still hier gewesen. Jetzt musste er seinen besten rumänischen Akzent ausgraben. Nicht, dass ihm das Probleme bereitete, er hatte sich mittlerweile daran gewöhnt. Aber er hätte viel lieber seine Ruhe gehabt.

»*Hello, Dragos, meet my good friend Mathiessen.*«

Er lächelte und nickte dem riesigen Mann zu.

»*Beer?*«, fragte der Gast, schob die Hände in seine Jackentasche und zog drei Dosenbiere heraus.

»*No, thanks.*«

Er schüttelte den Kopf. Alkohol zu dieser Tageszeit machte stumpf und träge.

Johannes Fisch stand da und trippelte von einem Fuß auf den anderen, wie er es oft tat, wenn er nach den richtigen Vokabeln suchte, um ein etwas tiefgründigeres Gespräch zu führen, das über ein paar kurze Sätze hinausging.

»*You see, Dragos, I am going to Brugsen … to buy things … Do you want anything?*«

Er nickte langsam. Ja, er brauchte wirklich ein paar Sachen. Und es war viel besser, das jetzt zu besprechen, als zu warten, bis Fisch am Haus aufkreuzte. Er war nicht scharf darauf, dass Fisch zu ihm kam. Nicht weil an diesem liebenswerten Menschen irgendwas falsch gewesen wäre. Es gab nur so viele Dinge, in denen der Alte besser nicht herumschnüffeln sollte. Deshalb hatte er ihn auch nie hereingebeten.

5.

Ehrfurcht. Dieses Gefühl überkam ihn jedes Mal, wenn er sich dem geschichtsträchtigen Schloss der Stadt näherte.

Es lag nicht daran, dass das mittelalterliche Gebäude besonders malerisch oder spektakulär ausgesehen hätte, mit Schießscharten, Toren oder Türmen und Zinnen. Natürlich war es früher Teil einer

Festungsanlage gewesen, doch heute war nur noch der riesige gemauerte Kasten davon übrig.

Was ihn wirklich beeindruckte, war die historische Bedeutung dieses Schlosses. Als echter Nyborger Junge war er stolz darauf, dass seine Stadt einst Sitz der Könige gewesen war. Es gab eine Menge Kopenhagener, denen es nicht schaden würde, mehr darüber zu erfahren. Ja, und den Jütländern übrigens auch nicht. Die meisten wussten gerade mal, dass es in Nyborg ein berüchtigtes Gefängnis gab. Das war wirklich bedauerlich und geradezu eine Schande.

Er hatte das Schloss im Ortskern unzählige Male besucht. Früher als Kind mit seinen Eltern, später als Erwachsener – und jetzt als Familienvater mit seinen eigenen Kindern an der Hand. Sie sollten etwas über die Blütezeit Nyborgs lernen, wie es war, als der König hier residierte und als sich der machtvolle Danehof mit den wichtigsten und einflussreichsten Männern des Landes hier versammelte, um die Reichsangelegenheiten zu regeln und den König an der kurzen Leine zu halten. Oder die Königin. Margrethe I. hatte Nyborg Slot mit ihren Ausbauten und Änderungen wohl am meisten von allen geprägt.

Er kannte sich trotz seines einfachen Volksschulabschlusses in diesem Teil der dänischen Geschichte aus, als wäre er dabei gewesen, auf Augenhöhe mit den Monarchen.

Niemals hätte er gedacht, dass er mal einer von denen sein würde, die nachts den Kulturschatz der Stadt bewachen durften.

Er parkte unten am Rathaus, schloss den Wagen ab und ging hoch zum Schloss, um seinen Rundgang zu machen. Seit vier Jahren arbeitete er für die Nyborg Security.

Seine Aufgaben beschränkten sich auf das, was in der Fachsprache Außensicherung hieß. Also die Sicherung der Außengrenzen eines Objekts, der Check sämtlicher Türen sowie ein wachsames Auge auf die Fenster und alles andere. In der Praxis handelte es sich dabei um das Verwaltungsgebäude, in dem die Museumsmitarbeiter ihre Büros hatten, das Café und den Eingang zum Schloss, eine breite Tür an der Treppe. Die Bibliothek auf der linken Seite der Anlage würde er auf dem Rückweg überprüfen.

Der Juli konnte manchmal sprunghaft sein. Am späten Nachmittag war das Wetter umgeschlagen. Es hatte fast den ganzen Abend geregnet, und jetzt fing es schon wieder an zu tröpfeln. Weder Mond noch Sterne waren zu sehen. Vermutlich hing die Wolkendecke blauschwarz und schwer über seinem Kopf, aber hier in der Innenstadt war es dank der Straßenlaternen zu hell, um das beurteilen zu können.

Der Kies knirschte unter seinen festen Schuhen. Er hatte eben auf die Uhr geschaut. Er war auf die Sekunde genau im Zeitplan. Wie immer.

Als er den Blick zum ersten Mal hob und noch aus der Ferne über das große Schlossgebäude gleiten ließ, fiel es ihm sofort auf. Da oben war etwas anders, als es sein sollte.

Die Fassade des Schlosses wurde von einigen kleinen Strahlern beleuchtet. Trotzdem konnte er den schwachen Lichtschein sehen, der aus einem der hohen Fenster im zweiten Stock fiel. Genauer gesagt, aus dem mittleren Raum, dem Danehof-Saal. Es kam ab und zu vor, dass jemand vergaß, das Licht auszuschalten, aber dann hätte der Lichtschein dort oben viel heller sein müssen.

War es etwa die Taschenlampe eines Einbrechers?

Sein Herz klopfte schneller. Ein Hund wäre jetzt gut gewesen, aber er hatte als Wachmann noch nie mit Hund gearbeitet. Nervös eilte er zum Schloss und stieg leise die Treppe zum Eingang hoch. Irgendetwas stimmte hier ganz und gar nicht. Die Tür war nur angelehnt.

Vorsichtig schob er sie so weit auf, dass er sich durch den Spalt zwängen konnte. Gleich würde er die Kollegen und die Polizei informieren, aber zuerst wollte er sich selbst einen Überblick verschaffen. In einem früheren Job hatte er in einer schwarzen Nacht einmal beim Rundgang auf einem Fabrikgelände die Polizei gerufen. Als die Ordnungshüter eintrafen und zwei Jungs im Alter von elf und zwölf bei ihrem Einbruch ertappten, fühlte er sich bis ins Mark blamiert. So ein Anfängerfehler passierte ihm bestimmt kein zweites Mal.

Er kannte das Innere des Schlosses gut genug, um die Taschenlampe im Gürtel zu lassen. Ihr Licht hätte ihn womöglich verraten.

Er schenkte den beiden glänzenden Rüstungen links vom Eingang keine Beachtung, und anders als sonst ignorierte er auch die dramatischen Szenen auf den riesigen Gemälden im großen Rittersaal, den man als Erstes betrat.

Vorsichtig schlich er über den Klinkerboden in den nächsten Raum.

Das Licht drang aus dem Danehof-Saal, genau wie er vermutet hatte. Er schlüpfte durch die Tür und presste sich sofort dicht an die dicke Mauer. An der Schmalseite stand der Thron aus dunklem Holz, ansonsten befanden sich nur ein paar Tische und Stühle im Raum, und die kleinen Holzpulte mit Informationen über die Geschichte dieses Saals.

Die schlichten Wandornamente aus schwarz-weißen symmetrischen Quadraten wurden von einem schwachen Lichtschein erhellt. Von seinem Platz neben der Tür konnte er immer noch nicht genau erkennen, woher das Licht kam. Er machte ein paar Schritte in den Raum. Dann hatte er Gewissheit.

Das Erste, was er sah, war ein Paar weiße Turnschuhe. Genauer gesagt, knöchelhohe Sneakers, wie sein Sohn sie auch immer trug.

Wenige Meter weiter rechts lag neben einem umgeworfenen Stuhl eine Taschenlampe auf dem Boden und leuchtete schräg nach oben. Ihr Lichtkegel fiel auf die weißen Schuhe und das Fenster darüber.

Sofort zog er seine eigene Taschenlampe aus dem Gürtel und schaltete sie an. Da lag jemand. Leblos. Auf dem Rücken. Er richtete den Lichtstrahl auf das Gesicht. Es war ein Mann. Blutüberströmt. Sein Anblick war grauenhaft. In der Mitte der Stirn klaffte ein runder blutiger Fleck, und von der linken Augenhöhle war nur noch eine unappetitliche Masse aus zerfetztem Gewebe und Blut übrig. Eine große dunkle, glänzende Lache hatte sich auf dem Boden ausgebreitet.

Eine Leiche. Ein Mann. Nicht nur ein Schuss. Nein, ein Schuss in die Stirn und einer ins Auge. Das war kein Zufall, das war eine regelrechte Hinrichtung. Ausgerechnet im Herzen des Schlosses.

Er schnappte nach Luft. Seine Anspannung war so groß, dass er die ganze Zeit den Atem angehalten hatte.

Was jetzt? Er versuchte, den Überblick zu bewahren. Sich an das zu erinnern, was er gelernt hatte. Die allererste Aufgabe war immer, Kranke und Verletzte zu untersuchen. Konnte man noch einen Puls fühlen? Atmeten sie noch? Dann in die stabile Seitenlage bringen oder wiederbeleben.

Aber eine Leiche? Das Opfer eines vorsätzlichen Mordes? Sein Magen krampfte sich zusammen und er stieß sauer auf. Er wich ein paar Schritte zurück, schluckte, was er im Mund hatte, und griff nach seinem Handy. Er wählte die 112.

Nachdem er dem Mann in der Einsatzzentrale der Polizei in Odense alle notwendigen Informationen durchgegeben hatte, steckte er das Handy wieder in den Gürtel – und zog sich vorsichtig zurück. Jeder Depp wusste, dass man an einem Tatort nicht kreuz und quer herumlatschte. Und das hier war ein Tatort, und was für einer.

Nicht mal in seinen wildesten Fantasien hätte er sich vorstellen können, dass Nyborgs altes Schloss im Hier und Jetzt Schauplatz eines Verbrechens werden könnte. Und schon gar nicht, dass er dabei als erster Zeuge vor Ort sein würde.

Während er den Lichtkegel über den Boden gleiten ließ, streifte ihn der Gedanke, dass ihm der Tote irgendwie bekannt vorkam. Er nahm allen Mut zusammen, machte noch einmal ein paar Schritte vorwärts und leuchtete in das grausam entstellte Gesicht.

Verdammt … Das war der Museumsdirektor, oder nicht? Sein

Magen schickte eine neue Ladung nach oben. Doch … ganz sicher. Malte Bulbjerg hieß der Mann. Ein netter Kerl und in der ganzen Stadt bekannt. Ermordet im Allerheiligsten seines eigenen Schlosses. Das war doch Irrsinn!

Jetzt würde die Polizei ihn befragen. Bestimmt nicht nur einmal, sondern wieder und wieder. Vor ihm lagen garantiert ein paar heftige Stunden oder sogar Tage. Er musste das Ganze im Kopf durchgehen, sich jedes Detail einprägen, damit er so genau wie möglich antworten konnte. Die Uhrzeit! Die Uhrzeit war immer wichtig. Er leuchtete auf seine Armbanduhr. Es war 01:25 Uhr.

6.

Der Alarm wurde um 01:25 Uhr ausgelöst. Mit einem Ruck setzte er sich im Bett auf, drückte auf den Knopf seiner Armbanduhr, rannte zum Schrank und riss die Türen auf.

Die beiden großen Flachbildschirme in dem alten Kleiderschrank leuchteten ihm schwarz-weiß entgegen. Beide Monitore waren in sechs Fenster unterteilt, eins für jede Überwachungskamera.

Die Sirene erfüllte den Raum mit einem schrillen und doch gedämpften Signalton. Auf dem Display sah er, dass Kamera sieben den Alarm ausgelöst hatte. Ein Klick mit der Maus, die mit dem Computer im untersten Regalfach verbunden war, und die Sirene erstarb und er konnte sich konzentrieren. Er rieb sich die Augen und sah sich die Sieben genauer an.

Die IP-Kamera war an einer großen Kiefer westlich des Hauses montiert, in der Nähe eines schmalen Pfads, der sich durch den Fichtenwald schlängelte. Die Schwarz-Weiß-Bilder mit Infrarotlicht waren zwar deutlich, aber ohne große Tiefenschärfe. Am rechten Rand des Monitors sah er ihn trotzdem – den Hintern eines Rehs.

Es gab keinen Zweifel. Diese Rückansicht mit dem weißen Fleck kannte er inzwischen nur zu gut. Es war keineswegs das erste Mal, dass er falschen Alarm auf der Sieben hatte, aber es blieb ihm nichts anderes übrig, als an dieser Kameraposition festzuhalten. Gerade dieser Pfad musste unbedingt abgedeckt sein, denn er war perfekt geeignet, wenn man sich in der Dunkelheit an sein Haus heranschleichen wollte.

Aber nicht einmal eine Ameise im Tarnanzug konnte sich seinem Unterschlupf unbemerkt nähern. Er hatte eine *full perimeter safety zone* rundherum eingerichtet.

Nach so vielen Jahren, in denen Englisch seine Arbeitssprache gewesen war, gab es Fachausdrücke, die ihm auf Dänisch gar nicht mehr einfielen. Doch die Sache war ganz einfach: Die zwölf kabellosen Überwachungskameras bildeten einen geschlossenen Überwachungszirkel mit einem Radius von hundertfünf bis hundertzehn Metern rund um das gesamte Haus. Das verschaffte ihm ausreichend Zeit, um zu reagieren.

Er nahm jedes Kamerafenster sorgfältig in Augenschein, aber draußen in der Nacht war nichts Verdächtiges zu sehen, und auch das Reh hatte sich mittlerweile aus dem Blickfeld von Kamera sieben zurückgezogen. Er checkte noch kurz die Mails auf dem Computer. Es war eine automatische Erinnerung für ihn gekommen, die ihn darauf aufmerksam machte, dass morgen der 18. war. Das war ihm mehr als bewusst. Er würde tun, was zu tun war, gleich nach dem Aufstehen.

Die Überwachungsausrüstung, die den kompletten Schrank füllte, hatte er in einem Spezialgeschäft in Vejle gekauft. Nachdem er ein paar Wochen bei Fisch gearbeitet hatte, hatte er sich einen Tag freigenommen und sich unter dem Vorwand, Material für das Haus besorgen zu wollen, das Auto des Alten geliehen.

Er klappte die Schranktüren zu und setzte sich auf die Bettkante. Er war sich nicht sicher, ob er noch einmal versuchen sollte einzuschlafen – oder einfach kapitulieren und aufstehen.

In letzter Zeit waren die Sieben einer nach dem anderen zurückgekehrt. Seine ganz persönliche Serie von Albträumen, die sich darin abwechselten, ihn aufzuschlitzen und den Geiern seines Unterbewusstseins zum Fraß vorzuwerfen. Kurz bevor das Reh den Alarm aktiviert und ihn erlöst hatte, hatte der Kuhmann seine Spielchen mit ihm getrieben.

Der Kuhmann, der jedes Mal langsam aus dem Nebel am Fluss trat. Er zog eine Kuh hinter sich her, die Hauptstraße des Dorfes entlang, das aus zerstörten und niedergebrannten Häusern bestand. Der Greis mit dem faltigen Gesicht kam immer näher. Er steuerte auf das einzige unversehrte Haus zu.

Oxen erinnerte sich daran, als wäre es gestern gewesen. Ein hellgelbes Haus mit Blumenkästen vor den Fenstern und einem grünen Tor, das zu einem Hinterhof führte. Neben dem Tor hatte jemand ein Kreuz mit vier C rundherum auf die Mauer gemalt. Nur dass die vier kyrillischen Buchstaben keine C waren, sondern S und für *Samo sloga Srbina spasava* standen: *Nur Eintracht rettet den Serben*. Das Mantra, das überall in diesem vom Krieg zerstörten Land zu hören war.

Der Kuhmann symbolisierte die ethnische Säuberung. Die vier C am Türstock waren wie das Lämmerblut, das den Todesengel auf seiner Suche nach den Erstgeborenen der Israeliten an den Häusern vorbeigehen ließ.

Es war die Stimmung dieser Szenerie, die ihn nachts heimsuchte. Das Wüten des Todes, die Zerstörung, die Leere und Stille im Nebel. Er wachte immer an derselben Stelle auf: wenn sich das Gesicht des Alten in eine Fratze verwandelte. Während er direkt vor ihnen auf der Straße stand, verzog sich sein Mund zum heimtückischen Lächeln eines Wolfes mit spitzen, fauligen Zähnen. Seine Augen wurden schmal und gelb und sein Gesicht ganz kantig.

Dann schreckte Oxen jedes Mal hoch. In der Realität hatte er nie herausgefunden, ob der Kuhmann bloß grinste – oder ob er ihm in der nächsten Sekunde an die Kehle gegangen wäre.

Er war zum dritten Mal in nur anderthalb Wochen aufgetaucht.

Eine Zeit lang hatte Oxen gehofft, das Ganze würde abklingen. Die Abstände zwischen seinen Albträumen waren erfreulich groß geworden, aber inzwischen entwickelte es sich in die entgegengesetzte Richtung. Wann würde das alles endlich aufhören? Würden die Sieben ihn jemals verlassen?

Hätte er doch einfach ein Lamm schlachten und sein Blut an den Türstock schmieren können, damit sie an seinem Haus vorbeigingen.

Er legte sich wieder hin und zog die Decke hoch. Hatte er nicht gerade noch auf einem Baumstumpf gesessen und sich eingeredet, Zeit sei eine bedeutungslose Größe? Dabei gab es sehr wohl ein festes Datum in seinem zeitlosen Leben: den 18. jedes Monats.

Der 18. war als Datum fest mit seinem Alarmschrank verbunden. Der 18. konnte über Leben und Tod entscheiden.

Jeden Monat, an diesem einen Tag, loggte er sich in einen Server ein, der – wenn er sich richtig erinnerte – an einem so exotischen Ort wie Singapur stand. Das Prozedere war einfach: Er musste drei kleine Kästchen anklicken, sich dann wieder ausloggen und bis zum nächsten 18. warten.

Vergaß er, die Kreuze zu setzen, oder wurde er daran gehindert, würde das eine gewaltige Lawine auslösen. Innerhalb weniger Stunden hätte Dänemark einen neuen Justizminister, und im selben Atemzug würde eine groß angelegte Jagd auf ihn selbst beginnen. Eine Jagd, die erst mit seinem Tod zu Ende wäre.

Jetzt war er hellwach. Er wusste, was ihn erwartete, sobald der 18. näher rückte. Dann wurde das letzte Jahr seines Lebens unweigerlich zurückgespult, und der Film in seinem Kopf fing einfach wieder von vorn an, egal wie sehr er sich auch dagegen wehrte.

Was die letzten zwölf Monate ihm gegeben und genommen hatten, gehörte nicht zu den Dingen, über die er unbedingt nachdenken wollte. Im Gegenteil, er hatte sich nur deshalb bei Johannes Fisch niedergelassen, um für eine Weile die Pausetaste zu drücken und einfach Zeit verstreichen zu lassen. Vielleicht würden auf diese Weise ein paar Wunden heilen, falls die Zeit solche Wunder tatsächlich bewirken konnte.

Aber eine schmerzhafte Erkenntnis ließ sich nicht verdrängen: Er hatte seinen besten Freund und Partner verloren. Dieser Verlust warf lange Schatten über alles, was sonst positiv hätte erscheinen können.

Wäre er im Nordwestquartier Kopenhagens geblieben, in dem dunklen, feuchten Kellerzimmer im Rentemestervej, wo er sich seine Mahlzeiten in den Müllcontainern des Fakta-Marktes zusammengesucht hatte, würde Mr White noch leben. Dann hätte der freundliche Samojede ihn jetzt vielleicht angestupst und ihm die Schnauze in die Handfläche gedrückt, aber seine hohle Hand hielt nichts anderes umschlossen als den Phantomschmerz.

An dem Tag, als er mit Mr White in Skørping aus dem Zug gestiegen war, um Frühjahr und Sommer im mächtigen Rold Skov in Nordjütland zu verbringen, hatte er Whiteys Schicksal besiegelt.

An diesem Tag hatte er sich und seinen vierbeinigen Partner zur falschen Zeit an den falschen Ort verfrachtet. Ein Manöver, das ihn später in die außerordentlich komplexen Ermittlungen im Fall der gehängten Hunde verwickelt hatte, einer Mordserie an einflussreichen Männern – und ihren Hunden.

Vor seinem inneren Auge sah er immer noch messerscharf vor sich, wie auch Mr Whites Leben geendet hatte, obwohl sein Besitzer kein Mensch mit Macht und Einfluss, sondern nur ein Kriegsveteran war.

Nachdem er das Seil durchtrennt und seinen toten Hund vom Baum geholt hatte, war er lange auf dem Boden sitzen geblieben und hatte ihn im Arm gehalten. Als er ihn schließlich im Tal des Lindeborg Å begraben hatte, war er völlig zusammengebrochen.

Seitdem war er nicht einmal mehr in die Nähe eines Hundes gegangen.

Von unten aus der Küche drang ein Rascheln und Klappern

nach oben. Er stand auf, zog sich ein T-Shirt über, knipste die Taschenlampe an und schlich barfuß die schmale Treppe hinunter.

Das Rollo in der Küche war nicht heruntergelassen. Für jeden, der sich womöglich dort draußen in der Dunkelheit befand, wäre er eine gut beleuchtete Zielscheibe gewesen, hätte er jetzt das Licht angemacht. Aber die Taschenlampe reichte vollkommen aus, und er verzichtete darauf, das Rollo zu schließen, das er als Erstes hier angebracht hatte. Die Geräusche kamen natürlich aus dem Pappkarton in der Ecke der Küche. Er leuchtete hinein.

Das kleine schwarze Vogelküken duckte sich ins Heu, als es plötzlich hell wurde. Es war eine junge Rabenkrähe. Er hatte sie vor ein paar Tagen im Wald gefunden, wo sie aus dem Nest gefallen war. Auf dem Waldboden hätte sie vermutlich keinen Tag überlebt, also hatte er sie mit nach Hause genommen. Wenn sie ein Fighter war, würde sie sich eingewöhnen und sich groß und stark fressen, bis er sie wieder freilassen konnte. Die Alternative ergab sich wie immer von selbst.

Rabenkrähen, Saatkrähen und die seltenen Raben tauchten in keiner Beliebtheitsstatistik auf, aber diese großen Vögel übernahmen eine wichtige Aufgabe im Gefüge der Natur. Außerdem hatte man nachgewiesen, dass Krähen und Raben zu den intelligentesten Vögeln gehörten. Wenn das Küken in der Pappschachtel auch so clever war, würde es seine Hilfe annehmen.

Er machte die Taschenlampe aus, setzte sich auf den wackeligen Küchenstuhl und drückte den Knopf seiner Armbanduhr. 02:11, viel zu früh, um aufzustehen. Viel zu spät, um etwas an der Tatsache zu ändern, dass er sich hellwach fühlte – und wie gerädert.

Das Wiedersehen mit dem Kuhmann im Nebel hatte ihn in Panik versetzt, das Reh in Alarmbereitschaft. Jetzt musste der Adrenalinspiegel erst mal wieder sinken.

Einer der Vorteile seines Aufenthaltes bei Johannes Fisch war bisher gewesen, dass er die Sieben nur selten zu Gast gehabt hatte.

Seiner persönlichen Theorie zufolge lag das an der harten physischen Arbeit, weil sein Körper – und damit auch sein Kopf – danach total erschöpft war und sich ausruhen musste.

Die grellen Flashbacks, die ihn jederzeit und überall treffen konnten, wenn irgendwer oder irgendetwas sie triggerte, kamen immer noch, aber er hatte das Gefühl, dass auch sie seltener geworden waren. Vielleicht weil die Welt hier bei Fisch so überschaubar und von täglicher Routine geprägt war.

Er ließ die Muskeln seines rechten Oberarms spielen. Der Bizeps war inzwischen groß und fest geworden. Das hatte im Keller im Rentemestervej noch ganz anders ausgesehen. Er hatte sich zwischen Regenbogenforellen und Baumstämmen in eine gute physische Verfassung geschuftet.

Johannes Fisch hatte verlegen ausgesehen, als er ihm fünfundzwanzig Kronen pro Stunde angeboten hatte. Mühsam hatte er seinem rumänischen Retter auf Englisch erklärt, dass die Fischzucht veraltet sei und nicht viel abwerfe, weshalb er einem Mitarbeiter leider nicht mehr zahlen könne.

Fünfundzwanzig Kronen war nicht viel. Aber dafür bekam er das Geld bar auf die Hand. Es kursierten eine Menge Geschichten darüber, wie osteuropäische Hilfskräfte in Dänemark für Arbeitgeber ackern mussten, die ihnen, ohne dabei rot zu werden, miserable Löhne rüberschoben. Was Johannes Fisch betraf, hatte er keinen Zweifel: Der Alte war wirklich nicht in der Lage, mehr zu zahlen, wenn er selbst überleben wollte. Aber im Grunde war das auch egal. Oxen brauchte kein Geld.

Die Krähe hatte aufgehört zu rascheln. Vielleicht spürte sie, dass er hier im Dunkeln saß und ihr Gesellschaft leistete.

Die Wahrheit war, dass die ganze Sache rund um die gehängten Hunde sein bescheidenes Dasein zerstört hatte, wie eine Granate, die alles im Umkreis in Stücke reißt. Nichts war mehr so wie zuvor.

Irgendwann, wenn er sich dazu in der Lage fühlte, würde er die Bruchstücke aufsammeln, sie sortieren und wieder zusammenbauen, bis er ein Fundament hätte, das ihn tragen konnte. Aber vorläufig war er bei Fisch im Stand-by-Modus. Auf unbestimmte Zeit.

Margrethe Franck … Manchmal musste er an sie denken, an die einbeinige Frau vom PET, mit der man ihn gezwungen hatte zusammenzuarbeiten. Wenn sie ihn jetzt sehen könnte … In ausgeleierter Unterhose und löchrigem T-Shirt, auf einem wackeligen Stuhl in einer vergammelten Küche, wo die Ratten hinter der Wandverkleidung rumorten, in einem abbruchreifen Haus – und in der Gesellschaft eines Krähenkükens … Was würde Margrethe Franck da sagen?

»Manchmal« war gelogen. Sie war sein einziger erfreulicher Flashback. Im allerletzten Moment hatte er sie im Stich gelassen. Er erinnerte sich, wie er versucht hatte, die richtigen Worte zu Papier zu bringen. Dreimal hatte er sich verzweifelt bemüht, ihr zu erklären, warum, aber jedes Mal endete es damit, dass er das Blatt zerknüllte. Die richtigen Worte wollten einfach nicht kommen. Und die, die ihm einfielen, klangen falsch. Schließlich hatte er sich mit einem *»Liebe Margrethe. Es tut mir leid.«* begnügt.

Diese Nachricht hatte er im Hotelzimmer liegen lassen – und war dann mit seinem Rucksack über die Landstraßen losgezogen.

An dem Tag, als er aus dem Rold Storkro verschwunden und vor Margrethe Franck und allen anderen geflüchtet war, an dem Tag hatte seine lange Reise ins Ungewisse begonnen, die in der Silvesternacht bei Johannes Fisch ein Ende gefunden hatte.

Die grausamen Albträume waren seine schlimmsten Gegner, aber da draußen existierte auch eine konkrete Bedrohung. Die alte Fischzucht war ein guter Rückzugsort, doch die Umstände sorgten dafür, dass er sich niemals in Sicherheit wiegen konnte.

Genau aus diesem Grund würde er sich morgen früh wieder in den Server in Singapur einloggen und mit der Maus drei Kreuze setzen, als würde er jeden Monat am 18. eine Lebensversicherung unterschreiben. So konnte er die, die ihm an den Kragen wollten, in Schach halten.

Wenn er dem Computer keinen Befehl gab, würde die Hölle losbrechen, noch bevor das Datum auf den 19. umgesprungen war. Der Server in Singapur würde eine E-Mail mit Anhang freigeben und automatisch an die Nachrichtenredaktionen von DR, TV2 und den fünf größten dänischen Tageszeitungen verschicken. Im Anhang würde sich ein Video von vierundzwanzig Sekunden Dauer befinden.

Der kurze Clip zeigte den dänischen Justizminister, Ulrik Rosborg, der von vielen klugen Köpfen bereits als heißer Kandidat für den Posten des Staatsministers gehandelt wurde. Den Mann, der es geradezu ikonisch fertigbrachte, drei unvereinbare Größen in sich zu vereinen: Gesundheit, Moral und Politik.

Ulrik Rosborg war der Inbegriff des gesunden Geistes in einem gesunden Körper. Ein Sportler, der am Ironman auf Hawaii teilgenommen hatte. Einer, der die Nation zu sich nach Hause in die offene Wohnküche eingeladen hatte, zu einem vitaminreichen *Low Fat*-Frühstück, das er vor laufenden Fernsehkameras für seine beiden bildhübschen Kinder und seine gepflegte Innenarchitektinnen-Ehefrau gezaubert hatte.

Das war so gut und gesund gewesen, dass gleich eine ganze Serie aus der ballaststoffreichen Botschaft auf dem idyllischen Landsitz in Nødebo entstanden war. Seither präsentierte Rosborg sich bereitwillig in jedem gesunden Zusammenhang.

Der Videomitschnitt, der von der Überwachungsanlage auf Nørlund Slot im Rold Skov aufgezeichnet worden war, zeigte dagegen einen Justizminister, der vollkommen enthemmt eine Frau von hinten vergewaltigte und dabei wie besessen an dem Halsband zerrte, das sie trug. Er zog es immer enger und hörte erst auf, als sie längst erstickt war.

Der kurze Film war mit einem Datum und einer Jahreszahl versehen und wurde von einem kurzen Text begleitet: »Justizminister Ulrik Rosborg und Virginija Zakalskyte (Vilnius, Litauen) auf Nørlund Slot.«

Diese Szene genügte, um die Furcht einflößenden Kräfte, mit denen Margrethe Franck und er zwischenzeitlich Bekanntschaft gemacht hatten, im Zaum zu halten. Tatsächlich käme es aus deren Sicht einer Katastrophe gleich, sollte er aus irgendeinem Grund sterben – und sich nicht mehr in den Server einloggen können.

Ihm war bewusst, dass Franck und er bei ihren Ermittlungen ins Innerste vorgedrungen, dass sie mit dem Kern einer Machtsphäre von ungeahnter Dimension in Berührung gekommen waren. Einer Macht, die auf das mittelalterliche dänische Parlament zurückging, den Danehof. Dieser hatte sich einst auf Nyborg Slot versammelt und war jahrhundertelang im Verborgenen weitergeführt und in der Gegenwart unter anderem in den äußerst renommierten Thinktank namens Consilium überführt worden.

Die Dokumente, die er auf Nørlund Slot gestohlen hatte, enthielten Namenslisten und Tagebucheinträge. Eine minutiöse und überaus beunruhigende chronologische Darstellung verschiedener Vorgänge, die offenbarte, dass Liquidierung als probates Mittel betrachtet wurde, wenn sich die dunklen Männer der Macht verteidigen mussten.

Einige der Dokumente, die besonders kompromittierenden, hatte er für sich behalten. Er hatte sie zunächst seinem Freund L. T. Fritsen zur Aufbewahrung geschickt, sie aber später zurückbekommen und unzählige Male durchgeackert. Jetzt waren sie sorgfältig versteckt, vergraben in einer Plastikbox am Fuße einer großen Lärche.

Den Rest der Schriftstücke hatte er kopiert und per Post an den Museumsdirektor von Nyborg Slot weitergeleitet, mit dem Margrethe und er sich im Rahmen der Ermittlungen damals getroffen hatten. Der junge Historiker war Experte für den Danehof und gerade dabei, eine wissenschaftliche Abhandlung darüber zu schreiben. Oxen hatte ihm die Dokumente anonym zugesandt. Hoffentlich würden sie dem enthusiastischen Museumsmann bei seinen Forschungsarbeiten nutzen.

7. Eisige Schauer liefen ihm über den Rücken, und er zuckte mit den Schultern, um die Kälte abzuschütteln.

Er war vierundfünfzig Jahre alt, stellvertretender Polizeidirektor und Leiter des Morddezernats. Und dieser Mord war wahrlich nicht der erste in seiner langjährigen Karriere. Dass er trotzdem so reagierte, lag an zwei besonderen Umständen:

1. Der Schauplatz … Der Fundort des Opfers war kein geringerer als der Danehof-Saal, von dem aus Dänemark einst regiert worden war. Er hatte das Gefühl, in die Vergangenheit katapultiert worden zu sein. Würde als Nächstes womöglich Königin Margrethe I. mit ihrem Gefolge durch den Saal schreiten? Und was müsste ein heutiger Chefermittler dann an Untertänigkeit an den Tag legen?

2. Die Presse … Ein Szenario wie dieses war ganz nach ihrem Geschmack. Die Kamerablitze der Polizeitechniker waren die bösen Vorboten des Blitzlichtgewitters, das ihm noch bevorstand. Genau wie er selbst sich gerade ins Mittelalter zurückversetzt fühlte, würde auch die Presse ein Drama ohnegleichen entwerfen. Das hier war spektakulär. Wie hungrige Hyänen würde sich die Pressemeute auf diesen Fall stürzen. Und wenn er etwas abgrundtief hasste, dann waren es Journalisten, die seine Ermittlungen behinderten.

Er hieß Hans Peter Andersen, wurde aber H. P. Andersen genannt. Wenn man so wollte, unterschied ihn nur sein zweiter Vorname von der berühmtesten Persönlichkeit, die je in diesem Land gelebt hatte, dem Märchendichter Hans Christian Andersen. Abgesehen von ihrem Namen und der Tatsache, dass sie beide in Odense aufgewachsen waren, hätten sie allerdings nicht unterschiedlicher sein können.

An der Arbeit eines Polizisten war in dieser Welt voller Verbrechen gar nichts märchenhaft. Hier ging es ausschließlich um Fakten, und weder die Königin noch irgendwelche adligen Herren oder Ritter würden diese Bühne betreten.

Der andere Andersen dagegen hätte vielleicht eine tolle Geschichte aus dem Durcheinander hier gemacht. Genau wie die verfluchte Presse.

»Und Sie sind sich ganz sicher, Bromann? Ist er es wirklich?«

Er war mit Plastiktüten an den Füßen in der Tür stehen geblieben und drängte ungeduldig auf eine Bestätigung durch den Mann im weißen Overall. Dabei gehörte er selbst auch zu der Sorte Mensch, die sich am Tatort nicht festlegen wollte.

»Ja, ja, ja, wollen Sie es vielleicht auch gleich schriftlich, H. P.?«

»Sie wissen doch, wie das ist. Ich muss einfach ganz sicher sein. Das hier ist Mist, ganz großer Mist.« Der Chefermittler hob abwehrend eine Hand und versuchte zu lächeln.

Aufgebracht, wie er war, fügte er seiner Liste noch einen dritten Punkt hinzu:

3. Das Opfer, das in einer Blutlache lag, hatte keinen Ausweis bei sich, aber es bestand nicht der geringste Zweifel daran, dass es sich um Museumsdirektor Malte Bulbjerg handelte, den Chef des Schlosses. Bromann wusste das besser als jeder andere. Er wohnte schließlich selbst in Nyborg.

Und um dem ganzen Durcheinander noch ein weiteres spektakuläres Detail hinzuzufügen: Der Museumsdirektor war nicht einfach umgebracht, sondern ganz offensichtlich kaltblütig hingerichtet worden. Ein tödlicher Schuss in die Stirn des Mannes und ein weiterer in sein linkes Auge. Es wirkte, als ob der Museumsmann mit einer Art Signatur versehen worden wäre. Weshalb sollte man sonst eine Kugel ins Auge platzieren?

Bromann, der erfahrenste Rechtsmediziner von allen, auf den er große Stücke hielt, hatte natürlich Vorbehalte geäußert. Er wollte den Mann zuerst bei sich auf dem Obduktionstisch haben, um sich einen Überblick über die Einzelheiten zu verschaffen, bevor er eine vernünftige Theorie über die beiden Schüsse äußerte. Aber in der Praxis … Eine Kugel in die Stirn war nun mal tödlich. Von den genaueren Erkenntnissen über die Schüsse würde die Presse nichts erfahren. Dafür würde er schon sorgen.

»Oha …« Bromann, der neben der Leiche kniete, beugte sich nach vorn.

»Was ist?«

»Hier.« Der Rechtsmediziner hielt ein kleines Plastiktütchen zwischen Zeigefinger und Daumen hoch.

»Die hätte ich beinahe übersehen. Sie lag unter seinem Bein«, fuhr Bromann fort.

»Hör mir auf! Als wäre es nicht schon schlimm genug.«

»Denkst du wirklich, dass …?« Bromann führte den Satz nicht zu Ende.

Ihm selbst blieb nichts anderes übrig, als mit den Schultern zu zucken. Und dem Szenario einen weiteren unerfreulichen Aspekt hinzuzufügen.

»Keine Ahnung. Nach der Analyse wissen wir mehr.«

Damit waren die Rollen ganz ungewohnt vertauscht. Jetzt war er, der Polizist, derjenige mit den Vorbehalten. Aber in der wirklichen Welt gab es nur eine Klientel, die mit kleinen, durchsichtigen und wiederverschließbaren Plastiktütchen herumlief – nämlich die mit den Drogen. Noch eine Information, von der die Presse besser nichts erfahren sollte.

»Du wohnst doch schon lange hier, oder?«

Bromann nickte.

»Ja, fünfundzwanzig Jahre.«

»Was kannst du über ihn sagen?«

»Moment, bin gleich so weit, dann besprechen wir das alles in Ruhe«, antwortete Bromann.

Er beendete seine Arbeit und erhob sich dann mühsam, nachdem er lange gekniet hatte.

Sie zogen sich in den angrenzenden Saal zurück, wo schon die Kriminaltechniker warteten, um das Feld zu übernehmen.

»Ich habe mich ein paarmal mit ihm unterhalten. Ich war eine Zeit lang in dem Komitee, das den Mittelaltermarkt organisiert, und außerdem hatte ich im Fußballverein mit ihm zu tun. Er hat sich für beides sehr engagiert. Ich glaube, dass er in Nyborg ziemlich beliebt war. Ja, ich würde sogar behaupten, dass er überall gern gesehen war. Es war sein Job, Nyborg und das Schloss zu vermarkten, und das hat er hervorragend gemacht. Soweit ich weiß, sind die Besucherzahlen permanent gestiegen.«

»Hmm … Frau? Kinder?«

»Nur eine Frau.«

»Dann hatte er keine Feinde?« Fragend hob er die Augenbrauen.

»Wenn du die Nyborger auf der Straße fragen würdest – nein. Aber ich bin schon lange genug dabei, um zu wissen, dass es zwischen Himmel und Erde mehr gibt, als man denkt, nicht wahr? Aber das ist ja eher dein Metier, H. P. Nur mit diesem Plastiktütchen hätte ich wirklich nicht gerechnet, falls da etwas dran sein sollte.«

»Und was sagst du sonst? Todeszeitpunkt? Grob geschätzt?«

»Noch keine Leichenstarre, Totenflecken noch nicht voll ausgeprägt. Das ergibt einen Korridor von zwei bis maximal drei Stunden. Wie immer ohne Gewähr.«

»Der Wachmann hat um zwanzig nach eins Alarm geschlagen. Das ist nicht mal zwei Stunden her. Also könnte er wenige Minuten vor dem Eintreffen des Wachmanns gestorben sein?«

»Im Augenblick würde ich sagen, ja.« Bromann nickte. »Ich kann ihn mir heute über Mittag mal anschauen. Du willst die Ergebnisse sicher so schnell wie möglich haben?«

»Das wäre ganz wunderbar, vielen Dank.«

Obwohl es wirklich ein dringlicher Fall war, hatte er nicht mit einer so schnellen Obduktion gerechnet. Jetzt galt es, auch die Ermittlungen zu beschleunigen.

Er stand allein im Dunkeln an der Treppe, die vom Fußweg am See zum Schlossplatz führte, und rauchte eine Zigarette, um den Kopf freizubekommen und alle Punkte noch einmal gedanklich durchzugehen.

Gerade verließ der Rechtsmediziner das Schloss und lief eilig zu seinem Wagen. Er beneidete Bromann nicht. Es war eine Sache, fremde Leute aufzuschneiden, aber das hier …

Er ging seine Maßnahmen und Anweisungen durch. Schon auf der Fahrt von Kerteminde hierher hatte er veranlasst, was heutzutage zur Routine gehörte: eine Zusammenstellung sämtlicher Mobilfunkdaten aus dem Ortskern von Nyborg. Das Plastiktütchen vom Tatort war per Express zur Analyse nach Fredericia geschickt worden, genau wie das Handy des toten Museumsdirektors.

Das Plastiktütchen hatte oberste Priorität. Fiel die Analyse positiv aus, würde sich das Ganze noch schwieriger gestalten. Falls sich Bulbjerg wirklich im Drogenmilieu bewegt hatte oder auch nur peripher damit in Berührung gekommen war, wurde es kompliziert. Wenn es um polizeiliche Ermittlungen ging, reagierte die Szene für gewöhnlich verschlossen.

Sobald das Land in ein paar Stunden allmählich aufwachte, fing auch das übliche, umfassende Fischen nach Informationen an: Banken, Behörden, Arbeitsplatz, Familie und andere nahestehende Personen. Der erste Schwung, auf den kam es an. Gelang es, ihn von Anfang an aufrechtzuerhalten, hatte man die besten Karten schon in der Hand.

War es Mord im persönlichen Umfeld oder Mord ohne direkten Bezug? Das war immer eine wichtige Frage. Ein Mord, ohne dass Opfer und Täter in Beziehung standen, war ausgesprochen selten – und schwer aufzuklären.

Er drückte die Zigarette an einem Stein aus und schnipste die Kippe weg. Zehn Zigaretten mussten reichen. Jetzt kam das Schlimmste. Er hatte sich selbst die schwere Aufgabe auferlegt, die Angehörigen zu informieren, in diesem Fall die Ehefrau.

Diesen unangenehmen Gang hatte er schon oft auf sich genommen. Es kam immer ein wenig auf die Situation und das Milieu an, allerdings hatte er das ungute Gefühl, dass es diesmal besonders schwer werden würde. Aber wenn der stellvertretende Kripoleiter das nicht hinbekam, wer dann?

8. Das gelbe Blinken des Kranwagens signalisierte, dass sie wohl einige Geduld aufbringen musste. Der Stau war schon ziemlich lang. Statt rechtzeitig zu wenden, war sie in ihrem morgendlichen Tran geradewegs in die Falle am Gladsaxe Ringvej gefahren, wo zwei Autos zusammengestoßen waren und nun die komplette Fahrbahn blockierten. Jetzt war sie hier in ihrem Mini Cooper eingeklemmt wie der Schinken im Sandwich – und fluchte.

Sie würde es nicht rechtzeitig schaffen. Es konnte noch eine ganze Weile dauern, bis die Autos endlich abgeschleppt wurden und die Straße wieder frei war. Sie tippte eine Nummer in ihr Handy.

»Hier ist Margrethe Franck. Kannst du Eriksen bitte ausrichten, dass ich es nicht pünktlich zu unserem Meeting schaffe? Ich stecke im Stau fest.«

Sie stand direkt neben dem Friedhof. Eigentlich war es nicht mehr weit bis zu ihrem Arbeitsplatz, dem Hauptquartier des Inlandsnachrichtendienstes PET. Nur noch bis zum Kreisverkehr, auf dem Buddingevej Gas geben, dann links abbiegen und auf den Parkplatz. Aber selbst ein Cooper konnte nicht fliegen und das gelbe Blinklicht rührte sich nicht vom Fleck.

Sie trommelte mit den Fingern aufs Lenkrad, als könnte sie damit das Hindernis da vorn aus dem Weg räumen. Schließlich gab sie auf, schaltete das Radio an und lehnte sich im Sitz zurück. Gerade kamen die Nachrichten.

Der Skandal um die fehlenden Steuerbelege des Staatsministers für eine Reihe von Auslandsreisen wollte einfach nicht enden. Das Ganze dauerte jetzt schon so lange, dass sie sich nicht mehr erinnern konnte, wie es überhaupt angefangen hatte. Aber hatte es solche Affären nicht schon immer gegeben? In jeder Regierung? Überall derselbe Sumpf.

Gestern Abend hatte Russland gegen die USA und das westliche Europa gewettert, und jetzt zitterten die asiatischen Börsen nervös.

In der Nähe einiger berühmter Inkaruinen in Peru hatte es einen Erdrutsch gegeben. Mehrere westliche Touristen, darunter zwei Schweden, waren ums Leben gekommen. Nicht vielleicht auch ein paar Einheimische? Die wurden jedenfalls nicht erwähnt. Am Ende wogen wohl nicht alle Leichen gleich schwer.

»*... und damit zurück nach Dänemark. Letzte Nacht wurde im mittelalterlichen Schloss der Stadt Nyborg ein Mann ermordet. Ein Wachmann hat ihn nach Mitternacht im sogenannten Danehof-Saal aufgefunden. Vorläufig sind uns noch keine Einzelheiten bekannt, aber der leitende Ermittler, Vizepolizeidirektor H. P. Andersen von der Kripo Fünen, hat uns darüber informiert, dass der Mann offenbar erschossen wurde. Darüber hinaus gibt es von polizeilicher Seite bislang keinen Kommentar zu dem Fall.*«

Nyborg Slot und ein Mord? Schüsse im Danehof-Saal? Dem historisch bedeutendsten Saal des Schlosses? Das klang bizarr. Es gab einfach Orte, an denen ein Mord völlig fehl am Platz war.

Sie war erst letztes Jahr in diesem Saal gewesen. Zusammen mit Niels Oxen, dem hochdekorierten Kriegsveteranen, der unfreiwillig in das Wespennest einer Mordermittlung geraten war.

Im Rahmen ihrer Zusammenarbeit in dem Fall der gehängten Hunde hatten sie sich mit dem Museumsdirektor getroffen, dessen Name ihr gerade entfallen war. Er war noch relativ jung gewesen, ein sehr freundlicher Mann, der sie beide mit seiner ansteckenden Begeisterung für die Vergangenheit beeindruckt hatte.

Margrethe schüttelte den Kopf. Ein Mord im Schloss? Das würde ein gewaltiges Aufsehen erregen. Lange konnte der Chefermittler die Presse sicher nicht mit »kein Kommentar« ausbremsen. Sobald die Medienmeute aus ihren Betten gekrochen war, würde Nyborg belagert werden, weil jeder etwas Neues herausfinden wollte. Und undichte Stellen gab es immer und überall.

Endlich sah es so aus, als würde sich das gelbe Blinken weiter vorn in Bewegung setzen. Wurde auch langsam Zeit, aber das Meeting hatte sowieso längst angefangen.

Was für ein seltsamer Zufall, dass Nyborg ausgerechnet heute in den Nachrichten auftauchte. Erst gestern Abend hatte sie an Niels Oxen gedacht. Wobei sie genau genommen schon oft an ihn gedacht hatte, seit der Fall abgeschlossen war – aus ganz unterschiedlichen Gründen. Tatsächlich hatte sie seitdem ziemlich viele Stunden auf ihn verwendet.

Auf Anweisung ihres Chefs hatte sie damit angefangen, nach ihm zu suchen. Aber auch wenn er es nicht angeordnet hätte, hätte sie es trotzdem getan. Sie hatte das ganze Land auf den Kopf gestellt, in ermittlungstechnischem Sinn, ohne auch nur die geringste Spur von ihm zu finden.

N. O. hatte der Gesellschaft erneut den Rücken gekehrt.

N. O. existierte ganz einfach nicht.

In schwachen Momenten zweifelte sie manchmal: War er etwa tot? Hatte seine Krankheit ihn in den Selbstmord getrieben?

Vielleicht gab es aber einen ganz banalen Grund dafür, dass sie seine Fährte nicht aufnehmen konnte. Vielleicht befand er sich einfach nicht mehr im Land.

Vor ihr entstand eine Lücke und die Autos setzten sich im Schneckentempo in Bewegung. Mit etwas Glück würde sie einen Großteil der Sitzung doch noch mitbekommen.

Es ging um die neuen Strategien des PET bei der Zusammenstellung von Listen und bei der Überwachung von HUMINT, *human intelligence*, im rechtsextremen Lager des Landes. Da gab es nämlich tatsächlich eines, wenngleich der harte Kern von überschaubarer Größe war.

Sie war gerade noch rechtzeitig gekommen, um an dem Punkt einzusteigen, an dem das Meeting wirklich interessant wurde. Jetzt kam sie vom Frühstück. Den Rest des Tages würde sie mit Bergen von Papierkram verbringen.

»Margrethe?«

Seine tiefe Stimme war unverkennbar, doch es kam nicht oft vor, dass er sie auf dem Gang abfing. Sie drehte sich um. Ihr Chef, Axel Mossman, der Leiter des PET, kam mit drei großen Aktenordnern unter dem Arm auf sie zu. Er hatte diesen charakteristischen rollenden Gang, da er so riesig war, dass er sich nur mit niedriger Drehzahl vorwärtsbewegen konnte. Ein Körper wie seiner verfügte nicht über Sprintereigenschaften.

Sie sah ihn fragend an.

»Ist schon ein bisschen her, dass ich mich nach dem letzten Stand erkundigt habe, aber Niels Oxen … Gibt es da was Neues?«

Sie wirkte wohl überrascht, denn Mossman fuhr fort: »Ich hatte Sie gebeten, ihn aufzuspüren, und ich gehe nicht davon aus, dass Sie das vergessen haben. Ich würde immer noch gern mit dem Mann sprechen.«

Tatsächlich war es das Timing, das sie verblüffte. Erst ihre eigenen Überlegungen, dann Nyborg und das Schloss, und jetzt kam Mossman damit um die Ecke.

»Nein, das habe ich nicht vergessen. Ich habe Ihnen ja auch mehrfach Bericht erstattet, nicht wahr? Fragen Sie wegen Nyborg?«

Das war dumm gewesen. Warum sollten die beiden Themen für ihn zusammenhängen? Ihr war einfach herausgerutscht, was ihr selbst im Kopf herumging.

Axel Mossman zog verwundert die Augenbrauen hoch.

»Nyborg? Ich frage nach Oxen, weil ich dachte, dass ich mal wieder nachhaken sollte.«

»Schon in Ordnung. Aber nein, es gibt nichts Neues. Der Mann ist wie vom Erdboden verschluckt.«

»Nicht der geringste Hinweis, dass …?«

Sie schüttelte abwehrend den Kopf. »Nein, gar nichts. Ich habe alles geprüft. Verschiedene Behörden, die Armee, Veteranen, das Veteranenzentrum, Freunde, Familie, die Exfrau … Zuletzt habe ich überall eine Nachricht mit der Bitte hinterlassen, mich zu kontaktieren, falls er sich irgendwo blicken lässt. Es gibt auch keinerlei

Datenverkehr, aber Sie haben ihn ja mit so viel Bargeld ausgestattet, dass er seine Kreditkarte noch eine ganze Weile nicht brauchen wird. Falls er überhaupt eine hat. Eigentlich kann ich mir kaum vorstellen, dass Niels Oxen eine besitzt.«

»*Well*, machen Sie einfach weiter, Margrethe. Dann sehen wir ja, ob er nicht doch plötzlich auftaucht. Was ist denn mit Nyborg?«

»Nichts, gar nichts. Ich war nur in Gedanken.«

Axel Mossman nickte, drehte sich um und wälzte sich mit seinen Ordnern weiter. Sie ging in ihr Büro, lustlos bei der Aussicht auf den ganzen Papierkram und von der unvermittelten Frage nach Oxen aus dem Konzept gebracht.

Sie ärgerte sich. Und zwar schon seit dem letzten Jahr. Ihr gutes Verhältnis zu Axel Mossman hatte durch den Fall mit den gehängten Hunden ziemlich gelitten. Sie war seinerzeit von ihm zum PET geholt worden, um so etwas wie seine rechte Hand zu werden, aber jetzt hielt er sie auf Abstand. Inzwischen arbeitete sie fast häufiger als Assistentin des Operativen Leiters Martin Rytter.

Aber das Gefühl, Abstand halten zu wollen, beruhte auch auf Gegenseitigkeit. Sie musste zugeben, dass sie ihre Schwierigkeiten mit diesem Chef hatte, dem obersten Chef des PET, der womöglich aktiv daran beteiligt gewesen war, eine Ermittlung zu behindern. Vielleicht hatte er sich stillschweigend gefügt und sich ohne großen Widerstand zwingen lassen, den Fall zu schließen. Aber vielleicht war er auch persönlich in die Sache involviert gewesen – was niemals zu beweisen sein würde.

Abgesehen von vielen anderen guten Eigenschaften, hatte sie ihn immer für seine Integrität bewundert. Wie sollte das angesichts eines solchen Verdachts jetzt noch gehen?

Mossman hatte sie zu einem Treffen unter vier Augen bestellt. Einerseits um die vielen externen Faktoren zu besprechen, die den Fall verkomplizierten, andererseits aber sicher auch, um ihr seine eigene Situation darzulegen. Weil ein Chef sich eigentlich nicht erklären musste – und schon gar nicht der Chef des nationalen Nachrichtendienstes –, war es doch ein positiver Zug, dass er es getan hatte, nicht wahr? Oder war es nur ein geschickter Schachzug gewesen?

Egal wie sehr sie den Fall und seinen Ausgang auch drehte und wendete, egal wie sehr sie Mossmans Argumente verteidigte, ein Verdacht blieb an ihm haften.

Hatte er den Justizminister gedeckt? Sich selbst? Oder hatte er nur ein Spiel gespielt, um später zuzuschlagen, wenn der Zeitpunkt günstiger war?

Die vielen Spekulationen machten sie noch verrückt. Dabei war sie endlich – so viele Monate später – im Begriff gewesen, das Ganze abzuhaken, den Fall und Oxen, mitsamt seiner seltsamen Geschichte.

Und ausgerechnet jetzt tauchte Nyborg Slot in den Radionachrichten auf – und kurz darauf fragte Mossman spitz, ob sie eigentlich vergessen habe, dass sie Niels Oxen aufspüren solle.

Was für ein Scheißtag! Von dem Moment an, als sie die gelben Warnleuchten an der Ringstraße gesehen hatte, bis jetzt.

Ihr Blick glitt von dem Fenster ohne Aussicht über die Decke und zurück zum Computerbildschirm. Nyborg … Sie musste der Sache nachgehen. Aus purer Neugier.

Ein paar Mausklicks, und die Titelseite der größten Boulevardzeitung sprang ihr direkt ins Gesicht.

»Museumsdirektor im Rittersaal hingerichtet.« Über der Schlagzeile auf der Homepage prangte ein gelbes Banner, auf dem in schwarzen Buchstaben *»Breaking News«* stand.

Die Zeitung wollte aus zuverlässiger Quelle erfahren haben, dass es sich bei dem Toten um Malte Bulbjerg handelte, den achtunddreißigjährigen Museumsdirektor von Nyborg Slot. Er war gegen 01:30 Uhr von einem Wachmann gefunden worden. Der Direktor, Dänemarks führender Experte in Sachen Danehof, hatte auf dem Boden des Danehof-Saals in einer Blutlache gelegen. Angeblich war er durch einen Schuss in die Stirn getötet worden – und durch einen zweiten ins Auge.

»Kein Kommentar«, war das Einzige, was der leitende Ermittler H. P. Andersen sonst noch mitgeteilt hatte.

Die Kripo Odense hatte eine Pressekonferenz im Präsidium angekündigt.

Die Tatsache, dass man die Presse einberief, machte deutlich, dass die Kollegen mit großem öffentlichem Interesse rechneten.

Auch wenn sie eine solche Meldung nicht mehr überraschen sollte nach ihren vielen Jahren im Dienst, darunter allein acht beim PET, war Margrethe trotzdem verwundert. Die Offenheit des Museumsmannes, seine Freundlichkeit und sein Enthusiasmus passten einfach nicht zu einem Menschen, der in dunkler Nacht einem Mord zum Opfer fiel. Noch dazu einem Mord, der einer regelrechten Hinrichtung glich, wenn die Informationen der Presse stimmten.

Sie würde die Berichterstattung zu dem Fall im Auge behalten.

Aber jetzt warteten die Papierberge auf sie. Mit einem tiefen Seufzer machte sie sich daran, die Unterlagen zu sortieren und Überwachungsberichte zu dem Fall zu schreiben, bei dem sie den Operativen Leiter gerade unterstützte.

Es ging um eine kleine Gruppe junger muslimischer Männer, die mit einer Moschee im Stadtzentrum von Kopenhagen in Verbindung standen. Zwei von ihnen hatten nachweislich in Syrien gekämpft. Die Gruppe wurde permanent überwacht, denn der PET ging davon aus, dass in ihrem Umfeld neue Kämpfer rekrutiert werden sollten.

Es fiel ihr schwer, sich darauf zu konzentrieren. Ihre Gedanken kreisten um einen ganz anderen Kämpfertyp: um den Mann, der seine Karriere in den Neunzigern als Soldat begonnen hatte, als Mitglied der dänischen Truppen im Bürgerkrieg auf dem Balkan, und der danach Elitesoldat im Jägerkorps geworden war. Alles in allem hatte Niels Oxen an acht internationalen Einsätzen teilgenommen. Und er war als erster und einziger Soldat mit dem Tapferkeitskreuz ausgezeichnet worden.

Es war ihr ein Rätsel, wo sich dieser außergewöhnliche Mensch jetzt aufhielt. In Anbetracht seines Hintergrunds und der PTBS, der posttraumatischen Belastungsstörung, unter der er litt, war sie davon überzeugt, dass Niels Oxen ganz bestimmt nicht damit beschäftigt war, »normale soziale Kontakte« zu pflegen, wie man das für gewöhnlich nannte.

Sie hatte sein soziales Umfeld gründlich durchleuchtet und das Nullresultat sogar schriftlich an Mossman gemeldet. Und für sich selbst hatte sie die Schlussfolgerung gezogen, dass Oxens Kontakte zu anderen Menschen den Namen »soziales Umfeld« schon nicht mehr verdiente, seit er sich vor langer Zeit in ein Kellerzimmer im Nordwestquartier Kopenhagens zurückgezogen hatte. Aus diesem Grund war es ziemlich unwahrscheinlich, dass ein zweiter Anlauf irgendwie nützlich sein würde.

Vielleicht hatte der PET-Chef ihren Bericht nur kurz in einem hektischen Moment überflogen und die Botschaft nicht erfasst. Vielleicht wollte er ihr Ergebnis aber auch einfach nicht akzeptieren.

Sie hatte ihre privaten Nachforschungen über Niels Oxens Leben, die sie während der Ermittlungen im Fall der gehängten Hunde begonnen hatte, nach seinem Verschwinden noch eine ganze Weile fortgeführt. Dann hatte sie das Projekt begraben. Es war zu umfangreich geworden und hatte sie viel zu sehr in Beschlag genommen.

Nun lag Niels Oxens Vergangenheit bei ihr zu Hause in der Wohnung in Østerbro. Alles, was sie zusammengetragen hatte, sorgsam sortiert und gestapelt, verwahrt in zwei durchsichtigen Plastikboxen mit Rollen, die man jederzeit an jeden denkbaren Ort schieben konnte.

Irgendwann hatte sie Niels Oxen unter ihr Bett verfrachtet. Doch sie hatte das unbestimmte Gefühl, dass nun der Zeitpunkt gekommen war, ihn wieder hervorzuholen und alle Informationen zum Gott weiß wievielten Mal zu überprüfen. Sonst würde sie keinen Frieden finden.

9.

Die drei saßen zusammen auf der kleinen Sitzgruppe, jeder mit einer Tasse Kaffee oder Tee in der Hand. Auf dem Tisch stand ein Silbertablett. Es waren immer noch ein paar Sandwiches mit Käse und Schinken übrig. Auf einer kleineren Platte lagen Kekse.

Sie unterhielten sich leise, die Stimmung war locker, wie zwischen Menschen, die sich richtig gut kennen und sich deshalb lange Pausen erlauben können, ohne dass die Stille peinlich wird.

Der Raum, in dem sie saßen, war nicht groß. An der Schmalseite stand ein Servierwagen mit Thermoskannen, und von dem kurzen offenen Flur daneben gingen zwei Türen ab.

Die rechte führte in ein großes Büro, das einen Schreibtisch und Regale enthielt. An der Wand hingen mehrere Bildschirme einer Überwachungsanlage.

Die linke führte in ein viel kleineres Zimmer. Die Wände waren fast vollkommen kahl, und neben der Tür war ein Regalbrett angebracht, auf dem eine große Schachtel Streichhölzer lag. In der Mitte des Raums standen ein runder Tisch aus massivem dunklem Holz und drei Stühle mit hohen Lehnen. Über jedem hing ein schwarzer Umhang. An der Tischkante stand ein silberner siebenarmiger Leuchter, dessen Kerzen nicht brannten.

Im Zimmer mit der Sitzgruppe hob einer der drei, ein Mann mit hoher Stirn und kurzen grauen Haaren, den linken Arm, offenbar um nachzusehen, wie spät es war.

Sein Hemdsärmel rutschte ein kleines Stück zurück und gab den Blick auf die Armbanduhr frei. Es war drei Minuten vor acht.

Präzision war ein fester Bestandteil seines Lebens, und in diesem ganz besonderen Teil der Welt, der nur aus diesen drei Räumen bestand, war Präzision eine Selbstverständlichkeit.

»Es ist an der Zeit, meine Freunde.«

Langsam stand er auf. Die beiden anderen folgten seinem Beispiel, stellten ihre Tassen auf den Servierwagen und machten sich bereit. Er ging zur linken Tür und öffnete sie.

»Bitte sehr«, sagte er, während seine Gäste das dunkle Zimmer betraten und sich wie immer hinter ihrem jeweiligen Stuhl aufstellten.

Er entzündete eins der speziellen Streichhölzer vom Regal und steckte die sieben Kerzen an. Dann schloss er die Tür und stellte sich ebenfalls auf. Sein Stuhl stand im Osten, die beiden anderen im Norden beziehungsweise Süden, der siebenarmige Leuchter im Westen. So war es zu allen Zeiten gewesen.

Genau wie seine Gäste nahm er nun den schweren schwarzen Umhang, der über der geschnitzten Stuhllehne hing, legte ihn sich um die Schultern und schloss ihn mit einer goldenen Schnalle. Er versicherte sich, dass seine Gäste bereit waren, dann begann er gedämpft:

Vater unser im Himmel,
geheiligt werde dein Name.
Dein Reich komme.
Dein Wille geschehe,
wie im Himmel, so auf …

Nach dem Gebet folgte eine Minute der Stille. Sie diente mehreren Zwecken. So ehrten sie die Zeit, die hinter ihnen lag, und all jene, die mit ihr gegangen waren. Außerdem zollten sie der großen Aufgabe und Verantwortung Respekt, die zu übernehmen ihnen übertragen worden war. Und schließlich hatte er diese stumme Minute immer als Übergang zwischen den beiden Welten empfunden, als

Markierung, die ihnen half, sich zu fokussieren und die Arbeit aufzunehmen.

Diskret behielt er seine Uhr im Blick. Dann setzte er sich und seine Gäste taten es ihm gleich.

Sechsmal im Jahr hielten sie diese Versammlung ab, so wie die Tradition es in jüngerer Zeit vorschrieb. Jeden zweiten Monat, immer am Ersten um acht Uhr abends.

Ausgenommen war der Neujahrstag, an dem das Treffen bereits um zwölf Uhr mittags begann, weil dann der Statusbericht des vergangenen Jahres und ein Überblick über die kommenden Herausforderungen besprochen werden mussten.

Seit bald drei Jahrzehnten leitete er Ost, und es gehörte traditionell zu seinen Aufgaben, die Treffen der Obersten Versammlung abzuhalten. Aber er war kein Groß- oder Zeremonienmeister oder Ähnliches, und das hier war auch keine Loge und keine geheime Bruderschaft.

Es war ein *Parlamentum* oder *Hof*, wie der deutsche Vorläufer einst genannt wurde. So hatte man früher den Königshof bezeichnet, aber das Wort hatte auch noch eine weitere Bedeutung, aus der ihr eigener geschlossener Kreis entstanden war: »das Treffen mit dem König«.

Dieser Kreis war mit der Handfeste von Erik V. Klipping im Jahr 1282 geboren worden, in der festgelegt worden war, dass der König jedes Jahr »das Parlament, das ›Hof‹ genannt wird« abhalten solle.

Im Jahr 1354 verkündete Waldemar IV. Atterdag dann, »dass unser Parlament, das Danehof genannt wird, jedes Jahr am Johannistag nach alter Sitte auf Nyborg abgehalten werden soll«.

Aber der Danehof war weit mehr als nur ein Treffen gewesen. Er griff mit eiserner Hand nach dem König. Er setzte sich aus den besten Männern des Landes zusammen und seine Macht stellte alles andere in den Schatten.

Obwohl er diesen Posten schon viele Jahre innehatte, spürte er noch immer den Flügelschlag der Geschichte, jedes Mal wenn er ein solches Treffen eröffnete. Es rief nach Größe – und Demut.

»Das Treffen ist eröffnet. Dies ist der Danehof. Eine außerordentliche Versammlung, erbeten von den Repräsentanten des Parlaments im Süden. In wenigen Augenblicken werden wir den Grund dafür erfahren. Aber zunächst möchte ich gern um die Erlaubnis bitten, der Tagesordnung einen weiteren Punkt hinzuzufügen.«

Er sah seine Gäste fragend an. Sein Ansinnen war ungewöhnlich, aber es war von immenser Bedeutung. Seine beiden Gäste nickten zustimmend.

»Danke«, sagte er. »Es geht um unseren Justizminister Ulrik Rosborg. Wie Sie wissen, sollte die Angelegenheit erst Gegenstand unseres nächsten Treffens sein, aber ich habe wichtige Informationen, die, wie ich meine, weitere Überlegungen unsererseits erfordern. Deshalb erscheint es mir sinnvoll, mein Wissen bereits heute mit Ihnen zu teilen – um unsere Entscheidung so gut und sorgfältig wie möglich vorzubereiten. Daher meine Anfrage … Ich werde die Details später darlegen. Doch zuerst übergebe ich das Wort an Süd.«

Die Person zu seiner Linken räusperte sich.

»Danke. Ich habe um diese Versammlung gebeten, weil ich über eine Sache sprechen möchte, die uns alle betrifft. Nord informierte uns kürzlich über unser ehrwürdiges Mitglied Vitus Sander, der todkrank in einem Hospiz in Westjütland lag. Wir haben uns an das übliche Prozedere gehalten und stießen bei unserer Überwachung auf einen Mann, der Sander mehrfach aufgesucht hat. Dieser Mann ist – oder war – Museumsdirektor Malte Bulbjerg.«

Süd hielt inne, und noch im selben Moment hörte Ost sich überrascht »Bulbjerg?« sagen.

Es war unangemessen, die Rede mit einem Einwurf oder Kommentar zu unterbrechen. Derartiges musste bis zur anschließenden Debatte warten. Eilig entschuldigte er sich.

Seine Gäste begnügten sich mit einem Nicken.

Dann fuhr Süd fort: »Ganz genau. Malte Bulbjerg, der einzige Mensch im Land, der sich unter akademischen Gesichtspunkten mit der Geschichte unseres Parlaments befasst. Es ist an sich schon äußerst beunruhigend, dass zwischen ihm und dem verstorbenen Vitus Sander ein Kontakt bestand. Und wir haben diese Angelegenheit natürlich genau verfolgt, die wir auf unserer nächsten Versammlung darlegen und diskutieren wollten. Doch nun ist die Sache dringend geworden, und ich bitte schon heute um diese Diskussion. Ich stelle diesen Antrag angesichts der jüngsten Ereignisse, denn Malte Bulbjerg ist heute Nacht im Schloss ermordet worden. In unserem alten Versammlungssaal.«

Süd verstummte, und die Stille wirkte mit einem Mal ganz anders, dachte er. Nicht wie ein normaler Übergang oder eine kurze Pause. Eher wie ein Schlag, der sie alle getroffen hatte.

Die sieben kleinen Flammen des Leuchters schienen plötzlich zu zittern, und er ertappte sich bei dem Gedanken, dass das alles sehr unheilvoll wirkte.

10.

Die dunkelgraue Fliege tanzte leicht wie eine Schneeflocke auf der Wasseroberfläche. Die Strömung trieb sie um eine Insel aus grünen Stängeln herum, bevor sie in der Rinne zwischen zwei großen Sandbänken heftig Fahrt aufnahm, um danach gut sichtbar in ruhigerem Gewässer zu verharren, wo ein tieferes Wasserbecken lag. Diese Becken waren ihm gleich am ersten Tag aufgefallen, als er einen Spaziergang am Skjern Å gemacht hatte.

Jetzt kam es darauf an. Er hatte die Stelle zwanzig Minuten lang nicht aus den Augen gelassen und die Forelle gleich mehrfach gesichtet. Er hielt die Luft an. Der Wurf und das kurze Treiben in der Strömung waren perfekt getimt.

Wieder stieg sie wie ein riesiger dunkler Schatten von ihrem

Standplatz auf. Sie brach nicht spritzend durch die Oberfläche wie die kleineren Fische, sondern verursachte nur ein leichtes Kräuseln, als sie die Fliege in einer einzigen gleitenden Bewegung schnappte.

Er zog die Angel hoch und hatte den Riesen am Haken. Sofort musste er maximal gegenhalten. Sonst lief er Gefahr, dass die Forelle stromaufwärts schwamm, direkt in den schlammigen Grund. Große Fische, und das hier war einer der großen, zogen beim ersten Widerstand in die Tiefe.

Die Bremse an der Rolle pfiff, und er spürte, wie sein Blut rauschte. Der Fisch nahm einen langen Anlauf flussabwärts, wo eine Weide, die über dem Wasser hing, die nächste Gefahr bildete.

Und dann passierte plötzlich, womit er am wenigsten gerechnet hatte: Der große Fisch schoss wie ein silberner Pfeil senkrecht durch die Wasseroberfläche, schüttelte und wand sich für einen magischen Augenblick in der Luft und landete wieder im Wasser, ohne dass er am anderen Ende der Angelleine es verhindern konnte. Dann wurde es still.

Er holte die Schnur ein und musste feststellen, dass er diesen beeindruckenden Kampf verloren hatte. Heute würde es bei Nudeln mit Hackfleischsoße bleiben.

Die Erkenntnis war mit einer gewissen Erleichterung verbunden. Es hatte etwas Schönes, etwas Endgültiges, mit einer derart gewaltigen Entschlossenheit um sein Leben zu kämpfen – und zu gewinnen.

Er hatte die Angelschnur gerade wieder aufgerollt, als er Geräusche aus dem Gebüsch hörte, das sich wie eine grüne Mauer zwischen dem Flussbett und der sandigen Böschung erhob. Er ließ sich auf die Knie sinken. Seine rechte Hand wanderte unter die Leinenjacke zu dem Holster mit seiner Handfeuerwaffe. Reglos verharrte er, den Blick starr auf einen Punkt in acht bis zehn Metern Entfernung gerichtet.

Nach ein paar endlos langen Sekunden zwängte sich ein junger

Mann mit Sonnenbrille, Fischerweste, Filzhut und Anglerstiefeln durch das Gestrüpp, der vorsichtig eine lange Fliegenrute durch die Zweige manövrierte. Gemächlich bahnte sich der Mann seinen Weg durch das Schilf zum Ufer.

> »Bravo 18, hier ist Bravo 24. Feindmeldung. WARTEN.« <

»Runter! Alle halten die Schnauze. Kein Ton …«

> »24, observieren Taliban, Sektion plus, 100 Meter nordöstlich von euch rund um Gebiet T5M9. Bewegen sich in Richtung eurer Position. Bewaffnung: Kalaschnikows und ein Mörser. Schutz suchen, warten, Kampf vermeiden. Kommen.«
»18, verstanden, Ende.« <

Der Talibankrieger mit dem langen schwarzen Bart kommt um den Felsvorsprung. Er arbeitet sich scheinbar mühelos auf dem steinigen Pfad vorwärts. Mit schwerem Gepäck und einer Kalaschnikow über der Schulter. Hinter ihm folgt noch einer, und noch einer und noch einer … Nimmt das denn gar kein Ende?

Der Mann blieb ganz still am Ufer stehen und spähte über den Fluss. Seine Sonnenbrille hatte garantiert einen Polarisationsfilter. Auf diese Weise konnte man die Spiegelungen auf der Wasseroberfläche unterdrücken und die Beschaffenheit des Flusses besser beurteilen.

Aber wahrscheinlich gab es dort zu viel Schlamm, oder das Wasser war zu still, oder irgendetwas anderes stimmte nicht, denn der Fliegenfischer brach wieder auf und steuerte auf das nächste Weidendickicht zu.

> »Bravo 18, hier ist Bravo 24. Der Feind hat eure Position passiert. Die Luft ist rein, macht euch auf. Bestätigen, kommen.«

»18, verstanden. Wir nehmen den Pfad zum Tal. Ende.« <

Aufmerksam beobachtete er den Rücken des Anglers und seinen wippenden Kescher, bis der Mann endgültig im Dickicht verschwunden war. Dann stand er langsam auf, packte seine Tasche, hängte sich alles über die Schulter und ging nach Hause.

Bald würde die Sonne untergehen. Es war ein wunderbarer Abend am Fluss gewesen.

Die junge Krähe, die nie einen Namen bekommen würde, weil sie nur eine Krähe war, saß satt in einer Ecke ihres Pappschachtelnests. Er hatte zwei große Portionen Spaghetti gegessen und den Topf mit den Resten in den Kühlschrank gestellt. Die hob er sich für morgen auf.

Jetzt saß er an seinem wackeligen Küchentisch mit dem fleckigen Wachstischtuch, genoss eine Tasse Kaffee und sortierte dabei seine Angelausrüstung.

Die nassen Fliegen wurden sorgfältig zum Trocknen auf ein Stück Schaumstoff gesteckt. Er fischte am liebsten mit Trockenfliegen. Damit köderte man Beute, die sich nur durch Ringe an der Wasseroberfläche bemerkbar machte, wenn man die Fliegen zum Leben erweckte. Das war Hochspannung und hatte etwas Unmittelbares, wie bei einem Jäger auf der Pirsch.

Er hatte in einigen der tiefen Flusswindungen und Wasserbecken mit Spinnern gefischt, auf der Jagd nach einem der legendären Lachse in diesem Fluss, aber wie gewöhnlich erfolglos.

Johannes Fisch hatte ihm die beiden Angelruten besorgt, genau wie die Rollen und den Rest der Ausrüstung, und er hatte die Sachen seither fleißig benutzt.

Er schenkte sich Kaffee nach. Die letzten Sonnenstrahlen fielen durch das Küchenfenster und ließen die großen Flecken sichtbar werden, dort wo die hellblaue Tapete feucht war und sich schon vor langer Zeit von der Wand gelöst hatte. An der gegenüberliegenden Seite hatte irgendjemand, vielleicht Fisch selbst, eine ganze Tapetenbahn über dem rohen Mauerwerk abgezogen.

Die Küchenmöbel waren mit mehreren Schichten grüner Farbe lackiert, wenn auch nicht alle im selben Ton. Unter der Spüle, hinter der Wandverkleidung, hatten sich Ratten eingenistet, genau wie in dem kleinen Keller, aber inzwischen hatte er sie wohl verjagt.

Es war ein gemütlicher kleiner Palast, gut versteckt und weit ab von der nächsten öffentlichen Straße. Alle Steckdosen bis auf eine führten Strom, und fließend Wasser gab es auch. Dass das Dach an einigen Stellen undicht war, spielte keine Rolle, solange die Eimer und Wannen richtig platziert waren.

Für einen Menschen, der sich auch mit einer Höhle abgefunden hätte, war das hier phänomenal. Noch dazu mit einer funktionierenden Kaffeemaschine. Alles in allem war diese Hütte dem Keller im Kopenhagener Nordwestquartier unbedingt vorzuziehen.

Mehr brauchte er nicht.

11.

Niels Oxen, stramm und aufrecht, von Angesicht zu Angesicht mit Ihrer Majestät Königin Margrethe II. Er in grünem Tarnanzug, sie in kobaltblauem Mantel mit Hut.

Die Kamera zoomt zurück. Oxen steht allein auf dem großen Kopfsteinpflasterplatz des Kastells von Kopenhagen, vor dem Ehrenmal der Soldaten, die in internationalen Einsätzen gefallen sind. Im Hintergrund sieht man die übrigen Teilnehmer der Parade, eingerahmt von einem grasbewachsenen Wall.

Die Kamera zoomt wieder ein Stück heran. Ganz hinten, direkt hinter der Königin, sieht man den obersten Heerführer in voller Montur. Es sind noch weitere hochrangige Militärs anwesend, auch der amtierende Verteidigungsminister im schwarzen Anzug ist zu sehen.

Jetzt geht die Kamera ganz nah heran. Niels Oxen verzieht keine Miene, als die Königin ihm den Orden an die Brust heftet. Er ist der Erste, der Dänemarks höchste Ehrung für herausragende Tapferkeit im Kriegseinsatz entgegennimmt.

Die Königin sagt etwas, lächelt und reicht ihm die Hand. Niels Oxen antwortet – erwidert das Lächeln Ihrer Majestät, sieht ihr direkt in die Augen, drückt ihre Hand.

Ihr Handy klingelte plötzlich, irgendwo unter ihr zwischen den Sofakissen.

»Margrethe Franck?«

Es war eine Sekretärin des Hauptquartiers. Das frühe Meeting am nächsten Morgen fiel aus. Margrethe legte auf. Es gab also doch so etwas wie Gerechtigkeit. Wie sie befürchtet hatte, als sie im Gladsaxe Ringvej im Stau gestanden hatte, war es ein richtig übler Tag geworden. Die Aussicht auf einen weiteren Tag, der mit einem Meeting begann, war deprimierend gewesen. Jetzt konnte sie endlich ihre Berichte abarbeiten.

Sie lag in Unterwäsche auf dem Sofa, mit ein paar dicken Kissen im Rücken. Die Fenster standen immer noch offen. Es war ein warmer Tag gewesen und die Wohnung aufgeheizt wie ein Backofen, als sie nach Hause gekommen war. Ihre Beinprothese lag mitten im Wohnzimmer auf dem Boden, dort, wo sie sie ausgezogen hatte. Auf dem Schoß hatte sie ihren Laptop.

»Niels Oxen, wo verdammt noch mal versteckst du dich? Ruf mich an und sag mir, wo du bist, du blöder Mistkerl. Und zwar jetzt sofort.«

Sie seufzte tief. Wenn es auf diesem Planeten einen Menschen gab, der ganz bestimmt nicht anrufen würde, dann er. Er konnte das ja auch gern bleiben lassen, wenn er stattdessen nur irgendein anderes Lebenszeichen von sich gab. Sie wissen ließ, dass es ihm gut ging.

Im Hintergrund lief der Fernseher, aber sie sah nicht hin und hörte auch nicht zu. Sie hatte sich zum x-ten Mal in den Inhalt der beiden Kisten vertieft, die sonst unter ihrem Bett standen.

Der Mitschnitt der Ordensverleihung war nur einer von mehreren Videoclips von der Parade im Kastell, die sie auf einem USB-Stick gespeichert hatte. Sie wusste fast auf die Sekunde genau, wann Oxens verkniffenes Gesicht sich zu einem verlegenen Lächeln verzog. Aber was die Königin zu dem ehemaligen Jägersoldaten gesagt und was er geantwortet hatte, blieb ein Geheimnis zwischen den beiden. Offenbar hatte niemand ein Mikrofon in ihrer Nähe installiert.

Sie spulte ein bisschen in dem Video hin und her und wieder zurück zum Anfang, als der Heeresleiter ans Mikrofon trat.

»Ich bin stolz auf Sie«, sagte er, *»Dänemark ist stolz auf Sie, Niels Oxen, und ich weiß, dass auch Ihre Kameraden stolz auf Sie sind. Wir alle sind es mit gutem Grund. Ich habe noch nie etwas Vergleichbares bei einer Kampfhandlung erlebt. Und ich spreche hier nicht nur von Mut und Tapferkeit – sondern von echtem Verantwortungsbewusstsein. Sie haben das größte …«*

Margrethe spulte ans Ende, wo der Kameramann Oxens versteinertes Gesicht herangezoomt hatte und dann das Kreuz, das an einem weißen Band mit rotem Streifen an seiner Brust hing. Es war ein hübscher Orden. Das Kreuz war schwarz mit einem goldenen Rand, und in der Mitte prangte das Monogramm der Königin. Die Inschrift war schlicht: »Für Tapferkeit«.

Während ihrer phasenweise extrem anstrengenden Zusammenarbeit im letzten Jahr hatte sie gelegentlich auch die Kehrseite von Niels Oxen und seinen zahlreichen Auszeichnungen zu sehen bekommen.

Sie hatte einige Reaktionsmuster bei ihm erlebt, die typisch waren für Menschen, die unter einer posttraumatischen Belastungsstörung litten. Und sie hatte sie mit untrüglicher Sicherheit erkannt, weil sie selbst durch dieselbe Hölle gegangen war, nachdem sie ihr Bein verloren hatte. Aber auch seine Ausbildung und die harte Schule, die er in seinem früheren Beruf als Elitesoldat durchlaufen hatte, waren ihm deutlich anzumerken gewesen.

Auf jeden Fall hatte sie seine Fürsorge und eine gewaltige, fast explosive Tatkraft erlebt.

Vermutlich hing das Ausmaß der Tapferkeit auch unmittelbar davon ab, wie groß die Belastung in der jeweiligen Situation war. Niels Oxen hatte seine Heldentaten immer dann vollbracht, wenn der Druck am allergrößten war – wenn es um Leben und Tod ging.

Sie zog den USB-Stick heraus und packte ihn ein. Alles zusammengenommen, lagerten ziemlich viele Arbeitsstunden in diesen beiden Kisten. Einige davon im Dienst, die meisten jedoch außerhalb der Arbeitszeit. Natürlich hatte sie die Unterlagen auch digital gespeichert, aber hier bewahrte sie alles noch einmal ausgedruckt oder ausgeschnitten auf.

Auch der PET hatte den Großteil des Materials archiviert, und Axel Mossman hatte vielleicht sogar irgendwo noch ein persönliches Depot angelegt. Aber einige Informationen, die sie in ihrer Freizeit zusammengetragen hatte, hatte sie für sich behalten und nur hier in ihrem eigenen kleinen Archiv abgelegt.

Axel Mossman hatte angeordnet, Oxens Leben vollständig zu durchleuchten, von seiner Geburt bis in die Gegenwart. Und das hatte sie ihm auch geliefert. Allerdings nicht ausführlich bis ins letzte Detail, sondern nur stichpunktartig. Warum Niels Oxen in bestimmten Phasen seines Lebens durch den Fleischwolf gedreht worden war, ließ sich sowieso nicht erklären.

Die Akten enthielten insgesamt fünfzehn Anklagepunkte: sechsmal Körperverletzung, zweimal häusliche Gewalt, einmal Ruhestörung, einen Fall von Sachbeschädigung, dreimal hatte er jemanden bedroht, und zweimal war er wegen Versicherungsbetrugs angezeigt worden.

Aber letztendlich hatte das alles nur selten zu einer Verurteilung geführt: eine Bewährungsstrafe wegen Körperverletzung und dreißig Tage Haft, als er einen Kameraden tätlich angegriffen hatte, eine weitere Bewährungsstrafe, weil er einem Staatsbeamten im Dienst gedroht hatte, sowie zweimal Bußgeld, wegen Ruhestörung und Sachbeschädigung. Da hatte Oxen betrunken im Storchenbrunnen in der Kopenhagener Einkaufsmeile gestanden und Passanten beleidigt. Und bei der Sachbeschädigung hatte er – ebenfalls betrunken – eine Schaufensterscheibe eingeschlagen.

Die anderen Fälle waren zwar zum Teil vor Gericht gekommen, hatten aber jeweils mit einem Freispruch geendet. Ansonsten waren die Verfahren eingestellt oder die Anzeigen unerklärlicherweise einfach zurückgezogen worden. Letzteres galt auch für den Fall häuslicher Gewalt.

Margrethe erinnerte sich noch gut daran, dass sie nach Akteneinsicht damals schnell zu dem Schluss gekommen war, dass Oxen trotz all seiner Orden ein außerordentlich mieses Schwein sein musste.

Irgendwann hatte sie ihn dann mit den ganzen Geschichten konfrontiert, vor allem mit der häuslichen Gewalt, und sie konnte sich an seine Erklärung dafür ebenfalls deutlich erinnern.

Oxen und seine Frau hatten an jenem Abend Gäste gehabt, zwei Kameraden mit ihren Frauen. Das Verhältnis zwischen ihm und Birgitte war damals schon äußerst angespannt gewesen. Der Grund dafür waren ganz gewöhnliche Streitereien, aber auch Oxens zermürbender Kampf darum, die Verantwortlichen für Bosses Tod zur Rechenschaft zu ziehen. Bosse war Oxens Kindheitsfreund aus Høng gewesen. Er war vor seinen Augen getötet worden, als eine kleine Gruppe dänischer Blauhelmsoldaten kurz vor Kriegsende in der großen Gegenoffensive der Kroaten zwischen die Fronten geraten war.

An jenem Samstagabend nun hatten sie alle zu viel getrunken. Irgendwann war Oxens Frau aufgestanden und hatte laut erklärt, dass sie hier und jetzt auf Bosses Grab scheißen würde, wenn sie es nur könnte. Oxens Reaktion folgte prompt. Betrunken, wie er war, hatte er ihr eine Ohrfeige verpasst.

Beim zweiten Mal hatte Oxens Frau plötzlich mehrere Hämatome im Gesicht gehabt und eine Platzwunde über der Augenbraue. Sie hatte ihn erst angezeigt, die Anzeige dann aber wieder zurückgezogen – und sich ansonsten geweigert, auch nur ein Wort dazu zu sagen.

All diese Vorfälle erklärte der Kriegsveteran damit, dass ihn jemand zwingen wolle, seine Suche nach einem Verantwortlichen für Bosses Tod aufzugeben.

Seitdem sah Margrethe den »Fall Oxen« mit anderen Augen. Das Ganze folgte tatsächlich einem Muster. Sie hatte herausgefunden, dass Polizeibeamte auf Anweisung eines Vorgesetzten Drogen in Oxens Garage deponiert hatten, als er noch Polizeischüler war. Man wollte dafür sorgen, dass er den Mund hielt, die Polizeischule verließ und sich bereit erklärte, dem Jägerkorps beizutreten.

Alles, was mit Oxen zusammenhing, hatte einen merkwürdigen Beigeschmack. Es war nicht …

Nyborg? Hatte die Frau im Fernsehen gerade »Nyborg« gesagt? Ja, das hatte sie. Margrethe stellte hastig den Ton lauter.

Die nächsten Minuten drehten sich um die globale Klimaerwärmung. Eine neue Untersuchung warnte vor steigenden Wasserpegeln auf der ganze Welt. Das war nichts Neues. Nur eine neue Warnung aus einer neuen Ecke mit neuen Zahlen, ergänzt um einen Hinweis auf das schmelzende Inlandeis auf Grönland – was wiederum nicht neu war. Erschreckend, wie klimamüde man werden konnte.

»… und jetzt wie angekündigt zurück zu dem aufsehenerregenden Mordfall in Nyborg«, sagte die Frau im Hosenanzug. »Mein Kollege Hans Mortensen steht gerade vor dem Polizeipräsidium in Odense, nicht wahr, Hans?«

Das resolute Nicken des jungen Mannes im Trenchcoat bestätigte, dass er tatsächlich in Odense stand. Margrethe Franck hörte konzentriert zu, während der Reporter sprach:

»Ja, und hinter mir im Präsidium wird unter Hochdruck an den Ermittlungen im Mordfall des Museumsdirektors von Nyborg Slot gearbeitet. Malte Bulbjerg wurde letzte Nacht von einem Wachmann tot in einem Saal des Schlosses aufgefunden. Im Augenblick werden die Spuren am Tatort gesichert und ausgewertet, um dem möglichen Täter zügig auf die Spur zu kommen. Neben mir steht nun Vizepolizeidirektor H. P. Andersen. – Gibt es schon Verdächtige?«

Der leitende Ermittler, ein Mann Mitte vierzig, kniff die Augen zusammen und blinzelte alles andere als glücklich in das grelle Kameralicht. Margrethe wusste genau, wie er sich gerade fühlte.

»Zu diesem Zeitpunkt ist es noch zu früh, um von Verdächtigen zu sprechen. Wir ermitteln in alle Richtungen, sammeln Informationen und analysieren sie.«

»Wie wir erfahren haben, konnte inzwischen bestätigt werden, dass der Museumsdirektor erschossen wurde?«

»Das ist korrekt«, antwortete Andersen. »Es sind zwei Schüsse gefallen.«

In dieser Phase der Ermittlungen lag es absolut nicht im Interesse der Polizei, sich überhaupt zu einem Fall zu äußern, aber eine Angelegenheit wie diese konnte so spektakulär und aufmerksamkeitserregend werden, dass einem nichts anderes übrig blieb, als das »öffentliche Interesse« zu befriedigen – so sparsam wie möglich.

»Uns liegen Informationen vor, dass am Tatort Spuren von Betäubungsmitteln gefunden wurden?«

Der Ermittler zögerte genau den Sekundenbruchteil zu lange, der verriet, dass er mit dieser Frage nicht gerechnet hatte. Sie war offenbar nicht Bestandteil der Absprache gewesen, sofern es überhaupt eine Absprache mit dem Reporter gegeben hatte. Er nickte langsam.

»Das stimmt. In einem Plastiktütchen wurden Spuren von Kokain gefunden.«

»Dann könnte es sein, dass der Museumsdirektor in Drogengeschäfte verwickelt war?«

Das war eine Frage, die für sie völlig unerwartet kam. Malte Bulbjerg war doch nicht der Typ, der …? Aber andererseits – sie war erfahren genug, um zu wissen, dass unter einer unscheinbaren Oberfläche eine ganze Menge Mist gedeihen konnte.

»Darüber haben wir gegenwärtig noch keine Informationen. Alles Weitere wäre reine Spekulation, und deshalb werde ich es auch nicht kommentieren«, antwortete der Kripochef. Es gelang ihm, seine Verärgerung zu unterdrücken, und seine Antwort klang wie aus dem Lehrbuch.

»Eine letzte Frage, Herr Andersen …« Der Reporter nahm Anlauf, und sie folgte ihm gebannt. Dann kam es.

»Laut einer zuverlässigen Quelle hat der Museumsdirektor regelmäßig große Summen für Glücksspiel ausgegeben. Lotto, Pferde- und vor allem Fußballwetten. Er soll über einen längeren Zeitraum jede Woche mehrere Tausend Kronen verspielt haben. Welche Rolle spielt das für Ihre Ermittlungen?«

Sie konnte sich gut erinnern, dass der Museumsdirektor ein begeisterter Fußballfan gewesen war. Aber war das Grund genug, jede Woche mehrere Tausend Kronen zu verspielen …?

Diesmal kam die Antwort sehr entschieden.

»Dazu werde ich mich nicht äußern.«

Es war sicher keine Katastrophe für die Ermittler, dass dieses Detail über die Bildschirme geflimmert war, denn der Tote war allseits bekannt und Nyborg ein kleines Nest. Dennoch war es garantiert kein Thema, das die Kollegen öffentlich diskutieren wollten. Trotzdem setzte der Reporter zu einer neuen Frage an.

»Wie gesagt, kein Kommentar.«

Ein diskret erhobener Zeigefinger, der am unteren Bildrand auftauchte, machte deutlich, dass das Interview hiermit beendet war.

Der Reporter verabschiedete sich mit zufriedener Miene und

gab zurück an die Frau im Hosenanzug, die zu einem anderen Beitrag überleitete.

Margrethe stellte den Ton wieder leise. Das alles klang zunächst nicht ungewöhnlich. Glücksspiel, Schulden, irgendein trauriges Schicksal, vielleicht sogar Spielsucht. Wer Schulden hatte, erlag häufig der Versuchung, etwas Kriminelles zu tun, um die drohende Katastrophe abzuwenden. Theoretisch könnte auch Kokain hier eine Rolle gespielt haben.

Schulden waren immer ein solider Anhaltspunkt bei einer Ermittlung. Schulden trieben Menschen in die Verzweiflung. Margrethe hatte in ihrer Anfangszeit bei der Polizei einmal einen ähnlichen Fall gehabt. Ein anständiger und sympathischer Mann, Banker und Familienvater, war wegen seiner Schulden zum Bankräuber geworden. Seine Frau hatte weit über ihre Verhältnisse gelebt und den Ärmsten damit ins Unglück getrieben.

Der Museumsdirektor hatte einen ausgesprochen positiven Eindruck bei ihr hinterlassen, und bei Niels Oxen ebenfalls. Und dann ein solches Ende … Das war ärgerlich und traurig.

Sie stellte den Laptop auf den Tisch und widmete sich wieder ihren Unterlagen, einem ganzen Stapel Schnellhefter mit den Abschriften der Gespräche, die sie mit jeder denkbaren Person in Niels Oxens sozialem Umfeld geführt hatte.

Immer mit dem Ziel, den Ort zu finden, wo Oxen sich aufhielt. Oder wo er vielleicht plötzlich auftauchen und an die Tür klopfen würde. Bei einer Person, die sein Vertrauen genoss und die sie bisher noch übersehen hatte. Vielleicht im Ferienhaus, das einem Bekannten gehörte – oder dem Bekannten eines Bekannten. Sie musste eine Lücke finden, die den Blick auf Oxens mögliche Verstecke freigab.

Sie nahm sich das Protokoll des Gesprächs mit seiner Schwester vor. Susanne Oxen Viig wohnte in Køge und war Erzieherin.

Diese Schwester war seine Familie. Der einzige Ankerplatz in einer alles andere als glücklichen Kindheit. Der Vater war tot, die

Mutter saß dement und unerreichbar in einem Pflegeheim in Ringsted. Margrethe hatte sie besucht, aber das war reine Zeitverschwendung gewesen.

Sie griff nach einer anderen Mappe. Darin lag nur ein einzelnes Blatt. Sie hatte auch einen ehemaligen Soldaten besucht, der zusammen mit Oxen in Bosnien gedient hatte. Er hieß L. T. Fritsen, war Automechaniker und hatte eine Werkstatt draußen auf Amager. Seinetwegen hatte Niels Oxen die zweite Tapferkeitsmedaille bekommen, die mit silbernem Eichenlaub. Er war in die Una gesprungen, um Fritsen aus dem Wasser zu ziehen, als der von einem serbischen Heckenschützen getroffen worden war.

Der Mechaniker hatte voller Lob von Oxen gesprochen, dem er sein Leben verdankte. Aber er hatte zu seinem Retter seither keinen Kontakt mehr gehabt.

Es klingelte an der Tür. Wer konnte das sein? Es war fast halb elf. Es klingelte wieder – und wieder. Als wäre jemand in Not oder wirklich sehr ungeduldig.

Sie stand auf und hüpfte in die Diele.

12.

Seine starken Hände umschlossen ihren Hintern. Sie versuchte, sich zu wehren, aber das führte nur dazu, dass sie im Schraubstock seiner Umarmung endete und er sie von der Diele zurück ins Wohnzimmer trug.

»Lass mich runter!«

Er setzte sie mitten im Zimmer ab, und sein Gesichtsausdruck verriet, dass er nicht ganz sicher war, ob sie das ernst gemeint hatte. Sie fasste ihn am Kinn, hielt es energisch fest und sah ihm direkt in die Augen.

»Das machst du nicht noch mal, Anders. Du kannst nicht einfach hier auftauchen und wie ein Bekloppter klingeln. Ich dachte, es wäre irgendwas Schlimmes passiert.«

»Hätte ich gewusst, dass du dermaßen heiß aussiehst, dann hätte ich die Tür eingetreten, Schatz.«

»Nenn mich nicht Schatz. Und ich will nicht in mein eigenes Wohnzimmer getragen werden, merk dir das gefälligst.«

»Okay, okay. Es war nicht …«

»Ich dachte, du hättest heute Dienst?«

»Hätte ich eigentlich auch. Wir machen gerade eine Überwachung, aber es sind zu viele Leute eingeteilt, deshalb haben sie mich nach Hause geschickt, um Überstunden abzufeiern. Und da konnte ich der Versuchung einfach nicht widerstehen. Störe ich dich?«

Der durchtrainierte Mann in Jeans und weißem T-Shirt, der wie ein Leuchtturm in ihrem Wohnzimmer stand, warf einen fragenden Blick auf die Papiere auf dem Sofa, die Kisten auf dem Boden und den Computer auf dem Couchtisch – und dann auf sie.

Er hieß Anders Becker und arbeitete im operativen Einsatzteam. Sie hatte ihre selbst auferlegte Regel gebrochen, niemals etwas mit einem Kollegen anzufangen. Vielleicht keine gute Idee. Oder eine dumme Regel.

Aber ihre persönliche Bedarfspyramide ließ sich eben nicht immer nur mit Gemüse, Getreideprodukten und einer Kleinigkeit aus der Milchabteilung abspeisen. Manchmal musste einfach Fleisch auf den Tisch.

Sie hatten sich auf dem vierzigsten Geburtstag eines Kollegen kennengelernt und in den letzten Monaten immer häufiger gesehen. Doch ihre Treffen waren stets verabredet gewesen, und sie hatten gegenseitig ihre Grenzen respektiert – bis jetzt. Anders wäre bestimmt noch einen Schritt weiter gegangen, aber sie war sich nicht sicher, wie sie selbst dazu stand. Sie war eigentlich ganz gern mit sich allein und vorläufig nicht bereit, sich festzulegen. Aber auch wenn er gerade ein ungeschriebenes Gesetz gebrochen hatte, schuldete sie ihm vielleicht ein etwas freundlicheres Gesicht.

»Nein, nein, du störst nicht. Ich hatte nur nicht mit dir gerechnet. Ich war gerade dabei, ein paar Akten durchzusehen, ein alter Fall … nichts Wichtiges.«

»Okay, sonst sag es mir einfach. Und tut mir leid, dass ich so reingeplatzt bin. Ich bleibe auch nicht lang, keine Sorge. Ich weiß ja, dass du morgen früh rausmusst.«

Er ließ sich in ihren Sessel sinken, und obwohl er sich Mühe gab, entging es ihr nicht. Als Alleinstehende waren G-String und Unterhemd für sie ganz normal, aber sein diskreter, forschender Blick fühlte sich trotzdem gut an. Gut für die Eitelkeit. Und gut für die Bedarfspyramide.

Sie lächelte versöhnlich.

»Willst du was trinken, Anders? Oder was essen?«

»Ich hätte nichts gegen eine Scheibe Brot.«

»Ich leiste dir Gesellschaft. Salami oder Leberwurst?«

»Beides.«

Sie hüpfte über die Prothese und weiter in die Küche. Wieder spürte sie seinen Blick – und überlegte kurz, das Brot auf später zu verschieben.

»Was ist das für ein Fall, in dem du da herumwühlst?«, rief er aus dem Wohnzimmer. »Ist das vertraulich?«

»Nicht, dass ich wüsste. Es ist eine Sicherheitsüberprüfung, die ich letztes Jahr für Mossman erledigen musste.«

»Mossman? Darf man mal in die Kisten gucken?«

»Von mir aus. Du kannst auch den roten USB-Stick nehmen. Der Computer läuft. Bier? Milch? Wasser?«

»Wasser, bitte«, rief er.

Sekunden später hörte sie den Offizier im Kastell reden. Als sie mit den beiden Tellern zurück ins Wohnzimmer hüpfte, saß Anders zurückgelehnt im Sessel, den Laptop auf dem Schoß, und die Königin war gerade dabei, Oxen das Tapferkeitskreuz anzuheften.

»Dein Glas musst du dir selbst holen, ich verschütte zu viel.«

»Klar.«

Als er mit dem Wasser zurückkam, war Oxen ins Glied zurückgetreten.

»Von dem Tapferkeitskreuz hab ich schon mal gehört. Nur ein einziger Mann hat es bisher bekommen, und es werden wohl Jahrzehnte vergehen, bis es das nächste Mal so weit ist. Und das ist also der Mann … Der Typ sieht ganz schön hart aus.«

Sie sah von der Armlehne aus zu und nickte.

»Sein Name ist Niels Oxen. Ein ehemaliger Jägersoldat. Ja, er ist wirklich hart.«

»Jäger!« Anders pfiff anerkennend.

»Und was für einer, schau.« Sie bückte sich und nahm eine Mappe aus der Kiste. »Lies selbst.«

Sie konnte über die Schulter mitlesen, während seine Augen über das Papier glitten. Sie erinnerte sich im Wesentlichen an den Text:

»ORDEN

1993: Tapferkeitsmedaille der Armee

Mission: UNPROFOR, Bosnien

Begründung: N. O. bewies außergewöhnlichen Mut und brachte unter großem Risiko für das eigene Leben einen verletzten Kollegen (P. Jensen) in Sicherheit, nachdem die dänische Patrouille in ein Kreuzfeuer geraten war.

1995: Tapferkeitsmedaille der Armee m. silbernem Eichenlaub

Mission: UNPROFOR, Krajina, Kroatien

Begründung: N. O. bewies beispielhaften Mut und Tatkraft, als ein Kamerad aus der Bravo-Kompanie während einer Patrouille auf der Brücke über die Una bei Kostajnica von einem serbischen Heckenschützen getroffen wurde. N. O. sprang in den Fluss und brachte seinen Kameraden an Land. Der Kamerad (L. T. Fritsen) überlebte.

2002: Tapferkeitsmedaille der Armee m. goldenem Eichenlaub

Mission: Task Group Ferret, Beteiligung des Jägerkorps an der *Operation Enduring Freedom* unter amerikanischem Oberkommando, Afghanistan

Begründung: Gemeinsam mit einem Kameraden geriet N. O. während einer Operation im Shahi-Kot-Tal in ein massives Feuergefecht mit Talibankriegern und kam der Besatzung des notgelandeten Chinook-Helikopters zu Hilfe. Ohne den heldenhaften Einsatz der beiden Dänen wäre die Besatzung verloren gewesen.

(Der Einsatz wurde außerdem mit einer amerikanischen Auszeichnung belohnt.)

2010: Tapferkeitskreuz

(Niels Oxen ist der erste und bisher einzige Empfänger der neuen militärischen Ehrung, die für außergewöhnlichen Einsatz vergeben wird. Niels Oxen verließ die Armee am 01.01.2010.)

Mission: 2009, Jägerkorps, Helmand-Provinz, Afghanistan

Begründung: N. O. bewies äußersten Mut, als er und einige Kameraden während einer Patrouille nordöstlich von Gereshk in einen Hinterhalt gerieten, nachdem das Fahrzeug der Truppe von einer Sprengfalle beschädigt worden war. Der Feind war schwer bewaffnet, die Situation erforderte schnelles Handeln. N. O. meldete sich freiwillig und fiel dem Feind in den Rücken. N. O. bezwang den Feind eigenhändig, acht Talibankrieger. Zwei von ihnen fielen im Nahkampf.«

Anders pfiff wieder durch die Zähne. Diesmal allerdings länger.

»Junge, Junge, was für eine Liste. Krass. Aber was hat der Mann angestellt? Was hat er verbrochen, Margrethe?«

»Nichts. Also, nichts Kriminelles. Er war in eine Ermittlung verwickelt, an der ich letztes Jahr beteiligt war, und dann ist er verschwunden. Axel Mossman möchte ihn wiederfinden. Er ist krank.«

»Mossman ist krank?« Anders drehte sich um und sah sie überrascht an.

»Nein, du Idiot. Der Soldat. Er leidet unter einer posttraumatischen Belastungsstörung.«

»Ach so. Und du kannst ihn nicht finden?«

Sie zuckte mit den Schultern und schüttelte den Kopf.

»Ich glaube, es kommt öfter mal vor, dass ein Veteran, den es hart erwischt hat, seine eigenen Wege geht. Diese Leute wollen vor allem ihre Ruhe haben. Ich hab einen Kollegen, der so einen kennt. Er hat Frau und Kinder verlassen – und ist nach Læsø gezogen. Ausgerechnet auf eine winzige Insel! Die Politiker haben unsere Veteranen für dumm verkauft. Die Leberwurst ist übrigens gut.«

Er biss herzhaft ins Brot und klappte den Laptop zu.

»Kannst du Ski fahren, Margrethe?«

Er legte sanft eine Hand auf ihren Beinstumpf und streichelte ihn zärtlich. Das hatte er schon öfter gemacht. Sie mochte solche Gesten nicht besonders und schob seine Hand freundlich, aber bestimmt weg.

Dann legte sie den Arm um seinen Nacken, drückte sanft zu und fragte beiläufig: »Kann eine Kellerassel Bob fahren?«

Er feixte.

»Früher bin ich die steilsten Pisten runter«, sagte sie. »Aber das ist vorbei.«

»Ich dachte eigentlich mehr an Langlauf. Ein paar von uns fahren jeden Winter nach Norwegen. Ich dachte, du könntest vielleicht …«

»Langlauf habe ich noch nie ausprobiert. Aber warum eigentlich nicht? Ist das eine Einladung?«

»Ja, davon kannst du ausgehen.«

Er stellte seinen Teller ab und zog sie von der Armlehne. Sie setzte sich rittlings auf seinen Schoß. »Du brauchst nicht nach Hause zu gehen«, flüsterte sie ihm ins Ohr.

Ihr Körper fühlte sich bis in die letzte Faser bleischwer und entspannt an. Sie lag in seinen Armen. Es hatte nicht besonders lang gedauert, doch es war intensiv gewesen.

Danach hatten sie dagelegen, ein eiskaltes Bier getrunken und sich unterhalten. Vor allem über die Arbeit und die Kollegen.

Es war heiß im Zimmer, und sie waren nur mit einem Laken zugedeckt. Margrethe erzählte Anders mehr über die Ermittlungen im Fall der gehängten Hunde und über das Niels-Oxen-Puzzle, dessen einzelne Teile in den beiden Kisten im Wohnzimmer lagen.

Sie rollte die ganze Geschichte auf, die Oxens Leben bestimmte: wie er als junger Soldat auf dem Balkan im August 1995 seinen besten Freund und Kindheitsgefährten Bo »Bosse« Hansen verloren hatte, während der großen kroatischen Offensive, der Operation *Oluja* – Operation Sturm.

Und sie erzählte, dass Oxen die Heeresführung für Bosses Tod verantwortlich machte, weil sie ihren Trupp im Stich gelassen hatte. Weil es ein himmelschreiender Wahnsinn gewesen war, dass man sie nicht längst dort rausgeholt hatte. Dass es überhaupt so weit hatte kommen können, dass sie dort festsaßen, als die Kroaten auf die Serben zuwalzten.

»Er hat jahrelang Beschwerden eingereicht. Bei der Heeresleitung, bei Politikern und den Medien. Immer wieder. Er hat persönliche Briefe an die Verantwortlichen geschrieben und solche Sachen.«

»Hat er dabei vielleicht irgendwie die Kontrolle verloren? Das klingt fast so, als wäre er ein Querulant.«

»Es gibt sicher einige, die das so sehen. Ich glaube, er selbst würde sagen, dass Aufgeben einfach keine Option für ihn war. Dass Bosse Gerechtigkeit verdient hatte.«

»Und dann hat er am Ende doch aufgegeben?«

»Nein. Ein paar Jahre nach Bosses Tod hat er seine Untersuchung schließlich doch noch bekommen. Es wurde eine Kommission eingesetzt, die allerdings zu dem Ergebnis kam, dass alles vorschriftsmäßig abgelaufen war. Also, man findet eine Menge wahnsinniges Zeug in Oxens Geschichte. Er war für kurze Zeit sogar an der Polizeischule.«

»Hmm …«

»Ein superguter Schüler. Damals war er schon mit der ersten Tapferkeitsmedaille ausgezeichnet worden. Ich glaube, es gab Leute, die ihn unter Druck gesetzt und ihm Fallen gestellt haben.«

»Fallen? Warum?«

»Man wollte ihn dazu bringen, seine Kritik an der Armee einzustellen oder, genauer gesagt, an der Heeresleitung. Bei einer Hausdurchsuchung hat man Drogen bei ihm gefunden. Ein mustergültiger Polizeischüler mit Drogen in der Garage – das passt nicht zusammen. Er sagt, dass man ihm den Stoff untergeschoben hat. Und ich glaube ihm. Da ist so vieles, was …«

Anders' Atemzüge wurden immer schwerer. Er war eingeschlafen. Wahrscheinlich hatte er ihr schon eine Weile nicht mehr richtig zugehört, und sie war inzwischen ebenfalls müde.

Sie drehte sich auf die Seite. Jetzt würde sie schlafen. Genug von Oxen.

Aber wo war er? Sie hatte alles gründlich überprüft, sie musste etwas übersehen haben. Sie konnte nicht einfach tatenlos herumsitzen und darauf warten, dass das Telefon klingelte.

Und ihr blieb auch gar nichts anderes übrig. Schließlich konnte sie ja nicht ignorieren, dass der Oberboss des PET sein großes Interesse erneut bekräftigt hatte.

Sie musste sich die wichtigsten Personen noch einmal vorknöpfen: seine Schwester und die alten Freunde. Manchmal machte schon die Zeit einen Unterschied. Die Leute erinnerten sich plötzlich doch an etwas, erzählten ihre Geschichte auf eine andere Weise oder etwas Neues, das sie für unbedeutend gehalten hatten. Zeit war ein Faktor, den man grundsätzlich nicht unterschätzen durfte.

Irgendwo musste sich ein Hinweis verstecken. Irgendwo da draußen musste Oxen sein.

13.

Das Auto war sein Freiraum. Motorisierte Psychohygiene. Oder, wie seine Frau es nannte, ein seelischer Reinigungsprozess auf vier Rädern, der über die Jahre mehr als einmal ihre Ehe gerettet hatte. Er hatte Odense hinter sich gelassen und war auf dem Weg zurück nach Kerteminde.

Auf der Fahrt durch die Nacht würde er die Ereignisse noch einmal rekapitulieren. Er warf einen Blick auf die Uhr am Armaturenbrett. Es lag nicht nur der übliche achtstündige Arbeitstag hinter ihm, nein, es war tatsächlich ein ganzer Tag vergangen, seit er von zu Hause aufgebrochen und nach Nyborg gefahren war.

Hier in seinem Audi konnte er am besten nachdenken. Vor allem im Dunklen, wenn ihm wie jetzt nur die Scheinwerfer die Richtung zeigten.

Wenn er das Präsidium verließ und eine Sache an ihm nagte – dann war es meistens längst verarbeitet und abgehakt, wenn er zu Hause in die Einfahrt einbog.

Im Augenblick war er stinksauer. Er brodelte innerlich. Aber auch das würde sich legen, bis er in Kerteminde ankam.

Als er sicher war, dass keine Kamera mehr lief, hatte er den Journalisten buchstäblich am Kragen gepackt und zur Rede gestellt. Im Vorfeld war nicht genug Zeit gewesen, um das Interview mit dem Reporter durchzusprechen, doch der hatte beruhigend die Arme ausgebreitet und ihm versichert, dass es bloß ein kurzer Beitrag für die Spätnachrichten sei und dass er ihn nur um einen knappen Überblick über den Stand der Ermittlungen bitten werde.

Dass er ihn dann vor laufender Kamera auf zwei ganz zentrale Punkte ihrer Ermittlungen angesprochen hatte, von denen die Öffentlichkeit zu diesem Zeitpunkt nicht das Geringste erfahren sollte, war absolut inakzeptabel.

Es klang vielleicht wie ein abgegriffenes Klischee, dass Polizisten die Presse nicht leiden konnten, aber so war es nun mal. Und wenn die Polizei gelegentlich trotzdem mit den Medien kooperierte, dann war diese Zusammenarbeit nicht mehr als ein notwendiges Übel. So konnte beispielsweise die Veröffentlichung von Überwachungsbildern einen Straßenräuber schneller ins Gefängnis bringen, als man »Zeitungskiosk« auch nur buchstabiert hatte.

Selbst bei größeren Verbrechen konnte eine Rekonstruktion im Fernsehen oft wertvolle neue Erkenntnisse nach sich ziehen, wenn mehrere Hunderttausend Zuschauer in ihren Wohnzimmern dabei zusahen. Er hatte so etwas in seiner Laufbahn schon öfter erlebt und hatte sich notgedrungen damit abgefunden, dass man der Presse gegenüber lächeln musste, bis sie einem wieder den Rücken zukehrte.

Aber das hier … das ging wirklich zu weit. Er hatte dem Reporter mitgeteilt, dass er nicht noch einmal mit ihm sprechen werde – nie wieder. Die gesamte Nation war zur besten Sendezeit mit den gesammelten Informationen eines ganzen Tages über die Ermordung des Museumsdirektors Malte Bulbjerg versorgt worden, obwohl er selbst nur die beiden Schüsse in der Pressekonferenz bekannt gegeben hatte. Sie waren als Infohäppchen gedacht gewesen, um die Öffentlichkeit zufriedenzustellen.

Er hatte sich den Kopf darüber zerbrochen, wie der Reporter an diese Informationen gekommen sein könnte. Der Typ war unverschämt genug gewesen, ihm zu antworten, dass er seine Quelle auf keinen Fall preisgeben werde. Auch das war ein echtes Übel: undichte Stellen in den eigenen Reihen. Das Plastiktütchen und die Drogenanalyse waren in höchstem Maße vertraulich gewesen. Dass der Museumsmann womöglich spielsüchtig gewesen war, ließ sich auch herausfinden, wenn man lange genug in der Stadt herumschnüffelte. Aber so etwas taten die Fernsehleute erfahrungsgemäß nicht. Sie profitierten lieber von der Arbeit der Zeitungsjournalisten.

Gentlemen of the press – hieß es nicht so? Also, er hatte noch keinen getroffen.

Er musste das jetzt verdrängen und seine Empörung abschütteln. Es gab wesentlich wichtigere Dinge, auf die er sich in den kommenden Tagen konzentrieren musste. Er hatte einen Mord aufzuklären. Das war sein Job. Das hatte er gelernt und dafür lebte er.

Er ging den gesamten Ablauf noch einmal in Gedanken durch. Der Wachmann wirkte glaubwürdig und hatte sich viele Einzelheiten eingeprägt. Er fiel zweifellos unter die Kategorie der soliden Zeugen.

Bromann, der Rechtsmediziner, hatte versprochen, sich mit der Obduktion zu beeilen. Zwei Schüsse – wie jeder sehen konnte –, einer in die Stirn, einer ins linke Auge. Der erste war mit Sicherheit tödlich gewesen, und der zweite auch. Sonst war nichts zu sehen. Keine klassischen Abwehrverletzungen, die beim Gebrauch von Stich- oder Schlagwaffen fast immer an den Unterarmen vorhanden waren. Nicht mal der kleinste verdächtige blaue Fleck. Das konnte bedeuten, dass die Schüsse wie ein Blitz aus heiterem Himmel gefallen waren, ohne eine wie auch immer geartete, vorausgehende physische Konfrontation. Das wiederum deutete darauf hin, dass der Museumsdirektor den Täter möglicherweise gekannt hatte und sich in seiner Nähe sicher fühlte. Diese beiden Vermutungen wurden von der Tatsache gestützt, dass es, wenn man jemanden erschießen wollte, ja gerade darauf ankam, die Sache schnell zu erledigen, idealerweise noch bevor es zu Körperkontakt kam. Bulbjerg hatte weder Alkohol noch Drogen im Blut gehabt.

Das Tütchen mit Resten von Kokain war ein weiteres klares Indiz. Vor allem wenn man es mit den Summen in Zusammenhang brachte, die der Mann verspielt hatte. In letzter Zeit hatte er viele Tausend Kronen auf den Kopf gehauen, an vier verschiedenen Stellen in Nyborg: im Kvickly Supermarkt, im Bahnhofskiosk, bei Føtex und in der Shell-Tankstelle im Dyrehavevej.

Auf seinen Konten waren keine ungewöhnlichen Bewegungen zu verzeichnen, keine großen, undefinierbaren Geldströme. Also hatte er sich auf Bargeld beschränkt. Und wo operierte man mit großen Barbeträgen, die keine Spuren hinterließen? Genau.

Bei ihren weiteren Ermittlungen würden sie vor allem mit drei Elementen jonglieren müssen: Schulden, Verbrechen und die kriminelle Unterwelt.

So gesehen war dieser spektakuläre Mord ein alter Hut mit neuen Federn. Sie hatten es mit einem Milieu zu tun, in dem man nur schwer ermitteln konnte.

Gleich morgen früh würde die anstrengende Fußarbeit beginnen. Solide, altmodische Ermittlungstätigkeit, bei der man sich die Sohlen durchlief und an eine Menge Türen klopfen musste. Entweder laut und deutlich oder ganz diskret – je nach Situation und Klientel.

Über die Jahre hatte er immer wieder miterlebt, wie sich ein Fall – eine Gewalttat, manchmal sogar ein Mord – zu einer grausamen und schmerzhaften Erfahrung für die Hinterbliebenen entwickelte. Während sie noch um den geliebten Menschen trauerten, klärte die Polizei das Verbrechen auf, und sie mussten erkennen, dass sie ihn im Grunde gar nicht gekannt hatten. Manchmal wimmelte es nur so von Leichen im Keller: Liebhaber, Geliebte, Kinder, von denen man nichts wusste, eine Flut von Sünden der Vergangenheit.

Die Frau des Museumsdirektors war beinahe zusammengebrochen, als er sie am frühen Morgen aufgesucht hatte.

Sie hatte sich geweigert, die Nachricht zu akzeptieren. Sie war wie blockiert gewesen. Obwohl sie genickt und mehrmals Ja gesagt hatte, spürte er deutlich, dass gar nichts bei ihr angekommen war.

Er hatte umgehend psychologische Krisenhilfe angefordert. Später hatte man ihm mitgeteilt, dass die Frau, sie hieß Anna-Clara, in die psychiatrische Abteilung der Uniklinik in Odense eingeliefert worden sei.

Sobald er grünes Licht bekam, würde er sie befragen, vor allem zu den Themen Schulden und Glücksspiel.

Musste auch diese arme junge Frau am Ende feststellen, dass sie ihren Mann überhaupt nicht gekannt hatte?

14.

Er wollte schlafen, und die Nacht, die vor ihm lag, brachte alle Voraussetzungen mit, eine weiße Nacht zu werden. Eine weiße Nacht verhieß ungefähr fünf Stunden ununterbrochenen Schlaf. Sechs Stunden hatte er in den letzten Jahren nur sehr selten geschafft. In einer schwarzen Nacht dagegen bekam er Besuch von den Sieben.

Er war müde und bis in den letzten Winkel seines Körpers erschöpft. Stundenlang war ihm der Schweiß von der Stirn getropft, während er im Wald geschuftet hatte. Große Stämme, viele Stämme, harte Arbeit. Aus dieser Art von pausenlosem Muskeleinsatz waren sie gemacht, die weißen Nächte.

Er zog die löchrige Decke hoch. Weiß, *please*. Dann glitt er tiefer und tiefer weg.

> »Sierra 60, hier ist Alfa 05. Serbische Paramilitärs haben einen Kontrollposten am Knotenpunkt in Pločari Polje eingerichtet. Warten, Ende.« <

»Verdammt, Oxe, schau! Die sind rotzbesoffen. Das gefällt mir nicht. Scheiße, das gefällt mir gar nicht.«

»Ganz ruhig, Bosse, ganz ruhig.«

> »Charlie 07, hier ist Alfa 05. Langsam vorwärts, wiederhole, langsam. Sieht nach Saufgelage am Wegrand aus. Ich steige ab und nehme Kontakt auf, falls nötig. Ende.« <

»Dänemark, sagst du? Wo liegt Dänemark? In Schweden vielleicht? Oder in der Schweiz? Haha! Zur Hölle mit euch, war nur ein Witz. Laudrup vom FC Barcelona ist aus Dänemark, das weiß ich natürlich. Prost! Und willkommen. Ich bin Kommandant Milan The Razorblade. Früher Friseur von Gottes Gnaden in Kiseljak. Steig runter und trink ein Glas herrlichen Sliwowitz mit den serbischen Siegern.«

»Nein, danke. Wir müssen weiter nach Smajlovići.«

»Nein? Ich akzeptiere kein Nein! Seid ihr euch etwa zu fein, um mit Serben anzustoßen? Hier, nimm meine Flasche. Ich finde, wir sollten miteinander spielen, du und ich. Nicht russisches Roulette, nein, serbisches Roulette, haha! Nicht eine, sondern zwei Kugeln … Bist du bereit? Ich drehe, und dann komm erst ich und dann du. Danach stoßen wir an – wenn wir noch am Leben sind!«

Klick …

»Hier, Däne. Was? Du willst nicht? Haltet ihn fest, Kameraden. Und knallt ihn ab, wenn er Ärger macht. Ich drücke für dich ab, mein Freund. Jetzt.«

Klick …

»Darauf stoßen wir an. Auf eine neue Runde.«

Klick …

Klick …

»Prost.«

Klick …

Klick …

Schweißgebadet wachte er auf. Er glaubte, die Mündung des Trommelrevolvers an seiner Schläfe zu spüren. Alles war nass. Selbst die Decke konnte man auswringen.

Das serbische Roulette war einer der Sieben. Es kam seltener vor als der Kuhmann oder das Mütterchen mit dem Kopf ihres Sohnes – aber der Albtraum mit *The Razorblade* aus Kiseljak war in den letzten Monaten in der Reihenfolge nach vorn gerückt.

»Zur Hölle, Däne. Ich hab dich verarscht. Ich hab die Kugeln wieder rausgenommen, ha! The Razorblade macht nur Spaß … Prost!«

> »Sierra 60, hier Alfa 05. Wir passieren den Kontrollposten und fahren weiter nach Smajlovići.« <

Er zog das triefnasse T-Shirt aus und schleuderte es in die Zimmerecke. Dann schwang er die Beine aus dem Bett und setzte sich auf die Bettkante, um durchzuatmen. Immer wenn man an eine weiße Nacht glaubte, wurde sie schwarz. Er saß da und lauschte. Es war so still da draußen. Befreiend still – kein Klicken.

Er wollte gerade aufstehen und nach unten in die Küche gehen, um einen Schluck Wasser zu trinken, als der Alarm plötzlich ausgelöst wurde und er sich in einem schrillenden Inferno wiederfand. Er riss die Schranktüren auf und drückte den Knopf, um den Lärm abzuwürgen.

Er hasste es, aus der Stille gerissen zu werden. Aber der Lärm war nötig. Sein Blick glitt hastig über die beiden Bildschirme mit den zwölf rechteckigen Feldern – und dann noch einmal, langsamer. Es war nichts zu sehen.

Der Alarm war von Kamera eins ausgelöst worden, gefolgt von Kamera zwei. Die zwölf Überwachungskameras waren so angeordnet, als wäre seine Sicherheitszone rund um das Haus ein Ziffernblatt. Zwölf Uhr war im Norden, sechs Uhr im Süden. Er betrachtete jedes Feld ganz genau.

Er hatte gehofft, ein Reh oder ein Mitglied der sonst meist unsichtbaren Dachsfamilie zu sehen, die eine Weile seinen Nachtschlaf gestört hatte. Aber da war absolut nichts. Also musste er seinem Notfallplan entsprechend weiter vorgehen. Bisher war das vielleicht sechs- oder siebenmal vorgekommen, und jedes Mal war er unverrichteter Dinge ins Haus zurückgekehrt.

In weniger als einer Minute war er vollständig angezogen. Auch der Klettverschluss der knöchelhohen schwarzen Stiefel sparte kostbare Sekunden.

Er streifte die schwarze Sturmhaube über den Kopf, legte sich den Gürtel mit dem Kampfmesser und der Pistole um, stopfte die schwarzen Handschuhe in die Taschen und setzte sich das Infrarot-Nachtsichtgerät auf. Solche Geräte gab es in vielen Varianten. Seines war besonders leicht, mit einem Alugestell, das in ein breites Stirnband eingearbeitet war. Es ermöglichte ihm, im Dunkeln zu sehen, und ließ ihm trotzdem volle Bewegungsfreiheit. Sobald er es nicht mehr brauchte, konnte er es einfach hochklappen.

Wenig später öffnete er die Hintertür einen Spaltbreit. Er blieb kurz stehen und lauschte, dann schlüpfte er hinaus in die Nacht.

Er sprintete los, überquerte in vollem Tempo die freie Fläche und blieb erst stehen, als er den Waldrand erreicht hatte.

Der Himmel war bewölkt, perfekt für seine Aufgabe. Von Kopf bis Fuß schwarz gekleidet, war er vollkommen eins mit der Dunkelheit und ein schwer zu treffendes Ziel.

Er schlich sich durch die vorderen Baumreihen in Richtung ein Uhr. Die Position befand sich tief im dichten Fichtenwald, den er im Winter ausdünnen sollte, wie Fisch ihm optimistisch erklärt hatte.

Als er den Fahrweg überquerte, einen von vielen, die sich durch die alte Schonung zogen, wusste er, dass ein Uhr unmittelbar vor ihm lag. Die Kamera hing in einer Lärche, die wie ein fremder Gast zwischen den Fichten stand. Ihr Radius deckte exakt die Schneise ab, durch die man das Holz mit einem Traktor aus der Schonung holen konnte.

Er ging weiter nach Osten, zu Kamera zwei, und nach ein paar Minuten kauerte er sich hinter einen dicken Baumstamm. Er drückte auf den Lichtknopf seiner Armbanduhr. 03:11. Jetzt hieß es warten. Fünf Minuten bei jeder der acht Positionen, die er auf dem Ziffernblatt ausgewählt hatte.

Geduld war eine Tugend. Jahrelanges Training hatte ihn darin geschult. Warten war keine Herausforderung, sondern eine vernünftige Investition seiner Zeit. Geduldiger zu sein als der Feind und länger zu warten als er konnte der ausschlaggebende Faktor sein. Geduld konnte zwischen Leben und Tod entscheiden.

Die Stille war so ausgeprägt, dass sie eine Symbiose mit der Dunkelheit einzugehen schien. Zusammen bildeten sie eine kräftige Nacht, die alles mit eiserner Hand umschlossen hielt, bis sie müde wurde und im Morgengrauen ihre Macht verlor.

Er sah sich um. Durch seine Ausrüstung konnte er die Dunkelheit überlisten, aber rundherum war keine einzige Bewegung wahrzunehmen.

Nach fünf Minuten größter Konzentration machte er sich vorsichtig wieder auf den Weg und schlich im Uhrzeigersinn zur nächsten Position weiter.

Er brauchte anderthalb Stunden, um seine gesamte Sicherheitszone zu inspizieren, doch er fand nicht das Geringste in der Nähe seines baufälligen Hauses, was sein Misstrauen geweckt hätte.

So war es auch die vorherigen Male gewesen, wenn er sich zu einer nächtlichen Patrouille aus dem Haus geschlichen hatte. Da Kamera eins und zwei aktiviert worden waren, hatte höchstwahrscheinlich irgendetwas ein paar Rehe aus ihrem Versteck im Unterholz aufgescheucht, und die hatten auf der Flucht beide Kameras innerhalb weniger Sekunden passiert. Die Festplatte würde ihm später darüber Aufschluss geben.

Es war jedoch völlig ausgeschlossen, es darauf ankommen zu lassen und einen Alarm schulterzuckend zu ignorieren. Jeder einzelne Auslöser musste umgehend überprüft werden, egal um welche Uhrzeit, egal wie das Wetter war.

Der Feind kam meistens, wenn man am wenigsten mit ihm rechnete. Oxen gehörte nicht zu denen, die sich in Sicherheit wiegten und friedlich weiterschliefen. Allerdings musste er sich eingestehen, dass der Schlaf – oder, besser gesagt, der Mangel an Schlaf – sich allmählich zu einem ernst zu nehmenden Gegner entwickeln würde, falls die Frequenz seiner Albträume weiter zunahm. Er brauchte seinen Schlaf, die Müdigkeit traf ihn sonst irgendwann wie ein Vorschlaghammer.

Zu dieser Schwachstelle musste er sich in den nächsten Tagen etwas einfallen lassen, sollte sich das Muster fortsetzen.

Es dämmerte schon, als er durch die Hintertür ins Haus zurückkehrte. In der Küche rumorte es in der Pappschachtel. Er blieb stehen und sah nach. Das Krähenküken wirkte gesund und voller Energie. Es würde bestimmt nicht mehr lange dauern, bis er es in die Freiheit entlassen konnte.

Oben in seinem provisorischen Schlafzimmer zog er sich aus und hängte seine Kleidung und seine Ausrüstung sorgfältig an die Nägel, die er zu diesem Zweck in die Wand geschlagen hatte. Als Vorletztes in der Reihe hatte die schwarze Sturmhaube ihren Platz und ganz zum Schluss kam das Nachtsichtgerät. Darunter hing der Gürtel, allerdings ohne die Pistole, die er immer in Reichweite hatte.

Er legte sich hin und zog die Bettdecke hoch. Ihm blieb nur noch eine Stunde, um sich auszuruhen, bevor er wieder aufstehen und Fisch an den Teichen helfen musste. Wenn das erledigt war, lagen noch acht bis zehn Stunden Waldarbeit vor ihm.

Vielleicht lag es an dieser verfluchten inneren Unruhe, die mit der Rückkehr der Sieben zugenommen hatte, aber irgendetwas sagte ihm, dass er wirklich zusehen sollte, die Sicherheitsvorkehrungen in dem kleinen Keller des Hauses endlich fertigzustellen.

Demnächst würde Fisch für ein paar Tage wegfahren. Dann war es an der Zeit, die Festung auszubauen.

15.

Eine Frau mittleren Alters öffnete ihr die Tür, ohne zu lächeln, doch zumindest mit einem freundlichen Nicken, als wäre ihr Besuch sogar irgendwie willkommen. Sie gab ihr die Hand. Die Frau war Susanne Oxen Viig.

»Hallo, ich bin Margrethe Franck, erinnern Sie sich an mich?«

»Ja, sicher, guten Tag. Es ist ja gar nicht so lange her, oder?«, sagte Niels Oxens Schwester.

»Na ja, wie ich am Telefon schon sagte: Es war im Oktober. Laut meinem Kalender vor exakt acht Monaten und zweiundzwanzig Tagen.«

»So lange schon?«

Sie nickte. Kurz nachdem Oxen damals so überstürzt von den Feierlichkeiten im Polizeipräsidium in Aalborg geflüchtet war, hatte sie seine Schwester aufgesucht. Jetzt schien es ihr ein vernünftiger Auftakt für neue Gespräche zu sein, sich wieder mit ihr zu treffen.

Wenn es so lief wie beim letzten Mal, dann würde die gelernte Erzieherin freundlich, entgegenkommend und hilfsbereit sein – ohne dass irgendetwas dabei herauskam. Aber man hatte ja immer die Hoffnung, dass sich in einem Gespräch eine neue Information ergab, egal ob spektakulär oder scheinbar nebensächlich.

»Kommen Sie rein … Ich weiß nur beim besten Willen nicht, wie ich Ihnen weiterhelfen kann. Es tut mir wirklich leid. Also …«

»Sie müssen sich nicht entschuldigen. Es ist mein Job, Informationen zu sammeln. Erfahrungsgemäß sind manchmal mehrere Gespräche erforderlich, bis man plötzlich einen Zusammenhang erkennt – oder die richtigen Fragen stellt, die dem Gedächtnis auf die Sprünge helfen. Es gibt also keinen Grund zur Eile oder für irgendwelchen Stress.«

»Ich helfe gerne, so gut ich kann. Kommen Sie, wir setzen uns in die Küche. Kaffee?«

»Ja, gern. Danke.«

Sie setzte sich an den Küchentisch, der schwer nach einer Vernunftentscheidung bei IKEA aussah.

»Ich habe nur löslichen Kaffee, den trinke ich immer. Ist das in Ordnung?«, fragte Oxens Schwester, die mit dem Rücken zu Margrethe an der Spüle stand.

»Kein Problem«, antwortete Franck und fuhr dann fort: »Wir können gleich loslegen, oder?«

Susanne drehte sich um und nickte.

»Nachdem ich nichts mehr von Ihnen gehört habe, gehe ich davon aus, dass Sie keinerlei Lebenszeichen von Ihrem Bruder bekommen haben, richtig?«

»Nein, nichts.«

»Und wissen Sie, ob das auch für Ihre restliche Familie gilt?«

»Wie ich Ihnen schon letztes Mal gesagt habe – unsere Familie ist wirklich klein. Ich würde es sofort erfahren, wenn Niels zum Beispiel meinen Onkel kontaktiert hätte. Aber das hat er ja auch früher nie gemacht. Also für uns – oder für mich – ist er jetzt nicht mehr verschwunden als die ganze Zeit schon. Ich hatte keine Ahnung, dass er im Nordwestquartier gewohnt hat. Und wie Sie ja schon wissen … habe ich ihn auch nicht vermisst.«

Susanne setzte sich und stellte Margrethe einen Becher mit Kaffee hin. Die Frau, die schon erste graue Haare hatte, wirkte genauso nüchtern und abgeklärt wie beim letzten Mal.

»Unsere Mutter zu besuchen wird Ihnen auch nichts bringen. Sie hat seit dem letzten Jahr noch weiter abgebaut.«

»Die Krankheit, die alle Angehörigen am härtesten trifft, ist es nicht so?«

»Es gibt nicht mehr viele Momente, in denen sie weiß, wer ich bin.«

»Wie oft besuchen Sie sie?«

»Nicht so oft, wie ich vielleicht sollte. Nicht so oft, wie andere ihre alte, kranke Mutter besuchen würden. Aber das habe ich Ihnen beim letzten Mal ja auch schon erzählt, oder etwa nicht? Unsere Familie war nie so gesund und stabil wie andere. Ganz im Gegenteil. So seltsam es auch klingen mag, aber die Krankheit meiner Mutter berührt mich nicht besonders. Wir hatten schon seit vielen Jahren kein gutes Verhältnis mehr.«

»Denken Sie, dass Niels in den vergangenen Monaten bei ihr war?«

Susanne schüttelte energisch den Kopf.

»Warum eigentlich nicht?«

»Aus denselben Gründen wie ich. Sie hat uns im Stich gelassen, als sie uns hätte beschützen müssen. Dieser Verrat lag immer wie ein Graben zwischen uns.«

»Manche Menschen bauen dann Brücken.«

Susanne starrte ausdruckslos über den Rand ihrer Kaffeetasse. Es dauerte einen Moment, bis sie antwortete.

»Heute wäre ich vielleicht bereit dazu, aber es ist zu spät, noch irgendetwas bauen zu wollen. Es ist lange her, dass man ein echtes Gespräch mit ihr führen konnte.«

Es schwang keine Wut in ihrer Stimme. Ihr Gesichtsausdruck war immer noch genauso nüchtern. Margrethe konnte höchstens einen Anflug von Desillusionierung darin erkennen.

»Und Niels wollte auch nie eine Versöhnung?«

»Wieso interessiert Sie das so? Das mit unserer Mutter?«

»Ich versuche immer noch, mir ein Bild zu machen. Und ich würde ihn gerne finden. Dabei kann jedes Detail hilfreich sein. Ich glaube, ich habe Sie noch nicht gefragt, ob … ob Sie je seinen Orden gesehen haben? Das Tapferkeitskreuz?«

»Nein, nur in der Zeitung. Die anderen Orden schon, aber das Kreuz nicht. Warten Sie mal …«

Sie stand auf und verschwand im Wohnzimmer. Kurz darauf kam sie mit einem Zeitungsausschnitt zurück und legte ihn auf den Küchentisch. Die Überschrift lautete: *»Nichts geht über Oxen.«* Darunter stand in großen fetten Buchstaben: *»Der ehemalige Jägersoldat Niels Oxen wurde gestern für seinen herausragenden Einsatz als erster Däne überhaupt mit dem Tapferkeitskreuz ausgezeichnet. Nach Aussage der Heeresleitung könnten Jahrzehnte vergehen, bis wieder jemand diese einzigartige Ehrung verdient haben wird.«*

Sie kannte den Wortlaut schon. Ungefähr dasselbe stand in sämtlichen Artikeln, die sie in ihren Kisten zu Hause unter dem Bett aufbewahrte. Und von ihrem letzten Gespräch wusste sie noch, dass Niels Oxen weder seine Schwester noch seine Mutter zur Parade im Kastell eingeladen hatte.

»Sind Sie stolz auf ihn?«

»Stolz? Ich weiß nicht … stolz? Wir hatten uns ja schon lange nichts mehr zu sagen.«

Sie drehte den Zeitungsausschnitt, um das Bild ihres kleinen Bruders besser sehen zu können.

»Stolz? Vielleicht ... ein bisschen ... Aber vor allem überrascht.«

»Warum?«

Sie zögerte wieder. Sie schien mehr zu überlegen als beim letzten Mal. Vielleicht hatte die Unterhaltung im Oktober doch etwas in Gang gesetzt.

»Na ja ... Woher hat er das? In stillen Momenten frage ich mich das manchmal. Von unseren Eltern jedenfalls bestimmt nicht«, sagte sie und schnaubte. »Und *ich* habe das auch nicht. Ich bin nicht mutig oder *tapfer.* Ich halte nur Kinder im Zaum. Noch etwas Kaffee?«

Margrethe zog einen kleinen Block aus der Jackentasche und warf einen Blick auf ihre Notizen. Sie hatte Fragen und Themen aufgeschrieben, die sie vor dem Hintergrund ihrer letzten Unterhaltung noch einmal aufgreifen wollte.

»Ich gehe davon aus, dass Sie nicht wissen, wo Niels das Kreuz und die anderen Orden aufbewahrt, oder?«

»Nein, wirklich, ich habe keine Ahnung.«

»Wissen Sie von irgendwelchen Orten, hier oder im Ausland, die er besonders mochte? Von denen er mit Begeisterung erzählt hat?«

»Leider nein. Ich erinnere mich nur daran, dass ihre Hochzeitsreise nach Sankt Petersburg ging. Und wahrscheinlich waren sie wie alle anderen auch auf Mallorca und Gran Canaria. Fragen Sie seine Ex. Das ist der beste Rat, den ich Ihnen geben kann.«

»Sie ist nicht bereit, noch mal mit mir zu sprechen. Sie sagt, sie habe mir bereits alles erzählt und wolle sich nicht länger mit ihm beschäftigen. Sie hat versprochen, mich anzurufen, falls ihr noch etwas einfällt.«

»Das wird sie nicht tun. Ich glaube nicht, dass mein Bruder in ihrer Welt noch existiert.«

»Wie meinen Sie das?«

»Ich meine, dass sie inzwischen sicher ein ganz neues Leben

führt. Neuer Job, neuer Mann, schickes Haus. Und dass sie sich bestimmt kein Bein ausgerissen hat, um Niels zu helfen.«

»Das haben Sie letztes Mal gar nicht erwähnt. Sie mögen sie wohl nicht besonders?«

»Nein! Und das war bei Gott auch nie anders. Das Verhältnis zwischen Niels und mir war schon vor ihrer Zeit nicht gut, aber sie hat es wirklich nicht besser gemacht. Sie ist ein intriganter Mensch, wissen Sie, einer von denen, die keine Gelegenheit auslassen, für böses Blut zu sorgen. Als er Hilfe gebraucht hätte, ist sie abgehauen, statt bei ihm zu bleiben und zu kämpfen. Sie hat Magnus mitgenommen. Ich weiß ja nicht viel darüber, aber dass sie den Kontakt zwischen Niels und seinem Sohn mit allen Mitteln verhindert hat, das weiß ich.«

»Soweit ich informiert bin, sieht er seinen Sohn nie – und das schon seit einigen Jahren. Das war doch seine eigene Entscheidung? Und nicht ihre?«

»Ich weiß, dass er zumindest anfangs alles getan hat, was in seiner Macht stand, um ihn bei sich zu haben. Vielleicht spielte da auch seine Krankheit eine Rolle? Vielleicht hat er die Kraft einfach nicht mehr aufgebracht? Ständig neue Anträge stellen und so. Also, man kann ihm viel vorwerfen, aber eins ist absolut sicher: Niels liebt seinen Sohn. Mehr als alles andere auf der Welt. Und wenn er nicht mit Magnus spricht oder ihn besucht, dann nur, weil er einfach nicht dazu in der Lage ist.«

Susanne hatte sich in Rage geredet und damit – vielleicht gegen ihren Willen – doch so etwas wie Zuneigung zu ihrem verlorenen Bruder gezeigt. So weit waren sie beim letzten Mal nicht gekommen.

»Lassen Sie uns weiter zurückgehen: die Zeit mit Bosse. Und Bosses Tod in Kroatien.«

»Ach ja, Bosse … der kleine Junge aus Høng.« Susanne biss sich auf die Unterlippe. »Niels konnte das einfach nicht abhaken. Und wer weiß? Vielleicht kann er es immer noch nicht?«

»Wissen Sie, ob die beiden gemeinsame Orte hatten, hier in Dänemark oder im Ausland? Orte, die eine besondere Bedeutung für sie hatten? Sie haben als Kinder doch die Ferien zusammen verbracht.«

»Leider nein, dazu kann ich Ihnen gar nichts sagen. Vielleicht gab es so einen Ort auf dem Balkan, aber ich habe wirklich keine Ahnung.«

»Ich weiß von Bosses Eltern, dass Niels in den ersten Jahren noch manchmal bei ihnen vorbeigekommen ist. Nie lang, nur für eine Tasse Kaffee und eine kurze Unterhaltung, doch dann hörten die Besuche irgendwann auf. Wissen Sie mehr darüber?«

»Das sieht ihm eigentlich gar nicht ähnlich. Ich erinnere mich, dass Niels mir mal erzählt hat, er würde sich an Bosses Todestag immer freinehmen. Um in Ruhe an ihn zu denken und sein Grab zu besuchen. Also, kann schon sein, dass er nicht mehr bei Bosses Eltern vorbeischaut, aber er ist früher zumindest jedes Jahr auf dem Friedhof gewesen.«

»Sind Sie sicher, dass er es auch wirklich so gemeint hat?«

»Ja, und das passt auch zu ihm. Ist das nicht so ein Soldatending? Das mit der Ehre und den Gefallenen Respekt zu erweisen?«

»Diese Information ist möglicherweise sehr wertvoll für mich. Aber es könnte sich in den letzten Jahren natürlich auch alles geändert haben, nachdem Niels so viel mit sich selbst zu tun hatte.«

»Absolut. Ich sage ja nur, dass es früher so war.«

Margrethe leerte ihren Becher bis auf den Bodensatz. Es gab keinen Grund, noch tiefer in Oxens Jugend und Kindheit zu wühlen. Seine Schwester hatte nicht mehr zu bieten als die Informationen, die sie ihr schon gegeben hatte. Margrethe Franck zögerte. Ihre letzte Frage war rein privater Natur, und eigentlich war es nicht richtig, seine Schwester danach zu fragen. Sie tat es trotzdem.

»Ich habe seit unserem letzten Gespräch über etwas nachgedacht … Ihr gewalttätiger Vater … Ich selbst bin ganz anders aufgewachsen, deshalb verstehe ich es einfach nicht, auch wenn es mir in meinem Berufsleben schon oft begegnet ist. *Warum* hat er Sie und Niels geschlagen – seine eigenen Kinder?«

Susanne Oxen Viig zuckte mit den Schultern und zögerte. Als sie zu sprechen begann, redete sie langsam und mit Bedacht.

»Das habe ich mich auch immer wieder gefragt. Ich glaube, die Antwort ist nicht besonders schwer. Seine eigene Kindheit war genauso: ohne Liebe, aber die Hand seiner Eltern saß immer locker. Er war ein kleiner Mensch und ein machthungriger Haustyrann. Er hat uns geschlagen, weil er es konnte.«

Das klang nach einer Erklärung, die sie sich ohne die Hilfe eines Psychologen zurechtgelegt hatte. Vielleicht hätte sie die besser in Anspruch genommen.

Oxens Schwester räusperte sich und legte die Hände um ihren Kaffeebecher.

»Ich weiß noch, wie ich als kleines Mädchen zu Gott gebetet habe, weil ich so gern die Familie wechseln wollte. Ich hatte eine gute Freundin mit sehr lieben Eltern. Die waren für mich das Traumland hinter dem Gartentor. Wissen Sie, das alles ist so verkorkst. Alles, was man als Erwachsener mit sich herumschleppt, was man zu verdrängen versucht – womit man aber trotzdem klarkommen muss. Ich weiß nicht, ob ich das bei unserem letzten Treffen schon erzählt habe, aber Niels hat unseren Vater zur Rede gestellt. Und das hätte ich auch tun sollen.«

Margrethe begnügte sich damit, kurz zu nicken, und streckte Susanne den Becher entgegen, als sie fragend die Kanne hob.

»Genau das meinte ich, als ich vorhin sagte, dass er es *hat.* Ich habe es nicht. Aber das sind nur meine eigenen Gedanken und was ich mir zu diesem Thema angelesen habe. Und ich habe viel gelesen … Es gibt nur zwei Möglichkeiten: Entweder kommt man nach seinem Erzeuger und lebt auch so. Oder man distanziert sich total von ihm. Niels hat sich schon früh entfernt. Auch wenn ihn die meisten Leute auf der Straße nicht erkennen würden, kann man trotzdem behaupten, dass er das größte Vorbild ist, das Dänemark in seinem Bereich vorzuweisen hat, und dass er ein Held ist, nicht wahr?«

»Ja, das ist er.«

»Und wenn die Menschen die wahre Geschichte dahinter kennen würden, dann würde das seine Taten noch viel größer machen. Er ist verantwortungsbewusst, er kümmert sich um seinen Nächsten. Selbst wenn er dafür sein Leben aufs Spiel setzen muss. Er hat Bosse wie einen kleinen Bruder behandelt, ihn geliebt, ihn beschützt und immer auf ihn aufgepasst. Bis zu seinem letzten Tag. Mein Bruder trägt Liebe in sich und er ist empathisch. So gesehen ist es fast eine Ironie des Schicksals: Er ist alles, was unser Vater nie war. Wahnsinn, wenn man sich das mal vorstellt …«

»Aber der Preis? Der war hoch, oder?«

Susanne Oxen Viig nickte stumm und starrte an die Wand.

»Ja, sein Leben ist ein Scheißleben geworden.«

16.

Abgesehen von ein paar einzelnen Fenstern, hinter denen noch Licht brannte, war das Präsidium in Odense dunkel. Ein Streifenwagen fuhr von dem umzäunten Gelände auf die Straße und beschleunigte, während die dunkle Gestalt die Pjentedamsgade überquerte und zum Hinterhof ging.

Es war ein breitschultriger Mann von mittlerer Größe, seine Bewegungen waren ruhig, und er zeigte keine Anzeichen von Eile. Er trug eine Polizeiuniform und eine schwarze Baseballkappe, und über seiner Schulter hing ein kleiner dunkelgrüner Rucksack.

Mit sicheren Schritten ging er zielstrebig am Mitarbeiterparkplatz vorbei und über den menschenleeren Hof, öffnete die Tür und stieg, ohne zu zögern, die Treppe hoch.

»Du bist cool wie immer. Du bist Polizist. Sie kennen dich nicht, und du kennst sie nicht – aber wenn du entspannt und selbstsicher wirkst, dann wird sich niemand wundern. Es ist kinderleicht …«

Er brauchte eigentlich keinen inneren Zuspruch. Er war tatsächlich ruhig, auch wenn er sich auf seinem Weg durch die langen Flure konzentrieren musste. Er hatte sich im Vorfeld den Grundriss besorgt und gut eingeprägt. Im Kopf war er die Strecke über den Hof des Präsidiums und durch das große Gebäude schon viele Male gegangen.

Zum Abschluss hatte er die Runde gestern sogar einmal tatsächlich absolviert, verkleidet als Klempner, mit einer Kappe auf dem Kopf, Firmenkleidung und Werkzeugkasten.

Er war immer gründlich. Deshalb war er auch so gut. Und wenn man gut war, dann konnte man den Preis bestimmen. Er wurde ordentlich dafür bezahlt, dass er ins Präsidium hineinmarschierte, besorgte, was man ihm aufgetragen hatte – und wieder verschwand.

Wieder eine Tür, eine neue Treppe und zwei Möglichkeiten: Es ging nach oben. Und noch weiter nach oben. Sein Ziel war das Morddezernat im dritten Stock, genauer gesagt das Büro des stellvertretenden Polizeidirektors H. P. Andersen. Es befand sich hinter der vierten Tür auf der rechten Seite.

Wenig später hatte er den richtigen Korridor erreicht, zählte die Türen und vergewisserte sich, dass er sich auch richtig erinnerte. Dann öffnete er das Büro, trat ein und zog die Tür vorsichtig hinter sich zu.

Er warf einen Blick auf die Uhr. 03:24. Die Beamten würden erst in einigen Stunden wieder hier eintreffen, er hatte also jede Menge Zeit, aber die Erfahrung hatte ihn gelehrt, dass man trotzdem besser nicht trödelte. Je länger man sich an einem kritischen Ort aufhielt, umso größer wurde das Risiko.

Als Erstes schaltete er im Schein seiner Taschenlampe den

Computer des Polizeichefs ein. Nicht gerade eindrucksvoll, mit welcher Technik dieser Staat seine Verbrecherjäger ausrüstete.

Er legte seinen Rucksack auf den Schreibtisch, holte alles Notwendige heraus und verband seinen Laptop und die externe Festplatte mit dem Rechner. Dann gab er einer verhältnismäßig simplen Software den Befehl, den Computer des Polizeichefs nach Passwörtern zu durchkämmen, damit er ihn ungehindert hochfahren konnte. Die gesamte Festplatte zu kopieren würde dann nicht mehr lange dauern.

Nachdem er die Datenübertragung gestartet hatte, fing er an, auch Papierakten, Schubladen und Regalfächer nach relevantem Material zu durchsuchen.

Er kannte weder die Motive noch den Hintergrund seines Kunden und wusste nur, dass er sämtliche verfügbaren Unterlagen zum Mord an dem Museumsdirektor von Nyborg Slot beschaffen sollte. Falls der leitende Ermittler nicht alles in elektronischer Form auf dem Rechner hatte, war er so auf der sicheren Seite.

Im höchsten Stapel auf dem Schreibtisch entdeckte er ziemlich weit oben eine Mappe mit fünf Verhörprotokollen. Alles Männer, die im Zusammenhang mit dem Mord befragt worden waren. Offenbar waren Drogen der zentrale Punkt in sämtlichen Berichten. Er steckte sie in seinen Rucksack und suchte weiter.

Der Kopiervorgang auf die externe Festplatte war jeden Moment abgeschlossen, und er durchwühlte gerade eine Schreibtischschublade, als er draußen im Flur Schritte hörte. Eilige Schritte, die näher kamen. Er fluchte leise. Er wollte die Übertragung jetzt nicht abbrechen. Wie groß war die Wahrscheinlichkeit, dass diese Schritte mitten in der Nacht ausgerechnet ins Büro des Chefs stürmen würden? Sie war gering, ziemlich gering.

Also schob er nur die Schublade zu, nahm seinen Rucksack vom Tisch, huschte zur Tür und stellte sich dahinter – vorsichtshalber.

Die Schritte waren jetzt ganz nah. Sie wurden langsamer. Das Unwahrscheinliche würde tatsächlich passieren.

Er sah, wie sich die Türklinke nach unten bewegte. Wer nun im Türrahmen stand, war von seiner Position aus unmöglich zu erkennen, doch der leuchtende Computerbildschirm hatte offenbar das Misstrauen des Betreffenden geweckt. Außerdem natürlich das grüne Lämpchen der Festplatte, die gerade dabei war, sich die letzten Daten einzuverleiben.

Das Licht ging an und ein Mann in hellblauem Polizeihemd trat vorsichtig zum Schreibtisch. Skeptisch beugte er sich vor und musterte die Geräte, die ganz offensichtlich mit dem Computer seines Chefs verbunden waren.

Jetzt hatte er keine Zeit mehr zu verlieren. Der Mann würde sich jeden Moment im Büro umsehen.

Vorsichtig schob er die Hand in die rechte Jackentasche und schloss die Finger um den kleinen Totschläger. In der Sekunde, als er aus seinem Versteck sprang, zog er ihn heraus.

Der Schlag traf den Hinterkopf, hart und präzise, und der Mann sackte über der Schreibtischplatte zusammen. Im Fallen riss er einen Papierstapel mit sich zu Boden.

Hastig überprüfte er den Beamten. Der Schlag war fest gewesen, aber nicht zu fest. Der Bleikern des Totschlägers konnte brutale Verletzungen anrichten und – wie sein Name schon sagte – durchaus auch töten, doch er wollte keinesfalls größeren Schaden anrichten, als unbedingt nötig war.

Hier ging es um reine Notwehr, ausgeführt mit einer sinnvollen Waffe, die ihm Arbeit abnahm. Das war wesentlich besser, als sich bei dem zweifelhaften Versuch, einen Polizisten mit bloßer Hand niederzustrecken, am Ende noch zu verletzen. So etwas gehörte in die Welt des Films, und das war nicht sein Metier.

Er wandte sich von dem bewusstlos auf dem Boden liegenden Mann ab und widmete sich wieder seiner Arbeit.

Das grüne Lämpchen hatte aufgehört zu blinken, was bedeutete, dass er jetzt eine komplette Kopie der Festplatte des Polizeichefs besaß. Hastig durchsuchte er die letzten Schubladen, konnte aber kein weiteres Material über den Mordfall finden. Dann trennte er die Geräte und verstaute seine Sachen wieder im Rucksack.

Es war höchste Zeit, das Präsidium zu verlassen. Dass seine Aktivitäten aufgeflogen waren, hatte keine weitere Bedeutung, außer dass es ihn rein beruflich betrachtet natürlich ärgerte. Aber der Kunde bekam ja die Ware, und der Rest würde nur den Ermittlern hier einiges Kopfzerbrechen bereiten.

Er konnte sich nicht vorstellen, dass sie je herausfinden würden, wer ihnen über die Schulter geschaut hatte – oder warum. Dafür war sein Auftraggeber viel zu professionell.

Er warf sich den Rucksack über die Schulter, schaltete das Licht im Büro aus, zog die Tür hinter sich zu und ging in aller Ruhe den leeren Gang hinunter.

In wenigen Minuten würde er wieder draußen im Freien sein. Dann fehlte nur noch der letzte Schritt: die Übergabe.

Der Kies knirschte unter seinen Schuhen. Um ihn herum grünte und blühte es. Die Sonne strahlte am leuchtend blauen Himmel und die Luft war schon deutlich milder.

Es war ein wunderschöner Morgen in diesem Park, der sich durch das Zentrum von Odense zog. Er war noch nie hier gewesen – abgesehen von seinem routinemäßigen Probelauf am Tag zuvor –, und er würde diesen Spaziergang sicher auch nicht so schnell wiederholen können. Es kam ungeheuer selten vor, dass seine Arbeit ihn in die Provinz führte. Normalerweise hatte er eher in Kopenhagen oder im Ausland zu tun. Meistens Letzteres.

Er hatte die Stunden seit seinem Ausflug ins Präsidium in dem Auto verbracht, das er mit einem falschen Pass in Hvidovre gemietet hatte. Er hielt nichts davon, sich ohne Not von der Videoüberwachung eines Hotels einfangen zu lassen. Und wenn sich das wirklich nicht vermeiden ließ, arbeitete er mit Bärten und Brillen aus seinem Fundus, was ihm diesmal jedoch überflüssig erschien. Natürlich würde er auf den Überwachungsvideos des Präsidiums auftauchen, aber durch seine tief in die Stirn gezogene Kappe waren die Aufnahmen garantiert unbrauchbar.

Den Wagen hatte er auf einem Parkplatz abgestellt, den er sich bereits im Vorfeld ausgesucht hatte, in einem anonymen Wohngebiet am Stadtrand. Er hatte sich eine ordentliche Mütze Schlaf genehmigt und fühlte sich ausgeruht und entspannt. Sein Frühstück hatte aus zwei Brötchen und einer großen Tasse Kaffee bestanden – nicht an einer Tankstelle oder einem Kiosk, um die er grundsätzlich einen großen Bogen machte, sondern in einem Supermarkt.

Jetzt schlenderte er durch den sonnigen Morgen, die Aktentasche unter dem Arm. Gleich war der Auftrag abgeschlossen, und zwar in … Er schaute noch einmal auf seine Uhr: in exakt fünf Minuten.

Er hatte den schmalen Fluss, der mitten durch Odense floss, in der Nähe des Fußballclubs überquert und war gemütlich weiterspaziert, um sich die restliche Wartezeit zu vertreiben. Der Weg verlief am Zoo entlang, was man riechen und hören konnte. Auf der anderen Seite grenzte das Flussufer direkt an die Gärten der teuren Grundstücke.

Es war hübsch dort. Viele der Häuser waren groß und schön, auch wenn er sein eigenes Stück Heimat am Øresund ohne Wenn und Aber bevorzugte.

Er warf noch einen Blick auf die Armbanduhr und passte seine Geschwindigkeit an. In der nächsten Kurve, um Punkt 09:00 Uhr. Noch zwei Minuten.

Kurz darauf setzte er sich auf die Bank, neben einen älteren Herrn mit grauem Hut, der seinen Spazierstock zwischen den Beinen hielt.

»Was für ein herrlicher Morgen«, sagte er, ohne den Mann anzusehen, und stellte die Aktentasche auf die Bank.

»Ja, was will man mehr, nicht wahr?«, antwortete der Mann. »Gab es irgendwelche Probleme?«

»Nichts von Bedeutung, allerdings stand plötzlich ein Beamter im Büro. Ein ziemlich ungünstiger Zeitpunkt. Ich habe ihn niedergeschlagen. Aber keine Sorge, er hat keinen Schaden genommen.«

»Ausgezeichnet. Und die Ware?«

»Die externe Festplatte und eine Mappe mit Berichten sind in der Aktentasche. Ich habe nicht viel in Papierform gefunden.«

»Danke. Der letzte Teil der Bezahlung liegt wie vereinbart zur Abholung bereit.«

»Danke – und noch einen schönen Tag.«

»Moment, eins noch. Man hat mich beauftragt, Sie um einen weiteren Dienst zu bitten …«

»Gerne.«

»Es geht um ein ›Gespräch‹ mit einer Frau.«

»Ein Gespräch?«

»›Verhör‹ trifft es vielleicht genauer. Es soll aufgezeichnet und die Aufnahme dann an uns übergeben werden. Am gleichen Ort, genau hier.«

»Und die Frau?«

»Ihr soll nichts passieren. Aber es muss sichergestellt sein, dass sie mit niemandem darüber spricht.«

»Hmm. Das fällt eigentlich nicht in meinen Kompetenzbereich.«

»Die Angelegenheit ist unkompliziert und erfordert keine Vorbereitung.«

»Alles erfordert Vorbereitung.«

Der ältere Herr räusperte sich.

»75 000«, sagte er. »Bar auf die Hand.«

»Weitere Informationen, bitte.«

Sein unbekannter Gesprächspartner berichtete in knappen Worten, worum es ging, ohne jedoch ins Detail zu gehen. Erst wenn er einwilligte, würde er nähere Anweisungen bekommen.

Er schwieg für einen Moment und überdachte die Situation.

Eigentlich hatte er nichts Besseres vor. Er hatte ein Jobangebot in Paris, aber das würde er absagen. Es war ohnehin zu riskant. Die Wahrscheinlichkeit, dass er Gewalt anwenden musste, war groß, und er machte sich nichts aus Gewalt. Außerdem hatte ihm der Ton des Kontaktmanns nicht gefallen. Abgesehen davon, wäre es dumm, einen großzügigen dänischen Arbeitgeber wie diesen hier zu verprellen.

»Okay, ich nehme den Auftrag an. Hinterlegen Sie die Anweisungen am selben Ort wie letztes Mal.«

»Hervorragend, ich werde mich darum kümmern. Morgen Vormittag bekommen Sie alles, was Sie brauchen.«

»Welcher Zeitrahmen?«

»So schnell wie möglich.«

»Richten Sie aus, dass ich den Job in den nächsten Tagen erledigen werde, falls es keine Komplikationen gibt. Also, dann schon mal vielen Dank.«

Der Mann mit dem Hut beließ es bei einem kurzen Nicken.

Das Gespräch war beendet, die Übergabe erledigt und der Vertrag erfüllt. Er stand langsam auf und setzte seinen Spaziergang am Fluss fort. Ein Stück weiter würde er in den Weg einbiegen, der an dem kleinen See vorbeiführte, und von dort zurück in die Stadt gehen. Dann konnte er die schönen Häuser von der richtigen Seite bewundern, von vorn.

Odense war eine wirklich erfreuliche neue Bekanntschaft und hatte ihn um eine halbe Million Kronen reicher gemacht. Nicht schlecht für einen Job mit geringem Risiko. Und der nächste Auftrag wartete schon, ausgerechnet in Ringkøbing.

Ringkøbing war ein zauberhaftes altes Städtchen. Er war während ihrer Familienurlaube an der Westküste Jütlands schon ein paarmal dort gewesen. Und die Aufgabe versprach ungewöhnlich einfach zu werden.

17. Der Bagger startete nur widerwillig mit einigen tiefen Hustern, bevor sein Motor endlich richtig in Gang kam und den baufälligen Maschinenschuppen in Sekundenschnelle mit stinkenden schwarzen Dieselabgasen füllte.

Er hatte sich eben von Fisch verabschiedet. Der alte Fischzüchter war zur längsten Reise der letzten Jahre aufgebrochen. Er würde ganze drei Tage in Marstal auf Æro verbringen. Seine Schwester hatte ihn zu ihrem fünfundsiebzigsten Geburtstag eingeladen.

Johannes Fisch war in einer Rußwolke verschwunden, die bei Oxen einige Zweifel weckte, ob der betagte Pick-up die Fahrt bis zur Fähre nach Søby überhaupt schaffen würde. Aber Fisch hatte unbekümmert ausgesehen, frisch gebadet und rasiert.

Der Bagger war ein alter New Holland, der gut zwanzig Jahre auf dem Buckel hatte und alles andere als gelb war. Oxen hatte schon einige Male am Motor herumgeschraubt, der seit über vier Jahren nicht mehr funktionierte, was auch einer der Gründe dafür war, dass die Fischteiche zu kippen drohten. Fisch hatte die Seen nämlich nicht mehr ordentlich reinigen und vom Schlamm befreien können. Wenn es so weitergegangen wäre, hätte sich sein Lebenswerk langsam selbst zerstört.

Aber Oxen hatte Fisch beauftragt, einen neuen Keilriemen zu besorgen, einen Brennstofffilter und ein paar Schläuche für die Hydraulik, und jetzt lief der Bagger wieder.

Er legte den Gang ein und lenkte den Schrotthaufen aus der Maschinenhalle auf den Feldweg, der zu seinem Häuschen führte.

Endlich konnte er Fisch helfen, die Seen zu reinigen, und die Abwesenheit des Alten nutzen, um seinen Plan in die Tat umzusetzen. Er hatte ihn schon lang vorbereitet, bisher aber noch keine Möglichkeit gehabt, ihn zu realisieren. Alles von Hand auszuheben wäre viel zu mühsam gewesen, und der sandige Boden wäre vermutlich eingebrochen.

Der Bagger holperte und schwankte über den Weg mit den

Schlaglöchern. Wahrscheinlich würde er kaum länger als einen halben Tag brauchen, um alles zu erledigen. Danach konnte er wie üblich mit der Motorsäge in den Wald gehen.

Er fuhr auf die Wiese hinter seinem Haus. Alles war schon abgemessen und markiert. Sein Plan sah ein eigenes Tunnelsystem vor, das von dem kleinen Keller unterirdisch in den Wald führte. Fuchsbauten hatten mehrere Ausgänge, die Tunnel des Vietcongs viele, doch ihm genügten zwei.

Eine zentrale Rolle spielten dabei die langen PVC-Rohre, die seit Jahren auf Fischs Lagerplatz hinter der Mitarbeiterunterkunft herumlagen. Vermutlich hatte er sie irgendwann einmal für einen Verbindungskanal zwischen den Teichen nutzen wollen, aber daraus war nie etwas geworden.

Alle Rohre zusammengerechnet ergaben einen Tunnel von über hundert Metern Länge, mit einem Durchmesser von fünfzig Zentimetern, was geradezu perfekt war. Er hatte die Rohre vor einiger Zeit dort am Waldrand entdeckt, von Brombeergestrüpp völlig überwuchert. Schon allein sie freizulegen hatte viel Arbeit gekostet.

Er sah sich das Gelände noch einmal genau an, ehe er die Schaufel ansetzte. Der Tunnel sollte vom Keller auf der Rückseite des Hauses bis zum Waldrand verlaufen und sich dann gabeln. Der Hauptstrang würde von dort aus weiter durch das Unterholz führen und nach fünfzig Metern schließlich ins Dickicht unter den Fichten münden. Der Abzweig dagegen sollte dreißig Meter weiter rechts in einem Gestrüpp enden.

Ein Gedanke ging ihm durch den Kopf, der ihn schon öfter beschäftigt hatte, seit er über die Rohre und den Bagger nachdachte: War er paranoid? War dieser Plan nur ein neues PTBS-Symptom, das er noch nicht kannte?

Nein … Das war es nicht. Er kam immer wieder zu demselben Schluss. Er war nicht paranoid. Er hatte einen Feind, der ihm das Messer an die Kehle setzen würde, sobald sich die Gelegenheit dazu bot.

Er handelte vorsichtig und mit Bedacht. Nur deshalb war er noch am Leben.

Die Hydraulik pfiff ein wenig, als er die Schaufel in den sandigen Boden senkte. Nur ein paar Ladungen, und er hatte die richtige Tiefe erreicht.

Vielleicht war es trotzdem reine Zeitverschwendung, auch wenn er reichlich Zeit zum Verschwenden hatte. Eines Tages würde er sich vom alten Fisch verabschieden und ein Geheimnis unter dem sandigen Boden zurücklassen, das für viele Jahre unentdeckt bleiben würde.

Aber vielleicht würde er sich eines Tages auch glücklich schätzen, einen Tunnel zu haben.

Die Zeit würde es zeigen.

Nur eins wusste er sicher: Man konnte nie gründlich genug sein.

Inzwischen hatte der Bagger schon eine tiefe Rinne von vier, fünf Metern Länge ausgehoben. Es ging einfacher als erwartet.

Nachdem er ungefähr zehn Meter geschafft hatte, kletterte er aus dem Führerhaus und rollte das erste Rohr an seinen Platz. Der Graben war siebzig Zentimeter breit, es passte also genau. Später würde er den Tunnel mit einer dicken Erdschicht zudecken.

Zufrieden kletterte er zurück ans Steuer und machte weiter. Wenn er dieses Tempo hielt, würde er schon in wenigen Stunden fertig sein.

Der Meißel ließ sich mit Leichtigkeit von außen in die Kellerwand rammen, die aus einer einfachen Reihe von Gasbetonblöcken bestand und unter dem Hammer förmlich zerbröselte. Er hatte einen Kreis angezeichnet, damit das Rohr am Ende auch ins Mauerloch passte, und wenig später hatte er den Durchbruch schon geschafft.

Es war erst früher Nachmittag. Trotzdem hatte er beschlossen, sich heute von der Waldarbeit freizunehmen, um den Tunnel fertigzustellen. Bis auf das letzte Stück, das in den Keller führte, waren die Rohre schon mit Erde bedeckt.

Er kroch durch das Loch in den kleinen Kellerraum, den Fisch ursprünglich wohl als eine Art Vorratskammer angelegt hatte. Innen war die Wand verputzt, und es standen ihm noch einige Aufräumarbeiten bevor, bis Mauerbrocken und Putz beseitigt waren.

Hier unten stapelten sich leere Apfelkisten und ein paar uralte hölzerne Bierkästen, daneben lagerten Flaschen in allen Formen und Größen. An einer Wand stand eine morsche Gartenbank und an der Stirnseite ein stabiles Regal mit dicken Böden und einer massiven Rückwand aus gehobelten Brettern. Alles war natürlich voller Wurmlöcher, Staub und Spinnweben. Das Regal hatte zur Aufbewahrung diverser Marmeladengläser gedient, von denen immer noch einige herumstanden. Die meisten davon waren leer, manche zerbrochen, und einige hatten einen undefinierbaren braunen Inhalt.

Im Augenblick ragte das Regal quer in den Raum, doch er hatte es längst in seine Planung mit einbezogen. In Fischs Werkstatt hatte er zwei solide Scharniere gefunden und schon vor einer Weile unauffällig an der Rückseite des Regals angebracht. Wenn alles fertig war, konnte man es wie eine Geheimtür zum Tunnel auf- und zuziehen.

Er räumte den Keller nur notdürftig auf. Schließlich sollte es immer noch so aussehen, als wäre der Raum ewig nicht mehr benutzt worden. Dann schüttete er das letzte Stück Rohr mit Erde zu. Sein unterirdisches Werk war fertiggestellt – und es würde mit Sicherheit sogar den Füchsen imponieren, die er gelegentlich über die Felder streifen sah.

Es war an der Zeit für einen Probelauf, über die volle Länge des Tunnels und mit Ausrüstung.

Er holte seinen kleinen Rucksack aus dem Schlafzimmer, der immer gepackt im Schrank stand. Darin steckten sein echter und sein rumänischer Pass, ein kleines laminiertes Foto von Magnus, das er an seinem zehnten Geburtstag gemacht hatte, 50 000 Kronen in bar in einer wasserdichten Tüte, ein Nachtsichtgerät wie das an der Wand neben seinem Bett, eine Stirnlampe, ein paar Klamotten, sein Kampfmesser und drei Schachteln mit Munition für die Neuhausen.

Die Pistole hatte er trotz der anstrengenden Arbeit den ganzen Tag bei sich gehabt. Jetzt packte er sie ebenfalls in den Rucksack.

Zurück im Keller, blieb er einen Moment stehen und sah sich um. Es lag immer noch überall Staub und Dreck, und wenn das Heer dicker Spinnen das Regal zurückerobert hatte, würde wieder alles ganz normal aussehen. Einem Fremden musste es so vorkommen, als hätte seit ewigen Zeiten niemand mehr einen Fuß in diesen Raum gesetzt.

Er schob die Finger in den Spalt zwischen Wand und Regal, löste den Riegel, den er zur Sicherheit angebracht hatte, und öffnete den Zugang zum Tunnel. Mit kritischer Miene wiederholte er die Prozedur einige Male, zog das Regal von der Wand und schob es wieder zurück. Der Riegel fiel von allein zu. Das war so perfekt, wie es nur sein konnte.

Schließlich befestigte er noch ein paar Meter Schnur an einer Öse auf der Rückseite des Regals, damit er den Eingang vom Tunnel aus schließen konnte.

Er packte die Stirnlampe aus, wickelte sich einen Riemen des Rucksacks um den rechten Knöchel, kroch ins Rohr und manövrierte sich ein Stück vorwärts, indem er sich an dem dicken Seil entlanghangelte, das er beim Verlegen der Rohre über die komplette Länge des Tunnels angebracht hatte. Als er ganz im Tunnel war, zog er das Regal mithilfe der Schnur zurück an die Wand.

Um ihn herum wurde es schwarz wie in einem Grab. Für einen Augenblick lag er ganz still und bereitete sich vor. Er hatte nichts gegen die Dunkelheit. Sie war eine Freundin, eine Verbündete. Dunkelheit verschaffte einem viele Möglichkeiten – doch sie mahnte auch zur Achtsamkeit.

Er schaltete seine Stirnlampe an und zog sich mit festem Griff am Seil vorwärts. Noch ein Stück. Und noch eins. Es ging leicht.

Er glitt geradezu durch das Kunststoffrohr und half nach, indem er sich mit den Stiefelkappen vom Boden abstieß. Das Einzige, worauf er achten musste, war, den Rucksack nicht zu verlieren.

So musste sich ein Maulwurf fühlen. Mit dem kleinen Unterschied, dass es für ihn unmöglich war, sich durch die Erde nach oben zu wühlen, falls er plötzlich hier herauswollte. Aber er hatte noch nie klaustrophobische Gedanken gehabt. Das wäre in seinem Job als Elitesoldat in vielen Situationen tödlich gewesen.

In der beinharten Ausbildung wäre er als Anwärter für das Jägerkorps sofort ausgemustert worden – aber solche irrationalen Ängste konnten natürlich jederzeit auftreten. Über die Jahre hatte sich einiger Müll in seinem mentalen Rucksack angesammelt, aber zum Glück waren keine Phobien darunter. Jägersoldaten und Taucher durften für solche Tendenzen nicht anfällig sein. Das würde sie selbst und ihre Kameraden in Gefahr bringen und sie letztendlich das Leben kosten.

Einige kräftige Züge am Seil brachten ihn tiefer in den Tunnel hinein.

Er konnte immer noch Fallschirm springen oder tauchen, ohne dass es ihm etwas ausmachte. Nur schlafen konnte er nicht. Manchmal wünschte er sich brennend, so ungestört zu schlafen wie ein Bär im Winterschlaf, monatelang. Aber manchmal fürchtete er den Schlaf und die Sieben, die mit ihm kamen.

Er robbte weiter, am Abzweig vorbei, den er in den Haupttunnel eingebaut hatte. Diese Möglichkeit zu einem Richtungswechsel hatte er geschaffen, indem er zwischen zwei Rohrstücken etwas Abstand gelassen und das abzweigende Rohr dort angebracht hatte.

Damit die Decke an dieser Stelle nicht einbrach, hatte er eine alte Fahrplatte aus Eisen über die Lücke gelegt und auch sie mit Erde bedeckt. Er kroch über den sandigen Abschnitt und dann weiter geradeaus. In weniger als fünfzig Metern hatte er das Ende erreicht.

Er sah Licht, zog sich das letzte Stück vorwärts, schräg nach oben, und spürte schließlich eine dicke Schicht aus Fichtennadeln zwischen seinen Fingern. Hier im Unterholz war es nicht besonders hell, da die Nadelbäume so dicht standen, dass sie das Sonnenlicht einfach verschluckten. Der Bagger hatte gerade noch durch die Schneise gepasst, als er das letzte Stück des Tunnels verlegt hatte.

Das dicke Seil war an einem unterirdischen Eisenträger befestigt. Er schob die bereitliegende Abdeckplatte über das Loch im Waldboden und tarnte das Ganze mit braunen Fichtennadeln.

Kein menschliches Auge würde diesen geheimen Ausgang entdecken. Ein paar Regenfälle und etwas Sonnenschein, und auch die Erde über den Rohren würde mit Gras und Unkraut bewachsen sein.

Oxen war sehr mit sich zufrieden, als er zum zweiten Ausgang ging, um auch ihn abzudecken. Er hatte eine weitere Maßnahme getroffen. Alle zusammen bildeten einen starken, zuverlässigen Schutz.

18.

Als Kommissar ging man keineswegs ständig in Gefängnissen ein und aus, wie man als Fan der Krimiserien, die am laufenden Band über den Bildschirm flimmerten, vielleicht meinen könnte. Ehrlich gesagt war er vor Jahren das letzte Mal in einem Gefängnis gewesen.

Er fuhr den Vindingevej entlang, vorbei an den großen, alten Einfamilienhäusern, bog dann ab und rollte langsam auf das charakteristische grüne Eisentor am Stadtrand von Nyborg zu. So ein Gefängnis hatte schon was. Immerhin wurden hier die Ergebnisse seiner Arbeit und die all seiner Kollegen buchstäblich aufbewahrt.

Dennoch bereitete ihm dieser offensichtliche Zusammenhang keine Freude. Er hätte auch gut auf Verbrechen verzichten können.

Aber gerade heute war er auf hundertachtzig und hätte liebend gern ein paar Schuldige zuerst an die Wand genagelt und dann schnurstracks hinter Schloss und Riegel gebracht. Dass es jetzt am späten Nachmittag immer noch in ihm brodelte, zeigte nur, wie sehr er schon am frühen Morgen gekocht hatte.

Der Grund dafür war einfach: Bei den Ermittlungen im Mordfall auf Nyborg Slot versuchte irgendjemand, ihnen in die Karten zu schauen. Dabei sollte er sich von so etwas gar nicht beeindrucken lassen.

Kurz vor vier Uhr am Morgen hatten die diensthabenden Kollegen ihn geweckt, nachdem Espersen, einer der jüngeren Mitarbeiter im Dezernat, reichlich groggy und mit einer dicken Beule am Hinterkopf in den Wachraum gewankt war.

Espersen hatte wegen des Mordfalls einen ungewöhnlich langen Arbeitstag hinter sich gehabt und wollte zum Abschluss noch schnell einen Bericht auf den Schreibtisch seines Chefs legen. Aber als er ins Büro kam, war er sofort stutzig geworden, weil der Computer noch lief. Und dann hatte er auf dem Schreibtisch etwas noch Verdächtigeres entdeckt: ein flaches, blinkendes Kästchen – eine externe Festplatte, die mit dem Rechner verbunden war. Er wollte sich gerade umsehen, als ihn etwas Hartes am Hinterkopf traf. Vermutlich hatte er dann eine ganze Weile bewusstlos auf dem Boden gelegen, bis er es schließlich schaffte, sich aufzurappeln und nach unten zu stolpern.

Andersen bog nach links ab und parkte den Wagen vor der hohen Mauer des Staatsgefängnisses.

»Na dann, wir haben drei Schuss im Revolver … Wollen wir?«

Sein Beifahrer nickte nur kurz. Drei Schuss im Revolver bedeutete in diesem Fall, dass sie mit drei der Insassen eine Verabredung hatten. Sie meldeten sich am Empfang.

»Tag. H. P. Andersen, Kripo Odense – das hier ist mein Kollege, Asger Kofoed. Wir haben heute Vormittag angerufen und ein paar Termine ausgemacht.«

»Hallo, ja. Sie müssen nur hier unterschreiben, dann zeige ich Ihnen den Weg. Inzwischen lasse ich den ersten von Ihren Freunden schon mal runterbringen«, sagte der Vollzugsbeamte.

Sie kritzelten beide ihre Unterschrift auf das Papier. Ein zweiter Gefängnismitarbeiter übernahm und führte sie einen Gang entlang, zu einer Sicherheitstür, und weiter durch einen neuen Gebäudeabschnitt und eine zweite Sicherheitstür. Dann schloss er ihnen einen kleinen Raum auf, in dem nichts als ein Tisch und vier Stühle standen.

»Nehmen Sie Platz. Er kommt gleich.«

Sie hatten sich gerade hingesetzt, als der erste Kandidat schon hereingeführt wurde: Danny Brorson, sieben Jahre und sechs Monate wegen Drogenhandel. Ein Typ mit guten Kontakten zur Rockerszene, der viele Jahre zu clever gewesen war, um sich schnappen zu lassen.

Er hatte die obligatorischen dicken Muskeln, aber nur ein einziges Abziehbild am Unterarm. Sie begrüßten ihn mit Handschlag und stellten sich vor.

»Welch hoher Besuch!« Brorson lehnte sich entspannt zurück und grinste sie schmierig an. »Was verschafft mir die Ehre?«

»Wir wüssten gern mehr über die Szene in Nyborg«, antwortete Andersen.

»Geht es um diesen Museumstyp?«

Der Kommissar nickte. »Ja. Kannten Sie ihn?«

»Nö.«

»Ist er in der Szene bekannt? Oder war er vielleicht auf dem Weg hinein?«

»Nicht dass ich wüsste. Aber möglich ist es trotzdem, ich weiß ja nicht alles, nicht wahr?«

»Aber Sie kennen die meisten.«

Danny Brorson nickte.

»Er war also nicht im Milieu, weder hier noch in Odense noch irgendwo sonst«, fasste Kofoed zusammen.

»Das habe ich nicht gesagt«, korrigierte ihn Brorson. »Ich hab nur gesagt, dass ich ihn nicht kannte.«

Es sah ganz danach aus, als würde es genauso schwer werden, wie er befürchtet hatte. Aber sie mussten es dennoch versuchen.

»Lassen Sie uns den Gedanken mal durchspielen … Sie, mit Ihrer reichen Erfahrung … Wie und wo würde er denn da reinpassen?« Andersen bemühte sich, seine Fragen möglichst offen zu halten und sich bei dem tiefenentspannten Drogendealer einzuschleimen.

»Stimmt es, was die schreiben – dass er mit einer Kugel in der Stirn und einer im Auge abgetreten ist?«

Sie nickten beide.

»Was hatte er bei sich?«

»Wir haben Spuren von Kokain gefunden.«

»Schnee? Im Schloss? Das klingt ja mal exotisch. Hübscher Titel für die Weihnachtsserie im Kinderfernsehen, oder? Hmm … Und sonst? Nichts? Irgendwas, womit ihr nicht rausrückt? Ihr behaltet doch immer was für euch.«

Andersen schüttelte den Kopf. Er sah keine Veranlassung, sich mit Brorson anzulegen, nur um ihm klarzumachen, dass er der Letzte war, den sie einweihen würden, wenn es Informationen gab, die sie lieber zurückhalten wollten.

»Es ist so, wie überall zu lesen war. Auch das mit der Spielsucht. Fällt Ihnen irgendwas dazu ein?«

»Die jungen Kanaken haben nichts damit zu tun, das ist mal sicher. Einen wie den würden die sich nie aussuchen. Die aus dem Osten? Hm, passt auch nicht so richtig. Die bleiben normalerweise unter sich. So ein Museumstyp passt eigentlich nirgendwo rein. Aber … na ja, unsere Freunde vom Balkan kommen schon mal auf die Idee, jemandem ins Auge zu ballern.«

»Vielleicht war der Museumsdirektor nur eine Art Türöffner für eine andere Klientel? Kunden mit Geld auf dem Konto? Oder er hat von sich aus den Kontakt gesucht, weil er sein Glücksspiel finanzieren musste? Könnte er da nicht ein willkommenes Geschenk gewesen sein?«

»Geschenk garantiert nicht. Aber Türöffner … ja, kann sein. Serben, Kroaten, Albaner – *same shit*. Wer weiß? Vielleicht haben sie es mit ihm probiert. Jedenfalls haben sie ihn erledigt, also hat er wohl irgendwas falsch gemacht. Am Ende kannte er den Unterschied zwischen deins und meins nicht. So was kommt vor.«

Danny Brorson hob die Hände. Er machte nicht den Eindruck, als ob er noch länger an der Befragung teilnehmen wollte.

»*That's all, guys*«, fuhr er fort. »Mehr kann ich dazu nicht sagen. Seit ich das letzte Mal draußen war, hat sich bestimmt viel getan.«

»Wie lange haben Sie noch?«, fragte Kofoed.

»Über fünf.«

Andersen gab das Zeichen, dass sie hier abbrechen sollten. Brorson war eine Niete.

»Das reicht für heute, würde ich sagen. Vielleicht können Sie sich ja noch ein bisschen umhören, nicht wahr, Brorson?«

Danny Brorson stand auf und nickte.

»Mach ich«, sagte er und klopfte auf den Tisch.

Nachdem Brorson verschwunden war, sahen Andersen und Kofoed sich an und seufzten. Bei ihm hatten sie sich die größten Chancen ausgerechnet.

Kurz darauf betrat ihr zweiter »Schuss im Revolver« den Raum. Ein junger Kerl im schwarzen Adidas-Trainingsanzug. Nabil Awada hieß er, palästinensischer Abstammung, sechs Jahre und acht Monate wegen Drogenhandel und drei Fällen von grober Gewalt.

Sie stellten sich vor. Nabil, dreiundzwanzig Jahre alt, verzog keine Miene. Und jetzt alles noch mal von vorn.

»Wir würden gern mehr über das Milieu in Nyborg erfahren. Es geht um Mord. Wir hoffen, dass Sie uns weiterhelfen können.«

»Helfen? Verpiss dich, Alter.«

»Im Nyborg Slot ist ein Mann ermordet worden. Es geht um …«

»*Fuck,* Mann, das weiß ich alles. Denkt ihr, ich kann nicht lesen? Ich komme aus dem Kaff hier.«

»Eben. Und deshalb können Sie uns vielleicht helfen, damit wir uns ein besseres Bild machen können«, fuhr Andersen ungerührt fort.

»Ein Bild wovon?«

»Von der Szene«, übernahm Kofoed. »Der Museumsdirektor hatte Kokain bei sich.«

»*Fuck,* Mann, Schnee? Darüber weiß ich nichts.«

»Dann haben Sie noch nie von einem Malte Bulbjerg gehört – ein Typ, der im Museum gearbeitet hat, ein Fremder im Milieu?« Kofoed bemühte sich, das Gespräch am Laufen zu halten.

»Okay, klapp deine Ohren auf und hör gut zu: Scheiße, nein.«

Er wollte es ein letztes Mal versuchen und dann kurzen Prozess machen. Alles andere war Zeitverschwendung.

»Wenn so ein Typ irgendwo ins Bild passen könnte, wo wäre das?«, fragte er.

»Frag dich doch selbst«, schnaubte Nabil. »Verpisst euch.«

Als sie endlich wieder an der frischen Luft waren und zum Auto gingen, warf er einen Blick auf seine Armbanduhr. Alles in allem eine knappe Stunde – drei Schuss, drei Nieten. So war es oft, aber damit war dieser Punkt auf der Liste wenigstens auch abgehakt.

Nebojsa Petrović, siebenunddreißigjähriger Serbe mit Wohnsitz in Odense, viereinhalb Jahre wegen Drogenhandel, war der Letzte in der Reihe gewesen. Er war bedeutend redseliger als der junge Palästinenser, doch das Gespräch hatte sie trotzdem nicht weitergebracht. Der Serbe verlangte Strafminderung im Gegenzug für brauchbare Informationen, aber das konnten und wollten sie ihm nicht versprechen.

Andersen hatte ganz klar den Eindruck gehabt, dass das Geschwätz des Serben nur darüber hinwegtäuschen sollte, dass er in

Wahrheit nicht das Geringste wusste. Der Mann wollte nur gern mit »seinen Freunden von der Polizei« plaudern.

Sie waren bei ihrer Suche nach möglichen Verbindungen des Museumsdirektors zum Drogenmilieu also keinen Schritt weitergekommen. Die Analyse hatte ergeben, dass das Tütchen mit Kokain aus Malte Bulbjergs linker Jackentasche stammte, dass es der Täter also nicht bei seinem Einbruch verloren hatte. Sie mussten ihn so schnell wie möglich finden und würden ihn wohl am ehesten irgendwo im Milieu aufspüren.

Andersens Telefon klingelte, gerade als sie sich ins Auto setzten. Es war ein Kollege vom Revier.

»Ich wollte nur Bescheid sagen, dass die IT-Leute mit deinem Computer fertig sind, H. P.«, vermeldete er.

»Was haben sie herausgefunden?«

»Dass es genau so ist, wie wir vermutet haben. Jemand hat eine vollständige Kopie deiner Festplatte gezogen.«

»Hat die Technik noch irgendwas anderes Vernünftiges dazu zu sagen?«

»Nein, nur den Zeitpunkt, und den kennen wir ja schon. Ich wollte es dir nur kurz durchgeben.«

Andersen legte auf und ließ den Motor an.

»Es ging um den Computer«, sagte er zu Kofoed. »Sie haben es bestätigt. Die Festplatte wurde kopiert.«

»Da gehört schon einige Dreistigkeit dazu, einfach in ein Polizeipräsidium zu spazieren und so etwas durchzuziehen. Das heißt, alles, was wir wissen – oder besser gesagt, das Wenige, was wir wissen –, weiß jetzt noch jemand anders. Denkst du, der Täter will sichergehen, dass wir ihm nicht schon in den Nacken atmen?«

Kofoed sah ihn fragend an, und Andersen spürte, wie die Wut erneut in ihm aufflammte.

»Keine Ahnung. Das ist alles mehr als seltsam. Irgendwas an der ganzen Sache stimmt einfach nicht! Nehmen wir mal an, irgendein Dealer, der in der Hierarchie weiter oben steht, oder von mir aus auch irgendein Hintermann ist sauer auf Bulbjerg. Sie verabreden ein Treffen nachts im Schloss. Die Dinge entwickeln sich. Bulbjerg wird erschossen. Und jetzt erklär mir mal, Kofoed, warum um alles in der Welt …«

Er fädelte sich in den fließenden Verkehr auf dem Vindingevej ein und gab aus lauter Frust kräftig Gas, während er sich weiter in Rage redete.

»… warum sollte irgendein Drogenfuzzi so abgebrüht sein, in mein Büro zu marschieren, die Kappe tief in die Stirn gezogen, nur um uns in die Karten zu schauen? Woher soll so jemand die Ressourcen haben oder genug Grips im Kopf, um so was zu machen? Der Typ weiß doch selbst, was er getan hat: Er hat einem Museumsdirektor zwei Kugeln in den Kopf gejagt. Und jetzt will er wissen, ob wir demnächst an seine Tür klopfen? Nein, das kannst du mir nicht erzählen. Da ist irgendwas faul … und egal was es ist, es stinkt gewaltig.«

19.

Die Frau im weißen Kittel lief mit energischen Schritten vor ihr her, den Gang hinunter zu Zimmer siebzehn.

»Haben Sie Polizei gesagt? Ist was mit ihrer Familie?«, fragte sie laut, ohne sich umzudrehen.

Sie wartete mit ihrer Antwort, bis die Frau vor der Tür des Zimmers stehen blieb, die nur angelehnt war.

»Nein, es ist nichts passiert. Ich möchte nur mit Frau Oxen reden.«

»Reden? Sie ist krank, also, sehr krank.«

»Dement, nicht wahr?«

»Ja, Alzheimer. Fortgeschrittenes Stadium.«

Die Frau, die offensichtlich zum Pflegepersonal gehörte, zog schnell die Tür ganz zu. Dann fuhr sie leise fort:

»So etwas entwickelt sich ja nur in die eine Richtung«, sagte die

Frau und legte Margrethe vertraulich eine Hand auf den Arm. »Wir denken, es geht bald mit ihr zu Ende. Mit Medikamenten kann man den Verlauf ein paar Jahre verzögern, doch das Resultat ist immer dasselbe. Unausweichlich. Aber – sie selbst weiß es nicht. Sie dürfen sie natürlich gern besuchen, nur rechnen sie nicht mit einem vernünftigen Gespräch. Dafür geht es ihr schon zu schlecht.«

Die Frau schob die Tür wieder ein kleines Stück auf, als machte es einen Unterschied, ob Frau Oxen da drin ihr kurzes Gespräch hörte oder nicht.

»Danke, ich bleibe auch nicht lang. Nur eins noch …«

»Ja?«

»Bekommt sie manchmal Besuch? Sie hat doch Kinder, oder nicht?«

»Ja, zwei. Den Sohn haben wir hier noch nie zu Gesicht bekommen, soweit ich weiß. Die Tochter kommt selten.«

»Wie oft?«

»So alle zwei Monate, würde ich schätzen.«

»Und sonst niemand?«

»Doch, andere Familienangehörige, ihre Schwester und ein Bruder – und dann noch ein ehemaliger Nachbar. Aber auch die kommen nicht oft. Kennen Sie sich mit Demenz aus?«

Sie schüttelte den Kopf, was nicht ganz der Wahrheit entsprach, aber so war es leichter.

»Es gibt mehr als hundert unterschiedliche Krankheiten, die zu Demenz führen. Allein hier in Dänemark leben rund 85 000 Demenzkranke, die Hälfte davon hat Alzheimer. Man sagt, es wäre die Krankheit, die eine Familie am härtesten trifft … Und so ist es auch. Es ist nicht leicht, zuschauen zu müssen, wie es bergab geht. Und dabei gibt es eine Menge Veränderungen. Oben im Kopf. Einige davon sind wirklich schlimm.«

Die Frau deutete mit dem Zeigefinger auf ihre Schläfe. Dann fuhr sie fort: »Nur damit Sie eine Ahnung davon bekommen, was Sie da drin erwartet.«

»Danke.«

Margrethe Franck nickte, machte die Tür auf und trat in das helle kleine Zimmer. Gudrun Oxen saß in einem Rollstuhl am Fenster, das zum Garten hinausging.

Erst als sie näher trat und sich direkt vor den Rollstuhl stellte, reagierte die alte Frau. Ihre matten Augen sahen fragend aus, doch sie sagte nichts.

»Guten Tag, Frau Oxen«, fing Margrethe an und berührte den Arm der Frau. Immer noch keine Reaktion. Sie zog einen Stuhl heran und setzte sich zu ihr.

»Hat Niels Sie besucht?«

Es dauerte eine Weile, dann kam die Antwort mit belegter Stimme.

»Niels?«

»Ihr Sohn, Niels.«

Wieder längeres Schweigen.

»Ich hasse Kinder … Hier gibt es keinen Niels, um Himmels willen, nein.«

Es stimmte. Gudrun Oxens Zustand hatte sich in den neun Monaten seit ihrem ersten Besuch deutlich verschlechtert. Damals hatte sie ihr noch bestätigen können, dass sie Niels nicht gesehen hatte.

Aber eigentlich war sie sowieso nicht gekommen, um die demente Frau ein zweites Mal auszufragen. Das hätte auch gar keinen Sinn gemacht. Sie war hier, um etwas zu tun, was sie schon beim ersten Mal hätte tun sollen.

Die alte Frau drehte den Kopf weg und starrte wieder in den Garten. Margrethe ließ den Blick durch das Zimmer schweifen. Es gab zwei Möglichkeiten: die kleine Kommode und den Schrank am Eingang. Sie entschied sich für die Kommode.

Die oberste Schublade war ein Fehlschlag. Nummer zwei ebenfalls. Sie zog die dritte und letzte Schublade auf. Darin lagen eine Mütze, Schals und Handschuhe. Suchend glitten Margrethes Finger über die Stricksachen. Ganz unten ertastete sie einen dicken gefütterten Umschlag, in dem eine längliche Schachtel steckte. Sie öffnete sie – da waren sie!

Niels Oxens Orden. Jeder mit einer Nadel an das rote Samtkissen in der Schachtel geheftet. Die Tapferkeitsmedaille, die Tapferkeitsmedaille mit silbernem Eichenlaub, die Tapferkeitsmedaille mit goldenem Eichenlaub.

Und das Kreuz … mattschwarz mit goldenem Rand, mit dem Monogramm der Königin und dem weißen Band mit dem schmalen, roten Streifen. Sie strich mit dem Finger darüber.

Einen Moment lang blieb sie ganz still stehen. Dann klappte sie die Schachtel wieder zu und legte sie zurück an ihren Platz. In dem Umschlag steckte außerdem ein Blatt Papier. Sie nahm es heraus und las die wenigen Zeilen.

»*Falls meine Mutter stirbt und ich persönlich nicht erreichbar sein sollte, bitte ich darum, den Inhalt dieses Umschlags an Lars Thøger Fritsen zu schicken, Heklas Allé 28, 2300 Kopenhagen/S, oder an L. T. Fritsens Autowerkstatt, Amagerbrogade 108, 23000 Kopenhagen/S. – Niels Oxen.*«

Er hatte seine Unterschrift mit blauer Tinte daruntergesetzt.

L. T. Fritsen. Den hatte sie bei ihrer ersten großen Jagd auf Oxens Spuren ebenfalls aufgesucht. Ob dieser Brief sie jetzt wirklich weiterbrachte, war schwer zu sagen. Aber er zeigte zumindest, dass zwischen den beiden Männern eine besondere Beziehung bestand, was Fritsen bei ihrem Besuch damals verneint hatte.

In Gedanken setzte sie den Mechaniker auf die Liste der Personen, mit denen sie noch einmal sprechen wollte. Immerhin war sie jetzt besser gerüstet, um ihn unter Druck zu setzen.

Sie legte den Umschlag sorgfältig zurück in die Schublade, schob den Stuhl an seinen Platz zurück und stellte sich vor den Rollstuhl.

»Auf Wiedersehen.«

Die alte Frau beachtete sie nicht. Ihr Blick ruhte auf der Wiese vor dem Haus. Aber wo befand sie sich in Wirklichkeit?

Margrethe verließ das Zimmer und zog leise die Tür hinter sich zu. Als Nächstes waren Bo »Bosse« Hansens Eltern in Høng an der Reihe, wo auch Niels Oxen als Kind über zwei Jahre lang gewohnt hatte.

Der Kies knirschte unter ihren Schuhen. Die Friedhofswege waren so ordentlich geharkt, dass sie fast befürchtete, sie zu ruinieren, nur weil sie hier entlangging.

Sie hatte mit dem Küster der Finderup Kirke telefoniert, um zu erfahren, wo sie das Grab finden konnte. Sie wollte es gern sehen, bevor sie zu den Eltern fuhr. Aus irgendeinem seltsamen Grund hatte sie keine Lust verspürt, die beiden nach etwas so Praktischem wie dem Weg dorthin zu fragen.

Die Kirche befand sich ein kleines Stück außerhalb von Høng. Vom großen Tor aus ging es geradeaus, dann um die Kirche herum, durch eine Öffnung in der Kirchenmauer, eine Treppe hinunter, nach links und dann weiter bis zu einer Gruppe großer Thujen. Nach den Anweisungen des Küsters fand sie das Grab ohne Schwierigkeiten.

Es war eine kleine Grabstätte mit einem schlichten grauen Naturstein. Die Inschrift lautete:

»Im Einsatz gefallen,
geliebt und vermisst.
Bo ›Bosse‹ Hansen«

Er war am 4. August 1995 während der letzten kroatischen Großoffensive gestorben. Links und rechts des Grabsteins stand je ein kleiner gestutzter Baum und davor ein frischer Blumenstrauß in einer Vase.

In exakt siebzehn Tagen war der 4. August.

Sie blieb stehen und sah sich um, während sie überlegte, wie das Gespräch – mit etwas Glück – vielleicht verlaufen würde. Dann ging sie zurück zum Auto und fuhr zu den Eltern nach Høng. Margrethe konnte sich noch gut an das kleine rote Backsteinhaus erinnern.

»Hallo, kommen Sie doch bitte herein, wir haben schon auf Sie gewartet.«

Die zierliche Frau trat lächelnd zur Seite.

Bo Hansens Eltern waren ein freundliches Paar, sie versuchten, ihr Leben so gut weiterzuleben, wie es unter diesen Umständen eben ging. Bei Margrethes erstem Besuch hatte sie in ihren Augen gelesen, dass der Schmerz immer noch ihr ständiger Begleiter war.

»Mein Mann sitzt im Wohnzimmer. Sie trinken doch bestimmt eine Tasse Kaffee mit uns, nicht wahr? Ich habe ein paar Brote gerichtet.«

Margrethe begrüßte den Vater, der aus dem Sessel am Fenster aufstand. Genau wie seine Frau war er zierlich und drahtig. Sie waren offenbar beide inzwischen in Rente, da sie zu Hause waren und sich Zeit für sie nehmen konnten. Oder sie hatten Urlaub.

Margrethe setzte sich auf das Ledersofa. Der kleine gekachelte Couchtisch war gedeckt, eine Thermoskanne und Käsebrote mit grünem Pfeffer standen bereit.

»Sie haben wohl immer noch Schmerzen«, sagte der Mann und zeigte mit der Spitze seiner Pfeife auf Margrethes Bein. »Ich habe Sie auf dem Bürgersteig gesehen. Letztes Mal hatten Sie das auch schon. Ist das …?«

Seine Frau warf ihm einen Blick zu, und er verstummte.

»Sie haben sicher Hunger nach der langen Fahrt, greifen Sie zu«, sagte die Mutter.

»Mein Bein? Das ist Ihnen aufgefallen? Das wird immer so bleiben«, sagte sie. Jetzt konnte sie die Geschichte eigentlich auch ganz erzählen. Vielleicht konnte sie damit ein wenig Vertrauen zwischen ihnen aufbauen. »Ich habe eine Prothese. Ein Unfall im Dienst, ist schon ein paar Jahre her. Wir hatten in einem Hinterhof einen Verdächtigen gestellt, und der Kerl ist mit dem Auto direkt auf mich zugerast. Mein Bein wurde zwischen seinem Wagen und einer Mauer eingequetscht. Es war total kaputt. Sie mussten es amputieren, direkt über dem Knie.«

»Dafür schmort er hoffentlich im Knast.« Der Vater klang aufrichtig erschüttert.

»Im Knast? Na ja, genau genommen schmort er in der Hölle. Ich hab ihn erschossen. Er war auf der Stelle tot. Hätte ich ein kleines bisschen schneller reagiert, wäre das Bein heute noch dran. Er wollte mich umbringen, da gab es keinen Grund zu zögern.«

Bosses Eltern nickten, sagten aber nichts mehr dazu. Leben oder Tod. Das war vermutlich eine Entscheidung, die sie nachvollziehen konnten.

»Tja. Und danke, dass ich kommen durfte«, setzte sie hinzu. »Wie ich Ihnen am Telefon schon sagte, suche ich immer noch nach Niels Oxen.«

»Niels … ach ja …« Bei dem Gedanken an ihn sah die Frau plötzlich traurig aus.

»Ist Ihnen seit unserem letzten Gespräch vielleicht noch etwas eingefallen? Auch wenn es nur ein kleines Detail ist, das Ihnen womöglich bedeutungslos erscheint? Irgendetwas, was mich zu Niels Oxen führen könnte?«

»Tut mir leid«, sagte die Frau. »Wir haben uns natürlich darüber unterhalten, nachdem Sie angerufen hatten. Aber uns fällt einfach nichts ein, was Ihnen weiterhelfen könnte.«

»Er könnte ja überall stecken – und nirgends. Glauben Sie, dass er tot ist?« Der Mann sah sie ernst an.

Margrethe zuckte mit den Schultern. »Das kann man nicht ausschließen, nicht wahr?«

Sie biss in ein Käsebrot und fuhr dann fort: »Wenn ich mich richtig erinnere, haben Sie letztes Mal erwähnt, dass Niels Oxen Sie nach Bosses Beerdigung manchmal besucht hat?«

»Das stimmt«, sagte die Frau. »Wir haben noch einmal genau

darüber nachgedacht. Es war fünfmal in den ersten Jahren, auf eine Tasse Kaffee und eine Scheibe Brot. Das ist jetzt fünfzehn Jahre her. Wie die Zeit doch vergeht …«

»War es immer an Bosses Todestag?«

Die Frau schüttelte den Kopf. »Nein, nur zwei- oder dreimal, glaube ich.«

»Ich habe Oxens Schwester in Køge besucht. Sie ist sich ganz sicher, dass Niels sich früher jedes Jahr an Bosses Todestag freigenommen hat. Um auf den Friedhof zu gehen und in Ruhe an ihn zurückzudenken. Bald ist der 4. August …«

Sie schwieg und ihre Worte blieben über dem Fliesentisch in der Luft hängen. Die Frau auf dem Stuhl gegenüber nickte stumm. Der Mann drehte den Kopf weg und blickte aus dem Fenster. Margrethe fuhr mit gedämpfter Stimme fort.

»Was machen Sie für gewöhnlich am 4. August?«

»Immer dasselbe …« Die Frau presste ihre Hände zusammen. »Wir haben uns diesen Tag jedes Jahr frei gehalten. Um uns die Zeit zu geben, an Bosse zu denken. Uns zu erinnern. An alles, was wir zum Glück noch mit ihm erleben durften. Er war so ein guter Junge. Sie hätten ihn kennenlernen sollen …«

Margrethe nickte.

»Manchmal«, fuhr die Frau fort, »manchmal träume ich, dass er plötzlich in der Tür steht, mit Frau und Kindern. Unseren Enkelkindern. Sie kommen herein und setzen sich zu uns, und dann reden wir darüber, wie lange er weg war. Und wo er war. Das ist seltsam, nicht? Es ist so schwer loszulassen. Es ist nicht richtig, wenn man seine Kinder überlebt …«

»So, jetzt lass uns aber nicht …« Der Vater hielt inne. Er hatte das Gesicht noch immer abgewandt.

Margrethe aß den Rest ihres Brotes und trank einen Schluck Kaffee. Die Stille im Raum fühlte sich nicht unangenehm an. Die beiden mussten sich nur etwas sammeln. Sie konnte sich nicht erinnern, dass die Atmosphäre bei ihrem ersten Besuch ähnlich gefühlsgeladen gewesen war. Vermutlich lag es daran, dass sie so kurz vor dem 4. August dünnhäutiger wurden. Margrethe wartete noch etwas ab.

»Und dann fahren Sie zum Friedhof?«

Die beiden beantworteten ihre Frage mit einem Nicken. Der Vater drehte sich in seinem Sessel wieder zu ihnen. Seine Augen waren feucht.

»Natürlich. Wir stehen früh auf, frühstücken Brötchen und Kaffee. Und dann fahren wir mit den Fahrrädern zum Friedhof und legen einen Kranz ans Grab. Nach dem Abendessen fahren wir noch einmal hin, um uns all die Blumen anzusehen.«

»Sind da immer noch viele? Nach so vielen Jahren?«

»Richtig viele. Es sieht schön aus.«

»Von ehemaligen Kollegen?«

»Ja, viele von den Kameraden aus Bosnien. Und natürlich von unserer Familie und allen Freunden.« Die Frau konnte wieder lächeln.

»Aber keine Schleife, keine Karte, auf der Niels oder N. O. steht?«

»Nein, leider.«

Wieder breitete sich Stille in dem kleinen Wohnzimmer aus. Es überraschte sie, dass noch so viele Menschen an Bosse dachten – nach dieser langen Zeit. Abgesehen davon, dass er der erste dänische UN-Soldat war, der im Kampf gefallen war, musste er auch ein äußerst beliebter Mensch gewesen sein.

Der Vater rutschte mit einem Mal nach vorn an die Sesselkante.

»Die Kerzen! Da sind noch die Kerzen, Mama«, stieß er hervor.

»Was meinst du?«

»Dass wir nicht wissen, woher die ganzen Kerzen kommen. Darüber haben wir doch geredet.«

»Aber das ist ja jedes Jahr anders. Manchmal sind es fünf, manchmal sechs oder sieben.«

Die Frau schüttelte sacht den Kopf und lächelte ihren Mann nachsichtig an. Doch er ließ nicht locker.

»Es sind fast immer fünf … fünf Kerzen. Und bei vier Kerzen wissen wir, von wem sie stammen. Eine ist von uns, eine von der Familie, eine von unseren Freunden und eine von Bosses Jugendfreundin Kirsten. Nummer fünf könnte tatsächlich von Niels sein, nicht wahr?«

Margrethe folgte der kleinen Diskussion aufmerksam. Die Frau zuckte mit den Schultern.

»Und was ist mit Nummer sechs und sieben, Papa?«

»Die sind von anderen Kameraden. Manchmal denken sie daran, manchmal nicht. Oder sie sind verhindert.«

»Das sind doch alles bloß Vermutungen. Nichts, was Frau Franck weiterhilft. Wir können …«

Margrethe unterbrach die beiden sanft.

»Entschuldigen Sie, aber … Meinen Sie Kerzen am Grab? Und es sind immer mindestens fünf?«

Die Frau nickte. »Seit 1995, ja.«

20.

Die schwere Metallplatte rutschte zur Seite. Er lag rücklings im Tunnel und presste beide Handflächen gegen die Abdeckung des Ausgangs, um sie wegzuschieben. Fichtennadeln rieselten ihm ins Gesicht. Er bekam den Rand des Rohrs zu fassen und konnte sich nach draußen ziehen.

Er drückte auf den Lichtknopf seiner Armbanduhr. Sechs Minuten und dreiundzwanzig Sekunden. Das war Bestzeit in den fünf Trainingsrunden an diesem Abend. Es war wichtig, dass er genau wusste, wie lange er durch den Tunnel brauchte.

Überhaupt war es entscheidend, für alles einen *schedule* zu haben. Darauf war er trainiert. Manchmal konnten Millisekunden über Leben und Tod entscheiden, manchmal waren es Minuten, Stunden oder Tage. Egal mit welcher Perspektive, man musste immer mit einem Zeitplan arbeiten.

Er schob die Platte im Schein seiner Stirnlampe zurück an ihren Platz und deckte sie mit Fichtennadeln ab. Es war fast Mitternacht. Über den Baumwipfeln konnte er Sterne sehen. Der Himmel war vollkommen klar.

Er stand auf, schnallte sich den Gürtel mit der Pistole um, warf sich den Rucksack über die Schulter und marschierte los, durch die Schneise zwischen den Bäumen.

In seinem Rucksack befanden sich etwas Gras und der Whisky aus seinem sogenannten Medizinvorrat. Es war lange her, dass er diese Art von Medizin gebraucht hatte, aber seine innere Anspannung wurde immer stärker. Nachts zerfleischten ihn die Sieben.

Er musste endlich wieder einmal spüren, wie sein Körper zur Ruhe kam und schwer wurde wie eine Tonne Blei. Er hatte das dringende Bedürfnis, hier draußen in der Dunkelheit endlich abzuschalten.

Er bog in einen Wildwechsel ab, der ihn, wenn er zügig ausschritt, in wenigen Minuten an den Fluss bringen würde. Er folgte dem Pfad in eine Senke, wo die Fichtenschonung in einen natürlichen Laubwald überging, und befreite sich aus der Umarmung des dichten Geästes. Hier standen vor allem Buchen, aber auch ein paar Eschen. Zielstrebig überquerte er die große Lichtung, wo hohes Gras und Brombeeren wucherten, bevor das Gelände sich erneut veränderte und zum Flussbett hin abfiel.

Zwischen vereinzelten kleinen Bergkiefern wuchs hier vorwiegend Heidekraut, stellenweise unterbrochen von hellen Sandgruben. Oxen folgte weiter dem Wildwechsel, den er inzwischen schon als eine Art Privatweg betrachtete. In kleinen Serpentinen schlängelte sich der Pfad den Hang hinunter, bis er schließlich zwischen zwei großen Weiden an ein flaches Stück Ufer stieß. Auch das Flussufer war von grobem gelbem Sand bedeckt. Kräftige Regenfälle hatten die Bäume am Ufer unterspült, und ihre Wurzeln ragten jetzt wie Mikadostäbe ins Wasser.

In einer kleinen Bucht, gut versteckt im hohen Gras, lag ein altes

Kanu, das er von Fisch übernommen hatte. Er hob das hölzerne Gitter heraus, das den Boden des Kanus schützte, und legte es in den Sand. Hier würde er schlafen, und das Gitter sollte ihm die Kälte vom Leib halten. Er legte eine Decke darauf und rollte dann seinen Schlafsack aus. Sein Lager war fertig. Jetzt würde er sich hinsetzen und nichts weiter tun, als auf das dunkle Wasser zu starren.

Die grünen Krümel aus Blättern und Stängeln bildeten einen dünnen Strang auf dem weißen Zigarettenpapier. Er befeuchtet den Klebestreifen, rollte den Joint und zündete ihn an.

Es war nicht mehr viel von dem Gras übrig. Aber bald würde er die Gelegenheit haben, sich in Christiania einen neuen Vorrat zu besorgen. Er hatte Fisch um einen freien Tag für die Fahrt nach Kopenhagen gebeten. Der Alte hatte ihn überrascht angesehen, schließlich hatte er sich in den sieben Monaten bisher nur drei Tage Urlaub genommen: einen, um die Überwachungsausrüstung zu kaufen, und zwei für Kanufahrten. Fisch hatte ihm vorgeschlagen, doch gleich die ganze Woche Pause zu machen. Aber er brauchte nur den einen Tag.

Er sog den Rauch tief ein und hielt die Luft an. Bei ihm hieß es Gras, andere nannten es Pot. Es gab so viele Namen für mehr oder weniger dasselbe. Ein Dealer hatte ihm irgendwann mal erzählt, dass »Mary Jane« auch dazugehöre. Später hatte er gelesen, dass einige Sänger diesen Mädchennamen in ihren Songs als Symbol für alles benutzten, was in Richtung Marihuana gehe. Mit den meisten Texten hatte er nicht viel anfangen können – bis auf eine Liedzeile von Tom Petty: *Last dance with Mary Jane, one more time to kill the pain.*

Eine Wasserratte durchquerte ein paar Meter weiter den Fluss. Sie zog eine Welle hinter sich her und verschwand dann im Schilf am anderen Ufer.

Er blieb reglos sitzen und inhalierte in tiefen Zügen. Allmählich breitete sich ein wohliges Schwirren bis in den letzten Winkel seines Körpers aus. Seine Muskeln fühlten sich schlaff und schwer an.

Mary Jane konnte tanzen.

Er goss sich Whisky in seinen Becher und trank einen Schluck. Eine Explosion der Sinne – als stünde sein ganzer Mund in Flammen. Es war schon so lange her. So ungewohnt.

Nachdem er den Becher in wenigen Zügen geleert hatte, kroch er in den Schlafsack.

Er legte sich mit weit geöffneten Augen auf den Rücken. Der Anker war gelichtet. Langsam, ganz langsam ließ er sich davontreiben, hinaus aufs Sternenmeer.

21.

Es war diese berühmte Konditorin, die da im Fernsehen zauberte. Eine paradiesische Köstlichkeit nach der anderen. Und alles sah immer so einfach aus. Lediglich etwas geschmolzene Schokolade hier und ein kleines Wasserbad da.

Sie hatte sich nur ein einziges Mal an einem Rezept dieser Konditorin versucht, doch ihr süßer Zahn war dabei nicht auf seine Kosten gekommen. Man konnte es auch genauso gut bleiben lassen. Es war unmöglich.

Auf dem Couchtisch lag der Roman, über den sie gerade im Lesekreis sprachen. Eine irische Familiensaga, die vor allem unsäglich langweilig war – aber sie würde das Buch trotzdem zu Ende lesen. In der Kanne dampfte der Tee, der leckere mit dem Orangenaroma, ihre Tasse war gut gefüllt und dasselbe galt auch für die Trüffelpralinen in der Tüte.

Sie hatte es sich auf dem Sofa gemütlich gemacht, ein dickes Kissen im Rücken. Es war eigentlich Hochsommer, aber draußen wehte ein frischer Wind. Gut, dass sie erst Mitte August Urlaub machen würde. Sie zog sich die Wolldecke über die Beine und zappte aus reinem Protest weiter, weil die Konditorin alles viel zu leicht aussehen ließ. Außerdem war es bestimmt eine Wiederholung, wie die ganzen anderen Konserven auch, die im Sommer ausgegraben wurden.

Sie hatte einen langen, anstrengenden Tag hinter sich, wie alle Tage im Anker Fjord Hospiz. Sie war von Patienten umgeben, die so krank waren, dass ihnen nicht mehr viel Zeit auf Erden blieb. Aber ihre Arbeit dort bereicherte sie. Es gab keinen einzigen Tag, an dem sie daran zweifelte, dass das, was sie tat, einen Sinn hatte.

Nur manchmal machte das alles sie furchtbar müde – und ihren Kopf schwer. Aber das war ja nichts Ungewöhnliches. An solchen Abenden ließ sie sich aufs Sofa fallen, schaltete den Fernseher ein oder las.

Sie konnte tun, was sie wollte. Kein Mann, keine Kinder, kein Freund. Also, *noch* kein Freund. Sie war ziemlich aktiv auf einer Dating-Seite, wo Frauen ihres Alters eine gewisse Daseinsberechtigung hatten.

Sonst musste sie nur gelegentlich nach ihren Eltern und den beiden Geschwistern sehen. Sie wohnten alle in Hvide Sande, wo sich auch ihr Arbeitsplatz befand. Bei ihren Eltern war sie nach der Arbeit vorhin kurz vorbeigegangen. Trotz ihres hohen Alters waren sie beide gesund und hatten voller Elan im Garten gewerkelt. Sie hatten dann noch zusammen zu Abend gegessen, bevor sie entlang der Küste zurück nach Ringkøbing gefahren war, um ihre Akkus für einen neuen Tag zu laden.

Aber jetzt sollte sie sich wirklich aufraffen und endlich ins Bett gehen. Es war spät geworden. Sie schaltete ein letztes Mal um und landete in der afrikanischen Savanne.

War das eine Löwin, die da im hohen Steppengras lauerte und sich beim Anblick der Gnuherde das Maul leckte? Eine stattliche Erscheinung auf einem Fünfzig-Zoll-Flachbildfernseher.

Der Mann selbst stand unsichtbar hinter der hohen Buchenhecke, das Gesicht an die Hausmauer neben dem Wohnzimmerfenster gepresst. Er hatte sich von hinten an das Haus herangeschlichen.

Sonja Lægaard, die in dem Häuschen am Vellingvej wohnte, war offensichtlich eine Nachteule, obwohl sie morgens so früh aufstehen musste. Um acht Uhr begann ihre Schicht im Hospiz in Hvide Sande. Er war ihr den ganzen Tag in sicherem Abstand gefolgt.

Normalerweise wurde er nicht so schnell aktiv. Er hatte den Vertrag ja gerade erst in Odense geregelt. Aber der Auftrag war eilig und genauso unkompliziert, wie man es ihm versprochen hatte. Also war er umgehend nach Jütland aufgebrochen, um seinen großzügigen unbekannten Auftraggeber zufriedenzustellen.

Erst hatte er das Ende eines Krimis mit angesehen, dann diese Konditorin, und jetzt waren sie irgendwo in der Savanne gelandet. Es war spät geworden. Genau der richtige Zeitpunkt, um loszulegen.

Er schlich sich zur Hintertür des Hauses. Die Leitung der Außenbeleuchtung, die mit einem Bewegungsmelder ausgestattet war, hatte er schon gekappt. So konnte er unsichtbar bleiben. Er streifte seine dünnen schwarzen Handschuhe über, packte den kleinen elektrischen Türschlossöffner aus und steckte ihn ins Schloss. Mit diesem Gerät ließ sich jeder Schließzylinder, egal ob mit fünf, sechs oder sieben Stiften, problemlos knacken.

Ein paar Sekunden später drückte er die Tür auf und schlich sich vorsichtig in Sonja Lægaards Waschküche. Er hörte einen Löwen brüllen und tastete sich dem Geräusch folgend vorwärts, nachdem er sich die schwarze Skimütze über den Kopf gezogen hatte, die nur einen Schlitz für die Augen freiließ.

Was für eine ungewöhnliche Aufgabe, dachte er, und für einen kurzen Moment sah er sich selbst in der Rolle des Löwen.

Der Gedanke war unfreiwillig komisch, und er musste ein bisschen grinsen. Allerdings entspannte sich dort auf dem Sofa kein Gnu, sondern eine zweiundfünfzigjährige alleinstehende Krankenschwester.

In der Küche hielt er inne. Die Tür zum Wohnzimmer stand halb offen. Alles war aufgeräumt und blitzsauber.

Es gefiel ihm zwar nicht, aber es blieb ihm nichts anderes übrig, als die Pistole zu ziehen, um sie ihr vor die Nase zu halten.

Die letzten Meter führten über einen dicken Teppichboden. Sie war immer noch in der Savanne. Lautlos trat er zur Couch und legte ihr von hinten die Hand über den Mund.

Sie zuckte zusammen und zappelte mit Armen und Beinen, aber sein Handschuh erstickte ihren Schrei.

»Hören Sie mir zu! Ganz ruhig! Bleiben Sie einfach still liegen, dann wird Ihnen nichts passieren.«

Der scharfe Befehl, den er ihr ins Ohr zischte, half. Schlagartig erstarrte sie. Ihr Brustkorb hob und senkte sich wie ein Blasebalg, und sie atmete geräuschvoll durch die Nase.

»Ich lass jetzt los, aber Sie rühren sich nicht von der Stelle. Ich habe eine Pistole. Verstanden?«

Er lockerte seinen festen Griff so weit, dass sie nicken konnte. Dann nahm er seine Hand weg, und Sonja Lægaard schnappte nach Luft, als hätte sie einen Hundertmeterlauf hinter sich.

»Setzen Sie sich jetzt auf. Ganz langsam. Wir wollen uns nur unterhalten. Los!«

Zögernd folgte sie seiner Anweisung, und er konnte ihre großen, verängstigten Augen sehen. Sie tat ihm leid.

»Hören Sie zu«, sagte er, »Sie müssen keine Angst haben. Ich bin kein Dieb und auch kein Vergewaltiger. Ich will nur mit Ihnen reden. Ein paar Fragen stellen. Sie antworten einfach, so gut Sie können. Sobald wir damit fertig sind, bin ich auch schon wieder weg. Okay? Bleiben Sie also ganz ruhig.«

Sie nickte erneut und bekam ihre Atmung langsam wieder unter Kontrolle.

»Was wollen Sie von mir?«, fragte sie heiser.

»Wie gesagt, ich habe nur ein paar Fragen, und mit diesem Gerät hier werde ich unsere Unterhaltung aufzeichnen.«

Er hielt ein Diktiergerät hoch und legte es vor ihr auf den Couchtisch.

»Ich fange jetzt an, und Sie antworten laut und deutlich. Wie heißen Sie?«

»Sonja Lægaard.«

»Alter?«

»Zweiundfünfzig.«

»Anschrift?«

»Vellingvej, Ringkøbing.«

»Beruf?«

»Krankenschwester.«

»Arbeitgeber?«

»Das Anker Fjord Hospiz in Hvide Sande … Sagen Sie, was soll das alles? Warum wollen Sie das wissen?«

Er legte einen Zeigefinger an die Lippen, die sie unter der Skimütze nicht sehen konnte.

»Ich stelle die Fragen, Sie antworten. Kennen Sie einen Vitus Sander?«

»Ja. Das heißt … Er ist tot.«

»War Vitus Sander Patient im Anker Fjord Hospiz?«

»Ja.«

Die Formalitäten hatten sie somit abgehakt. Er angelte ein kleines Notizbuch aus seiner Tasche. Er hatte keine Zeit mehr gehabt, die anderen Fragen alle auswendig zu lernen. Die ersten sollten ihm und seinem Auftraggeber nur bestätigen, dass die Frau tatsächlich Sonja Lægaard war.

»Lassen Sie uns über diesen Vitus Sander sprechen«, fing er an. »Aber vorher …«

Er zeigte der Krankenschwester ein Foto.

»Wer ist das?«

Das Bild zeigte einen jüngeren Mann in bordeauxroter Leinenhose, grüner Jacke und weißen Turnschuhen. Es war auf dem Parkplatz vor dem Hospiz aufgenommen worden.

»Ach je, wie hieß der nur? Ich komme gleich drauf …«

Sonja Lægaard kramte in ihrem Gedächtnis.

»Rasmus, ja, so hieß er. Rasmus Hansen, glaube ich. Er hat Vitus Sander in den letzten Wochen häufig besucht.«

»Rasmus Hansen? Sagt Ihnen der Name Malte Bulbjerg etwas?«

»Nein.« Sie schüttelte den Kopf.

»Wie oft hat er Vitus Sander besucht?«

»Zuletzt mehrmals pro Woche. Sander hat mir erzählt, sie wären gute Freunde und Jagdkameraden. Worum geht es denn? Ist es etwas Kriminelles? Sind Sie ein Agent oder so?«

»Nicht vergessen – ich stelle hier die Fragen. Mich interessiert alles, was mit diesen beiden Männern und ihrer gemeinsamen Zeit im Anker Fjord zu tun hat. Also strengen Sie sich bitte an.«

In der halben Stunde, die ihr Gespräch dauerte, gab sich die Krankenschwester Sonja Lægaard sichtlich Mühe. Er hatte nicht die geringste Veranlassung, an der Aufrichtigkeit ihrer Antworten zu zweifeln.

Sie hatte keine Ahnung, was los war. Sie hatte keine Ahnung, was der fremde Mann mit der schwarzen Mütze von ihr wollte. Sie wusste nur, dass er mit einer Pistole vor ihr saß. In ihrem Allerheiligsten, ihrem Zuhause.

Er hielt die Waffe zu keinem Zeitpunkt auf sie gerichtet. Dass er sie überhaupt dabeihatte, sollte nur den Ernst der Situation unterstreichen. Ihre Antworten waren, wie sie nun einmal waren – sie ließen einiges zu wünschen übrig. Wahrscheinlich befanden sich in den Augen seiner Auftraggeber enttäuschend wenig wertvolle Informationen darunter. Aber das war nicht sein Problem.

Er ließ das Aufnahmegerät weiterlaufen, obwohl sie in Wirklichkeit längst fertig waren. Man sollte hören, dass er ihren Wunsch berücksichtigt hatte: kein Einsatz von unnötiger Gewalt, keine Verletzungen – und trotzdem die Gewissheit, dass die Dame niemandem von dem ungewöhnlichen Verhör erzählen würde.

»Sie haben getan, worum ich Sie gebeten habe. Ich werde jetzt in aller Ruhe gehen und Sie wieder allein lassen. Aber Sie sollten wissen, dass es äußerst unklug wäre, meinen Besuch jemals irgendwo zu erwähnen.«

Sie nickte schnell. »Das kann ich verstehen. Ich werde niemandem davon erzählen. Niemals.«

»Ich glaube Ihnen, Sonja. Aber falls Sie doch einmal auf die Idee kommen sollten, denken Sie an Ihre alten Eltern im Floravej in Hvide Sande. Wenn Sie etwas ausplaudern, werden die beiden ihren Garten nie wieder so genießen können, wie sie es heute noch getan haben. Und Sie werden auch nie mehr bei ihnen zu Abend essen, so wie heute, denn Ihre Eltern werden nicht mal mehr in der Lage sein, eine einfache Mahlzeit zuzubereiten. Haben Sie mich verstanden?«

Sie nickte und biss sich auf die Unterlippe. Er nahm das Diktiergerät und steckte es in seine Tasche.

»Dann vielen Dank. Und haben Sie noch einen schönen Abend.«

Er stand auf und zog sich lautlos aus Sonja Lægaards Wohnzimmer zurück.

22.

Die Tür quietschte grauenhaft. Hoffentlich wurden die Autos in Fritsens Werkstatt besser geölt. Sie trat auf den nackten Betonboden. In der kleinen Garage gab es zwei Hebebühnen, auf denen jeweils ein Wagen stand. Der eine war bis auf Kopfhöhe hochgefahren.

Sie war zum ersten Mal hier. Das letzte Gespräch mit L. T. Fritsen hatten sie bei ihm zu Hause geführt.

Irgendwo im Hintergrund dudelte ein Radio. Über einer Werkbank hing ein riesiger Fotokalender mit einer halb nackten Frau, die ihre riesigen Brüste präsentierte. Es war genau das, was man in einer Werkstatt in der Amagerbrogade erwarten würde: Titten an der Wand, Öl auf dem Boden, Dreck im Vergaser.

»Hallo? Ist da jemand?«

Ihr Ruf hallte durch den Raum, doch nichts geschah. Sie versuchte es noch einmal. Da ging tatsächlich eine Tür auf und ein magerer Typ erschien auf der Bildfläche. Kabel hingen aus seinen Ohren, aber sicher nicht weil er elektrisch betrieben wurde, sondern vermutlich weil er sich den Kopf mit Musik volldröhnte. Er schaute sie überrascht an. Natürlich hatte er sie nicht gehört. Er zupfte sich einen der Stöpsel aus dem Ohr.

»Hallo, ich heiße Margrethe Franck und würde gern mit Herrn Fritsen sprechen«, sagte sie.

»Der kommt gleich wieder. Ist in der Stadt, um was zu besorgen.«

»Okay. Ich warte.«

Der Typ nickte und ging zum Papierspender neben der Tür, um sich die Finger abzutrocknen. Sein Blick fiel auf ihren schwarzen Mini, der draußen parkte. Sie hatte kürzlich erst ein Vermögen in eine Sonderausstattung investiert: Achtzehn-Zoll-Leichtmetallfelgen, und zwar die Cross Spoke R113 Red Stripe, dazu ein Tuningkit mit neuem Luftfiltersystem, Kompressor, Zylinderkopf und Overboost-Funktion sowie mittig montiertem Doppelauspuff. Außerdem vier neue Pirelli-Reifen mit Niederprofil. Seitdem fühlte sie sich, als würde sie auf dem Rücken eines brüllenden Tigers reiten.

»Ihrer?«

»Jep.«

»Nicht übel. John Cooper Works?«

»Jep.«

Der Typ blieb einen Moment stehen und musterte anerkennend ihren fahrbaren Untersatz. Dann verschwand er unter dem Wagen auf der Hebebühne, einem schwarzen, prollig aufgemotzten Spießer-BMW, der sicher noch staunend an der Startlinie stand, wenn ihr Mini längst die Schallmauer durchbrach.

Sie beschloss, sich ein wenig in der Werkstatt umzusehen. Hier arbeiteten garantiert nur Fritsen und sein Lehrling. Der Laden war klein, er war nicht übermäßig sauber, aber auch nicht total versifft. Durch eine Glastür gelangte man in ein kleines Büro und einen Aufenthaltsraum – mit noch mehr nackten Damen.

Auf einem Tisch lag die heutige Ausgabe des Extrablatts, die Überschrift auf der Titelseite lautete: *»Planloser Polizeichef macht sich über Mordfall lustig«*. Und darunter, in fetten Lettern: *»Ermordet vom Schlossgespenst«*. Das Bild, das die gesamte Seite füllte, zeigte Museumsdirektor Malte Bulbjerg.

Es war eine echte Sauerei, ein billiger Versuch, den leitenden Ermittler öffentlich bloßzustellen. Vielleicht als Strafe dafür, dass der Mann dem Revolverblatt irgendwann mal auf die Zehen getreten war? Sie blätterte um und fand die richtige Seite.

Vizepolizeidirektor H. P. Andersen wurde mit folgenden Worten zitiert:

»Im Augenblick tappen wir noch völlig im Dunkeln. Wir sind gerade dabei, Bulbjergs Lebensumstände zu untersuchen, um herauszufinden, mit wem er in Kontakt stand, was er mitten in der Nacht im Schloss wollte und warum er ermordet wurde. Auf all diese Fragen haben wir noch keine Antwort. Wir hoffen, bald auf ein Tatmotiv und im günstigsten Fall auch auf den Täter zu stoßen, aber beim derzeitigen Ermittlungsstand könnte es genauso gut das Schlossgespenst gewesen sein. Deshalb bitte ich die Öffentlichkeit, sich mit Informationen jederzeit an die Polizeidienststellen auf Fünen zu wenden.«

Es war also wie immer. Ein harmloser Satz wurde aus dem Zusammenhang gerissen und unverhältnismäßig aufgeblasen. Sie legte die Zeitung zurück und ging wieder in die Werkstatt. Wenige Minuten später bog ein Fiat-Transporter auf den Hof und blieb neben ihrem Mini stehen. Es war Fritsen, der sie mit skeptischer Miene musterte. Sie wollte ihm die Hand entgegenstrecken, doch er kam ihr zuvor.

»Margrethe Franck, nicht wahr? Margrethe, wie die Königin. Ich kann mich gut an Sie erinnern. Hallo.«

Sie nahm seine Hand und drückte richtig fest zu. So sollte man sich bei einem Mechaniker und Kriegsveteran eigentlich Respekt verschaffen können.

»Und womit kann ich Ihnen diesmal behilflich sein? Macht der Mini Probleme?«

»Es geht immer noch um Niels.«

»Und ich habe ihn immer noch nicht gesehen.«

»Warum so feindselig?«

»Ich bin doch nicht feindselig. Ich hätte nur nicht gedacht, dass das so schwer zu verstehen ist: Ich habe ihn nicht gesehen und nicht gesprochen. Und ich habe keine Ahnung, wo er steckt.«

Der Mechaniker, den Niels Oxen aus der Una gefischt hatte, nachdem er von einem Heckenschützen getroffen worden war, wirkte ruhig, aber ein wenig gereizt.

»Ich glaube, Sie sind besser mit ihm befreundet, als Sie zugeben wollen. Niels ist in den Fluss gesprungen, um Sie dort herauszuholen. So etwas vergisst man nicht. So etwas vergisst auch er nicht. Sie beide sind *buddies forever*. Ist es nicht so?«

L. T. Fritsen zuckte mit den Schultern.

»Ja, sicher, wenn er hier auftauchen würde, wäre er jederzeit willkommen. Mein Haus steht ihm immer offen. Nur kommt er nie. Das wissen Sie doch.«

»Aber Sie sind immerhin so gut befreundet, dass Sie seine Orden für ihn aufbewahren sollen.«

»Was meinen Sie damit?«

»Ich meine damit genau das, was ich eben gesagt habe. Ich habe den Umschlag gesehen, der bei seiner dementen Mutter im Pflegeheim in Ringsted liegt. Darin befinden sich seine ganzen Orden – auch das Kreuz –, und der beigelegte Brief erklärt, dass man Ihnen die Orden schicken soll, falls Oxens Mutter stirbt und er nicht erreichbar sein sollte.«

Fritsen sah sie erstaunt an. Er wirkte ehrlich überrascht.

»Das wusste ich nicht. So was steht da?«

»Ja.«

»Hmm. Und weiter?«

»Wenn Sie auch nur die leiseste Ahnung haben, wo ich Niels finden kann, dann bitte ich Sie, mir zu helfen. Wir würden wirklich gern mit ihm reden. Und wenn wir ihn unterstützen können, dann tun wir das.«

»In Ordnung, das werde ich mir merken. Aber ich weiß nichts. Das habe ich ja schon gesagt. Cooler Mini. John Cooper Works?«

»Ja. Hat mich ein halbes Vermögen gekostet … Hören Sie, falls Sie Ihre Meinung ändern sollten, wissen Sie, wo Sie mich finden. Hier.«

Sie hatte Fritsen schon einmal ihre Visitenkarte gegeben. Jetzt steckte sie ihm eine weitere in die Brusttasche seines Overalls.

»Vergessen Sie das nicht, Fritsen. Falls Sie daran interessiert sind, dass es ihm gut geht.«

Sie machte auf dem Absatz kehrt und verließ die Werkstatt – sauer, weil alles umsonst gewesen war.

23.

Der letzte Mitarbeiter, der zum gemeinsamen Briefing im Konferenzraum des Morddezernats erschien, legte unbedacht einen Finger in die offene Wunde. Noch während er sich niederließ, schob er schwungvoll die aktuelle Ausgabe des Extrablatts über den Tisch.

»Hast du das schon gesehen, H. P.? Was denken die sich eigentlich?«

H. P. Andersen schmetterte seine Handfläche auf die Zeitung, als wäre da eine lästige Fliege, die ihn schon seit Tagen nervte, und beendete damit abrupt ihre Rutschpartie. Er schwieg, bis er sich vergewissert hatte, dass alle saßen – und die Klappe hielten.

»Guten Morgen. Ich will euren Statusbericht im Fall Bulbjerg hören«, fing er auf seine übliche, knappe Weise an. Er war kein Mann der großen Worte. Er blickte über den Rand seiner Brille, nahm dann die Zeitung und hielt sie hoch.

»Und das hier … das bringen wir am besten gleich hinter uns. Ich stehe da wie ein Idiot. *Wir* stehen da wie Idioten. Für alle, die nur diese Schlagzeilen überfliegen, sind wir nichts als Schwachköpfe mit der brandheißen Theorie, dass der Museumsdirektor von einem Schlossgespenst ermordet wurde. Und schlimmer noch: Es klingt, als ob uns das Ganze dermaßen am Arsch vorbeigeht, dass wir sogar Witze darüber reißen. Ich bin stocksauer! Und, Leute, es tut mir leid. Aber wenn ihr diesen Artikel lest, oder wie auch immer man das Geschmiere nennen soll, dann werdet ihr sehen, dass das alles völlig aus dem Zusammenhang gerissen ist. Ja, ich bin lange genug dabei und sollte eigentlich schlau genug sein, mir solche Kommentare zu verkneifen. So, genug davon. Wie ist die Lage? Was haben wir herausgefunden?«

»Nichts, absolut nichts«, sagte ein Kollege am Tischende. »Bulbjerg wurde nie im Milieu gesichtet. Er ist in Nyborg überall bekannt und die Leute wundern sich schon allein über unsere Frage. Wie hätte er sich da unauffällig in der Szene bewegen sollen?«

»Danke, Bøje. Neues von der Glücksspielfront, Else?«

»Ich denke, wir haben uns ein umfassendes Bild gemacht – mithilfe sämtlicher Lotto-Annahmestellen in Nyborg und mit Bulbjergs Ehefrau. Malte Bulbjerg war sehr sportbegeistert und hat immer schon getippt. Die üblichen Tippscheine mit dreizehn Spielen und Oddset, vor allem Fußball. Außerdem jede Woche Lotto. Zunächst war seine Spielleidenschaft aber nicht größer als bei allen anderen auch. Ein paar Tippscheine, mal fünfzig Kronen für Oddset und einen Lottoschein am Samstag. Dafür geben wir ja schon bei uns zu Hause einen Hunderter jedes Wochenende aus. Ich spiele Lotto, mein Mann und unsere Söhne Oddset. Nur zum Spaß.«

»Ja und? Weiter?« Er wollte gern schneller zum Kern der Sache kommen als seine ansonsten herausragende Mitarbeiterin.

»Die Beträge wurden in den letzten drei, vier Monaten immer größer, und offensichtlich hat Bulbjerg angefangen, seine Tipps auf vier verschiedene Verkaufsstellen zu verteilen, um kein Aufsehen zu erregen. Und er fing auch an, in anderen Sportarten zu wetten – sogar bei Pferderennen. Er hat dabei nie mit Kreditkarte bezahlt, immer bar. Und wir konnten keine ungewöhnlichen Kontenbewegungen bei ihm feststellen.«

»Auch nicht bei den Ausgaben? Und wie ist es bei seiner Frau?«

»Sie hat uns freiwillig die Erlaubnis erteilt, ihre Konten zu prüfen. Das Paar hat keine größeren Investitionen getätigt und auch keine kostspieligen Reisen unternommen. Sie haben brav und solide gelebt, so wie immer.«

»Abgesehen von seinem eskalierenden Spielverhalten. Hatte sie eine Ahnung davon?«

»Nein. Wie gesagt, in kleinerem Rahmen hat er schon immer gespielt.«

»Freunde, Bekannte, Kollegen, Familie? Was gibt es da?«

Einer der älteren Mitarbeiter, Danielsen, warf einen Blick in seine Notizen und seufzte tief.

»Die Reaktionen sind echt. Die Nachricht hat alle kalt erwischt. Sie wussten weder von Glücksspiel noch von Kokain. Er hat kein einziges Wort darüber fallen lassen, keine Andeutung, nicht den kleinsten Hinweis, wie es um ihn stand. Da ist nichts zu holen. Und wir haben alle relevanten Personen überprüft.«

»Was ist mit der Ehefrau?«

»Sie ist in ärztlicher Betreuung, aber sie erholt sich langsam. Wie gesagt – wir haben auch mit ihr gesprochen, sogar zweimal. Das Ganze hat sie wie ein Blitz aus heiterem Himmel getroffen. Die Frau ist ein unbeschriebenes Blatt.«

»Hmm …« Andersen machte eine kurze Pause und blätterte in seinen Unterlagen. Da stand noch mehr auf seiner Liste.

»Und die Telekommunikation? Iversen, was sagst du?«

»Wir haben alle relevanten Daten bekommen und sorgfältig durchgearbeitet. Das Material ist aufgrund des Tatzeitpunkts relativ mager, da ist nichts dabei, womit man vernünftig weitermachen könnte. Wir haben ein paar kleine Fische überprüft. Aber ohne Ergebnis.«

»Arbeitscomputer, Privatcomputer, Smartphone, Tablets und was es sonst noch so gibt?«

Sein Blick ruhte auf Trine Bertram, einer verhältnismäßig neuen Kollegin, die aus Kopenhagen zum Team gestoßen war. Ein cleveres Mädchen.

»Wir haben alles auseinandergenommen. Und das war einiges, es war nämlich alles dabei, was du eben aufgezählt hast – und sogar noch mehr: Er hatte zwei Arbeitsrechner, einen PC und einen Laptop, außerdem einen privaten Laptop, ein iPhone und ein iPad. Und er war auf Facebook, aber weder auf Twitter noch bei LinkedIn. Ein sehr aktiver Mensch und gut vernetzt – aber wir haben nichts gefunden, was uns misstrauisch machen könnte oder auf irgendwelche kriminellen Aktivitäten hindeuten würde. Er hat mit seinen Freunden über seine Wetten und über Fußball diskutiert, aber da bewegen wir uns im Bereich ›Gewinnt Barça am Samstag?‹ und ›Wird Messi damit fertig?‹. Ansonsten muss ich leider ebenfalls passen …«

Andersen legte seine Brille ab und rieb sich die Augen. Er war müde, doch er stand immer noch unter Strom. Normalerweise retteten ihn seine Professionalität und sein Ehrgeiz über stressige Phasen mit wenig Schlaf hinweg, aber hier war die Sache ganz einfach: Sie hatten nichts in der Hand.

»Am Ende war es doch dieses verfluchte Gespenst«, sagte er und brachte damit alle am Tisch zum Grinsen.

»Wie ihr vielleicht wisst«, fuhr er fort, während er die Brille wieder aufsetzte, »haben Kofoed und ich einen kleinen Ausflug gemacht. Wir wollten ein paar Leute mit intimen Kenntnissen des

Milieus um eine qualifizierte Einschätzung der Lage bitten und waren im Staatsgefängnis in Nyborg. Um es kurz zu machen: Wir haben mit Danny Brorson gesprochen, an den ihr euch bestimmt alle noch erinnert. Er konnte uns nicht viel weiterhelfen, aber er hat es zumindest versucht. Danach haben wir mit einem dieser kleinen Gangster geredet, der eine Banden-Vergangenheit in Nyborg hat. Er hat nicht viel gesagt und wenn, dann vor allem ›*fuck*‹. Stimmt's, Kofoed?«

Kofoed lächelte und nickte.

»Zuletzt haben wir noch mit dem Serben Nebojsa Petrović gesprochen, von dem habt ihr vielleicht auch schon gehört. Er hätte uns total gern geholfen, wenn wir im Gegenzug zu einem Deal bereit gewesen wären. Nur leider wusste er nicht das Geringste über unseren Museumsdirektor. Mit anderen Worten, meine Damen und Herren: Wir stehen mit absolut leeren Händen da. Hat jemand von euch vielleicht …?«

Sein Telefon klingelte. Die Nummer war unbekannt. Ganz entgegen seiner Gewohnheit nahm er das Gespräch mitten in der laufenden Teambesprechung an.

Vielleicht eine Art siebter Sinn.

»H. P. Andersen.«

»Hier ist Danny Brorson, aus dem Gefängnis.«

»Hmm, aha, was …?«

»Ich dachte mir, ich melde mich besser gleich … Es geht um unsere kleine Unterhaltung über diesen Museumstypen. Deshalb hab ich auch die Genehmigung zum Telefonieren bekommen.«

»Haben Sie was für uns? Wissen Sie etwas?«

Er spürte, wie sein Herz sofort eine Spur schneller schlug. Nur eine einzige, wichtige Information, die sie weiterbringen würde, bitte!

»Klar weiß ich was. Also, draußen wird gemunkelt … Da sind Leute unterwegs, die viele Fragen stellen. Dieselben Fragen wie Sie. Aber das sind keine Bullen.«

»Geht das nicht ein bisschen genauer, Brorson?«

Während er sprach, hob er eine Hand, damit seine Leute rund um den Tisch begriffen, dass dieses Telefonat wichtig war.

»Namen oder eine Personenbeschreibung oder so was habe ich nicht. Das sind ganz diskrete Nachforschungen, die da laufen.«

»Können Sie mich mit einem oder mehreren der Leute, die befragt worden sind, in Kontakt bringen?«

Danny Brorson zögerte.

»Es ist wichtig, Brorson.«

»Okay, ist gut, ich versuche es. Ich glaube nur nicht, dass Ihnen das was bringen wird. Und ich sollte vielleicht noch erwähnen, dass für jeden, der brauchbare Informationen über diesen Museumstypen liefern kann, angeblich eine fette Belohnung rausspringt.«

»Belohnung? In welcher Höhe, wissen Sie das?«

»Es geht um 20 000 bis 30 000 Kronen für den entscheidenden Tipp.«

»Das darf doch nicht wahr sein.«

»Ha, dachte mir schon, dass Sie das sagen würden. Und vergessen Sie nie, dass *Danny The Man* einer ist, der bereit ist, einem *Cop* zu helfen. Ja?«

Andersen bedankte sich und legte auf. Offenbar wirkte er nachdenklich oder überrascht, denn die ganze Mannschaft starrte ihn stumm an, wie er plötzlich bemerkte.

»Äh … Wie ihr vielleicht mitbekommen habt, war das eben Danny Brorson, der aus dem Gefängnis angerufen hat. Da wildert wohl jemand in unserem Revier und stellt im Milieu Fragen über den Direktor – jemand, der bis zu 30 000 Kronen für jeden hilfreichen Hinweis zahlen will. 30 000 Kronen …«

Sein Bericht wurde am Tisch mit ernsten Blicken, Gemurmel und hochgezogenen Augenbrauen quittiert.

Er hatte es ja schon die ganze Zeit geahnt. Irgendetwas an dieser Sache stimmte nicht.

»Brorson versucht jetzt, jemanden zu finden, der bereit ist, mit uns zu reden. Wir müssen alles wissen. Wann ist die Leiche zur Beisetzung freigegeben?«

Poulsen antwortete.

»In vier Tagen. Die Trauerfeier findet am Mittag in Nyborg statt, in der Vor Frue Kirke.«

»Und die Beerdigung?«

»Auf dem alten Friedhof der Stadt, im Zentrum.«

»Die gesamte Veranstaltung muss vollständig überwacht werden. Ich will alles und jeden auf Video sehen!«

24.

Was wollte der Hüne denn jetzt schon wieder? Wollte er sich etwa zum zweiten Mal innerhalb weniger Tage nach ihren Nachforschungen in Sachen Niels Oxen erkundigen, oder hatte er einen anderen Grund, sie in sein Büro zu zitieren?

»Kommen Sie in mein Büro. AM.« Der gelbe Post-it-Zettel hing an ihrem Bildschirm, als sie aus der Mittagspause zurückkam. Jetzt war sie auf dem Weg zu ihm und ehrlich gesagt ziemlich neugierig.

Axel Mossman, langjähriger Herr über den Inlandsnachrichtendienst, saß noch immer fest im Sattel, aber seitdem er die sechzig überschritten hatte, war das Geschacher um seine Nachfolge in vollem Gange.

Anders als seine Vorgänger, bei denen mit steigendem Alter die allgemeine Wertschätzung gesunken war, hatte er seine Position in den letzten Jahren eher gestärkt. Rund um den Jahrtausendwechsel hatte man noch getuschelt, er sei müde und festgefahren. Kritiker behaupteten damals gern öffentlich, der PET sei zu einer statistischen Größe verkommen, und der Chor, der nach Erneuerung schrie, war immer lauter geworden.

Und dann kam 9/11, und die Welt war eine andere. Der Einsturz der Zwillingstürme war zugleich Mossmans Auferstehung.

Niemand verfügte über ein vergleichbares internationales Netzwerk wie er, der von seinen britischen Vorfahren profitierte und sich auf beiden Seiten der Themse gleichermaßen souverän bewegte, egal ob beim MI5 oder beim MI6. Mit Kleidergröße XXXL und seiner Geradlinigkeit hatte er auch in den USA, beim CIA und der NSA, Türen geöffnet. Sogar die Russen hatte er im Griff, die sein robustes Auftreten schätzten.

Axel Mossman hatte den PET durch die schwierigen Jahre des Umbruchs geführt und zu einem Nachrichtendienst ausgebaut, der den modernen Herausforderungen gerecht wurde und manövrierfähig war. Deshalb konnte niemand diesem anglophilen Felsbrocken etwas anhaben oder über seine Amtsführung meckern. Er verteilte bei feuchtfröhlichen Anlässen keine Klapse auf knackige Sekretärinnenhintern und verwaltete das Budget, als wäre es sein eigenes Geld. Außerdem war Mossman so versiert im politischen Ränkespiel, dass er niemals den Leichtsinnsfehler beging, auf den seine Gegner lauerten.

Sie hatte Axel Mossman viel zu verdanken. Er hatte sie nach dem Unglück mit ihrem Bein als seine persönliche Assistentin eingestellt und aus dem Ende ihrer Karriere einen Wendepunkt gemacht. Die wechselnden Herausforderungen im Nachrichtendienst unter Mossmans riesigen Fittichen waren wie für sie geschaffen. Das hätte sie wahrscheinlich nie herausgefunden, wenn sie noch beide Beine gehabt hätte.

Umso ärgerlicher und trauriger machte sie der Gedanke, dass sie inzwischen nur noch selten in seinem Büro zu Gast war.

Seit dem Fall mit den gehängten Hunden und seit Mossman Niels Oxen in die Ermittlungen einbezogen hatte, hatten sie sich immer weiter voneinander entfernt. So ziemlich alles, was über acht Jahre zwischen ihnen gewachsen war, war ruiniert.

Es ging dabei um Vertrauen. Oder um mangelndes Vertrauen. Verflucht, warum saß dieser nagende Zweifel immer noch wie ein Parasit unter ihrer Haut?

War Mossman in die Affäre um die gehängten Hunde verwickelt gewesen? War er ein Teil der ganzen Geschichte oder lediglich passiv und opportunistisch gewesen? Oder hatte er wirklich nur getan, was er ihr und Oxen als seine einzige Option verkauft hatte: das Spiel mitgespielt?

Sie klopfte an.

In den alten Zeiten wäre sie einfach, ohne abzuwarten, hineingestürmt. Jetzt blieb sie artig stehen, bis seine tiefe Stimme »Herein« sagte.

Sie trat ein und schloss die Tür hinter sich, auch das viel vorsichtiger als früher. Er thronte wie gewöhnlich hinter seinem riesigen Schreibtisch, einem alten Mahagonitisch aus einem englischen Schloss, dessen Name ihr entfallen war. Alle anderen hatten ergonomische, höhenverstellbare Tische, nur er natürlich nicht. Allerdings hätte es wohl den Wagenheber eines Lasters erfordert, um die Tischplatte auch nur einen Zentimeter anzuheben, wenn ein Mossman sich darauf abstützte.

Vor dem Schreibtisch stand ein rotbrauner Chesterfield-Sessel. Und rund um den kleinen Tisch in der anderen Ecke des Büros waren selbstverständlich ebenfalls ein kleines Chesterfield-Sofa und zwei weitere Sessel gruppiert. Schwer vorstellbar, dass es nach ihm je wieder einen Chef im Klausdalsbrovej geben würde, der in einem solchen Herrenzimmer residierte.

Sie blieb vor dem Schreibtisch stehen und wartete, die Hände in die Seiten gestemmt, obwohl ihr absolut bewusst war, dass das eine Spur zu demonstrativ wirkte.

Er konzentrierte sich darauf, die letzten Zeilen des Berichts zu Ende zu lesen. Dann hob er den Blick. Sie stand vor ihm, die Hände in die Hüften gestemmt, als stünde sie vor einer Bäckereitheke, schwer genervt vom Warten.

Ihre Haare waren so … komisch. Sie hatte über die Jahre beinahe so oft ihre Frisur gewechselt wie andere die Socken. Im Augen blick trug sie einen längeren, gewellten Irokesenkamm und die Haare an den Seiten raspelkurz geschnitten. Eine Art High-End-Punk, falls es so etwas gab.

Und diese Körperhaltung war total typisch für sie. Sie drückte damit einen Knopf bei ihm, und Dinge wurden wachgerufen, die er lange hinter sich gelassen hatte. Es war die Rebellin in Margrethe Franck, die so dastand. Fehlte nur noch, dass sie schmatzend Kaugummi kaute und mit ihren roten Lippen eine Blase blies, um sie mit einem unverschämten Knall platzen zu lassen.

Wenn nicht die Jugend aufrührerisch, ungeduldig und vorlaut war, wer dann in dieser stromlinienförmigen Welt? Und aus seiner Sicht war Margrethe Franck immer noch jung, auch wenn sie mittlerweile sicher auf die vierzig zuging. Sie war für ihn die pure Provokation gewesen, als sie damals so unbeeindruckt in seine Welt marschiert war – auf einem Bein.

Vielleicht war sie heute etwas angepasster, aber angeblich behielten ja sogar Raubtiere im Zoo ihren Killerinstinkt. Eine einzige falsche Bewegung und …

Er war offenbar ziemlich lang in seinen Gedanken versunken gewesen, denn auf einmal platzte sie gereizt heraus: »Worum geht es?«

Schlagartig war er zurück in der Gegenwart. »Setzen Sie sich, Franck.«

Er legte seine Unterlagen auf einen Stapel, ordentlich Kante auf Kante, und schob sie beiseite, an den Rand der großen Schreibtischplatte. Hatte reinen Tisch gemacht. Fast.

»*Well,* ich hab Sie neulich auf dem Flur gefragt … Wir müssen über Oxen reden.«

Ihre Augen wurden schmal. Sie trug wieder die Schlange am Ohr. Ein apartes Schmuckstück aus Silber, geformt wie eine Schlange, die sich an der Ohrmuschel emporwindet. Es war ihm schon bei ihrem ersten Treffen aufgefallen, als er sie vor vielen Jahren eingestellt hatte. In seiner Welt lauerten überall Schlangen.

Der Schmuck hatte ihr damals vermutlich einen Extrabonus verschafft.

»Oxen? Schon wieder?«

»Ja, schon wieder. Diesmal etwas ausführlicher, bitte.«

»Aber ich habe Ihnen bereits alles erzählt, was es zu erzählen gibt.«

»In meinen Ohren klang das eher oberflächlich, und außerdem hatte ich es eilig.«

»Ich bin gerade dabei, Sie schriftlich auf den aktuellen Stand zu bringen.«

»Und jetzt bitte ich Sie um ein mündliches Update.«

Ihr Blick war so skeptisch, wie nur Margrethe Francks Blick sein konnte.

Erst jetzt, als sie sich in den Sessel fallen ließ und ihn trotzig anstarrte, wurde ihm bewusst, wie sehr er sie vermisst hatte.

Der größte Staatsmann von allen, Winston Churchill, hatte einmal gesagt, dass Erfolg die Fähigkeit sei, von einem Misserfolg zum anderen zu gehen, ohne dabei die Begeisterung zu verlieren.

Er war immer noch bereit, für diese Sache zu kämpfen, für den allergrößten Triumph seiner Amtszeit, aber im Nachhinein betrachtet, war der Fall um die gehängten Hunde, wie er von allen genannt wurde, ein einziges Fiasko gewesen.

Zweifellos hatte die ganze Geschichte auch ein paar positive Aspekte vorzuweisen, und für die meisten sah sie am Ende tatsächlich nach einem Erfolg aus. Aber seinem eigentlichen Ziel war er wieder nicht näher gekommen. Man hatte ihn schachmatt gesetzt.

Und Margrethe Franck stand seither leider auf seiner persönlichen Verlustliste. Wenn das Vertrauen weg war und sich nicht wiederherstellen ließ, musste man fallen lassen, was nicht stehen konnte.

Er brauchte endlich Ergebnisse, koste es, was es wolle, und er würde ihr nötigenfalls mit bloßen Händen das Rückenmark herausquetschen.

»Sie bekommen den Bericht gleich morgen früh. Ich bin fast fertig. Das ist viel einfacher.«

»Jetzt. Danke.«

»Warum gerade jetzt? Was ist mit Oxen?«

»Nichts.« Er schüttelte den Kopf.

Sie waren dabei, ihr Revier zu markieren. So war es immer zwischen ihnen gewesen, ein befreiendes Ritual. Die meisten redeten ihm nach dem Mund.

»Doch! Ich habe genau in der Sekunde angefangen, nach ihm zu suchen, als er verschwunden ist. Ich habe zweimal darüber Bericht erstattet, und ausgerechnet jetzt fällt Ihnen plötzlich ein, dass die Hütte brennt? Warum?«

»Sie sind auf dem Holzweg, Franck. Hier brennt gar nichts. Es ist bloß ein ganzes Jahr vergangen, ohne dass Sie irgendein Resultat vorzuweisen haben. Und ich habe immer noch ein ernstes Wörtchen mit Niels Oxen zu reden. Deshalb stellt sich mir die Frage, wann Sie endlich die Absicht haben zu *liefern?*«

Sie saß in seinem Chesterfield und schnaubte.

»Okay, noch mal von vorn und schön langsam zum Mitschreiben … Oxen ist ein Gespenst. Er hinterlässt keine elektronischen Spuren, die wir für unsere Ermittlungen auswerten können. Weder bei den Behörden noch bei der Bank, kein Telefon, kein Computer, *nothing*. Er ist irgendwo da draußen, aber er existiert nicht. Er ist eine winzig kleine Nadel in einem riesengroßen Heuhaufen. Deshalb.«

»Aber irgendwas müssen Sie in den ganzen Arbeitsstunden doch gemacht haben, oder nicht?«

»Das steht in den Berichten.«

»Das weiß ich, allerdings gehe ich davon aus, dass Sie inzwischen irgendwie weitergemacht haben – ein neuer Versuch? Mit neuen Maßnahmen?«

»Das mit Oxen … das hängt mit Nyborg zusammen, nicht wahr?«

»Nyborg? Fangen Sie wieder damit an? Was meinen Sie?«

Margrethe Franck hatte schon neulich auf dem Flur ins Schwarze getroffen. Sie hatte ein unglaubliches Näschen – und höllisch viel weibliche Intuition, ein Phänomen, das er normalerweise nicht anerkannte.

»Nyborg und der Mord an Museumsdirektor Malte Bulbjerg. Das kann Ihnen unmöglich entgangen sein. Das kam überall in den Medien.«

»Ach, das.«

»Sie wissen ganz genau, dass wir uns letztes Jahr im Rahmen unserer Ermittlungen mit Bulbjerg getroffen haben, Oxen und ich.«

»Ist er nicht im Schloss erschossen worden? Irgendeine Geschichte mit Glücksspiel und Drogen, wenn ich mich nicht irre?«

Sie beobachtete ihn und ihr Blick war durchdringend. Ob seine eigene Mimik genauso verräterisch war, wusste er nicht, doch er achtete auf jedes noch so kleine Signal von ihr.

»Ja, das sagen die Kollegen. Aber das Timing ist sehr auffällig. Der Museumsdirektor stirbt, und plötzlich wollen Sie Oxen zum Frühstück haben – und zwar am besten noch gestern.«

»Zufall, reiner Zufall. Das ist doch völlig aus der Luft gegriffen. Also, kommen Sie bitte zur Sache.«

Margrethe atmete durch und nahm offensichtlich Anlauf.

»Okay, ich drehe gerade eine neue Runde durch sein soziales Umfeld. Ich suche nach irgendetwas, das ich übersehen habe. Und ich hoffe, dass die Leute mir plötzlich doch weiterhelfen, auch wenn es gar nicht danach aussieht. Dass ihnen etwas einfällt, das ich verwenden kann. Ich denke, das ist die einzig mögliche Vorgehensweise.«

»Die Tagesberichte unserer Freunde von der Polizei, was ist mit denen?«

»Habe ich auch versucht, aber das ist reine Zeitverschwendung.«

»Warum?«

»Was glauben Sie, was ich da finde? ›Ein Kriegsveteran, Niels Oxen, übrigens Dänemarks höchstdekorierter Soldat, ist am Dienstagabend zwischen acht und neun Uhr in Tikøb bei Frau Hansen eingebrochen und mit drei Zwerghühnern geflüchtet. Der Diebstahl wurde zu Protokoll gegeben.‹?«

Sie bewegte sich hart an der Grenze. Und er sah ihr an, wie sehr sie das auskostete.

»Das ist doch albern. Es geht um Beobachtungen und Verhaltensmuster. Der Mann hat ein langes Sündenregister, oder etwa nicht?«

Sie nickte.

»Das meiste davon klingt wie erfunden. Reihenweise zurückgezogene Anklagen und Anzeigen. Auch das steht ausführlich in meinen damaligen Berichten. Oxen endet *nicht* in einer Wirtshausprügelei, er fällt *nicht* besoffen durch eine Schaufensterscheibe, er rennt *nicht* mit der Kasse eines Kiosks weg. Und er stiehlt auch keine Zwerghühner. Er lebt unsichtbar. Weil er es genau so und nicht anders will. Deshalb ist es Zeitverschwendung, Polizeiberichte zu lesen.«

»Und was haben Sie dann die ganze Zeit gemacht?«

»Wie gesagt, eine neue Runde bei den wichtigsten Personen. Schwester, Mutter, ein Veteran, dem er das Leben gerettet hat, die Eltern eines Kameraden und Jugendfreunds.«

»Der, der auf dem Balkan umgekommen ist?«

»Ganz genau.«

»Wie hieß er noch gleich?«

»Bo ›Bosse‹ Hansen.«

»Und was ist bei dem ganzen Gerede herumgekommen?«

»Ich habe seine Auszeichnungen gefunden, auch das Tapferkeitskreuz. Es lag in einer Kommode bei seiner dementen alten Mutter im Pflegeheim in Ringsted. Niemand weiß, wann oder wie sie dort hingekommen sind. Niemand hat ihn gesehen oder mit ihm gesprochen, aber er muss zu irgendeinem Zeitpunkt persönlich dort gewesen sein. Die Schachtel mit den Orden steckt in einem großen Umschlag, der nicht mit der Post verschickt wurde.«

»Und?«

»Vielleicht taucht er wieder dort auf.«

»Wollen Sie andeuten, dass wir das Pflegeheim überwachen sollen, um ihn zu finden?«

»Das überlasse ich ganz Ihnen. Ich weiß ja nicht, *wie* gern sie mit ihm reden wollen.«

Das klang nach einem Ressourcen verschlingenden *long shot,* und das wusste sie ganz genau. Aber sie genoss es trotzdem.

»Ich werde darüber nachdenken. Sonst noch was?«

»In einem Brief, der ebenfalls in diesem Umschlag steckt, steht, dass die Orden an einen ehemaligen Kameraden geschickt werden sollen, falls Oxens Mutter stirbt und er nicht über ihren Tod informiert werden kann. Der Mann war mit Oxen auf dem Balkan, ein gewisser L. T. Fritsen. Er hat eine Autowerkstatt in der Amagerbrogade. Oxen hat ihn damals aus einem Fluss gerettet, nachdem er von einem Heckenschützen getroffen worden war. Dafür hat er einen der Orden bekommen.«

»Das Tapferkeitskreuz vertraut man nicht irgendeinem x-beliebigen Kumpel an, oder? Fahren Sie hin und quetschen Sie ihn aus.«

Franck lächelte. Kein gutes Zeichen für ihn in diesem kleinen persönlichen Krieg.

»Längst erledigt«, antwortete sie.

Hätte er nur eine Sekunde länger nachgedacht, dann hätte er ihr diesen Treffer nicht schenken müssen. Natürlich war sie schon dort gewesen.

Es war einfach zu lange her, dass sie ernsthaft zusammengearbeitet hatten. Er war etwas eingerostet, was das Handling dieser scharfsinnigen, beinamputierten Frau betraf, die noch dazu britisch fuhr. Er hatte sie an diesem Morgen auf den Parkplatz rasen sehen. Man könnte meinen, der Mini Cooper wäre allein für Margrethe Franck entwickelt worden. Noch dazu in diesem schwarzen Retrolook mit weißem Dach und weißen Streifen.

»Und was hat der Mechaniker gesagt? Lassen Sie sich doch nicht alles aus der Nase ziehen.«

Er warf einen Blick auf seine Armbanduhr, nicht besonders diskret.

»Eigentlich nicht viel. Er ist nicht sehr kooperativ. Ich glaube, er weiß mehr, als er zugeben will.«

»Und das ist alles? Haben Sie wirklich sonst nichts vorzuweisen?«

Sie kniff die Augen ein wenig zusammen. Dann schüttelte sie langsam den Kopf.

»Also, den Mechaniker auf links drehen.«

»Okay, ich werde es versuchen. Sonst noch was?«

»Nein, das war alles.« Er griff nach dem Aktenstapel.

»Was ist, wenn ich über Oxen stolpere und er sich weigert, mit Ihnen zu reden? Was dann? Ich kann ihn ja schlecht verhaften.«

»Nein, natürlich nicht. Aber wenn Sie denken, es könnte hilfreich sein, um ihn aufzuwecken, dann erwähnen Sie den Mord am Museumsdirektor.«

»Sie sagten gerade, da gebe es keinen Zusammenhang.«

Sie war schon wieder nah an der Grenze.

»Den gibt es auch nicht. Aber es ist mir wirklich wichtig, mit Oxen zu sprechen. Also schaffen Sie ihn her. Verstanden?«

Sie nickte und stand auf. »Okay.«

»Danke.«

Er schaute ihr nach, als sie das Büro verließ. Margrethe Franck mochte den Kriegsveteranen. Das war ihm schon während der Ermittlungen aufgefallen. Am Ende hatte die Zusammenarbeit der beiden auch richtig gut funktioniert. Er hatte damals gedacht, dass es vielleicht auf Gegenseitigkeit beruhte, doch dann war Oxen abgehauen und hatte Franck bei einem verabredeten Abendessen versetzt.

Trotzdem … Sollte Oxen sich entscheiden, aus seinem Versteck zu kommen, führte sein Weg mit großer Wahrscheinlichkeit zuerst zu Margrethe.

Und genau dann würde er zuschlagen.

25.

Eine Sonnenbrille war einfach eine großartige Erfindung. Sie erlaubte ihm, in alle möglichen Richtungen zu schauen, und nicht nur dorthin, worauf sich seine Aufmerksamkeit taktvollerweise konzentrieren sollte – in diesem Fall auf den Pfarrer oder den Sarg.

Es waren eine Menge Leute gekommen, die Museumsdirektor Malte Bulbjerg auf seinem letzten Weg begleiten wollten. In der Kirche war es schwierig gewesen, sich einen Überblick zu verschaffen. Zusammen mit einem seiner Mitarbeiter hatte er ganz hinten gesessen, aber aus den Hinterköpfen der Leute wurde man ja nicht besonders schlau.

Hier draußen in der Sonne auf Nyborgs altem Friedhof ging es wesentlich besser. Sie standen am weitesten entfernt, in der Allee mit den hohen Bäumen. Im Augenblick betrachtete er eine Frau, die am Rand der Trauergesellschaft stand. Als würde sie dazugehören – und gleichzeitig doch nicht. Über den Knopf im Ohr hatten die Kollegen ihm mitgeteilt, dass sie in einem schwarzen Mini Cooper bei der Kirche angekommen sei.

Sie war mittelgroß, schlank und sportlich, trug eine schwarze Hose und eine schwarze Hemdbluse. Trotzdem stach sie heraus. Ihre blonden Haare waren an den Seiten ultrakurz geschnitten, und ein breiter Irokesenkamm zog sich vom Nacken bis zu ihrer Stirn, wo er in einer Locke endete, die ihr bis zum Rand der verspiegelten schwarzen Sonnenbrille herunterhing. Und vielleicht beobachtete *sie* ja gerade *ihn*?

Der Mann, der auf der gegenüberliegenden Seite ganz hinten stand, war der Chefermittler H. P. Andersen. Sie erkannte ihn trotz seiner dunklen Sonnenbrille, denn sie hatte ihn oft genug im Fernsehen und in der Zeitung gesehen, wo man ihn den Hyänen zum Fraß vorwarf, weil die Polizei in dem viel diskutierten Mordfall offenbar immer noch mit leeren Händen dastand.

Es gab Hochzeiten, die Schaulustige anlockten, aber wohl kaum vergleichbare Beerdigungen, und doch war sie genau aus diesem Grund nach Nyborg gekommen. Um zuzuschauen und ihre Neugier zu stillen.

Das letzte Gespräch mit Mossman hatte den Ausschlag gegeben. Der PET-Chef versuchte zu verbergen, dass es einen Zusammenhang zwischen seinem dringenden Wunsch, Niels Oxen zu finden, und dem Mord an Bulbjerg gab.

Deshalb war sie vor ein paar Stunden einer plötzlichen Eingebung gefolgt und einfach losgefahren. Sie hatte sich hastig umgezogen und dann Gas gegeben, um es noch rechtzeitig nach Nyborg zu schaffen. Der Mini war geradezu über den Storebælt geflogen und auf die Sekunde genau bei der Kirche gelandet.

Sie wollte wissen, wer bei der Beerdigung aufkreuzen würde und wer nicht – und ob es hinter den Kulissen rumorte.

Dass der leitende Kommissar dort hinten in der letzten Reihe stand, aufrecht wie ein Radarmast, und durch seine schwarzen Brillengläser alles und jeden musterte … ja, dass er überhaupt bei einer Beerdigung auftauchte, war in höchstem Maße ungewöhnlich und bestätigte ihren Verdacht, dass es irgendwelche Unregelmäßigkeiten geben musste.

»*Erde zu Erde, Asche zu Asche, Staub zu Staub.*«

Es waren noch ein paar andere vom Typ Andersen da. Sie hatte einige Männer entdeckt, die Abstand zur Familie und zu den Freunden hielten, aber ungewöhnlich aufmerksam wirkten und offenbar großen Wert auf Anonymität legten.

Ihr Blick kehrte zurück zu Malte Bulbjergs Frau. Mitte dreißig, viel zu jung für eine Witwe. Kinder waren nicht zu sehen, also gab es wohl keine. Zum Glück. Vielleicht hatten sie davon geträumt, aber dann doch keine bekommen. Die Frau wirkte apathisch und gebrochen, mit tiefen Schatten unter den Augen. Eben hatte sie noch einen Ehemann gehabt – und im nächsten Moment war er auch schon weg. Ermordet. Mit einem Schuss in die Stirn.

»Wagen zwei an H. P. Andersen. Wir wissen jetzt, wer die Frau mit dem Mini Cooper ist. Sie heißt Margrethe Franck und arbeitet im Hauptquartier des PET.«

Er schnappte kurz nach Luft, als ihm die leise Stimme im Kopfhörer diese Information durchgab.

PET? Hier? Die?

Er musterte sie noch einmal von oben bis unten. Nicht gerade eine äußere Erscheinung, die er von einer Mitarbeiterin des PET erwartet hätte. Aber wer wurde schon schlau aus den Kollegen in Søborg, die sich für die Elite hielten und für die normale Polizeiarbeit nur eine Station war, die sie längst hinter sich gelassen hatten.

Margrethe Franck? Der Name sagte ihm nichts.

»Vater unser im Himmel, geheiligt werde dein Name. Dein Reich komme. Dein Wille …«

»Wagen eins an H. P. Andersen. Poulsen hat sich gemeldet. Er glaubt, einen ehemaligen Kollegen auf dem Gelände entdeckt zu haben, der inzwischen für den PET arbeitet. Ganz sicher ist er sich aber nicht.«

Noch einer? Gleich zwei von der Sorte, wie aus dem Nichts.

Er überlegte fieberhaft, aber ihm fiel keine vernünftige Antwort auf die Frage ein, was der Inlandsgeheimdienst wohl auf der Beerdigung eines Museumsdirektors zu suchen hatte, der vielleicht, vielleicht aber auch nicht in zwielichtige Geschäfte verwickelt gewesen war. Ihm fiel bei der ganzen Sache beim besten Willen nichts ein, was die PET-Elite veranlasst haben könnte, hier diskret einen Fuß in die Tür zu schieben.

Dabei hatte er bislang sowieso nur eine vage Vorstellung von dem ganzen Geschehen, wo er sonst doch oft von Anfang an ein klares Bild im Kopf hatte.

Über Danny Brorson waren sie an zwei Quellen im Milieu herangekommen. Die Ermittler hatten die beiden kontaktiert und dazu befragt, welche Rolle der Museumsdirektor in der Szene gespielt habe. Doch beide hatten keine Ahnung. Seine Leute hatten lediglich herausbekommen, dass der eine mal von einem gepflegten, höflichen Mann mittleren Alters aufgesucht worden war und der andere von einem zweiten Mann, der nur Englisch sprach. Es gab keinerlei charakteristische Kennzeichen, mit denen man etwas anfangen konnte, beide Männer waren absolut unauffällig gewesen: freundlich, gut gekleidet, Sommerjacken, mittelgroß, Mitte oder höchstens Ende vierzig.

Solche Informationen waren nicht besonders hilfreich.

Der Dänisch sprechende Mann hatte 30 000 Kronen für nützliche Informationen über Malte Bulbjerg angeboten, aber leider keine Telefonnummer hinterlassen – natürlich nicht. Er hatte nur einen Treffpunkt am Hafen genannt, wo sich Brorsons Quelle an einem von zwei festgelegten Tagen zu einer bestimmten Uhrzeit einfinden sollte. Sobald er auftauchte, würde jemand auf ihn zukommen. So lief es ab. Und dass es nach Professionalität stank, machte ihm Sorgen.

Jetzt mussten seine Leute so viel Material wie möglich über die Trauergäste sammeln und umgehend die Videoaufnahmen sichten, wenn sie wieder im Präsidium waren.

Beim Wort »PET« war ihm allerdings noch ein ganz anderer Gedanke durch den Kopf geschossen …

Er stand hier, auf dem Friedhof im Zentrum von Nyborg, um herauszufiltern, wer ein Interesse daran haben könnte, seinen Rechner anzuzapfen – und ohne jeden erkennbaren Zusammenhang tauchten gleich mehrere Beamte aus Søborg auf. Der Verdacht, der sich dabei aufdrängte, gefiel ihm ganz und gar nicht.

Das Ganze ergab vordergründig keinen Sinn, aber es konnte leicht einen Rattenschwanz von Komplikationen nach sich ziehen.

Dann doch lieber ein gewöhnlicher, durch und durch krimineller Täter aus der Drogenszene, der einfach gern eine Kopie seiner Festplatte besitzen wollte.

Die kräftige Gartenschere machte kurzen Prozess mit einigen überflüssigen Zweigen des Minibäumchens neben dem Grabstein. Bald waren sie dort drüben fertig. Er hatte gehört, wie der Pfarrer schon das Vaterunser gesprochen hatte.

Er kniete sich in seiner grünen Latzhose in den Kies und zupfte noch ein wenig nicht vorhandenes Unkraut. Sein Rechen lehnte an der Hecke. Die Tasche mit dem kleinen Camcorder stand perfekt platziert im richtigen Winkel, den er schon im Vorfeld ausgetestet hatte.

Alle, die zum Ausgang wollten, mussten über den breiten Hauptweg an ihm vorbei. Und sie würden auf dem Video auch alle in HD-Qualität zu sehen sein.

Das war die einzig richtige Vorgehensweise. Eine Aufnahme vor Ort und ein Kollege, der vor dem Friedhof im Auto die Stellung hielt. Hier wimmelte es von Polizei. Er hatte keine Ahnung, wieso. Befürchteten die Provinzcops etwa Ausschreitungen auf der Beerdigung eines Museumsmitarbeiters? Oder was war hier los?

Und was um alles in der Welt hatte Mossmans einbeiniger Alien mit seiner Silberschlange hier zu suchen?

Über den Buschfunk an seinem alten Arbeitsplatz hatte er zwar mitbekommen, dass Margrethe Franck in Ungnade gefallen und nicht länger als persönliche Assistentin des Chefs anzusehen war, aber als was dann? In seinem Briefing war ihr Name nicht aufgetaucht. Sie hatte keine Rolle in diesem Theaterstück. Trotzdem war sie hier. Es war eine heikle Situation.

Er zog sein Handy aus der Brusttasche und schrieb eine SMS,

die mit Sicherheit für Stirnrunzeln sorgen würde. »M. Franck ist auch auf der Beerdigung.«

Unter seiner schwermütigen Oberfläche glich der Friedhof eher einem wimmelnden Ameisenhaufen. Zumindest hatten sie Personenbewegungen festgestellt, die sehr nach verschiedenen Zuströmen lokaler Polizei und von Mitarbeitern des PET aussahen.

Wäre der Anlass nicht so ernst gewesen, hätte man glatt auf die Idee kommen können, dass sich die versammelte Staatsgewalt hier an einer modernen Ausgabe der Keystone Kops versuchte – nur ohne Charlie Chaplin.

Sie saßen gut versteckt in einem anonymen weißen Kastenwagen auf dem Parkplatz vor einer Tierklinik, mit einigem Abstand zum Friedhof. Das Heck des Wagens zeigte in Richtung Ravelinsvej, wo die Brücke über den Wallgraben führte.

Die Scheiben waren mit Spiegelfolie beklebt, damit sie dahinter ungestört mit dem großen Teleobjektiv hantieren konnten. Dank des gigantischen Zooms konnten sie die gewünschten Bilder ohne Weiteres auch von hier aus machen: eine komplette Zusammenstellung sämtlicher Besucher von Malte Bulbjergs Beerdigung.

Es bestand keine Notwendigkeit, ebenfalls auf den Friedhof zu gehen, um sich dort dann von anderen verewigen zu lassen. Auffallen war nicht ihr Stil.

Sie boten ihrem Auftraggeber ein Höchstmaß an Diskretion, und das ließ sich nur aus der Distanz erreichen.

Seine Aufgabe war das Fahren und Observieren. Sein Partner war für die Bilder zuständig, hinter der Kamera war er der Beste.

Sie hatten den Job gemeinsam angenommen. Der Auftrag war über das verschlungene Netzwerk bei ihnen gelandet, in das sie nach vielen Dienstjahren im In- und Ausland fest eingebunden waren. Vor allem im Ausland, das lag in der Natur der Sache.

Ihre Karrieren waren parallel verlaufen. Erst waren sie Berufssoldaten gewesen, danach Angestellte in der Security-Branche, die meiste Zeit bei Black Rose Security, einem amerikanischen Konzern. Jetzt waren sie Freiberufler, mit allen Vor- und Nachteilen, die das mit sich brachte.

Ihre Aufgabe bestand aus zwei Teilen. Den ersten hatten sie bereits erledigt, indem sie sich in der Drogenszene in Nyborg und Odense gründlich umgesehen hatten.

Auf der Jagd nach Informationen hatten sie kleine und große Fische dazu befragt, ob – und, wenn ja, mit wem – der Museumstyp auf dem Markt zu tun gehabt hatte.

Am Ende waren sie ohne eine einzige Information nach Hause gefahren, absolut *zero*. Sie hatten eine Belohnung von 30 000 Kronen ausgesetzt. Wer ihnen etwas zu sagen habe, solle zum Hafen kommen. Kein Schwein war aufgetaucht.

Aber Denken gehörte nicht zu ihrem Auftrag, sie sollten nur feststellen. Also hatten sie festgestellt, dass niemand etwas über Bulbjerg als Dealer wusste.

Allerdings musste man nicht lange in der Branche sein, um ebenfalls festzustellen, dass da heute auf dem Friedhof ziemlich viele altbekannte Läuse im Pelz hockten.

Das ganze Material, sowohl das Ergebnis ihrer Gespräche als auch die Fotos, sollte schriftlich und ausgedruckt in einem oder mehreren Umschlägen übergeben werden. Das war eine unmissverständliche Anweisung gewesen – nichts durfte in elektronischer Form vorliegen. Eine ungewöhnliche Vorgabe im digitalen Zeitalter, allerdings eine, die vor allem der Sicherheit diente. Ein Argument, das immer vernünftig war.

»Sie kommen! Bist du bereit?«

Er sah, wie der Großteil des Trauerzugs sich langsam in Bewegung setzte und von der Grabstätte am Ende der Allee zum Ausgang neben dem Kirchenbüro strömte.

»Bereit«, lautete die Antwort aus dem Laderaum.

Auch wenn sie definitionsgemäß bei einem Auftrag *nicht* zu denken hatten, konnte er sich eine Frage nicht verkneifen: Was zur

Hölle hatte dieser tote Museumstyp eigentlich gemacht und welche Büchse der Pandora hatte er damit geöffnet?

26.

Die sieben Flammen des silbernen Leuchters flackerten nervös und warfen unruhige Schatten an die weißgekalkten Wände.

Sie hatten sich die schwarzen Umhänge um die Schultern gelegt und ihre Plätze auf den Stühlen mit den hohen Lehnen eingenommen, in der Reihenfolge, die schon seit Jahrhunderten dieselbe war: Nord, Süd – und er selbst im Osten.

Es war angenehm kühl im Keller nach diesem heißen Tag, der den August einleitete.

Die Stimmung vorher in der kleinen Sitzecke war nicht so entspannt gewesen wie sonst, obwohl alles wie immer war: Kaffee, Tee, Schnittchen und Tageszeitungen.

Die parlamentarische Sommerpause dauerte noch an, und auch auf dem Arbeitsmarkt und an den Börsen herrschte Ferienstimmung. So gesehen, hätte eigentlich eine gewisse Leichtigkeit über allem liegen müssen. Aber das Gegenteil war der Fall.

Nach dem gemeinsamen Gebet trat eine knisternde Stille ein.

Er konnte es spüren. Bei sich selbst und bei seinen Gästen. Hier und heute fand ein ganz gewöhnliches, reguläres Treffen statt, und doch wussten sie alle drei, dass nichts daran gewöhnlich sein würde.

Nach alter Sitte eröffnete er die Sitzung.

»Heute ist ein ernster Tag in unserer langen Geschichte. Uns stehen schwere Entscheidungen bevor. Schwere, aber notwendige Entscheidungen«, sagte er.

Es waren Entscheidungen, die sie gemeinsam treffen – oder verwerfen mussten. Die Tradition schrieb vor, dass nur völlige Einigkeit unter ihnen die Grundlage eines Beschlusses bilden konnte.

Hier gab es keine Mehrheitsentscheidungen. Zwei von drei war zu wenig.

»Faktisch stehen nur zwei Punkte auf unserer Tagesordnung«, fuhr er fort, »aber wir beginnen zunächst mit einem allgemeinen Briefing und konzentrieren uns dabei besonders auf den Fall des Museumsdirektors Malte Bulbjerg. Bei den nachfolgenden Punkten der Tagesordnung geht es einerseits um Justizminister Ulrik Rosborg und andererseits um den ehemaligen Elitesoldaten Niels Oxen. Wie Sie wissen, ist das eine Personenkonstellation, die man sowohl getrennt voneinander als auch im Zusammenhang betrachten kann. Aber beginnen wir nun mit dem Status Süd.«

Süd blätterte in seinen Papieren und fing dann an.

»Die Ergebnisse der Untersuchung, die wir bei unserem letzten, außerordentlichen Treffen beschlossen haben, liegen inzwischen vor. Da Bulbjerg für uns gleich in doppelter Hinsicht ein alter Bekannter ist und da er Vitus Sander in dessen letzten Lebenswochen mehrfach aufgesucht hat – und später im Schloss ermordet wurde, war es zunächst wichtig, dass wir uns einen Überblick über die Situation verschaffen. Kurz zusammengefasst ergab sich Folgendes …«

Süd blätterte um und fuhr fort: »Wir hatten die Beschaffung sämtlicher Informationen, die der Polizei zu diesem Fall vorliegen, in die Wege geleitet. Leitender Ermittler ist Vizepolizeidirektor H. P. Andersen. Inzwischen befinden wir uns im Besitz aller Daten, die auf seiner Festplatte zum Zeitpunkt der Erstellung der Raubkopie gespeichert waren. Leider ist nichts dabei, was uns in der Angelegenheit weiterbringt. Wir haben den Obduktionsbericht, diverse technische Analysen und einige Aussagen von Zeugen aus dem Drogenmilieu. Nichts gibt auch nur den geringsten Hinweis darauf, warum Bulbjerg umgebracht wurde. Oder von wem.«

Süd hob kurz den Blick, drehte das nächste Blatt um und sprach mit monotoner Stimme weiter: »Darüber hinaus haben wir Nachforschungen im Milieu durchgeführt, mit ausgewählten Personen gesprochen und für jede sachdienliche Information eine Belohnung ausgelobt. Beides fand sowohl in Nyborg als auch in Odense statt. Dabei stellte sich heraus, dass Bulbjerg in diesen Kreisen ein unbeschriebenes Blatt ist. Wir forderten daraufhin eine Liste aller Personen an, die bei Bulbjergs Beerdigung anwesend waren, und stießen dabei sowohl auf Ermittler der Polizei Fünen als auch auf Repräsentanten des PET. Es ist mit großer Wahrscheinlichkeit davon auszugehen, dass beide Institutionen unabhängig voneinander ihre jeweiligen Überwachungsaktionen durchführten. Wir haben sämtliche Besucher fotografiert und können alle namentlich identifizieren, darunter auch Margrethe Franck vom PET, Søborg – Sie erinnern sich bestimmt?«

Beide Zuhörer nickten. Natürlich erinnerten sie sich an die Frau vom PET. Sie hatte während der Untersuchung dieser höchst ärgerlichen Affäre auf Nørlund Slot unter der Leitung von PET-Chef Axel Mossman mit Niels Oxen zusammengearbeitet – was unmittelbar mit den beiden wichtigen Entscheidungen zusammenhing, die sie heute noch zu treffen hatten.

»Kennen wir den konkreten Grund für Francks Anwesenheit?«

Die Information beunruhigte ihn.

Süd schüttelte den Kopf und blätterte weiter.

»Nein, das wäre reine Spekulation. Wir wissen nur, dass sie vor Ort war … Darf ich fortfahren?«

»Natürlich.«

»Nun, auch wenn Bulbjergs Tod die Situation verkompliziert, hat diese Affäre ja in Vitus Sanders Erkrankung und seinem Hospizaufenthalt ihren Ursprung. Eine Entwicklung, in die wir uns leider erst spät einschalten konnten, aber zum Glück haben wir trotzdem von Bulbjergs Besuchen erfahren. Nur – wie weit ging dieser Kontakt? Wie groß ist der Schaden, wenn wir davon ausgehen, dass überhaupt ein Schaden entstanden ist? Um das herauszufinden, haben wir einen Mitarbeiter zu der Krankenschwester geschickt, die bis zu seinem Tod am meisten mit Vitus Sander zu tun hatte. Ich habe mir den gesamten Mitschnitt der Befragung angehört …«

Süd hatte natürlich recht. Aufmerksam beobachtete er seinen Gast. Hier ging es vor allem um das Ausmaß des Schadens. Süd fuhr fort: »Die Krankenschwester dachte, Bulbjerg wäre ein junger Jagdkamerad und Sanders Vertrauter. Ihr fiel auf, dass die beiden auf ihren kurzen Spaziergängen viel miteinander sprachen und diskutierten. Im Haus dagegen waren sie diskret. Sie bekam immer wieder mit, wie die beiden sich über die Sünde und die Absolution unterhielten. Offenbar über religiöse Themen, was sie ein wenig überraschte, denn Sander hatte ihr nie den Eindruck vermittelt, besonders religiös zu sein. ›Vergebung‹ ist ein weiteres Wort, das die beiden oft diskutierten – auf eine akademische Weise, die auch nicht unbedingt zu Jagdkameraden passt.«

Süd blätterte in den Unterlagen. »Ich habe eine vollständige Niederschrift dabei. An einer Stelle heißt es, und ich zitiere: ›*Zu Beginn seines Aufenthalts wirkte Vitus Sander bedrückt und düster. Aber es war nicht zu übersehen, dass sich das später änderte … Er wirkte erleichtert, wie jemand, der sich endlich einem anderen Menschen anvertraut hatte und etwas losgeworden war. Als hätte irgendetwas seinen Schmerz gelindert, seelisch oder körperlich … Die Veränderung setzte langsam ein, nachdem Rasmus Hansen angefangen hatte, ihn regelmäßig zu besuchen.*‹«

Süd sah die beiden Zuhörer mit besorgter Miene an und beendete seinen Vortrag. »Das ist alles, liebe Freunde. Wir wissen, dass Vitus Sander in den letzten Jahren immer wieder durchblicken ließ, dass es ihm schwerfiel, seine Mitgliedschaft in unserem Kreis und die Unterstützung unserer Arbeit mit seinem Gewissen zu vereinbaren. Andererseits dürfen wir auch nicht vergessen, dass er über viele Jahre kraft seiner Position und seines Einflusses viel bewegt hat – zu unserem Vorteil.«

»Wenn ich die Aussage der Krankenschwester richtig interpretiere, ist also tatsächlich von einem entstandenen Schaden auszugehen?«, fragte Nord.

»Das ist auch meine Einschätzung, ja. Ich habe einen Ausdruck für Sie beide dabei, damit können Sie sich selbst ein Bild machen.«

Für einen Moment blieb es still, während jeder für sich die Situation bewertete und seine Schlüsse daraus zog. Dann ergriff Nord als Erster das Wort.

»Was heißt das für uns, Süd?«

»Ich schlage vor, dass wir unsere Ressourcen darauf verwenden, den Fall weiterhin sorgfältig im Auge zu behalten.«

»Nord?«

»Absolut. Es ist entscheidend für uns, mehr darüber zu erfahren.«

»Gut. Dann sind wir uns einig. Wir werden die Überwachung fortsetzen. Das ist auch meine Meinung. Kommen wir also zum nächsten Punkt auf unserer Tagesordnung: Justizminister Ulrik Rosborg.«

Dies war einer der schwierigsten Abende während seiner langjährigen Zugehörigkeit zu diesem Kreis. Das Ergebnis ihrer gemeinsamen Überlegungen würde darüber entscheiden, ob Rosborg leben oder sterben sollte. Und dasselbe galt auch für Niels Oxen.

Er trug diese Fragen schon lange mit sich herum. Jetzt war die Stunde der Entscheidung gekommen.

»Der Vorschlag, im Fall des Justizministers eine ›endgültige Lösung‹ anzustreben, stammt von mir. Lassen Sie mich also kurz meine Beweggründe darlegen.«

Nord und Süd nickten. Er hatte vor allem Zweifel, wie Nord dazu stehen würde. Und ohne Nord gab es keinen Beschluss.

»Erstens, der Mensch Ulrik Rosborg. Er verfügt nicht über die nötigen Qualitäten und die gebotene Urteilskraft. Das Verbrechen, das er auf Nørlund Slot begangen hat, ist der beste Beweis dafür. Wenn er zu einer solchen Tat imstande ist, was kommt dann als

Nächstes? Und in welche Lage bringt er uns damit? Zweitens, Rosborg hat mich skrupellos unter Druck gesetzt und eine große Geldsumme in bar verlangt. Er ist der Ansicht, dass der Posten des Justizministers besser bezahlt werden müsse. Dabei schwang die vage Andeutung einer Drohung mit. Rosborgs finanzielle Situation ist längst nicht mehr so solide, wie es unsere alten Analysen nahelegten. Der Familienkonzern, an dem er Anteile besitzt, macht Verluste. Rosborg selbst hat vor einem halben Jahr ein Sommerhaus in Gilleleje erworben und erst kürzlich einen größeren Landsitz. Auch hier zeigt sich sein geringes Urteilsvermögen. Und es ist eine Ungeheuerlichkeit von historischem Ausmaß, uns zu erpressen ... Uns, die alle Kräfte mobilisiert haben, um das Geschehene ungeschehen zu machen und ihn zu retten.«

Er schwieg einen Moment.

Ein dritter und letzter Punkt fehlte noch. Es war ein befremdliches Gefühl, für eine endgültige Lösung zu plädieren, aber er war sich seiner Verantwortung bewusst. Hier ging es nicht um Individuen, sondern um die Sache an sich. Um das Wohl der Nation.

Er schwitzte unter dem schweren Umhang, obwohl es kühl im Raum war. Er trank einen Schluck Wasser und fuhr fort: »Und nun der dritte und letzte Punkt. Anders als ganz selbstverständlich zu erwarten wäre, vertritt der Justizminister nicht in vollem Umfang unsere Standpunkte. Mir ist zugetragen worden, dass einige unserer Wünsche im Zusammenhang mit der Gesetzesreform, die der Minister für den kommenden Herbst angekündigt hat, einfach gestrichen wurden. Unter anderem die Voraussetzungen für die Ausweisung straffälliger Asylbewerber und eine grundsätzliche Anhebung des Strafmaßes. Rosborg begründet es damit, dass die Regierungsparteien sich nicht einigen konnten und einige Oppositionsparteien mit Nein gestimmt hätten. Aber nichts davon stimmt. Ich könnte noch eine ganze Reihe solcher Beispiele anführen, bei denen Rosborg ausgewichen ist, statt für unsere Überzeugungen in die Bresche zu springen. Es ist für uns vollkommen inakzeptabel, dass er seine eigene Agenda verfolgt. Keiner der genannten Punkte ist für uns akzeptabel. Deshalb stelle ich …«

Er trank noch einen Schluck Wasser.

»… die *endgültige Lösung* für Justizminister Ulrik Rosborg zur Diskussion.«

Er musterte seine Gäste, die ernste Gesichter machten. Er hatte nichts Neues gesagt und sich an das übliche Prozedere gehalten, um sein Anliegen vorzutragen. Den anderen lag das fragliche Material schon lange vor. Er hatte einen ganzen Ordner mit Unterlagen und internen Notizen zu dem Reformpaket und der Arbeit des Ausschusses zusammengetragen. Und es gab auch eine Tonbandaufnahme von Rosborg, in der er mehr Geld forderte. Die Grundlagen für den Beschluss waren vorhanden.

Hoffentlich verlief es reibungslos.

Aber bevor sie darüber abstimmten, mussten seine Gäste die Gelegenheit bekommen, sich zu dem Sachverhalt zu äußern. Er nickte Süd zu.

»Bitte sehr.«

»Danke. Das ist eine schwerwiegende Entscheidung, die wir hier zu fällen haben. Die Arbeit so vieler Jahre – völlig vergebens. Und es ist über fünfzehn Jahre her, dass wir zum letzten Mal einen Justizminister zu unserem Kreis zählen konnten. Dennoch müssen wir ein Exempel statuieren. Je länger Rosborg auf seinem Stuhl sitzt, desto größer ist der Schaden, den er anrichtet. Wir müssen diesen Verlust in Kauf nehmen. Es gibt noch andere Talente, die deutlich demütiger sind als Rosborg.«

»Nord?«

»Wie Sie wissen, bin ich zutiefst davon überzeugt, dass eine endgültige Lösung nur im äußersten Notfall infrage kommt. Andere vor uns haben das nicht ausreichend berücksichtigt. Aber auch ich bin zu dem Schluss gekommen, dass es sich hierbei um eine Notsituation handelt. Es ist zweifellos ein außerordentlicher Vorteil, einen Justizminister in den eigenen Reihen zu haben, doch es ist äußerst beunruhigend, die mentale Verfassung dieses Mannes infrage stellen zu müssen. Uns bleibt nichts anderes übrig, als schnell zu handeln.«

Es freute ihn, das zu hören.

Sie würden keinen zweiten, zermürbenden Durchgang benötigen, der wieder Monate dauerte. Nord und Süd hatten ihr Gewicht in die Waagschale gelegt. Der Rest waren nur noch Formalitäten aus Respekt vor dem Protokoll.

»Hiermit schreitet die höchste Versammlung des Danehof zur Abstimmung. Wer in diesem Raum stimmt für eine *endgültige Lösung,* was den Justizminister des dänischen Königreichs, Ulrik Rosborg, betrifft?«

Die Umhänge glitten zur Seite, und drei Hände hoben sich ohne Zögern. Es herrschte Einstimmigkeit, und damit hatte die Versammlung einen Beschluss gefasst.

Als Nächstes stand Niels Oxen auf der Tagesordnung. Der traumatisierte ehemalige Jägersoldat, den zu eliminieren ihnen nicht gelungen war. Stattdessen hatte er sie so geschickt ausgespielt, dass ihnen seither die Hände gebunden waren.

Dennoch war er ein äußerst tatkräftiger und selbstloser Mann, der dem Land große Ehre erwiesen hatte, und man musste ihm auch Respekt zollen.

Nicht nur deshalb ärgerte ihn das, was jetzt mit Niels Oxen geschehen sollte, weit mehr, als es beim Justizminister der Fall gewesen war.

27.

Als ob er auf Scherben und glühenden Kohlen ginge, und zwar gleichzeitig. So fühlte er sich beim Gedanken an die bevorstehende Fahrt nach Kopenhagen. Aber es führte kein Weg an einem schmerzhaften Wiedersehen vorbei. Er musste los.

Zwischen ihm und dem Bahnhof in Brande lagen eine Nacht und zwei ganze Tage.

Die Krähe rumorte in ihrer Schachtel. Er hatte ihr gerade etwas zu fressen gegeben und sie kam langsam wieder zu Kräften. Wie er selbst. Er schenkte sich Kaffee nach. Es war noch nicht sehr spät und die Sonne noch nicht hinter den Fischteichen verschwunden, aber er ließ die Jalousien trotzdem herunter und setzte sich an den Küchentisch.

Vor ihm lag auf einem weichen Tuch die Neuhausen. Er hatte die Pistole gerade gereinigt und geschmiert. Das Schulterholster hing oben im Schlafzimmer. Er würde es auf der Zugfahrt tragen, für alle unsichtbar unter dem weiten Holzfällerhemd.

An dem Tag, an dem er ohne eine Waffe in Griffweite leben konnte, würde er sich wohl ähnlich befreit fühlen wie die Krähe, wenn sie das erste Mal Luft unter den Flügeln hatte.

Aber noch waren seine Flügel gestutzt. Er musste hier in seiner eigenen kleinen Schachtel ausharren und für Fisch arbeiten. Doch irgendwann kam die Zeit, in der sich alles ändern würde. Zum Guten – oder zum Schlechten.

Seine letzte Zugfahrt fiel ihm wieder ein, von Kopenhagen nach Skørping, am Rande des Rold Skovs. Es war der 1. Mai gewesen und der Zug schrecklich voll mit Menschen, viele von ihnen rotzbesoffen und mit roten Fahnen ausstaffiert.

Die ganze Fahrt über hatte Mr White zwischen seinen Beinen gelegen. So war die Reise für sie beide erträglicher gewesen, denn sie hatten sich gegenseitig geholfen.

Hoffentlich würde der Zug dieses Mal leerer sein. Fisch hatte ihm ein Ticket für den frühen Vormittag gekauft, wenn die erste morgendliche Welle schon wieder am Abflauen war.

Es würde ein langer Tag werden. Und ein hektischer. Oxen hatte viel zu erledigen.

Aber vor allem würde es ein schmerzlicher Tag werden, der alle Kraft erforderte, die er mobilisieren konnte.

28.

Niels Oxen war nicht zu unterschätzen. Obwohl der Mann mit großer Wahrscheinlichkeit durch eine PTBS beeinträchtigt war, hatte er ihnen eindrucksvoll demonstriert, wozu er in der Lage war, wenn er unter Druck geriet. Aus diesem Grund hatte er beschlossen, das Vorgehen persönlich zu überwachen.

Doch zuerst musste er als Antragsteller die anderen überzeugen. Anders als im Fall des Justizministers, bei dem er nicht sicher gewesen war, ob Nord zustimmen würde, sollte es hier kein Problem sein, Einstimmigkeit zu erreichen.

»Kommen wir nun zum nächsten Punkt auf der Tagesordnung, dem ehemaligen Jägersoldaten Niels Oxen. Auch dieser Antrag stammt, wie Sie wissen, von mir. Ich fasse noch einmal zusammen: Erstens – ich beantrage für Niels Oxen eine endgültige Lösung. Oxen ist unsere größte Bedrohung, noch gefährlicher als der Justizminister Rosborg. Oxen ist im Besitz von Archivunterlagen, die er auf Nørlund Slot gestohlen hat. Es handelt sich dabei um Material, das unter anderem die Namen der Repräsentanten aller drei Ringe Nord umfasst. Es versteht sich von selbst, dass diese Dokumente dorthin zurückmüssen, wo sie hingehören. Oxens Kenntnis des Materials hatte bisher keine Konsequenzen für die Betroffenen, weshalb wir davon ausgehen können, dass er sein Wissen noch mit niemandem geteilt hat. Ich muss jedoch darauf hinweisen, dass die erste Kontaktaufnahme zwischen Vitus Sander und dem Museumsdirektor Bulbjerg genau in denselben Zeitraum fällt, auch wenn wir im Augenblick noch nicht mit Sicherheit wissen, wie es dazu gekommen ist und ob ein Zusammenhang mit Oxen besteht.«

Er redete, ohne dabei auf seine Notizen zu schielen. Er war die verschiedenen Szenarien viele Male durchgegangen.

»Zweitens – bis jetzt war Niels Oxen unantastbar für uns. Wir wissen, dass er im Besitz einer Videoaufzeichnung von Nørlund Slot ist. Darauf ist der Justizminister vor und während seines Verbrechens zu sehen. Wenn wir uns Oxen nähern, wird er noch in derselben Sekunde dieses Video veröffentlichen. Angesichts der endgültigen Lösung, die wir soeben beschlossen haben, verfügen wir über alle nötigen Freiheiten, was Niels Oxen betrifft. So gesehen sind Tagesordnungspunkt eins und zwei zwingend miteinander verbunden.

Drittens – sollten wir uns auch hier für eine endgültige Lösung entscheiden, bringen wir gleichzeitig eine kritische Stimme zum Verstummen. Das versetzt uns in die Lage, endlich unser Ziel einer völligen Neuordnung der Heeresleitung in Angriff nehmen zu können. Sie kennen die Hintergründe in dieser Angelegenheit. Oxen bekam seine Kommission – aber keinen Sieg. Wir haben bislang mit dem Projekt gezögert, weil davon auszugehen war, dass er Probleme verursachen würde. Diese Erwägungen wären ab sofort hinfällig.«

Er nickte und machte damit deutlich, dass er fertig war. Jetzt kam es auf die Kommentare an.

»Süd?«

»Einverstanden. Aber wir müssen Oxen natürlich lebend zu fassen bekommen, damit wir die Dokumente wiederfinden. Ansonsten habe ich keine weiteren Anmerkungen.«

»Nord?«

»Wir eliminieren damit zwei große Bedrohungen unserer Existenz. Und obendrein schaffen wir die Möglichkeit, uns in der Heeresleitung zu positionieren. Das kann ich nur gutheißen.«

»Ausgezeichnet. Die oberste Versammlung des Danehof schreitet hiermit zur Abstimmung. Wer in diesem Raum stimmt für eine *endgültige Lösung*, was den ehemaligen Jägersoldaten Niels Oxen betrifft?«

Die Hände gingen nach oben, und er notierte das Ergebnis. Das waren große und ungewöhnliche Entscheidungen, aber ohne die langwierigen Debatten, die manchmal selbst bei unbedeutenden Themen der Tagesordnung aufkamen, besonders wenn die Anträge einen politischen Charakter hatten.

Er ergriff erneut das Wort.

»Ich übernehme persönlich die übergeordnete Planung und Koordination der beiden heutigen Beschlüsse. Süd ist weiterhin verantwortlich für die Untersuchung des Mordes an Museumsdirektor Bulbjerg. Die Entscheidung hinsichtlich des Justizministers könnte im Grunde sofort umgesetzt werden, da ich mir erlaubt habe, ein wenig vorzuarbeiten, und bereits Pläne vorliegen habe. Aber wir müssen noch etwas damit warten, da der Beschluss zu Oxen unmittelbar danach ausgeführt werden muss. Er könnte sonst durch Medienberichte über den Tod des Ministers alarmiert werden und ans Ende der Welt flüchten. Wie Sie wissen, läuft bereits seit Längerem eine Operation, die Niels Oxen lokalisieren soll – bisher ohne Erfolg. Wir halten es allerdings für wahrscheinlich, dass er sich in Dänemark aufhält. Jetzt werden wir den Einsatz verstärken. Ich bin überzeugt davon, dass wir schon bald zur Tat schreiten können.«

29.

Die letzten Tage waren in einem eintönigen Alltagsflimmern vorübergezogen. Seit Bulbjergs Beerdigung hatte sich nichts mehr getan.

Abgesehen davon, war sie aus der Beisetzung in Nyborg kein bisschen schlauer geworden. Die örtliche Polizei war auf der Suche, so viel war klar. Sonst hätte es keinen Sinn ergeben, die Trauergäste zu überwachen. Aber wonach suchten sie? Und wieso interessierte sie das überhaupt?

Eigentlich wartete sie nur auf den morgigen Tag.

Wenn sie recht behielt, war das Datum »4. August« eine Art »Oxen-Fenster«. Der eine von 365 Tagen, an dem der Riegel zurückgeschoben wurde und der ramponierte Kriegsveteran vorsichtig die Nase in die Gesellschaft steckte, zu der er nicht mehr gehören wollte. Und kaum war das Fenster geöffnet, wurde es auch schon wieder zugeschlagen.

Wenn es ihr gelang, Kontakt zu Oxen herzustellen und ihn zurückzuholen, wäre das ein persönlicher Triumph über Axel Mossman. Allerdings einer, den sie nur genießen könnte, wenn sie Niels Oxen damit nicht in Schwierigkeiten brachte.

Das hatte er nicht verdient. Er hatte vor allem eine helfende Hand verdient.

Es war sechzehn Uhr. Sie hatte den ganzen Tag noch nichts Vernünftiges zustande gebracht. Jetzt schaltete sie den Computer aus, nahm ihre Umhängetasche und verließ das Büro.

Am Fuß der Haupttreppe traf sie auf Mossman. Sie hatte schon seit Langem beschlossen, die mögliche Existenz eines »Oxen-Fensters« für sich zu behalten. Oxen sollte Zeit und Luft bekommen, selbst zu entscheiden, was er tun wollte.

Jetzt war Mossman ganz nah. Sie nickte und sagte Hallo, als sie aneinander vorbeigingen. Mossman nickte nur reserviert.

Die alte enge Verbindung zwischen ihnen gab es nicht mehr. Er hatte es schon bei ihrer letzten Begegnung in seinem Büro festgestellt und eben wieder. Übrig geblieben war bloß ein kurzes Nicken und ein Hallo, wenn man sich auf der Treppe traf.

Eine Sekunde lang war er versucht, ihren Arm festzuhalten und einen Überraschungsangriff zu starten, um es ihr brutal ins freche Gesicht zu brüllen: »Was um alles in der Welt hatten Sie auf Bulbjergs Beerdigung in Nyborg zu suchen?«

Er hätte gern ihre Reaktion gesehen und ihre Erklärung gehört. Aber er war klug und ließ es bleiben.

Als er von seinen Leuten auf dem Friedhof die Nachricht erhalten hatte, dass Margrethe Franck vor Ort war, war er hellhörig geworden.

Jetzt musste er geduldig sein. So lief das Spiel. Und ab sofort würde Franck sich keinen Zentimeter mehr bewegen, ohne dass er davon erfuhr.

30.

Der Zug rauschte längst durch den Buchenwald am Südende des Fjords, und er hatte immer noch keinen Sitzplatz gefunden. Am liebsten hätte er sich ganz bescheiden auf einen Klappsitz im Durchgang gesetzt, aber so etwas gab es in dem Intercity nicht, in den er in Vejle umgestiegen war.

In Fredericia strömten noch mehr Fahrgäste in den Zug. Die meisten Plätze waren reserviert, genau wie sein eigener, auf dem er aber nicht sitzen wollte – umringt von drei Mitreisenden, die ihm fast auf den Schoß krochen.

Endlich entdeckte er in einem anderen Wagen einen freien Fensterplatz. Gegenüber saß ein pickeliger Teenager mit Gel in den Haaren und einem durchgedrehten Rapper im Ohr. Die Musik war so laut, dass er mithören konnte, aber das war ihm immer noch lieber als zu viele Mitreisende.

Der Zug schoss über das blaue Band des Lillebælts hinweg, und während er mit leerem Blick auf die Felder und Hecken vor dem Fenster starrte, näherte sich der nächste Halt: Odense. Er konnte die Fahrt nicht genießen. Das, was vor ihm lag, erforderte seine gesamte Kraft.

Der jährliche Spießrutenlauf entlang der Memory Lane.

Sobald er am Hauptbahnhof in Kopenhagen angekommen war, würde er sich auf den Weg zum Kastell machen, um dort den gefallenen Kameraden Respekt zu erweisen. Danach würde er nach Charlottenlund fahren und nach Magnus Ausschau halten.

Oxen würde so lange bleiben, wie es nötig war. Er wollte nur kurz sein Gesicht sehen. Seine grünen Augen. Seine Statur. Ihn sehen und das Jahr spüren, das vergangen war. Den neuen Jahresring, der sich um den dünnen Stamm gelegt hatte. Nur einen kleinen Moment, um seine Bewegungen zu beobachten und vielleicht seine Stimme zu hören.

Der letzte Punkt auf der Tagesordnung in Kopenhagen war ein Kurzbesuch in Christiania, um sich mit einer neuen Ration Gras für seinen »Medizinschrank« zu versorgen.

Auf dem Heimweg würde er noch in Slagelse aus dem Zug steigen und sich von einem Taxi nach Høng und zur Finderup Kirke bringen lassen. Die Kerze für Bosses Grab hatte er in der Tasche. Fisch hatte sie ihm in Brande im Blumenladen besorgt.

Er würde sich Zeit lassen, um Bosse in aller Ruhe zu besuchen. Das Taxi konnte einfach auf ihn warten.

Dann würde er wieder in den Zug nach Vejle steigen und von dort zurück nach Brande fahren. Das Taxi würde ihn an der Abzweigung absetzen, wo der Feldweg zu Fischs Forellenzucht abging.

Wann er zurück sein würde, konnte er nicht sagen. Aber er wusste, dass es lange dauern würde, bis er sich davon erholt hatte. So war es jedes Mal. Magnus würde noch lange jede Sekunde ausfüllen.

Auf dem Bahnsteig in Odense warteten eine Menge Menschen. Als der Zug endlich stillstand, fielen die Horden über ihn her. Ein Mann in den vierzigern, in Jeans und hellblauem Kurzarmhemd setzte sich zögernd neben ihn. Er hatte einen Laptop dabei, den er gleich auf den Tisch stellte und anschaltete. Dann fing er an, konzentriert zu schreiben.

Eine ältere Dame nahm neben dem Jungen mit dem stählernen Trommelfell Platz. Er war eingeschlafen, hatte den Rapper aber vorher noch abgewürgt.

Die vier Plätze auf der anderen Seite des Gangs waren jetzt ebenfalls besetzt. Oxen richtete sich auf und sah sich um. Der Waggon war bis auf den letzten Sitz belegt. Er ließ sich wieder zurücksinken und kauerte sich ein wenig zusammen. Unter seinem schwarz-rot karierten Holzfällerhemd war das Schulterholster mit der Neuhausen unsichtbar. Das Magazin war mit acht Schuss geladen. Mehr Munition hatte er nicht dabei.

Sein altes SEAL 2000, das Kampfmesser aus seiner Zeit in der Armee, steckte in der Scheide, mit Gaffa-Tape fest an der Innenseite seines linken Beins befestigt.

Draußen zogen immer noch gelbe Kornfelder und grüne Hecken vorbei. Eine beschauliche, wohlgenährte Landschaft, die in der jüngeren Vergangenheit keinen Krieg mehr gesehen hatte. Hier gab es keine Ruinen, keine schrecklichen Orte aus schwarzer Asche, keine Flüchtlingsströme. Der Himmel war blau, mit weißen Schleiern drapiert.

Es waren viele Passagiere, viele fremde Menschen auf engem Raum. Er vermisste Mr Whites Schnauze in seiner Hand.

Er stand auf und wanderte rastlos im Zug auf und ab.

Mit zehn Minuten Verspätung rollte der Zug am Bahnsteig ein. Der Kopenhagener Hauptbahnhof war ein Schmelztiegel, hier sammelte sich all das Leben und Chaos, das ihm bei Fisch und seinen Fischen erspart blieb.

Überall herrschte Gedränge. Menschenmengen, die aus dem Zug strömten und sich über den Bahnsteig schoben, Menschenmengen vor den Rolltreppen und in dem riesigen Bahnhofsgebäude.

Alle liefen kreuz und quer durcheinander. Manche schnell und zielstrebig, andere langsam und planlos. Routiniert oder zögerlich, alle auf einem Haufen.

Er blieb stehen, um sich zu sammeln. Dann fasste er einen Entschluss, steuerte auf einen Kiosk zu, kaufte sich ein großes Sandwich und einen Liter Milch und nahm dann Kurs auf den Ausgang am Tivoli.

Er rettete sich in das erste Taxi, das in der langen Reihe draußen bereitstand.

»Esplanade.«

»Esplanade – wo genau?« Der Taxifahrer sah ihn fragend an.

»Ans Kastell. Einfach so nah wie möglich ans Kastell.«

Das Taxi fädelte sich in den Verkehr auf der Bernstorffsgade ein. Er wäre zu Fuß gegangen, wenn ihn der Weg nicht mitten durch das Zentrum der Hauptstadt geführt hätte.

Hier waren viel zu viele Menschen, hier gab es zu viel Unvorhersehbares, und es war viel zu schwierig, sich den Rücken frei zu halten. Auch wenn er aus dem Nichts hier aufgetaucht war, konnte er nicht vorsichtig genug sein.

Er schob die Sonnenbrille hoch und zog das zerschlissene olivgrüne Barett tiefer in die Stirn. Völlig undenkbar, auch nur die erste Etappe zum Kongens Nytorv zu Fuß zu bewältigen.

Der Fahrer, ein junger Kerl vielleicht afghanischer Herkunft, lenkte den Wagen am Nationalmuseum vorbei, über die Stormbro, die Børsgade und die Holmens Bro.

Der Unterschied zwischen Zug und Taxi kam ihm gar nicht so groß vor. Er war der Zuschauer, der drinnen saß und hinausschaute. Nur die Kulisse war eine andere.

Er hatte mit dem Gedanken gespielt, bei seinem alten Keller im Nordwestquartier vorbeizuschauen, nur um den Unterschied zu sehen. Um sich selbst davon zu überzeugen, dass sich in seinem Leben trotz allem etwas getan hatte. Aber hier im Taxi, mit Blick auf das Gewimmel, beschloss er, dass er sich das fürs nächste Mal aufheben würde.

Sie fuhren über den Holmens Kanal und am Kongelige Teater vorbei. Dann die Bredgade hinunter, auf der Zielgeraden. Als sie an Amalienborg vorbeikamen und er den Schlossplatz sah, fragte er sich, ob die Königin wohl zu Hause war. Er könnte ja einen kurzen Abstecher machen und ihr Hallo sagen. Würde sie ihn wiedererkennen? Sich erinnern, worüber sie gesprochen hatten?

»Wir sind da. Ist es okay, wenn ich da vorn hinter der Kreuzung halte?«

Er nickte, und der Fahrer bog rechts in die Esplanaden ab, um am Bordstein anzuhalten. Oxen erkaufte sich seine Freiheit mit einem Zweihundertkronenschein und stieg dann aus.

Nachdem er die Straße überquert hatte, nahm er den Kiesweg, der über die Brücke zur Kongeporten führte, dem Hauptportal des Kastells.

Er ging auf der Wasserseite entlang und wurde gleich von einem Jogger überholt und wenig später vom nächsten. So war es jedes Mal. Offenbar wirkten die hohen Wälle der sternförmigen Festungsanlage auf Sportler besonders anziehend.

Manchmal tauchte die Sonne zwischen den Wolken auf und ließ ein leuchtend weißes Kreuzfahrtschiff am Toldboden aufblitzen. Kleine Ausflugsboote schwirrten über das Wasser, und weiter hinten sah er das übliche Menschengewimmel auf dem Uferweg.

Als er oben auf dem Wall angekommen war, setzte er sich ins Gras und widmete sich seinem Frühstück.

Natürlich waren immer noch viele Touristen in Kopenhagen unterwegs. Der August hatte gerade erst angefangen. Er hatte nur in den letzten Jahren jegliches Zeitgefühl verloren. Wenn man nicht mehr gezwungen war, die Sommerferien hinter sich zu bringen und in irgendwelche Urlaubsgebiete zu hetzen wie alle anderen, wurde es schnell unerheblich, ob es nun Juli oder September war, Dienstag oder Sonntag.

Auch die vielen Menschen, die sich unter ihm am Wasser tummelten, waren Touristen. Sie belagerten die kleine Meerjungfrau.

Er war hungrig und hatte innerhalb kürzester Zeit das große Sandwich verdrückt und mit einem Liter Milch hinuntergespült.

Schon bald würde er den Bürgersteig in Charlottenlund entlanglaufen. Die Schulkinder hatten mit Sicherheit noch Sommerferien. Er hoffte, dass Magnus zu Hause sein würde. Er hoffte und befürchtete es …

Er versuchte, die Gedanken an Magnus wegzuschieben. Energisch stand er auf und nahm Kurs auf das, was hinter seinem Rücken wartete – das Mahnmal. Sein erstes Ziel.

Jedes Mal wenn er die Pflastersteine hier betrat, übermannte ihn ein wehmütiges Gefühl. Über all die verlorenen Leben, die viel zu früh geendet hatten.

Den Stolz, von dem manche sprachen, den hatte er noch nie nachvollziehen können.

Wenn man Tage und Wochen in irgendeinem staubigen Drecksloch in der afghanischen Helmand-Provinz gesessen hatte, quasi mit dem nackten Hintern auf der Herdplatte, wo draußen unsichtbare Talibankrieger herumschlichen, die einen umbringen wollten, ob nun direkt oder feige mit einer Sprengfalle am Straßenrand, dann war ein Ausdruck wie »Stolz« nicht das Erste, was einem in den Sinn kam, sondern eher das Letzte.

»Wie kommen wir rein, wie kommen wir raus, wie kommen wir nach Hause.«

Nur darum ging es.

Er trat näher. Das Mahnmal, das Dänemarks internationale Einsätze würdigen sollte, war gelungen, keine Frage. Es war ein wenig abseits von den roten Gebäuden der Festung errichtet worden, im Windschatten des hohen Walls der Prinsessens Bastion, und gar nicht schwülstig, sondern eher streng und skandinavisch. Genau deshalb mochte er es.

Es bestand aus mehreren granitverkleideten Mauern mit eingelassenen Lichtsäulen und bildete drei seitlich und nach oben offene Räume. Oxen blieb stehen. Der vordere Raum war der Ort, wo die großen Zeremonien stattfanden. Er trug die Inschrift »Eine Zeit – ein Ort – ein Mensch«. Auch die Worte waren schlicht, doch der Mensch wurde erwähnt. Das war gut gewählt, denn schließlich war es der Einzelne, der das Opfer brachte.

Das Mahnmal war erst vor wenigen Jahren eingeweiht worden, an einem Tag mit strömendem Regen – und unangemessen spät. Er konnte nicht verstehen, dass über sechzig Jahre mit Einsätzen von Kaschmir bis in den Kongo, über 100 000 entsandte Soldaten und fast hundert Tote nötig gewesen waren, bis man endlich ein Denkmal errichtet hatte.

Er konnte sich noch gut an die Zeit erinnern, als die Medien das Interesse der breiten Öffentlichkeit auf die dänischen Auslandseinsätze lenkten und auf die Kriegsveteranen, die von diesen Missionen zurückkamen.

Wie immer hielten die Politiker ihren Finger in den Wind, um die Stimmung im Volk zu beurteilen, und im Nu wurde ein nationaler Gedenktag für die Soldaten eingeführt, und gleich im Anschluss gab es eine offizielle Veteranenpolitik, Vergünstigungen, ein Veteranenzentrum und schließlich das Ehrenmal. Alles nur weil sämtliche Politiker plötzlich bemüht waren, sich gegenseitig mit Forderungen zu überbieten. Aber genau wie jede Grippewelle vorübergeht, verebbte auch dieses Thema irgendwann wieder.

Erst nach jahrelangem Protest der Veteranen, deren Gruppe immer größer wurde, hatte man sich vor Kurzem zu einer echten Maßnahme durchgerungen und dafür gesorgt, dass mehr traumatisierte Soldaten eine Entschädigung beantragen konnten.

Bis dahin war eine posttraumatische Belastungsstörung nur dann als Berufskrankheit anerkannt worden, wenn sie innerhalb von sechs Monaten nach der Heimkehr aufgetreten war. Was für ein Irrsinn, denn eine solche Krankheit machte sich meist erst viel später bemerkbar. Aber diese Maßnahme war natürlich viel kostspieliger, als nur eine Fahne zu hissen.

Oxen blieb stehen. Jedes Jahr an derselben Stelle. Hier auf den Pflastersteinen hatte die Königin ihm das Tapferkeitskreuz verliehen.

»Sie verdienen unsere vollste Bewunderung, Oxen.« Das hatte sie gesagt.

Er drehte den Kopf und betrachtete durch die Öffnung in der Mauer die ewige Flamme im Raum nebenan.

Auch das tat er jedes Mal.

Er trat in diesen zweiten Raum. Hier waren die Namen aller Konflikt- und Katastrophengebiete verewigt, und hier brannte auch das Feuer, das über die Truppen wachen sollte, die sich in diesem Moment im Auslandseinsatz befanden. Für ihn bedeutete es, dass es immer einen Hoffnungsschimmer gab.

Am Ende ging er über das Kopfsteinpflaster weiter in den letzten Raum, der ein wenig abseits errichtet worden war. Hier bildeten mehrere Mauern einen Kreis, den man durch eine breite Öffnung betreten konnte. In diesem Raum wurden alle Erinnerungen sicher aufbewahrt, und die Besucher fanden Ruhe für die innere Einkehr. Oxen setzte sich auf eine Bank und blickte auf die Wand, wo der Name stand. Es war der achte von unten.

»Bo Hansen.«

»Bo« kam ihm immer ein wenig nüchtern vor, denn es ging doch um »Bosse«, den sorglosen Jungen aus Høng, der niemals hätte Soldat werden sollen.

An dem Tag, als sie auf den Balkan aufgebrochen waren, hatte Bosses Mutter ihn beiseitegenommen.

»Niels ... Pass auf meinen Jungen auf, ja?« Er hatte es ihr versprochen. Aber er hatte sein Wort nicht halten können.

Am 4. August 1995 hatten sie Bosse verloren. Er war aufgestanden und hatte seinen hellblauen Helm geschwenkt, um die Kroaten darauf aufmerksam zu machen, dass sie UN-Soldaten waren, gefangen im Kreuzfeuer. Aber diese verfluchten Kroaten hatte das einen Scheißdreck interessiert. Dabei war Bosse als Soldat völlig ungeeignet gewesen ... so unbekümmert und lebensfroh.

Wenn er gesehen hätte, wie Bosse aufstand und den Helm abnahm, dann hätte er sich auf ihn geworfen. Aber er hatte es nicht gesehen.

Bosse war sein einziger Freund gewesen, in einer Kindheit, die vor allem dadurch geprägt war, dass die Familie wie Nomaden ständig umgezogen war. Immer getrieben von der Suche seines Vaters nach besseren Jobs.

Høng war eine strategische Wahl gewesen, mittendrin und nah an Slagelse und der Landstraße, der Lebensader eines Handelsvertreters. Es war die Zeit vor der Brücke über den Storebælt, es gab eine Fähre in Kalundborg und eine in Korsør, wenn die Reise nach Jütland führte.

Sie waren nur zwei Jahre zusammen zur Schule gegangen, dann musste er schon wieder umziehen. Aber Oxen und Bosse waren sich später als Wehrpflichtige wiederbegegnet und hatten seitdem immer zusammengehalten, egal was war, jeder in seiner festen Rolle: der Lustige und der Ernste, der Kleine und der Große. In Wirklichkeit war Bosse vor allem der kleine Bruder gewesen, den er nie gehabt hatte.

Oxen ließ den Blick über die Granitmauer wandern, nach rechts, wo bedrohlich viel Platz für weitere Namen war. Er kannte einige der Männer, die nicht aus Afghanistan zurückgekehrt waren, aus dem Land, das so viele Menschenleben gekostet hatte.

Er blieb eine Weile mit geschlossenen Augen sitzen und spürte die Wärme der Sonne im Gesicht, während seine Gedanken herumschwirrten und wie Projektile gegen den Granit prallten. Hätte er doch nur gesehen, wie Bosse den Helm abnahm …

Dann stand er auf und verließ das Kastell.

Jetzt würde er mit dem nächsten Taxi nach Charlottenlund aufbrechen, zur schwierigsten Mission des Jahres, um herauszufinden, ob das Schicksal ihm diesmal gnädig war und ihm einen kurzen Blick auf Magnus gewähren würde.

31.

Die Haltestelle am Teglgårdsvej befand sich direkt neben der Skovshoveds Kirke. Etwas von der Straße zurückgesetzt standen zwischen ein paar niedrigen Rhododendren drei Bänke vor der Kirchenmauer. Er setzte sich auf die mittlere. Dorthin, wo er immer saß.

Es waren knapp hundert Meter bis zu dem Haus auf der anderen Straßenseite. Er hatte den Taxifahrer gebeten, ihn ein Stück eher abzusetzen, damit er auf dem Weg hierher am Haus vorbeigehen konnte.

Er war langsam gegangen, hatte sich alle Einzelheiten eingeprägt, die seine einst so gut trainierten Augen wahrnehmen konnten.

Ein doppelter Carport – aber kein Auto da. Dafür, und das war das Wichtigste, ein schwarzes Jungenfahrrad vor dem Haus, schwungvoll mitten in der Auffahrt abgestellt, wie nur ein Dreizehnjähriger es tun konnte. Dieses Detail gab ihm Kraft und machte ihm gleichzeitig Angst.

Auch an der Schule war er vorbeigekommen, sie lag schräg gegenüber, am Ende der Straße, die in den Teglgårdsvej mündete. Dort war alles still gewesen. Der Unterricht fing wohl erst nächste Woche wieder an.

Die Wahrscheinlichkeit war also groß, dass Magnus zu Hause war. Und zwar allein.

Den Briefkasten hatte er im Vorbeigehen natürlich auch überprüft. Und dort gab es eine Neuigkeit: Aus Birgittes Nachnamen, Rasmussen, den sie nach ihrer Trennung wieder angenommen hatte, war inzwischen ein Engström geworden. »Birgitte und Lars Engström« stand auf dem Namensschild. »Lars« hatte auch beim letzten Mal schon dagestanden. Ein Däne oder Schwede, und darüber stand einfach nur »Magnus«. Hieß er immer noch Oxen? Vermutlich. »Magnus« war lateinisch und bedeutete »der Große«. Magnus Oxen, der schönste Name der Welt.

Er warf einen Blick auf seine Armbanduhr. Es war fast zwei. Dann lehnte er sich zurück, entspannte sich und ging in den Wartemodus über. Er hatte schon stundenlang gewartet, tagelang. Nur gewartet. Gegessen, geschissen, sich auf Steinen ausgeruht. Auf einem halben Quadratmeter Schotter. Auf einem Felsvorsprung. Auf einem Fleckchen Gras. Es war alles nur eine Frage des mentalen Trainings und der Konstitution.

An einem frühen Augustnachmittag wie heute herrschte nicht viel Verkehr. Vor allem Kinder mit Fahrrädern waren unterwegs. Nach und nach versammelten sich noch ein paar andere Menschen auf den Bänken, vier ältere Herrschaften und eine junge Mutter mit Kinderwagen. Dann kam der Bus, und er war wieder allein.

Die Wolken hatten sich zu einem weißen Teppich zusammengezogen, der die Sonne verdeckte, genau wie der Himmel über Fünen, als der Zug heute Vormittag voller Menschen losgefahren war. Hier auf der Bank war es schöner.

Es vergingen fast anderthalb Stunden, ohne dass rund um das gelb gestrichene Einfamilienhaus irgendetwas passierte. Dann ging das Gartentor auf. Erst erschien ein kleiner Hund, dann ein großer Junge.

Das war er. Sein Sohn. Sein Magnus. Der kleine »Große«. Der Hund zog an der Leine, und die beiden überquerten zusammen die Straße und kamen auf dem Bürgersteig näher.

Sein Herz klopfte schneller. In weniger als einer Minute würde Magnus direkt an ihm vorbeigehen. Er zog das Barett tief in die Stirn und verfolgte den Weg seines Sohnes konzentriert durch die Sonnenbrille. Noch sechzig Meter, fünfzig, vierzig …

Seit dem letzten Mal war Magnus kräftig gewachsen. Er war groß und schlaksig, machte aber nicht die leicht unkoordinierten Bewegungen, die so ein Wachstumsschub oft nach sich zog, sondern wirkte geschickt und sicher. Er trug ein rotes Fußballshirt, weiße Shorts und Sneakers. Noch dreißig Meter, zwanzig, zehn …

Der Hund, irgendein schwarz-weiß gefleckter Terrier, zog die Leine weiter in die Länge. Er stürmte über den Bürgersteig auf ihn zu und schnüffelte an seinem Knie. Eine Sekunde lang blieb Magnus stehen, keine drei Meter von ihm entfernt.

Wie erstarrt saß er auf der Bank, ein Bein über das andere geschlagen. Er spürte ein Ziehen im Magen. Alles schien plötzlich komprimiert. Nur der Junge, der Hund und er selbst. Keine Bewegung. Und dieses Ziehen, das ihm durch alle Glieder fuhr und einen schmerzhaften Unterdruck in jeder Zelle hinterließ.

»He, Speedy! Lass den Mann in Ruhe. Komm!«

Er hörte die Stimme wie von fern. Der Hund wollte nicht. Oxens Herz raste. Er starrte so gebannt auf das hübsche Gesicht mit den leuchtend grünen Augen, dass ihm ganz schwindelig wurde.

Magnus war braun gebrannt, und seine Haare hatten einen hellen Schimmer bekommen, wie es am Ende des Sommers so typisch war. Sein Gesicht entwickelte sich allmählich. Er war kein kleiner Junge mehr, aber noch lange nicht erwachsen. Er steckte mitten in der Veränderung.

Und er selbst saß hier auf dieser Bank, mitten im Auge des Orkans, und musste seine Muskeln zügeln, damit er nicht einfach die Hände ausstreckte, um diesen Jungen festzuhalten, der da vor ihm stand. Er wollte ihn ganz fest umarmen, an ihm riechen und ihn nie wieder gehen lassen. Stattdessen saß er ganz still …

Der Hund gehorchte.

»'tschuldigung«, sagte Magnus und lächelte.

Oxen nickte mechanisch.

Der Junge und der Hund setzten ihren Weg fort und bogen schließlich nach links ab.

Er holte ein paarmal tief Luft. Um das Ganze zu verarbeiten – und sich in die Lage zu versetzen, das eben Erlebte auszukosten. Das Schwindelgefühl ließ nach und sein Puls beruhigte sich.

Das rote Fußballtrikot war um die Straßenecke an der Kirche gebogen und verschwunden.

So nah war er ihm seit Jahren nicht mehr gekommen. Der Abstand zwischen ihnen war winzig klein gewesen und doch so gewaltig wie ein Ozean. Er lobte sich selbst dafür, dass er nicht schwach geworden war und sich verraten hatte. Das wäre unverzeihlich gewesen und hätte Magnus in eine völlig unzumutbare Situation gebracht.

Das Feuer, das über die Kameraden im Ausland wachte und das er immer durch die Öffnung in der Granitmauer betrachtete … Bestand vielleicht auch für ihn ein Hoffnungsschimmer, dass er seinen Sohn eines Tages einfach an die Hand nehmen würde, als wäre es die natürlichste Sache der Welt?

Oder gab es an dem Tag, an dem er selbst dazu bereit sein würde, keinen Jungen mehr, den man an die Hand nehmen konnte?

Er blieb auf der Bank sitzen, in der Hoffnung, dass Magnus denselben Weg zurückkommen würde und er ihn noch einmal kurz aus der Nähe zu sehen bekam. Doch er wartete umsonst.

Eine halbe Stunde später sah er, wie der Hund und der Junge auf der anderen Seite des Teglgårdsvej entlangliefen und kurz darauf durch das Gartentor hinter der Buchenhecke verschwanden.

Es war vorbei.

Es war unwahrscheinlich, dass Magnus noch mal herauskommen würde. Der Hund war jetzt draußen gewesen. Als Nächstes würden Birgitte und Herr Engström nach Hause kommen.

Er stand auf. Er würde zu Fuß gehen, um den Kopf freizubekommen, und versuchen, sich zu sammeln und eine Art Gleichgewicht zu finden, bevor er sich für eine Stunde in ein überfülltes Zugabteil sperren ließ. So lange dauerte die Fahrt von hier nach Slagelse.

Zuerst ging er langsam und mit schweren Schritten. Dann beschleunigte er das Tempo und wurde immer schneller.

Magnus war ein hübscher Kerl. Er hätte zu gern gewusst, ob sein Sohn ihn wohl erkannt hätte, wenn das Barett und die Sonnenbrille nicht gewesen wären. Nach mehr als drei, fast vier Jahren? Vier wichtige Jahre in seiner Entwicklung. Und er hätte gern gewusst, ob sein Sohn manchmal an ihn dachte, ihn vermisste, nach ihm fragte oder über ihn redete.

Es waren sinnlose Fragen. Deshalb bekam er darauf auch keine Antwort.

Vielleicht wachte das Feuer wirklich über sie, über Magnus und ihn. So lange, bis bessere Zeiten kamen.

32.

Die Finderup Kirke stand einen Steinwurf von Høng entfernt auf einer kleinen Kuppe in einer ansonsten flachen Landschaft mit wogenden Kornfeldern. Ein gepflasterter Parkplatz war unterhalb des Eingangs angelegt worden.

Die Taxifahrerin, eine Frau um die vierzig, bei der er am Bahnhof von Slagelse eingestiegen war, hatte nichts dagegen, dass sie einfach parken und auf ihn warten sollte.

Das Plastiktütchen mit dem Gras aus der Pusherstreet steckte in der großen Außentasche an seinem Oberschenkel. Es war nur ein kurzer Halt in Christiania gewesen, schnell rein, schnell wieder raus. Dort waren einfach zu viele Menschen gewesen. Jetzt war er an der letzten Station seiner Tagesreise angekommen.

Es war fast Abend. Der Zeitpunkt war gut gewählt. Die Leute waren zu Hause und aßen. Am Tor blieb er stehen und drehte sich um. Nur ein einziges Auto stand auf dem Parkplatz, ein alter Kombi mit gelbem Kennzeichen, das den Wagen als Firmenfahrzeug auswies. Die Taxifahrerin hatte ihre Zeitung ausgebreitet und las.

Von hier aus war alles zwei Kilometer entfernt, wie die Straßenschilder am Fuß des Kirchhügels anzeigten. Zwei Kilometer nach Løve, zwei nach Tjørnelund und zwei nach Høng. Die Krajina hingegen, wo Bosse mit seinem Leben dafür bezahlt hatte, dass alte Nachbarn sich plötzlich hassten, war fast zweitausend Kilometer entfernt.

Er trat durch das Tor. Er kannte den Weg. Geradeaus, um die Kirche herum, bis zu dem Durchgang in der weiß gekalkten Mauer und dann die Treppe hinunter. Neben und hinter der Kirche erstreckte sich ein großes gepflegtes Friedhofsgelände. Bosse lag vor der hohen Hecke, und dahinter ragten mehrere Thujen in die Höhe.

Ihm wurde eng ums Herz, und die Trauer schnürte ihm den Hals zu, als er vor dem Grab stehen blieb.

Es waren genauso viele Blumen und Kränze niedergelegt worden wie in den Jahren zuvor. Und das sagte eigentlich auch schon alles über Bosse. Er hatte zu Lebzeiten so großen Eindruck hinterlassen, dass man ihn selbst im Tod nicht vergaß.

Es waren auch viele Grüße von alten Kameraden darunter. Er

kannte die Namen auf den Schleifen und Bändern. Außerdem gab es zahlreiche Blumen ohne Absender.

Sobald Bosses Eltern in dem kleinen roten Klinkerhaus in Høng zu Abend gegessen hatten, würden sie sich zum zweiten Mal an diesem Tag auf den Weg zum Friedhof machen.

Manchmal hatte er sie heimlich aus der Ferne beobachtet. Sie kamen, um nachzusehen, wie viele Menschen im Lauf des Tages hier gewesen waren, um Bosses Andenken zu ehren. Und sie würden lange ganz still vor seinem Grab stehen und sich in den Armen halten. Dann würden sie schweigend Hand in Hand nach Hause gehen.

Der Friedhofsgärtner erschien auf einem der Wege und kam mit einer vollgeladenen Schubkarre auf ihn zu. Der Mann, der sicher schon kurz vor der Rente stand, blieb neben ihm stehen.

»So viele Blumen, Kränze und Kerzen. Wie jedes Mal, Jahr für Jahr«, sagte er seufzend. »Kannten Sie ihn?«

Oxen nickte. »Er war mein Kamerad.«

»Das ist bitter … So jung … Krieg ist ein großer Mist, nicht wahr?«

»Ja, ganz großer Mist.«

Der Gärtner, der sich offenbar eine Sommergrippe eingefangen hatte, putzte sich die Nase mit einem großen Stofftaschentuch, schüttelte den Kopf und klopfte Oxen leicht auf die Schulter. Dann nahm er wieder seine Schubkarre auf und schob sie weiter.

Hätte er doch nur gesehen, wie Bosse aufstand, um diesen beschissenen hellblauen Helm zu schwenken. Dann hätte er sein Wort halten und auf ihn aufpassen können.

Es war glatter Wahnsinn, dass Bosse diesen Einsatz mit seinem Leben bezahlt hatte – und das so kurz bevor das Friedensabkommen in Dayton unterzeichnet wurde und alles zu Ende war.

Es war völlig unzulässig gewesen, dass man ihre kleine Truppe nicht längst da rausgeholt, sondern in Kauf genommen hatte, dass sie in einer kroatischen Großoffensive zwischen die Fronten geriet. Genau dieses Versagen der Befehlshaber hatte Bosse umgebracht. Aber das würde niemals offiziell bestätigt werden, denn oben in der Hierarchie deckte man sich gegenseitig.

Die Kommission hatte nichts gefunden, was zu beanstanden war. Das hatte ihn nicht überrascht. Tatsächlich hatte er nichts anderes erwartet. Aber wenigstens hatte er alles getan, was in seiner Macht stand, um die Verantwortlichen ausfindig zu machen und zur Rechenschaft zu ziehen.

»Hallo, Niels …«

Er hörte das Knirschen des Kieswegs und im selben Moment auch die Stimme. Blitzschnell glitt seine Hand unter das Hemd und tastete nach dem Schulterholster.

»Vergiss es, ich bin nicht bewaffnet. Alles gut …«

Er hatte sie sofort erkannt, ohne den Kopf drehen zu müssen, und jetzt sah er sie. Sie war nur wenige Meter von ihm entfernt zwischen den Thujen hervorgetreten.

Margrethe Franck … Es war jetzt ungefähr ein Jahr her. Er wusste nicht, was er sagen sollte, und beließ es daher bei einem Nicken. Eigentlich wollte er gern lächeln, konnte aber nicht mit Sicherheit sagen, ob es ihm auch gelang.

»Es ist lange her …« Ihr Blick war ernst, aber immerhin brachte *sie* ein Lächeln zustande.

Er nickte wieder.

»Geht es dir gut?«

Ein Nicken.

»Ich habe die ganze Zeit nach dir gesucht. Wo warst du, Niels?«

Er zuckte mit den Schultern. »Hier und dort … «

»Hmm …«

»Hast du … Ich meine … Wie …? Hast du etwa den ganzen Tag da im Gebüsch gestanden?«

»Ja, in der Tat. Wie gesagt, ich habe dich wirklich überall gesucht. Mit allen gesprochen, die dich kennen, aber ohne Erfolg. Bis deine Schwester erwähnt hat, dass du dir früher immer freigenommen hast, um Bosses Grab zu besuchen. Und dann bin ich über ein weiteres Detail gestolpert. Fünf Kerzen jedes Jahr … Zwei von seiner Familie, eine von Freunden, eine von seiner damaligen Freundin. Die fünfte Kerze jedes Jahr, die ist von dir, nicht wahr?«

Er nickte und zog die Kerze aus seiner Jackentasche.

»Ja, die ist von mir.«

»Also dachte ich mir, dass du dann eben zu mir kommen musst, wenn ich dich nirgends finden kann. Und das hier war die einzige Möglichkeit mit Aussicht auf Erfolg. Heute, am 4. August.«

Sie machte ein paar Schritte auf ihn zu, während sie redete. Er stand mit dem Rücken zur Wand, das heißt, genau genommen, zum Grab. Er konnte nur seitlich ausweichen oder stehen bleiben. Er blieb stehen. Sie machte einen letzten vorsichtigen Schritt auf ihn zu.

Sie war nicht ganz so blass wie beim letzten Mal. Der Sommer hatte etwas Farbe in ihrem Gesicht hinterlassen. Und ihre Frisur war anders. Aber die Schlange war immer noch da. Margrethe streckte die Hand aus und fuhr ihm über die Schulter.

»Ich hab mich darauf gefreut, dich wiederzusehen«, sagten ihre roten Lippen.

Er wusste nicht, was er erwidern sollte. Es war wie damals, als ihn die Polizei aus dem Rold Skov gezerrt hatte. Er redete so gut wie nie. Nur ab und zu ein paar Brocken Englisch mit Fisch.

Er war ja nicht einmal mehr Niels. Er war Adrian Dragos. Ein Rumäne, der in einer eiskalten Silvesternacht einfach aufgetaucht war. Seit er Hals über Kopf aus dem Präsidium in Aalborg geflüchtet war, hatte er kein normales Gespräch mehr auf Dänisch geführt.

Irgendwo in seinem Hinterkopf fand er ein »Ich mich auch« und presste es heraus. Das war der Gipfel der Untertreibung. Er hatte so oft an sie gedacht, Tag und Nacht.

»Darf ich fragen … Wo wohnst du? Was machst du?«

Er zuckte wieder mit den Schultern.

»Hat Mossman dich geschickt?«

Seine Frage klang schärfer, als er beabsichtigt hatte.

Im Schatten seines abgewetzten Armeebaretts scannte er sie mit den Augen. Er war immer und überall auf der Hut. Bei Niels Oxen gab es keinen Moment entspannter Sorglosigkeit.

»Hat Mossman dich geschickt?« Seine Stimme war scharf und voller Misstrauen. Das Markenzeichen des tapferen Jägersoldaten, ein verfluchtes posttraumatisches Misstrauen gegen alles und jeden.

Sie schüttelte den Kopf und lächelte matt.

»Niels, verdammt noch mal, wir sind Freunde. Ich bin's, Margrethe Franck ... Wir sind doch gut miteinander klargekommen, oder etwa nicht?«

Jetzt nickte er wieder. Wenn er noch ein einziges Mal schweigend nickte, würde sie ihm einen Tritt verpassen, dass er rücklings auf dem Kirchendach landete – und zwar mit ihrer Prothese.

»Ja, das ist richtig. Mossman hat mich gebeten, dich zu finden.«

Sie bemerkte, wie er sofort anfing, die Umgebung mit Blicken abzusuchen.

»Aber du kannst ganz beruhigt sein«, sagte sie schnell. »Er weiß nicht, dass ich hier bin. Mossman weiß nur, dass ich dich einfach nicht finden kann – und dass ich es nur deshalb weiter versuche, weil er mir den Auftrag gegeben hat.«

»Was will er?«

Die Frage kam wieder scharf, wie aus der Pistole geschossen. Aber vielleicht konnte Niels Oxen gar nichts dafür. Er war eben so – oder, besser gesagt: Er war so geworden.

Oxen sah ihr in die Augen. Er war braun gebrannt, also hielt er sich wohl viel an der frischen Luft auf. Auf seinem Kinn und den Wangen spross ein spärlicher Bart, und die Haare waren immer noch zu einem kleinen Pferdeschwanz im Nacken zusammengebunden, der den Jackenkragen berührte.

Er sah genauso aus wie bei ihrer allerersten Begegnung, auch wenn sein Gesicht längst nicht so kantig und eingefallen wirkte wie damals.

Er schien in besserer körperlicher Verfassung zu sein. Auch seine Schritte waren energisch und federnd gewesen.

»Ich erzähl dir gleich alles. Aber willst du mir nicht erst sagen … Wo warst du? Was hast du gemacht?«

Sie sah, dass er zögerte.

»Es ist besser, wenn du nichts weißt.«

»Komm schon.«

»Ich bin … viel herumgekommen. Hab mal hier, mal da geschlafen, aber seit Silvester bin ich immer am selben Ort.«

Er schwieg, als wäre das Antwort genug auf ihre Frage.

»Und wo ist das?«

»In Jütland.«

»Jütland ist groß.«

»Genauer wirst du es nicht bekommen.«

»Hmm, du siehst ganz gut aus. Hast du irgendwo einen Job gefunden?«

»Das kann man so sagen.«

»Willst du mir nicht wenigstens erzählen, was du dort machst, Niels?«

Wieder zögerte er eine Sekunde.

»Ich … ich bin so was wie ein Waldarbeiter … Bäume fällen und Stämme zersägen.«

»Aber bei dir ist alles okay?«

Er wich mit einer Gegenfrage aus: »Was ist schon okay, Margrethe Franck? Ist bei *dir* alles okay?«

»Jep, mir geht's gut. Ich hoffe nur … Ich dachte … dass es dir hoffentlich besser geht.«

»Was will Mossman von mir?«

Er ließ sich nicht von der Fährte weglocken.

»Also gut. Aber eigentlich gibt es nicht viel zu erzählen. Er ist nicht mehr sehr gesprächig. Jedenfalls mir gegenüber nicht. Kurz nachdem du verschwunden warst, hat er mich damit beauftragt, das ganze Land auf den Kopf zu stellen, um dich zu finden. Was mir, wie gesagt, nicht gelungen ist. Mit der Zeit bekam ich dann andere Aufgaben. Und inzwischen helfe ich dem Operativen Leiter Rytter fast mehr als Mossman. Vermutlich hat sich sein Fokus verschoben. Irgendwann hat er dann aufgehört nachzufragen. Bis neulich. Da hat er plötzlich wieder richtig Druck gemacht. Er tut so, als würde er nur eine alte Sache weiterverfolgen, aber es hat sich etwas verändert.«

Sie legte absichtlich eine Pause ein, um auch nicht die leiseste Reaktion bei ihm zu verpassen, aber es kam keine. Dann fuhr sie fort: »Ich bin überzeugt davon, dass es mit dem Mord an Malte Bulbjerg zusammenhängt.«

Er sah sie immer noch ausdruckslos an. Kein Flackern in seinem Blick, kein Anzeichen einer Gemütsbewegung, abgesehen von den hochgezogenen Augenbrauen unter dem Barett.

»Malte Bulbjerg?«

Seine Verwunderung klang echt.

»Ja, Bulbjerg, der Museumsdirektor von Nyborg Slot. Der Danehof-Experte, mit dem wir damals gesprochen haben.«

»Was ist mit ihm?«

»Er ist ermordet worden. War eine Riesensache in den Medien. Sag mal, liest du gar keine Zeitung?«

»Nein.«

»Er wurde vor Kurzem erschossen, mitten in der Nacht im Danehof-Saal. Ein Schuss in die Stirn und einer ins linke Auge. Es war eine regelrechte Hinrichtung. Man hat Spuren von Kokain bei ihm gefunden, und wie sich herausstellte, hat er große Summen verspielt. Fußball, Lotto und so was. Seltsame Geschichte, wirklich seltsam. Ich glaube, die Polizei vor Ort tappt total im Dunkeln.«

»Und was hat das mit mir zu tun?«

»Keine Ahnung, Niels. Vielleicht kannst du es mir ja sagen?

Oder? Kannst du vielleicht dieses eine Mal endlich den Mund aufmachen und mir etwas erklären?«

Er zuckte mit den Schultern und schüttelte den Kopf. Wo auch immer er sich da drüben in Jütland aufhielt, es war offenbar hinter dem Mond. Seine Reaktion war echt. Er wusste nichts von dem Mord im Schloss.

Sie wollte ihm gerade von der Überwachung der Beerdigung erzählen, doch dann schwieg sie.

Sie waren keine Partner mehr. In Wahrheit war er vor ihr weggelaufen. Vor einer Verabredung zum Abendessen geflüchtet, das ihre gemeinsame Ermittlungsarbeit in etwas intimerer Atmosphäre hätte abschließen sollen. Margrethe senkte die Stimme.

»Das ist alles ziemlich undurchsichtig … Sagst du mir, warum du in Aalborg einfach abgehauen bist?«

Er wandte sich ab und ließ den Blick über den Friedhof gleiten.

»Es ist mir einfach … zu viel geworden … Bøjlesen und sein Geschwätz. Sollte ich mich etwa hinstellen und eine Ehrung von dem Mann entgegennehmen, der alles darangesetzt hat, mich fertigzumachen? Sollte ich mich damit abfinden, nur weil er Aalborgs Polizeichef ist? Und dann Rytter und Mossman … War überhaupt irgendjemand daran interessiert, dass dieser Fall wirklich aufgeklärt wird? Ich … wollte nicht mehr.«

Sie ließ ihn vom Haken. Es war sinnlos, einen Mann mit Stichen zu quälen, der längst so etwas wie ein Nadelkissen war.

»Okay. Du weißt jetzt Bescheid. Ich habe dir ausgerichtet, dass Mossman dich sehen will. Und er hat – wenn auch widerwillig – gesagt, dass ich Bulbjerg erwähnen soll, falls das deine Entscheidung irgendwie beeinflussen könnte.«

»Mossman will dasselbe von mir wie früher.«

Sein Blick kam zur Ruhe und kehrte zu ihr zurück.

»Und das wäre?«

»Er will etwas, was ich habe. Und dass ich es habe, weiß er von mir selbst.«

Plötzlich zögerte er.

»Niels, du weißt, dass du mir vertrauen kannst. Zumindest hoffe ich, dass du das weißt. Was ist es?«

»Eine Videoaufnahme des Justizministers, auf der er Virginija Zakalskyte zu Tode fickt.«

»Ich fasse es nicht ... Ich dachte, das wäre ein Bluff gewesen. Du hast diese Aufnahme wirklich?«

Er nickte.

»Wie um alles in der Welt bist du da rangekommen?«

»Als wir Pronko und Zakalskytes Schwester in Kopenhagen beschattet haben ... Er ist in den Bahnhof gegangen, und ich habe ihn dabei beobachtet, wie er einen Rucksack in der Gepäckaufbewahrung unten im Keller deponiert hat. Also habe ich mir den Rucksack organisiert. Darin war eine Festplatte, die ich kopiert habe. Sie enthielt die Aufnahme, die sie verwendet haben, um den Justizminister zu erpressen. So eine Kopie zu besitzen ist immer gut.«

»Jetzt wird mir einiges klar.«

Nach einem Jahr auf Stand-by hatte er sich offenbar langsam warm geredet, denn er fuhr mit seiner Geschichte fort, ohne dass sie ihn dazu drängen musste.

»Das Video ist meine Lebensversicherung. Einmal pro Monat muss ich etwas ganz Bestimmtes tun, sonst wird die Aufnahme automatisch an einige große Medien verschickt. Das weiß der Danehof, wer auch immer hinter diesem teuflischen Machtapparat steht. Deshalb können sie mich nicht aus dem Weg räumen. Wenn sie es tun, verlieren sie ihren eigenen Trumpf: den Justizminister Ulrik Rosborg. Und sollte ich der Versuchung erliegen, etwas zu verraten, wäre ich vermutlich noch in derselben Sekunde fällig. Du hast selbst gesehen, wozu sie fähig sind.«

»Ein Teufelskreis.«

»Die größte Katastrophe für den Danehof wäre, wenn ich morgen sterbe.«

»Und die größte Katastrophe für *dich* wäre, wenn der Justizminister plötzlich krepiert, dieses Schwein.«

»Ja.«

»Und denkst du immer noch, dass Mossman zu den dunklen Männern gehört?«

»Selbst wenn er nicht dazugehört, arbeitet er zumindest Hand in Hand mit ihnen. Oder er ist aus irgendeinem Grund dazu gezwungen, es zu tun. Und nein, beweisen kann ich das nicht. Aber im Zweifel bin ich lieber vorsichtig. Er wird diese Aufnahme niemals bekommen. Das kannst du ihm ausrichten.«

»Mache ich. Ich würde an deiner Stelle dasselbe tun.«

»Als wäre es nicht genug, dass man sich ständig über die Schulter schauen muss. Die haben so viel Macht, Franck. Gut möglich, dass es eines Tages trotzdem schlecht für mich ausgeht.«

»Das hoffe ich nicht. Wirklich nicht.«

»Ich nehme an, du bist dir sicher, dass dir niemand hierher gefolgt ist?«

»Todsicher. Keiner weiß, wann und wo ich an deinem Fall gearbeitet habe. Mossman hat natürlich einen Statusbericht bekommen. Aber sonst niemand. Alles, was ich gesammelt habe, liegt bei mir zu Hause in einer Kiste unter meinem Bett.«

Die Sache mit dem Bett bereute sie sofort. Er sah skeptisch aus.

»Mossman? Das ist schon mehr als genug.«

»Er hat keine Ahnung, wo ich bin und mit wem ich in letzter Zeit gesprochen habe. Er hat auch noch kein Update von mir bekommen. Ich habe deine Schwester besucht. Und deine Mutter. Es geht ihr ziemlich schlecht. Ihr bleiben wohl nur noch wenige Monate. Wusstest du das?«

Er zuckte mit den Schultern. »Nicht so genau. Aber ich wusste natürlich, in welche Richtung es geht.«

»Hast du sie besucht?«

»Das ist lange her.«

»Warum?«

»Warum nicht. Ist das hier ein Verhör?«

»Sorry, so war es nicht gemeint. Kommst du mit nach Slagelse, irgendwo was essen und ein bisschen reden? Einfach so. Du kannst mit mir fahren, hast du Lust?«

Er hob abwehrend eine Hand, noch bevor sie den Satz zu Ende gesprochen hatte.

»Ich muss meinen Zug erwischen, und unten auf dem Parkplatz wartet mein Taxi. Aber danke, vielleicht ein andermal.«

»Es wird kein andermal geben, oder, Niels?«

Wieder zuckte er mit den Schultern, und sie musste sich sehr zusammenreißen, um ihm nicht doch noch einen Tritt mit der Prothese zu verpassen.

Sie legte ihm eine Hand auf den Arm.

»Versprich mir wenigstens, dass du da draußen gut auf dich aufpasst, ja?«

Er nickte. Es sah aus, als wollte er eigentlich noch etwas sagen, doch dann überlegte er es sich anders. Sie angelte ihre Visitenkarte aus der Innentasche und schrieb ihre Privatadresse auf die Rückseite.

»Hier. Meine Karte. Ruf mich an oder komm vorbei, wenn du Hilfe brauchst. Ich wohne in Østerbro. Kann man dich irgendwie kontaktieren?«

»Nein, kann man nicht … Danke, Franck, das ist nett von dir.«

Etwas Herzlicheres war von dem Kriegshelden wohl nicht zu erwarten. Er schob die Karte in die Brusttasche seines Holzfällerhemds, klopfte ihr freundschaftlich auf die Schulter und verschwand mit einem kurzen »Tschüs« und schnellen Schritten in Richtung Ausgang.

»Danke gleichfalls, wirklich vielen Dank, du Arschloch«, murmelte sie und blieb vor dem Grab stehen.

33.

Für den Tod eines anderen Menschen verantwortlich zu sein gehörte zu den Dingen, an die er sich gewöhnt hatte. Doch da gab es große Unterschiede. Diesmal erfüllte ihn ein gewaltiges Unbehagen beim Gedanken daran, während sein Zug heimwärts rauschte, zurück zu Fisch und seinem Rückzugsort in Mitteljütland.

Es war gut möglich, dass er, ohne es zu ahnen, das Todesurteil des Museumsdirektors unterschrieben hatte, als er ihm damals die Kopien aus dem Archiv des Danehof Nord geschickt hatte, das sie unter Nørlund Slot gefunden hatten.

Was hatte er sich nur dabei gedacht? Warum hatte er nicht vorausgesehen, dass das möglicherweise Risiken mit sich brachte?

Zum Glück war der Zug nicht sehr voll. Er hatte einen Platz gefunden, wo er ganz allein saß. Die wenigen Passagiere im Wagen hatte er gründlich gemustert, und nichts deutete darauf hin, dass er beschattet wurde.

Die Landschaft vor dem Fenster war dieselbe, aber das Licht hatte sich verändert. Der Tag ging zu Ende. Er fühlte sich wie verprügelt, verletzt und unendlich müde, während er hier saß und sich zu erinnern versuchte.

Damals, nach der Sache mit den gehängten Hunden, hatte er nur weggewollt, und zwar so schnell wie möglich. Das wusste er noch genau.

Der junge Museumsmann hatte ihm gleich auf den ersten Blick gut gefallen. Wahrscheinlich hatte er gedacht, dass ein Mensch, der an diesem anspruchsvollen Forschungsprojekt über das mittelalterliche Parlament des Danehof arbeitete, auch Zugang zu den Informationen haben sollte, die er selbst besaß. Ja, dieser Mann hatte ein Anrecht darauf gehabt, mehr zu erfahren.

Das Material bot einen kleinen Einblick in ein einzigartiges Machtgefüge, das die Jahrhunderte überdauert hatte. Es hatte manchmal Unterbrechungen gegeben, und die Struktur hatte sich verändert. Aber der Danehof war immer noch da und bedeutete eine latente Gefahr für jeden, der ihm in die Quere kam. Der Danehof war wie ein schlummernder Virus, intakt und nach all den Jahren immer noch tödlich.

Er war ein Idiot gewesen. Er hätte erkennen müssen, dass er dem Museumsdirektor damit den Schlüssel zur Hölle überreicht hatte.

Als der Zug sich Vejle näherte, kehrte endlich seine Vernunft zurück und mit ihr berechtigte Zweifel: Niemand konnte wissen, ob der gewaltsame Tod des Mannes tatsächlich etwas mit ihm zu tun hatte.

Schließlich hatte er sorgfältig abgewogen, bevor er die Unterlagen an den Museumsdirektor geschickt hatte. Um die Bombe zu entschärfen, um sicherzugehen, dass sie nicht auf dem Schreibtisch des Mannes in Nyborg explodierte, hatte er sich bewusst dafür entschieden, die sensibelsten Informationen für sich zu behalten: die Seiten mit den Namen aller Mitglieder des Danehof Nord. Es waren drei Ringe mit je fünf Personen – also fünfzehn mächtige, einflussreiche Mitglieder. Auch die Passivliste und die mit den Mitgliedern, die vor Kurzem verstorben waren, hatte er nicht mitgeschickt.

Und was hatte Margrethe Franck vorhin gesagt? Man hatte Spuren von Kokain bei Bulbjerg gefunden? War er nebenbei als Dealer für Akademiker tätig gewesen? Oder nur als einfacher Dealer, weil er ständig alles verspielte und in Geldnot steckte? War er ein Krimineller gewesen – oder gab es einen ganz anderen Grund für seinen Tod?

Dass er dem Mann ein paar außergewöhnliche Tagebucheinträge hatte zukommen lassen, machte ihn nicht automatisch zum Mitschuldigen an einem Mord. Es war Irrsinn, sich so etwas einzureden.

Und zwischen all diese Wahnvorstellungen auf dem Weg von Slagelse nach Ostjütland drängte sich Margrethe Franck. Er hatte nicht damit gerechnet, sie jemals wiederzusehen.

Margrethe Franck, die Granate … So hatte er sie insgeheim genannt, in dieser Nacht im Hotelzimmer am Rold Skov, als sie ihm auf einem Bein hüpfend zu Hilfe geeilt war. Mit tanzenden Brüsten unter dem weißen Unterhemd, dem straffen Hintern in der schwarzen Seidenwäsche, die Dienstwaffe zum Schuss bereit.

In seinem Zimmer hatte sie einen Mann vorgefunden, der reichlich verwirrt auf dem Boden lag. Vermutlich hatte er sich durch einen seiner zahllosen Albträume geschrien.

Sie hätte ihn wie bei etlichen anderen Gelegenheiten während ihrer Zusammenarbeit bloßstellen können, ihn blamieren und ihn aufspießen. Stattdessen deckte und beschützte sie ihn umsichtig, weil sie Verständnis für ihn hatte.

Wie er sich dafür bei ihr bedankt hatte, war ihm allerdings auch noch gut in Erinnerung, in peinlicher Deutlichkeit. *»Für wen halten Sie sich eigentlich? Die einbeinige Lara Croft? Raus aus meinem Zimmer!«*

Jetzt war sie wieder da. Ein Granateneinschlag an Bosses Grab. Freundlich, lächelnd, mit einer Stimme voller Anteilnahme – aber auch mit dieser Schlange am Ohr.

Zum dritten Mal zog er ihre Visitenkarte aus der Tasche und studierte sie. Margrethe Francks Welt, ihr ganzes Leben, war der Geheimdienst. Es war eine Welt, in der sich nicht nur die Tagesordnung, sondern auch die Allianzen ständig änderten und die Motive oft doppelbödig waren. Ein Freund und Verbündeter konnte am nächsten Tag schon ein Feind sein.

Aus dem Zentrum dieser Welt war Axel Mossman, der Chef des PET, bei ihm aufgetaucht und hatte ihn in sein Netz verstrickt – und mit ihm war auch Margrethe Franck gekommen.

Vermintes Gelände gab es in jedem Leben. Aber in einem Minenfeld gefangen zu sein war fast das Schlimmste, was einem passieren konnte. Mit so etwas spielte man nicht. Man machte einen großen Bogen drum herum. Selbst wenn es einen tagelangen Umweg bedeutete.

»Stimmt so.«

Die Hundertkronenscheine wechselten den Besitzer. Der Taxifahrer bedankte sich und lächelte, als er bemerkte, dass Oxen den Betrag großzügig aufgerundet hatte.

Er stieg an der Zufahrt zu dem kleinen Anwesen aus und wartete, bis das Taxi gewendet hatte und wieder in Richtung Vejle zurückfuhr.

Als es nicht mehr zu sehen war, ging er los, die schmale asphaltierte Straße hinunter. Von hier aus war es fast noch ein Kilometer bis zu dem Feldweg, der zur Fischzucht führte, doch er hatte sich vorsichtshalber an dem Bauernhof absetzen lassen.

Ursprünglich hatte er geplant, in Vejle umzusteigen und mit dem Zug nach Brande zu fahren, um sich dort ein Taxi zu nehmen, aber das Treffen mit Margrethe Franck hatte ihn wachsamer werden lassen.

Er hatte sich alle Passagiere in seiner Nähe eingeprägt. Dann hatte er den Bahnhof in Vejle verlassen und war aufmerksam durch die nächsten Straßen geschlendert, bevor er zum Bahnhof zurückgekehrt war und sich ein Taxi gesucht hatte, das ihn die ganze Strecke bis zur Fischzucht brachte.

Nicht ein einziges Mal hatte irgendetwas sein Misstrauen erregt, und es beruhigte ihn zumindest ein bisschen, wenn er sich ins Gedächtnis rief, dass man sich auf Margrethe Franck verlassen konnte. Auch wenn es niemanden gab, auf den das hundertprozentig zutraf.

Es fing schon an zu dämmern, als er auf den staubigen Feldweg mit den Schlaglöchern abbog, der durch die Felder zu den Teichen führte.

Es war ein langer Tag gewesen, ein anstrengender Tag. Er war erschöpfter als nach dem Fällen, Entasten und Zerhacken von einem Dutzend Fichten.

Das erste Donnergrollen im Westen klang wie das ferne Knurren eines leeren Magens. In dem schwindenden Licht erahnte er die schwarze Wolkenwand, die sich am Horizont auftürmte, und ein Windhauch streifte seine Wange.

Als er die Senke mit den ersten Bäumen erreichte, war es immer noch schwül, obwohl es schon spät war, und ein klärendes Gewitter wäre angenehm gewesen. Aber das Unwetter ließ auf sich warten.

Er folgte der Reifenspur, die zu der Lichtung führte, wo der Wald einen Ring um seine baufällige Behausung bildete. Es versprach eine Nacht zu werden, in der Regen durch das Dach dringen und in die vielen Eimer tropfen würde, wie eine befreiende Symphonie nach den Strapazen des Tages.

»He, Speedy! Lass den Mann in Ruhe. Komm!«

So nah. Und doch so weit, so unendlich weit weg …

Wenn er zu Hause war, würde er sich mit dem kleinen Foto von Magnus und einem Becher Kaffee an den Küchentisch setzen.

Der schwarze Opel Vectra hielt am Straßenrand, dort wo der Schotterweg abzweigte. Zwei Männer saßen darin. Der Mann auf dem Beifahrersitz hielt einen Monitor in der Hand, mit dem sie den kleinen roten Punkt seit dem Friedhof am Rande von Høng verfolgt hatten.

»Wo sind wir hier? Am Arsch der Welt, wo sich Fuchs und Hase Gute Nacht sagen?«

Der Mann hinter dem Steuer lehnte sich gegen die Nackenstütze und grinste seinen Kollegen an, der nun das Handschuhfach durchwühlte. Er fand, was er gesucht hatte: eine Taschenlampe. Dann ließ er das Fenster herunter und leuchtete nach unten auf den Straßenrand. Rechts von dem Feldweg stand ein kleiner Stein. Obwohl ein Großteil der weißen Farbe abgeblättert war, konnte man die Schrift darauf noch einigermaßen erkennen.

»Nummer 38«, sagte der Mann auf der Beifahrerseite gähnend. »Moment, ich hab's gleich.«

Er tippte die Information in den Computer ein und wartete ein paar Sekunden.

»Ottesens Fischzucht, gehört einem gewissen Johannes Ottesen, wohnhaft vor Ort.«

»Fischzucht? Na ja, warum nicht? Ich ruf mal lieber an und sag ihm Bescheid.«

»Er müsste den Storebælt inzwischen hinter sich haben, oder?«

»Bestimmt. Ich wüsste nur gern, ob er uns dabeihaben will. *Your gun*?«

»In der Tasche auf dem Rücksitz.«

»Gut. Warten wir's ab.«

34.

Das Gewitter wütete so heftig, dass bei jedem Donnerschlag das ganze Haus wackelte. Das Unwetter war lange unterwegs gewesen. Jetzt war es direkt über ihm und hatte nicht an Kraft verloren.

Die Blitze folgten ganz kurz aufeinander. Er musste die Jalousien gar nicht hochziehen, um zu wissen, dass die gewaltigen Entladungen die Dunkelheit da draußen vollständig erhellten.

Er saß immer noch am Küchentisch. Seit er nach Hause gekommen war, saß er so da. Das Licht war aus, aber er hatte eine Kerze angezündet, die er mit einem Wachstropfen auf einer Untertasse befestigt hatte.

Magnus' Foto lag vor ihm auf dem fleckigen Tischtuch. Er hatte es immer wieder in die Hand genommen und dann weggelegt, war liebevoll mit dem Zeigefinger über das Gesicht seines Sohnes gefahren. Wie schon tausendfach zuvor.

Draußen hatte es angefangen zu schütten. Kräftige Böen peitschten die dicken, schweren Tropfen gegen die Fensterscheiben.

Er war durch das Haus gegangen und hatte noch einen weiteren Eimer und eine Spülschüssel aufgestellt. Der Regen war nicht die symphonische Linderung, die er sich vorhin auf dem Feldweg ausgemalt hatte. In dem heruntergekommenen Haus, das den wütenden Elementen der Natur nicht viel entgegenzusetzen hatte, herrschte eher eine Kakophonie aus Krach und Geplätscher.

Er verspürte eine abgrundtiefe Leere. Wann dieses Gefühl alles andere fortgespült hatte, konnte er nicht sagen. Aber Magnus war trotzdem immer wieder aufgetaucht. Zwischen den Spekulationen über seine Schuld am Tod des Museumsdirektors und Flashbacks und Erinnerungen an Margrethe Franck.

Als er entlang der Reifenspur nach Hause gegangen war, hatte das Gefühl ihn übermannt. Es hatte im Zwerchfell begonnen. So heftig, dass er sich die Hand auf den Bauch legen musste. Ein erdrückender Schmerz, geradezu physisch, sodass er sich jetzt wie eine leere Hülle vorkam.

Der Gedanke war trostlos. Es musste ein ganzes Jahr vergehen, bevor er das nächste Mal die Chance haben würde, Magnus zu sehen. Ein ganzes Jahr mit all den unglaublichen Veränderungen, die bei Teenagern stattfanden – Körpergröße, Statur, Lachen, Lebensweise und Gedankenwelt. Da war alles im Wandel.

Gleichzeitig erahnte er eine verräterische Erleichterung im Windschatten der tosenden Leere. Zwölf Monate lagen vor ihm. 365 Tage ohne die heftigen Gefühlsstürme, die ihn aus der Bahn zu werfen und das empfindliche Gleichgewicht zu zerstören drohten, das er allmählich gefunden hatte. Er konnte nicht anders, als …

Ein ohrenbetäubendes Krachen über den Baumkronen ganz in der Nähe ließ die alten Fensterscheiben klirren.

Sekunden später ging im Schlafzimmer der Alarm los.

Er stürmte nach oben und riss die Schranktüren auf. Kamera eins, die er neben der Fahrspur installiert hatte, war ausgelöst worden. Die Lampe blinkte. Auf dem Infrarotbild sah er den schwarzen Umriss eines Mannes. Das Gesicht war nicht zu erkennen. Der Mann duckte sich im prasselnden Regen, sein Blick war nach unten auf den matschigen Weg gerichtet, der von dem kleinen Lichtkegel seiner Taschenlampe erhellt wurde. Er lief im Zickzack vorwärts, um den tiefsten Pfützen auszuweichen.

Blitzschnell überprüfte Oxen die restlichen Kameras. Alles ruhig. Es gab keine weiteren Anzeichen von Bewegung in seiner Sicherheitszone. Er griff nach der Pistole, die wieder im Schulterholster an der Wand steckte und lud sie auf der Treppe nach unten durch. An der Hintertür warf er sich hastig die dunkelgrüne Regenjacke über und schlich nach draußen in die Dunkelheit.

Der Regen peitschte ihm ins Gesicht, und seine Schuhe waren längst völlig durchnässt, weil man den tiefen Löchern auf dem Weg unmöglich ausweichen konnte.

Auf ein solches Wetter war er nicht vorbereitet. Als ihn die gute Nachricht erreicht hatte, war er einfach ins Auto gesprungen und losgefahren.

Margrethe Franck hatte auf wundersame Weise geschafft, was ihm selbst nicht gelungen war: Kontakt zu dem verschwundenen Kriegsveteranen herzustellen.

Seine beiden privaten Helfer hatte er nach einem langen Tag nach Hause geschickt. Manche Dinge musste man selbst in die Hand nehmen.

In diesem wahnsinnigen Regen wäre es viel bequemer gewesen, auch noch das letzte Stück zu fahren. Aber er hatte den Wagen an der Fischzucht abgestellt. Und zwar aus einem einzigen Grund: Er hoffte, auf diese Weise eine gewisse Demut zu demonstrieren. Immerhin hatte er den weiten Weg auf sich genommen, von der Hauptstadt bis in diesen hintersten Winkel der Welt, und kämpfte sich sogar durch Matsch und Wassermassen, um zu Niels Oxens heimlichem Rückzugsort zu gelangen.

Es war seine Art, die weiße Fahne zu hissen. Ein Signal, das ein Soldat verstand. Was dann weiter geschehen würde, blieb abzuwarten. Er hatte keine Ahnung, aber er würde sein Bestes geben. Und er würde vorsichtig tun, was er immer tat – das Spiel spielen.

Der Weg endete an einem offenen Platz. Hinter einem kleinen verfallenen Haus erhob sich der Wald wie eine schwarze Wand.

Alles war dunkel, bis auf zwei schwache Lichtstreifen am Rand des Fensters links vom Hauseingang. Ein paar Treppenstufen führten zur Tür, von der die Farbe abblätterte.

Er betrat die erste Stufe. Ihm blieb nichts anderes übrig, als höflich anzuklopfen – und darauf zu hoffen, dass der tapfere Soldat nicht endgültig durchgeknallt war und ihm mit einem Jagdgewehr den Kopf wegpustete.

Es gelang ihm, noch zweimal mit der Faust an die Tür zu klopfen, ehe er etwas Kaltes im seinem Nacken spürte.

»Keine Bewegung. Ich habe eine Pistole in der Hand. Machen Sie genau, was ich sage. Verstanden?«

Er hatte sich aus dem Haus geschlichen und hinter ein paar niedrigen Kiefern am Rand der Lichtung versteckt. Dann hieß es nur noch, den richtigen Moment abzupassen und sich unbemerkt dem Fremden zu nähern, der aus irgendeinem Grund so spät am Abend zu seinem Haus gekommen war, noch dazu während ein Unwetter tobte.

Die große Gestalt nickte langsam.

»Ganz ruhig, Niels Oxen … kein Grund zur Aufregung, ja?«

35.

Der Chef des Inlandsnachrichtendienstes Axel Mossman schien die kleine Küche fast auszufüllen. Er hatte ganz vergessen, wie groß, kantig und grobschlächtig der Mann in Wirklichkeit war.

Mossmans triefnasser Mantel lag zusammengeknüllt auf dem Küchentisch, und seine Schuhe hatten eine nasse Spur auf dem Linoleumboden hinterlassen. Jetzt saß er da und ragte wie eine Felsklippe bedrohlich hinter der Kerze auf.

Er hatte den PET-Chef nicht willkommen geheißen und ihm nicht die Hand geschüttelt. Hier war keine Zeit für formelle Höflichkeiten. Man hatte ihn gefunden. Sein Versteck war aufgeflogen. Die Lage war ernst, ausgesprochen ernst.

Er hatte den großen Mann durchsucht, aber nichts gefunden, legte deshalb seine Pistole ab und setzte sich zu ihm.

»Warten Ihre Leute draußen?«, fragte er und nickte zum Fenster hinüber.

Das Gewitter war abgezogen, aber der Regen prasselte immer noch herunter.

Mossman schüttelte den Kopf. »Nein, ich bin allein.«

»Sollte da draußen doch noch jemand sein, wäre das ziemlich schlecht für Sie. Das Gelände ist rundum überwacht. Also tun Sie sich selbst den Gefallen und pfeifen Sie Ihre Männer zurück.«

»Wie gesagt, ich bin allein. Meine Männer habe ich nach Hause geschickt.«

Seine Antwort schreckte die Krähe auf, die einen Satz machte und anfing, in ihrer Kiste zu rumoren.

»*Well,* Sie haben einen Untermieter …«

Er hatte ganz vergessen, dass Mossman halber Brite war und alles dafür tat, ein ganzer zu werden.

»Dann hat Margrethe Franck also gelogen. Ich wurde doch beschattet.«

»Nein, Oxen, das hat sie nicht. Weil sie es nicht wusste. Wir haben Sie auf Ihrem gesamten Heimweg observiert.«

»Offenbar mit fähigen Leuten. Ich habe niemanden registriert.«

Mossman lächelte nachsichtig.

»Sie hätten nicht mal jemanden bemerkt, wenn Sie am Hinterkopf Augen hätten. Erinnern Sie sich an den Friedhofsgärtner?«

Oxen nickte. Der Alte mit der Schubkarre, der über die vielen Blumen auf Bosses Grab gesprochen hatte.

»Der Gärtner war einer von uns. Er hat einen kleinen, flachen GPS-Sender an Ihrem Hemd befestigt, nicht größer als ein Fingernagel. Auf diese Weise konnten wir Ihnen von Høng bis hierher folgen – in sicherem Abstand.«

Er ärgerte sich maßlos. Und er spürte, wie die Wut in ihm schwelte, weil ihn jemand hereingelegt hatte und in sein Revier eingedrungen war. Es war schon das zweite Mal, dass Mossman sich aufdrängte. Zuletzt hatte der Riese vom PET ihn in den Fall um die gehängten Hunde hineingezogen, gerade als er von der Bildfläche verschwinden wollte. Es fiel ihm schwer, sich zu beherrschen.

»Arschloch.«

»GPS ist eine fantastische Erfindung – mit ungeahnten Möglichkeiten.«

»Was wollen Sie? Es hat sich nichts geändert. Sie werden das Video mit dem Justizminister nicht bekommen. Niemals.«

»Selbst ein ganzes Jahr zum Nachdenken hat keine Wirkung gezeigt? Sie vertrauen mir immer noch nicht, Soldat.«

»Dazu habe ich auch keine Veranlassung.«

»Dann denken Sie nach wie vor, ich wäre direkt in den Danehof involviert – oder sein Laufbursche? Freiwillig oder gezwungenermaßen. Ausgeschickt, um die kompromittierende Aufnahme des mordenden Justizministers zu finden. Ist das eine korrekte Zusammenfassung unseres letzten Gesprächs im Krankenhaus in Aalborg? Wie geht es eigentlich Ihrer Schulter? Ich hoffe, es ist alles in Ordnung?«

»Wenn Sie wollten, dann hätten Sie den Justizminister längst am Haken, *all in.*«

»Das ist mir leider auch schon bei Margrethe aufgefallen. Dieses Misstrauen, das alles vergiftet. Und wissen Sie was, Oxen? Dieses Misstrauen ärgert und enttäuscht mich.«

»Was wollen Sie?«

»Wäre es vielleicht möglich, eine Tasse Tee zu bekommen?«

»Ich habe keinen Tee.«

»Dann Kaffee. Es gehört sich doch eigentlich, unerwartetem Besuch Kaffee anzubieten.« Mossman gluckste leise.

Oxen stand auf, kippte den Rest des kalten Kaffees aus seinem

Becher in die Spüle, setzte Wasser auf und nahm einen zweiten Becher aus dem Schrank. Seinen einzigen, etwas angeschlagenen Ersatzbecher. Außerdem besaß er drei flache und einen tiefen Teller, bescheidene Hinterlassenschaften der letzten Hilfsarbeiter.

Er schüttete Pulverkaffee in die Becher. Keiner von ihnen sagte etwas.

»Erzählen Sie mir, wie es Ihnen geht, Oxen.«

Die tiefe Stimme hinter seinem Rücken durchbrach das Schweigen, sie klang ganz natürlich und die Frage aufrichtig. Das war der Haken bei einem langjährigen Spionagechef und Meister seines Fachs: Man wusste nie, woran man war.

»Interessiert Sie das?«

»Natürlich, mein Freund. Ich habe immer auf Ihrer Seite gestanden. Ich habe Sie in eine bestimmte Richtung gelenkt, *yes*, und ich habe Ihre vortrefflichen Dienste in Anspruch genommen, *yes*, aber ich wollte Ihnen nichts Böses … Geht es Ihnen inzwischen besser oder quält Sie die Vergangenheit immer noch?«

»Mir geht es gut.«

»Hmm.«

»Hier.«

Er stellte den großen Becher, bis zum Rand gefüllt mit dampfendem pechschwarzem Kaffee, vor Mossman auf den Tisch und setzte sich wieder.

Es würde einer der letzten Momente in dieser Küche in dem kleinen Haus für ihn sein. Nachdem Mossman ihn gefunden hatte, war alles möglich. Auf einmal war es Zeit, Johannes Fisch zu verlassen. Er wäre gern noch eine Weile geblieben, um dem Alten weiter zu helfen.

Noch drei, vier Tage, dann war er mit dem westlichen Teil des Fichtenwalds fertig. Das würde er noch erledigen, dann war Schluss. Und alles nur wegen dieses unwillkommenen Gastes, der hier an seinem Tisch saß und kochend heißen Kaffee schlürfte.

»Im Grunde haben Sie natürlich recht, Oxen«, sagte Axel Mossman. »Ich wäre gern im Besitz dieser Aufnahmen, die zeigen, wie der Justizminister zum Täter wird. Das will ich nicht abstreiten. Und ich erinnere mich auch, dass Sie das Video im Krankenhaus als Ihre Lebensversicherung bezeichnet haben. *Well,* das kann ich gut verstehen. Also lassen wir das beiseite – und steigen an einer anderen Stelle ein.«

Der Becher verschwand zwischen Mossmans riesigen Händen. Er trank einen Schluck und fuhr dann fort.

»Sehen Sie, Oxen … Ich werde bald ein alter Mann sein, nein, ich *bin* ein alter Mann. Und ich bin schon lange in diesem Geschäft. Wenn ich zurückdenke, kommt es mir so vor, als ob mein gesamtes Leben nur aus Ermittlungen bestand. Offene, verdeckte, Ermittlungen unter absoluter Geheimhaltung. Es ging darum, Informationen zu sammeln, auszutauschen und zu analysieren. Das ist alles wichtig, äußerst wichtig für unsere Sicherheit. Irgendjemand muss sich um solche Dinge kümmern. Aber wir alle haben einen Ausgangspunkt, einen Ort, wo wir herkommen. Bei mir war es die gute alte Kriminalpolizei. Dafür habe ich gebrannt. Aber ich habe mich im Lauf der Zeit immer weiter davon entfernt. Und jetzt kehre ich zurück, der Kreis schließt sich.«

Mossman lehnte sich ein wenig nach hinten, und der Stuhl knarrte gefährlich. Aber er ließ sich davon nicht stören. Der PET-Chef sah ihn durchdringend an.

»Meine Stelle ist auf sechs Jahre befristet. Entgegen allem, was üblich ist, habe ich sie mehrmals verlängern können, und in zwei Jahren ist unwiderruflich Schluss. Aber ich will nicht so lange bleiben. In einem Jahr werde ich aufhören. Mich fasziniert die Idee, den Zeitpunkt dafür selbst zu wählen. Eine kleine Bombe platzen zu lassen, damit sie alle ins Schwitzen kommen, und dafür zu sorgen, dass sie wie aufgescheuchte Hühner durch die Flure rennen. Der Teufel soll mich holen, wenn ich meine Zeit bis zum Ende absitze und dann pünktlich meinen Schreibtisch räume, *no, no* … Erinnern Sie sich noch an Ryttinger, den alten

Mann, den ich erwähnt habe, als wir uns im Krankenhaus unterhalten haben?«

Der Name kam ihm bekannt vor, aber sein ratloses Gesicht sprach offenbar Bände, denn Mossman lieferte sofort die Details.

»Karl-Erik Ryttinger, der große Mann der dänischen Schwerindustrie, als es die hierzulande noch gab.«

Er nickte.

»Erinnern Sie sich jetzt?«

»Dunkel.«

»*Well,* ich war damals noch jung und bei der Mordkommission in Kopenhagen. Ryttinger wurde mit neunundachtzig im ersten Stock seines großen Palais am Strandvejen erschossen. Die Polizei ging von einem Einbruch aus. Aber bevor der Alte starb, schaffte er es noch, mit seinem eigenen Blut etwas auf den Boden zu schreiben.«

Oxen nickte. Jetzt wusste er es wieder.

»Danehof.«

»Korrekt, Oxen. *Danehof.*«

Langsam fiel ihm die ganze Geschichte wieder ein. Es gab Parallelen zu Dingen, die auch in dem Tagebuch standen, das er aus dem Versteck des ehemaligen Botschafters Corfitzen auf Nørlund Slot hatte mitgehen lassen.

Der entscheidende Punkt war, dass Karl-Erik Ryttinger, der Besitzer von Ryttinger Eisen, unter einer beginnenden Demenz litt. Wenn er Mossmans Geschichte richtig in Erinnerung hatte, dann war damals kostbarer Schmuck gestohlen worden – aber andere Wertgegenstände hatte der Dieb links liegen lassen. Und der tödliche Schuss war sehr präzise gewesen.

»Und nur ein Schuss, mitten ins Herz, richtig?«

Mossman nickte.

»Also, *shoot to kill.*«

»Ganz genau, Oxen.«

»Aber was geht mich das alles an? Worauf wollen Sie hinaus?«

»Geduld, mein Freund. In meinem Fach gibt es ein bekanntes … nun, nennen wir es Phänomen. Viele meiner Kollegen, engagierte Menschen, beenden ihre professionelle Laufbahn, nehmen aber einen Fall mit in den Ruhestand. Diesen einen verfluchten Fall, der sie permanent beschäftigt und quält. So einen Fall habe ich auch: den vorsätzlichen Mord an Karl-Erik Ryttinger. Aber um ihn aufzuklären, muss ich den ganzen Danehof zerschlagen. Man könnte auch sagen, dass ich als Chef des PET geradezu die *Pflicht* habe, eine derart kriminelle und undemokratische Institution wie den Danehof zu vernichten und jedes einzelne Mitglied des Danehof vor Gericht zu stellen. Und genau deshalb brauche ich Ihre Hilfe, Oxen. Nicht mehr und nicht weniger. Ist noch Kaffee da?«

Oxen stand auf und setzte frisches Wasser auf. Er war überrumpelt und voller Zweifel und Fragen, doch er erwiderte nichts. So lief das Spiel – alles zu seiner Zeit.

»Aber da ist noch etwas«, setzte Mossman wieder an. »Erinnern Sie sich, dass ich Ihnen bei unserem Gespräch im Krankenhaus von Gunnar Gregersen erzählt habe?«

»Von dem Sozialdemokraten, ja.«

»Lassen Sie mich Ihre Erinnerung kurz auffrischen: Gregersen war ein glänzendes politisches Talent. Und manisch-depressiv, wie sich herausstellte. Mitten in einer Phase des größten Erfolgs beging er Selbstmord. Das ist jetzt zwölf Jahre her. Eines Abends rief mich seine Witwe an, zutiefst unglücklich und betrunken. Sie hatte einen Umschlag gefunden, den ihr Mann hinterlassen hatte und der an mich adressiert war. Sie hatte sich den Inhalt kurz angesehen. Es ging darin um den Danehof oder, genauer gesagt, um den Danehof Ost. Ich sprang ins Auto und raste sofort nach Valby. Als ich ankam, lag die Frau tot auf dem Bürgersteig. Sie war vom Balkon gesprungen.«

»Und kein Umschlag weit und breit.«

Er stellte die beiden gefüllten Becher auf den Tisch und setzte sich wieder.

»Genau. Kein Umschlag. Als wäre ein Fall nicht schon genug … Ich habe Karl-Erik Ryttinger, aber ich schleppe auch Gunnar Gregersen mit mir herum, verstehen Sie? Beide Fälle hängen mit dem Danehof zusammen. *Dammit*, Oxen, es muss ein Ende haben. Das ist meine letzte Mission. Und vermutlich die ehrenhafteste von allen.«

»Ich verstehe immer noch nicht, was das mit mir zu tun hat.«

»Dazu kommen wir jetzt, mein Freund. Sie wissen, wer Malte Bulbjerg ist? Oder *war?*«

Er nickte. »Margrethe Franck hat mir heute auf dem Friedhof die ganze Geschichte erzählt.«

»Aber sie weiß nicht, dass ich weiß, dass Sie dem Museumsdirektor ein paar Originaldokumente des Danehof zugeschickt haben. Um ganz genau zu sein, handelt es sich um Tagebucheinträge des ehemaligen Botschafters und Leiters des Danehof Nord Hans-Otto Corfitzen. Aktuelle Notizen, bis zu dem Tag, als er auf seinem Bürostuhl in Nørlund Slot gestorben ist.«

»Wer sagt das?«

»Ich sage das. Die Mappe und die Dokumente tragen Fingerabdrücke, die ich zufälligerweise auf Lager habe: Ihre.«

»Und woher wissen Sie, wo ich meine Finger hatte?«

»Der Museumsdirektor hat mich kontaktiert, eine Weile nachdem Sie ihm die Unterlagen geschickt haben. Er hatte große Bedenken bei der ganzen Geschichte. Auch wenn die Einträge ziemlich blumig verfasst sind, erkennt jeder, dass das alles zum Himmel stinkt. Corfitzen erwähnt darin zum Beispiel ›die Wahnsinnstat unseres Justizministers Ulrik Rosborg‹. Und, ich zitiere frei aus dem Gedächtnis:

›Unsere Organisation arbeitet unter Hochdruck daran, die Bedrohung zu lokalisieren. Nachdem wir uns bezüglich der beiden verbliebenen weiblichen Gäste unserer Versammlung im Oktober zu einer endgültigen Lösung entschlossen hatten, betrachtete ich dieses Risiko als eliminiert. Leider habe ich mich geirrt.‹«

Mossman hob einen warnenden Zeigefinger und fuhr fort.

»Der Museumsdirektor konnte gut zwischen den Zeilen lesen: Zwei Frauen waren liquidiert worden. Nicht wahr? Corfitzen schrieb an anderer Stelle auch von ›Fräulein Zakalskytes beklagenswertem Tod‹. Also zwei plus eins – drei tote Frauen. Der Museumsdirektor bekam einen winzig kleinen Einblick in den komplexen Fall rund um die gehängten Hunde. Natürlich verstand er die Zusammenhänge nicht. Aber er war sehr besorgt, Oxen. Deshalb kam er zu mir.«

Mossman sah ernst aus. Oxen erinnerte sich plötzlich an seinen ersten Gedanken, als er im Krankenhausbett die Augen aufschlug und den PET-Chef mit hängenden Wangen über ihn gebeugt am Bett stehen sah. Mossman hatte das undurchschaubare Gesicht eines Bluthunds, fleischig, aber wachsam – und mit sympathischen traurigen Falten.

Die Passagen, die Mossman gerade zitiert hatte, kannte er selbst in- und auswendig, so oft hatte er die Tagebucheinträge und die anderen Unterlagen gelesen. Und jetzt kamen sie wieder hoch, die Spekulationen und Schuldgefühle aus dem Zug.

War er etwa doch verantwortlich für den Tod des Museumsdirektors?

»Wieso ist er ausgerechnet zu Ihnen gegangen? Kannten Sie sich?«

Mossman schüttelte den Kopf.

»Nein. Aber Sie und Margrethe haben ihn ja auf Nyborg Slot besucht und nach dem Danehof gefragt. Er wusste, dass Margrethe für den PET arbeitet. Sie hat es ihm selbst gesagt. Und der PET … das bin am Ende ich.«

»Haben die Unterlagen und der Tod des Museumsdirektors etwas miteinander zu tun?«

Mossman zuckte mit den Schultern. »Ich weiß es nicht. Ganz ehrlich.«

»Aber es wäre denkbar?«

»Das lässt sich nicht ausschließen.«

»Und das Kokain und die Spielsucht?«

»Menschen können einen manchmal überraschen.«

»Aber Sie werden etwas in der Sache unternehmen?«

Mossman zögerte einen kurzen Moment. Dann nickte er.

»Ja, das werde ich.«

Mehr wollte er dazu offenbar nicht sagen.

»Und was?«

»*Well,* ich führe meine eigenen, nennen wir es Nebenermittlungen in diesem Fall. Bis jetzt weiß ich nicht mehr als die Polizei vor Ort. Es gibt keine konkrete Spur, nur jede Menge lose Fäden.«

Mossman hob den Becher, als ihm plötzlich etwas einfiel.

»Aber behalten Sie das bloß für sich, *please*. Margrethe hat keine Ahnung davon.«

Mossman starrte die Krähe in der Kiste an. Der Regen prasselte immer noch gegen das Fenster.

Oxen schwieg und versank in seinen Gedanken. Das alles war zu viel für einen einzigen Tag. Der Spießrutenlauf in Kopenhagen, Magnus – nur wenige Meter entfernt, Margrethe Franck in Høng und ein freundlicher Friedhofsgärtner mit finsteren Absichten.

Ein einziger beschissener Tag fern von Fischs Zufluchtsstätte, und schon brachen sämtliche Katastrophen über ihn herein. Und als Krönung des Ganzen rückte Mossman an und baute sich wie eine bedrohliche schwarze Felswand in seiner Küche auf. Die sprachgewandte Geheimdienstlegende, die es fertigbrachte, aus Weiß Schwarz und aus Schwarz Weiß zu machen. Axel Mossman war ein schlechtes Omen.

»Sagen Sie mir … Selbst wenn ich diese Unterlagen tatsächlich an den Museumsdirektor geschickt hätte, selbst wenn sie auf etwas Verdächtiges hindeuten würden … Warum suchen Sie nach mir? Wieso kommen Sie hierher, noch dazu bei diesem Unwetter? Um mich um Hilfe zu bitten, sagen Sie. Um Hilfe? Wie sollte ausgerechnet ich Ihnen helfen können?«

Mossman legte seine Pranken um den Becher und sah ihm direkt in die Augen.

»Ich bin gekommen, Oxen, weil … weil ich etwas rieche … Sie sind ein ziemlich ungewöhnlicher Mensch. Sie sind einer, der überlebt. Das zeigt Ihre Geschichte. Sie sind ein intelligenter Mensch, und ein außerordentlich tatkräftiger noch dazu. Sie sind darauf trainiert, zu analysieren, kurzfristig und auf lange Sicht zu denken. Informationen zu sammeln, Nachrichten zu bewerten und Perspektiven zu erkennen. Sie sind darin geschult, nie alle Türen auf einmal zu schließen, alles im Blick zu behalten und immer einen Plan B parat zu haben. Ich bin hier, weil ich davon überzeugt bin, dass Sie noch mehr haben. Und das, was Sie haben, sollen Sie mir zur Verfügung stellen und mir damit helfen, den Danehof zu zerschlagen. Deshalb bin ich hier.«

Oxen schüttelte den Kopf, langsam und mehrmals. Und er trank einen Schluck. Mossman sah exakt so aus wie das, was er nicht war: die personifizierte Unschuld. Und der Kaffee war inzwischen verdammt kalt.

»Sie sollten nicht hier sitzen und beharrlich den Kopf schütteln, Soldat.« Mossmans Bluthund-Brauen sanken ganz nach unten über die schweren Augenlider. »Sie *haben* mehr. Sie haben Material zurückbehalten, genau wie Sie die Videoaufnahmen als Lebensversicherung versteckt haben. Sie haben sich doch nicht mit Tagebucheinträgen zufriedengegeben, wenn Sie auch Zugang zu anderen Informationen hatten. *Namen* … Ich brauche *Namen.* Geben Sie sich einen Ruck, Oxen. Erfüllen Sie einem alten Mann auf seiner letzten Mission einen Wunsch: Zeigen Sie mir die Tür zum Danehof.«

Mossman versuchte es wieder. Er sah streng aus, und gleichzeitig überzog er alles mit Zuckerglasur. Schwarz wurde Weiß. Und Oxen traf instinktiv eine Entscheidung.

»Das kann ich nicht. Ich habe nichts. Nicht mehr als das, was ich dem Museumstypen geschickt habe. Und die Videoaufnahme, aber die werden Sie niemals bekommen. Also, wie Sie sehen, kann ich Ihnen leider nicht behilflich sein.«

»Das hier ist kein Spiel, Oxen.«

»Genau deshalb.«

»Dann muss ich also unverrichteter Dinge gehen. Aber ich bitte Sie, noch einmal gründlich über alles nachzudenken, wenn ich wieder weg bin. Sie können sich jahrelang vor dem Danehof verstecken, aber eines Tages wird der Justizminister vielleicht von einem Auto überfahren oder erleidet einen Schlaganfall. Dann ist Ihre Police abgelaufen und die werden gnadenlos hinter Ihnen her sein. So kann es nicht bleiben, Soldat. Sie werden sich ein neues Leben aufbauen müssen. Sie haben einen Sohn. Hat er nicht etwas Besseres verdient? Sie müssen Ihre eigene Schlacht gegen den Danehof schlagen, genau wie ich. Aber zusammen sind wir stärker. Überlegen Sie es sich gut.«

Mossman zog sein Notizbuch aus der Tweedjacke.

»Hier«, sagte er und legte seine Visitenkarte auf den Tisch. »Und danke für den Kaffee. Es hat mich gefreut, Sie wiederzusehen.«

Der große Mann stand auf und griff nach seinem tropfnassen Mantel.

Oxen begleitete ihn nach draußen. Es schien, als würde Mossman einen kurzen Moment zögern. Trotzdem öffnete er die Tür und ging die drei Stufen nach unten in den Matsch. Es regnete immer noch. Nicht mehr so heftig, aber anhaltend und gleichmäßig.

Mossman hob eine Pranke zum Gruß, drehte sich um und ging los. Aber nach wenigen Schritten blieb er stehen und drehte sich noch einmal um.

»Eine letzte Sache, Oxen. Nehmen Sie es als Ausdruck meiner Aufrichtigkeit. Den letzten Appell eines verzweifelten Menschen …«

Oxen blieb in der Tür stehen und sah den Mann im Regen fragend an.

Mossman fuhr fort. Er brüllte mit einem Mal, laut und polternd.

»Ich weiß, wer Ihren Hund getötet hat! Ich weiß, wer ihn an einem Baum aufgehängt hat. Mr White, hieß er nicht so?«

Oxen erstarrte. Eine Lawine rollte durch seinen Körper und er gefror zu Eis.

»*Ich* war es! Ich habe den Befehl erteilt, Ihren Hund aufzuknüpfen«, dröhnte die dunkle Gestalt vor seinem Haus.

Oxen konnte sich nicht rühren. Er bekam kein Wort heraus.

»Hören Sie, Soldat? *Ich!* Ich hatte keine andere Wahl. Ich musste Sie aus Ihrer Trance reißen! Ich musste den Knopf drücken und Sie aktivieren. *Ich* war das. Im Dienst einer größeren Sache, verdammt noch mal. Viel größer als ein Hund!«

Es lief wie in einzelnen Bildern vor ihm ab. Wie er sprang. Wie er auf den großen Schatten zuflog. Der erste Schlag. Seitlich gegen den Kiefer. Dann wurde alles immer schneller und die Bilder hingen wieder zusammen.

Axel Mossman machte nur einen Schritt, dann kippte er rücklings um, als wäre er an der Wurzel gefällt worden.

Oxen legte mit einem brutalen Schlag in den Magen des PET-Chefs nach, noch bevor der alte Baum auf dem Boden aufschlug. Er nahm nichts mehr wahr und schrie immer wieder: »Du Schwein, du mieses Schwein!«

Seine Tritte hagelten auf Mossmans Körper nieder, der nur dalag und alles entgegennahm, ohne sich zu wehren.

Dann hörte Oxen auf. Er packte Mossman am Mantelkragen, schleifte ihn über den kleinen matschigen Vorplatz und schleuderte ihn auf die völlig überschwemmte Fahrspur.

»Verschwinden Sie und lassen Sie mich ein für alle Mal in Ruhe!«

Damit rannte er zum Haus, die Treppe hoch und knallte die Tür hinter sich zu.

Er war noch immer in Aufruhr, als er wenig später in der kleinen Küche auf und ab tigerte wie ein eingesperrtes Raubtier.

Schließlich zog er die Jalousie hoch und spähte nach draußen in die Dunkelheit.

Nur schemenhaft konnte er erkennen, wie die große schwarze Gestalt langsam auf alle viere kam und sich hochrappelte.

Ein paar Augenblicke später stand Axel Mossman wieder auf beiden Beinen. Wankend marschierte er los, durch Schlamm und Wasser, ohne sich noch einmal umzudrehen.

36.

Es war immer etwas Besonderes, direkt zu den Leuten zu gehen, den Wählern zu begegnen, hier, wo alle Urlaub machten. Vor allem jetzt im August, nachdem sich die Ferienhysterie gelegt hatte und viele schon wieder arbeiteten. Es war ruhiger und im ganzen Ort herrschte eine angenehm entspannte Atmosphäre.

Er liebte diese kleinen Auszeiten. Noch war alles friedlich, noch dauerte es, bis das Parlament seine Arbeit wiederaufnahm.

Mette und die Kinder waren vollauf damit beschäftigt, das neue Haus einzurichten, das zwar auch in Nødebo stand, aber viel größer war als ihr altes. Endlich hatten sie mehr Platz für die Familie und für die Pferde. In einem schwachen Moment hatte er den Kindern schon versprochen, dass sie dieses Jahr zwei neue dazubekommen würden. Sie hatten sich auf Westernponys geeinigt. Ihnen standen jetzt volle zwölf Hektar zur Verfügung.

Hier in Gilleleje fühlte er sich heimisch. Sie besaßen schon seit vielen Jahren ein Ferienhaus, aber im letzten Winter hatten sie den Aufstieg geschafft, von dem sie schon so lange träumten – vom Ende des Grøntoften in den Carl-Lendorfs-Vej in der ersten Reihe, bequeme vierzig Meter vom Strand entfernt. Dieser Tigersprung war teuer gewesen, aber eine solche Gelegenheit bot sich nicht alle Tage. Und … er gehörte nun mal in die erste Reihe.

Er war bekannt in Gilleleje. Ja, aus den vielen Kommentaren, lächelnden Gesichtern und spontanen Grüßen auf der Straße ließ sich nur schließen, dass man ihn hier respektierte und schätzte.

Einiges davon war sicher auf den natürlichen Drang der Menschen zurückzuführen, die Nähe eines Spitzenpolitikers zu suchen. Erst recht wenn es sich um den Justizminister handelte. Solche Leute gab es immer, aber er spürte auch den Rückhalt, den er in der breiten Bevölkerung genoss. Und das sogar ohne dabei auf die Beliebtheitslisten der Medien zu schielen, die er, nebenbei bemerkt, souverän anführte.

Der heutige Abend war der beste Beweis. Er hatte in einem Restaurant am Hafen zu Abend gegessen. Er saß allein an seinem Tisch, wie immer in einer der Fensternischen, damit er das Treiben im Hafen beobachten konnte, wo eine beachtliche Flotte von Fischerbooten lag. Vor ihm ein herrlicher Hummer und ein exzellenter Chablis von Billaud-Simon.

Sie waren einer nach dem anderen an seinem Tisch erschienen. Fabrikant Steen samt Gattin, der Gas-und-Wasser-König Holger Neumann, Bo Juul höchstpersönlich, seines Zeichens Geschäftsführer der DanaBuild International, und noch mehr Lokalprominenz, nicht zuletzt Friseur Tommy »The Scissors« Palsby, der viele namhafte Politikerkolleginnen zu seiner Kundschaft zählte.

Tommy hatte sich zu ihm gesetzt und ein Glas mit ihm getrunken. Und dann waren da noch viele ganz normale Menschen gewesen, die ihm zugenickt und ihn angelächelt hatten.

Nach dem Essen hatten er und »The Scissors« sich noch ein schlichtes Bier in der Brasserie gegenüber genehmigt. Und obwohl es bei einem blieb, hatte er beschlossen, sein Auto stehen zu lassen. Auch wenn es nicht weit bis nach Hause war – diese Art Leichtsinnsfehler würde er nicht begehen.

Jetzt schlenderte er gerade am Jachthafen vorbei und weiter durch den alten Ortskern. Er spazierte einfach vor sich hin und nahm sich die Zeit, nach links und rechts zu grüßen. Ein paarmal blieb er sogar für ein kurzes Schwätzchen stehen.

Nach dem Weißwein und dem dunklen Bier war er vielleicht ein bisschen redseliger als sonst. Er fühlte sich total entspannt und pudelwohl und freute sich darauf, ins Ferienhaus zu kommen und seine Angelausrüstung herzurichten.

In einer Stunde wollte er auf dem Wasser sein. Es genügte ihm völlig, ein kleines Stück hinauszurudern. Herrgott, man musste ja nicht jedes Mal ewig an der Küste entlangschippern, nur um eine Handvoll Schollen zu angeln. Die Wattwürmer hatte er heute Nachmittag eigenhändig ausgegraben. Es gab ihm ein gutes Gefühl, solche Sachen selbst zu erledigen.

Das mit den Wattwürmern und das mit dem Selbermachen, das musste er sich merken und daran denken, es bei passender Gelegenheit zu erwähnen. So etwas machte sich immer gut im Fernsehen. Ein authentischer, sympathischer Wesenszug. Das blieb den Zuschauern im Gedächtnis.

»Hallo, Ulrik, bist du fit fürs Morgenmagazin? Irgendwas mit Kochen, die Lieblingsgerichte der Promis, ja, du sollst selbst ein bisschen in der Küche zaubern.« Ungefähr so hatte es geklungen, als Lizette neulich bei ihm angerufen hatte. Sie war Produzentin und eine richtig gute Freundin von ihm. Sie hatten schon eine Reihe von Sendungen über gesunde Ernährung zusammen gemacht, nachdem die Serie »Ministerfrühstück« ausgelaufen war. Und seit Kurzem diskutierten sie darüber, wie ein gemeinsames Format über Sport aussehen könnte.

Es war nicht schwer gewesen, Lizette davon zu überzeugen, ein Kamerateam vorbeizuschicken und live aus der Sommerküche des Ministers am Strand von Gilleleje zu senden, statt ihn im Studio kochen zu lassen. Das versprach schöne Bilder mit Sand, Wellen, Ruderboot und Angelrute.

Wenn sie ihn zu Hause filmten, hatte das eine viel stärkere Wirkung als ein Minister in der Fernsehküche. Es war wichtig, dass die Zuschauer hinter die Fassade schauen konnten, dass sie den echten Menschen in einer echten Umgebung zu sehen bekamen.

Er war schon so lange in der Politik und so oft im Fernsehen gewesen, dass er mehr auf sein Image achtete als die meisten. Außerdem interessierte ihn das Thema.

»Hallo, Rosborg!«

Er drehte den Kopf zu dem hellgelben Haus. Die Frau des Staatssekretärs im Verteidigungsministerium stand im Garten und winkte. Er winkte zurück, aber er blieb nicht stehen. Er kannte sie ja eigentlich gar nicht.

Und er wollte jetzt aufs Wasser und seine Fische fangen, damit er den Zuschauern morgen früh in die Augen blicken und sagen konnte, dass der Justizminister *himself* sie geangelt hatte.

Lizette wünschte sich Bilder im Morgenlicht, wie er das Ruderboot an Land zog. Und das war okay, denn ob die Fische am Vorabend oder morgens um sechs gefangen worden waren, konnte sowieso kein Schwein unterscheiden.

Die Sachen, die er anziehen würde, hatte er auch schon bereitgelegt. Hellblaues Polohemd, weiße Leinenhose und Sportsandalen an nackten Füßen. Das würde gut aussehen, im Morgenmagazin aus der Ferienregion.

Wenn es stimmte, dass Fische während oder nach einem Gewitter besonders gut bissen, dann war heute genau der richtige Abend, um hinauszufahren.

Erst vor zwei Tagen war ein heftiges Unwetter über weite Teile Dänemarks hinweggefegt. Danach hatte er sich diese Karten in der Zeitung angesehen, auf denen die Anzahl registrierter Blitze verzeichnet war. Die Menge hatte ihn beeindruckt. Von der Nordsee bis zum Øresund, Blitz und Donner überall, bis das Unwetter mit unverminderter Stärke zu den Schweden weitergezogen war.

Mit etwas Glück steckte den Schollen das Wüten der Elemente immer noch in den Gräten und sie waren hungriger als sonst. In Wahrheit hatte er nicht die geringste Ahnung vom Angeln, aber das wussten die Zuschauer ja nicht. Im Grunde war es keine Kunst, einen Wattwurm an einen Haken zu stecken und einen Plattfisch aus dem Meer zu ziehen. Dafür wusste er genau, wie man sie putzen und braten musste.

Er legte die beiden Angelruten ins Boot und zog es die wenigen Meter ins flache Wasser.

Die Dämmerung brach schon herein, aber das war ihm egal. Er würde sich nicht weit vom Ufer entfernen, wo jede Menge Lichter leuchteten. In einer Stunde sollte das Ganze zu schaffen sein. Er brauchte nur vier hübsche Fische für die Pfanne.

Er schob die kleine Fiberglasjolle ins friedlich schwappende Wasser, steckte die Ruder in die Gabeln und entfernte sich mit langsamen, kräftigen Schlägen vom Ufer. Es war vollkommen windstill, ein herrlicher Abend, um ein wenig zu angeln. Er hatte eine Kühltasche eingepackt. Ein Leberwurstbrot und ein paar eiskalte Bier. Das gehörte einfach dazu. Normalerweise rührte er nur selten Alkohol an, aber hier an der Küste, fernab von den strengen Blicken der Frau Justizminister, war ein bisschen Genuss schon in Ordnung.

Ungefähr zweihundert Meter vom Ufer entfernt warf er den kleinen Anker aus. Soweit er sich erinnerte, war hier ein guter Platz mit vielen Sandflecken auf dem Grund. Er packte seine Stirnlampe aus, schaltete sie ein und steckte Köder an die beiden Haken. Die eine Schnur landete backbords im Wasser, die andere steuerbords, und er platzierte die Ruten so, dass sie rechtwinklig auf der Bootskante auflagen. Jetzt hieß es nur noch warten und die ganze Angelegenheit im Auge behalten.

Er machte sich ein Bier auf und trank einen Schluck. Es schmeckte fantastisch. Ehrlich gesagt, waren es weder seine asketische Einstellung noch die gesunde Lebensweise, die seinen Alkoholkonsum einschränkten. Es hatte einen anderen Grund. Und der stand in krassem Kontrast zu einem wunderbaren Abend wie diesem.

Der Mond versilberte die ruhige Wasseroberfläche. An der

Küste leuchteten die ersten Lichter der Ferienhäuser, manche ganz nah am Ufer, andere hoch oben auf dem Hügel, der wie eine dunkle Wand dahinter aufragte.

Er fühlte sich plötzlich klein und demütig. Und er war dankbar dafür, dass er die Krise seines Lebens hinter sich gelassen hatte. Die schicksalsschwere Nacht auf Nørlund Slot, als Corfitzen die fünf Auserwählten zur Versammlung des Ersten Rings Nord eingeladen hatte, war jetzt fast zwei Jahre her.

An jenem Abend hatte er zu viel getrunken. Aber nicht so viel, dass er sich nicht mehr erinnern konnte.

Trotzdem war irgendwo in seinem Kopf eine Sicherung durchgebrannt, als die Frau einen Lederharnisch und eine Trense ausgepackt und von ihm verlangt hatte, dass er es ihr besorgte, hart besorgte, verdammt, sie hatte ihn geradezu angefleht.

Und dann hatte etwas anderes die Kontrolle übernommen. Etwas, das er noch nie so heftig empfunden hatte.

Als er wieder zu sich kam, war es zu spät. Sie war tot.

Hier und jetzt, allein in der Dunkelheit, öffneten sich seine Sinne für die Eindrücke von damals. In seinem alltäglichen Leben war es ihm gelungen, diese unerfreuliche Angelegenheit mit seiner überragenden mentalen Stärke zu verdrängen. Er hatte jede Erinnerung daran so effektiv ausgemerzt und weggepackt, dass er sich manchmal tatsächlich fragte, ob er das wirklich erlebt hatte oder ob die Bilder in seinem Kopf nicht nur die Überreste eines bizarren Traums waren.

Langsam, aber sicher war seine Lebenskrise abgeflaut. Inzwischen vergingen Wochen, in denen er dem Geschehen keinen einzigen Gedanken mehr widmete. Das Leben ging weiter. Sein Weg nach oben setzte sich fort. Nachdem etwas Zeit verstrichen war, fand er zu seiner alten politischen Wendigkeit zurück. Niemand hatte bemerkt, dass er eine Weile so groggy gewesen war wie ein Boxer kurz vor dem Knock-out.

Er war wieder da. Er hatte alles unter Kontrolle. Und hier im

Mondschein empfand er Demut und Dankbarkeit dafür, dass alles so glücklich für ihn ausgegangen war.

Ein jahrhundertealtes Netzwerk aus Unterstützern hatte seine geradezu beängstigende Macht demonstriert und gründlich aufgeräumt. Das Geschehene wurde ungeschehen gemacht, die losen Enden wurden aufgesammelt und geschickt verknotet.

Trotzdem hing Ragnarök noch unheilvoll über ihm. Über Umwege hatte er erfahren, dass es ein allerletztes Sicherheitsrisiko gab.

Ein ehemaliger Elitesoldat, wenn auch traumatisiert und nicht ganz zurechnungsfähig, war angeblich im Besitz einer Videoaufnahme aus dem Zimmer im Schloss. Dieser Soldat war das einzige ungelöste Problem. Aber ein Problem war schon eins zu viel. Dieser Mann war kein Idiot, er wusste, dass er eine Veröffentlichung des Films mit dem Leben bezahlen würde, und trotzdem war es eine untragbare Situation, die ihm in schwachen Momenten Angst einjagte.

Als er endlich wieder Oberwasser gewonnen hatte und seine alte Tatkraft und sein Instinkt zurückgekehrt waren, hatte er darum gebeten, das Problem zu beseitigen.

Man arbeite an der Sache. Selbstverständlich. Dennoch hatte er sich zu Wort gemeldet und sein Anliegen noch einmal mit Nachdruck dargelegt. Und er hatte auch ein weiteres, etwas delikateres Thema angesprochen: seine Bezahlung. Zwei teure Hauskäufe hatten die Mehrheit seiner Aktienanteile am Familienunternehmen verschlungen – und noch weitere Rücklagen waren auf demselben Weg verschwunden. Jetzt war fast nur noch Schrott im Depot.

Es war nur recht und billig, nun seinen Verdienst anzusprechen. Loyalität hatte ihren Preis, und in seiner Position würde er bald der unbestrittene König sein.

Davon ging er aus, obwohl er naturgemäß nur die vier anderen Auserwählten im Ersten Ring kannte und sonst niemanden. Aber konnte der Danehof sich denn etwas Besseres wünschen, als den

Justizminister und sehr wahrscheinlich auch künftigen Staatsminister in seinen Reihen zu haben?

Die Antwort lautete natürlich Nein. Und deshalb sollten sie seine Anwesenheit würdigen – in Form von Bargeld und indem sie ihm politische Handlungsfreiheit einräumten. Er hatte nie eine Handfeste unterschrieben. Er handelte kraft seines Talents und seiner Intuition – und immer mit Respekt vor der Opposition. So hatte er seine größten Siege errungen. Und er hatte ihnen zu verstehen gegeben, dass das auch in Zukunft sein Weg sein würde. Zum Wohle aller natürlich.

Er wollte gerade die Flasche an den Mund setzen, als die Angelrute steuerbords zuckte. Erst sachte, dann energischer. Er nahm die Angel in die Hand, hielt dagegen und zog wenig später die erste Scholle an Bord. Was für ein herrlicher Abend.

Die beiden Gestalten am Strand machten sich am Fuß der steilen Böschung bereit. In ihren schwarzen Taucheranzügen verschmolzen sie mit der Dunkelheit. Auch ihre Westen, Flossen, Masken und Flaschen waren schwarz, und sogar die Bleigürtel.

Sie waren äußerst vorsichtig und sahen sich ständig um. Mit Hundebesitzern auf der Abendrunde musste man immer rechnen.

Aber für die meisten Dänen war der Urlaub vorbei, und sie hatten problemlos ein unbewohntes Ferienhaus in der ersten Reihe gefunden, direkt am öffentlichen Strand, wo sie den Wagen abstellen konnten. Als sie über die Abhöraktion erfahren hatten, welch einzigartige Gelegenheit sich an diesem späten Abend bot, da das Objekt in aller Frühe im Fernsehen auftreten sollte, hatten sie sofort alle Vorbereitungen getroffen.

Jetzt schleppten sie ihre Sachen ins seichte Wasser, legten schweigend die Ausrüstung an und nahmen eine gegenseitige Überprüfung vor, den obligatorischen *buddy check*. Erst im tieferen Wasser tarierten sie sich aus, indem sie Luft in die Westen ließen. Nachdem sie einander ein Okay-Signal gegeben hatten, orientierten sie sich mithilfe eines Kompasses. Es war nicht weit. Schon von hier aus konnten sie das Licht draußen auf dem Wasser sehen. Mit dem Fernglas hatten sie beobachtet, wie das Objekt es sich im Schein seiner Stirnlampe gemütlich gemacht hatte.

Abgesehen von einem Messer an der Wade, waren sie unbewaffnet. Einer der beiden hatte einen Beutel an seinem Gürtel befestigt. Darin steckte eine Flasche Whisky.

Das Objekt war ungefähr zweihundertfünfzig Meter entfernt. Ihre Aufgabe war nicht besonders schwierig, doch sie erforderte Präzision. Konzentrationsfähigkeit war ohnehin eine der Grundvoraussetzungen für ihren Job.

Sie tauchten gleichzeitig ab und hinterließen nur eine Reihe von Luftblasen, die an der Oberfläche lautlos zerplatzten.

37.

Zwei Minifische und nur ein einziger von akzeptabler Größe. Mist. Sollte der Justizminister des Landes etwa Schollen so klein wie eine Untertasse vor den Frühaufstehern der Nation panieren, braten und servieren? Unwichtige Leute wie die Gleichstellungsministerin, der Kultur- oder der Verkehrsminister vielleicht. Aber der Justizminister? Nein.

Er lächelte. Schließlich blieb ihm noch jede Menge Zeit, drei vernünftige Exemplare zu fangen.

Er hatte sein Leberwurstbrot und Bier Nummer zwei bereits vertilgt. Es war so friedlich hier. Er hatte ganz vergessen, wie wichtig es war, sich solche Augenblicke zu gönnen, in denen die Seele auftanken konnte und er für eine Weile weder Minister noch Familienvater sein musste.

Die Dunkelheit war eine gute Komplizin. Und diese schreckliche, chaotische Zeit, die ihm eben durch den Kopf gegangen war, weckte auch nicht mehr dieselbe Unruhe in ihm wie früher. Er war in der Lage abzuschalten. Vertraut blinkten ihm die Lichter vom Ufer entgegen, genau wie der Leuchtturm drüben am Nakkehoved. Es blieb ein Geheimnis zwischen ihnen und ihm.

Die Angel auf der rechten Seite fing erneut an zu wippen und kurz darauf hatte er eine schöne Scholle an Bord gezogen. Nicht übel, nach nur zwanzig Minuten.

Nachdem er einen frischen Köder befestigt und die Schnur wieder ausgeworfen hatte, vertiefte er sich zufrieden in das erfreuliche Szenario, das ihm seit einiger Zeit immer wieder im Kopf herumging. Irgendwann war es so weit, das stand außer Frage, nur wie es passieren würde, war noch offen. Aber sobald seine Chance gekommen war, würde er gnadenlos und ohne zu zögern zuschlagen.

Dem Parteivorsitzenden, der gerade Regierungschef war, entglitten langsam die Zügel. Er machte einen Fehler nach dem anderen.

Rosborg hatte in seinem kurzen, aber ereignisreichen politischen Leben schon so manches gelernt. Aber eine Regel war die wichtigste von allen: Wenn die gesunde Urteilsfähigkeit eines Politikers auf breiter Front infrage gestellt wurde, gab es kaum einen Weg zurück.

Der Zeitpunkt war günstig, die Dinge entwickelten sich von ganz allein. Er gewann an Einfluss – sogar wenn er während der parlamentarischen Sommerpause Fische aus dem Wasser zog.

Sie stiegen langsam an die Oberfläche und überprüften ein letztes Mal Abstand und Richtung. In wenigen Minuten ging es los. Die Rollen waren verteilt, der Ablauf an Land mehrmals durchgespielt.

Sie tauchten wieder ab und glitten mit ruhigen Bewegungen auf das Objekt zu.

Er genehmigte sich noch einen ordentlichen Schluck Bier und ärgerte sich darüber, dass er nicht mehr Brote geschmiert hatte.

Er hatte sich nur ein einziges Mal am Forellenangeln versucht, damals auf Nørlund Slot. Es war überraschend interessant gewesen. Vielleicht sollte er sich doch näher mit dem Angelsport befassen. Aber um Himmels willen nicht mit Wattwürmern und Schollen, sondern lieber mit Fliegen und Lachsen. Es wirkte viel staatsmännischer, mit der langen Angelrute in der Mitte eines Flusses zu stehen und bunte Fliegen durch die Luft zu schwingen. Viele bedeutende Politiker hatten diese Kunst beherrscht.

Ja, das war gar keine dumme Idee. Ein Lachsfischer inmitten eines reißenden Stroms sah weit mehr nach *first class policymaker* aus als ein Jäger mit signalfarbener Kappe auf dem Kopf.

Als sie neben dem Boot in Position waren, schossen sie nach oben, durchbrachen die Wasseroberfläche, stützten sich auf den Bootsrand der kleinen Jolle und brachten sie mit ihrem Gewicht zum Kippen.

Das Objekt stürzte kopfüber ins Wasser – ohne eine Chance, noch Alarm schlagen zu können. Sie packten ihn sofort und hielten ihn fest, genau wie sie es besprochen hatten.

Sie hatten beide Luft in ihre Westen gepumpt, damit sie ungehindert an der Oberfläche agieren konnten.

Einer von ihnen schlang die Beine um das Objekt und fixierte seine Arme auf dem Rücken, sodass es wie im Schraubstock festsaß. Der andere holte die Flasche aus dem Beutel, schraubte den Deckel ab, packte das Objekt an den Haaren und zog seinen Kopf nach hinten in den Nacken. Dann drückte er ihm den Flaschenhals zwischen die Lippen.

Gurgelnd und prustend versuchte das Objekt verzweifelt, etwas zu rufen, doch der Whisky verschwand in seinem Rachen. Ein Teil ging daneben, aber das spielte keine Rolle. Die richtige Dosis landete trotzdem dort, wo sie hinsollte.

»Warum …? Wer hat euch geschickt? Stecken *sie* dahinter? Wisst ihr überhaupt … wer … ich … bin?«

Keuchend stieß er die Worte aus, zähneklappernd vor Angst. Er wehrte sich kaum, denn ihre Kraft war übermächtig.

»Ich mache … alles … Ich habe Geld … Wie viel wollt ihr? Sagt es, los!«

Das Objekt war in Panik und warf den Kopf von links nach rechts.

Sie ließen die Luft aus ihren Westen und zogen es mit sich in die Tiefe.

Erst als er den letzten Widerstand aufgegeben hatte und seine Muskeln erschlafften, ließen sie los, und sein Körper trieb davon.

Dänemarks Justizminister war soeben abgetreten.

»Team Alpha: Mission erfüllt. Keine Abweichungen. Gebiet wird asap geräumt. Bitte bestätigen.«

Er saß auf dem Fahrersitz, das Netbook auf dem Schoß, während sein Kollege die Ausrüstung verstaute.

Er tippte auf Senden und verschickte seine kodierte Nachricht über das spezielle Programm. So lautete die vorgeschriebene Vorgehensweise. Während laufender Operationen war kein anderes Kommunikationsmittel zugelassen. Mobiltelefone waren den Akteuren einer billigeren Liga vorbehalten.

Alles hatte wie am Schnürchen geklappt. Ohne Zwischenfälle oder irgendwelche Risiken. Zurück am Strand, hatten sie nur noch ihre Ausrüstung zum Auto tragen müssen, und in weniger als einer halben Stunde würden sie hier weg sein. Vorher hatte er allerdings noch eine Kleinigkeit zu erledigen.

»Smith: Empfangen. Ende.«

Die Zeile tauchte prompt auf dem kleinen Bildschirm auf. Smith, der mit Vornamen John hieß und damit so anonym war, wie ein Brite nur sein konnte, leitete beide Operationen. Vermutlich war sein Name nur ein Deckname. Der Mann war Freiberufler, hatte jedoch eine Vergangenheit bei der angesehenen britischen Antiterroreinheit SAS, dem Special Air Service.

Die beiden Operationen waren sorgfältig aufeinander abgestimmt. Das wusste er von dem gemeinsamen Briefing. Smith befand sich in diesem Moment am anderen Ende des Landes, in der Nähe von Brande in Mitteljütland. Dort wartete der Brite auf ihr Signal, um Team Delta loszuschicken, zum zweiten und zweifellos schwierigeren Teil der Aufgabe, der in drei Stunden starten sollte.

Er legte den Computer weg, nahm die Tasche vom Beifahrersitz und streifte die Handschuhe über. Dann stieg er aus und ging zum Ferienhaus des Objekts, um dort noch ein paar kleine, aber äußerst wichtige Spuren zu legen.

Das Ganze würde nicht lange dauern, höchstens ein paar Minuten. Dabei lief es ja schon fast zu glatt. Die Haustür war nicht einmal abgeschlossen, und das Objekt hatte während seines Angelausflugs sogar das Licht brennen lassen.

Er zog Whiskyflasche Nummer zwei aus seiner Tasche. Glenfiddich, Single Malt, knapp zur Hälfte gefüllt. Er befolgte exakt die Anweisungen, die er von Smith erhalten hatte. Vorsichtig hielt er die Flasche am Verschluss und am Boden, um die richtigen Fingerabdrücke nicht zu verwischen, und stellte sie auf den Couchtisch neben den aufgeklappten Laptop des Objekts.

Dann nahm er die CD-ROM, die er ebenfalls von Smith erhalten hatte, schob sie in den Rechner und startete den Mediaplayer. Auf dem Bildschirm erschien das Objekt, hinter einer Frau kniend, die auf allen vieren kauerte. Die Situation war unmissverständlich – aber das interessierte ihn nicht.

Der dritte Punkt auf seiner Liste war das Glas. Er ging in die Küche und öffnete den Hängeschrank auf der linken Seite. Er verglich die Gläser in der obersten Reihe mit dem aus seiner Tasche. Genau wie vorgesehen, waren sie identisch. Er nahm eins aus dem Schrank, packte es ein und stellte das Glas, das er mitgebracht hatte, neben die Flasche auf den Couchtisch.

Der letzte Punkt seiner Anweisungen sah eine schnelle Runde durch das Haus vor. Er sorgte hier und da für etwas Unordnung.

Unter anderem in der Küchenspüle, aber auch bei den Klamotten, die so penibel auf dem Bett bereitgelegt worden waren. Viel zu penibel für seinen Geschmack. Schließlich musste der Gesamteindruck zu einem Hausbewohner passen, der eine halbe Flasche Whisky intus hatte. Dazu den Weißwein, mit dem er den Hummer hinuntergespült, und das Bier vom Fass, das er sich auf der Terrasse der Brasserie genehmigt hatte.

Als er ins Wohnzimmer zurückkam, zeigte der Bildschirm immer noch Sex und Lederharnisch, doch inzwischen ging es richtig hart zur Sache. Er drückte auf Stop, ließ die CD aber im Laufwerk stecken.

Als Däne wusste er natürlich, dass es Ulrik Rosborg war, für den er die Bühne hier so sorgfältig präparierte. Nur interessierte er sich nicht für Namen. In seiner Branche ging es ausschließlich um »Objekte«. Eine neutrale Bezeichnung, die nicht vom Wesentlichen ablenkte.

Er sah sich ein letztes Mal um. Alles war so, wie es sein sollte. Als er die Tür hinter sich zuzog, ließ er das Licht brennen. Nun mussten sie nur noch ihren Rückzug vom Gelände bestätigen.

Er warf einen Blick auf die Armbanduhr. In exakt zwei Stunden und achtundvierzig Minuten startete der zweite Teil der Operation, der den Schwerpunkt des Briefings gebildet hatte. Er beinhaltete große Risiken.

Das zweite Objekt war äußerst gefährlich. Er kannte auch dessen Namen. Wie vermutlich jeder, der sich in seinen Kreisen bewegte.

Das Objekt war Niels Oxen.

38.

Unentschlossen … Er war es nicht gewohnt, in diesem Zustand aus Unsicherheit und Verwirrung festzuhängen. Aber er war tatsächlich unentschlossen, und das schon seit zwei Tagen – ohne zu einem Ergebnis zu kommen.

Der Anblick des riesigen schwarzen Schattens hatte sich in seine Netzhaut gebrannt. Axel Mossman, der stoisch Schläge und Tritte eingesteckt, sich mühsam aufgerappelt hatte und durch Regen und Matsch in die Nacht verschwunden war.

Der überraschende Besuch des obersten PET-Chefs hatte sämtliche Türen seines ruhigen und ereignislosen Daseins in den letzten Monaten aufgerissen. Jetzt standen sie sperrangelweit offen und er saß in einem eisigen Luftzug aus Chaos und Skepsis.

Konnte man einem Mann glauben, der einen Geheimdienst leitete? Durfte man sein Vertrauen in einen Menschen setzen, dessen komplettes Leben aus verdrehten Wahrheiten bestand?

»Nein!«, rief eine durchdringende Stimme in seinem Hinterkopf.

»Doch, vielleicht«, kam es schüchtern von der anderen Seite.

Nach dem schockierenden Geständnis über Mr Whites Tod hatte er lange gebraucht, um sich einigermaßen zu beruhigen. Er hatte die halbe Nacht in der Küche gesessen und einen Kaffee nach dem anderen getrunken, während ihm der Kopf schwirrte.

Jetzt saß er wieder da, auf demselben Stuhl, mit einem Glas Wasser in der Hand. Bald würde er ins Bett gehen. Er war unendlich müde, und Koffein war das Letzte, was er jetzt gebrauchen konnte.

Nicht dass er es nicht früher schon vermutet hätte. Mossman war ihm von Anfang an verdächtig erschienen. Und er hatte als Einziger ein Motiv gehabt, den besten Hund der Welt an einen Baum zu knüpfen. Aber die Gewissheit hatte ihn trotzdem umgehauen.

Seit Jahren kämpfte er darum, seine alte Selbstbeherrschung zurückzugewinnen. In den meisten Situationen hatte er sich im Griff, aber in der Sekunde, als Mossman sich umgedreht und sein Geständnis durch den strömenden Regen gebrüllt hatte, hatte er jede Kontrolle verloren.

Wenn er tief in sich hineinhorchte, dann stellte er überrascht fest, dass tatsächlich so etwas wie ein schlechtes Gewissen an ihm nagte. Er hatte Mossman brutal und immer wieder getreten.

Aber er hatte es nicht anders verdient. Was Oxen belastete, war eher das Gefühl, gegen seinen persönlichen Kodex verstoßen zu haben. Das Schwein zu Boden zu schlagen, ihm einen Kinnhaken zu verpassen und ihm in die Magengrube zu boxen, dass ihm die Luft wegblieb – das alles war völlig in Ordnung. Aber er hatte noch nie zuvor einen alten Mann getreten.

Dass er zwei und nicht nur eine Stimme im Hinterkopf hatte, lag nur an Axel Mossmans Geständnis.

Herrgott, der Mann hatte nicht viel Neues zu sagen gehabt. Seine Argumente waren dieselben gewesen wie beim letzten Mal: Er war angeblich in seiner beruflichen Ehre verletzt und wollte endlich den alten Fall des Industriellen Ryttinger aufklären, dem jemand eine Kugel ins Herz geschossen hatte. Und außerdem den Tod des sozialdemokratischen Shootingstars Gregersen und seiner Ehefrau, die vom Balkon gesprungen – oder gestoßen worden war.

Mossman hatte der alten Suppe neue Schärfe verliehen: Er wolle dem System zuvorkommen und sich dann bald selbst pensionieren. Sein sicherer Instinkt sage ihm, dass es noch mehr Unterlagen gebe als die, die Oxen dem Museumsdirektor geschickt habe.

Aber die Plauderei am Küchentisch hatte ihn nicht überzeugt. Nein … nur das Geständnis, das hatte Eindruck hinterlassen.

Der Chef des PET hätte es nicht zugeben müssen. Er hätte dieses für die Welt so unbedeutende Geheimnis einfach mit ins Grab nehmen können.

Warum also das Geständnis?

Warum hatte er sich selbst in ein dermaßen schlechtes Licht gerückt?

Warum in den Regen hinausgebrüllt, dass er ein dummes, schuldiges Dreckschwein war?

Die Antwort verwirrte ihn. Denn Mossmans Geständnis konnte

nur eins bedeuten: Er war verzweifelt. Es war der letzte Hilfeschrei eines Mannes in Not. Echt und aufrichtig.

Aber war es wirklich so oder hatte sich Mossman über die vielen Jahre im Dienst zu einem echten Charakterdarsteller gemausert?

Wenn Mossman die geheime Mitgliederliste des Danehof in die Finger bekam, würde er sie dann umgehend an den mächtigen Kreis der dunklen Männer zurückgeben?

Oder zog der alternde Spionagechef heimlich in den Krieg gegen diese Männer, weil er endlich eine Hintertür gefunden hatte?

Er hätte es nicht zugeben müssen. Er hatte Oxens Versteck ausfindig gemacht und hätte die Adresse einfach weiterleiten und die blutige Drecksarbeit anderen überlassen können. Aber er hatte seine Strafe, ohne mit der Wimper zu zucken, entgegengenommen.

Momentan hatte Oxen die Suche nach einer Antwort aufgegeben. Es war ein ständiges Hin und Her. Mal glaubte er an Mossmans Unschuld, dann an den Teufel. Das Einzige, was ihm glasklar vor Augen stand, war, dass er Johannes Fisch schon sehr bald verlassen musste.

Am Morgen nach Mossmans Besuch hatte er dem alten Fischzüchter Bescheid gegeben. Er werde noch so lange bleiben, bis die Baumfällarbeiten im westlichen Waldgebiet abgeschlossen waren, dann müsse er zurück nach Rumänien.

»*Oh, no, Dragos, no …*«

Fisch hatte ihn erst ganz entsetzt angesehen. Und dann voller Verständnis.

»*Yes, yes, of course, Dragos, back to family.*«

Der Alte hatte ihm gleich mehrfach auf die Schulter geklopft und genickt. Bald würde er wieder allein sein, ohne eine Perspektive für seine Fischzucht.

Jetzt, wo der Abschied unmittelbar bevorstand, übermannte ihn ein Gefühl der Dankbarkeit Fisch gegenüber. Der alte Mann hatte ihn zu sich eingeladen und ihm eine Chance gegeben. Und mit der alten Hütte ein Dach über dem Kopf.

Die heruntergekommene Küche und der Tisch mit der Wachstuchdecke, die er bald nicht mehr haben würde, strahlten mit einem Mal ein besonderes Gefühl von Geborgenheit aus.

Die Krähe raschelte in ihrer Schachtel herum. Sie fraß und trank, wann immer er ihr etwas anbot. Was sollte aus dem gefräßigen kleinen Tier werden? Fisch würde sich gut um sie kümmern und sie in die Freiheit entlassen, wenn die Zeit gekommen war.

Doch für ihn hieß es, Rucksack packen und aufbrechen, planlos und ohne Ziel.

Ein kurzer Besuch von Mossman, der wie der böse Wolf hustend und prustend vor seiner Tür aufgetaucht war, hatte genügt, um seine kleine Welt in Schutt und Asche zu legen. Es machte ihm bedrohlich bewusst, wie zerbrechlich seine Existenz war.

Am Tag darauf war er sofort in den Wald gegangen, um sich zu vergewissern, dass alles an Ort und Stelle war. Die große Lärche, wo er die Unterlagen vergraben hatte, stand natürlich noch. Der Waldboden war inzwischen unter einem dichten Teppich stacheliger Brombeersträucher verschwunden und das Versteck unberührt. Wie hätte es auch anders sein sollen? Wenn nur die Zweifel nicht gewesen wären.

Er trank den letzten Schluck Wasser, stellte das Glas in die Spüle und machte das Licht aus. Es war höchste Zeit, ins Bett zu gehen. Hoffentlich konnte er schlafen.

Eigentlich hatte er vorgehabt, sich mit dem Schlafsack an den Fluss zu legen, um sich von den dunklen Schatten, den Sternen und dem Wasser zu verabschieden. Ein letztes Mal dort liegen, Gras rauchen und sich ein paar Schluck Whisky genehmigen, um den Stecker im Kopf zu ziehen.

Aber heute war es schon zu spät. Morgen war immer noch Zeit dafür.

Es war keine billige Operation – zwei Mann für den ersten Teil im Osten, sieben Mann plus er selbst für den zweiten im Westen. Aber die extrem kurze Vorlaufzeit hatte den Preis erst richtig in die Höhe getrieben.

Er hatte schon früher Jobs für diesen Auftraggeber erledigt und Geld hatte nie eine Rolle gespielt. Es ging nur um Qualität, und die lieferte er.

Sie hatten keinerlei zeitlichen Spielraum. Die Ausführung des ersten Teils, der den dänischen Justizminister betraf, hing eng mit dem zweiten Teil zusammen, den er in Kürze via Interkom starten würde.

Wenn sie zu lange warteten – ein oder zwei Tage mehr wären ihm deutlich lieber gewesen –, dann würde ihr zweites Objekt durch die Medien vom Tod des Justizministers erfahren. Laut seinem Auftraggeber hätte das vor allem eins zur Folge: die sofortige Flucht ihres Objekts.

Ihr Ziel hieß Niels Oxen. Ein vierundvierzigjähriger Kriegsveteran, der an einem nicht näher spezifizierten posttraumatischen Belastungssyndrom litt und psychisch labil war. Er hatte seinen Männern beim Briefing maximale Vorsicht eingeschärft.

Das Objekt war ein ehemaliges Mitglied der dänischen Eliteeinheit Jägerkorps, was sogar den internationalen Kollegen Respekt einflößte. Noch dazu war der Mann von oben bis unten mit Tapferkeitsmedaillen behängt.

Er hatte es jedem Teilnehmer der bevorstehenden Operation mit Nachdruck klargemacht, jedem einzelnen persönlich: Wer jetzt immer noch glaubte, das hier würde *a walk in the park* werden, der konnte seine Sachen packen und verschwinden. Er verlangte von allen einen konzentrierten Einsatz.

Und das Ganze mit der zwingenden Vorgabe des Auftraggebers, die ihre Operation zusätzlich erschwerte: Das Objekt musste lebendig übergeben werden, und zwar in einer körperlichen Verfassung, die ein möglicherweise längeres Verhör zuließ.

Deshalb durfte auch kein Feuer eröffnet oder erwidert werden, solange er nicht ausdrücklich den Befehl dazu erteilt hatte. Es konnte natürlich nötig werden, das Objekt zu verletzen – aber mehr auch nicht.

Zu ihrer Ausrüstung gehörten Tränengasgranaten sowie Blendgranaten auf Magnesiumbasis. Die Dinger liefen unter dem Namen *flashbangs* oder *stun grenades* und waren vor Ewigkeiten von seinen ehemaligen Kollegen entwickelt worden, der britischen Antiterroreinheit SAS. Diese Art von Granaten war zweifellos effektiv. Allein durch den Knall und ihr gleißendes Licht hatten sie eine lähmende Wirkung, die absolut ernst zu nehmen war. Er bevorzugte trotzdem die M-84er der Amerikaner, auch ganz ohne die historische Verbindung.

Schließlich trugen er und ein weiterer Teilnehmer der Operation noch ein Spezialgewehr bei sich, mit dem sie einen Betäubungspfeil abschießen konnten. Dabei handelte es sich um eine Steilfeuerwaffe, mit anderen Worten um unpräzisen Schrott, der bestenfalls für Tierärzte geeignet war, aber es war leider nicht auszuschließen, dass sie am Ende doch darauf zurückgreifen mussten. Falls das tatsächlich eintraf, würden sie dem Kriegsveteranen eine niedrige Dosis Etorphin verpassen und ihm gleich danach eine Injektion mit dem Gegengift Naloxon setzen.

Plan A sah allerdings vor, dass sie das Objekt mit Tränengas aus dem Haus jagen und im Freien überwältigen würden. Sie mussten ihm unmissverständlich klarmachen, dass es klüger war, sich zu ergeben. Und von dieser Strategie würde er nur dann abweichen, wenn es sich absolut nicht vermeiden ließ.

Später würden sie das Objekt an einem Feldweg ein Stück weiter südlich übergeben, und im selben Moment würde auch das Geld auf sein Konto in Guatemala transferiert werden. Er würde diese Transaktion persönlich überwachen und sich aus Guatemala bestätigen lassen. Sobald das erledigt war, wollte er sich selbst um die Bezahlung der angeheuerten Männer kümmern.

Eine Sache an der ganzen Operation wunderte ihn zwar, aber er stellte niemals Fragen, die sich nicht auf die Erfüllung des Vertrags bezogen. Nur … als er vor etwa einem Jahr das letzte Mal einen Auftrag für diesen Arbeitgeber erledigt hatte, waren dieselben Personen involviert gewesen.

Damals war es darum gegangen, ausreichend Feuerkraft bereitzustellen. Die Hauptperson war Justizminister Ulrik Rosborg gewesen. Doch dann hatten plötzlich eine Frau und ein Mann überraschend eingegriffen und für Verwirrung gesorgt.

Später hatte er erfahren, dass es sich bei den beiden um eine Mitarbeiterin des dänischen Nachrichtendienstes und um einen ehemaligen Elitesoldaten gehandelt hatte, dessen Namen man nicht mehr vergaß. *Oxen.*

Und jetzt tauchten sie beide wieder auf, der Justizminister und Oxen, in ein und demselben Vertrag, mit demselben Auftraggeber …

Sein Instinkt sagte ihm, dass es bei dieser Sache ums Aufräumen ging, dass es ein *cleaner job* war, weil sein Auftraggeber mit dem Ergebnis vom letzten Mal nicht zufrieden war.

Trotzdem war dieser Job mehr als nur eine Aufarbeitung der Vergangenheit, und das machte es so schwer, die Situation zu beurteilen.

Sein Auftraggeber war nämlich auch noch auf anderen Baustellen aktiv.

Er selbst hatte den Kontakt zu einem befreundeten Kollegen hergestellt, der über ganz andere Kernkompetenzen verfügte als er: Sein Fachgebiet hieß *intelligence & surveillance.*

Ein Objekt zu überwachen und Informationen darüber zu sammeln erforderte jede Menge Geduld. Das war ein äußerst wichtiges Arbeitsfeld, das häufig die Voraussetzungen dafür schuf, dass er überhaupt in Aktion treten konnte, wenn die Zeit für rohe Muskelkraft gekommen war. Anders ausgedrückt, verband seinen Kollegen und ihn eine hervorragende Partnerschaft in der Welt der

Freiberufler, in der man nicht zuletzt von seinem unsichtbaren Netzwerk lebte.

Er warf einen Blick auf seine Armbanduhr. Es waren nur noch wenige Minuten, bis die Digitalanzeige auf 03:00 J sprang, *Juliet time* oder Ortszeit, an einem Waldrand mitten in Jütland.

Die Ziffern liefen weiter.

Er hörte auf, über Dinge nachzudenken, die ihn sowieso nichts angingen, und konzentrierte sich auf die schwierige Aufgabe, die vor ihnen lag.

Nur noch eine Minute. Alle Uhren waren synchronisiert, damit der Einsatz auch präzise startete.

Die Sekunden tickten. Schließlich war es so weit.

»Come on, guys, let's roll. Remember: Nice and gently, please.«

39.

Das Schrillen des Alarms zerfetzte ihm fast das Trommelfell und riss ihn brutal aus den wunderbaren Tiefen, in denen er sich befunden hatte – ganz ruhig, ohne Albträume.

Genau wie damals, als er in der Silvesternacht im Stroh aufgewacht war, dauerte es ein paar Sekunden, bis er klar war. Er sprang auf und stürzte zum Schrank. Dieser verdammte Alarm.

Es war ihm scheißegal, ob es die Rentiere des Weihnachtsmanns waren oder Nilpferde aus dem Limpopo, die durch seine Sicherheitszone trampelten. Er hatte gerade so gut geschlafen!

Als er die Schranktüren aufklappte, leuchtete alles rot. Es war vollkommen irrsinnig.

Acht von zwölf Feldern blinkten nervös.

Er starrte angespannt auf die beiden großen Bildschirme. Seine Sicherheitszone war in allen Himmelsrichtungen verletzt worden: Im Norden, Nordosten, Osten, Südosten – und immer so weiter, von Kamera eins bis Kamera zwölf. Nur vier der drahtlosen Bewegungsmelder waren bislang nicht ausgelöst worden.

Mossman! Dieses verlogene Schwein. Er hätte ihn umbringen sollen, als er die Gelegenheit dazu hatte! Aber das ergab alles keinen Sinn. Warum um alles in der Welt war dieser Mann persönlich bei ihm aufgetaucht?

Die Bilder waren deutlich. Er zählte acht Gestalten in schwarzen Kampfanzügen, mit schusssicheren Westen und Sturmhauben, die nur einen Spalt über Augen und Mund frei ließen. Alle waren mit Nachtsichtgeräten ausgestattet. Die übrige Ausrüstung konnte er auf den Bildern nicht genau erkennen, aber sie hatten zweifellos Maschinenpistolen dabei oder andere Automatikwaffen.

Militär. Exakt so bewegten sie sich. Wie schwarze Ninja-Klone im Unterholz. Aber es war eindeutig kein offizieller Trupp, und sie waren auch nicht vom AKS, dem dänischen Spezialeinsatzkommando, sonst wären sie anders ausgerüstet gewesen.

Mossman … Er hatte dem Danehof also doch den Weg gezeigt.

Blitzschnell zog Oxen die Klamotten an, die auf seinem Stuhl lagen, nahm seine Pistole und schnappte sich den kleinen Rucksack und die restliche Ausrüstung, die in einer Reihe an der Wand hing.

Idiot! Er hätte noch in derselben Sekunde verschwinden sollen, als Axel Mossmans verlauste Bluthundvisage bei ihm aufgetaucht war.

Oxen rannte die Treppe hinunter in die Küche. Ein wenig Zeit blieb ihm noch, bis der Feind das Haus erreicht hatte. Er war innerlich ganz ruhig und analysierte im Ausschlussverfahren seine Möglichkeiten. In Wirklichkeit gab es nur einen einzigen Ausweg: das Fuchsloch.

Aber ganz so leicht würde er sie nicht davonkommen lassen. Er schlich sich zur Hintertür, öffnete sie einen Spaltbreit – und feuerte blind drei Schüsse in die Dunkelheit.

»Smith hier: Stopp!«

Obwohl er ein Stück entfernt war, hörte er drei Schüsse durch die Nacht hallen. Wie war das möglich? Sie hatten das Überraschungsmoment vergeben. Das Einzige, das man auf keinen Fall verschenken durfte.

»*No fire, I repeat: no fire!*«

Er bellte ein paar scharfe englische Kommandos in sein Headset und befahl seinen Leuten, sich flach auf den Boden zu legen.

Waren sie in eine Falle geraten? War es denkbar, bei Oxens Hintergrund, dass das Gelände überwacht war? Genau das gehörte zu den wichtigen Dingen, die sie im Vorfeld nicht mehr hatten überprüfen können, weil ihnen die Zeit und die Gelegenheit dazu gefehlt hatten. Und war der Mann womöglich so durchgeknallt, dass er den ganzen Dreck auch noch vermint hatte? Marschierten sie vielleicht geradewegs in eine *Claymore* oder in eine selbst gebastelte Sprengladung, bestückt mit Nägeln und Schrauben?

Seine Männer blieben reglos liegen. Nach ein paar Minuten hallten zwei weitere Schüsse durch die Nacht. Diesmal aus einer anderen Richtung.

Oxen hatte keine Chance, den Ring zu durchbrechen, den sie um seine Hütte gezogen hatten. Das war völlig unmöglich, und schon gar nicht mit einer derart lächerlichen Bewaffnung.

Allerdings würde es wohl doch nicht so schnell gehen, wie er erwartet hatte. Sie brauchten Geduld, aber bis zur Morgendämmerung musste er ihnen ins Netz gegangen sein.

Die Stille war ohrenbetäubend, und das wunderte ihn. Obwohl sie ihn umzingelt hatten, blieb alles ruhig. Kein koordiniertes Vorrücken, kein Beschuss, keine Blendgranaten und auch kein Versuch, mit ihm zu sprechen.

Er stand im Flur vor der Hintertür, den Rücken an die Wand gepresst, nur wenige Meter von der Kellertreppe entfernt. Es war noch zu früh. Er wollte erst dann in seinen Tunnel abtauchen, wenn Feindkontakt bestand.

Aber er hörte immer noch keine Schritte, keine Geräusche. Er lauschte angespannt. Würde beim kleinsten Signal die Hölle losbrechen? War es das, worauf sie sich da draußen im Dunkeln vorbereiteten?

Er blieb, wo er war, doch je länger er wartete, umso verkehrter fühlte es sich an. Sie hätten ihn längst ausradieren können, mit einer Bazooka oder Handgranaten. Zumindest hätten sie es versuchen können.

Und dann wusste er plötzlich, warum. Er sollte nicht sterben. Zumindest jetzt noch nicht. Erst sollte er reden.

Der Danehof würde versuchen, aus ihm herauszuquetschen, wie seine Lebensversicherung funktionierte. Bevor sie das Video nicht entschärft hatten, konnten sie ihn nicht töten. Sonst würden sie den Justizminister ans Messer liefern, ihren König.

Und falls sie inzwischen entdeckt hatten, dass in den Archiven Dokumente fehlten, würden sie ihn zwingen, das Versteck preiszugeben.

Ja, für die da draußen gab es ein paar gute Gründe, die Sache vorsichtig anzugehen. Der Leiter der Operation ärgerte sich wahrscheinlich gerade darüber, dass sie es nicht geschafft hatten, ihn schnarchend im Bett zu überrumpeln.

Er hatte den Gedanken kaum zu Ende gedacht, als mehrere Scheiben gleichzeitig zu Bruch gingen. Auch das Küchenfenster. Er beugte sich vor und sah die Tränengasgranate über den Boden rollen. Ohne Maske war er chancenlos.

Mit einem Satz war er an der Kellertreppe. Er stürmte hinunter, schob das Regal zur Seite, warf seine Ausrüstung ins Rohr und zwängte sich selbst hinein. Dann zog er an der Schnur, bis die Öffnung geschlossen war und der Haken an der Wand einrastete.

Natürlich würden sie seinen Tunnel finden und sicher nicht einmal lange dafür brauchen, aber wenn sie das Haus einnehmen wollten, mussten sie vorsichtig vorgehen. Hoffentlich war sein Vorsprung groß genug.

Stück für Stück kroch er durch die Röhre vorwärts. Dieser Teil war der mühsamste, aber das Training zahlte sich aus. Seine Bewegungen waren auch jetzt im Ernstfall koordiniert. Zwischendurch hielt er kurz inne und blieb reglos liegen. Es war immer noch nichts zu hören. Keine Rufe, kein Getrampel schwerer Stiefel über seinem Kopf.

Schwärzer als schwarz konnte es nicht werden. Hastig arbeitete er sich weiter voran, ohne Zeit darauf zu verschwenden, sein Nachtsichtgerät anzulegen.

Als er mit dem Ellenbogen spürte, dass er die Abzweigung erreicht hatte, beschloss er, weiter geradeaus zu robben. Ein paar Minuten später stieg der Tunnel leicht an. Er war angekommen. Er drehte sich auf den Rücken, stemmte mit den Händen die Abdeckung nach oben und schob sie vorsichtig zur Seite. Eigentlich sollte er jetzt weit hinter der feindlichen Linie sein – aber vielleicht gab es eine Nachhut.

Geduckt kauerte er auf dem Waldboden und setzte das Nachtsichtgerät auf. Um ihn herum war nichts Verdächtiges zu erkennen, nur dicht stehende Baumstämme. Er richtete sich auf und schlug zielstrebig den Pfad ein, der zum Ufer des Skjern Å führte.

Er würde mit dem Strom verschwinden.

40.

Die Hände des Alten zitterten, und er konnte seinen Kopf einfach nicht stillhalten. Starr vor Angst, stand er in seinem Wohnzimmer, in einem zerschlissenen Schlafanzug voller Fettflecken und mit ausgetretenen Hausschuhen an den Füßen.

Gegen halb fünf Uhr morgens hatten sie an seine Tür gehämmert und ihn aus dem Bett gezerrt.

Irgendwann hatten sie die heruntergekommene Bude des Objekts gestürmt – und waren dabei auf keinerlei Widerstand oder auf Sprengfallen gestoßen. Der Veteran war weg. Durch einen

Tunnel in den Wald gekrochen. Den Zugang zu seinem Fluchtweg hatten sie im Keller hinter einem Regal entdeckt.

Der bullige Mann, der sich John Smith nannte, war fast ausgerastet. Jetzt rief er einen der beiden Dänen aus dem Team zu sich.

»Verhört ihn! Sofort!«

Ein großer Mann in schwarzer Uniform baute sich vor dem Alten auf.

»Wie heißen Sie?«

»Johannes, Johannes Ottesen …«

»Das Haus drüben im Wald, gehört das Ihnen?«

Der Alte nickte aufgeregt.

»Ja, genau. Das ist meins.«

»Und der Mann, der da wohnt?«

»Er hilft mir. Warum? Wer sind Sie? Hat er was angestellt?«

»Er ist kriminell – er wird gesucht.«

»Dragos? Das kann ich nicht glauben.«

»Dragos? Nennt er sich so?«

Wieder nickte der Alte.

»Dragos – und wie noch?«

»Äh … ich kann mich nicht … Doch. Adrian! Er ist Rumäne. Er hilft mir mit den Fischen und kümmert sich um den Wald. Er ist kein Verbrecher. Da bin ich ganz sicher. Das muss ein Irrtum sein.«

»Jedenfalls ist er geflüchtet, als er uns bemerkt hat. Wir sind eine Einsatztruppe der Polizei. Er steht unter Mordverdacht.«

»Mord?« Der alte Fischzüchter schüttelte ungläubig den Kopf.

»Wie kommt man von hier weg? Gibt es mehrere Wege?«

»Über den Feldweg hoch zur Landstraße. Eine andere Möglichkeit gibt es nicht.«

»Haben Sie ein Auto? Oder noch andere Fahrzeuge?«

»Eins. Einen alten Pick-up. Der steht drüben in dem grünen Schuppen.«

Die Antwort war korrekt. Der Wagen stand immer noch da.

Der Mann fragte weiter: »Gibt es Wirtschaftswege oder Ähnliches?«

»Nein. Nur den Fluss. Der führt in den Ringkøbing Fjord.«

»Hat Dragos ein Boot?« Der Mann in der schwarzen Uniform runzelte die Stirn.

»Nein, aber ich habe ein altes Kanu am Fluss liegen.«

»Wo?«

»Westlich von Dragos' Haus. Ungefähr einen halben Kilometer flussabwärts.«

»Haben Sie noch mehr? Also Kajaks oder andere Boote?«

Der Alte zögerte. Der Mann in Schwarz hob warnend einen Zeigefinger.

»Ja oder nein?«

»Ja. Eins. Ein altes Glasfaserkanu.«

»Wo?«

»Im Geräteschuppen, unter einer Plane.«

»Kommt man von hier aus zum Skjern Å?«

»Ja, das geht«, antwortete der Alte nachdenklich. »Wenn man den Kanal nimmt und das Kanu über die Staustufe trägt, kann man …«

Der große Mann dachte einen Augenblick nach. Dann fragte er: »Brücken? Gibt es hier Brücken in der Nähe?«

»Erst in Skarrild, aber das ist weit. Dann wieder in Sønder Felding und kurz vor Borris.«

Der Mann rief seinen Chef dazu und informierte ihn auf Englisch über den Stand der Dinge. Sie zogen sich zurück und unterhielten sich leise. Smith holte ein Kampfmesser mit langer Klinge aus seiner Tasche am Oberschenkel. Diskret legte er es dem Dänen in den schwarzen Handschuh.

»Hier, das ist Oxens Bowie. Sei vorsichtig mit den Fingerabdrücken, mach sie nicht kaputt. Wir können den Alten nicht als Zeugen hier zurücklassen. Kümmer dich darum. Damit erhöhen wir auch den Druck auf Oxen … oder Dragos.«

Smith lächelte, als er fortfuhr: »Dann stimmt deine Geschichte ja sogar. Ab sofort wird er tatsächlich wegen Mordes gesucht. Stellt die Hütte auf den Kopf. Oxen hätte doch bestimmt irgendwas bei dem Alten mitgehen lassen. Es muss echt aussehen, verstanden? Ich verschwinde jetzt. Wir müssen sofort zwei Mann in dieses verdammte Kanu setzen. Das ist der Weg, auf dem Oxen entkommen ist.«

Der große Däne nickte ernst. Eine Weile verharrte er reglos. Dann drehte er sich zu dem Alten um, der immer noch zitternd in seinem Schlafanzug dastand.

Er hatte die rechte Hand hinter dem Rücken verborgen, den Griff des Messers fest umschlossen. Dann schoss sein Arm nach vorn.

41.

Das Kanu glitt lautlos weiter, als er kurz innehielt. Ansonsten musste er kräftig paddeln, um nicht an Tempo zu verlieren, und konsequent die Seiten wechseln, damit er den richtigen Kurs hielt.

An manchen Stellen musste er das Kanu regelrecht als Rammbock einsetzen, um sich durch das Weidendickicht zu kämpfen, das den schmalen Flusslauf links und rechts säumte. Dabei scheuchte er jedes Mal Myriaden von Insekten auf, die sich im Laub ein ruhiges Plätzchen gesucht hatten. Sie waren überall, in den Ohren, der Nase, den Augen, dem Mund.

Er hatte es aufgegeben, mit dem Nachtsichtgerät zu paddeln. Um sich zurechtzufinden und durch die engen Passagen zu steuern, musste er sich damit die ganze Zeit an beiden Ufern orientieren, und das war zu mühsam. Stattdessen benutzte er nur hin und wieder seine Stirnlampe, wenn er den Weg durch das Weidenlabyrinth nicht erkennen konnte.

Mit dem Licht wurde er natürlich zum perfekten Ziel für jeden

Scharfschützen, deshalb begnügte er sich größtenteils mit dem matten Schein, den der Halbmond auf die Wasseroberfläche warf.

Anders als der Gudenå war der Skjern Å für einen Kanufahrer einigermaßen anspruchsvoll, und das nicht nur weil das Ufer so dicht bewachsen war. Der Flusslauf wand sich wie eine Schlange, und bei dem hohen Wasserstand war die Strömung noch stärker als sonst.

Oxen musste hart dagegenhalten, um nicht in jeder Flussbiegung ans gegenüberliegende Ufer gedrückt zu werden und plötzlich quer zu stehen und dann rückwärts weiterzutrudeln. Es kostete viel zu viel wertvolle Zeit, das Kanu jedes Mal neu auszurichten, wenn er es überhaupt rechtzeitig vor der nächsten Kurve schaffte.

Ein Kanu allein zu lenken war eine mühsame Angelegenheit, und er war froh, dass er diese Tour in den letzten Monaten schon einige Male gefahren war, um den Fluss zu erkunden.

Er hatte keine Ahnung, was sich seine Verfolger als Nächstes ausdenken würden, und er wäre wirklich gern schneller vorangekommen. Aber sobald er es zu verbissen anging, reagierte das Kanu mit einem Zickzackkurs, und die Strecke verlängerte sich dadurch unnötig.

Auf dem Weg nach Skarrild standen nur ein paar einzelne Häuser in der Nähe des Flusses. Man musste sie kennen, um sie im Dunkeln zu finden. Meist erhoben sich steile Uferhänge mit hohen Weiden und dichtem Bewuchs zu beiden Seiten, dazwischen ganz gewöhnlicher Wald. Aber irgendwann wurde die Landschaft flacher, und auf dem letzten Abschnitt vor der kleinen Stadt säumten Felder den Fluss. Und genau dort, auf der linken Seite, kurz hinter der Brücke, wo die Landstraße den Skjern Å überquerte, befand sich ein Rastplatz für Ruderer.

Doch so weit würde er nicht fahren. Offenes Gelände war viel zu riskant, außerdem durfte er sich nicht von der Dämmerung überraschen lassen.

Er verspürte einen leichten Druck in der Magengegend, fühlte sich aber ruhig und abgeklärt. Die verrückten Gedanken der letzten Tage waren für eine Weile verstummt, und seine Aufmerksamkeit war ganz klar auf einen einzigen Punkt gerichtet: Jetzt ging es nur noch darum, zu entkommen. Seine Kenntnisse optimal einzusetzen, eine Konfrontation zu vermeiden.

Hinter der nächsten Kurve lag eine ungewöhnlich lange und gerade Strecke vor ihm. Er machte Pause, zog das Paddel ins Kanu und ließ sich treiben.

In einer anderen Welt, zu einer anderen Zeit wäre das ein schönes Erlebnis gewesen. Aber jetzt spähte er angestrengt in die Dunkelheit und lauschte wachsam.

Es kam ihm vor, als wäre eine düstere Prophezeiung in Erfüllung gegangen, und er ertappte sich dabei, dass er »endlich« dachte. Das Warten war vorbei. Es erschien ihm fast wie eine Befreiung.

Alles war genau so gekommen, wie er befürchtet hatte. Man hatte ihn gefunden und man hatte ihn angegriffen. Ein einzelnes und einfaches Ziel in einer unbewohnten Gegend. Wenn man sich nicht in Acht nahm …

Tatsächlich erfüllte es ihn mit einer gewissen Befriedigung, nun die Bestätigung zu haben, dass er all seine Vorbereitungen zu Recht getroffen hatte. Die Überwachungskameras und die heruntergelassenen Jalousien waren keine paranoiden Ideen gewesen, von seinem Tunnel ganz zu schweigen.

Sie waren jede Anstrengung wert gewesen. So war es immer – nichts ging über eine gute Vorbereitung. Nur so konnte man Leben retten. Ganz egal, wo.

Er plante, in der Nähe eines vornehmen Landhauses anzulegen, das er bei seinen Ausflügen schon häufig vom Wasser aus bewundert hatte. Es stand am linken Ufer, vielleicht hundert Meter vom Fluss entfernt. Dahinter war Wald. Dort würde er versuchen, irgendein Fahrzeug aufzutreiben, um dann damit …

Was war das? Hatte er etwas gehört? Es war nur ganz leise gewesen, aber eindeutig ein ungewöhnliches Geräusch.

Er lenkte das Kanu ans Ufer und hielt sich am Schilf fest, lag ganz still im Wasser. Erst hörte er minutenlang nichts, doch dann war es plötzlich wieder da, das Geräusch. Es klang hart und dumpf. Wie Holz, vielleicht ein Paddel, das gegen etwas Hartes wie einen Bootsrumpf schlug. Es war nicht sehr laut, aber war es beim zweiten Mal nicht schon etwas deutlicher zu hören gewesen?

Hatten seine unbekannten Gegner selbst ein Boot im Gepäck gehabt? Oder waren sie über Fischs zweites Kanu im Geräteschuppen gestolpert? Falls es ihr eigenes war, womöglich sogar ein Kajak, dann hatten sie ihn wohl in kürzester Zeit eingeholt.

Aber selbst wenn sie nur Fischs Kanu zur Verfügung hatten, waren sie höchstwahrscheinlich zu zweit, und das machte die Situation noch bedrohlicher. Zwei kamen doppelt so schnell voran wie einer. Soweit er es beurteilen konnte, war es noch ein ordentliches Stück bis zu dem Landhaus. Das warf seinen Plan radikal über den Haufen. Er musste handeln, solange er noch Herr der Lage war.

Ein kleiner Schubs und schon war er zurück in der Strömung. Er erhöhte das Tempo mit langen, kräftigen Schlägen, warf das Paddel über den Kopf wie ein Tambourmajor und wechselte blitzschnell die Seite. Jede gewonnene Minute war hilfreich.

Nach knapp zehn Minuten entdeckte er eine geeignete Stelle am Ufer. Er knipste seine Stirnlampe an, lenkte das Kanu auf eine Sandbank, sprang an Land und zog es aus dem Wasser.

Die Wolkendecke riss auf und half ihm, seine Möglichkeiten abzuwägen.

Er stand an einer breiten Flussbiegung auf einem flachen Strand. Das gegenüberliegende Ufer bildete eine hohe Kante, Baumwurzeln ragten wie Fangarme ins Wasser.

Ein paar Meter hinter ihm erhob sich ein steiler, sandiger Hang und mündete in zehn, zwölf Metern Höhe in ein Plateau, das mit Gestrüpp und kleinen Kiefern bewachsen war. Im Hintergrund erahnte er den angrenzenden Wald wie eine schwarze Wand aus Nadelbäumen. Es war genau das, was er brauchte.

Er rannte die Böschung hoch und bemühte sich dabei, möglichst deutliche Spuren zu hinterlassen. Trotz aller Eile hob er einen runden Stein auf, der perfekt in der Hand lag. Er steckte ihn in die Außentasche an seinem Oberschenkel und rannte weiter. Er wich einigen Kiefern aus, achtete auf eine angemessene Schrittlänge und rammte die Stiefel fest in den weichen Nadelteppich.

Je näher er dem Waldrand kam, umso schwieriger wurde der Weg. Eine dichte Brombeerhecke zerrte an ihm, aber er kämpfte sich eisern weiter und hinterließ dabei jede Menge sichtbare Spuren, bis er das Unterholz erreicht hatte. Erst dort wechselte er vorsichtig die Richtung und kehrte ein Stück flussabwärts zur Uferböschung zurück.

Seinen Rucksack und die restliche Ausrüstung versteckte er im Gebüsch neben ein paar Zwergbirken, die selbst in der Dunkelheit gut zu erkennen waren.

Dann watete er in den Fluss. Die ersten Meter kam er problemlos voran, doch bald fiel der Grund steil ab. Er musste schwimmen, und die starke Strömung riss ihn ein ganzes Stück mit sich, bis er schließlich das gegenüberliegende Ufer erreichte und zwischen den Weiden an Land klettern konnte.

Er drückte auf den Lichtknopf seiner Armbanduhr. Das Manöver war schneller verlaufen als erwartet. Er hatte mit fünf, sechs Minuten mehr gerechnet.

Er schlich sich zwischen den Bäumen wieder ein Stück flussaufwärts und ging dann in die Hocke, um zu warten und zu spähen.

Nach sieben Minuten sah er sie. Zwei Stirnlampen leuchteten an der Flussbiegung auf. Offenbar ahnten sie nicht, dass sie ihn schon fast eingeholt hatten.

Außer den bläulichen Lichtern konnte er nichts erkennen, aber sie kamen rasch näher. Langsam wurden die Umrisse des vorderen Mannes in der Dunkelheit sichtbar. Die beiden saßen in einem

Kanu und paddelten extrem schnell, mit geübten, sicheren Schlägen. Ihre Arme arbeiteten fast wie Maschinen. Das waren Profis, darauf trainiert, sich im Wasser, an Land und in der Luft fortzubewegen.

Bei der Geschwindigkeit, mit der sie sich näherten, sollte er zusehen, dass er wegkam. Er schwang die Beine über die Uferkante, griff eine der kräftigen Wurzeln und ließ sich langsam ins Wasser gleiten. Dann hangelte er sich von Wurzel zu Wurzel weiter, bis er eine geschützte Stelle gefunden hatte.

Als die Lichter ganz in der Nähe waren, wagte er es nicht, noch länger auszuharren. Er holte tief Luft und tauchte in die eiskalte Dunkelheit.

Er blieb ganz ruhig und zählte die Sekunden. Als drei Minuten fast verstrichen waren, kehrte er langsam zurück an die Oberfläche, gerade so weit, dass seine Augen über Wasser waren.

Es war genau, wie er erwartet hatte: Die beiden Verfolger hatten neben seinem Kanu angelegt. Ihre Stirnlampen waren ausgeschaltet, doch er konnte ihre schwarzen Umrisse erkennen. Sie schienen Kriegsrat zu halten. Dann verschwand einer der Schatten in Richtung des Steilhangs, während der andere sich mit dem Rücken zum Wasser ans Ufer stellte und die Kanus bewachte.

Oxen wartete eine Weile. Schließlich tauchte er wieder unter, durchquerte mit ein paar kräftigen Schwimmzügen die stärkste Strömung und ließ sich dann unter Wasser treiben.

Er trieb flussabwärts und manövrierte sich wie ein Krokodil an die richtige Stelle am Ufer. Als sein Brustkorb den Grund berührte, blieb er reglos liegen.

Der Rest – die wenigen Meter bis zum Rücken seines Gegners – war nur noch eine Frage von Kraft und Timing. Entscheidend war, seine eigenen Grenzen zu kennen. Er würde sich keinesfalls auf einen Kampf mit einem jungen, durchtrainierten Söldner einlassen, der denselben Hintergrund hatte wie er. Es könnte natürlich gelingen, aber er war nicht fit genug, um dieses Risiko einzugehen.

Seine Finger schlossen sich um den Stein in seiner Hosentasche. Langsam richtete er sich auf und kam auf die Knie, immer noch verdeckt von einem Büschel Schilf. Dann noch ein Stück höher … Jetzt!

Mit ein paar schnellen Sätzen sprang er aus dem Wasser und hatte wieder festen Boden unter den Füßen. Sein Gegner schaffte es gerade noch, sich umzudrehen und mit einem verblüfften Ausruf die Waffe zu heben, da hatte Oxen schon mit dem Unterarm den Lauf des Maschinengewehrs weggefegt und rammte den Stein gegen die Schläfe des Mannes, der sofort lautlos zusammensackte. Er würde sicher eine ganze Weile liegen bleiben. Und später würde ihn vermutlich einer aus dem Team im Krankenhaus absetzen und irgendeine hübsche Erklärung aus dem Ärmel zaubern.

Doch jetzt musste es schnell gehen. Oxen stürmte los, zerrte seine Ausrüstung aus dem Gebüsch und schnappte sich die beiden Paddel seiner Gegner. Dann zog er Fischs altes Kanu ins Wasser und ließ es wegtreiben, setzte sich in sein eigenes Boot und stieß sich vom Ufer ab.

Lautlos verschluckte ihn die Dunkelheit.

42.

Der Nachrichtensprecher starrte grimmig auf die Tischplatte. Dann sammelte er seine Unterlagen zusammen und richtete den Blick direkt in die Kamera.

»Sie sehen eine Sondernachrichtensendung in Zusammenhang mit dem Tod des Justizministers Ulrik Rosborg. Ein Kamerateam, das heute Morgen live für das Frühstücksfernsehen aus Gilleleje berichten sollte, traf den Minister nicht wie vereinbart im Ferienhaus der Familie an. Es wurde umgehend eine groß angelegte Suchaktion in die Wege geleitet. Im Haus brannte Licht, die Tür stand offen und das Ruderboot der Familie war verschwunden.

Vor wenigen Minuten erreichte uns nun die Nachricht, dass die

Leiche des Justizministers nicht weit entfernt am Strand aufgefunden wurde. Wir schalten jetzt um zu unserer Kollegin Ulla Ploug in Gilleleje.«

Sie war sofort zu einer Besprechung gerufen worden, kaum dass sie das Gebäude des PET-Hauptquartiers in Søborg betreten hatte. Die Kollegen saßen schon alle im Konferenzraum der operativen Abteilung.

Der oberste Dienstherr des PET, der Justizminister, war tot. Jetzt tobte natürlich das Chaos in sämtlichen Abteilungen, und es musste alles Mögliche koordiniert werden. Aber zunächst hatte Operativchef Martin Rytter den großen Fernseher angeschaltet.

Eine Frau in einer hellen Sommerjacke, die am Strand von Gilleleje stand, erschien auf dem Bildschirm. Sie fasste sich kurz ans linke Ohr, vermutlich um den Kopfhörer zurechtzurücken.

»Was wissen wir im Augenblick, Ulla?« Die Frage des Nachrichtensprechers hing für einen Moment in der Luft, während die Reporterin nickte.

»Wir wissen, dass die Leiche des Justizministers von der Seenotrettung gefunden wurde, die mit dem Helikopter unterwegs war. Die Leiche wurde am Munkerup Strandvej angespült, knappe vier Kilometer vom Ferienhaus des Ministers entfernt, das direkt am Strand liegt. Ulrik Rosborgs führerlose Jolle wurde vor eine Stunde auf dem Meer entdeckt.«

»Was kannst du uns über die Todesursache sagen, Ulla?«

»Zum gegenwärtigen Zeitpunkt noch nichts. In dieser frühen Phase der Ermittlungen ist die Polizei äußerst sparsam mit Auskünften. Aber ein Sprecher der örtlichen Polizei hat mir gesagt, dass wohl alles auf einen Unfall hindeutet.«

»Stimmt es, dass ein Kamerateam den Minister als vermisst gemeldet hat?«

»Ja, genau. Der Justizminister sollte heute Morgen im Frühstücksfernsehen auftreten. Geplant war, dass er in der Küche seines Ferienhauses Fisch zubereitet, den er selbst gefangen hat. Aber wie du bereits eingangs erwähnt hast: Er war nirgends zu finden. Im ganzen Haus brannte Licht und die Tür war offen. Er ist auch nicht ans Telefon gegangen. Deshalb hat der Redakteur schließlich die Polizei eingeschaltet.«

»Und wie geht es jetzt weiter, Ulla?«

»Nun, wenn ein so bekannter und renommierter Politiker wie ein Minister stirbt, noch dazu der Minister, dem die Polizei unterstellt ist, dann wird natürlich automatisch die Maschinerie in Gang gesetzt. Es gibt eine ganze Reihe ermittlungstechnischer Maßnahmen, die jetzt durchgeführt werden müssen. Selbstverständlich wird man auch die Leiche obduzieren, damit die Todesursache festgestellt werden kann.«

Auf dem Bildschirm erschien wieder der Nachrichtensprecher.

»Wir kommen später noch einmal zu dir zurück, Ulla«, sagte er nach kurzem Zögern und fuhr dann fort: »Ebenfalls live zugeschaltet ist uns jetzt Henning Ølgaard von der Polizeidirektion Nordseeland. Bitte, sagen Sie unseren Zuschauern … Wie geht es jetzt weiter?«

Der Polizeichef, ein korpulenter, wettergegerbter Mann, der gebührend erschüttert aussah, nickte.

»Bei jedem Todesfall erfolgt eine Untersuchung. Das gilt natürlich auch bei einem Minister. Nach den bisherigen Erkenntnissen haben wir keinen Anlass zu der Annahme, dass dem Tod des Justizministers ein Verbrechen zugrunde liegt. Trotzdem wird der Fall selbstverständlich routinemäßig untersucht.«

»Der Justizminister ist ja gewissermaßen Ihr Vorgesetzter, also der oberste Dienstherr der Polizei. Was bedeutet das für Ihre Arbeit?«

»Nichts. Es hat keinerlei Einfluss auf die Art und Weise, wie wir die Ermittlungen führen. Wir haben auch nicht …«

Rytter schaltete den Fernseher aus.

»Das waren also die neuesten Informationen, zumindest aus

Sicht der Öffentlichkeit. Ich habe ein bisschen mehr zu bieten – wenn auch nicht viel«, sagte er.

Sie musterte ihn aufmerksam. Er wirkte so entspannt wie immer, aber auch ernster als sonst. Das war nicht der richtige Zeitpunkt für Leichtsinnsfehler.

Rytter fuhr fort: »Wir wissen von der Ehefrau des Ministers, dass beide Angelruten aus dem Ferienhaus fehlen. Wir wissen von der örtlichen Polizei, dass eine halb volle Flasche Whisky im Wohnzimmer stand, und von den Anwohnern, dass der Minister gestern Abend im Restaurant Gilleleje Havn Hummer gegessen hat – und dass Weißwein zum Essen serviert wurde. Offensichtlich war er bester Laune. Wir wissen außerdem, dass er später auf der Terrasse der Brasserie mit dem Promifriseur Tommy ›The Scissors‹ Palsby noch ein Bier getrunken hat. Und wir wissen, dass er im Frühstücksfernsehen selbst geangelte Schollen braten sollte. Deshalb, meine Damen und Herren, lautet die einfache Schlussfolgerung, dass der Mann in einem mehr als angetrunkenen Zustand zum Angeln rausgefahren ist. Dann ist er über Bord gegangen, und niemand weiß, warum. Die meisten fallen ins Wasser, wenn sie im Ruderboot aufstehen, weil sie pinkeln müssen – besoffen oder nicht. Vielleicht hat er sich beim Hinfallen den Kopf angeschlagen. Das wissen wir noch nicht. Genau genommen wissen wir nicht einmal, ob er wirklich ertrunken ist. Aber … wenn ich Hufgetrappel höre, denke ich normalerweise an Pferde und nicht an Zebras.«

Die letzte Bemerkung erntete ein paar hochgezogene Mundwinkel und leises Kichern am Tisch.

»Aber natürlich müssen wir trotzdem das volle Programm durchziehen, und deshalb verteilen wir jetzt die Aufgaben, die in unsere Zuständigkeit fallen.«

Es klopfte. Eine Frau von der Pforte streckte den Kopf durch die Tür.

»Margrethe Franck?« Die Frau ließ ihren Blick über die Versammelten schweifen.

Margrethe meldete sich.

»Sie sollen bitte in Axel Mossmans Büro kommen. Sofort.«

Mossman musterte sie über den Rand seiner Brille hinweg, als sie in sein Büro trat und sich etwas weniger provokant als beim letzten Mal in den Chesterfield-Sessel fallen ließ.

»Tag, Margrethe.«

Mossman nickte ihr zu und klang so verträglich wie lange nicht mehr. Vielleicht lag es am Tod des Justizministers. Erst als er den Kopf hob, fiel ihr auf, dass er ziemlich übel zugerichtet war. Er hatte ein Veilchen, eine Braue war aufgeplatzt und seine Wange geschwollen.

In der Zeit vor den gehängten Hunden hätte sie das garantiert nicht unkommentiert gelassen. Doch jetzt verzichtete sie darauf. Schließlich war es seine Sache, ob er ihr erzählen wollte, warum sein Gesicht so aussah wie ein Pfund gemischtes Hack.

»Haben Sie es schon gehört?«, fragte er.

Es lag auf der Hand, dass er Rosborg meinte.

»Ja, natürlich. Die senden ja live aus Gilleleje.«

»Nicht das … doch nicht Rosborg … Sie wissen es also *nicht.*«

»Ich bin sofort zu der Besprechung gerannt, aus der Sie mich eben rausgezogen haben. Klar, dass ich da als Erstes an Rosborg denke. Woran denn sonst?«

Mossman setzte seine Brille ab und rieb sich das Gesicht, während er ein Gähnen unterdrückte.

»Dazu kommen wir gleich«, erwiderte er und holte etwas aus seiner Schreibtischschublade heraus. Es war eine CD-ROM.

Er hielt sie hoch. »Was glauben Sie, was das hier ist, Margrethe?«

»Soll das ein Intelligenztest werden, oder was?«

Mossman lächelte und schüttelte den Kopf.

»*Well,* das ist eine CD-ROM, und sie stammt aus dem Laptop unseres Justizministers Ulrik Rosborg. Aus genau dem Laptop, der auf dem Couchtisch in seinem Ferienhaus stand. Ich war heute Morgen persönlich dort und habe sie mir vom Polizeichef der Direktion Nordseeland, nun, sagen wir ›ausgeliehen‹. Und wenn ich Ihnen jetzt erzähle, dass das Filmchen auf dieser CD höchst kompromittierend ist, was sagen Sie dann?«

»Dann vermute ich mal, dass Rosborg darauf zu sehen ist, wie er in den Gemächern von Nørlund Slot eine litauische Edelnutte namens Virginija Zakalskyte zu Tode fickt.«

Mossman nickte und fuhr fort: »Und wenn ich im selben Atemzug Niels Oxen erwähne?«

»Dann wissen Sie offenbar, dass er eine entsprechende Aufnahme besitzt, die für ihn eine Art Lebensversicherung darstellt. Er droht damit, sie zu veröffentlichen, falls der Danehof versucht, ihn auszuschalten. Und …«

Sie hielt kurz inne. Als ihr die unheilvolle Bedeutung ihrer eigenen Worte bewusst wurde, fluchte sie laut.

»… und jetzt, da der Justizminister tot ist, geht die Jagd auf Oxen los«, schloss sie wie erstarrt.

Mossman griff nach der Fernbedienung auf dem Schreibtisch und schaltete den Fernseher an der Wand gegenüber ein. Die TV2-Nachrichten erschienen auf dem Bildschirm. Kommentarlos ließ Mossman das Gespräch des Moderatorenteams über den Tod des Justizministers laufen. Dann wandte sich der Moderator von seiner Kollegin ab und richtete den Blick direkt in die heimischen Wohnzimmer.

»Und nun vom erschütternden Tod des Justizministers weiter zu dem zweiten tragischen Ereignis des heutigen Tages: zu der groß angelegten Menschenjagd in Mitteljütland. Dort ist die Polizei auf der Suche nach dem höchstdekorierten Soldaten, den Dänemark je gesehen hat, dem Kriegsveteranen und ehemaligen Elitesoldaten Niels Oxen, der im Verdacht steht, seinen Arbeitgeber, einen vierundsiebzigjährigen Fischzüchter, ermordet zu haben.«

»Sehen Sie, es hat schon begonnen«, murmelte Axel Mossman und schaute sie an.

»Das ist nicht zu fassen, das kann doch nicht … nicht Niels. Wie haben die das so schnell hinbekommen? Fast gleichzeitig mit dem Justizminister!«

»Der Danehof hat die Büchse der Pandora einfach selbst geöffnet. Sie und ich, Margrethe, sind im Augenblick die Einzigen im Königreich, die wissen, wie alles zusammenhängt. Und dabei sollte es vorläufig auch bleiben. Verstanden?«

Er klang ungewöhnlich scharf und sah ihr direkt in die Augen. Sie nickte.

Der Moderator fuhr fort: »Die Polizei ist mit zahlreichen Einheiten auf der Jagd nach Niels Oxen, der als psychisch labil und gefährlich gilt. Er ist wahrscheinlich bewaffnet und verwendet eine falsche Identität, unter der er das letzte halbe Jahr gelebt hat, nämlich als Adrian Dragos, rumänischer Staatsbürger. Der Fall unterliegt strengster Geheimhaltung. Wir konnten leider keinen einzigen Kommentar von der zuständigen Polizeidirektion dazu bekommen. Jetzt schalten wir zu unserem Reporter Henrik Brage, der sich am Tatort befindet. Kannst du uns ein Update geben, Henrik?«

Ein junger Mann mit schwarzem Blazer und Krawatte war zu sehen, seine Wangen leuchteten rot.

»Ich habe erfahren, dass der vierundsiebzigjährige Fischzüchter Johannes Ottesen mit einem Kampfmesser ermordet wurde. Bei der Tatwaffe handelt es sich angeblich um ein Messer, das Niels Oxen gehört. Beide Informationen wollte die Polizei jedoch bisher nicht bestätigen. Der Mord ereignete sich im Laufe der Nacht auf dem Gelände einer Fischzucht am Skjern Å zwischen Brande und Sønder Felding. Ein Autofahrer auf der Landstraße bemerkte einen Brand, der in der Mitarbeiterunterkunft ausgebrochen war, in der Oxen vermutlich gewohnt hat. Der Autofahrer alarmierte die Polizei um 04:52 Uhr heute Nacht.«

»Wir hier im Studio können noch ergänzen, dass Niels Oxen

der einzige Soldat ist, der je das Tapferkeitskreuz erhalten hat, eine Auszeichnung, die nur für außergewöhnlichen Einsatz verliehen wird. Der vierundvierzigjährige Oxen leidet vermutlich unter einer posttraumatischen Belastungsstörung, einer Erkrankung, die seine psychische Stabilität in den letzten Jahren zunehmend beeinträchtigt hat. Gibt es denn schon eine Spur von dem Kriegsveteranen, Henrik?«

»Ich weiß es nicht. Der Fall unterliegt, wie gesagt, strengster Geheimhaltung, aber die Polizei versucht mithilfe von Straßensperren, die Gegend in Mitteljütland so schnell wie möglich zu durchkämmen. Es heißt, dass …«

Mossman schaltete den Fernseher aus, schüttelte den Kopf und seufzte tief. Sie sah ihrem Chef in die Augen.

»Verdammt.« Mehr sagte er nicht.

Sie senkte den Blick und schaute eine ganze Weile nur zu Boden. Dann sagte sie: »Vielleicht ist es an der Zeit, dass wir die Karten auf den Tisch legen. Ich fange gern an, und ich muss gestehen, dass ich ihn vor Kurzem tatsächlich gefunden habe. Am 4. August, an dem Tag, als sein Kamerad damals auf dem Balkan gestorben ist. Ich habe auf dem Friedhof von Høng mit Niels gesprochen.«

Sie blickte zu Mossman und wartete auf seine Reaktion. Doch er starrte nur an die Decke.

»Ich habe ihm Ihre Nachricht ausgerichtet. Er wollte nicht mit Ihnen reden, und diesen Wunsch habe ich respektiert. Deshalb habe ich Ihnen nichts davon erzählt. Er wollte auch nicht mit mir essen gehen. Er wollte eigentlich nur nach Hause, und dieses Zuhause war also in der Nähe von Brande.«

»Ich war dort.« Mossman senkte den Blick und sah sie an.

»Wo? In Brande?«

»Ja. Am selben Tag. Spätabends.«

Sie konnte ihre Verblüffung nicht verbergen.

»Ich habe Sie beschatten lassen, Margrethe. Der Friedhofsgärtner war einer meiner Leute. Er hat Oxen einen kleinen GPS-Sender angehängt. Der Rest war einfach.«

»Das ist wirklich das Letzte. Aber so wie Sie aussehen, hat Oxen sich sehr über Ihren Besuch gefreut.«

Mossman zuckte die Schultern. »Es war ein notwendiger Besuch, Margrethe.«

Axel Mossman zögerte kurz. Dann erzählte er ihr die ganze lange Geschichte. Dieselbe Geschichte, die er auch Niels Oxen in dessen Küche erzählt hatte.

Vom Museumsdirektor und dem Archivmaterial, von seinem Wunsch, sich in einem Jahr von seinem Posten zurückzuziehen, und vom Tod des alten Ryttinger und dem Sozialdemokraten Gregersen. Und von seinem Plan, den Danehof zu zerstören.

Sie gab währenddessen keinen Ton von sich und nickte nur ab und zu. Schließlich seufzte Mossman.

»Es ist mir nicht gelungen, ihm klarzumachen, dass das die Wahrheit ist. Oxen glaubt wahrscheinlich genau wie Sie, dass ich, freiwillig oder gezwungenermaßen, in den Danehof involviert bin.«

»Und jetzt … wo er unter Mordverdacht von der Polizei gejagt wird, ist er endgültig davon überzeugt, dass Sie ihn reingelegt haben, oder?«

»Ja. Da bin ich mir ziemlich sicher.« Mossman biss sich auf die Unterlippe. »Ich habe sogar zugegeben, dass ich für den Tod seines Hundes verantwortlich bin. Aber nicht mal das konnte ihn umstimmen.«

»Wie bitte? Das waren *Sie?* Was zur Hölle …?«

»Finden Sie das verwerflich, Margrethe? Abscheulich?«

»Ja! Das hätte ich nie von Ihnen gedacht.«

»Es ging dabei um eine höhere Sache, eine Sache von nationaler Bedeutung. Er ist vollkommen ausgeflippt. Hat wie ein Irrer auf mich eingeprügelt und mich getreten. Ich hatte es verdient. Ich habe meine Strafe akzeptiert. Aber ich bleibe dabei – der Hund war ein unvermeidliches Opfer. Der Zweck heiligt die Mittel. Ich wollte Oxen, damals wie jetzt. Ich bin sicher, dass er weitere Dokumente besitzt, die er irgendwo versteckt hat.«

»Ich könnte mir vorstellen, dass er sich bei Ihrer nächsten Begegnung nicht mehr damit zufriedengeben wird, Ihr Gesicht auseinanderzunehmen … Jetzt, wo sich sein Verdacht zu bestätigen scheint.«

Mossman nickte nachdenklich. »Ich hatte nicht damit gerechnet, dass der Danehof so schnell reagieren würde. Sie müssen mich oder meine Männer beschattet haben, als wir Oxen zu seiner Unterkunft gefolgt sind. Offenbar hatten sie längst einen fertigen Plan in der Schublade, der vorsah, den Justizminister zu opfern. Als die Puzzleteile dann plötzlich alle an ihrem Platz lagen, konnten sie die Operation mit einem Fingerschnippen starten. Und jetzt wollen sie Oxen an die Kehle.«

Mossmans große Finger trommelten auf die Mahagonitischplatte. Er sah Margrethe an und fuhr dann fort: »Wir müssen ihn finden. Das ist die einzige Chance, ihn vor dem zu schützen, was ihn da draußen erwartet. Die sind bereit, ihn lebendig zu häuten. Können wir ihn irgendwie reinholen, Margrethe?«

Es war wahnsinnig spät geworden, nach diesem langen Arbeitstag, an dem sich alles um den toten Justizminister gedreht hatte. Auch Anders hatte lange gearbeitet. Er hatte sie zum Essen eingeladen, nachdem ihn der Job schon den ganzen Tag gekostet hatte.

Jetzt gingen sie die Treppe zu ihrer Wohnung hoch. Es war fast Mitternacht, und sie waren beim Mexikaner gewesen.

Auf dem Heimweg waren sie beide zu müde gewesen, um sich groß zu unterhalten, und der Rotwein hatte sich deutlich bemerkbar gemacht.

Schon während des Essens war sie ein paarmal am Tisch verstummt. Der Tod des Justizministers und die Treibjagd auf Niels Oxen gingen ihr einfach nicht aus dem Kopf.

Anders wusste natürlich über die beiden Großereignisse des Tages Bescheid. Er war selbst an der Sicherheitsüberprüfung im Umfeld des Ministers beteiligt gewesen, doch sie hatten nichts finden können. Man vermutete, dass Rosborg sturzbetrunken mit seiner Jolle hinausgefahren und tödlich verunglückt war.

Margrethe hatte Anders ein bisschen mehr von Oxen erzählt, aber sie hatte sich strikt an Mossmans Order gehalten: Momentan durfte niemand von den wahren Zusammenhängen erfahren.

Während sie auf dem Treppenabsatz stand, Anders kalte Nase im Nacken und seinen Arm um ihre Taille, und in ihrer Tasche nach dem Wohnungsschlüssel kramte, dachte sie wieder an Oxen. Er war allein, irgendwo da draußen, und saß in der Klemme.

Sie hatte schon am Vormittag Oxens alten Balkankameraden L. T. Fritsen in der Werkstatt angerufen und ihm ziemlich scharf zu verstehen gegeben, dass die Lage diesmal verdammt ernst war. Falls er auch nur einen Schatten von Niels Oxen zu Gesicht bekam, sollte er ihn umgehend dazu bringen, sich bei ihr zu melden.

Sie steckte den Schlüssel ins Schloss und drückte die Tür auf. Anders' Hände wanderten unter ihrer Jacke hoch zu ihren Brüsten. Seine Arme waren stark. Sie stieß die Tür mit dem Absatz zu, legte den Kopf in den Nacken und ließ seine Küsse zu.

Ihre Tasche landete auf dem Boden, und ihre zwei Jacken nahmen denselben Weg, während sie eng umschlungen in Richtung Wohnzimmer stolperten. Anders keuchte.

»Margrethe … Ich will dich. Jetzt!«

Sie glaubte, ein Geräusch gehört zu haben, aber Anders' Zunge steckte in ihrem Ohr. Wie sie es geschafft hatte, die kleine Tischlampe anzuknipsen, war ihr selbst ein Rätsel.

Und dann hörte sie es wieder. Ein Räuspern. Diesmal laut und deutlich.

Sie erstarrte und hob den Kopf.

43.

Im Sessel in der Ecke des Zimmers saß Niels Oxen und schien sich in der peinlichen Situation ziemlich unwohl zu fühlen. Verwirrt ordnete sie ihre Klamotten und merkte, wie ihre Wangen heiß wurden.

»Niels? Was machst du hier? Ist dir klar, dass du …?«

»Ich sollte wohl besser gehen.«

»Nein!«

»Doch.«

Er machte Anstalten aufzustehen.

»Du bleibst. Keine Widerrede!«

Seine Skepsis war nicht zu übersehen. Sie galt vermutlich Anders, der die Sache erstaunlich gelassen nahm.

»Das ist mein … Kollege … Anders.«

Anders stand mitten im Zimmer und wirkte vor allem genervt, weil das, was er vor wenigen Sekunden noch in Aussicht hatte, jetzt auf unbestimmte Zeit verschoben wurde. Trotzdem musterte er den Mann mit dem Tapferkeitskreuz neugierig.

»Also, Anders – das ist Niels, von dem ich dir schon erzählt habe.«

Anders nickte, machte einen Schritt auf Oxen zu und gab ihm die Hand. Sie selbst ließ sich auf den Rand des Couchtischs sinken. Damit hatte sie nicht gerechnet. Noch dazu hier, in ihrem Wohnzimmer.

»Niels, ist dir klar, dass sie dich überall suchen?«

Er nickte, ruhig wie immer.

Erst jetzt merkte sie, dass auch bei ihm ein hektischer Tag seine Spuren hinterlassen hatte. Oxens Hose war schmutzig und das weiße T-Shirt unter dem Holzfällerhemd total verschmiert, sein Hemd war an der Schulter zerrissen, und etliche Schrammen zogen sich über sein Gesicht. Die Haare waren nicht wie üblich im Nacken zusammengebunden, sondern hingen ihm strähnig um sein müdes Gesicht. Der sonst hellwache Blick wirkte matt.

»Anfangs hatte ich noch keine Ahnung«, sagte er. »Ich hab mich nur darauf konzentriert, so weit wie möglich wegzukommen. Am Rastplatz in Vejle hat mich ein Lkw-Fahrer mitgenommen. Als er das Radio angemacht hat, hab ich in den Nachrichten von dem Mord an dem alten Fischzüchter gehört. Und das mit dem Justizminister … Dahinter steckt Axel Mossman, das miese Schwein.«

»Wie kommst du darauf?«

»Er war an dem Abend bei mir, nachdem ich mit dir auf dem Friedhof gesprochen hatte. Mitten in einem heftigen Unwetter kam er durch den Regen marschiert. Und zwei Tage später stirbt plötzlich der Minister und die umzingeln mich mitten in der Nacht.«

»Wer ›die‹?«

»Es waren mindestens acht. Irgendwelche Militärs, auf jeden Fall mit Spezialausbildung. Axel Mossman hat meinen Hund umgebracht.«

Sie nickte.

»Du wusstest das?« Sein Blick sprühte plötzlich Funken.

»Erst seit heute Morgen. Mossman hat mich zu sich ins Büro bestellt und mir alles erzählt, auch von eurem Küchengeplauder. Und das mit deinem Hund. Das hätte ich nie gedacht.«

»Du bist doch sonst nicht so naiv. Er ist ein hinterhältiger, skrupelloser Mistkerl und mit allen Wassern gewaschen.«

»Sie haben dich umzingelt – und was dann?«

»Ich bin durch einen unterirdischen Tunnel geflüchtet, den ich vor einiger Zeit gebaut habe. Und danach weiter mit dem Kanu auf dem Skjern Å. Später habe ich ein Fahrrad gestohlen, dann ein Moped und in Brande schließlich ein Auto. Das ist alles. Niemand hat mich gesehen. Ich bin durch den Keller hier ins Haus. Ich warte schon eine ganze Weile.«

»Was ist mit dem Mord an dem Alten?«

»Wahrscheinlich sind sie zu dem Schluss gekommen, dass ein Zeuge ungünstig ist. Und sie haben mein Bowie-Messer im Haus gefunden. Das waren zwei Fliegen mit einer Klappe. Er war ein guter Mensch. Wäre ich nicht bei ihm untergetaucht, würde er jetzt noch leben. Über den Justizminister weiß ich nur das, was sie heute im Radio erzählt haben. Was ist da los?«

Sie hatte keine Ahnung, was sie darauf antworten sollte. Sie erinnerte sich nur an Mossmans düstere Warnung. *»Sie und ich, Margrethe, sind im Augenblick die Einzigen im Königreich, die wissen, wie alles zusammenhängt. Und dabei sollte es vorläufig auch bleiben. Verstanden?«*

Sie zögerte und schaute zu Anders, dann wieder zu Oxen – und schließlich hoch zur Decke.

Er registrierte sofort, wie ihr Blick flackerte, während sie überlegte. Er hatte einen heiklen Punkt erwischt.

»Vielleicht ist es das Beste, wenn ich wieder verschwinde«, sagte er.

»Nein, nein. Kommt nicht infrage.«

Er versuchte, ihr zu Hilfe zu kommen. »Es gibt einige Dinge, die ich gern mit dir besprechen würde, Franck. Ich denke, es wäre gut, wenn wir das unter vier Augen machen könnten.«

Er sah sie an – und dann den aufgepumpten Muskelprotz, der heute Abend nicht mehr zum Zug kommen würde.

»Ich verstehe, was du meinst. Darüber habe ich gerade auch schon nachgedacht. Am besten lassen wir es für heute gut sein, Anders, ja?«

»Okay, ist schon klar. Aber können wir uns draußen in der Küche kurz unterhalten, Schatz?«

Schatz. Der Schwachkopf ließ einfach nicht locker. Oxen musterte ihn. Sein T-Shirt saß an den richtigen Stellen stramm. Der Typ stemmte Eisen, und offensichtlich legte er großen Wert darauf, dass seine Umwelt das auch mitbekam.

»Okay?« Franck sah Oxen fragend an.

Er nickte.

Es dauerte ein paar Minuten, bis die beiden zurückkamen. Der

Schwachkopf hob eine Hand, sagte Tschüs und knallte die Wohnungstür hinter sich zu.

»Anders ist in Ordnung. Er hält dicht«, sagte Margrethe unaufgefordert, als sie wieder allein waren. Sie hatte ein großes Tablett mitgebracht: vier Scheiben Roggenbrot, eine Scheibe Weißbrot mit Käse, einen Becher Kaffee und eine Dose Cola.

»Danke, Franck, du kannst Gedanken lesen.«

Ohne ein weiteres Wort zu verlieren, stürzte er sich auf das Essen. Sie blieb neben ihm auf der Tischkante sitzen.

»Die haben das ganz genau koordiniert. Als Rosborg allein ins Ferienhaus fuhr, war das die perfekte Gelegenheit. Aber sie mussten dich im selben Atemzug erledigen, denn wenn du vom Tod des Justizministers erfahren hättest, wärst du über alle Berge gewesen.«

»Und wie haben sie mich deiner Meinung nach gefunden?« Er fragte mit vollem Mund.

»Mossman glaubt, dass sie ihn beschattet haben.«

»Er hat dich beschattet – die haben ihn beschattet. Der Kerl hat Dreck am Stecken. Er war es selber. Wenn Mossman redet, dann wickelt er einen um den Finger. Dem würde man doch sogar abkaufen, dass morgen die Sonne explodiert. Vertraust du ihm etwa?«

»Ich weiß nicht … Warum hätte er dir das mit Mr White erzählen sollen – das wäre doch nie rausgekommen? Und ich schätze, er hat immer noch Schmerzen, so wie seine Visage aussieht.«

»Darüber habe ich auch nachgedacht. Aber das ist nur Theater. Er benimmt sich wie ein Doppelagent. Damit wir das Infragestellen infrage stellen, oder so.«

»Vielleicht.«

Kurz darauf hatte er auch das letzte Brot aufgegessen. Der Tag war absolut verrückt gewesen. Er spürte die Müdigkeit, doch er war sich nicht sicher, ob es eine Müdigkeit war, die ihn schlafen ließ.

»Mossmans letzte Frage bei unserem Treffen heute war, ob ich nicht irgendeinen Weg finden könnte, dich reinzuholen«, sagte Franck.

»Das war gar nicht so schwer. Der Hunger muss nur groß genug sein.«

Sie lächelte.

»Er hat mir übrigens noch etwas anderes erzählt, das er nicht hätte sagen müssen. Er hat eine CD, auf der zu sehen ist, wie der Justizminister Virginija Zakalskyte umbringt.«

Oxen schaute auf. »Dann sind wir ja schon zwei. Für mich ist die Aufnahme jetzt wertlos. Aber vielleicht ist das ja der Sinn der Sache. Wie haben sie das Ganze arrangiert?«

»Die CD steckte im Laptop und daneben stand eine Whiskyflasche. Die war nur noch halb voll.«

»Ich wette mit dir, dass der Minister die entsprechenden Promille im Blut hat, wenn sie das überprüfen.«

»Das haben sie schon getan. Und du hast recht. Er war stockbesoffen mit 2,1 Promille und ist angeblich ertrunken.«

»Die CD-ROM soll das Ganze wohl in Richtung Alkoholismus, Verzweiflung und vielleicht Selbstmord lenken.«

»So sieht es zumindest für die aus, die es nicht besser wissen. Rosborg war zwar ziemlich gut gelaunt, als er gestern in einem Restaurant zu Abend gegessen hat, aber das ändert natürlich nichts Grundlegendes an dem Szenario, das sie arrangiert haben.«

»Und wie geht es jetzt weiter?«

»Die Aufnahme von dem Sexualmord wird die Öffentlichkeit nicht zu Gesicht bekommen, das ist klar. Aber ich kann dir nicht sagen, was hinter den Kulissen passieren wird. Der Polizeichef vom Bezirk Nordseeland kennt das Video.«

»Gibt es nicht immer irgendwelche Hinterzimmerdeals? Doch, die gibt es bestimmt!«

»Kann schon sein … Aber was machen wir jetzt, Niels? Hast du darüber schon nachgedacht?«

Sie fuhr ihm ein paarmal übers Bein, bevor sie ihre Hand, offenbar über sich selbst erschrocken, zurückzog. Vielleicht war ihr der Kollege wieder eingefallen, dieser muskelbepackte Vollidiot. Vielleicht auch etwas anderes. Aus Franck wurde man einfach nicht schlau. Sie trug eine Schlange am Ohr. Die kam aus dem Paradies, und Adam hat einen Apfel gegessen … Was für ein alberner Scheiß, jetzt an so was zu denken. Er war wirklich erschöpft.

»Nein, keine Ahnung. Ich bin einfach nur müde, unglaublich müde. Und ich hab keinen Plan.«

»Ja, es war ein anstrengender Tag. Lass uns schlafen gehen und das Ganze morgen früh besprechen.«

Er nickte. Wahrscheinlich war es das Beste, sich einzugestehen, dass jetzt nicht der richtige Zeitpunkt war, um große Pläne zu schmieden.

»Du kannst mein Bett haben, Niels.«

»Ich nehme das Sofa.«

»Das ist zu klein für dich.«

»Dann schlafe ich auf dem Boden. Das reicht mir völlig.«

Sie seufzte. »Na gut, wie du willst. Nimm dir die Polster vom Sofa, ich hol dir eine Decke.«

Er versuchte, sich die Granate in Slip und ohne BH vorzustellen, aber das Bild verschwamm vor seinen Augen. So müde war er.

Um 02:50 Uhr hatte er immer noch kein Auge zugemacht. Er hatte über eine Stunde gebraucht, um dahinterzukommen, dass die Polster einfach zu weich waren, und sich auf den Teppich zu rollen.

Die Zentrifuge in seinem Kopf lief auf Hochtouren. Seine Gedanken fanden kein Ende, doch es war reine Zeitverschwendung, weil nichts Konstruktives aus diesem Chaos entstehen konnte.

Mehrmals versuchte er, den Fokus auf Francks Freund zu richten – falls der Schwachkopf wirklich ihr Freund war, wovon man wohl ausgehen konnte, nachdem er sie »Schatz« genannt hatte. Einer von der ganz heißblütigen Sorte.

Aber wieso beschäftigte ihn das so sehr? Wieso hatte es ihn getroffen? Dass er oft an sie gedacht hatte, gab ihm ja nicht das Recht auf irgendwelche Besitzansprüche. Nicht, nachdem er sich so lange auf dem Grund eines Fischteichs in Jütland verkrochen hatte.

Abgesehen davon, was konnte er ihr schon bieten? Nicht mal eine schnelle Nummer.

Und mitten in dem ganzen Durcheinander versuchte er, seinem Misstrauen auf den Grund zu gehen. Der Muskelprotz war ihm ein Dorn im Auge. Er musste wachsam sein. Ein fremder Mensch, der wusste, wer er war – und wo er sich befand. Konnte er Francks Worten wirklich glauben? Warum sollte er ausgerechnet diesem Mister Oberkörper vom PET trauen? Er traute sonst auch niemandem. Niemals.

Oder war er gerade dabei, am Ende eines viel zu langen Tages seinen sonst so kühlen Überblick zu verlieren? Ja, wahrscheinlich war es so. Er war inzwischen einfach eingerostet.

Ein Geräusch, das von der Straße her in die Wohnung drang, erregte seine Aufmerksamkeit. Ein Geräusch, das in der Stille der Nacht nichts zu suchen hatte. Autotüren … oder vielmehr die Art, wie sie zugeschlagen wurden: entschlossen und fast gleichzeitig. Um diese Zeit, und noch dazu mehrere.

Er sprang auf und stürzte zum Fenster. Vorsichtig zog er den Vorhang einen Spaltbreit auf und spähte nach draußen. Die Autos standen ein Stück die Straße hinunter auf der anderen Seite.

Vier Männer überquerten die Straße und steuerten zielstrebig auf Francks Hauseingang zu. Drei weitere wechselten ebenfalls die Straßenseite und verschwanden aus seinem Blickfeld. Zusammen waren es also sieben, eine ziemlich große Truppe.

Er war so ein Idiot! Wie hatte er so leichtsinnig und blauäugig sein können! Nur weil er müde war.

In Windeseile zog er sich an und machte sich bereit. Durch die Haustür würde er es nicht mehr schaffen. Dafür war es schon zu spät.

44. Die freundliche Stimme der Empfangsdame klang wie eine automatische Ansage. »*Good evening, Mr Smith. You have a visitor. Mr Nielsen.*«

»*Good evening*« war eine äußerst beschönigende Umschreibung der Tatsache, dass es mitten in der Nacht war. Um genau zu sein, kurz vor drei. Trotzdem bat er die Dame, ohne zu zögern, den späten Besuch zu ihm nach oben zu schicken.

Der Zeitpunkt war alles andere als ideal, aber Nielsen war ein Mann, den man nicht zurückwies. Er hatte den Wunsch geäußert, dabei zu sein, wenn das Projekt endlich zum Abschluss kam.

Er nahm die beiden Handys und erteilte seinen Leuten letzte Anweisungen. Wie immer waren es billige Wegwerfhandys mit Prepaidkarte.

Als er das Klopfen hörte, ging er sofort zur Tür und öffnete. Eines der Handys immer noch am Ohr, gab er seinem Gast ein Zeichen, dass er gleich fertig war.

»*Hello*«, sagte er, als er auch das zweite Gespräch beendet hatte, und reichte Nielsen die Hand. Ihre Unterhaltung fand ganz selbstverständlich auf Englisch statt. Sein dänischer Kontaktmann beherrschte die Sprache nahezu perfekt.

Es war seine dritte Begegnung mit Nielsen, der wahrscheinlich genauso wenig Nielsen hieß wie er Smith. Vor etwa einem Jahr hatten sie sich zum ersten Mal getroffen, als die Details dieser Sache mit dem Justizminister besprochen werden mussten. Bei ihrem zweiten Treffen neulich war es um den Vertrag gegangen. Und nun also wieder.

Nielsen verfügte über operative Kenntnisse, die nahelegten, dass er ebenfalls einen militärischen oder polizeilichen Hintergrund hatte, und zwar auf Führungsebene. Er war befugt, Entscheidungen zu treffen, war aber trotzdem nur das Bindeglied zu seinem Auftraggeber, seinem *Kunden*. Bei manchen Fragen hatte Nielsen erst die Zustimmung seines Chefs einholen müssen.

Die Ursache für Nielsens Anwesenheit lag vermutlich in dem

skeptischen Unterton, den er schon gestern nach der fehlgeschlagenen Operation herausgehört hatte, als Oxen ihnen durch seinen unterirdischen Notausgang entkommen war.

»Meine Leute sind in Kürze auf Position. Setzen Sie sich.«

Nielsen nahm auf dem Sessel Platz, während er sich selbst den Stuhl heranzog, der an dem kleinen Schreibtisch stand.

Nielsen hatte noch nie einen Vornamen benutzt. Er hatte feine rotblonde Haare, und eine Vielzahl von Sommersprossen verlieh seinem Gesicht etwas Jungenhaftes. Sein Alter war schwer zu schätzen, vermutlich etwa Ende fünfzig. Er war hager, immer perfekt rasiert, immer im dunklen Anzug, und trug ein goldenes Brillengestell. Er war so gepflegt und elegant wie unauffällig.

»Läuft alles nach Plan?«

Genau wie die anderen Male verschwendete Nielsen auch heute keine Zeit mit den üblichen Höflichkeitsfloskeln, was vollkommen in Ordnung war.

»Ja. Ich warte nur noch auf die letzte Meldung. Diesmal gibt es kein Schlupfloch. Wenn der Tipp richtig war, dann haben wir ihn.«

»Die Information stimmt. Da gibt es keinen Zweifel.«

»Natürlich.«

»Wir haben das Haus observiert, seit wir die Nachricht bekommen haben. Niels Oxen hat das Gebäude nicht verlassen, also dürfte dieses Mal nichts schiefgehen.«

Dürfte. Schwang da eine versteckte Andeutung mit? So war es eben mit Operationen. Es gab immer ein Risiko. Wie überall, wo Menschen im Spiel waren. Dass ein Einsatz fehlschlug, gehörte zu den Dingen, die man grundsätzlich mit einkalkulieren musste.

Aber obwohl es ihn nervte, dass Nielsen ihm jetzt über die Schulter sah, musste er zugeben, dass es eigentlich ganz praktisch war. Alles hatte so schnell gehen müssen, dass ihnen keine Zeit für eine detaillierte Planung geblieben war. Dadurch konnten unklare Situationen entstehen, in denen es hilfreich war, wenn der

Kunde sofort reagieren konnte. Eine Sache hatte Nielsen allerdings von vornherein klargestellt: Er wollte keine weiteren Toten. Der Frau in der Wohnung, die für den PET arbeitete, durfte nichts zustoßen.

Bei Nielsen hatte es zunächst geklungen, als wäre Mord für seine Leute so alltäglich wie Kaffeetrinken. Aber das stimmte nicht. So etwas kam nur selten vor. Es war bloß zu riskant gewesen, den alten Fischzüchter am Leben zu lassen.

Erst klingelte das eine Handy, dann das andere. Er nahm die Gespräche entgegen, nickte und warf einen Blick auf die Uhr. Über die Reaktionszeit seines Teams konnte Nielsen sich jedenfalls nicht beschweren.

Alle sieben waren auf Position. Im Treppenhaus, auf der Hintertreppe und der Kellertreppe im Hof.

Er gab seinen Befehl: *»Okay, guys, let's roll. Remember: Nice and gently.«*

45.

Er zerrte ihr die Decke weg, packte sie an der nackten Schulter und rüttelte sie.

»Franck, wach auf! Sie sind hier. Gibt es einen Dachboden? Ist da eine Treppe? Komm schon, antworte mir!«

Sie riss die Augen auf und starrte ihn verständnislos an.

»Äh, Dachboden? Ja, es gibt einen. Warum? Wer? Die Polizei?«

»Wie kommt man da hoch?«

Langsam wirkte sie ein bisschen klarer. Er ließ sie los und sie setzte sich auf.

»Also … raus auf die Hintertreppe und dann ganz nach oben. Da ist eine Luke und eine Klappleiter, die man runterziehen kann. Also, wenn die Luke offen ist. Was hast du gesagt? Wer kommt?«

»Dazu ist keine Zeit. Wo ist die Hintertreppe?«

»In der Küche.«

»Was ist da oben auf dem Dachboden?«

»Äh, nichts, glaube ich.«

»Ich meld mich bei dir!«

Er stürzte aus dem Schlafzimmer, schnappte seinen Rucksack, rannte in die Küche und machte die Tür zur Hintertreppe auf. Es waren sieben Mann. Also waren sämtliche Ausgänge, Treppenhaus, Hintertreppen und Keller besetzt. Ihm blieb nur eine Möglichkeit: hinauf.

In großen Sätzen eilte er die Treppe hoch, bis er ganz oben im fünften Stock war. Da war die Luke. Er konnte den Haken eben noch erreichen, wenn er sich auf die Zehenspitzen stellte. Er zog die Leiter aus und kletterte so schnell es ging nach oben.

Am vordersten Stützpfeiler entdeckte er einen hellgrauen Schalter und knipste das Licht an – ein paar nackte Glühbirnen, die von den Balken baumelten. Der Dachboden war riesig. Er erstreckte sich über die Grundfläche des gesamten Häuserblocks. Aber man konnte nur in der Mitte zwischen den Dachschrägen aufrecht stehen. Hier und da standen ein paar Umzugskisten und Gerümpel herum, davon abgesehen war der Raum leer, staubig und voller Spinnweben. Er hastete zum Giebel am gegenüberliegenden Ende, öffnete die Luke dort mit einem kräftigen Tritt und ließ sich durch die Öffnung auf den Treppenabsatz fallen.

Jetzt ging es um Sekunden. Wahrscheinlich hatten sie sich mittlerweile Zugang zu Francks Wohnung verschafft, die Polster auf dem Boden gesehen und angefangen, nach ihm zu suchen. Und vermutlich hatten sie auch die Bodenluke schon entdeckt.

Hastig sprang er die Treppe hinunter und öffnete wachsam die Tür zum Hof. Sein Blick fiel auf einige parkende Autos, eins davon war Francks schwarzer Mini Cooper. Merkwürdigerweise war hier niemand zu sehen. Vielleicht standen die Wachen im Haus?

Für einen Moment verharrte er reglos und ging im Kopf seine Möglichkeiten durch. Das Risiko, durch das Tor auf die Straße zu rennen, war zu groß. Ihm blieb also nur der andere Weg – über die

Abfallcontainer auf die Mauer und von dort in den Nachbarhof. Wenn er sich auf die Container stellte, konnte er sich bestimmt einfach hochziehen und auf der anderen Seite wieder hinunterklettern.

Vorsichtig schlich er hinüber. Falls die anderen Höfe genauso aussahen wie dieser hier, stand ihm ein sehr spezieller Hürdenlauf bevor. Aber wenn er die paar Mauern überwunden hatte, konnte er die Flucht auf der Straße fortsetzen.

»Stopp!«

Das Kommando klang beherrscht, aber deutlich. Er hielt mitten in der Bewegung inne und hob die Arme. Dann drehte er den Kopf.

Ein Mann in dunkler Hose und schwarzem Pullover tauchte hinter einem der Autos auf. Er hielt eine Pistole mit einem ungewöhnlich langen Lauf in der Hand. Sie war mit einem *silencer* ausgerüstet, einem Schalldämpfer.

Der Mann kam näher und deutete mit der Pistole auf den Boden. Die Geste war unmissverständlich.

»*Charlie calling: Got him.*«

Jetzt oder nie. Der Nächste konnte jeden Augenblick hier sein, um seinen Kollegen zu unterstützen. Oxen ging in die Knie, als wollte er den Befehl befolgen und sich auf den Boden legen. Mit der rechten Hand hielt er den Tragegurt seines Rucksacks fest. In dem Moment, als sein linkes Knie den Asphalt berührte, schleuderte er den Rucksack mit aller Kraft in Richtung seines Gegners. Er traf den Pistolenarm und den Oberkörper des Mannes, der für den Bruchteil einer Sekunde aus dem Gleichgewicht geriet. Das war seine Chance.

Er trat mit dem rechten Bein zu, während er sich nach hinten beugte, um dem Tritt zusätzlichen Druck zu verleihen. Jetzt bildete sein Körper eine gerade Linie, und er rammte den Fuß in den Bauch des Mannes und stieß ihn kraftvoll von sich weg. Der Kekomi-Stoß gehörte zu den effektivsten Techniken, die beim Shotokan-Karate zum Einsatz kamen.

Noch bevor sein Gegner den Asphalt berührte, war er schon über ihm. Er konnte es nicht riskieren, sich die Hände zu verletzen, deshalb schlug er nicht auf ihn ein, sondern stieß den Hinterkopf des Mannes fest auf den Boden. Er fand schnell, was er gesucht hatte: In einer Innentasche steckten ein Portemonnaie und ein Pass. Er nahm beides an sich.

Dann hörte er, wie eine Tür zufiel, und noch eine andere. Schnelle Schritte. Es war unmöglich. Die Mauer war zu weit weg. Außerdem wusste er, dass er einen jungen durchtrainierten Mann in diesem Parcours nicht schlagen konnte. Die Entscheidung fiel schnell: Er musste auf demselben Weg zurück, auf dem er gekommen war.

Er schnappte sich seinen Rucksack und hob die Pistole des Mannes auf. Mit wenigen Schritten war er wieder an der Tür, die zur Hintertreppe führte. Er musste versuchen, durch die Wohnung im Erdgeschoss auf die Straße zu kommen. Irgendwohin, wo selbst um diese Uhrzeit noch Menschen unterwegs waren.

Er feuerte wahllos vier Schuss in den dunklen Hinterhof ab, die durch den Schalldämpfer kaum lauter als ein Seufzen waren. Doch das Geräusch berstender Autoscheiben war gut zu hören. Vielleicht würde sie das dazu bringen, ihr Tempo etwas zu verringern.

Er entschied sich für die linke Wohnung, nahm Anlauf und warf sich mit der Schulter gegen die Tür zur Hintertreppe. Sie war alt und nicht sehr kräftig. Schon beim zweiten Versuch splitterte das Holz am Schloss, und mit einem Tritt war sie offen.

Irgendwo in der Wohnung schrie jemand auf. Eine Frau. Mehr nahm er auf dem kurzen Weg bis zur Tür nicht wahr. Er öffnete sie und sprang die wenigen Stufen zur Haustür hinunter. Wieder zog er die Tür zuerst nur einen Spaltbreit auf. Draußen waren keine Wachen zu sehen, aber er war sicher, dass in Francks Treppenhaus jemand postiert war.

Er setzte den Rucksack auf und rannte los. Einer plötzlichen Eingebung folgend, blieb er bei den beiden Wagen seiner Verfolger kurz stehen und zerstach mit seinem Kampfmesser je einen Reifen. Dann rannte er weiter, so schnell er konnte.

Schon hörte er die ersten Sirenen, ehe er kurz darauf auch das Blaulicht sah. Er konnte gerade noch hinter einem parkenden Auto in Deckung gehen, als der Einsatzwagen um die Ecke bog und an ihm vorbeiraste.

Wahrscheinlich hatte die Frau in der Erdgeschosswohnung Alarm geschlagen. Die Polizeistreife konnte höchstens zwei Blocks entfernt gewesen sein. Fürs Erste waren seine unbekannten Gegner also beschäftigt. Und sie konnten auch nicht einfach losfahren und die Straßen nach ihm absuchen.

Eine Viertelstunde später gelang es ihm, ein Taxi anzuhalten. Er hatte beschlossen, sich in die Amagerbrogade bringen zu lassen.

Vor einer gefühlten Ewigkeit, nach seiner Scheidung und als seine Vergangenheit anfing, ihn ernsthaft zu quälen, hatte L. T. Fritsen ihm verraten, wo der Schlüssel zur Hintertür seiner Werkstatt lag.

»Ganz egal zu welcher Tages- oder Nachtzeit, ganz egal warum – wenn du in Schwierigkeiten bist, kannst du diesen Schlüssel immer benutzen, Oxen. Im Aufenthaltsraum gibt es einen Kühlschrank und eine Schlafcouch. Fühl dich wie zu Hause.«

Auf dieses alte Angebot würde er jetzt zurückgreifen.

Er wollte gerade aus dem Taxi steigen, hundert Meter vor Fritsens Werkstatt, um sich vorsichtig zu Fuß heranzutasten, als er sah, wie nicht weit entfernt ein dunkler Wagen in die Amagerbrogade einbog.

Jeder, der bei seiner Recherche genügend Geduld aufbrachte, würde ziemlich bald auf die besondere Verbindung stoßen, die zwischen ihm und Fritsen bestand. Vor diesem Hintergrund lag es nur nahe, dass seine Gegner auch Fritsen im Auge behielten. Der Anblick der Limousine gefiel Oxen jedenfalls gar nicht.

»Fahren Sie einfach weiter. Immer geradeaus.«

Der Taxifahrer, ein ziemlich korpulenter, schon etwas älterer Typ, beschleunigte wieder und fuhr ruhig an der kleinen Werkstatt vorbei. In derselben Sekunde stiegen zwei Personen aus einem schwarzen Wagen aus, der in einer Seitenstraße in der Nähe der Werkstatt parkte.

Wenn das nicht seine Verfolger waren, fielen ihm nur zwei Personen ein, die über seine Freundschaft mit Fritsen Bescheid wussten. Eine von ihnen war Margrethe Franck. Und da er sich sicher war, dass sie seinen alten Kameraden in ihren Berichten an den PET-Chef erwähnt hatte, hieß die zweite Person Axel Mossman.

Während er fieberhaft überlegte, wo er eine Alternative zur Werkstatt finden konnte, kam ihm ein neuer Gedanke. Bisher war er davon ausgegangen, dass Francks Lover ihn verpfiffen hatte. Aber … der Gedanke war fast unheimlich … Tatsächlich konnte es auch Franck selbst gewesen sein.

»Wo wollen Sie denn jetzt hin?« Der Fahrer sah ihn im Rückspiegel an.

Außer Fritsen gab es niemanden, zu dem er Kontakt hatte. Keine Familie, keine Freunde. Aber das hier war das Nordwestquartier. Das kannte er wie seine Westentasche. Ein Heimvorteil – nur wozu sollte der gut sein? Der schäbige Keller im Rentemestervej aus seinem alten Leben war mit Sicherheit längst wieder vermietet. Und sich in der Ecke irgendeines Hinterhofs zu verkriechen, brachte ihn auch nicht weiter. Außerdem behielten seine Feinde garantiert auch diese Gegend im Auge, davon ausgehend, dass ein Mensch, der stark unter Druck steht, immer nach dem Vertrauten im Chaos sucht.

Nein, der Rentemestervej war keine Option.

Blieben noch die ehemaligen Kameraden aus der Balkanzeit und aus dem Jägerkorps … Aber war er wirklich scharf darauf, jemanden in Verlegenheit zu bringen? Wer wollte schon gern einen Mann bei sich aufnehmen, der wegen eines kaltblütigen Mordes gesucht wurde?

Trotzdem war er überzeugt davon, dass die meisten seiner ehemaligen Jägerkameraden bereit waren, einiges für ihn auf sich zu nehmen. Er ging in Gedanken alle Namen durch. Am besten wäre jemand, der in der Nähe wohnte. Sonst würde es zu kompliziert werden. Gleichzeitig musste er ihn problemlos ausfindig machen können. Er hatte zu keinem von ihnen regelmäßigen Kontakt gehalten. Mit anderen Worten: Er hatte keine Ahnung, was die Leute trieben und wo sie heute lebten.

»Fahren Sie bitte rechts ran. Haben Sie ein Handy, mit dem ich kurz telefonieren könnte?«

Der Fahrer schüttelte bedauernd den Kopf.

»Leider nein. Das ist kein Kundentelefon.«

Oxen zog einen Tausendkronenschein aus dem Rucksack.

»Zwei kurze Anrufe. Mehr nicht.«

»Natürlich. Wenn ich Ihnen damit helfen kann«, antwortete der Fahrer, ließ den Schein in seiner Brusttasche verschwinden und reichte ihm ein Handy.

Er hatte sich entschieden. Er würde Lars Kihler kontaktieren, LK One, wie sie ihn genannt hatten, weil er der Ältere von zwei Kameraden mit denselben Initialen gewesen war.

Zweimal war er zusammen mit LK One in Afghanistan gewesen, und ihm fielen auf Anhieb drei gute Gründe für einen Anruf bei ihm ein: Erstens, auf den Mann war Verlass. Zweitens, sein Name war selten, er sollte also über die Auskunft zu finden sein. Und drittens war Lars Kihler ein eingefleischter Kopenhagener. Es war unvorstellbar, dass er sich weit von der Hauptstadt wegbewegt hatte.

Oxen stellte sich auf den Bürgersteig, machte die Autotür zu und rief die Auskunft an. Dann wählte er die Nummer, die man ihm genannt hatte. Das Gespräch verlief kurz und bündig.

Wenig später stieg er wieder in das Taxi ein und gab dem Fahrer das Handy zurück.

»Brønshøj … Wir fahren nach Brønshøj«, sagte er, während er sich anschnallte.

46.

Im Slotsherrevej in Brønshøj hatte Lars Kihler ihm bei einer Tasse Kaffee am Küchentisch in die Augen geschaut und gesagt: »Oxen, was ist dran an dieser Geschichte von dir und dem Alten, der drüben auf Jütland ermordet wurde? Du bist in allen Zeitungen, im Radio und im Fernsehen, ununterbrochen, Mann. Ist dir das klar?«

Oxen hatte genickt und LK One eine Erklärung geliefert, mit der diese wahnsinnige Geschichte irgendwie einen Sinn ergab. Sie hatten ein paar alte Erinnerungen ausgetauscht und konzentriert einen Plan ausgeheckt, wie er von hier verschwinden konnte. Dann waren sie schlafen gegangen.

Kihler hatte eine Frau und zwei Kinder, und die ganze Familie musste natürlich früh aus den Federn.

Er selbst hatte auf dem Gästebett im Keller geschlafen. Seine Nacht war zwar unruhig gewesen, aber ohne Albträume, und er schien einige Phasen sogar im Tiefschlaf verbracht zu haben, denn er fühlte sich überraschend erholt.

Nachdem die Familie das Haus verlassen und Kihler sich mit guten Wünschen von ihm verabschiedet hatte, war er noch eine Weile liegen geblieben. Nach den anstrengenden letzten Tagen brauchte sein Körper Ruhe.

Jetzt saß er in Kihlers kleinem Toyota Yaris. Es war früher Nachmittag und der silberne Japaner flog geradezu über die Wellen. Er hatte die Brücke über den Storebælt schon zur Hälfte hinter sich.

Nach der Nacht in dem kleinen Reihenhaus fühlte sich Oxen wie neugeboren. Leider stank das ganze Auto nach dem Aftershave seines Kollegen. »CK One« – was auch sonst? Die Flasche stand im Familienbadezimmer ganz vorn auf der Ablage. Und er bekam Calvin Klein nicht aus der Nase, egal wie weit er die Fenster auf der Fahrt quer durch Seeland auch heruntergelassen hatte.

»Du stinkst zum Himmel, Oxen. Gnu oder Ziege, kannst es dir aussuchen.« Das war das Erste, was Kihler zu ihm gesagt hatte, als sie sich gegenüberstanden.

Gleich nach dem Aufstehen hatte er etwas dagegen unternommen. Kihler hatte ihm alles herausgelegt, was man zum Rasieren brauchte. Den Langhaarschneider für die Haare und die grobe Rasur im Gesicht und den Nassrasierer und den Schaum für die Feinarbeit. Am Ende hatten seine Haare eine kleine Mülltüte gefüllt. Dann hatte er sich unter die Dusche gestellt und eine Viertelstunde lang warmes Wasser auf sein Gesicht und den Körper prasseln lassen.

Der Aufenthalt in dem gepflegten Bad mit den hellbraunen Fliesen war wie eine Auszeit gewesen. Danach hatte er gelüftet, den Spiegel trocken gerieben und sorgfältig alle Bartstoppeln aus dem Waschbecken gespült, während die Erinnerung an Birgittes Ermahnungen durch seinen Kopf hallte.

Er betrachtete sich kurz im Rückspiegel. Der Anblick war fremd. Ganz anders als das, was er in dem gesprungenen Badezimmerspiegel bei Fisch gesehen hatte.

Seine Haare waren raspelkurz. Er hatte den Trimmer auf zehn Millimeter eingestellt. Oxen fuhr sich mit der Hand über Kinn und Wangen – zart wie … ein Frauenschenkel.

Kihler hatte ihm eine kurze Nachricht auf einen Zettel gekritzelt und auf den Küchentisch gelegt, neben die üppige Frühstücksauswahl, die seine Frau für ihn hergerichtet hatte. Auf dem Zettel stand nur: »Habe MF deinen Brief gegeben. Pass da draußen auf dich auf. LK One.«

Franck hatte den Brief also erhalten, den er noch geschrieben hatte, bevor er ins Bett gegangen war. Kihler hatte ihm versprochen, extrafrüh aufzustehen und gegen sechs schnell nach Østerbro zu fahren, um Franck den Brief zu bringen. Der Mann war wirklich fantastisch.

Seine Nachricht an Margrethe war kurz und präzise gewesen: »Bist du dabei? Wenn ja, dann morgen, 12 Uhr, Parkplatz am Restaurant Teglværksskoven in Nyborg. Alternative: 16 Uhr. Mach einen Termin mit der Witwe des Museumsdirektors aus. Oxen.«

Den Treffpunkt hatte er mithilfe des smarten Minicomputers gefunden, den Kihler ihm in der Nacht am Küchentisch geliehen hatte. Darauf hatte er sich den Stadtplan von Nyborg angesehen. »Tablet« hatte Kihler den Computer genannt. Zur Bedienung musste man nur den kleinen Bildschirm berühren. Oxen hatte wirklich hinter dem Mond gelebt. So ein Ding hatte er noch nie in den Händen gehalten.

Natürlich hatte Kihler ihm helfen müssen und die richtigen Seiten für ihn aufgerufen. Und er hatte sich auch nicht aus dem Konzept bringen lassen, als die erste Schlagzeile, die ihnen auf der Startseite des Browsers entgegengesprungen war, in riesigen Lettern verkündete, dass der »Kriegsheld wegen Raubmordes gesucht« werde.

Leider war die Fahrt übers Wasser schon bald vorbei. Dann ließ er die Brücke hinter sich und erreichte Nyborg, die alte Fährstadt, in der es dank dieser Brücke keine Fähren mehr gab.

Er hatte viel über Franck nachgedacht und über das, was ihm im Taxi durch den Kopf geschossen war: Hatte sie den Hintermännern verraten, dass er ihnen ins Netz gegangen war und sich in ihrer Wohnung in Østerbro aufhielt?

Als der Toyota auf Fünen landete, sah er sich selbst im Rückspiegel fest in die Augen und schärfte sich noch einmal Regel Nummer eins ein: Vertraue niemandem!

Doch im selben Moment wurde ihm bewusst, dass er die Regel längst gebrochen hatte. Er vertraute ihr, obwohl sein Verstand ihm sagte, dass er das nicht durfte. Aber die Sache war ziemlich einfach: Außer seinen alten Kameraden war Franck der einzige Mensch, den er hatte.

Er trug immer noch das Portemonnaie und den Pass bei sich, die er dem bewusstlosen Mann in Francks Hinterhof abgenommen hatte. Ganz egal, wer dafür verantwortlich war, dass der Kerl und seine Kumpel mitten in der Nacht aufgetaucht waren – eins war sicher: Sie kamen nicht vom PET. Zumindest nicht offiziell.

Der Pass war auf den Namen »Andrew Brown« ausgestellt, britischer Staatsbürger, zweiunddreißig Jahre alt. Im Portemonnaie waren einige dänische Münzen und Geldscheine, außerdem ein paar britische Pfund und eine Handvoll Plastikkarten, die alle auf denselben Namen liefen. Vermutlich hieß der Kerl ganz anders, aber so machte die Tarnung einen glaubwürdigen Eindruck.

Es erschien ihm logisch und plausibel, dass der Mann auch mit der kleinen Einsatztruppe in Verbindung stand, die ihn bei der Fischzucht fassen wollte und einen deutlichen militärischen Hintergrund hatte. Eine Menge Briten mit vergleichbarer Vergangenheit arbeiteten heutzutage in der Security-Branche.

Während seiner vielen Auslandseinsätze war er etlichen von ihnen begegnet. Die Briten waren nicht besser und nicht schlechter als andere. Soldat zu sein war ein regulärer Beruf, und wie alle anderen Lohnempfänger zog es die Leute dorthin, wo am meisten Geld zu holen war.

Er blieb auf der Autobahn, die rund um die Stadt führte, und fuhr erst ab, als er die Ausfahrt 46 im Westen erreicht hatte. Ein paar Minuten später bog er in den Ferritslevvej ein. Gleich war er da.

Auch den Bauernhof mit dem Bed and Breakfast hatte er über Kihlers Computer gefunden und auf den Namen seines Freundes dort zunächst ein Zimmer für vier Nächte gebucht. Ein B&B schien ihm der sicherste Ort zu sein. Man musste weder Ausweis noch andere Papiere vorlegen und zahlte üblicherweise bar.

Links an der Straße tauchte das Schild auf. Er bog in die geschotterte Zufahrt ein und parkte schließlich im Innenhof.

Er schob die Sonnenbrille hoch und warf einen letzten prüfenden Blick in den Rückspiegel. Bei flüchtigem Hinsehen erinnerte nichts an den entflohenen Kriegsveteranen. Er stieg aus und zupfte sein ungewohntes Outfit zurecht. Er trug einen dunkelgrauen Anzug aus Kihlers Kleiderschrank, ein kurzärmliges hellblaues Sommerhemd und schwarze Schuhe. Den Yaris durfte er noch die ganze Woche behalten.

Kihler hatte eine Bezahlung abgelehnt, Oxen sollte den Wagen nur mit gefülltem Tank zurückgeben.

Er hatte trotzdem 10 000 Kronen in einen Umschlag gesteckt, »Danke« darauf geschrieben und den Brief an die Müslitüte auf dem Küchentisch gelehnt.

Eine Frau kam aus dem Wohnhaus auf ihn zu. Sie winkte lächelnd und deutete zu dem weiß gekalkten Seitenflügel des Bauernhofs mit den Gardinen hinter den Fenstern.

Gleich würde er sich auf sein Bett fallen lassen, in Gedanken alles noch einmal durchgehen und sich ansonsten möglichst unauffällig verhalten, bis er Margrethe Franck morgen bei dem Restaurant an der Küste treffen würde.

47.

Der erste Donner grollte über dem Storebælt, als der schwarze Mini Cooper auftauchte. Der Auspuff röhrte eindrucksvoll, als Margrethe Franck auf der schmalen asphaltierten Straße beschleunigte, um Sekunden später hart abzubremsen und schwungvoll auf den Parkplatz des Teglværksskoven zu rauschen.

Es war zwölf Uhr, sie war auf die Minute pünktlich.

Oxen blieb am Waldrand stehen, verdeckt von dicken Buchenstämmen. Auf der schmalen Straße herrschte kaum Verkehr. Er wartete fünf Minuten, doch es war nichts Verdächtiges zu entdecken. Dann verließ er sein Versteck und ging zum Restaurant zurück, vor dem jetzt vier Autos standen. Franck hatte ihren Cooper ziemlich salopp eingeparkt. Oxen schaute sich um, doch es war keine Spur von ihr zu sehen.

Er beugte sich vor, um einen Blick in ihren Wagen zu werfen, konnte aber außer einer CD-Hülle auf dem Beifahrersitz nichts entdecken. »Death Magnetic« von Metallica.

»Hände hoch und Hosen runter!«

Er spürte einen Finger im Nacken und drehte sich um.

»Du bist drauf reingefallen, was? Oder … Hey, bist du vielleicht gar nicht der, für den ich dich gehalten habe?«

Franck machte einen Schritt zurück. Ihre schwarze Ray-Ban, die Lederjacke und die schwarzen Autohandschuhe bildeten einen harten Kontrast zu ihrer weißen Haut und dem blonden wogenden Iro, der ihn irgendwie an »Der letzte Mohikaner« erinnerte. Sie lachte.

»Nein, da hab ich mich wohl geirrt. Ich suche nach einem Kerl, der Niels Oxen heißt, kennen Sie ihn?«

Schwarz und weiß. So war sie also immer noch. Ebenholz und Elfenbein, in zerrissenen Jeans und weißen Turnschuhen. Wenn die Welt wirklich schwarz-weiß wäre, zu welcher Farbe würde sie sich dann bekennen?

»Tag, Franck. Gefällt dir der Schnitt? Und die Farbe?«

»*Mucho*. So eine Typveränderung war wirklich mal nötig. Also, *sehr* nötig. Das Sakko könnte für meinen Geschmack ein bisschen lässiger sein. Aber sonst … steht dir.«

»Danke.«

»Wie kann man auf der Flucht sein und sich gleichzeitig beim Herrenausstatter austoben?«, zischte sie leise, obwohl die Schlange diesmal gar nicht dabei war. Stattdessen baumelte ein Silberstern an ihrem Ohr.

»Mit der Hilfe guter Freunde«, antwortete er. »Komm, lass uns an den Strand gehen.«

»Geht es dir gut?« Jetzt klang sie ernst.

»Ja, alles in Ordnung.«

Sie gingen zum Wasser. Das Gewitter über dem Sund zog offensichtlich schon wieder ab. In der Ferne konnte man die Umrisse von Sprogø erkennen, der kleinen Insel, über der die Brücke mit den markanten Pfeilern ihren höchsten Punkt erreichte und zum großen Sprung nach Seeland ansetzte. Von hier aus schien es, als wären die riesigen Windräder dahinter in der Brücke verankert.

Aber die Perspektive täuschte. Vieles sah anders aus, als es tatsächlich war.

»Wer hat mich verraten?«

Er wollte es nicht unnötig in die Länge ziehen. Seit gestern hatte ihn diese Frage jede einzelne Minute gequält.

»Woher soll ich das wissen?«

Sie beschlossen, nach links zu gehen und der Wasserkante zu folgen. Es war niemand am Strand, was wahrscheinlich an den zweifelhaften Wetteraussichten lag. Nur eine ältere Frau ging mit ihrem Schäferhund an der Leine spazieren.

»Aber du hast dich das auch schon gefragt. Oder nicht?«

»Du meinst, ob es Anders gewesen sein könnte? Mein … Kollege? Geht es darum?«

»Wer sonst?«

»Er war es nicht, Niels. Anders ist in Ordnung. Ich vertraue ihm.«

»Und warum musstet ihr dann kurz in die Küche?«

»Ja, er hatte ein paar Bedenken bei der Sache. Er meinte, ich würde ein zu großes Risiko eingehen. Und dass ich mir das gut überlegen sollte. Aber … Nein, er war es nicht.«

»Haben sie dich belästigt, haben sie dir was getan?«

»Die Männer? Nein, die waren schneller wieder weg, als ich Buh sagen konnte.«

»Wenn es nicht dein Kollege war, wer dann?«

»Vielleicht haben sie meine Wohnung observiert?«

»Wen meinst du?«

»Na, *die*. Der Danehof … Oder sogar meine eigenen Leute. Vielleicht dachte Mossman, er könnte dich mit Gewalt holen, nachdem du einfach nicht gehorchen wolltest.«

»Das war nicht der PET.«

»Die laufen nicht mit Namensschildern herum. Und zimperlich sind sie auch nicht.«

»Ich musste einen der Typen aus dem Verkehr ziehen. Sein Name war Andrew Brown, er hat einen britischen Pass.«

»Dann hast du ja deine Antwort.«

Das Gewitter über dem Wasser war verschwunden. Der Himmel hellte sich bis auf die übliche graue Wolkendecke auf. Nun konnte er blitzschnell eine neue Front heraufbeschwören. Er wollte ihre Reaktion sehen.

»Es gab nur zwei Personen, die wussten, wo ich mich aufhalte …«

Sie stoppte abrupt. Statt ihn anzubrüllen, blieb sie schweigend stehen. Sie nahm die Sonnenbrille ab, packte ihn am Kragen und zog ihn dicht zu sich heran.

»Du bist krank, Niels. Sieh es endlich ein. Eines schönen Tages, wenn du das alles hier hinter dir hast, musst du dir Hilfe holen, professionelle Hilfe. Kapierst du das?«

Sie sah ihm direkt in die Augen. Nicht wütend, wie er erwartet hatte, eher kühl und unheimlich – schlangenhaft.

»Du kannst einfach niemandem vertrauen, oder? Du kannst es nicht und du willst es nicht. Das ist ein Teil der ganzen Sache, ein klassisches Symptom. Und glaub mir, ich weiß, wovon ich rede.«

»Du kannst mir keinen Vorwurf machen, wenn ich mir solche Fragen stelle. Dir würde es genauso gehen, Franck.«

Sie schüttelte den Kopf und ließ ihn los.

»Nein, würde es nicht. Und das ist der große Unterschied zwischen dir und mir. Mein Leben war wesentlich einfacher, bevor du wieder aufgetaucht bist. Und deshalb werde ich jetzt gehen, Niels. Ohne Vertrauen funktioniert das hier nicht, und ich habe keine Lust, meine Zeit zu vergeuden. Ganz einfach.«

»Ich habe Listen mit den Namen des Danehof Nord. Drei Ringe mit jeweils fünf Mitgliedern. Fünfzehn Namen, Franck, die ganze Bande.«

»Das ist mir scheißegal. Viel Erfolg damit.«

Sie hob eine Hand, drehte sich um und ging.

Er blieb stehen und sah ihr nach. In dem weichen Sand schien ihre Prothese ein wenig wegzurutschen. Ein echter Krach wäre ihm lieber gewesen, ein reinigendes Gewitter.

Sie warf keinen Blick zurück, natürlich nicht. In fünf Minuten würde sie schon wieder auf der Autobahn sein, und bald zu Hause in Østerbro.

Er fing an zu rennen, als sie ungefähr hundert Meter entfernt war. Und als er sie eingeholt hatte, stellte er sich vor sie und hielt sie an den Schultern fest. Sie blieb mit abgewandtem Gesicht stehen.

»Es tut mir leid, verdammt noch mal! Es tut mir wirklich leid. Das ist alles ein einziger großer Scheiß. Es war dumm von mir, und du hast recht, Margrethe. Ich kann einfach nicht anders.«

Sie stand nur da und starrte aufs Wasser. Dann drehte sie sich zu ihm und sah ihn an.

»Und was willst du jetzt tun, Niels?«

»Ich muss beweisen, dass ich unschuldig bin. Ich kann nicht ewig so weiterleben, immer auf der Flucht.«

»Vorher warst du auch auf der Flucht.«

»Du weißt, was ich meine!«

»Hast du deinen Sohn in der ganzen Zeit, die inzwischen vergangen ist, gesehen?«

»Ja, erst neulich.«

»Und? Geht es ihm gut?«

»Ja, dem geht es super.«

»Hmm …«

»Hilfst du mir, Margrethe?«

Sie erwiderte nichts. Ihr Mund war ein schmaler Strich.

»*Wir gegen den dreckigen Rest* – das haben wir als Kinder gesagt, wenn wir nach der Schule Fußball gespielt haben.«

»Warst du jemals ein kleiner Junge, Niels Oxen? So richtig klein?«

»Ich glaube schon. Vor langer Zeit.«

»Nur unter einer Bedingung – kein Bullshit mehr.«

»Versprochen …«

»Okay. Dann also wir gegen den dreckigen Rest.«

48. Alle Fäden liefen in Nyborg zusammen. Das war die simple Erkenntnis, zu der er nach vielen Stunden Grübeln gelangt war. Nicht gerade ein Durchbruch, eher das banale Ergebnis seines Versuchs, einen Blick hinter die Kulissen zu werfen. Alles Nebensächliche beiseitezulassen und den Rest unter die Lupe zu nehmen.

Die Dokumente, die unter einer Lärche vergraben waren, die Papiere, die Malte Bulbjerg erhalten hatte, und sein gewaltsamer Tod im Danehof-Saal des Schlosses. Axel Mossmans Wissen um die Existenz dieser Unterlagen, der verschleierte Mord am Justizminister und schließlich die doppelte Jagd auf ihn selbst – in einem offiziellen Polizeieinsatz und durch die zusammengewürfelte Söldnertruppe.

Alles war offenbar sorgfältig arrangiert, von den dunklen Männern im Zentrum der Macht, vom Danehof.

Genau deshalb hatte er seinen Zeigefinger auf Nyborg gesetzt. Dort hatte alles seinen Anfang genommen, und es war ihm anscheinend auch gelungen, Franck davon zu überzeugen. Sie hatte schon von zu Hause aus einen Termin mit der Witwe des Museumsdirektors vereinbart, noch ehe sie seine Argumente gehört hatte.

Jetzt waren sie auf dem Weg dorthin. Er saß neben Margrethe im Cooper, und es fühlte sich gut an, eine Verbündete zu haben. Auch wenn sie gerade ziemlich verbissen das Lenkrad umklammerte. Eben am Strand hatten sie eine hitzige Diskussion über Mossman geführt. Sollten sie ihn einbeziehen? Oder besser nicht? Oxens Standpunkt war klar: Einem Mann, der Mr White hatte umbringen lassen, konnte er nicht vertrauen. Und einem, der Ursachen und Zusammenhänge vertuschte, erst recht nicht.

Franck hatte dagegengehalten, dass sie sich damit eine mächtige Allianz entgehen ließen. Aber sie hegte genau dieselben Zweifel, die der Fall um die erhängten Hunde auch bei ihm hinterlassen hatte. Sie einigten sich darauf, Mossman außen vor zu lassen.

»Ich habe mir Bulbjerg und seine Frau ein bisschen genauer angesehen. Wir haben noch eine halbe Stunde Zeit, lass uns irgendwo parken und das Ganze kurz besprechen«, sagte sie und nahm die Ausfahrt, die direkt ins Zentrum von Nyborg führte.

Wenig später hielt sie auf dem Parkplatz am Rathaus an. Es war ein prächtiges altes Gebäude, das über einen gläsernen Durchgang mit dem neuen Verwaltungstrakt verbunden war. Der riesige hässliche Backsteinklotz hob sich von den malerischen Fassaden ab, die den Parkplatz von drei Seiten her einrahmten.

Von hier aus hatte man einen guten Blick auf das Schlossareal mit der Wallanlage, das jahrhundertelang die ehrwürdige Kulisse dänischer Geschichte gewesen war – und jetzt ein blutiger Tatort.

»Wir parken hier und laufen dann rüber. Es ist nicht weit. Sie war übrigens nicht besonders scharf auf unseren Besuch. Erst recht nicht, als ich ihr gesagt habe, dass wir vom PET kommen«, sagte Franck.

»Das kann man ihr nicht verdenken. Die Frau muss ja völlig am Ende sein.«

»Sie wurde inzwischen psychologisch betreut. Zum Glück …« Franck sparte sich jeden weiteren Kommentar, was professionelle ärztliche Hilfe betraf. Sie hatte ihn einmal darauf hingewiesen, und er kannte sie gut genug, um zu wissen, dass sie es nicht wiederholen würde.

Sie zog den Schlüssel ab, griff ins Handschuhfach und angelte eine Mappe und ihr Brillenetui heraus. Es war noch dieselbe Brille, an die er sich erinnerte. Schmal – und schwarz natürlich.

»Okay, hör zu. Hier ist alles, was ich in der kurzen Zeit zusammengekratzt habe: Malte Bulbjerg, achtunddreißig Jahre alt, geboren in Christiansfeld, Südjütland. Er war ein Einzelkind, die Mutter, Sigrid, war Lehrerin am Gymnasium in Haderslev, Spezialgebiet dänische Geschichte. Der Vater, Fredrik, hat die väterliche Maschinenfabrik geerbt und zu einem erfolgreichen Betrieb ausgebaut. Bulbjerg Transmissions, Getriebe aller Art, aber vor allem für Windkraftanlagen. Er hat die Firma vor zwölf Jahren verkauft. Im Jahr darauf ist das Paar dauerhaft nach Spanien gezogen. Ein weiteres Jahr später sind sie beide bei einem Unfall ums Leben gekommen. Sie waren zum Weihnachtsbesuch in Dänemark und wurden in Südjütland auf der Autobahn von Glatteis überrascht. Bulbjergs Ehefrau heißt Anna-Clara. Sie ist vierunddreißig Jahre alt und Grundschullehrerin in Nyborg. Sie stammt aus Aarhus, ihre Eltern sind ebenfalls Lehrer. Sie und Bulbjerg haben sich kennengelernt, als er noch studierte. Sie haben keine Kinder. Bulbjerg war ein aktiver, viel beschäftigter Mensch, der sich für alle möglichen Sportarten interessierte, und ganz besonders für Fußball. Er war stadtbekannt und sehr beliebt. Irgendjemand hat eine Facebook-Seite zu seinem Andenken eingerichtet. Bulbjerg hat …«

»Kann man heutzutage eigentlich noch sterben, *ohne* dass es gleich eine Facebook-Gruppe gibt?«

»Was bist du nur für ein verbitterter, alter Mann. Du hast übrigens auch eine.«

»*Ich?* Auf Facebook?«

»Ja. Es gibt eine ganze Menge Menschen, die der Ansicht sind, dass das System eine Mitverantwortung für dein Schicksal trägt. Dass der Staat und die Gesellschaft unsere Kriegsveteranen im Stich lassen und dich so weit ins Abseits gedrängt haben, dass du am Ende sogar einen alten Mann umgebracht hast. Sie sind überzeugt davon, dass du ein kranker Mensch bist, der Hilfe braucht und keine Strafe. Ein heldenhafter, tapferer Soldat, dem einfach eine Sicherung durchgebrannt ist und der zum Tatzeitpunkt unzurechnungsfähig war …«

»Ich bin nicht unzurechnungsfähig. Und welchen Tatzeitpunkt meinen die? Es gibt keinen Tatzeitpunkt. Die spinnen doch alle …«

»Entspann dich. So kommuniziert man eben heute. Was zählt, ist die gute Absicht. Man tut was fürs Karma und jeder soll es sehen. Der Wahrheitsgehalt ist zweitrangig. Aber wir waren gerade bei Bulbjerg … Es gab eine ganze Flut von Kommentaren. Nichts als Lob und tolle Erinnerungen, tröstende Worte an die Ehefrau und RIPs aus allen Himmelsrichtungen.«

»RIPs?«

»*Rest in peace.*«

»Puh …«

»Wir haben ihn nicht im System. Nicht mal eine lose Faust in jungen Jahren, und auch nie gegen eine Mauer gepinkelt, kurzum, keinerlei Auffälligkeiten.«

»Also auch keine Spielsucht und keine Drogen?«

»Nein, nichts.«

»War das alles?«

Franck klappte die Mappe zu und legte sie zurück ins Handschuhfach.

»Tja. Im Großen und Ganzen schon. Der Tod seiner Eltern hat ihn schwer getroffen. Er war erst achtundzwanzig und hatte zu beiden ein enges Verhältnis. Das haben die Telefonate ergeben, die ich noch geführt habe. Na ja, ich glaube, wir sollten allmählich los. Haben wir unsere Rollen im Griff?«

»Welche Rollen?«

»Lass mich das Gespräch führen, okay? Du solltest so wenig Aufmerksamkeit wie möglich auf dich ziehen. Aber misch dich bitte ein, wenn dir etwas auffällt. Ich fange erst mal vorsichtig an. Wenn ich den Eindruck bekomme, dass sie ein bisschen wachgerüttelt werden muss, packe ich die härteren Bandagen aus – Witwe hin oder her.«

»Okay, Franck, du kennst dich mit so was aus.«

Das blau gestrichene Einfamilienhaus stand am Ende der idyllischen Kirkegade, in der sich pastellfarbene Stadthäuser wie Perlen aneinanderreihten. Wer hier wohnte, hatte freien Blick auf die Vor Frue Kirke, deren Turm in den strahlend blauen Himmel ragte.

Sogar die Tür war der Umgebung angemessen sorgfältig lackiert. Angespannt stand er neben Franck, als sie auf die Klingel drückte.

Sie waren sich einig, dass nur ein minimales Risiko bestand, dass ihn jemand erkennen würde – sogar wenn er die Sonnenbrille absetzen musste. Dem langhaarigen Mann auf den Fotos der Aalborger Polizei sah er jedenfalls nicht mehr ähnlich. Die Bilder, die in den Medien kursierten, zeigten einen »Höhlenmenschen und keinen Dressman«, wie Franck trocken konstatiert hatte.

Aber trotzdem musste er vorsichtig sein. Auch wenn ihm heute gar nichts anderes übrig blieb, als in Erscheinung zu treten. Er wollte Bulbjergs junge Witwe kennenlernen. Er wollte sehen, was das alles mit ihr gemacht hatte, wollte den Schmerz in ihrem Gesicht sehen, dabei sein und ihre Antworten entschlüsseln.

Jetzt öffnete sie die Tür.

»Kommen Sie rein.«

Sie gaben sich die Hand. Die Frau wirkte abwesend. Das war sein erster Eindruck.

Franck zeigte ihren Ausweis und stellte ihn als »mein Kollege Lars Kihler« vor. Er hatte sich also nicht nur seinen Anzug und das Auto geliehen, sondern vorübergehend auch seine Identität.

Anna-Clara Bulbjerg war eine hübsche Frau. Sie hatte etwas Zartes, Zerbrechliches an sich. Bläuliche Adern schimmerten durch die blasse Haut, und die dunklen Schatten unter ihren Augen deuteten auf wenig Schlaf und viel Schmerz hin.

Ihre blonden Haare waren im Nacken nachlässig mit einer Spange fixiert, sie trug Jogginghosen und war barfuß in Hausschuhen an die Tür gekommen. Die junge Grundschullehrerin hatte sich in ihren eigenen vier Wänden verschanzt.

»Sie sind vom PET?«

Das war ihr einziger Kommentar, gefolgt von einem skeptischen Blick auf Francks Frisur.

»Ja, wir untersuchen zurzeit noch einige Details, die mit dem Mord an Ihrem Mann in Zusammenhang stehen.«

»Ja, aber warum der PET?«

»Eine übergreifende Zusammenarbeit ist nichts Ungewöhnliches. In bestimmten Fällen bietet sich das einfach an.«

Franck wirkte souverän und kühl. Ob sie den Ausdruck »übergreifende Zusammenarbeit« gezielt auf die Lehrerin gemünzt hatte, konnte er nicht beurteilen, aber die junge Witwe fand sich offensichtlich mit beidem ab – mit der Indianerfrisur und dem PET – und bat sie, am Küchentisch Platz zu nehmen.

»Ich habe der Polizei doch schon alles erzählt, mehrmals«, seufzte sie und setzte sich ebenfalls.

»So was kann frustrierend sein, das wissen wir. Aber manchmal tauchen plötzlich neue Einzelheiten auf, und wir alle hören und interpretieren Dinge ja auch unterschiedlich. Wir hoffen, dass wir bei unserem Besuch hier vielleicht über etwas Neues stolpern oder irgendein Detail in einem anderen Licht betrachten können. Sagen Sie, Ihr Mann … Wie würden Sie ihn eigentlich beschreiben – sein Naturell, seinen Charakter?«

Anna-Clara Bulbjerg starrte auf die Tischplatte.

»Er war immer gut gelaunt. Immer lebensfroh. Ein positiver Mensch, fleißig und sorgfältig. Und er hat hart gearbeitet … Ja, so war er.«

»Gab es in der letzten Zeit Situationen, in denen er Ihnen irgendwie verändert vorkam? In denen Sie ihn nicht wiedererkannt haben?«

Sie schüttelte den Kopf. »Das wollten Ihre Kollegen auch schon wissen.«

»Entschuldigen Sie. Ich muss Sie das alles noch mal fragen«, erklärte Franck beharrlich. »Gab es Personen, Themen, Diskussionen, die besondere Reaktionen bei ihm hervorgerufen haben? Lassen Sie sich ruhig Zeit mit der Antwort.«

»Nein … aber …« Anna-Clara Bulbjerg zögerte. Sie wirkte angestrengt.

»Aber?«

»Also, ich meine, alles, was mit der Stadtverwaltung und dem Kulturministerium zusammenhing. Budgets, die Verteilung von Geldern und solche Dinge. Die konnten ihn richtig in Rage bringen. Und natürlich auch einige der Personen, mit denen er dabei zu tun hatte. Die seine Anträge abgewiesen haben. Malte hatte so viel vor mit dem Museum und dem Schloss. Aber das war alles ziemlich teuer.«

»Nur Verwaltungsangestellte? Keine anderen Feinde? Kein alter Ärger?«

»Nein, nein … Malte hatte keine Feinde. Ich glaube, jeder mochte ihn.«

»Hatte er Träume? Oder Sie beide? Ich meine, an welchem Punkt in Ihrem Leben befanden Sie sich?«

Oxen saß schweigend daneben und beobachtete sie. Franck wirkte fokussiert, aber nicht zielgerichtet wie in einem Polizeiverhör. Im Augenblick führte sie ein breit angelegtes Gespräch, genau wie sie es ihm angekündigt hatte.

»Träume?« Die junge Frau blickte auf. »Hm, vielleicht eine eigene kleine Familie. Das war Maltes Traum. Und … meiner auch.«

Die Worte schnürten ihr den Hals zu. Aber sie fasste sich wieder und fuhr dann fort.

»Wir hatten gehofft, dass wir bald Kinder bekommen würden, jetzt, wo alles etwas ruhiger geworden war. Er wollte so gern mit ihnen reisen, ihnen die Welt zeigen, andere Kulturen. Das war sein Traum, glaube ich. Und meiner wie gesagt auch. Obwohl ich nicht ganz so abenteuerlustig bin. Aber es ist so wichtig, auch mal etwas anderes kennenzulernen.«

»Welche Rolle spielte der Danehof im Leben Ihres Mannes?«

»Sie wissen vom Danehof?«

Sie nickten beide.

»Der Danehof ist die Geschichte von Nyborg Slot. Das Mittelalter, das Parlament und die Macht. Er hat diesen Stoff geliebt. Er hat dafür gebrannt. Er steckte mitten in einer wissenschaftlichen

Arbeit über den Danehof, als er … Ja, der Danehof spielte eine große Rolle. Trotzdem bilde ich mir ein, dass ich für ihn wichtiger war.«

Ihr Mund verzog sich zu einem traurigen Lächeln. Franck blieb bei ihrem breiten Ansatz.

»Und es gab keinen Kummer, keine größeren Sorgen?«

Anna-Clara Bulbjerg schüttelte den Kopf.

»Auch nichts aus der Vergangenheit?«

Sie sah Margrethe an. War da ein kurzer Moment der Wachsamkeit in dem matten Blick?

»Vergangenheit? Was meinen Sie?«

»Dinge aus der Kindheit, aus seiner Jugend. Vielleicht wissen Sie da etwas?«

»Mir fällt nichts ein.«

»Seine Eltern?«

»Ach so, Entschuldigung, ich denke im Moment manchmal etwas langsam. Wenn überhaupt … Ja, klar. Das hat ihm sehr zu schaffen gemacht. Wir hatten uns damals gerade erst kennengelernt. Er ist nie über ihren Tod hinweggekommen, aber das hat er sich nicht anmerken lassen. Er sagte immer, er habe gelernt, damit zu leben. Er war damals ja erst achtundzwanzig. Viel zu jung für einen solchen Verlust …«

Vielleicht wurde ihr plötzlich bewusst, dass sie sich gerade in einer ähnlichen Situation befand. Zumindest kam es ihm so vor, als würde sie noch weiter in sich zusammensacken.

»In solchen Situationen wenden die Menschen sich oft anderen vertrauten Personen zu, engen Freunden, Familienmitgliedern. Hatte er so jemanden?«

»Freunde nicht. Aber seine Tante und ihren Mann, Benedicte und Kurt Bjørk.«

»Wo wohnen die?«

»In Odder.«

»Und sonst niemand?«

»Benedicte stand ihm immer besonders nah. Und mein Vater. Zu ihm hatte er auch ein gutes Verhältnis, ein sehr gutes sogar.«

Sie verbarg das Gesicht in den Händen und rieb sich dann die Augen.

»Hat Ihr Mann bei seiner Forschung über den Danehof mit jemandem zusammengearbeitet? Oder war er allein?«

Jetzt hatte Oxen das Wort ergriffen. Er hoffte, das Gespräch mit seinen einfachen Fragen wieder ins richtige Fahrwasser zu lenken. Ihm fehlte ein zweiter Zugang. Ein Museumskollege, den sie ansprechen konnten. Oder irgendein anderer Mensch, mit dem Bulbjerg sein Wissen womöglich geteilt hatte.

»Nein. Das hätte ich gewusst. Natürlich greifen Historiker manchmal auf das Wissen anderer Kollegen zurück, aber im Großen und Ganzen hat Malte allein gearbeitet.«

»Und wenn ich jetzt ›Kokain‹ sage, was sagen Sie dann?«

Franck änderte den Stil und den Kurs ihrer Befragung.

»Dann sage ich ›völlig verrückt‹.« Die Antwort kam prompt.

»Aber sogar die Menschen, die wir am allerbesten kennen, selbst unsere engsten Vertrauten können Geheimnisse haben.«

Anna-Clara Bulbjerg blickte Franck feindselig an.

»Keine Drogen. Niemals.«

»Warum eigentlich nicht?«

»Weil ich ihn kannte. Den ganzen Malte. Es war fast unmöglich, ihm auch nur eine Kopfschmerztablette zu verabreichen. Er hat Drogen und das, was sie anrichten, gehasst.«

»Dann hat er nie irgendwelche Rauschmittel ausprobiert?«

»Nein.«

»Nicht mal Marihuana oder Hasch?«

»Nein!«

»Aber Ihre gemeinsamen Träume kosteten Geld. Könnte Ihr Mann darin nicht eine Möglichkeit gesehen haben, sich etwas dazuzuverdienen? So etwas spült ordentlich Geld in die Kasse.«

Franck hatte die Schlacht eröffnet. Offensichtlich war sie zu dem Schluss gekommen, dass der Zeitpunkt gekommen war, die Witwe wachzurütteln.

»Das ist doch totaler Irrsinn! Malte hätte niemals vom Elend anderer profitieren wollen. Er war ein *guter* Mensch.«

Die junge Frau hatte nicht die Kraft, richtig wütend zu werden, doch ihr Protest war auch so scharf genug.

»Tut mir leid, aber wir müssen uns solche Fragen stellen – und ihnen nachgehen.«

Franck klang auf einmal versöhnlicher. Anna-Clara Bulbjerg ignorierte es.

»Was war Ihre unmittelbare Reaktion, als Sie erfuhren, dass Ihr Mann jede Woche viele Tausend Kronen verspielt hat?«

Sie schüttelte den Kopf. Ihr Blick war wieder leer und sie starrte auf die Tischplatte.

»Ich dachte, dass es sich nur um eine Verwechslung handeln kann, als der Polizeibeamte mir das erzählte. Malte hatte Spaß daran, ab und zu kleine Summen für Fußballwetten auszugeben. Wie viele andere Menschen auch. Aber in diesem Umfang? … Das ist vollkommen unwirklich für mich.«

»Trotzdem ist es so gewesen. Und das beweist eben auch, dass sogar jemand, den wir in- und auswendig zu kennen glauben, Geheimnisse vor uns haben kann. Wenn Sie es vor diesem Hintergrund erneut betrachten … Was sagen Sie dann zu den Drogen?«

»Niemals! Zwischen Drogen und Fußballwetten liegen Welten. Das hätte er niemals getan.«

»Er hat jede Woche große Summen gesetzt. Woher hatte er das Geld?«

»Ich … ich habe wirklich keine Ahnung.«

Franck sah mit hochgezogenen Augenbrauen zu ihm herüber und signalisierte ihm, dass sie hier fertig war, falls er keine weiteren Fragen hatte.

Anna-Clara Bulbjerg wirkte jetzt sehr erschöpft. Sie blickte die meiste Zeit auf den Tisch, zu Boden oder auf die Spitzen ihrer

Hausschuhe. Oxen nickte Franck zu und startete einen letzten Versuch.

»Im Zusammenhang mit der Danehof-Studie … Hat Ihr Mann da andere Orte oder Institute aufgesucht? War er zum Beispiel im Ausland?«

Sie dachte kurz nach. »Das Reichsarchiv in Kopenhagen. Da war er öfter. Sonst nirgendwo.«

»Vor etwa einem Jahr hat Ihr Mann angeblich Unterlagen erhalten, Dokumente über den Danehof. In einem braunen Umschlag mit der Post. Haben Sie davon etwas mitbekommen?«

»Nein. Aber woher wissen Sie das?« Die junge Witwe hob den Blick und sah ihn fragend an.

»Das dürfen wir Ihnen leider nicht sagen«, schaltete Franck sich ein.

»Erinnern Sie sich wirklich nicht an diesen Umschlag? Oder an irgendeine Reaktion Ihres Mannes, als er ihn erhielt? Hat er nicht mit Ihnen über seine Forschung und den Danehof gesprochen?«

Sie nickte müde. »Doch, er hat mir viel darüber erzählt. Manchmal hing mir der Danehof schon zum Hals heraus, aber es hat ihn einfach nicht losgelassen. Der Danehof war seine Leidenschaft. Aber ich weiß nichts von irgendwelchen Dokumenten.«

Seine Frage rief tatsächlich keine sichtbare Reaktion bei ihr hervor. Dabei müsste das Material, das er Bulbjerg geschickt hatte, eigentlich Begeisterung bei dem Museumsdirektor ausgelöst haben. Oder zumindest große Verwunderung. Die Antwort seiner Frau passte einfach nicht dazu. Er nahm einen letzten Anlauf.

»Unter normalen Umständen … Kam es da öfter vor, dass er mitten in der Nacht ins Schloss gegangen ist? Um die Stimmung zu spüren? Sich inspirieren zu lassen?«

Sie sah ihn hilflos an. »Nein … Nie.«

»Sie haben also keine Ahnung, was er so spät in der Nacht im Schloss wollte?«

»Woher soll *ich* das wissen? Das ist doch nicht meine Aufgabe?

Sie sind doch für die Antworten zuständig, nicht ich! Aber ich erfahre nichts. Nichts Neues. Gar nichts. Was macht die Polizei eigentlich den ganzen Tag? Mein Mann ist ermordet worden.«

Margrethe Franck stand auf.

»Ich denke, das genügt für heute. Haben Sie vielen Dank«, sagte sie und streckte die Hand aus.

Hastig folgte er ihrem Beispiel.

Anna-Clara Bulbjerg beließ es bei einem Nicken und brachte sie schweigend zur Tür. Franck griff nach der Klinke und drehte sich dann plötzlich wieder um – ein klassischer Columbo.

»Ach, noch eine Kleinigkeit«, sagte sie und sah Bulbjergs Frau an.

»Ja?«

»Eine Sache, über die ich ganz am Rande gestolpert bin … Auf Facebook wurde eine Gedenkseite für Ihren Mann eingerichtet. Haben Sie die gesehen?«

»Nein.«

»Jemand hat ein altes Klassenfoto aus der Schulzeit in Christiansfeld hochgeladen und auch die Namen sämtlicher Kinder eingetragen. Bestimmt ein Klassenkamerad. Bei Ihrem Mann steht ›Malte R. Bulbjerg‹. Na ja, ich habe mich nur gefragt … Wo kommt das R. her? Wofür steht es?«

Es war nicht zu übersehen. Anna-Clara Bulbjergs Blick flackerte auf. Nur für eine Sekunde. Dann zuckte sie die Schultern.

»R.? Das kann nicht sein. Er heißt … hieß … nichts mit R. Sie können das gern überprüfen. Seine Taufurkunde, Verträge und alles. Da steht nirgendwo ein R. Das muss ein Fehler sein.«

»Ach so, na dann. Auf Wiedersehen – und danke.«

»Wiedersehen.«

Als sie wieder allein waren, hielt er Franck an der Schulter fest und blieb stehen.

»Was sollte das mit dem R.? Davon hast du mir nichts erzählt.«

»Es war nur ein Detail. Ich wollte es kurz checken, bevor ich mehr Zeit darauf verwende. Erst dachte ich, es wäre ein unbedeutender Irrtum, aber das war es nicht. Hast du ihre Reaktion gesehen?«

»Ja. Und jetzt?«

»Jetzt haben wir ein Puzzleteil, um das wir uns kümmern müssen. Ich erinnere mich nicht an den Namen der Schule, aber das lässt sich schnell herausfinden.«

Als sie wieder im Mini Cooper saßen, zog Margrethe ihr Handy aus der Tasche.

»Was machst du?«

»Auf Facebook gehen, was sonst?«, sagte sie und wenig später: »Die Schule heißt – wie sollte es auch anders sein – Christiansfeld-Schule.«

Sie klemmte sich das Headset ans Ohr und wählte eine Nummer.

»Guten Tag, mein Name ist Margrethe Franck, ich rufe im Auftrag des PET an. Ich habe eine Anfrage bezüglich einer alten Schulklasse. Es ist fünfundzwanzig Jahre her. Können Sie mir da weiterhelfen?«

Das Gespräch war kurz. Franck sagte Danke und legte auf.

»Die Dame ruft so schnell wie möglich zurück. Sie muss nur zuerst in den Keller, um die Unterlagen aus dem Archiv herauszusuchen. So alte Informationen werden nicht digitalisiert. Sie wollte sich sofort darum kümmern. Aber warum lügt Anna-Clara Bulbjerg?«

»Meinst du das R. oder alles?«

»Hmm … Alles.«

»Als es um den Umschlag ging, konnte ich keine Reaktion bei ihr entdecken.«

»Ja, mag sein, aber manchmal gibt es einen guten Grund, den Augenkontakt im Gespräch zu vermeiden.«

»Du hast recht, sie hat mehr nach unten geschaut als zu uns, aber auf mich wirkte sie tatsächlich mitgenommen. Was ist dein

Fazit, Franck? Sie haben Bulbjerg umgebracht, weil er zu viel wusste? Oder weil er kurz davorstand, etwas aufzudecken? Ist es so?«

»Ich denke, die Drogen sind nur ein Ablenkungsmanöver. Gut möglich, dass sie gezielt platziert wurden. Aber dass der Mann ein Spieler vor dem Herrn war, ist erwiesenermaßen die Wahrheit. Der Danehof ist jedenfalls eine naheliegende Option. Sie haben die Ressourcen, so etwas durchzuführen. Nur manchmal ist das Naheliegende trotzdem falsch. Ich hoffe noch auf eine Eingebung.«

Sie saßen eine Weile schweigend da. Margrethe hatte die Lesebrille auf der Nase und wischte mit dem Zeigefinger über ihr Handydisplay.

»Was machst du da?«

»Nachrichten lesen. Hör zu: ›Menschenjagd auf den hochdekorierten Kriegsveteranen Niels Oxen wird mit unverminderter Stärke fortgesetzt – Polizei konzentriert sich auf die Hauptstadt und das Umland. Wie die Polizeidirektion West- und Mitteljütland heute Nachmittag mitgeteilt hat, geht man momentan dem Hinweis eines Lkw-Fahrers nach, der Niels Oxen wiedererkannt haben will. Der Fahrer hat den mordverdächtigen Kriegsveteranen in Vejle per Anhalter mitgenommen und in Hundinge abgesetzt.‹«

Franck blätterte mit dem Zeigefinger weiter und fuhr fort:

»›Wie die Polizei außerdem mitteilte, wird der massive Überwachungs- und Fahndungseinsatz in Mittel- und Westjütland vor diesem Hintergrund reduziert. Die Ermittlungen im Mordfall an dem vierundsiebzigjährigen Fischzüchter Johannes Ottesen unterliegen immer noch strengster Geheimhaltung, und die Polizei gibt keinerlei Informationen heraus. Während die Fahndung auf Jütland deutlich zurückgefahren wurde, hat sie für die Polizei in Kopenhagen inzwischen höchste Priorität. ›Wir haben zahlreiche Einsatzkräfte für die Fahndung bereitgestellt, die sich zurzeit auf einige konkrete Orte konzentriert. Zusätzlich wird die gesamte

Region großflächig überwacht‹, berichtet Chefinspektor Laurids Hansson von der Kopenhagener Polizei.‹«

Margrethe Franck musterte ihn fragend. »Wie fühlt sich das an?«

»Was soll ich sagen? Surrealistisch, total verrückt. Während ich hier still und friedlich in einem Auto in Nyborg sitze, kommt es mir so vor, als ginge mich das alles gar nichts an. Als würde es mich nicht betreffen. Aber wenn ich meinen Verstand einschalte, macht es mir höllische Angst. Wie soll ich da wieder rauskommen? Werde ich am Ende im Gefängnis verrotten? Reichen die Indizien dafür? Im Augenblick habe ich keine Ahnung, Franck.«

»Die Indizien sind vielleicht gar nicht so überzeugend, wie du denkst. Rund um dein Haus muss es ja massig Fußspuren geben, Autoreifen und solche Sachen. Das können die Kollegen eigentlich gar nicht übersehen haben. Die Ermittlung ist unter Verschluss. Vielleicht gibt es Lücken in der Indizienkette.«

»Kann sein. Aber das Bowie-Messer gehört mir. Und darauf sind unter Garantie nur meine eigenen Fingerabdrücke zu finden.«

Das Handy klingelte. Franck ging sofort ran. Wahrscheinlich die Schule in Christiansfeld. Sie hörte konzentriert zu und nickte.

»Von der ersten bis zur neunten Klasse, aha. Wären Sie so freundlich, mir das zu buchstabieren, nur zur Sicherheit?«

Franck kritzelte etwas auf ein Stück Papier, bedankte sich mehrmals und legte auf.

»Sie hat es im Archiv überprüft. Das R. ist kein Fehler. Sagt dir der Name Ryttinger etwas?«

49.

Am frühen Abend bog sie in die Auffahrt ein, die zu der großen Villa am Møllebakken führte. Der Ausflug nach Odder hatte sie eindreiviertel Stunden gekostet.

Sie hatte Oxen Hausarrest erteilt, Anzug hin oder her. Auch wenn er dem gesuchten Kriegsveteranen überhaupt nicht mehr ähnlich sah: Einem zweiten, prüfenden Blick würde seine neue Erscheinung trotzdem nicht standhalten. Die Nase, dieser spezielle Zug um den Mund und vor allem die wachsamen blaugrauen Augen würden ihn auf der Stelle verraten, wenn sein Gegenüber sich nur gründlich genug damit befasst hatte, wonach er Ausschau halten musste.

Einen Mann im Schlepptau zu haben, der wegen Mordes gesucht wurde, stellte bei den anstehenden Ermittlungen ein echtes Problem für sie dar. Zu Bulbjergs Witwe hatte sie ihn nur mitgenommen, weil es sich um eine krisengebeutelte Frau handelte, die sich seit dem Mord von der Außenwelt abgeschottet hatte, und weil Oxen unbedingt ihre Reaktion sehen wollte.

In einer Sache waren sie sich einig: Anna-Clara Bulbjerg hatte gelogen, als es um Bulbjergs Mittelnamen ging. Sie hatte es natürlich gewusst.

Auf dem Standesamt in Tystrup, das auch für die Gemeinde Christiansfeld zuständig war, gab man ihr die Information, dass Malte Bulbjerg den Namen »Ryttinger« unmittelbar vor seinem Studienbeginn in Aarhus abgelegt hatte.

Sie parkte auf dem sorgfältig geharkten Kiesplatz und klingelte. Die Frau, die jetzt nur ein paar Sekunden brauchte, um die Tür zu öffnen, hatte am Telefon zunächst nur zögerlich in ein Treffen eingewilligt: Benedicte Bjørk.

»Margrethe Franck, nehme ich an? Herzlich willkommen. Bitte, treten Sie ein.«

»Danke. Ich freue mich, dass es doch geklappt hat.«

Die Lieblingstante des Museumsdirektors war eine gepflegte Dame um die sechzig. Sie führte Margrethe durchs Haus in den großen Wintergarten mit Blick ins Grüne. Ihr Mann saß im Wohnzimmer vor dem Fernseher.

»Nehmen Sie Platz. Tee oder Kaffee?«

»Gerne Kaffee, danke.«

Sie hatte sich kaum gesetzt und die schönen Möbel aus dunklem

Holz bewundert, als Frau Bjørk schon mit einer Kaffeekanne und Tassen zurückkam. Vermutlich stand in der Küche auch noch eine Kanne mit Tee bereit, falls sie die andere Antwort gegeben hätte.

»Arbeiten Sie … noch?«

Sie zögerte kurz, aber sich über die Ausbildung der Frau und ihre Berufstätigkeit zu informieren gehörte einfach dazu, wenn man sich einen Gesamteindruck verschaffen wollte.

»Ich habe mein ganzes Leben gearbeitet, und daran hat sich bis heute nichts geändert«, antwortete Benedicte Bjørk, während sie sich zu ihr setzte. Sie schlug die Beine übereinander und strich mit einer fließenden Bewegung den Rock glatt. Dann fuhr sie fort.

»Ich bin Fremdsprachenkorrespondentin für Englisch und Französisch. Die letzten zwanzig Jahre habe ich als Chefsekretärin bei Beltoft Packaging International in Aarhus gearbeitet, und da bleibe ich auch, bis ich pensioniert werde. Mein Mann führt eine eigene Anwaltskanzlei. Ich müsste eigentlich nicht arbeiten, aber ich mag meinen Beruf. Jetzt sagen Sie mir – wie kommt der PET auf mich? Das müssen Sie mir erklären.«

Margrethe tischte ihr die Begründung auf, die sie sich zurechtgelegt hatte. Dass der PET meist auf eigene Initiative tätig werde, aber auch mit der Polizei zusammenarbeite, wenn es der Fall verlange. Und bei Malte Bulbjerg verhalte es sich eben so. Was genau die Gründe seien, darüber dürfe sie leider keine Auskunft geben, das liege in der Natur der Sache.

Frau Bjørk nickte nachdenklich, balancierte die Untertasse in der einen Hand und nippte am heißen Kaffee.

»Dann lassen Sie uns doch anfangen«, sagte sie und sah aus, als ahnte sie bereits, was sie erwartete.

»Ich würde gern chronologisch vorgehen. Wir befinden uns fünfundzwanzig Jahre in der Vergangenheit. Ihr Vater, Karl-Erik Ryttinger, wird in seiner Villa am Strandvej in Kopenhagen erschossen. Angeblich von einem Einbrecher. Können Sie sich noch an Einzelheiten von damals erinnern?«

Frau Bjørk lächelte wehmütig.

»Ich erinnere mich genau. Wir waren natürlich vor allem bestürzt. Ein wahnsinniger Schock, jemanden auf diese Weise zu verlieren. Mein Vater war ein großartiger Mann. Er war hart und gnadenlos, wenn es ums Geschäft ging, aber auch ein liebevoller und großzügiger Vater, der sich immer Zeit für mich und meine Schwester Sigrid nahm, obwohl er sein ganzes Leben lang so viel zu tun hatte.«

»Malte war damals dreizehn. Wie hat er das alles aufgenommen?«

»Es hat ihn schwer getroffen. Er hatte eine enge Beziehung zu seinem Großvater, und umgekehrt. Sie haben zusammen Fußball gespielt, und manchmal hat mein Vater Malte zum Angeln mitgenommen. Hier in Dänemark, aber auch nach Norwegen und Schottland. Geld hatte er ja genug. Aber in den letzten Jahren wurde es schwierig. Seine sonst so robuste Gesundheit war zunehmend angegriffen, und als er starb, litt er unter einer beginnenden Demenz.«

»Axel Mossman hat den Fall damals untersucht, können Sie sich daran erinnern?«

»Ja, natürlich, er ist doch seit vielen Jahren Chef – also Ihr Chef – beim Nachrichtendienst. Mossman … er ist ziemlich britisch.«

»Sind Sie ihm begegnet?«

»Ja, ein paarmal. Er hat ja die ganze Familie befragt.«

»Sonst nicht?«

Frau Bjørk schüttelte den Kopf.

»Wie würden Sie Ihre Beziehung zu Malte beschreiben?«

Benedicte Bjørk nahm sich Zeit, um die richtigen Worte zu finden. Sie klang bewegt.

»Nachdem er seine Mutter verloren hatte, habe ich versucht, so gut es ging ihre Rolle zu übernehmen. Der arme Junge. Er kam zu mir, fragte mich um Rat, redete mit mir und ließ mich teilhaben.

Ich habe keine eigenen Kinder. Sie können sich das sicher vorstellen, nicht wahr?«

Margrethe nickte der trauernden Frau zu, die plötzlich so ergriffen war, dass sie ihre Tasse abstellen musste.

»Ich habe eine wichtige Frage, also denken Sie bitte in aller Ruhe nach: Ist Ihnen in der Zeit vor seinem Tod irgendetwas aufgefallen? Hat er etwas erwähnt? Oder etwas Ungewöhnliches getan? War er fröhlich, hatte er Angst? Jede Beobachtung könnte von Bedeutung sein.«

»Sie spielen auf den Danehof an, nicht wahr?« Benedicte Bjørk sah sie mit feuchten Augen an.

Margrethe fühlte sich überrumpelt. So sehr, dass man es ihr offenbar ansah.

»Das braucht Sie nicht zu überraschen. Meine Familie lebt schon sehr lange mit den dunklen Schatten des Danehof. Falls – und ich sage ausdrücklich: *falls* es den Danehof wirklich gibt. Malte war davon überzeugt. Hat diese Überzeugung ihn etwa das Leben gekostet? Die Frage kann ich Ihnen nicht beantworten. Aber ich kann Ihnen versichern, dass Malte nicht kriminell war. Er war ein guter Junge.«

»Sie haben mit dem Danehof gelebt, sagen Sie. Was genau meinen Sie damit?«

»Sie wissen sicher, dass mein Vater das Wort Danehof mit seinem Blut auf den Boden geschrieben hat, bevor er starb. So etwas vergisst man nicht so leicht. Malte war noch klein, aber er hat sich damals schon geschworen, dass er den Tod seines Großvaters rächen würde. Dass er sich am Danehof rächen würde. Mit so einem Satz kommt man nur als Kind durch, nicht wahr? Haben Sie Kinder?«

Margrethe schüttelte den Kopf.

»Malte hat immer daran festgehalten. Vor etwa fünfzehn Jahren stießen wir dann unglückseligerweise auf eine Reihe von Dokumenten, die meinem Vater gehörten. Sie waren unter dem Dielenboden in unserem Ferienhaus in Skagen versteckt. Es sollte renoviert werden, und plötzlich lagen sie da, sorgfältig geordnet und in einer verschlossenen Plastikbox verwahrt. Daraufhin …«

»Dokumente, was für Dokumente?«

Frau Bjørk lächelte nachsichtig, vermutlich über die Ungeduld, die Margrethes Einwurf erkennen ließ.

»Es waren Tagebucheinträge und andere Aufzeichnungen, die Gedanken und Erinnerungen enthielten. Daraus ging hervor, dass mein Vater offenbar viele Jahre lang einem Kreis mächtiger Menschen angehörte, von denen jeder auf seine Weise aktiv an der Zukunft Dänemarks mitarbeitete und Verantwortung in diesem Land übernommen hatte. Einige Einträge waren sehr konkret – Termine, Tagesordnungspunkte und solche Dinge. Andere gaben die Zweifel und Bedenken meines Vaters zu erkennen, die ihn im Hinblick auf sein eigenes Engagement von Zeit zu Zeit überkamen.«

»Aber vorhin haben Sie noch gesagt: ›*falls* es den Danehof wirklich gibt‹? Ist das damit nicht bewiesen?«

»Nein. Mein Vater hat in seinen Aufzeichnungen nicht ein einziges Mal das Wort Danehof benutzt. Er spricht nur von ›uns‹ oder ›unserem Kreis‹ oder verwendet ähnliche Umschreibungen. Durch seine herausragende Position in der dänischen Wirtschaft war er Mitglied einer ganzen Reihe von Organisationen und Verbänden. Die meisten innerhalb seiner Branche. Aber er war auch Mitglied einer Loge in Kopenhagen, dem Odd Fellow Orden.«

»Wieso war es ein ›Unglück‹, dass Sie die Dokumente gefunden haben?«

»Weil meine Schwester, die genau wie Malte Geschichte studiert hatte, völlig von der Idee fasziniert war, dass es einen Danehof geben könnte. In ihren Augen bestätigte der Fund unter dem Fußboden den Verdacht, dass der Danehof für den Mord an unserem Vater verantwortlich war. Und nun fing sie an, in der Vergangenheit zu graben. Vor allem als sie und ihr Mann nach Spanien zogen und sie auf einmal furchtbar viel Zeit hatte. Ich habe keine Ahnung, ob sie etwas Konkretes herausgefunden hat. Und dann sind die beiden bei einem Unfall gestorben, aber das wissen Sie ja. Ungefähr zur selben Zeit hat Malte sein Geschichtsstudium an der Uni aufgenommen. Er war im Vorfeld schon besessen gewesen von dem Gedanken an einen Danehof, aber seitdem wurde es immer schlimmer für den armen Jungen. Er witterte überall Verschwörungen. Erst sein Großvater, dann seine Eltern …«

Wieder schossen Frau Bjørk Tränen in die Augen.

»Dann war Malte also davon überzeugt, dass der Danehof seine Eltern ermorden ließ, weil seine Mutter nicht aufhörte nachzuforschen?«

Frau Bjørk nickte und tupfte sich mit einer Serviette die Augen ab.

»Wenn ich mich richtig erinnere, war das damals der erste Glatteisunfall des Jahres, ein Blitzeis, mit dem niemand gerechnet hatte. Es gab wohl noch viele andere Unfälle, aber keinen mit tödlichem Ausgang.«

Frau Bjørk nickte wieder.

»Genau. Ich habe immer wieder versucht, Malte das klarzumachen. Die Straßenverhältnisse waren wirklich schlimm … Aber das ist ja nicht alles. Kaffee?«

Margrethe hielt ihr die Tasse hin. Sie war unverhofft im Auge des Orkans gelandet. In einem friedlichen, gemütlichen Haus in Odder. Gleich mehrere schreckliche Ereignisse hatten die Familie Ryttinger auf eine harte Probe gestellt. Und das alles hatte sie nur erfahren, weil sie über den Buchstaben R. gestolpert war.

»Vor etwa einem halben Jahr hat Malte mir erzählt, dass er mit dem PET-Chef persönlich, mit Axel Mossman, zusammenarbeite. Der Mann, der die Ermittlungen nach dem Mord an seinem Großvater geleitet habe. So schließe sich der Kreis, wie Malte sagte. Er habe von einem anonymen Absender historisches Material zugeschickt bekommen. Dieses Material könne ein für alle Mal beweisen, dass der Danehof existiere. Und das ist alles, was ich weiß. Ich habe ihn gebeten, gut auf sich aufzupassen.«

»Hat er Ihnen nicht erzählt, was in den Unterlagen stand?«

»Nein. Nur dass Mossman und er sich vergewissert hatten, dass das Material echt war. Wie auch immer sie das gemacht haben.«

»Die Dokumente aus dem Ferienhaus Ihres Vaters, haben Sie die?«

»Nein, die hatte Sigrid aufbewahrt. Als wir ihren Haushalt in Spanien aufgelöst haben, konnten wir sie allerdings nirgendwo finden. Ich nehme an, sie hatte alles an einem sicheren Ort versteckt.«

»Der Name Ryttinger hat mich hierhergeführt. Wieso hat Malte den Namen eigentlich abgelegt?«

»Genau weiß ich das auch nicht … Ich glaube, es war ihm einfach lieber. Es war … anonymer. Er hatte es sich zur Lebensaufgabe gemacht, über den Danehof zu forschen. Und das ging bestimmt besser ohne den auffälligen Mittelnamen.«

»Und Sie und Ihr Mann … Haben Sie auch Pläne in diese Richtung?«

»Nein. Das war alles schmerzlich genug. Man kann ja nicht sein ganzes Leben lang einem Gespenst hinterherjagen, nicht wahr?«

»Dann halten Sie das alles für Humbug?«

»Ja und nein. Aber ich kenne den Preis dafür.«

Margrethe nickte, stellte die leere Tasse ab und signalisierte ihrer Gastgeberin, dass sie keine weiteren Fragen hatte.

Oxen würde sicher sehr aufmerksam zuhören, wenn er die Geschichte über den Ryttinger-Clan und den jungen Museumsdirektor von ihr erfuhr. Das war ein echter Durchbruch bei ihren Ermittlungen. Aber Oxen würde vermutlich den berechtigten Einwand äußern, dass dieser Durchbruch sie leider auf keine neue Spur führe.

»Dann … sind wir jetzt fertig?« Frau Bjørk sah sie fragend an und stand auf.

»Ja, das war alles. Aber dürfte ich mich vielleicht wieder an Sie wenden, falls noch etwas sein sollte?«

»Natürlich. Das Mindeste, was ich tun kann, ist, Ihnen Antworten zu geben. Finden Sie es feige von mir, dass ich den Kampf nicht aufnehme? Und ebenfalls Gespenster jage?«

Margrethe zuckte mit den Schultern. Es war nicht ihre Aufgabe, jemandem ein schlechtes Gewissen zu machen.

»Dass Sie sich Zeit für mich genommen haben, war nun wirklich nicht feige, ganz im Gegenteil«, antwortete sie, so neutral wie möglich.

Frau Bjørk nickte schweigend. Dann begleitete sie Margrethe durch das Haus zur Tür.

»Mir ist gerade noch etwas eingefallen«, sagte sie plötzlich. »Ich weiß nicht, ob es wichtig ist. Vor ungefähr einem halben Jahr hat Malte mich angerufen und gefragt, ob mir der Name Vitus Sander etwas sagt. Ein ungewöhnlicher Vorname, wie unser großer dänischer Seefahrer Vitus Bering von der Beringstraße, nicht wahr? Einen anderen Vitus kenne ich nicht. Also, ja … Ich konnte mich gut daran erinnern, dass der Name in den Unterlagen aus dem Ferienhaus vorkam. Den Zusammenhang habe ich vergessen, aber ich bin mir ganz sicher, dass der Name Vitus Sander dort erwähnt wurde.«

»Aber Sie wissen nicht, warum Malte Sie danach gefragt hat?«

»Nein, was seine Gespenster betraf, habe ich nie nachgehakt. Es war immer er, der auf mich zukam.«

»Danke für Ihre Hilfe. Und vielen Dank für den Kaffee.«

Sie gaben sich auf der Treppe die Hand, aber Frau Bjørk zögerte.

»Würden Sie … würden Sie mir bitte Bescheid geben, wenn Sie etwas herausfinden?«

»Natürlich, ich halte Sie gern auf dem Laufenden. Hier ist meine Karte. Rufen Sie mich jederzeit an, wenn Ihnen noch etwas einfällt. Auch wenn es nur eine Kleinigkeit ist.«

Frau Bjørk lächelte traurig, nickte und schloss dann die Tür.

Margrethe setzte sich hinter das Steuer und ließ den Motor an, der sich mit einem lässigen Röhren zum Dienst meldete.

Vor ihr lag die schöne, lange Strecke nach Nyborg, wo sie sich ein Zimmer im Hotel Nyborg Strand gemietet hatte.

Sie warf einen Blick zurück zum Haus. Als Benedicte Bjørk die schwere Mahagonitür zugezogen hatte – hatte sie die Gespenster da ausgesperrt oder ins Haus gelassen?

Jetzt blieben ihr jede Menge Kilometer, um über das Gespräch nachzudenken.

50.

In Wirklichkeit hatte er keine Wahl. In wenigen Minuten würde er wissen, wie die Sache weiterging. Gerade hatte die Rezeption angerufen und Mr Nielsens Ankunft gemeldet.

Möglicherweise stand er gleich zum ersten Mal in seiner Karriere einem unzufriedenen Kunden gegenüber, der den Vertrag in der Mitte durchriss und ihn feuerte.

Er schauderte bei dem Gedanken. Solche Geschichten hatten die üble Eigenschaft, sich wie Ringe auf der Wasseroberfläche auszubreiten. Das war geschäftsschädigend. Aber ihm blieb nichts anderes übrig – er musste es ertragen wie ein Gentleman und sein Bedauern darüber äußern, dass er nicht geliefert hatte.

Angespannt saß er in seinem zweiten Hotelzimmer in Kopenhagen. Aus Sicherheitsgründen wechselte er regelmäßig die Unterkunft. Es war spät. Doch auf Mr Nielsens Wunsch fanden ihre Treffen immer nachts statt, und nur in Hotels.

Hatte der Mann etwa irgendwann selbst in dieser Branche gearbeitet? Bei der Security? Nielsen trat so vorsichtig und bedacht auf, dass ihm das äußerst wahrscheinlich vorkam. Oder war er beim Geheimdienst gewesen?

Es klopfte an der Tür. Er öffnete, begrüßte seinen Gast mit Handschlag und bat ihn, im Sessel Platz zu nehmen.

Nielsen war wie immer elegant gekleidet und verströmte einen dezenten Duft von Aftershave. Dieses Mal war sein Anzug allerdings nicht schwarz, sondern grau. Die feinen rotblonden Haare waren ordentlich gescheitelt.

Er selbst rührte während eines laufenden Projekts aus Prinzip keinen Alkohol an. Aber vielleicht wollte Nielsen einen Drink?

»Darf ich Ihnen etwas anbieten? Ich glaube, in der Minibar gibt es alles Mögliche.«

»Ein Glas Wasser vielleicht, gern mit Kohlensäure.«

Nielsen wartete taktvoll, bis er ein Glas Mineralwasser in der Hand hielt, und kam dann so prägnant auf den Punkt wie immer.

»Mein Arbeitgeber ist, gelinde gesagt, nicht zufrieden mit Ihrer Ausbeute, Smith. Auch der zweite Versuch ist gescheitert. Obwohl wir Ihnen Oxen auf dem Silbertablett serviert haben. Derartige Fehler sind wir nicht gewohnt. Wir missbilligen das.«

Er machte eine Pause und nippte an seinem Glas.

Gleich war es so weit. Wenn Nielsen wieder anfing zu reden, würde es passieren: sein erster geplatzter Vertrag *ever*. Die Situation war unerträglich. Er konnte nicht einfach zusehen, er musste etwas tun. Irgendetwas.

»Ich bedauere das alles sehr. Ich missbillige Fehler genau wie Sie. Sonst liefere ich immer wie vereinbart. Wie damals, als ich das erste Mal für Sie gearbeitet habe. So etwas ist noch nie vorgekommen. Die Situation ist so ungewöhnlich, dass ich Ihnen einen Preisnachlass anbieten möchte.«

Nielsen zog die rotblonden Augenbrauen hoch. Das sommersprossige Gesicht wirkte weder feindselig noch freundlich.

»Preisnachlass? Nein, danke. Wir feilschen nie um Geld. Vertrag ist Vertrag. Das gilt für beide Seiten.«

»Selbstverständlich.«

»Mein Arbeitgeber zahlt den Preis, den eine Ware kostet. Und er setzt natürlich voraus, dass ihm diese Ware auch geliefert wird.« Nielsen sah ihn reserviert über den Brillenrand an.

»Selbstverständlich.«

»Ich habe Sie um dieses kleine Treffen gebeten, weil mein Arbeitgeber noch einmal unterstreichen möchte, dass sich an dieser Erwartung nichts geändert hat.«

»Wenn ich eine dritte Chance bekomme, werde ich Ihr Vertrauen nicht enttäuschen. Womöglich habe ich Niels Oxen wirklich unterschätzt. Er ist ein Profi und scheint wider Erwarten voll einsatzfähig zu sein.«

»Es wird eine dritte Chance geben, seien Sie dessen versichert. Es wurden bereits verschiedene Maßnahmen eingeleitet. Wir müssen nur die richtigen Personen observieren, die uns zu Oxen führen werden. Oder Oxen zu uns. Wie viele Männer haben Sie auf Abruf hier?«

»Alle sieben. Und mich selbst.«

»Ausgezeichnet. Halten Sie sich bereit.«

51.

Außer dem schwarzen Mini Cooper und seinem geliehenen Toyota parkte hier nur ein einziges Auto. Es gehörte einer jungen Mutter, deren Kinder sich ein bisschen die Beine vertreten durften. Die Kleinen tobten am Wasser, während die Frau an der Motorhaube lehnte und sich eine Zigarettenpause gönnte.

Der Rastplatz lag an der Straße nach Svendborg, auf der schmalen Landzunge südlich von Nyborg, die den kleinen Holckenhavn Fjord vom Nyborg Fjord trennte.

Es war später Vormittag. Er hatte miserabel geschlafen, sein Kopf war schwer und er fühlte sich müde.

Er rieb sich mit beiden Händen das Gesicht und gähnte. Margrethe Franck hatte ihm ausführlich von ihrem Besuch bei Benedicte Bjørk in Odder berichtet und geduldig alles wiederholt, was er nicht verstanden hatte.

»Albtraum?«

Durch ihre schwarze Ray-Ban konnte er nicht erkennen, wohin sie schaute, aber in seine Richtung jedenfalls nicht.

»Ja.«

»Dieselben Sieben? Immer noch?«

»Ja.«

»Scheiße.«

»Ja.«

»Noch keine Besserung?«

»Nein.«

»Keine Veränderung?«

»Nein.«

»Hm, was sagst du zu dem Ganzen?«

»Ich verdaue es noch.«

»Da ist noch etwas. Sie hat es erst ganz zum Schluss an der Haustür angesprochen. Malte hat sie nach einem Vitus Sander gefragt. Sie kannte den Namen von den Unterlagen aus dem Ferienhaus. Aber mehr konnte sie mir nicht dazu sagen.«

»Vitus Sander! Der Name wird auch in den Dokumenten erwähnt, die ich im Wald versteckt habe. In einem Protokoll steht, dass er mehrmals große Beträge für den Danehof Nord gespendet und auch die Aktivitäten des Consiliums finanziell unterstützt hat. Außerdem geht deutlich daraus hervor, dass der alte Botschafter Corfitzen sich wohl mit Sander austauschte und großen Respekt vor ihm hatte. An einer Stelle erwähnt Corfitzen seinen ›guten Freund und Vertrauten Vitus Sander‹.«

»Kannst du das ganze Ding auswendig?«

»Teilweise. Ich habe es oft gelesen. Corfitzen hat aber auch notiert, dass Vitus Sander in den letzten Jahren manchmal sehr desillusioniert wirkte. Und dass er in vertraulichen Gesprächen diverse Maßnahmen des Danehof infrage stellte.«

»Dann entwickelte Sander sich womöglich zu einem Zweifler?«

»So klingt es. Lass uns zu ihm fahren, Franck. Vielleicht ist er ja bereit, mit uns zu reden. Wir müssen ihn so schnell wie möglich finden. Das kann ja nicht so schwer sein.«

»Schwer nicht, aber unmöglich.«

»Wie meinst du das?«

»Vitus Sander ist tot. Ich habe ihn überprüft. Er ist vor ein paar Monaten in einem Hospiz gestorben. Anker Fjord Hospiz in Hvide Sande. Er ist nur siebenundsechzig geworden. Lungenkrebs.«

Natürlich hatte Franck das Leben dieses Mannes längst auf den Kopf gestellt. Er war wirklich müde.

»Was wissen wir über ihn?«

»Geboren in Hjørring, Ingenieursstudium, hat den Großteil seines Lebens in Kopenhagen verbracht. Seine Firma Sander Tech hat er vor vielen Jahren gegründet, die ist heute ein großer Elektronikkonzern mit Hauptsitz in Ballerup. Eine Aktiengesellschaft, und er selbst war der Mehrheitseigner. Vitus Sander war drei Jahre lang Mitglied des Consilium-Vorstands.«

»Dann hat er zum innersten Kreis gehört.«

»Ich habe heute Morgen mit dem Anker Fjord Hospiz telefoniert. Sie haben ihre Besucherliste für mich gecheckt. Malte Bulbjerg war nie bei Vitus Sander.«

Er dachte nach. Die junge Mutter war fertig mit ihrer Zigarette und hatte es auf einmal eilig, die Kinder zurück ins Auto zu scheuchen. Vitus Sander war einer der dunklen Männer gewesen, ganz oben in der Hierarchie. Davon war auszugehen, da er einen Posten im Consilium gehabt hatte.

»Irgendwelche schlauen Ideen?« Francks Finger trommelten ungeduldig auf das schwarze Lederlenkrad.

»Ich bin unglaublich müde. Ich versuche gerade, das alles irgendwie zu sortieren.« Er kniff die Augen zu und fasste zusammen: »Erstens, ich schicke Material an Malte Bulbjerg, in dem Vitus Sander erwähnt wird. Zweitens, Bulbjerg ruft seine Tante an und fragt nach Vitus Sander. Sie erinnert sich, den Namen in den versteckten Unterlagen ihres Vaters gelesen zu haben. Vielleicht konnte sich sogar Bulbjerg selbst an den Namen erinnern und wollte nur ihre Bestätigung. Drittens, er weiß nun, dass Sander Mitglied des Danehof war und dass sein Großvater und Sander sich kannten. Viertens – natürlich kontaktiert er Vitus Sander. Auch wenn der Mann kurz vor dem Abgang ist und im Hospiz liegt.«

»Und die Besucherliste?«

»Er hat einen falschen Namen benutzt. Malte Bulbjerg wusste besser als jeder andere, dass der Danehof überall ist.«

»Und weiter?«

»Das weiß ich nicht. Doch ... Fünftens, Bulbjerg erfährt irgendetwas Geheimes. Der Danehof kommt dahinter. Sechstens, sie setzen ein deutliches Zeichen und lassen ihn im Schloss hinrichten. Noch dazu in ihrem eigenen alten Versammlungssaal. Siebtens, sie räumen auf und erledigen ihren Justizminister, das Arschloch. Und nachdem das abgehakt ist, haben sie freie Bahn – falls sie mich finden. Und sie haben mich gefunden. Leider ... So hängt alles zusammen, Franck. Und jetzt lassen sie sich ganz entspannt von der gesamten dänischen Polizei helfen. Egal, wer mich am Ende erwischt, ich bin erledigt. Sie finden mich immer und überall. Du hast es selbst erlebt. Sie können zaubern.«

Er warf ihr einen verstohlenen Blick zu.

Über ihrer Sonnenbrille hatte sich auf ihrer Stirn eine tiefe Falte gebildet. Sie biss sich auf die Unterlippe. Ihre Finger hielten jetzt still.

»*Fuck!*«

Sie schlug wütend beide Hände auf das Lenkrad, stieg aus, zog die Lederjacke aus und schleuderte sie auf den Rücksitz. Dann fing sie an, vor dem Wagen auf und ab zu wandern.

Seine Augenlider wurden schwer. Franck rastete doch sonst nie so heftig aus ... Einen kurzen Moment kämpfte er noch gegen die Müdigkeit an. Aber er brauchte dringend Schlaf. Er konnte nicht denken und nicht handeln, bevor er nicht geschlafen hatte. Dann gab er sich geschlagen.

Als sie sich umdrehte, um ihn aus dem Wagen zu winken, waren seine Augen geschlossen. Sie blieb stehen und betrachtete ihn durch die Windschutzscheibe. Sein Kopf sackte ihm allmählich seitlich auf die Schulter.

Sie sah einfach keinen Weg, der sie ins Zentrum führte, zu den Köpfen, die sich das alles ausgedacht hatten. Sie musste sich irgendetwas einfallen lassen. Sie musste dem Jäger helfen, der kein Jäger mehr war, sondern nur noch ein müder Mann, abgrundtief erschöpft. Aus seinem schützenden Kokon gescheucht und zum Abschuss freigegeben.

Niels Oxens Zeit lief ab.

Die Chronologie, die er in Stichworten skizziert hatte, erschien ihr plausibel. Sie musste noch einmal im Hospiz anrufen, den Museumsdirektor beschreiben und fragen, ob es bei irgendjemandem klingelte.

Sie hatte sich angewöhnt, den Akku aus dem Handy zu nehmen. Wer auch immer Oxen jagte, ihr eigener Chef eingeschlossen, behielt womöglich auch sie im Auge. Als sie das Telefon jetzt einschaltete, wurde sie von einer Nachrichtenflut überrollt.

Darunter waren auch zwei von Anders, zusätzlich zu denen, die sie schon davor nicht beantwortet hatte. Seit die Männer auf der Jagd nach Oxen in ihre Wohnung gestürmt waren, beschäftigte sie diese Frage: Wer hatte ihnen den Tipp gegeben?

Aber in Wahrheit schob sie jeden Gedanken daran so schnell wieder beiseite, wie er ihr durch den Kopf schoss. Sie ertrug weder den möglichen Verrat – noch Anders selbst.

Sie würde ihn nicht zurückrufen. Das konnte er interpretieren, wie er wollte.

Ihr Handy zeigte auch eine Sprachnachricht von Axel Mossman an.

»Mossman hier. Rufen Sie mich sofort zurück, wenn Sie diese Nachricht abhören. Das ist ein Befehl. Verwenden Sie eine sichere Verbindung und meine rote Nummer.«

Sie schaute zu Oxen und dann wieder auf ihr Handy.

Sie saßen im Niemandsland fest. Es bestand keine Aussicht darauf, die Schuldigen zu fassen und Oxen vor dem Schafott zu retten. Alles, was sie hatten, waren Spekulationen und eine Menge dunkler Schatten, die sie nicht greifen konnten. Dabei war die Situation für den schwer geprüften Mann auf dem Beifahrersitz ihres Minis in Wirklichkeit noch viel schlimmer. Selbst wenn es ihm gelang, die Mordanklage abzuschütteln, würden diese Schatten ihn trotzdem vernichten.

Sie hatte gar keine andere Wahl, als auf Mossmans Nachricht zu reagieren. Er war immer noch ihr Chef. Im Zweifel für den Angeklagten. Vielleicht konnte sie Oxen doch noch zur Zusammenarbeit mit Mossman überreden. Heimliche Treffen auf Rastplätzen waren auf die Dauer keine Lösung, wenn sie bei ihren Nachforschungen nicht vom Fleck kamen. Und das war definitiv der Fall. Sie hatten lediglich Indizien und eine Reihe toter Menschen, die sich über mehrere Jahrzehnte erstreckte.

Sie würde den Jäger eine halbe Stunde schlafen lassen. Sie sah auf ihre Armbanduhr. Diese Uhr erinnerte sie jedes Mal daran, wer sie war, woher sie kam – und wozu sie fähig war.

Es war eine wunderschöne schwarze Breitling Colt 33 mit schwarzem Kunststoffarmband, die fast 20 000 Kronen gekostet hatte. Ein Vermögen für ihre Eltern. Sie hatten ihr die Uhr geschenkt, als sie nach der Amputation zum ersten Mal zu ihr ins Krankenhaus gekommen waren. Auf der Rückseite war das Datum des Unglücks eingraviert und darunter der Spruch *per aspera ad astra*, was so viel bedeutete wie »durch schwere Zeiten zu den Sternen«.

Wer ihr diese Uhr stehlen wollte, der musste sie vorher umbringen.

Die Rezeption des Hotels Nyborg Strand befand sich hinter der langen Theke in der großen Lobby, wo auch das Bistro untergebracht war. Sie saß wie selbstverständlich an einem der drei Computer, die hinter halbhohen Trennwänden gegenüber der Rezeption aufgestellt waren. In einer dieser Kabinen gab es einen Telefonanschluss.

Oxen wartete in seinem geliehenen Wagen auf dem riesigen Parkplatz hinter dem Hotel, wo sie auch ihren Mini abgestellt hatte. Sie hatte ihn eine gute halbe Stunde am Holckenhavn Fjord schlafen lassen, und er hatte nicht lange gebraucht, um wieder richtig wach zu werden. Für einen Mann mit derart heftigen Schlafproblemen war schon eine halbe Stunde ein echtes Geschenk.

Sie konnte die sogenannte »rote Nummer« ihres Chefs auswendig. Es war die Telefonnummer mit der höchsten Priorität, und sie gehörte zu einem von mehreren Handys, die er parallel benutzte. Natürlich kannten nur wenige Menschen im Hauptquartier diese Nummer. Dass sie zu diesen Auserwählten gehörte, hatte sie der früher so engen Zusammenarbeit mit ihrem Chef zu verdanken.

Sie wählte und wartete.

»Ja.«

Die Stimme am anderen Ende klang schroff.

»Franck.«

»Das hat lange gedauert. Geben Sie mir eine Nummer.«

Sie suchte die Nummer des Hoteltelefons heraus und gab sie ihm durch. Er legte mit den Worten auf, dass er innerhalb von fünf Minuten zurückrufen werde.

Es musste um ein besonders heikles Thema gehen, wenn so viele Tricks zum Einsatz kamen. Und dieses Thema konnte eigentlich nur Oxen sein.

Es vergingen ganze sieben Minuten, bis es in ihrem Kopfhörer piepte und sie das Gespräch fortsetzen konnten. Axel Mossman kam sofort zur Sache.

»Oxen ist bei Ihnen.«

Sie zögerte. War das eine Feststellung oder eine Frage?

»Vielleicht können …«

»Sparen Sie sich das, ich weiß, dass Sie ihn haben. Er hat die Haare kurz und ist endlich mal rasiert. Sie beide schleichen da draußen herum und ermitteln auf eigene Faust. Das kann und werde ich nicht akzeptieren.«

»Wir untersuchen ein paar Dinge.«

»Sie waren bei Anna-Clara Bulbjerg. Das weiß ich von ihr persönlich. Sind Sie noch in Nyborg?«

»Ja. Ist die örtliche Polizei auch informiert?«

»Nein, noch nicht. Aber das muss jetzt aufhören. Bringen Sie Oxen her. Auf der Stelle. Dann finden wir eine Lösung, er und ich.«

»Das will er nicht. Er vertraut Ihnen nicht. Er vertraut keinem Mann, der seinen Hund umgebracht hat.«

»Sagen Sie ihm, er soll den Köter endlich vergessen. Hier geht es um seine eigene Haut. Ich schicke die gesamte Truppe los, wenn Sie beide nicht spuren. In weniger als fünf Minuten habe ich ganz Fünen abgeriegelt. Sagen Sie ihm das. Und er kann sich schon auf das Standgericht und die ausgehungerte Pressemeute freuen. Sagen Sie ihm das auch! Ich rufe in einer Viertelstunde wieder an.«

Sie legte auf. Da war etwas im Busch. Etwas, das Axel Mossman massiv unter Druck setzte. Normalerweise war er gelassen und raffiniert.

Und was sollten diese ganzen Sicherheitsvorkehrungen? Nachdem er nicht über die rote Nummer sprechen wollte, hatte er wohl irgendwo noch ein weiteres Telefon ausgegraben. Abgesehen davon war es nicht gesagt, dass er sich in Søborg befand.

Sie lief über den Parkplatz und stieg zu Oxen in den silbernen Toyota. Als sie ihren Bericht über das Gespräch mit Mossman beendet hatte, gab Oxen seine Antwort: »Nein, unter keinen Umständen.«

»Er meint das ernst. Er kann Fünen einfach dichtmachen. Dann wird es für uns ungemütlich, und wir können nichts mehr ausrichten.«

»Wenn ich Mossman aus der Hand fresse, bin ich erledigt. Er

hätte mich letztes Jahr schon verkauft, wenn es nötig gewesen wäre. Dann wäre am Ende ich der Schuldige gewesen. Und das weißt du, Franck!«

Sie nickte. Der Fall der gehängten Hunde wäre entsprechend zurechtgeschnitten, neu verpackt und mit einem frischen Etikett versehen worden. Und Niels Oxen wäre vor Gericht gelandet, wegen mehrfachen Mordes angeklagt.

»Wir müssen ihm vertrauen. Wir haben keine Alternative.«

»Es gibt immer Alternativen.«

»Hör auf, Niels … Wir haben nicht mal eine heiße Spur.«

»Ich mache das nicht.«

»Ist das deine Antwort? Ist es das, was ich ihm sagen soll?«

»Du kannst ihm sagen, dass ich keinem Mann vertraue, der meinen Hund umgebracht hat.«

»Das habe ich ihm schon gesagt.«

»Dann sag's noch mal.«

Sie stieg aus und ging zurück zum Hoteltelefon in der Lobby. Die Viertelstunde war noch nicht ganz vorbei. Dieses Mal klingelte das Telefon pünktlich.

»Ist die Botschaft bei ihm angekommen?«, fragte Mossman.

»Ja, aber seine Antwort lautet Nein. Er traut Ihnen nicht.«

Am anderen Ende der Leitung wurde es totenstill. Und die Stille dauerte so lange, dass es Margrethe irgendwann zu viel wurde.

»Hallo? Sind Sie noch da?«

Ein tiefes Brummen.

»Ich bin hier, Franck. Ich … überdenke die Situation.«

Es herrschte wieder Stille.

»*Well,* ich muss wohl kapitulieren«, sagte er schließlich ganz langsam. »Oxen hat einen ausgeprägten Willen. Aber gut, das überrascht mich nicht. Ich bin im Augenblick in Søborg. Geben Sie mir ein paar Stunden, ich werde etwas arrangieren. Gibt es da nicht diese Raststätte kurz vor der Brücke bei Nyborg?«

»Ja, die Monarch-Raststätte am Knudshoved.«

»Ich schicke einen Vertrauensmann, der Sie in etwa sieben oder acht Stunden dort abholt. Die Fahrt wird ungefähr eine Stunde dauern. Man wird Ihnen die Augen verbinden. Ich werde Niels Oxen und auch Ihnen zeigen, dass Sie mir vertrauen können. Sie bekommen den ultimativen Beweis von mir.«

52.

Rechts von den Parkplätzen war ein kleiner Spielplatz. Auf dem Grasstreifen daneben lief ein größerer Junge mit einem Hund an der Leine auf und ab. Der Hund schnüffelte die ganze Zeit, aber er erledigte nicht, was er wohl eigentlich erledigen sollte. Es sah aus, als würde der Junge den Hund ermuntern. Er musste an Magnus denken, die Statur war die gleiche, nur die Haarfarbe stimmte nicht, und die Frisur war auch ganz anders. Der Junge könnte …

Der Streifenwagen tauchte wie aus dem Nichts auf. Franck hatte sich in ihre Zeitung vertieft, und er war für einen Moment unaufmerksam gewesen. Langsam fuhren die beiden Beamten an den parkenden Autos vorbei.

»Polizei.«

Er tippte ihr mit dem Finger auf den Oberschenkel.

»Hier.«

Sofort reichte sie ihm die Zeitung und er ging dahinter in Deckung.

Der Streifenwagen war jetzt ganz nah. Die Beamten sahen nicht so aus, als ob sie gezielt Ausschau hielten oder Nummernschilder prüften. Der eine sagte etwas und sein Kollege hinter dem Steuer grinste. Dann fuhren sie an dem silbernen Toyota vorbei, an der Raststätte und dem Kiosk und verschwanden schließlich in Richtung Autobahnauffahrt.

»Hast du etwa schon wieder geschlafen?« Francks Frage klang vor allem spöttisch.

Eigentlich parkten sie genau hier, um die Zufahrt der Raststätte über den Außenspiegel im Blick zu haben, aber der Streifenwagen war vermutlich von einem Lkw verdeckt worden.

»Keine Ahnung, woher die gekommen sind«, murmelte er. Der Junge mit dem Hund war weg.

»Hast du die Nachricht des Tages gesehen?«, fragte sie und nahm ihm die Zeitung aus der Hand.

»Ich dachte, auf die warten wir gerade?«

»Was meinst du?«

»Na, auf Axel Mossman, der uns beweisen will, dass man ihm trauen kann.«

Sie lächelte.

»Stimmt, aber ich meine, abgesehen davon. In Christiansborg dreht sich das Personenkarussell. Außerhalb der Saison sozusagen … Der Staatsminister hat die Gelegenheit genutzt und gleich ein bisschen aufgeräumt, wo er den frei gewordenen Posten des Justizministers doch sowieso besetzen muss. Ich zitiere: ›Ich habe die allerstärkste Mannschaft zusammengestellt.‹«

»Und wieso hat er das nicht von Anfang an gemacht? Was für ein Idiot«, murmelte Oxen. Es war ihm vollkommen egal, nur dasselbe Geschwätz wie immer.

Franck las weiter: »›Wir sind bestens für die überaus wichtige Wertedebatte gerüstet, die uns im kommenden Herbst beschäftigen wird‹, sagt der Staatsminister.«

Sie ließ die Zeitung sinken.

»Helene Kiss Hassing ist die neue Justizministerin. Ich wüsste ja gern, ob sie auch eine von denen ist, wie ihr Vorgänger.«

Er zuckte mit den Schultern.

»Keine Ahnung. Hassing? Sagt mir nichts. Ich wüsste lieber, wie viele Minister sonst noch dem Danehof und dem Consilium angehören. Keiner? Drei oder vielleicht sieben?«

»Und was ist mit dem Staatsminister?«

»In der Politik ist alles möglich. Arschlöcher, die ganze Bande.«

»Du hattest mit einigen von ihnen zu tun, als du damals für die Untersuchungskommission gekämpft hast, oder?« Sie setzte die Sonnenbrille ab, rieb sich die Augen und gähnte.

»Ja, die meisten wollten Bosses Fall nicht mal mit der Kneifzange anfassen. Und die, die sich darauf eingelassen haben, waren wieder verschwunden, sobald die Aufmerksamkeit der Medien nachließ.« Er warf einen Blick auf seine Uhr. Die sieben Stunden waren längst vorbei. »Langsam müsste sich aber wirklich etwas tun.«

»Er sagte, zwischen sieben und acht Stunden … Wieso war dein Vater so ein mieses Schwein, Oxen?«

Sie drehte sich zu ihm und sah ihn an. Margrethe Franck war unberechenbar, genauso fürsorglich wie gnadenlos.

»Wie kommst du darauf?«

»Komm schon, ich habe mit deiner Schwester gesprochen. Er hat euch geschlagen. Und eure Mutter auch.«

»Ja, das stimmt. Er war ein mieses Schwein.«

»Keine mildernden Umstände?«

»Nein.«

Gerade als er dachte, sie würde sich an diesem Thema festbeißen, überlegte sie es sich offenbar anders. Oder sie zögerte nur sehr lange.

Schweigend saßen sie nebeneinander. Dann griff er zu seiner eigenen Überraschung das Thema selbst wieder auf. Erst ein wenig stockend, aber trotzdem entschlossen.

Während seine Stimme mit kühler Distanz berichtete, wunderte er sich über seine Offenheit. Das alles hatte er bisher nur Birgitte und Bosse erzählt. Und natürlich Mr White … Den ganzen Dreck, den er mit sich herumschleppte.

Vom krankhaften Wesen und den Komplexen seines Vaters, die immer deutlicher hervortraten, als seine berufliche Karriere ins Stocken geriet und sein Traum vom Aufstieg zum Verkaufsdirektor in billiger Meterware ertrank.

Wie die kleine Familie für ihn immer mehr zum Klotz am Bein wurde, der ihn daran hinderte, sein ganzes großartiges Potenzial zu entfalten. Und wie kein neues Zuhause und kein neuer Job etwas daran ändern konnten.

Margrethe Franck schwieg. Sie saß reglos neben ihm und hörte ihm zu, während er schilderte, wie sein Vater immer cholerischer wurde und immer häufiger Ohrfeigen austeilte. Wie alles eskalierte, wenn sein Vater freitags nach Feierabend sturzbetrunken nach Hause kam, was jedes vierte oder fünfte Wochenende der Fall war.

Nach solchen Wochenenden konnte man nur hoffen, dass er in der folgenden Zeit auch über Nacht unterwegs sein würde, damit alle sich erholen konnten, bevor der Teufel wieder zurückkehrte.

Und seine Mutter reagierte nicht. Früher dachte er, sie hätte zu viel Angst gehabt, aber ihre größte Angst war wohl, dass sie als kaputte Familie enden würden. Dort, wo sie herkam, gab es keine Scheidungen. Also erzählte sie lieber immer neue Geschichten, wie sie ungeschickt gegen den Türrahmen gestolpert war oder sich bei einem Sturz den Kopf angeschlagen hatte.

»Als es endlich aufhörte, war es längst zu spät«, sagte er, ohne wirklich zu wissen, wie lange sein Bericht gedauert hatte und wie sehr er ins Detail gegangen war.

»Wie hat es aufgehört?«

Es war Francks einzige Frage.

Hatte er die ganze Zeit stumpf durch die Windschutzscheibe gestarrt? Er war sich nicht sicher. Aber jetzt drehte er den Kopf und sah sie an. Sie war blass und ernst, die Sonnenbrille steckte im Irokesenkamm.

»Meine Mutter hat es mir erst viel später erzählt. Da war ich schon Anfang zwanzig, glaube ich. Sie hat eines Tages ein kleines Notizbuch gefunden. Es war voller Adressen, Telefonnummern und Namen. Er hatte überall in seinem Gebiet Frauen. Das änderte alles. Komisch eigentlich. Aber sie hatte wohl das Gefühl, die vielen Schläge völlig umsonst ertragen zu haben.«

»Deine Schwester hat neulich erzählt, dass du irgendwann bei ihm warst?«

»Ich habe lange gezögert, aber dann bin ich zu ihm gefahren. Ich wollte ihn fertigmachen, aber ich hatte Angst davor, was passieren könnte. Ich war jung und groß, stark wie ein Bär. Er war ein Nichts. Ich packte ihn am Kragen und hob ihn hoch. Ich wollte ihm gerade eine verpassen, als mir plötzlich ganz komisch wurde. Mir war schwindelig. Ich erinnere mich ganz deutlich daran: Ich stand neben meinem Körper und habe uns beide angesehen. Den jungen Mann, der gerade dabei war, seinen Vater zu verprügeln, der ihn so oft geschlagen hat. Auf einmal fühlte sich das alles widerlich an. Zwei von derselben Sorte. Ich habe ihn durchs Zimmer geschleudert und bin gegangen. Danach habe ich ihn nie wiedergesehen und ich war auch nicht auf seiner Beerdigung. Hübsche Geschichte, findest du nicht?«

»Ich bin ganz anders groß geworden. Wahrscheinlich bildet man sich immer ein, man wäre seinen Eltern ähnlich. Ein bisschen was von ihm, ein bisschen was von ihr, oder? Aber du bist nicht wie er.«

»Ich habe meine Frau … meine Exfrau geschlagen, vergiss das nicht.«

»Ich kann mich gut an die Geschichte erinnern. Ihr wart betrunken. Sie hat gesagt, sie würde auf Bosses Grab scheißen.«

»Das gibt niemandem das Recht zuzuschlagen.«

»Aber es erklärt einiges.«

»Verteidigst du mich gerade?«

»Ich versuche nur, mir ein Bild zu machen – und daraus zu lernen. Ich finde, das ist eine interessante Diskussion, Oxen. Kann man sich von seinen Genen distanzieren, oder ist es sowieso schon von Anfang an gelaufen?«

Er zuckte mit den Schultern.

»Ich schätze, Letzteres ... Ich habe mein ganzes Leben lang alles darangesetzt, um *nicht* so zu werden wie er. Und wie weit bin ich damit gekommen? Die zweite Anzeige wegen häuslicher Gewalt wurde fallen gelassen. Ich habe keine Ahnung, was damals passiert ist und warum sie so aussah – aber ich muss es ja gewesen sein. Vielleicht ein Filmriss?«

»Oder es war jemand anders.«

»Und es gab noch mehr Gewaltausbrüche und Vandalismus. Urteile, Anklagen und eine ganze Reihe von Anzeigen.«

»Von denen etliche inszeniert waren. Ich kann in den Anzeigen nichts Außergewöhnliches erkennen – und schon gar keine genetische Veranlagung. Jeder von uns kann sich vor Gericht wiederfinden, weil er sich verteidigen will oder sich provozieren lässt.«

»Mag sein. Aber vergiss nicht: Ich sitze hier, weil ich unter Mordverdacht stehe.«

»Du hast Dinge getan, die niemand sonst getan hätte. Sei doch ein bisschen stolz darauf!«

»Das war mein Beruf, mehr nicht. Wirklich wichtig ist, die Menschen zu beschützen, die einem nahestehen. Die Familie zusammenzuhalten ... Und genau da habe ich versagt. Ich habe ...«

»Schau! Der schwarze Passat.«

Sie fiel ihm ins Wort und zeigte auf einen schwarzen Kombi mit abgedunkelten Scheiben, der langsam an den parkenden Autos vorbeiglitt. Als er genau vor ihnen war, bremste der Wagen ab, bis er fast stand. Der Fahrer war ein Mann mit kurzärmligem Hemd und Sonnenbrille, mehr konnten sie nicht sehen. Dann fuhr der Passat langsam weiter.

»Der hat uns angestarrt, oder?«, fragte Franck.

»Das war er. Ich bin mir sicher. Er kommt gleich wieder, sobald er den Wagen geparkt hat.«

Es dauerte nur wenige Minuten, dann klopfte ein Mann in hellblauem Hemd auf Francks Seite an die Scheibe. Sie ließ das Fenster ein Stück herunter.

»Sind Sie das mit der *Glaubwürdigkeitstour?*«, fragte der Mann, der seine Sonnenbrille abgesetzt hatte.

Mossmans albernes Codewort, von dem Franck ihm schon erzählt hatte. Er war es. Also wurden sie doch noch abgeholt, nach eher acht als sieben Stunden.

»Danke, legen Sie los«, antwortete Franck.

»Mein Auto steht ein Stück weiter vorn. Kommen Sie in ein paar Minuten nach und steigen Sie ein. Axel Mossmans Anweisung lautet, dass Sie beide hinten auf dem Rücksitz Platz nehmen sollen. Verbinden Sie sich die Augen, und dann entspannen Sie einfach. Wir werden ungefähr anderthalb Stunden unterwegs sein«, sagte der Mann, den er auf Ende dreißig schätzte.

Er hatte sich nur äußerst widerwillig von Franck überreden lassen, ihrem Chef eine letzte Chance zu geben. Er hielt nicht viel von der Kombination Mossman und Glaubwürdigkeit, und die Aussicht auf eine anderthalbstündige Fahrt in Gesellschaft seines Lakaien war auch nicht berauschend.

»Fünen, Seeland oder Jütland?«, fragte er.

»Bedaure«, erwiderte der Mann. »Das darf ich Ihnen nicht sagen.«

Zuerst hatte er noch versucht, alles auf einer Art inneren Landkarte nachzuvollziehen, aber es war unmöglich. Das Einzige, was ihm einigermaßen sicher erschien, war, dass ihr Chauffeur nicht in östlicher Richtung auf die Autobahn gefahren war – also nicht über den Storebælt nach Seeland.

Sie saßen von der Außenwelt abgeschnitten hinter dunklen Scheiben und hatten sich beide die Augen verbunden. Der Fahrer hatte nur gesagt, er werde sich auf sie verlassen, und die Binden seien leider eine zwingende Voraussetzung für ihr Vorhaben.

Er fühlte sich, als hätte er seine Freiheit an Axel Mossman verpfändet, musste Margrethe Franck aber notgedrungen recht geben: Sie hatten keine Wahl. In Wahrheit war ihm seine Freiheit längst genommen worden. Wenn ihn irgendjemand erkannte, würde er sich auf der Stelle in den Fuchs der Hubertusjagd verwandeln. Er hatte nicht den Hauch einer Chance.

Es gab nur eine Sache bei diesem sogenannten Arrangement, die ihn etwas beruhigte. Und die steckte mit gefülltem Magazin unter seiner linken Achselhöhle. Tatsächlich hatte ihr Fahrer gesagt, er gehe davon aus, dass sie bewaffnet seien, dass sie ihre Waffen jedoch behalten könnten.

Bislang hatte keiner von ihnen ein Wort geredet. Oxen schätzte, dass sie inzwischen eine Dreiviertelstunde unterwegs waren.

Als er nicht mehr damit beschäftigt war, sich auf die Fahrtrichtung zu konzentrieren, fiel ihm ein anderes Detail wieder ein, das er bislang erfolgreich verdrängt hatte. Nachdem sie ihre Augen verbunden hatten und der Passat sich in Bewegung setzte, hatte Franck nach seiner Hand getastet und sie ganz kurz, aber fest gedrückt und ihre Hand dann wieder zurückgezogen. War das ihre Art gewesen, ihm etwas zu sagen – »Bleib ganz ruhig, alles wird gut, das verspreche ich dir …«? Oder was hatte sie mit diesem Händedruck gemeint?

Dabei war er der Profi, der daran gewöhnt war, zum Einsatz transportiert zu werden. Er hatte die Koordinaten im Kopf. Er war ruhig. Ganz egal ob gepanzerter Mannschaftswagen, Helikopter oder Passat. Er war auf dem Weg zum Einsatz.

Eigentlich hätte er *ihre* Hand drücken müssen.

Franck war die dritte Person, der er seine Geschichte erzählt hatte. Eine gekürzte Version, aber die Wahrheit. Bosse, Birgitte – und Franck. Lag es daran, dass er ihr vertraute? Wo war die Skepsis, zu der er sich selbst immer wieder ermahnt hatte? *Vertraue niemandem, N. O.* – und trotzdem tat er es.

Margrethe Franck war direkt gewesen. »Wieso war dein Vater so ein mieses Schwein?«

Dafür hatte er sich immer geschämt, weshalb er diese Erkenntnis auch mit niemandem teilte. Viele Väter waren Arschlöcher.

Trotzdem hatte doch jeder auch eine Seite, die ihn in besserem Licht erscheinen ließ.

Nur Thorkild Oxen nicht. Dieser Mann war der Teufel in Person. Er verbreitete nackte Gewalt, mit der er allen Angst einjagte und Schmerzen zufügte, und außerdem das Gefühl einer subtilen unterschwelligen Bedrohung, das wie Staub in der Luft hing, ganz gleich in welchem Haus sie gerade wohnten. In welcher Stimmung war der Handelsreisende Mephisto, wenn er am Freitagnachmittag den Mantel an die Garderobe hängte? Wann würde seine Maske fallen? Er sah den verzerrten Mund und die glühenden Augen immer noch vor sich.

Solche Erinnerungen verliehen selbst dem Krieg einen Anstrich von Aufrichtigkeit.

Er hatte schon vor einer Weile gemerkt, dass er langsam schläfrig wurde. Diese Schwere im Körper, die verbundenen Augen. Die Dunkelheit und das monotone Brummen des Wagens mit seinen fließenden Bewegungen.

Das letzte innere Bild, das er vor sich sah, bevor er einschlief, war ein Junge mit einem Hund an der Leine.

»He, Speedy! Lass den Mann in Ruhe. Komm!«

Sie fuhren über eine Brücke. Nur auf einer Brücke gab es dieses ganz spezielle Geräusch, wenn die Reifen in gleichmäßigen Intervallen über die Rillen zwischen den Brückenplatten rollten. Und es war eine relativ kurze Brücke, denn plötzlich hörten die Rillen auf. Nur – wo stand sie?

Er fühlte sich sofort wach und klar im Kopf. Zum zweiten Mal am selben Tag hatte er die Augen zugemacht und wenigstens einen Teil des verlorenen Schlafs der letzten schrecklichen Nacht nachgeholt. Er versuchte, sich gedanklich an die Brücke heranzutasten.

Waren sie immer noch auf Fünen oder hatten sie den Lillebælt überquert, während er geschlafen hatte? Falls ja – welche Brücken kannte er in Jütland? Die über den Vejle Fjord war es nicht gewesen, da gab es keine Autobahn. Und dass sie auf der Autobahn waren, das hörte er am Verkehr. Theoretisch könnten sie aber auch nur ein paar Kilometer von Nyborg entfernt sein. Mossman hatte seinen Mann sicher angewiesen, einen Umweg zu fahren, damit sie sich mit den anderthalb Stunden keinen Radius ausrechnen konnten. Allerdings passte Nyborg nicht zu einer gewöhnlichen Brücke.

Auf einmal durchbrach die Stimme des Fahrers die Stille.

»In etwa zehn Minuten sind wir da.«

Selbst wenn er den Auftrag bekommen hatte, die Route zu verlängern, um sie zu verwirren, befanden sie sich mittlerweile womöglich irgendwo im Dreieck zwischen Kolding, Vejle und Fredericia auf Jütland. Oder sie waren doch noch auf Fünen, dann hatten sie eben die Brücke von Svendborg nach Tåsinge überquert.

Zehn Minuten? Das Ziel war zum Greifen nah. Wie wollte Axel Mossman ihnen den ultimativen Beweis dafür liefern, dass er ein redlicher Mann war?

Er spürte die wachsende Anspannung, die nötig war, um wachsam und einsatzbereit zu sein. Mossman sollte keine Gelegenheit bekommen, die Tatsachen zu verdrehen und sie um den Finger zu wickeln.

Seit der Brücke waren sie nur noch geradeaus gefahren, ununterbrochen. Nach ein paar Minuten bog der Fahrer nach links ab. Die neue Straße kam ihm schmal vor und ein wenig uneben. Es gab keinen Gegenverkehr. Dann ging es noch einmal nach links, wieder ein Stück geradeaus und in eine Rechtskurve.

Ihr Chauffeur nahm den Fuß vom Gas, als die Räder durch die ersten Schlaglöcher holperten. Ein Übergang von Asphalt auf einen Feldweg.

»Sie können die Binden jetzt ruhig abnehmen. Wir sind gleich da.«

Die dunklen Scheiben milderten das Schlimmste ab, und trotzdem mussten sich ihre Augen erst an das Licht gewöhnen. Er stellte fest, dass es inzwischen fast neun Uhr war und dass die Sonne golden schien. Sie befanden sich auf einem Waldweg, gesäumt von hohen Buchen. Weiter vorn schimmerte blaues Wasser zwischen den Bäumen hindurch.

Der Weg bog scharf nach rechts ab und verlief dann parallel zum Strand, bis er an einer Lichtung endete. Sie fuhren durch ein offenes Gatter. Das Ferienhaus stand ein kleines Stück erhöht, rundherum lockere Bepflanzung, hohes Gras und auf der anderen Seite Wald. Das Haus war weiß gekalkt und hatte ein Strohdach.

Davor parkten zwei Autos.

Ihr Fahrer trat voll auf die Bremse, zog eine Pistole aus dem Handschuhfach und entsicherte sie.

»Verdammt«, zischte er. »Da stimmt was nicht. Raus!«

Er öffnete die Wagentür, stieg geduckt aus und legte sich flach ins hohe Gras. Sie folgten seinem Beispiel und ließen sich jeder auf seiner Seite vom Rücksitz rollen.

Oxen spähte zum Haus. Die Eingangstür stand sperrangelweit offen. Auf dem Grundstück und im Haus selbst war alles still. Es war niemand zu sehen. Der Fahrer stützte sich auf die Ellenbogen und blickte sich wachsam um.

Der Gedanke durchfuhr ihn wie ein Blitz. Waren sie blindlings in eine Falle geraten? Wer erwartete sie in diesem Ferienhaus? Sie steckten mitten in einer Szene, bei der Axel Mossman Regie geführt hatte. Und bei ihm war immer Vorsicht geboten.

»Meinen Sie die Autos?«

Der Fahrer drehte sich um.

»Nein«, flüsterte er, »die kenne ich. Aber diese Tür dürfte auf keinen Fall offen stehen. Und es ist niemand draußen. Hier stimmt was nicht. Ich bin absolut sicher.«

»Okay, dann sollten wir uns die Sache aus der Nähe ansehen. Franck?«

»Ja.« Sie antwortete leise von der anderen Seite des Wagens.

»Wir gehen links rum, du rechts. Ganz langsam, okay?«

»Okay.«

In einem großen Bogen schlich er zum Haus, dicht gefolgt von ihrem Chauffeur. Nach zwanzig Metern ließ er sich auf die Knie fallen und sicherte die Lage. Immer noch kein Lebenszeichen, nur eine offene Tür. Rechts erkannte er Franck, die hinter ein paar Büschen in Deckung gegangen war.

Er gab ihr ein Zeichen, weiter vorzurücken. Dasselbe Manöver wiederholten sie noch ein paarmal, bis sie dicht am Haus waren. Von hier aus konnte er es sehen. Auf der Terrasse lag eine leblose Gestalt.

Mit wenigen Schritten war er dort. Es war ein Mann, groß und muskulös. Er lag zusammengekrümmt in einer frischen Blutlache, die Holzbohlen hatten sich dunkel gefärbt. Oxen ging neben ihm in die Hocke und hielt sein Ohr dicht an den Mund des Mannes. Kein Atem. Auch der Brustkorb bewegte sich nicht. Er legte ihm zwei Finger an den Hals. Kein Puls.

Franck kam von der anderen Seite heran. Vorsichtig schlich er zum nächstgelegenen Fenster. Sein Blick fiel in eine leere Küche. Alles war totenstill.

Mit der Waffe im Anschlag stellten sie sich links und rechts von der Tür auf. Oxen bedeutete Margrethe, dass er vorausgehen würde, direkt gefolgt vom Fahrer.

»Jetzt!«

Er warf sich in den Eingang, rollte sich ab und kam auf die Knie. Dann hielt er die Pistole mit ausgestrecktem Arm nach vorn. Er wusste, dass Franck ihm von hinten Deckung gab.

Nichts regte sich.

Langsam stand er auf, ganz auf sein Blickfeld konzentriert. Franck und der Fahrer folgten ihm. Sie bewegten sich vorwärts, auf das große Wohnzimmer zu.

Der Anblick, der sich ihnen dort bot, war grauenvoll.

53.

Wie gelähmt blieben Franck und der Chauffeur in der Tür stehen. Drei reglose Körper lagen auf dem hellen Teppichboden, überall war Blut. Oxen zögerte nicht, sondern handelte routiniert, er folgte den Abläufen, die tief in ihm verankert waren.

»Checkt die anderen Zimmer! Sofort!«

Sein Befehl weckte Franck aus ihrer Starre. Die Aufmerksamkeit gleich auf die Opfer zu richten konnte ein Fehler mit tödlichem Ausgang sein. Zuerst musste das Haus gesichert werden.

Sie beeilten sich. Liefen von Zimmer zu Zimmer, die Waffen mit gestreckten Armen schussbereit. Nichts. Der Fahrer überprüfte die Küche und den Flur zur Hintertür.

Das Ferienhaus war leer, abgesehen von den Opfern. Ganz vorn lag ein Mann mittleren Alters. Keine Lebenszeichen.

Oxen ging eilig weiter zu Nummer zwei, einem großen Mann, der halb auf dem Bauch lag. Er kam ihm bekannt vor … Ein Blick in das Gesicht des Mannes genügte. Es war Axel Mossman. Die Routine behielt die Oberhand. Er rollte den PET-Chef auf den Rücken. Ein Ohr an den Mund. Doch, er atmete noch! Dann plötzlich ein Ausruf von Franck.

»Scheiße, Oxen, komm her!«

»Du! Ruf einen Krankenwagen!« Er winkte dem Fahrer, der sofort sein Handy aus der Tasche zog, und stand dann auf.

Margrethe Franck kniete neben dem dritten Körper.

»Da ist nichts mehr zu machen. Der ist tot«, sagte sie. »Aber schau ihn dir an.«

Der Mann war noch relativ jung. Er lag auf dem Rücken. Die aufgerissenen Augen starrten an die Holzdecke. Auf dem Teppich hatte sich ein großer dunkler Fleck gebildet. Seine Kleidung war blutgetränkt, in der rechten Hand hielt er eine Pistole.

Der Mann war Malte Bulbjerg.

»Tot … zum zweiten Mal … Wie kann das …?«

Francks Stimme war nur noch ein Flüstern, fassungslos schüttelte sie den Kopf.

Die leeren Augen sagten alles. Es bestand kein Zweifel. Der Museumsdirektor war zum zweiten Mal gestorben. Ein drittes Mal würde es allerdings garantiert nicht geben.

»Der da drüben ist Mossman«, sagte Oxen und zeigte auf den massigen Körper neben der Sitzgruppe.

»Oh nein, nicht Mossman! Aber … der Krankenwagen? Lebt er etwa noch?«

»Ja, hilf mir.«

Sie schoben den Couchtisch und ein Sofa beiseite, um Platz zu schaffen. Er überprüfte noch einmal Atmung und Puls des PET-Chefs. Beides war deutlich vorhanden und stabil. Mit vereinten Kräften gelang es ihnen, den schweren Körper zu drehen, der ungefähr so beweglich war wie ein gestrandeter Wal.

Eine Pistole kam zum Vorschein, eine Heckler & Koch, USP Compact. Die gleiche Dienstwaffe, die auch Franck besaß.

Axel Mossmans blaues Hemd hatte einen dunklen Fleck, rechts unterhalb der Magengegend. Es war eine Schussverletzung. Aus einer langen Platzwunde an der Stirn rann Blut über die Augenbraue.

Sie drehten sich zu dem Fahrer um, der kreidebleich auf einen Stuhl gesunken war und sein Handy anstarrte.

»Hast du angerufen?«

»Ja, ja.«

Oxen richtete sich bedrohlich vor ihm auf.

»Was soll das alles hier? Wer bist du? Raus damit!«

Der Chauffeur wollte gerade etwas sagen, als Oxen eine Hand hob.

»Halt den Mund!«

Er stand ganz still und lauschte, Franck ebenfalls. Sie hörten es beide, dabei war es eigentlich nicht möglich. Nicht so schnell. Das Geräusch von Sirenen. Unterschiedliche Sirenen, Krankenwagen und Polizei.

»Ich verschwinde«, sagte Oxen und war schon in der Tür.

»Beeil dich!«, brüllte Franck.

»Treffpunkt wie letztes Mal. Offenes Fenster von zwölf bis zwanzig Uhr. Kontakt alle zwei Stunden.«

Er wartete ihre Antwort nicht mehr ab, sondern stürmte den Flur hinunter. Auf der Terrasse blieb er kurz stehen. Er hatte keine Ahnung, wo sie hier waren, keine Ahnung, was ihn jenseits der Bäume erwartete, und keine Ahnung, wie das Gelände im Norden, Süden, Osten oder Westen aussah. Er wusste nur, dass irgendwo rechts von ihm Wasser war.

Jetzt hörte er die Sirenen ganz deutlich.

> »Foxtrott 18, hier ist Foxtrott 60. Lagebericht durchgeben. Kommen.«
»Foxtrott 18. Hier herrscht Chaos. Ein Selbstmordattentäter in einem Laster. Ist ins Polizeihauptquartier gerast. Überall Tote und Verletzte. Die Straße versinkt im Blut. Erbitte jede mögliche Unterstützung. Ende.« <

Die Sirenen wurden lauter. Er traf eine Entscheidung und rannte los, durch das hohe Gras.

54.

Chaos, unglaubliches Chaos. In ihrem Kopf und auf dem Boden, zwischen toten und lebendigen Körpern. Und das Chaos, das ihnen noch bevorstand. In wenigen Augenblicken würden die Sirenen ohrenbetäubend nah sein.

Sie suchte verzweifelt nach einer Logik. Nach einer Erklärung für das, was sie da vor sich sah, aber sie fand keine. Jeder konstruktive Ansatz scheiterte an Malte Bulbjergs Leiche mit den aufgerissenen Augen. Sie war selbst auf seiner Beerdigung gewesen … Und dort, nur ein paar Meter entfernt, lag ihr Chef, schwer verletzt und bewusstlos.

Der berühmte Axel Mossman, langjähriger Leiter des Nachrichtendienstes, lag auf demselben Teppichboden wie ein Mann, der bereits tot und trotzdem noch einmal getötet worden war. Ein Täuschungsmanöver, getränkt mit echtem Blut.

Und vor allem frischem Blut. Die Täter konnten noch nicht weit sein. Sie konnten nicht …

Die Sirenen zerrten an ihren Nerven. Die sich nähernden Polizeiwagen mussten inzwischen auf dem Waldweg sein. Jeden Moment würde ihr das Ganze um die Ohren fliegen.

»Wie schlimm hat es Mossman erwischt?«, fragte der Fahrer plötzlich, der sich allmählich wieder gefangen hatte. Er stand auf und kniete sich neben den alten Hünen.

»Schussverletzung«, antwortete sie. »Und eine Platzwunde am Kopf.«

»Mossman ist mein Onkel. Ich heiße Christian, wir sind Kollegen. Ich bin bei der Polizei in Aarhus.«

»Du erwähnst Niels Oxen mit keinem Wort, verstanden? Du hast ihn nie gesehen. Er war nicht hier.«

»Verstanden.«

Jetzt waren sie da. Der Lärm war unerträglich. Margrethe ging zum Fenster.

Als Erstes kam der Streifenwagen, dahinter mit etwas Sicherheitsabstand der gelb-grüne Rettungswagen. Endlich schalteten sie die Sirenen ab. Die Polizisten stiegen aus und gingen hinter dem Auto in Deckung.

Margrethe trat in die offene Haustür, hob die Hände über den Kopf, machte langsam einen Schritt nach draußen und schwenkte ihren Dienstausweis.

»Polizeilicher Nachrichtendienst, mein Name ist Margrethe Franck. Drei Tote, ein Verletzter. Wir brauchen eine Trage!«

Danach ging alles ganz schnell. Die beiden Sanitäter sprangen aus dem Rettungswagen. Routiniert erledigten sie ihre Arbeit. Sie hatten nur eine Mission: den Verletzten so schnell wie möglich in ein Krankenhaus zu bringen.

Margrethe bekam die Anweisung, sich zusammen mit dem Fahrer, Mossmans Neffen, auf die Bank zu setzen, die draußen auf der Terrasse stand.

Die beiden Polizeibeamten, ein Mann um die vierzig und einer, der noch grün hinter den Ohren zu sein schien, bemühten sich, den Eindruck zu vermitteln, sie hätten die Lage im Griff. Aber ihre hektische Kommunikation und die unsicheren Manöver verrieten, dass sie natürlich vollkommen überfordert waren. Und die Tatsache, dass der Verletzte der PET-Chef persönlich war, machte die Situation auch nicht besser.

Als sie dann wenig später auch noch damit konfrontiert wurden, dass es sich bei einem der Toten um den Museumsdirektor Malte Bulbjerg handelte, der erst vor Kurzem Opfer einer aufsehenerregenden Hinrichtung auf Nyborg Slot geworden war, bewegten sich die beiden Beamten am Rande eines Nervenzusammenbruchs.

Nachdem sie eine Weile ziemlich kopflos herumgerannt waren, beruhigten sie sich zum Glück und fingen dann an, endlose Telefonate zu führen.

Margrethe Franck saß schweigend auf der Bank, es wurde langsam dunkel. Schließlich setzte der Krankenwagen zurück, wendete und verschwand auf dem Waldweg, und mit ihm Axel Mossman, den sie nicht nur respektierte, sondern mochte – dessen wahre Absichten ihr aber immer zweifelhafter vorkamen.

Wenig später traf ein zweiter Streifenwagen ein und dann ein weiterer, gefolgt von einem normalen Pkw. Die Beamten versammelten sich um den Mann in Zivil, der offenbar irgendein Vorgesetzter war.

Sie versuchte, die Puzzleteile zusammenzufügen. Bald würde sich die Lage hier beruhigt haben, und spätestens dann würde sich alle Aufmerksamkeit auf sie und den Fahrer richten. Bisher war sie nur oberflächlich von den beiden Beamten, die als Erste am Tatort eingetroffen waren, befragt worden.

Ein Mann, der einen spektakulären Tod stirbt, der ein gewaltiges Medienecho auslöst. Ein Mann, dessen Tod mehr Fragen aufwirft als beantwortet. Ein Mann, dessen Beerdigung überwacht wird …

Wer könnte so etwas inszenieren? Wer war in der Lage, einen Zaubertrick in dieser Größenordnung vorzuführen? Wer konnte mit einem Fingerschnippen einen Menschen in den Tod und wieder zurück ins Leben befördern?

Axel Mossman und niemand sonst.

Nach der Vorstellung hatte der PET-Chef sein Kaninchen zurück in den Hut gestopft und in dem Ferienhaus vor unerwünschten Blicken versteckt – oder vielleicht auch an wechselnden Orten. In sicheren Unterkünften, sogenannten *safe houses.*

Die Frage war nur: Warum? Einen Teil der Antwort hatte ihnen Mossman womöglich selbst gegeben, als er Oxen aufgesucht hatte. Er hatte ihm von den Dokumenten und seinem Kontakt zu dem Museumsdirektor erzählt. Aber das große Werkzeug wurde nur für die ganz großen Aufgaben ausgepackt. Es musste also essenziell für Malte Bulbjergs Sicherheit gewesen sein, dass er starb und von der Bildfläche verschwand.

Selbst ein kleines Land wie Dänemark verfügte über ein Zeugenschutzprogramm. Es wurde allerdings nur selten genutzt. Im Augenblick fiel ihr nur ein einziger Fall ein. Ein ehemaliger Rocker, der mit einer neuen Identität ausgestattet worden war. Man konnte sogar plastische Chirurgie einsetzen, um das neue Leben zu gestalten und wirksam zu schützen.

Solche Maßnahmen waren nicht nur aufwendig, sondern auch ungeheuer kostspielig.

Aus dem ganzen Durcheinander konnte sie im Moment nur einen einzigen logischen Schluss ziehen: Der vorgetäuschte Tod des Museumsdirektors musste die Vorstufe für ein echtes Schutzprogramm gewesen sein.

Allerdings war davon inzwischen nur noch eine rauchende Ruine übrig geblieben … Bulbjerg war tot. Wirklich tot. Wer war dafür verantwortlich?

Auf diese Frage gab es nur eine Antwort. Die dunklen Männer, der Danehof.

Niemand sonst verfügte über die Ressourcen, auf diese Weise zuzuschlagen. Schnell und mit einer Schlagkraft, die wirklich beängstigend war. Jetzt waren sie weg, vermutlich ohne eine einzige brauchbare Spur hinterlassen zu haben.

»Als Nächstes werden sie uns in die Mangel nehmen, richtig?«, murmelte der Chauffeur, der genau wie sie in Gedanken versunken war.

»In die Mangel nehmen? Die werden uns auf kleiner Flamme rösten. Und stell dich schon mal darauf ein, dass es die ganze Nacht dauern wird. Das hier ist echt eine Nummer zu spooky.«

»H. P. Andersen, hallo?«

Sein Handy hatte fast ununterbrochen geklingelt, seit er in Kerteminde losgefahren war. Ab und zu gab es Löcher im Funknetz. Es nervte ihn maßlos, im Auto zu sitzen und ständig »Hallo?« brüllen zu müssen.

Offensichtlich brannte die Hütte. Nein, das ganze Dorf. Odense, Nyborg, Svendborg, Tåsinge – eigentlich stand ganz Fünen in Flammen. Und wenn das alles publik wurde, dann brannte ganz Dänemark.

Es war totaler Irrsinn. Unfassbar. Er war sofort ins Auto gesprungen und mit quietschenden Reifen losgerast, als man ihn zu Hause benachrichtigt hatte. Aber erst nachdem er alles zum vierten Mal gehört hatte, konnte er es schließlich glauben.

Inzwischen hatte er die Brücke hinter sich, in wenigen Minuten war er da.

Er zermarterte sich das Gehirn. Gerade als er sich damit abgefunden hatte, dass sich die Ermittlungen im Fall Bulbjerg noch länger hinziehen würden, kam der Anruf, dass ebenjener Bulbjerg in einem Ferienhaus auf Tåsinge ermordet in einer Blutlache lag.

Während er am Telefon noch nach Luft schnappte, hatte der Kollege aus Svendborg schon die zweite Bombe hochgehen lassen: Am selben Ort hatte man auch PET-Chef Axel Mossman aufgefunden, angeschossen und bewusstlos.

Und als wäre das nicht genug, gab es noch zwei weitere Todesopfer, beide erschossen.

Dieser Tag, dieser Abend, dieses Datum würden als der größte Irrsinn aller Zeiten in seine persönliche Geschichte als Ermittler eingehen. Dabei war er noch nicht einmal am Tatort angekommen.

Nachdem er noch ein paarmal abgebogen war, hatte er den Waldweg erreicht, der ihn geradewegs in die Hölle führen würde.

Kurz darauf fluchte er laut und schlug die Hände aufs Lenkrad, denn sogar der Vorhof zur Hölle war mit Einsatzwagen gepflastert. Ihm blieb nichts anderes übrig, als sein eigenes Auto irgendwo abseits im hohen Gras abzustellen. Zum Glück schien wenigstens keine Presse vor Ort zu sein.

Im grellen Licht seiner Scheinwerfer sah er zwei Personen auf einer Bank vor dem Haus sitzen, einen Mann und eine Frau. Eigentlich wollte er gerade den Schlüssel abziehen, doch dann hielt er inne.

Hatte er diese Frau nicht schon irgendwo gesehen? Sie wirkte blass, und ihre Frisur war, vorsichtig ausgedrückt, seltsam. Seine Tochter hätte den Haarschnitt wahrscheinlich »hip« oder »crazy« gefunden. Er hatte sich nie näher mit solchen sprachlichen Feinheiten befasst, konnte sich aber gut vorstellen, was damit gemeint war.

Er war sich ganz sicher. Er war dieser Frau schon einmal begegnet. Und das war noch gar nicht lange her. Jetzt wusste er auch wieder, wo, nämlich auf der Beerdigung! Die Frau mit der Sonnenbrille. Sie war beim Begräbnis des Museumsdirektors gewesen, der hier in diesem Ferienhaus lag und jetzt zum zweiten Mal obduziert werden musste, bevor man ihn zum zweiten Mal beisetzen konnte.

Die Welt war wirklich ein verrückter Ort.

Er wusste noch, dass sie zur Mannschaft im Hauptquartier des PET gehörte, nur an den Namen konnte er sich nicht mehr erinnern.

Gnädig zog er den Schlüssel ab und erlöste die beiden auf der Bank von dem Scheinwerferlicht. Er holte tief Luft, stopfte sich ein paar Plastiktüten aus dem Handschuhfach in die Jackentasche und wappnete sich. Als Leiter der Mordkommission hatte man einen Blick für offene Fragen. Und sobald er einen Fuß in dieses Haus gesetzt hatte, würden ja nicht nur ein paar davon, sondern eine ganze Sturzflut über ihn hereinbrechen.

Er schlug die Autotür zu, durchschritt das hohe Gras und betrat die Terrasse.

»Guten Abend«, sagte er freundlich, aber bestimmt. »Sind Sie die Zeugen, die schon am Tatort waren? Kollegen, wenn ich das richtig verstanden habe? Und Sie sind kurz vor uns hier angekommen?«

Die beiden saßen jetzt in dem sanften Licht, das aus den großen Fenstern nach draußen fiel. Sie nickten bestätigend. Er reichte ihnen die Hand.

»H. P. Andersen aus Odense, ich leite die Ermittlungen.«

»Christian Sonne, Kripo Aarhus.«

»Margrethe Franck, PET, Søborg.«

»Waren Sie nicht auch auf Bulbjergs Beerdigung … der vorigen?«

Die Frau musterte ihn kühl. Sie verbreitete schon von Weitem diese PET-Arroganz, die er auf den Tod nicht ausstehen konnte, daran konnte auch die Aura des Luxuspunks nichts ändern, mit der sie sich umgab.

»Das ist richtig, ich war …«

Er hob eine Hand und unterbrach sie. »Das muss jetzt warten. Aber wir kommen später noch auf Sie beide zurück, das schwöre ich Ihnen. Und wie wir auf Sie zurückkommen werden!«, zischte er leise, drehte sich auf dem Absatz um und marschierte zur offenen Haustür.

Er stand kurz vor einem Ausbruch, der einem Vulkan alle Ehre gemacht hätte. Der ganze Frust, die wilden Spekulationen und die Wut, die sich auf der langen Fahrt aufgestaut hatten, stiegen in ihm hoch wie glühende Lava.

»Guten Abend!«, herrschte er die Kollegen an, die im Flur und in der Küche standen, obwohl er eigentlich kein aufbrausender Mensch war. Aber irgendwann hatte selbst er genug.

»Wo zur Hölle bleibt Fredericia?«

»Die brauchen etwa eine Stunde hier runter, aber sie müssten eigentlich bald kommen«, antwortete einer seiner Mitarbeiter.

Er hatte eine Sekunde lang nicht bedacht, dass er selbst ja erstaunlich schnell vor Ort gewesen war. Eine Dreiviertelstunde hatte er von Kerteminde gebraucht, das Gaspedal voll durchgetreten. In den guten alten Zeiten wäre die Spurensicherung nicht den weiten Weg aus Fredericia gekommen, sondern direkt aus Odense und hätte schon längst loslegen können. Aber mittlerweile hatte man ja alles im KTC gebündelt, dem Kriminaltechnischen Centrum in Fredericia. Zentralisierung und Zeitlupe – auf derart dämliche Ideen musste man erst mal kommen.

»Wieso sind draußen keine Absperrbänder?«

Er registrierte ihre verwunderten Blicke. Das Ferienhaus stand völlig abgelegen. Hier gab es keinen Durchgangsverkehr. Aber er wollte trotzdem nicht, dass die Leute einfach überall herumtrampeln konnten. Genau genommen hätte auch niemand – absolut *niemand* – das Haus betreten dürfen, nur dafür war es nun leider eindeutig zu spät.

»Absperrband, in einem Umkreis von fünfzig Metern! Sofort!«

Zwei Beamte verschwanden auf der Stelle nach draußen. Er

blieb in der Tür zum Wohnzimmer stehen. Abgesehen von den beiden Leichen war zum Glück niemand im Raum.

»Waren schon alle zum Gaffen hier drinnen?«

Die Frage war total unangemessen, aber das merkte er erst hinterher. Er war stinksauer. Und am meisten ärgerte ihn die Leiche ganz hinten, der Mann mit den weißen Turnschuhen.

Die zweite Leiche des Museumsdirektors. Er hatte zig Arbeitsstunden darauf verwendet, seinen ersten Tod zu untersuchen, und sich tagelang den Kopf darüber zerbrochen. Und jetzt passierte das Ganze schon wieder. Er schäumte über vor Wut bei diesem absurden Schauspiel. Dahinter steckte aller Wahrscheinlichkeit nach der PET – und der junge Historiker hatte es am Ende auf unbegreifliche Weise tatsächlich mit dem Leben bezahlt. Das war Verschwendung. Verschwendung von Menschenleben. Und mit so etwas spielte man nicht.

»Ich habe etwas gefragt … Wer war hier drinnen?«

Ein Polizist kam aus der Küche. Er kannte ihn flüchtig. Früher hatte er in Odense gearbeitet, jetzt war er in Svendborg.

»Mein Kollege und ich waren als Erste vor Ort. Natürlich waren wir überall im Haus, um alles zu sichern. Aber außer uns waren nur die beiden Zeugen hier im Raum, die jetzt draußen auf der Bank sitzen. Dass man nicht durch einen Tatort latscht, wissen sogar *Provinzbeamte* wie wir.«

Die Bemerkung saß. Er musste sich dringend beruhigen. Wäre dieser Mossman noch hier gewesen, dieser Fleischberg vom PET, dann hätte er ihm die Hölle heißgemacht und die Handschellen klicken lassen. Der Mann leitete einen Nachrichtendienst! Dass er überhaupt hier in Erscheinung getreten war, war schon totaler Wahnsinn. Und wenn der PET sich schon unbedingt in seinem Revier austoben musste, dann war das eigentlich die Sache des Operativen Chefs und nicht Mossmans. Wie sollte man da ruhig bleiben? Die ganze Geschichte stank zum Himmel.

»Und dieser Idiot Mossman … wo lag der?«

»Da drüben an der Sofaecke. Wir haben ihn fotografiert«, antwortete der Polizist.

»Sehr schön. Wo ist Nummer drei?«

»Draußen auf der Terrasse.«

»Ausweis?«

»Ja. Und wir *waren* vorsichtig ... Sie hatten beide ihre Papiere bei sich. Der Erste heißt Per Nissum. Er war früher beim PET in Aarhus und ist inzwischen ›Sicherheitsberater‹ mit einer eigenen Firma. Und der da drüben ist der Museumsdirektor Mal...«

»Danke. Den kenne ich. Und der dritte?«

»Ein gewisser Hans Holstener. Früher beim PET in Søborg. Aktuell kein Beschäftigungsverhältnis bekannt.«

»Früher beim PET, hm, also hat dieser Trottel ehemalige Mitarbeiter eingesetzt.«

Er stülpte die Tüten aus dem Handschuhfach über die leichten Sommerschuhe, die er zu Hause auf der Terrasse angehabt hatte, als das Telefon klingelte. Dann ging er vorsichtig zu Malte Bulbjergs Leiche.

Die Augen des Museumsdirektors waren weit aufgerissen. Kein schöner Anblick. Er dachte kurz an Bulbjergs Witwe. Die durfte er nicht vergessen. War sie ein Teil des Ganzen? Oder war es tatsächlich vorstellbar, dass sie nichts davon gewusst hatte?

Er betrachtete die Leiche genauer. Drogen und Spielsucht, ermordet mit einem Schuss in die Stirn und einem ins Auge. Im Danehof-Saal auf Nyborg Slot. Er hatte selbst dort gestanden und den Köder bereitwillig geschluckt.

Man konnte einen Menschen bis zur Perfektion schminken, sodass es aussah, als wäre er einem Kettensägenmassaker zum Opfer gefallen. Und natürlich konnte man ihn genauso überzeugend zu einem Mordopfer mit zwei Kugeln im Gesicht machen. Aber ... ohne Betäubung oder irgendein raffiniertes Medikament wäre das niemals möglich gewesen.

»Verdammt!«

Sein Ausruf schreckte die Kollegen im Flur auf, die verwunderte Blicke zur Tür warfen.

Das alles ließ nur einen Schluss zu, nämlich dass die Rechtsmedizin Axel Mossman geholfen hatte. Und vermutlich hatte auch der Fotograf vom KTC mitgespielt. Aber Bromann aus der Rechtsmedizin war definitiv daran beteiligt gewesen. Sonst hätte er sofort bemerkt, dass die »Leiche« im Schloss in Wahrheit quicklebendig war. Ausgerechnet Bromann, den er eigentlich sehr schätzte.

Draußen wurden Motorengeräusche laut.

»Ist das Fredericia?«

»Ja, sie sind da«, antwortete irgendjemand vom Eingang her.

»Das wurde auch langsam Zeit.«

Er ging zur Haustür, nahm die Kollegen in Empfang und scheuchte sie umgehend nach drinnen. Der KTC hatte gleich eine ganze Horde geschickt, drei Wagen, neun Techniker. Es machte eben einen Unterschied, wenn der Chef des dänischen Geheimdienstes involviert war.

Wie die Bienen schwärmten acht von ihnen im Haus aus, der neunte kümmerte sich um die Leiche auf der Terrasse.

Unzählige Male leuchtete der Blitz im Wohnzimmer auf, während sich der Fotograf langsam vorarbeitete. Die Leichen wurden sorgfältig begutachtet und bis ins Detail fotografiert, nur die eigentliche Untersuchung musste warten, bis der Rechtsmediziner eintraf.

Die Umrisse der Toten wurden auf dem Boden nachgezeichnet, und auch der Fundort des PET-Chefs wurde entsprechend markiert. Einschussstellen wurden gesucht und mit kleinen nummerierten Schildern gekennzeichnet. Später würden die Techniker noch mit UV-Licht nach den Blutspuren suchen, die man mit bloßem Auge nicht erkennen konnte.

Er registrierte mit einer gewissen Zufriedenheit, dass die ganze Mannschaft wie eine gut geölte Maschine funktionierte. Seine Wut hatte sich gelegt und auch sein Puls war wieder normal.

Jetzt war es an der Zeit, sich um die beiden Herrschaften auf der Bank zu kümmern.

Sie befand sich in einem mentalen Stand-by-Modus, in dem Zeit keine Rolle spielte. Sie kannte die Abläufe und Prioritäten, und das Chaos am Tatort stellte sicher alle Beteiligten vor eine echte Herausforderung. Ganz zu schweigen vom leitenden Ermittler, der eines der Mordopfer ja schon einmal beerdigt hatte.

Es war draußen nicht kalt, obwohl es schon spät geworden war. Die Beamten hatten ihnen Kaffee angeboten, und vermutlich würde man sie jetzt bald aufs Revier nach Svendborg bringen, wenn nicht sogar ins Präsidium nach Odense, um sie zu grillen.

Eine große Gestalt trat in das Licht, das durch das Fenster fiel. Es war H. P. Andersen.

Seine Körperhaltung signalisierte, dass er sich inzwischen beruhigt hatte.

»Woher kam die Meldung?«, fragte sie ihn. »Wir waren höchstens ein paar Minuten hier, als Ihre Leute schon angerückt sind.«

Der Kommissar zögerte erst, gab ihr dann aber doch eine Art Antwort.

»Der Hinweis kam von einem besorgten Bürger, der Schüsse gehört hatte. Sie werden gleich abgeholt und nach Odense gebracht, aber ich hätte gern vorher noch die Kurzversion: Was hat das alles hier zu bedeuten?«

Die Frage klang gedämpft, aber es war völlig klar, dass dieser Mann sofort wieder in Flammen stehen würde, wenn man nur ein Streichholz fallen ließ.

Sie hatten reichlich Zeit gehabt, ihre Aussagen abzustimmen. Unter normalen, weit weniger chaotischen Umständen hätte man sie voneinander trennen müssen. Aber sie würden sich so nah wie möglich an die Wahrheit halten. Die Wahrheit – abzüglich eines mordverdächtigen Kriegsveteranen.

»Was das zu bedeuten hat? Ganz ehrlich, wir wissen es nicht.

Christian hat mich an der Autobahnraststätte bei Nyborg abgeholt, wo mein Auto immer noch parkt. Auf Anweisung von Axel Mossman sollten wir zum Briefing in dieses Ferienhaus hier kommen. Wer, wie, was und warum … Wir haben wirklich keine Ahnung.«

55.

Als sie das letzte Mal gemeinsam am Strand gewesen waren, hatte es beinahe in einem Zerwürfnis geendet. Doch dann war er ihr nachgelaufen, hatte sich vor sie gestellt, sie festgehalten und »Es tut mir leid!« gebrüllt, bevor sie schließlich ihr Bündnis eingegangen waren: »Wir gegen den dreckigen Rest.«

Inzwischen hatte sich die Lage weiter zugespitzt und war gestern drastisch eskaliert. Aber bei ihrem heutigen Treffen wackelte ihre Partnerschaft nicht.

»Meine Flucht war total undramatisch«, hatte er Franck bei ihrem Spaziergang am Wasser erzählt, und das stimmte auch. Im Vergleich zum ganzen Rest war es ziemlich einfach gewesen, aus dem Ferienhaus zu verschwinden, während die Polizeisirenen einen ohrenbetäubenden Lärm verbreiteten.

Ohne zu wissen, wo er sich befand, hatte er sich entschieden, der Küste zu folgen. Einerseits, um dem Verkehr auszuweichen, und andererseits, weil er die neugierigen Blicke meiden wollte, die er zu Fuß und in seinem Anzug hier am Ende der Welt garantiert auf sich gezogen hätte.

Erst als er vor einem Straßenschild mit der Aufschrift »Vemmenæs Landungsbrücke« stand, hatte er gewusst, wo er ungefähr war.

Über Vemmenæs wusste er nichts, aber an einem Schuppen in dem kleinen Hafen hing ein Schaukasten mit Informationen, unter anderem eine kleine Landkarte. Er befand sich also am südlichen Ende von Tåsinge. Die Brücke, die rechts von ihm über den

Fjord führte, verband Tåsinge mit Siø, und dahinter konnte er eine weitere Brücke erkennen, die von dort nach Langeland und Rudkøbing führte.

Er hatte mit seinen Überlegungen auf dem Rücksitz also richtiggelegen. Tåsinge.

Von Vemmenæs aus hatte er sich an der Brücke orientiert und war der Landstraße in nördlicher Richtung gefolgt, bis er an eine Bushaltestelle gekommen war. Keine Viertelstunde später war er in den 911er eingestiegen und hatte sich in aller Ruhe zum Bahnhof in Svendborg bringen lassen. Nach einem kurzen Aufenthalt war er weiter nach Nyborg gefahren, wo er sich zu Fuß auf den Weg zum Rastplatz gemacht und sein Auto geholt hatte, um zu seinem Bed and Breakfast zurückzukehren.

Im Schutz der Dunkelheit hatte er sich hinter das alte Stallgebäude zurückgezogen und einen Joint geraucht. Danach hatte er fünf Stunden am Stück geschlafen und war in einem wilden Durcheinander aus immer neuen Spekulationen aufgewacht.

Margrethe Franck war eben erst nach Nyborg zurückgekommen. In der Nacht, am darauffolgenden Morgen und bis in den späten Vormittag hinein hatte sie stundenlang immer dieselbe kurze Erklärung abgeben müssen: Sie habe nur die Anweisung ihres Chefs befolgt, nämlich dass sie zu dem Sommerhaus auf Tåsinge kommen solle, und sie wisse wirklich nichts – absolut nichts – über Sinn und Zweck dieser Anweisung.

Ein kühler Kommissar, H. P. Andersen, hatte zwei der Befragungen persönlich geleitet. Er war nicht ein einziges Mal ausgeflippt. Auch wenn er seine Verachtung gegenüber den PET-Kollegen nicht verbergen konnte, schien er ihre Antworten einfach zur Kenntnis zu nehmen und gleichzeitig in alle Richtungen weiterzudenken.

Gegen vierzehn Uhr war Franck endlich am Restaurant Teglværksskoven aufgetaucht. Sie waren eine Stunde am Strand spazieren gegangen, hatten sich gegenseitig einen kurzen Bericht über die Ereignisse gegeben und ihre Möglichkeiten diskutiert.

Jetzt war es an der Zeit, die Hauptperson aufzusuchen: Axel Mossman.

»Komm, wir nehmen den Toyota. Der ist nicht so auffällig«, sagte Oxen und schloss das Auto auf.

Franck holte etwas aus dem Handschuhfach ihres Coopers und ging langsam um seinen Wagen herum.

Das Gerät, das sie in der Hand hielt, war ungefähr so groß wie ein Handy und hatte eine kurze Antenne.

»Was machst du da?«

»Sicherstellen, dass wir in Ruhe fahren können«, antwortete sie.

Sie schaute auf ihre Armbanduhr. Nachdem sie das Auto einmal umrundet hatte, setzte sie sich erst auf den Rücksitz und dann auf den Fahrersitz. Schließlich stieg sie aus und hielt das Ding in die Luft.

»So eins kennst du nicht, oder?«

Er schüttelte den Kopf.

»Das ist ein *Bug Sweeper*. Damit kann man einen GPS-Tracker aufspüren, falls jemand auf die Idee gekommen sein sollte, so einen hier anzubringen, um uns im Auge zu behalten. Ich war total wütend, als Mossman mir gebeichtet hat, dass er mich bis zu dem Friedhof in Høng verfolgen konnte, weil er einen GPS-Sender an meinem Auto befestigt hatte. Darum hab ich mich zu Hause sofort hinter den Rechner geklemmt und mir im Internet einen von diesen kleinen Kollegen hier bestellt. Für schlappe 1450 Kronen. Die Dinger nennt man auch RF Detektoren – sie melden die Signalfrequenzen, sobald sie sich einem Sender nähern.«

»Und der Yaris ist sauber?«

»Reagiert hat das Teil jedenfalls nicht, aber es ist noch zu früh, um grünes Licht zu geben. Es gibt zwei Arten von GPS-Trackern, *data puller* und *data pusher*. Ein *puller* scheint nicht im Wagen zu sein, denn den hätte ich inzwischen gefunden, weil er konstant Informationen über seinen Standort senden würde. *Data pusher* werden allerdings viel häufiger verwendet. Die senden ihr Signal in regelmäßigen Intervallen, und das können bis zu dreißig Minuten lange Abstände sein.«

»Und was ist, wenn so ein Tracker, der nur alle dreißig Minuten sendet, an meinem Auto klebt?«

»Dann erfahren wir das später. Von hier nach Svendborg brauchen wir eine halbe Stunde. Ich stecke den *Sweeper* solange in meine Jackentasche.«

»Und woher weißt du, ob er was gefunden hat?«

»Er piept und blinkt, wenn sich im Umkreis von fünf Metern eine Wanze befindet. Je näher die Quelle ist, umso lauter wird er und umso schneller blinkt er auch.«

»Und was ist mit deinem Cooper?«

»Der ist sauber.«

»Na ja, wohl eher verdreckt. Genau wie mein Anzug … Komm, steig ein. Wir fahren. Wenn wir an einem Laden vorbeikommen – könntest du mir dann ein paar frische Klamotten besorgen? Aber lieber *casual*. Jeans, ein paar Hemden und T-Shirts?«

Eine halbe Stunde später kamen sie auf dem großen Parkplatz am Sankt Jørgens Vej an. Das Krankenhaus in Svendborg gehörte zum Universitätsklinikum Odense. Sie wurden von einem ganzen Schilderwald begrüßt, der die Gäste warnend darauf aufmerksam machte, dass man hier fürs Parken bezahlen musste.

Im Gegenzug gab es nicht besonders viele Schilder, die einem den Weg zum Wesentlichen wiesen – dem Haupteingang des Krankenhauses.

Er zog sein Barett tief in die Stirn und setzte seine Sonnenbrille auf.

Gemeinsam mit einem verwirrten älteren Ehepaar verirrten sie sich zu einem Nebeneingang auf der Rückseite des großen Gebäudes. Sie folgten einem langen kahlen Gang durch den Keller und fanden sich plötzlich im Erdgeschoss wieder. Genau gegenüber der Rezeption, wo sie nach Mossman fragen konnten.

Axel Mossman hatte ein Einzelzimmer. Aber nicht wegen seines Zustands, der nach Aussage der Ärzte trotz der Schussverletzung und einer kräftigen Gehirnerschütterung hervorragend war. Nein, diesen Luxus verdankte er seiner beruflichen Position. Vermutlich verfügte hier niemand über ausreichend Fantasie, sich den Chef des Inlandsnachrichtendienstes in einem gewöhnlichen Vierbettzimmer vorzustellen.

Er lag, groß und mächtig, mit geschlossenen Augen im Bett, auf weißem Leinen gestrandet. Aber er musste ihre Schritte gehört haben, denn seine Augen öffneten sich langsam.

»*Well* …«

Mehr sagte er nicht.

Sie zogen sich zwei Stühle heran und setzten sich neben ihn. Wenn seine Kraft dafür reichte, würden sie jetzt ein langes Gespräch vor sich haben. Es gab viele Fragen und noch viel zu wenige Antworten.

»Nun … Sie haben also wieder zusammengefunden. So richtig, ja? Willkommen in meiner bescheidenen Hütte.«

Axel Mossman lächelte schief. Sein Gesicht war schlimm zugerichtet, mit frischen Verletzungen über den alten, die er Oxen zu verdanken hatte. An der Stirn prangte ein dicker Verband, außerdem hatte er ein paar kleinere Platzwunden, Abschürfungen und auf der geschwollenen Nase eine Schramme.

Ihm persönlich war der Zustand des PET-Chefs ziemlich egal. Selbst wenn der Mann verreckt wäre, hätte es ihn nicht gejuckt. Margrethe Franck empfand das sicher anders, trotzdem übersprang auch sie den üblichen einleitenden Small Talk.

»Woher haben Sie die Schussverletzung?«, fragte sie und musterte dabei eingehend sein Gesicht.

»Volltreffer in die … Schwarte. Oder wie einer der Ärzte sagte: ›Genug Speck ist ja vorhanden.‹ So viel zum Thema Respekt vor schwer verletzten Mitmenschen …« Mossman feixte. Dann wurde sein Gesicht mit einem Mal ernst.

»Der leitende Kommissar hat angerufen. Sie haben Bulbjergs Frau gefunden. In einem Zimmer im Obergeschoss. Mit einem Schuss getötet. Was für ein Elend … Ich wünschte, ich könnte das alles ungeschehen machen … Wir dachten, wir hätten einen vernünftigen Plan, Malte Bulbjerg und ich. Jetzt sind bis auf meinen Neffen alle tot. Das ist mehr als … unglücklich gelaufen.«

»Was ist passiert?«

Axel Mossman sah Franck an und schüttelte langsam den Kopf.

»Sie haben …« Er kniff die Augen zu und suchte nach den richtigen Worten. »Sie haben uns einfach überrumpelt. Das waren extrem professionelle Leute. Fünf Mann. Das heißt, ich habe fünf gezählt. Vielleicht waren es auch mehr. Auf einmal waren sie da. Ohne einen Laut. Sie haben meine beiden Helfer und Bulbjerg in Sekundenschnelle liquidiert. Ohne eine Spur von Hektik. Das war vorsätzlicher Mord, mit schallgedämpften Waffen.«

»Und Sie? Warum sind Sie nicht erschossen worden?«

Oxen sah Mossman skeptisch an. Warum war der PET-Chef so billig davongekommen?

»Ich weiß es nicht. Sie haben mir in den Bauch geschossen. Einer von ihnen, ein Däne, hat mich mehrmals gefragt, wo sich Niels Oxen aufhält. Ich habe ihm gesagt, dass ich das nicht weiß. Dass ich keinen Kontakt zu Ihnen habe. Dass man Sie wegen Mordes sucht. Das Letzte, woran ich mich erinnern kann, ist, dass mir einer der Männer den Lauf seiner Waffe an den Kopf geschlagen hat. Zum Glück waren Sie beide nicht schon früher da, sonst … *Well* …«

Mossman verdrehte die Augen. Den Rest konnten sie sich denken. Das Blut im Haus war so frisch gewesen. Vielleicht eine halbe Stunde, mehr nicht. Glück im Unglück.

»Aber seien Sie beruhigt, Oxen. Ich habe Sie aus der ganzen Geschichte rausgehalten. H. P. Andersen hat mich natürlich längst befragt. Ich habe Sie mit keinem Wort erwähnt. Sie werden heute nicht mehr gejagt als gestern – was ja schon mehr als genug ist, nicht wahr?«

Mossman drückte sich ein Stück hoch, bis er halbwegs aufrecht saß. Wahrscheinlich merkte er, dass noch ein weiter Weg vor ihm lag.

»Trotzdem, die anderen wurden gnadenlos liquidiert und Sie nicht. Das finde ich mysteriös. Ziemlich mysteriös«, sagte Oxen.

»Da gebe ich Ihnen recht. Ich habe mir selbst schon stundenlang den Kopf darüber zerbrochen. Aber ich habe keine Antwort darauf gefunden. Womöglich hat man mit mir andere Pläne? Womöglich bin ich zu wertvoll, als dass man mich umbringen würde? Oder im Gegenteil – zu unbedeutend? Oder sie haben mich leben lassen, um mich endgültig zu demütigen?«

Vielleicht ergab seine Antwort Sinn. Vielleicht auch nicht. Aber eine Demütigung war es zweifellos.

»Sind Sie fit genug für ein Gespräch?«, fragte Franck.

»Ja, Margrethe, ich kann Ihnen die Gründe für mein Handeln darlegen.«

Er richtete sich noch ein Stück auf, zog die Decke ein wenig höher und fing an.

»Lassen Sie uns von vorn beginnen: Ich habe Sie beide nicht belogen. Ich habe nur Informationen zurückgehalten, die nicht für Sie bestimmt waren – vor allem nicht für Sie, Oxen. Nachdem Sie eine Zusammenarbeit nach wie vor strikt abgelehnt haben, beschlossen Bulbjerg und ich, das letzte Ass auszuspielen, die große Kontradiktion: Wir wollten Ihnen den toten Museumsdirektor bei bester Gesundheit liefern und damit auch den endgültigen Beweis für meine Glaubwürdigkeit. Und, nebenbei bemerkt, auch den Beweis dafür, dass ich Ihnen vertraue. Jetzt denken Sie wahrscheinlich: ›Aber wozu das Ganze?‹«

Axel Mossman machte eine Pause. Nicht weil er eine Antwort erwartete, sondern um die richtigen Worte zu suchen. Mit nachdenklicher Miene fuhr er fort.

»Meine geschätzten Freunde, die Russen haben ein geflügeltes Wort: ›das Potemkinsche Dorf‹. Es geht auf einen General zurück,

Grigori Alexandrowitsch Potjomkin. Er war der Liebhaber von Katharina der Großen und eroberte die Ukraine. Bevor die Kaiserin kam, um die neuen Besitztümer in Augenschein zu nehmen, hat der gute General Potjomkin Kulissen aufstellen lassen, die aus der Ferne aussahen wie neu erbaute Dörfer, und er ließ Kinder und Bauern bezahlen, damit sie der Kaiserin fröhlich vom Straßenrand zuwinkten, wenn sie in ihrer Kutsche vorbeifuhr. Potjomkins Kulissen sollten die Kaiserin und ihr Gefolge beeindrucken und ihnen demonstrieren, wie weit er mit seiner Kolonialisierung bereits vorangekommen war. Verstehen Sie …? Ich habe eine Kulisse gebaut. Ich hatte keine Wahl, ich musste zu drastischen Mitteln greifen. Malte Bulbjerg verfügte über lebensgefährliches Wissen. Es war nur eine Frage der Zeit, bis die ihn ausschalten würden. Und er wusste besser als jeder andere, dass sein Tod ein realistisches Szenario war.«

»*Die?*« Franck fiel ihm ins Wort.

»Ja, der Danehof natürlich … Also konnten wir sein Leben nur retten, indem wir seinen Tod inszenierten. Wir haben das von langer Hand geplant und ein realistisches Setting für ein Verbrechen konstruiert. Dafür ließen wir ihn eine große Summe Geld verzocken und brachten alle klassischen Elemente ins Spiel: Bargeld, Drogen – und Schulden.«

»Und der Tod?«, fragte Oxen. Da niemand Verdacht geschöpft hatte, musste Bulbjergs Tod sehr überzeugend gewirkt haben.

»Åke Borgström ist einer der besten Maskenbildner Skandinaviens. Er arbeitet für Film und Theater und hat einen großen Teil dazu beigetragen. Alles musste so blutig und endgültig aussehen, dass sich niemand die Mühe machen würde, gleich vor Ort den Puls zu überprüfen. Deshalb auch der Schuss in die Stirn und der zweite ins Auge. Das hatte den kleinen Nebeneffekt, dass der Mord noch aufsehenerregender wurde. Und wir wollten ja Aufsehen erregen.«

»Aber der Rechtsmediziner … War er eingeweiht?«

»Natürlich, Margrethe. Zuerst hat Bromann Nein gesagt, aber als ich erwähnte, dass ich durch meine Beziehungen zur britischen Polizei, in diesem Fall in Manchester, Kenntnis von einem kleinen Seitensprung habe, dem er bereits seit Jahren bei diversen Seminaren und Fachkongressen nachgeht, nun, da sind wir uns doch noch handelseinig geworden. Andernfalls hätte ich mich leider dazu genötigt gesehen, seiner Frau von der Affäre zu erzählen.«

»Und dann gab's einfach eine Schlaftablette für Bulbjerg? Das Risiko aufzufliegen, war doch ziemlich groß. Das sieht Ihnen gar nicht ähnlich.«

»Es gibt immer ein Risiko und hier sogar ein doppeltes. Eine Schlaftablette wäre nicht sicher genug gewesen. Wir hatten es mit vielen unbekannten menschlichen Faktoren zu tun: der Wachmann, die Polizei am Tatort, die Techniker aus Fredericia, die Sanitäter, die die Leiche in die Rechtsmedizin bringen sollten. Wir waren also gezwungen, Bulbjerg effektiv in einen Zustand der Bewusstlosigkeit zu versetzen, inklusive herabgesetzter Atmung. Wie Sie wissen, ist meine Frau Ärztin, und auch ihr Bruder ist Arzt – und sein Sohn führt diese Tradition fort. So ist das eben bei Medizinern … Der Sohn ist Anästhesist. Das Problem war also nicht schwer zu lösen. Acht Milligramm Midazolam in den Muskel injiziert, dazu hundert Mikrogramm Fentanyl und ein Nasenkatheter, damit die Zunge nicht nach hinten fallen kann. Die Leiche sollte ja nicht mittendrin anfangen zu schnarchen … Das alles verschaffte uns ein Zeitfenster von zwei Stunden für unsere Show. Sobald Bulbjerg in der Rechtsmedizin auf dem Tisch lag, waren wir *home safe*. Dann sollte Bromann ihn mit den Gegenmitteln Flumazenil und Naloxon wieder auf die Beine bringen.«

»Und der Tatortfotograf?«

»Den habe ich auf ganz ehrliche Art und Weise gekauft und bezahlt. Die meisten freuen sich, wenn sie mir einen Gefallen tun können, Margrethe. Zumindest momentan noch.«

Mossmans Blick ging in die Ferne, als wäre ihm plötzlich bewusst geworden, dass der Tag kommen würde, an dem er keine Rolle mehr spielte und niemandem mehr Ehrfurcht einflößte.

»Zu Anfang dachte ich, wir könnten das Ganze rein medizinisch regeln. Puls und Atmung fast vollständig verschwinden lassen. Aber das wäre für einen so langen Zeitraum zu gefährlich gewesen. Bulbjerg hätte bleibende Schäden davontragen können. Deshalb der Maskenbildner und das Blutbad. Bei solchen Sachen bleibt natürlich immer ein Risiko. Aber unser Plan war trotzdem zu verantworten – wenn man sich überlegt, was die Alternative gewesen wäre. Zu demselben Schluss war auch Bulbjerg gekommen. Und er schaffte es sogar, seine Frau zu überreden. Der Tod des Museumsdirektors in seinem eigenen Mittelalterschloss, *after midnight* – eine geradezu magische Illusion mit dänischen Potjomkin-Kulissen … So brutal und dramatisch, wie der Mord angelegt war, würde er riesige Schlagzeilen nach sich ziehen. Und das machte uns auch Hoffnung auf den großen Beifang … *Sorry*, könnten Sie mir bitte mein Glas reichen, Margrethe?«

Sie nahm die Karaffe vom Nachttisch, schenkte ihm etwas Wasser nach und gab ihm das Glas. Gierig trank er ein paar große Schlucke.

»Der Beifang«, fuhr er fort, »das waren Sie, Oxen. Vielleicht sogar der Hauptgewinn. Wir wussten dank der Fingerabdrücke, dass Sie das Material an Bulbjerg geschickt hatten. Und ich war mir sicher, dass Sie sich niemals mit verhältnismäßig harmlosen Unterlagen zufriedengeben würden. Sie haben mehr. Vermutlich etwas Hochexplosives. Bulbjerg und ich wollten Ihr Wissen nutzen, um unser erklärtes Ziel zu erreichen und den Danehof zu vernichten. Was Sie beide nicht wissen, ist, dass Bulbjerg ganz persönliche Motive hatte, den Kreis der dunklen Männer zu zerschlagen. Seine Familie ist …«

»Doch, das wissen wir«, fiel Franck ihm ins Wort. »Wir wissen alles. Ich habe Bulbjergs Tante in Odder besucht.«

»Dann sind Sie ja doch ein Stück weitergekommen.«

»Und der Hauptgewinn?«

»Wie gesagt, Oxen, das sind Sie … Sie waren wie vom Erdboden verschluckt. Nicht mal Margrethe konnte Sie aufspüren. Wir hatten gehofft, dass Sie den Fall über die Medien verfolgen würden. Dass Sie gar nicht umhinkamen, irgendetwas über den Mord im Schloss zu hören, zu sehen oder zu lesen. Und sobald Sie davon erfahren hätten, wäre Ihnen klar gewesen, dass es einen Zusammenhang zwischen den Unterlagen, die Sie Bulbjerg geschickt haben, und dem Mord geben musste. Einem brutalen Mord im Danehof-Saal. Natürlich hätten Sie die Schlussfolgerung gezogen, dass der Tatort ein Signal an die Außenwelt war und dass es eindeutig die Handschrift des Danehof trug. Ihr schlechtes Gewissen hätte Sie gezwungen, sich zu melden. Oder, wie man es in unserer Branche nennt, *aus der Kälte zu kommen.*«

Franck unterbrach ihn.

»Aber Ihre Einschätzung war falsch. Du hast die Sache nicht verfolgt, Niels, oder? Du hattest weder Fernsehen noch Radio – und du hast nicht mal die Schlagzeilen im Stadtanzeiger gelesen, als du bei dem alten Fischzüchter warst. Du hattest keine Ahnung von dem vorgetäuschten Mord. Erst als ich dir an Bosses Grab davon erzählt habe.«

»Korrekt, Margrethe«, sagte Mossman. »Aber ich will noch einmal klarstellen, dass unser vorrangiges Ziel war, Bulbjerg zu schützen.«

Mossman trank den letzten Schluck Wasser, woraufhin Margrethe Franck ihm nachschenkte.

»Ich bin so verflucht durstig. Liegt das an der Narkose? – Aber es gab noch ein drittes, überaus schwerwiegendes Argument für diese ganze Operation. Der vorgetäuschte Mord an Bulbjerg sollte die Ratten aus ihren Löchern treiben. Wir wussten, dass der Danehof Bulbjerg und seine Aktivitäten überwachte und dass es eine gehörige Überraschung für die Herren sein würde, wenn der Mann plötzlich umgebracht wurde – von irgendjemand anderem.

Sie würden sich fragen: Von wem? Und die logische Konsequenz war, dass sie auf der Bildfläche erscheinen und ihre eigenen Nachforschungen in Bezug auf den Mord anstellen würden. Genau das haben sie auch getan, während wir hinter den Kulissen schon bereitstanden, um alles zu beobachten, sie ausfindig zu machen und sie zu beschatten. Wir wissen aus zuverlässiger Quelle, dass beim Danehof der Geburtsort einer Person dafür ausschlaggebend ist, welcher Teil der Organisation sich um die Angelegenheit kümmert. Nord, Süd oder Ost. Malte Bulbjerg wurde in Christiansfeld in Südjütland geboren. Also gingen wir davon aus, dass wir mit etwas Geschick diverse Aktivitäten des Danehof Süd verfolgen könnten. Und wenn man einen kleinen Spalt gefunden hat, dann kann man auch ein Loch schlagen.«

Axel Mossman trank erneut. Er wirkte nicht mehr müde, eher beflügelt von seinem eigenen Bericht. Und vielleicht spornte ihn auch die Hoffnung an, endlich an die Unterlagen zu gelangen. Aber diese Entscheidung war noch lange nicht gefallen.

Mit einer Annahme hatte Mossman dennoch richtiggelegen: Was unter der Lärche vergraben lag, war explosives Material. Oxen versuchte, die ganze Sache aus der Perspektive des PET-Chefs zu überdenken. Es ergab durchaus Sinn. Aber es blieben auch viele offene Fragen.

»Wenn das Leben des Museumsdirektors auf dem Spiel stand, wieso sind Sie dann das Risiko eingegangen, die ganze Operation auffliegen zu lassen, indem Sie uns nach Tåsinge beordert haben?«

Axel Mossman nickte langsam.

»Weil … Weil wir uns *home safe* gefühlt haben. Außerdem musste ich Ihnen beiden etwas absolut Ungewöhnliches liefern, um Sie zu überzeugen. Besser gesagt, um *Sie* zu überzeugen, Oxen. Wir haben Bulbjerg nach seinem Tod an drei verschiedenen Orten untergebracht. Meine Leute haben das alles organisiert. Wir wollten Sie und Margrethe auf unserer Seite haben. Wir brauchten Sie beide. Sie, Niels, haben bereits bewiesen, über welche Ressourcen

Sie verfügen. Und … natürlich wollten wir *alle* Unterlagen haben und nicht nur die, die Sie Bulbjerg geschickt hatten.«

»Sie hätten die Karten schon auf den Tisch legen können, als Sie im strömenden Regen bei mir auftauchten. Wenn Sie zugeben konnten, dass Sie meinen Hund auf dem Gewissen haben, warum haben Sie dann nicht auch diese Geschichte ausgepackt?«

»An dem Abend waren wir noch nicht so weit, dass wir die wahre Geschichte über Bulbjerg preisgeben wollten. Sein Leben war in Gefahr. Wir konnten dieses Opfer nicht verantworten. Aber irgendwann hatten wir keine andere Wahl mehr. Es war seine Idee. Er war vollkommen davon besessen, den Danehof zu vernichten. Sogar noch mehr als ich, sofern das überhaupt möglich ist.«

»Aber wie Niels schon gesagt hat: Das Risiko war groß. Offensichtlich hat der Danehof Sie ja beschattet und bis zum Ferienhaus verfolgt. Wie hätten die sonst aus dem Nichts dort auftauchen können?«, warf Franck ein.

»Ich habe keine Ahnung. Ich habe das Ganze gedreht und gewendet und mir den Kopf darüber zerbrochen. Die beiden Wachen am Haus waren ehemalige Kollegen, zu denen ich vollstes Vertrauen hatte. Und dasselbe gilt natürlich auch für meinen Neffen. Es wurden nur sichere Telefone verwendet, und alle Kontakte vor meiner Ankunft im Haus liefen über Christian. Da gibt es keine undichte Stelle.«

»Ihr Auto?« Franck ließ nicht locker.

»Das habe ich gar nicht benutzt, sondern mir am Flughafen einen Mietwagen besorgt. Nicht im Voraus, erst als ich vor Ort war. Es ist absolut ausgeschlossen, dass irgendjemand dieses Auto verwanzt haben könnte. Selbst meine Kleidung habe ich gründlich durchsucht. Und auf der Fahrt dorthin habe ich mir extra viel Zeit gelassen, bin kleine Umwege gefahren und habe sämtliche Tricks angewendet. Ich bin definitiv nicht beschattet worden.«

»Wie ist es dann passiert?«

Er war überzeugt davon, dass Mossman keinen simplen Leichtsinnsfehler gemacht hatte. Dieser Mann war ein Meister seines Fachs. Aber es gab immer noch ein paar dunkle Flecken.

»Ich habe zwei Fragen. Erstens, die Spuren, die zum Danehof Süd führen – wohin genau führen die? Zweitens, abgesehen davon, dass der Museumsdirektor gewühlt und gegraben hat – welches Wissen hat sein Leben konkret in Gefahr gebracht?«

Franck nickte zustimmend. Axel Mossman faltete nachdenklich seine riesigen Hände. Erst nach einer langen Pause antwortete er.

»Wenn ich diese beiden Fragen beantworten soll, brauche ich zuerst ein klares Bekenntnis von Ihnen beiden: Machen wir das hier zusammen – ja oder nein?«

Es wurde wieder ganz still im Raum. Oxen hatte gewusst, dass er sich früher oder später entscheiden musste. Mr White hin oder her … Er warf Margrethe Franck einen Seitenblick zu. Sie saß reglos da, mit tiefen Falten auf der Stirn.

Gerade als es so aussah, als wollte sie etwas sagen, schrillte ein greller Piepton in ihrer Tasche.

Sie zuckte zusammen. Irritiert zog sie den kleinen Wanzendetektor heraus.

»Tut mir leid, ich hab vergessen, das Ding auszuschalten.«

Sie hatte ihn gerade wieder in der Tasche verschwinden lassen, als sie und Oxen sich gleichzeitig verblüfft ansahen.

»Verdammt«, platzte er heraus. »Das kann nicht sein!«

»Doch, offenbar schon. Es ist verrückt, aber eine andere Erklärung gibt es nicht«, sagte sie.

Sie schauten beide zum PET-Chef, der ausnahmsweise wirklich nicht wusste, was da vor seiner Nase passierte. Franck holte das Gerät wieder hervor und hielt es ihm hin, sodass er es sehen konnte.

»Das hier«, sagte sie, »ist ein Funkfrequenzdetektor, auch *Bug Sweeper* genannt. Damit kann man GPS-Tracker aufspüren. Abgesehen von gestern Abend, Mossman, wann waren Sie das letzte

Mal unter dem Messer? Eine größere Sache? Oder nur eine Kleinigkeit?«

Der PET-Chef sah sie verständnislos an. Sie beugte sich vor und ihre Stimme war kaum mehr als ein Flüstern.

»*Sie* haben dem Danehof den Weg nach Tåsinge gezeigt. Irgendwo in Ihrem Körper befindet sich ein GPS-Sender. Sie waren es selbst …«

56.

Unbehagen kroch seinen Rücken hoch, als er den Hörer aufknallte und sich zurücklehnte. Das alles war sehr beunruhigend.

Der Anrufer war ein Journalist gewesen, der für eine der sogenannten seriösen Tageszeitungen arbeitete, und das kurze Gespräch hatte wie so viele andere zuvor mit einer kleinen, raffinierten Drohung geendet.

»Nun, wenn Sie als verantwortlicher Kommissar sich weigern, die Öffentlichkeit zu informieren, dann muss ich schreiben, dass der leitende Ermittler H. P. Andersen es bedauerlicherweise abgelehnt hat, den Inhalt meines Artikels zu kommentieren.«

»Schreiben Sie, was Sie wollen.«

Er würde maximal bis morgen früh Ruhe haben, dann erschien die Zeitung. Oder man entschied sich dafür, die Nachricht schon vorher auf der Homepage zu veröffentlichen. Und außerdem – wenn eine Redaktion informiert war, dann galt das für andere möglicherweise auch.

Das Ganze war völlig unberechenbar. Die digitalen Medien hatten sämtliche Spielregeln aufgehoben, die in den guten alten Zeiten noch gegolten hatten, als zwischen Redaktionsschluss und Erscheinen eines Artikels viele Stunden lagen. Heute konnte schon nach einer oder zehn Sekunden die mediale Katastrophe losbrechen.

Er schloss die Augen und versank in Grübeleien. Wie war es möglich, dass ein Journalist von dem Drama in dem Ferienhaus auf Tåsinge Wind bekommen hatte? Und wieso kannte er Details? Und zwar nicht den zweiten Tod des Museumsdirektors – sondern dass sich der Chef des Nachrichtendiensts angeblich im Haus aufgehalten hatte. Wie um alles in der Welt konnte dieser Journalist das wissen? Aber die Frage war müßig. Der Quellenschutz war ein ewiges Mantra.

Es schien durchaus möglich, dass die Ursache dafür ein internes Leck war. Schließlich waren etliche Beamte der örtlichen Polizei an diesem Einsatz beteiligt gewesen. Wer konnte schon wissen, welche Kontakte sie pflegten?

Aber es gab eben auch noch diese andere Möglichkeit, die ihm eiskalte Schauer über den Rücken jagte. Nämlich dass es einen Zusammenhang gab. Ein verborgenes Motiv, das sich wie ein roter Faden von dem inszenierten Tod des Museumsdirektors über den Diebstahl seiner eigenen Festplatte und die mysteriösen Verbindungen zum Drogenmilieu bis hin zu dem Gemetzel im Ferienhaus zog. Nebenbei bemerkt ein Drama, das der PET-Chef auf wundersame Weise überlebt hatte.

Das war der Stoff, aus dem undurchsichtige, professionell arrangierte Intrigen gemacht waren.

Doch das war nicht sein Metier. Er bevorzugte eindeutig die handfesten Verbrechen.

Vorläufig war das alles aber noch handfest genug. Drei Tote auf Tåsinge, plus Bulbjergs Frau in Nyborg.

Er hatte Axel Mossman verhört. Der PET-Chef war kooperativ gewesen und hatte bereitwillig erzählt, dass er Hilfe von der Rechtsmedizin, dem Fotografen, einem Maskenbildner und einem Anästhesisten bekommen habe, um den Tod des Museumsdirektors auf dem Schloss in Szene zu setzen.

Er hatte ihm auch minutiös geschildert, wie die fünf schwarz gekleideten Männer mit Sturmhauben vorgerückt waren, schnell und effektiv wie eine Antiterroreinheit. Wie sie ihn ausgefragt und schließlich brutal niedergeschlagen hatten.

Aber Mossman weigerte sich preiszugeben, was die Männer von ihm wissen wollten. Und er weigerte sich auch, über das Motiv für Bulbjergs vorgetäuschten Tod zu sprechen. Er berief sich darauf, dass dieser Fall die Sicherheit des Landes betreffe und deshalb ausschließlich in die Zuständigkeit des PET falle.

Fürs Erste blieb ihm nichts anderes übrig, als hier zu sitzen und mit geschlossenen Augen nach unsichtbaren Zusammenhängen zu suchen, während er auf die Ergebnisse der vielen Untersuchungen wartete, die im Zusammenhang mit dem Tatort liefen.

Er hatte sich den Anruf angehört, der bei der 112 eingegangen war. Ein anonymer Mann, der kurz berichtete, dass er an einem bestimmten Ort Schüsse und Schreie gehört zu haben glaube. Das Handy, von dem aus er angerufen hatte, lief über eine Prepaidkarte und war unmöglich zu orten.

Dieser Anruf, der die Lawine ins Rollen gebracht hatte, war genauso fragwürdig wie der gesamte Rest. Mossman hatte nämlich seinerseits von Waffen mit Schalldämpfer gesprochen und ausgesagt, dass niemand Zeit gehabt habe zu schreien.

Das alles weckte böse Vorahnungen.

Er betrachtete die Obduktionsberichte in diesem Fall als vollkommen unerheblich. Die beiden Wachmänner und Bulbjerg waren durch eine oder mehrere Kugel gestorben. Ende.

Die verschiedenen Rückschlüsse aus Fredericia erwartete er dagegen mit großer Spannung. Er hoffte, dass ihm ein paar ruhige Minuten mit den Unterlagen blieben, bevor die Medien die strohtrockene Steppe in Brand setzten.

H. P. Andersen öffnete die Augen. Vor ihm auf dem Schreibtisch lag die Skizze, die er selbst angefertigt hatte. Es war ein Grundriss des Ferienhauses im DIN-A3-Format. Er hatte die Positionen der Leichen und des PET-Chefs eingezeichnet und versucht, sich anhand der Skizze das ganze Drama Schritt für Schritt vorzustellen.

Die entscheidenden Informationen würden die Techniker liefern, sobald sie die Abschuss- und Eintrittswinkel der Projektile und die möglichen Austrittsstellen an den Leichen, am Boden, an der Wand und der Decke untersucht hatten. Für ihre Berechnungen musste allerdings zuerst die Obduktion abgeschlossen sein. Zum Glück hatte er einen anderen Teil der Ermittlungen beschleunigen können – die ballistische Untersuchung, um herauszufinden, welches Projektil zu welcher Waffe gehörte.

Mossman hatte ausgesagt, dass seine Männer Bulbjerg wahrscheinlich nicht mit einer Waffe ausgestattet hätten. Zumindest sei das nicht abgesprochen gewesen. Trotzdem hatte der Museumsdirektor mit einer Pistole in der Hand auf dem Boden gelegen. Mossman hatte außerdem nicht mit Sicherheit bestätigen können, dass einer seiner Helfer es im Wohnzimmer noch geschafft hatte, einen Schuss abzufeuern. Dazu waren die wenigen Sekunden viel zu chaotisch gewesen.

Andersen beugte sich nach vorn und rief die Homepage der betreffenden Zeitung auf. Nichts. Jedenfalls bis jetzt noch nichts. Aber auch nichts in seinem Mailaccount. Keine Antwort der übrigen PET-Führung in Søborg.

Für gewöhnlich war er stur und ehrgeizig – in vernünftigem Rahmen, wie er fand. Und sein beruflicher Stolz verlangte von ihm, dass er dieser Sache auf den Grund ging. Schon allein weil das erste Kapitel mit dem gefälschten Mord so viele Arbeitsstunden verschlungen und ihm solches Kopfzerbrechen bereitet hatte. Normalerweise würde er jeden noch so kleinen Stein umdrehen, um der Staatsanwaltschaft eine vollständige Ermittlung abzuliefern, geschnürt und gebündelt, ohne lose Enden auf einem Silbertablett serviert.

Aber im Augenblick hätte er nichts dagegen gehabt, wenn eine höhere Macht den Fall von seinem Schreibtisch abgezogen hätte. War das eine Bankrotterklärung? Oder nur Pragmatismus?

Vielleicht sollte er sich für diesen Gedanken schämen. Aber

er hatte einfach ein unglaublich mieses Gefühl bei der ganzen Sache.

Es klopfte an die Tür. Noch bevor er »Herein« sagen konnte, stürmte sein Vorgesetzter, Polizeipräsident Skov, ins Zimmer und ließ sich mit einem tiefen Seufzer auf den Stuhl vor seinem Schreibtisch sinken.

»Was für ein Wahnsinn. Irgendwas Neues, H. P.?«, ächzte er.

Andersen nickte und berichtete ihm kurz vom Anruf des Journalisten. Auf der Stirn seines Chefs bildeten sich tiefe Falten.

»Wir müssen wirklich zusehen, dass wir Licht in diese Angelegenheit bringen. Vorläufig bleiben wir bei ›kein Kommentar‹. Wann können wir Mossman herschaffen?«

»Die Ärzte sagen, dass er noch einige Tage Bettruhe braucht. Wegen der Schussverletzung und auch wegen seiner Gehirnerschütterung.«

»Ich habe eben mit der neuen Justizministerin telefoniert.«

»Ach ja, das mit Rosborg hatte ich schon ganz vergessen. Wie heißt sie noch gleich?«

»Helene Kiss Hassing.«

»Kiss?«

»Ja, Kiss. Die Dame ist aalglatt.«

»Das ist ja nichts Neues.«

»Was den Staatsminister zu dieser Wahl bewogen hat, wissen die Götter.«

»Sieht sie gut aus, diese Kiss?«

»Groß, blond, schöne Augen und hübsches Lächeln.«

»Da haben wir den Grund doch schon. Dazu noch der Name, besser geht es nicht. Kiss … Meine Güte.«

»Ich wollte von ihr wissen, wie wir mit Axel Mossman und der ganzen Geschichte weiter vorgehen sollen … Leider macht sie gerade mit ihrer Familie Urlaub in Florenz. War ein ziemliches Hin und Her mit dem Ministerium, bis ich die Antwort hatte.«

»Urlaub? Sie ist doch gerade erst ernannt worden.«

»Tja, im Ministerium herrscht trotzdem noch Ferienzeit. Jedenfalls sollen wir an dem Fall weiterarbeiten wie an jedem anderen auch, solange wir nichts Gegenteiliges von ihr hören.«

»Dann wissen wir ja, wie der Hase läuft, oder? Wir betreiben eine Menge Aufwand, und am Ende entziehen sie uns den Fall.«

»So läuft das Spiel, H. P.«, sagte sein Vorgesetzter seufzend. »Uns bleibt nichts anderes übrig, als mitzuspielen.«

57.

Zwei rote, wulstige Narben prangten auf dem breiten Rücken, der so dick gepolstert war, dass der Gedanke an ein Walross durchaus gerechtfertigt schien. Eine Narbe befand sich zwischen den Schulterblättern, die zweite etwas tiefer. Axel Mossman saß auf der Bettkante, das weiße Krankenhausnachthemd bis zum Nacken hochgezogen.

Margrethe Franck inspizierte ihn. Oxen reichte es völlig, von seinem Stuhl aus zuzusehen. Die Narben erkannte er auch so.

»Und was hatten Sie da noch mal?«, fragte Franck.

»Lipome. Sie wissen ja, meine Frau ist Ärztin. Solche Leute sprechen bekanntlich kein Dänisch. Also, Fettgeschwulste. Eigentlich harmlos, aber das eine hat trotzdem gestört und wehgetan.«

»Hat man Sie hier nach der Schussverletzung denn nicht durchgecheckt?«

»Doch.«

»Wie?«

»Sie haben ein CT gemacht, aber nicht vom ganzen Körper, sondern nur vom Abdomen.«

»Abdomen?«

»Sorry, vom Bauch … Bei mir ein ziemlich umfangreiches Gebiet.«

Mossman hatte zumindest genug Energie, um sich über seinen eigenen Witz zu amüsieren.

Franck nahm seinen Rücken unter die Lupe und tastete ihn gründlich ab.

»Wo haben Sie die Knoten entfernen lassen?«

»In Kopenhagen, im Reichskrankenhaus.«

»Ich kann nichts spüren, aber ich würde einen nagelneuen Mini Cooper darauf verwetten, dass unter einer dieser Narben ein winziger GPS-Tracker steckt. Wie lange ist die OP inzwischen her?«

Mossman dachte nach.

»Ungefähr zwei Monate.«

»Haben Sie sich in dieser Zeit mit Malte Bulbjerg getroffen?«

»Nein, nicht persönlich … Das war alles davor. Tja, dann muss ich mich wohl noch mal aufschneiden lassen. Das kleine Biest kann ja nicht drinbleiben. Auch wenn der Akku bestimmt nicht reicht, bis ich ins Gras beiße.«

Axel Mossman zog das Hemd wieder ordentlich nach unten und schwang die Beine zurück ins Bett.

»Die haben mir einen Tracker eingepflanzt? Das ist doch Wahnsinn … Aber damit hätten wir unsere Erklärung. So haben sie auch den Weg zu Ihrem kleinen Haus im Wald gefunden, Oxen. In meinem Körper – wer hätte das gedacht!«

Mossman brummte verwundert und schüttelte den Kopf.

Bald würden sie zu Mossmans Kardinalfrage zurückkehren. Dann mussten er und Franck Stellung beziehen. Aber wozu abwarten?

»Um auf meine Fragen von vorhin zurückzukommen, was wusste Bulbjerg und wohin führt die Spur?«

»Natürlich, Oxen, wir sind ein bisschen vom Thema abgeschweift. Jetzt hoffe ich bloß, dass die mir nicht auch noch ein Mikrofon eingesetzt haben oder eine Bombe. Aber zuerst muss ich sicher sein: Stehen wir drei nun auf derselben Seite, oder nicht?«

Franck und Oxen sahen sich an. Margrethe zuckte mit den Schultern. Er hatte das Gefühl, dass sie bereit war, ihrem Chef zu vertrauen.

»Lassen Sie uns vorher noch ein paar Schritte weitergehen. Erst Sie – dann ich«, sagte Oxen.

Axel Mossman hatte eine Gehirnerschütterung und er war verletzt. Außerdem war er mittlerweile zur zentralen Figur in einem Fall mit vier Morden geworden. Sein Posten hing an einem seidenen Faden. Vielleicht war er am Ende, und doch schien er dieses Zwischenspiel zu genießen. Mossman nickte.

»*Well,* Oxen, Sie sind ein harter Verhandlungsführer. Fangen wir also an. Punkt eins: Was wusste Bulbjerg, das so gefährlich war? Da ich offenbar ein Glaubwürdigkeitsproblem mit Ihnen beiden habe, erlaube ich mir, die ganze Sache von vorn aufzurollen. Bulbjerg wusste von Aufzeichnungen, die sein Großvater Karl-Erik Ryttinger unter den Bodendielen seines Ferienhauses versteckt hatte. Aus diesen Notizen ging hervor, dass Ryttinger einen gewissen Vitus Sander kannte, damals noch ein junger Mann. Die Verbindung der beiden war allerdings unklar, Bulbjerg wusste nicht genau, woher sie sich kannten. Und sein Großvater erwähnte den Danehof mit keinem Wort.«

»Aber unmittelbar vor seinem Tod hat er das Wort ›Danehof‹ mit seinem eigenen Blut auf den Boden geschrieben«, wandte Franck ein.

»Korrekt, Margrethe, aber das war das erste und letzte Mal – zumindest schriftlich. Als Oxen einen Teil seiner gestohlenen Unterlagen an Malte Bulbjerg geschickt hat, stolperte der Museumsdirektor über den Namen Vitus Sander und erinnerte sich an die Aufzeichnungen seines Großvaters, die in der Zwischenzeit verschollen waren. Da Sie Bulbjergs Tante aufgesucht haben, Margrethe, gehe ich davon aus, dass Sie über Bulbjergs Theorie Bescheid wissen, nach der seine Eltern bei einem Autounfall ums Leben gekommen sind, der möglicherweise aktiv herbeigeführt worden war?«

»Ja, das wissen wir«, antwortete Franck.

»Oxens Unterlagen identifizierten Vitus Sander nun eindeutig als Mitglied des Danehof. Damit konnte Bulbjerg also eine direkte Verbindung zwischen ihm und seinem ermordeten Großvater herstellen. Er suchte Vitus Sander auf, und es stellte sich heraus, dass der Mann, der den Großteil seines Lebens in Kopenhagen verbracht und dort einen erfolgreichen Elektronikkonzern aufgebaut hatte, in einem Hospiz in Westjütland im Sterben lag. Bulbjerg besuchte ihn mehrere Male. Zunächst verhielt sich Vitus Sander abweisend. Doch der alte Mann haderte insgeheim schon lange damit, Mitglied des Danehof gewesen zu sein. Genau wie es auch in den Aufzeichnungen angedeutet wird, die Sie Bulbjerg geschickt haben, Oxen. Der alte Ryttinger war während seines Geschäftslebens eine Art Mentor für Sander gewesen. Die beiden Nordjüten hatten sich in aller Vertraulichkeit über ihr geheimes Leben im Danehof Nord ausgetauscht. Sander haben viele Dinge gequält. Vor allem, dass seine eigenen Leute entschieden hatten, Ryttinger zu liquidieren, als er an Demenz erkrankte und zu einem Sicherheitsrisiko wurde. Der todkranke Vitus Sander entwickelte eine große Sympathie für Ryttingers Enkel und befürwortete dessen jahrelange Jagd auf die Mörder seines Großvaters und später seiner Eltern. Ihm imponierte dieser Mann, der so hartnäckig war, dass er Historiker wurde und sich auf den Danehof spezialisierte. Während ihrer Gespräche in Hvide Sande erfuhr Bulbjerg viele interessante Dinge. Aber eine Information wiegt schwerer als alle anderen zusammen … Und ich denke, jetzt sind Sie dran, Oxen.«

Mossman leerte sein Wasserglas, ohne ihn aus den Augen zu lassen. Oxen war an der Reihe.

»Als Franck und ich den geheimen Raum unter Nørlund Slot entdeckten, habe ich eine Ledermappe von dort mitgenommen. Kurz darauf wurden wir zwar überwältigt, aber ich konnte die Mappe noch in der Bibliothek zwischen ein paar Bücher schieben. Später, als die ganze Sache überstanden war, bin ich in aller Ruhe zurückgegangen, habe mir die Mappe geholt und bin wieder verschwunden. Ich wusste nicht so recht, was ich damit anfangen sollte. Es war wohl hauptsächlich ein Gefühl, dass alles, was man gegen den Danehof verwenden kann, irgendwann mal wertvoll sein könnte. Franck und ich hatten den Museumsdirektor im Zuge unserer Ermittlungen kennengelernt. Ich wusste, dass er an einer wissenschaftlichen Arbeit über den Danehof arbeitete und deshalb … Ich habe ihm einen Teil des Materials geschickt, ohne groß darüber nachzudenken, dass es ein Risiko für ihn darstellen könnte. Aber ich wusste natürlich nichts von seiner Familiengeschichte … Und die brisantesten Aufzeichnungen habe ich für mich behalten.«

Er sah zu Axel Mossman hinüber, der konzentriert zuhörte, aufrecht und mit einem Kissen im Rücken. Der PET-Chef zog die Augenbrauen hoch.

»Die brisantesten?«

»Ich habe eine Reihe von Listen«, fuhr Oxen fort. »Genauer gesagt, ein Verzeichnis der Mitglieder des Danehof Nord. Er besteht genau wie Süd und Ost aus drei sogenannten Ringen, kleinen Untergruppen mit jeweils fünf Mitgliedern. Alles in allem also fünfzehn Personen. Sie leben verteilt über das ganze Land, sind aber alle im Bereich Nord zur Welt gekommen.«

Mossman verzog keine Miene.

»Namen?«

»Jetzt sind Sie wieder dran.«

»Vitus Sander hat Bulbjerg erzählt, wer nach dem Tod des alten Botschafters Corfitzen die Führung von Nord übernommen hat.«

Diese Eröffnung überrumpelte ihn. Und dasselbe galt auch für Franck, das konnte er an ihrem Gesichtsausdruck ablesen.

Was Mossman da gerade gesagt hatte, bedeutete nichts anderes, als dass die Tür zur Spitze offen stand. Das war nicht nur wertvolles Wissen oder eine gute Spur. Nein, es war der direkte Weg zum Kopf der Organisation.

»Und was ist mit den Hinweisen, die zu Süd führen?«, fragte er.

»Sie sind so präzise, dass sie sogar einen konkreten Ort benennen. Weiter sind wir nicht mehr gekommen, weil … Jetzt sind Sie wieder an der Reihe, Oxen. Um welche Namen geht es?«

»Die Liste mit den fünfzehn Namen enthält einen Minister, nämlich Rosborg, vier führende Parlamentarier, einen Staatssekretär, sechs Schwergewichte aus dem Bereich der Wirtschaft, einen Bischof, einen Chefredakteur und einen Universitätsrektor … Jetzt wieder Sie.«

»Ja oder nein?«

Der Zeitpunkt war gekommen. Oxen und Franck sahen sich an. Wenn er jetzt ausstieg, war Mr White umsonst gestorben.

»Ja«, antwortete er.

»Ja«, sagte auch Margrethe Franck.

»*Well,* sämtliche Bewegungen, die wir nach Bulbjergs vorgetäuschtem Tod aus dem Hintergrund beobachtet haben, führen zu einer einzelnen Person und zu einem ganz konkreten Ort: Gram Slot in Südjütland.«

»Und wer ist aktuell an der Spitze von Nord?«

»Ich bin mir sicher, dass Sie sich noch gut an die betreffende Person erinnern, Oxen.«

Axel Mossman sah sie mit einem unergründlichen Blick an, erst ihn, dann Franck und dann wieder ihn. Dann ließ er die Bombe platzen.

»Karin ›Kajsa‹ Corfitzen. Sie ist die Nachfolgerin ihres Vaters. Die erste Frau, der es jemals gelungen ist, das Triumvirat aufzubrechen, das durch alle Jahrhunderte den Danehof angeführt hat.«

58.

Er lag ausgestreckt auf dem Bett, nur in Unterhose, auf dem Bauch die Whiskyflasche. Ihm war warm. Das Stallgebäude war offenbar gut isoliert worden, als man seinerzeit beschloss, das ganze Ding auszuräumen und drei kleine Ferienwohnungen darin unterzubringen.

Der Fernseher lief. Er hatte eine Weile herumgezappt, ohne auf das Programm zu achten.

Franck hatte mit skeptischem Blick eingewilligt, ihm eine Flasche zu kaufen. »Schottische Medizin«, wie er es ironisch nannte. Er musste einfach abschalten und endlich ein paar Stunden am Stück schlafen. Vor ihnen lagen anstrengende Ermittlungen.

Am nächsten Tag würden sie sich gleich morgens mit Axel Mossmans Neffen treffen. Die kleine Gruppe Eingeweihter, von der nur Christian Sonne übrig geblieben war, hatte sich in einem Haus in Nyborg eingerichtet, wo er ab morgen übernachten konnte.

»Mehrere Tage nach dem Mord an dem Eigentümer einer Fischzucht in der Nähe von Brande, Jütland, fahndet die Polizei weiterhin unter Hochdruck nach dem mutmaßlichen Täter.«

Er setzte sich abrupt auf.

»Es handelt sich dabei um den hochdekorierten Kriegsveteranen Niels Oxen, einen ehemaligen Angehörigen des Jägerkorps. Er wohnte und arbeitete bei dem Opfer. Oxen, der vermutlich bewaffnet ist, gilt als psychisch labil und ausgesprochen gefährlich.«

Während der Mann im Studio weiterredete, wurde eine Landkarte eingeblendet, auf der Brande markiert war. Dann folgte das bekannte Foto, das ihn mit Bart und langen Haaren zeigte, aufgenommen im Aalborger Präsidium.

Vom Studio schalteten sie weiter zu einem Reporter, der in der Dunkelheit vor einer Polizeistation stand und mit düsterer Miene und tiefen Falten im Gesicht berichtete, dass die Polizei die Suche nach dem Mann, *»der als Elitesoldat darauf trainiert ist, zu töten«*, ausgeweitet habe. Nach dem Tipp eines Lkw-Fahrers habe man sich ursprünglich auf das Gebiet rund um die Hauptstadt konzentriert, aber nachdem man einen weiteren Hinweis eines Bauern aus der Nähe von Sønder Felding erhalten habe, sei der Einsatz in Mittel- und Westjütland massiv aufgestockt worden.

Er schaltete den Fernseher aus. In dem kleinen Zimmer wurde es dunkel.

Es war gut, dass er eine neue Unterkunft gefunden hatte, aber die Tatsache, dass er gesucht wurde, stellte zweifellos ein erhebliches Problem für ihre Ermittlungen dar.

Im Augenblick konnte er nur froh darüber sein, dass dieser Bauer die Polizei mit seinem Tipp in die Irre geführt hatte, die ihren Fokus daraufhin von Seeland nach Jütland verschoben hatte – während er hier lag, genau dazwischen, auf Fünen. Aber es war nur eine Frage der Zeit, wie bei jedem, der gesucht wurde.

Er trank einen ordentlichen Schluck aus der Flasche, ließ sich wieder auf den Rücken fallen und schloss die Augen.

Sein Körper entspannte sich, aber sein Kopf arbeitete auf Hochtouren, Gedankenfetzen schwirrten darin herum, die einfach nicht zusammenpassen wollten und keinen Sinn ergaben.

Axel Mossman und seine Erklärungen im Krankenhausbett … Er hatte zwar selbstironisch geklungen wie eh und je, doch er war ein anderer Mensch geworden. Da war kein Überschuss an Energie mehr. Der PET-Chef verfügte nicht mehr über die notwendigen Ressourcen, um geschickt zu taktieren und Netze zu spinnen. Seine alte Kampflust war verschwunden. Er war schwer getroffen, weil er für den Tod von vier Menschen mitverantwortlich war.

Aber war er wirklich gebrochen? Konnte man Mossman jemals über den Weg trauen?

»A. T., wie heißt der Dolmetscher?«

»Abdul R.«

»War der nicht auch dabei, als sie neulich in eine Sprengstofffalle geraten sind?«

»Doch.«

»Und in dem Hinterhalt nördlich von Laschkar Gah?«

»Ich bin nicht sicher, aber ich glaube schon. Warum fragst du?«

»Irgendwas an dem Mann gefällt mir nicht. Ich habe ihn neulich heimlich beobachtet. Er redet zu viel mit den Einheimischen hier. Und er schaut sich zu oft über die Schulter.«

»Kandahar hat ihn überprüft.«

»Kandahar – na und? … Ich vertraue ihm nicht. Ich will ihn in diesem Compound nicht dabeihaben. Ich will nicht, dass wir seinetwegen von Daisy Chains oder irgendwelchen anderen beschissenen Sprengfallen in Fetzen gerissen werden.«

»Oxen, denkst du nicht, du übertreibst?«

»No way, A. T. Sie müssen uns einen anderen Dolmetscher stellen. Kümmerst du dich darum?«

> »Sierra 60, hier ist Xray 14. Mission aborted. Anweisung von Xray 05. Ende.« <

Wie hieß es noch gleich? Man kann einen Araber bezahlen, aber man kann einen Araber niemals kaufen. Er trank noch einen Schluck aus der Flasche. »Vertraue niemandem. Niemals.« Er wiederholte es leise für sich selbst.

Vielleicht war die Stunde der Niederlage in Wahrheit der Moment, in dem man sich vor Mossman am allermeisten in Acht nehmen musste? Weinenden Krokodilen sollte man nicht zu nahe kommen.

Hatte Mossman etwa einen doppelten Bluff eingefädelt? Eine Inszenierung der Inszenierung arrangiert?

Hatte er ihn und Franck damit endlich genau da, wo er sie haben wollte? Waren sie mit dem Feind ins Bett gegangen?

Er setzte sich auf, trank einen letzten Schluck und stellte die Flasche weg. Ihm blieb nichts anderes übrig, als sich anzuziehen und sich mit einem Joint hinaus in die Nacht zu setzen. In seinem Kopf drehte sich alles viel zu schnell. Vielleicht würde ihm eine Portion Gras aus seinem Vorrat die nötige Ruhe verschaffen.

Er brauchte wirklich etwas Schlaf. Morgen würde es losgehen.

59.

Gut gekleidet, in Tweedjacke und dunkelgrauer Hose, mit schwarzen Schuhen und einem grauen Filzhut saß der ältere Herr auf der Bank. Offensichtlich genoss er die grüne Umgebung und den herrlichen Blick über den Fluss, den Spazierstock zwischen die Knie geklemmt.

»Der Mann ist ein Graf, Erik Grund-Löwenberg von Gram Slot in Südjütland. Er ist fünfundsiebzig Jahre alt. Ich lasse es von hier ab laufen. Gleich tut sich etwas«, sagte Mossmans Neffe, Christian Sonne, der den Auftrag hatte, ihn und Margrethe zu unterstützen.

Der Laptop stand auf dem Küchentisch. Oxen und Franck starrten den alten Mann auf dem Bildschirm an. Ungefähr eine halbe Minute später tauchte ein zweiter Mann auf, der in gemächlichem Tempo näher kam. Er setzte sich ebenfalls auf die Bank und stellte eine Aktentasche zwischen sich und den älteren Herrn.

Er war schätzungsweise Ende vierzig, hatte eine hohe Stirn und war ordentlich gekleidet. Man sah, dass die beiden Männer miteinander redeten, aber das Gespräch verlief sehr diskret.

Wenig später stand der zweite Mann wieder auf und schlenderte davon. Seine Aktentasche ließ er auf der Bank zurück.

»So, das war die Übergabe. Gleich steht der alte Graf auf und setzt seinen Spaziergang fort. Er kehrt zurück in die Innenstadt, wo sein Wagen in einem Parkhaus steht. Ich muss nur kurz die nächste Sequenz raussuchen.«

Margrethe Franck kam Oxen zuvor. »Was war in der Aktentasche?«

»Das wissen wir natürlich nicht«, antwortete Sonne. »Aber wir haben eine konkrete Vermutung. Über den Buschfunk im Polizeipräsidium von Odense haben wir erfahren, dass jemand den Computer des leitenden Ermittlers H. P. Andersen angezapft hat. Ein Kollege hat einen Mann in Andersens Büro dabei überrascht, wurde aber niedergeschlagen. Die Aufnahme, die wir eben gesehen haben, stammt vom Vormittag des darauffolgenden Tages.«

»Und wer ist der zweite Mann?«, fragte Oxen.

»Ivar Kvist, IT-Berater mit eigener Firma. Wohnhaft in Snekkersten, Nordseeland. Er besitzt ein teures Haus, teure Autos und eine teure Ehefrau, ist aber sonst unauffällig. Die Kollegen in England und Frankreich hatten ihn im Zusammenhang mit ein paar exklusiven Datendiebstählen im Visier, aber man konnte ihm nichts nachweisen. Er ist noch nie angeklagt worden.«

Mossmans Neffe klickte ein paarmal mit der Maus, dann startete eine neue Szene am Odense Å.

»Vier Tage später, derselbe Ort, dieselben Personen.«

Konzentriert verfolgten sie das Geschehen. Der Ablauf war identisch, nur dass dieses Mal ein großes Kuvert statt einer Aktentasche den Besitzer wechselte.

»Was sich in diesem Kuvert befindet, wissen wir nicht«, warf Sonne schnell ein.

Er suchte noch eine weitere Aufnahme heraus. Graf Grund-Löwenberg saß in einem silbernen Rover.

»Wir befinden uns bei der Monarch-Raststätte am Knudshoved, unmittelbar vor der Brücke«, erklärte Sonne.

Ein Mann mittleren Alters, der eine braune Lederjacke trug, setzte sich unauffällig in den Wagen.

»In zehn Minuten steigt er wieder aus. Sein Name ist Lars Johansen. Er ist ein ehemaliger Berufssoldat, der in den letzten Jahren international im Bereich Security tätig war, unter anderem hat er lange Zeit für den amerikanischen Konzern Black Rose Security gearbeitet. Mittlerweile hat er sich selbstständig gemacht. Wir haben eine ziemlich genaue Vorstellung davon, worum es in diesem Gespräch gegangen ist. Wir haben Johansen beschattet, während er gemeinsam mit seinem Partner über mehrere Tage Erkundigungen in der Drogenszene von Nyborg eingeholt hat. Die beiden haben überall Fragen über den Museumsdirektor gestellt und eine Belohnung für sachdienliche Hinweise ausgesetzt. Wir gehen davon aus, dass Johansen hier gerade seinen Auftraggeber informiert. Und dann habe ich noch eine letzte Aufnahme«, sagte Sonne.

Als die nächste Sequenz begann, saß der Graf im selben silbernen Auto und wartete.

»Diesmal befinden wir uns auf einem anderen Rastplatz. Monarch Harte Nord, an der Autobahn in Richtung Esbjerg, kurz hinter der Ausfahrt Kolding«, erklärte Sonne.

Ein weiterer Mann, ungefähr im selben Alter wie der vorige, näherte sich dem parkenden Wagen des Grafen.

»Achtet auf seine Hand. Ein Kuvert.«

Sonne tippte mit dem Finger auf den Bildschirm.

»Das ist Johansens Partner, Nick Campbell. Britischer Staatsbürger, Exsoldat und ebenfalls ehemaliger Angestellter bei Black Rose Security. Außer den Ermittlungen im Drogenmilieu haben die beiden auch noch eine Observation für den Grafen übernommen. Sie saßen versteckt in einem Transporter und haben sämtliche Gäste registriert und fotografiert, die auf Bulbjergs Beerdigung waren. Also vielleicht hat er da gerade einen USB-Stick mit Fotos oder irgendwas in der Art übergeben. Da du auch dort warst, Franck, hat der Graf dich im Archiv«, sagte Sonne.

Franck verzog das Gesicht bei dem Gedanken.

»Und jetzt?«, fragte Oxen. »Sind die beiden hier immer noch aktiv? Und was ist mit diesem Computertypen?«

»Wir haben die Überwachung des Grafen vor einer Woche eingestellt. Johansen und Campbell haben sich offenbar vom Acker gemacht, dasselbe gilt für unseren Meisterdieb Ivar Kvist. Seit diese Aufnahmen entstanden sind, hatte der Graf keinen Kontakt mehr zu ihnen.«

»Mossmans Strategie ist also tatsächlich aufgegangen. Zumindest teilweise«, stellte Franck fest.

»Das Manöver mit dem Mord im Schloss hat plangemäß funktioniert. Sie wurden ins Licht gelockt, und wir konnten sie sehen. Und jetzt wissen wir, wer die Spinne im Netz ist – der Graf.«

»Habt ihr noch mehr über ihn? In seinem Alter steht er wohl eher auf der Passivliste des Danehof.«

Christian Sonne nickte.

»Ja, das hat mein Onkel auch gesagt. Der Graf war früher vermutlich ein wichtiges Mitglied des Danehof Süd, aber er wird diesen November sechsundsiebzig. Deshalb konzentrieren wir uns jetzt auf seinen Sohn Villum.«

»Warum Villum? Hat er keine weiteren Kinder?«, hakte Franck nach.

»Doch, eine verheiratete Tochter in den USA und einen zweiten Sohn, aber der ist schwerbehindert und lebt in einer entsprechenden Einrichtung. Villum ist sechsundvierzig Jahre alt und ein erfolgreicher Geschäftsmann. Er ist hervorragend ausgebildet und hat in England Informatik studiert. Er ist Miteigentümer und Gründer der Firma Castle & Unicorn Corp., die Computerplattformen und Software für Investmentmanagement, Portfoliomanagement und etliche andere Bereiche entwickelt. Alles Dinge, die mit der Kontrolle und Optimierung von Geldströmen zu tun haben. Die Firma ist in der Schweiz börsennotiert. Das Ganze ist extrem erfolgreich. Allein im letzten Jahr ist der Kurs um fast hundertzwanzig Prozent gestiegen. Villum Grund-Löwenberg sitzt gemeinsam mit dem Mitbegründer, einem kanadischen Studienfreund, auf einem Hauptteil der Aktien. Anfangs investierte irgendein Kapitalfonds in die neue Firma der beiden, der immer noch beteiligt ist, auch wenn zwischenzeitlich Anteile weiterverkauft wurden. Villum ist heute Eigentümer seines Elternhauses, Gram Slot, seine Eltern bewohnen dauerhaft nur einen der Schlossflügel. Er selbst lebt die meiste Zeit in Kopenhagen, wo sich seine große Entwicklungsabteilung befindet, aber er hat noch eine weitere Wohnung in Zürich, und dort ist auch der Hauptsitz seiner Firma. Mindestens einmal im Monat schaut er zu Hause in Gram vorbei. Mein Onkel sagt, dass ihr euch auf ihn konzentrieren solltet. Er hat das nötige Gewicht, um im Danehof ganz oben mitzuspielen.«

»Villum? Nie gehört«, murmelte Franck. Man sah förmlich, wie es ihr in den Fingern juckte, mehr über ihn herauszubekommen.

»Es heißt, er sei ausgesprochen diskret und zurückhaltend. Im letzten Jahr war er im Börsenmagazin unter den Top Ten der einflussreichsten Dänen aufgeführt. Und übrigens auch unter den zehn reichsten. Er ist hervorragend vernetzt und pflegt Kontakte zu vielen bedeutenden Persönlichkeiten aus der Wirtschaft sowie zu einer Handvoll überaus mächtiger Politiker.«

»Ist der Mann stumm oder so? Wenn er sich irgendwann mal in die politische Debatte eingemischt hätte, würde ich ihn doch kennen«, sagte Franck.

»Vermutlich werdet ihr nicht viele Zitate finden, Villum hat sich nur selten zu irgendeinem Thema geäußert. Aber wahrscheinlich ist das Absicht. Macht zu besitzen und auszuüben – und sich gleichzeitig vom Rampenlicht fernzuhalten«, sagte Sonne.

»Wo ist er jetzt?«

»In Kopenhagen. Er hat ein Penthouse im Tuborg Havnepark.«

Das alles klang äußerst interessant. Es erschien ihm absolut plausibel, dass Villum der Mann an der Spitze des Danehof Süd war. Wenn die Information stimmte, dass Kajsa Corfitzen die Leitung von Nord von ihrem Vater übernommen hatte, dann bildeten die beiden ein starkes Team. Sie stammten aus derselben starken Generation.

Sie waren nicht mehr ganz jung, also genau im richtigen Alter, und dazu hervorragend ausgebildet. Kajsa hatte Wirtschaft studiert und sich erfolgreich im Finanzsektor etabliert, während Villums Branche die technischen Voraussetzungen schuf, um die Geldströme genau dieses Finanzsektors zu lenken. Und beide hatten die traditionsreiche Geschichte ihrer Familie im Rücken.

Blieb noch eine letzte Frage: Wer saß auf dem dritten und mächtigsten Posten als Leiter des Danehof Ost? Selbst wenn es nicht ausdrücklich in den Unterlagen stand, war es zwischen den Zeilen doch deutlich herauszulesen: Der Leiter von Ost nahm einen besonderen Status ein. Aber sie hatten keine Ahnung, wer es sein könnte. Nirgends war auch nur die Spur einer Antwort in Sicht.

Sie mussten sich herantasten und sich immer tiefer in das Zentrum der Macht vorarbeiten.

Oxen stand auf und fing an, in der kleinen Küche auf und ab zu gehen und dabei laut zu denken.

»Wir haben eine Menge Vermutungen und möglicher Zusammenhänge. Aber wir können nichts bewegen, solange wir hier sitzen und Löcher in die Luft starren. Wir müssen raus und uns an ihre Fersen heften. Im Augenblick haben wir zwei vorrangige Ziele: Das Wichtigste ist, zu überprüfen, ob Villum tatsächlich Süd leitet. Und wenn wir etwas Brauchbares finden wollen, etwas Handfestes, mit dem man ihnen drohen kann, dann müssen wir an ihr Archiv herankommen. Wie auf Nørlund Slot letztes Jahr, Franck. Das sind unsere beiden Aufgaben.«

Franck und Sonne nickten.

»Okay«, sagte Oxen. »Franck, lass uns loslegen. Ein paar Übersichtskarten, Grundrisse und zusätzliche Hintergrundinformationen wären sicher hilfreich. Gram ist nicht gerade um die Ecke. Wir müssen dorthin, um uns einen Überblick über die Gegebenheiten vor Ort zu verschaffen.«

»Es dürfte schwierig werden, sich draußen frei zu bewegen, wenn man gerade *most wanted* ist. Wir müssen unglaublich vorsichtig sein, Niels. Wenn sie dich erst mal verhaftet haben, sind wir erledigt«, erwiderte sie.

»Ich kann hier nicht einfach nur herumsitzen. Denkst du, die Dinge erledigen sich von selbst? Nichts erledigt sich von selbst! Man muss um jeden Zentimeter kämpfen!«

Aber sie hatte natürlich recht. Und ihm blieb nichts anderes übrig, als das zuzugeben und sich damit abzufinden, dass es keine schnelle Lösung geben würde. Seine einzige Chance auf einen Freispruch lag darin, die Schuld der dunklen Männer zu beweisen. Irgendwo auf dem Weg zum Zentrum der Macht lag der Schlüssel zu seiner Freiheit. Und den würde er niemals finden, wenn er hinter Gittern saß.

Er wollte gerade zurückrudern, als Franck laut weiterdachte.

»Aber wir müssen uns da draußen natürlich bewegen können. Wir sollten es mit Perücke, Bart und Brille versuchen.«

»Perücke? Ich ziehe doch keine …«

»Ach, nicht? Okay, dann bleibst du einfach hier und rührst dich nicht vom Fleck.«

Christian Sonne räusperte sich. »Also, wenn ich kurz etwas sagen dürfte … Wir haben unsere Hausaufgaben schon gemacht. Wir haben die ganze Situation und verschiedene Möglichkeiten mit meinem Onkel diskutiert. Er sagt dasselbe wie du, Oxen: Als Erstes müssen wir beweisen, dass Villum der Leiter ist, und dann das Archiv finden. Ich habe alle Karten hier, die man sich vom Schloss und der Umgebung nur wünschen kann. Und es gibt einen fertig ausgearbeiteten Plan. Wir sind nur nicht mehr dazu gekommen, ihn in die Tat umzusetzen.«

»Einen Plan?« Oxen blieb abrupt stehen.

Franck drehte sich zu Sonne um und sah ihn fragend an.

»Der Plan ist simpel, und wir haben schon die gesamte Ausrüstung vorbereitet, die man dafür braucht«, fing Sonne an zu erklären.

60.

Diese verdammte Schadenfreude. Ließ man diese seltsame menschliche Regung auch nur für einen kurzen Moment von der Leine, hatte sie die unangenehme Eigenschaft, wie ein Bumerang zurückzukommen und einem ungebremst in die Fresse zu fliegen.

Während er langsam durch das Labyrinth aus identischen weißen Gängen marschierte, versuchte er sich an sein Schulwissen über die alten Griechen zu erinnern, aber er hatte es seit Jahrzehnten nicht mehr aufgefrischt. Und das wenige, das hängen geblieben war, verstaubte seither in der hintersten Ecke seines Gedächtnisses.

Es gab die Nemesis – und es gab ... Er kam einfach nicht drauf. Erst als er in den Aufzug stieg und auf den Knopf drückte, fiel es ihm wieder ein: die Hybris ... genau. *Nemesis* und *Hybris.*

Der Aufzug blieb stehen, und er betrat die nächste weiße Etage, die genauso aussah wie das Erdgeschoss, das er eben verlassen hatte.

Die Hybris war der Hochmut, der in der Vorstellung der alten Griechen die größte Sünde darstellte. Und die Nemesis war die Strafe, das Schicksal, der Untergang. Sein Lehrer, dessen Namen er erfolgreich verdrängt hatte, hatte immer ganz begeistert über diese beiden Pole philosophiert.

Wenn er gleich das Zimmer betrat, würde er deshalb alles daransetzen, seine Schadenfreude zu unterdrücken. Er durfte sich auf keinen Fall etwas anmerken lassen. Mit keinem Wort, sei es noch so unbedeutend, und mit keiner Miene durfte sie zum Ausdruck kommen. Niemand sollte ihm etwas vorwerfen können. Er hatte eine äußerst ungewöhnliche Aufgabe vor sich, und er würde sie professionell und mit dem gebotenen Respekt erledigen.

Gleichzeitig ermahnte er sich, dass die Ehrfurcht, die er leider ebenfalls verspürte, genauso wenig an die Oberfläche dringen durfte.

Er blieb stehen und klopfte. Nach einem dröhnenden »Herein!« trat er in das Zimmer. Der PET-Chef Axel Mossman hatte wieder Farbe im Gesicht und sah wesentlich besser aus als beim letzten Mal. Er trug eine Strickweste über dem Krankenhausnachthemd und thronte aufrecht in seinem Bett.

»Ah, der zuständige Kommissar ... Kommen Sie herein, Andersen. Setzen Sie sich.«

Mossman nickte zu einem der Stühle, die vor dem Fenster standen. Er wirkte ernst, obwohl er lächelte.

»Was kann ich für Sie tun?«, fragte Mossman. Er gehörte zu diesen anstrengenden Zeitgenossen, die immer als Erstes die Initiative ergriffen.

Andersen zog sich einen Stuhl heran und setzte sich in angemessenem Abstand ans Bett.

»Ich bin hier, um Ihnen mitzuteilen, dass ein Haftbefehl gegen Sie erlassen wurde. Und Sie sollten wissen, dass ich Untersuchungshaft beantragen werde. Wenn die Ärzte grünes Licht geben, werden Sie schon morgen dem Haftrichter vorgeführt. So, jetzt wissen Sie Bescheid.«

Mossman sagte kein Wort und starrte nur grimmig auf seine nackten Zehen, die unter der Decke herausragten.

Das Schweigen zwischen ihnen knisterte förmlich, aber er hatte nicht die Absicht, klein beizugeben. Er hatte die Karten auf den Tisch gelegt. Und damit basta.

Als Axel Mossman schließlich den Kopf drehte und ihn ansah, sprühten seine Augen Funken.

»*Well* …«, sagte er schließlich. Offenbar riss sich der Riese dabei gewaltig zusammen, denn sein Bass klang ruhig und geradezu sanft. »Und wie ist der Herr Kommissar zu dieser interessanten Entscheidung gelangt?«

Da war sie wieder, die PET-Arroganz. Ihn mit zuckersüßer Stimme in der dritten Person als »der Herr Kommissar« anzureden war typisch für dieses Geheimdienstpack, das sich selbst als Hochadel des Staatsapparats betrachtete. Das war nichts anderes als … Hybris.

»Die Techniker haben ihre Arbeit natürlich noch nicht beendet, aber sie haben uns bereits einen Teil der ballistischen Untersuchungen übermittelt. Alles deutet darauf hin, dass Sie, Herr Mossman, Informationen zurückhalten.«

»Exakt. Aus Gründen der Sicherheit. Darüber habe ich Sie bereits in Kenntnis gesetzt.«

»Aber Sie haben gelogen, was die Umstände der Verbrechen betrifft. Darum auch der Haftbefehl.«

»Das ist alles?«

»Mittäterschaft bei drei Morden und das Zurückhalten äußerst wichtiger Informationen. Wenn man bedenkt, dass Sie der oberste Chef des PET sind, sieht das nicht gerade gut aus.«

»Für wen, wenn ich fragen darf?«

Er beschloss, diese Spitze zu ignorieren. Ein leichtes Lächeln umspielte Mossmans Lippen. Jedes Mal, wenn der PET-Chef nachdachte oder sprach, überkam ihn das unbestimmte Gefühl, dass dieser Mann ihm im Kopf immer schon mehrere Schritte voraus war.

»Untersuchungshaft, sagen Sie. Wie lange denn?«

»So lange wie möglich. Wir wissen inzwischen, dass das Projektil, das Ihren Körper durchdrungen hat und in der Wand stecken geblieben ist, aus der Pistole stammt, die in Bulbjergs Hand gefunden wurde. Erklären Sie mir, wie das möglich ist. Außerdem zeigen die Untersuchungen, dass die Schüsse, mit denen Bulbjerg und Ihre sogenannten Mitarbeiter getötet wurden – dass diese Schüsse aus Ihrer Waffe abgefeuert wurden, Mossman. Das lässt nur einen Schluss zu: Tödlich verletzt, gelang es Bulbjerg noch, Sie zu treffen. Sie stürzten, knallten mit der Stirn gegen den massiven Couchtisch und verloren das Bewusstsein. Für mich klingt das ziemlich einfach. Aber erklären Sie mir gern, wie Sie diese Fakten anders auslegen wollen.«

Mossman kniff die Augen zusammen und schüttelte langsam seinen großen Kopf. Dann antwortete er, und seine Worte waren kaum lauter als ein Flüstern.

»Meine Waffe? Was für ein Unsinn. Ich besitze keine Waffe, schon seit Jahren nicht mehr. Die haben das inszeniert. Um mich fertigzumachen. Einzig und allein aus diesem Grund. Sagen Sie … Sind Sie sich überhaupt darüber im Klaren, was Sie da tun? Haben Sie sich auch nur den geringsten Gedanken über die Konsequenzen gemacht?«

»Ich versuche, drei Morde aufzuklären, vier, wenn wir Bulbjergs Ehefrau mitzählen. Das ist das Einzige, worüber ich mir im Augenblick Gedanken mache. Und welche Rolle Sie dabei spielen, dieser

Frage werde ich auch auf den Grund gehen. Sollten Sie unschuldig sein, werden wir das ja früher oder später herausfinden.«

Es gelang ihm ganz gut, sich zu zügeln. Keine Hybris. Keine Wut. Kühl und ausgeglichen, genau wie er es von sich erwartet hatte.

»Wenn Sie wirklich denken, dass ich auf dem Holzweg bin, dann können Sie die Situation ganz einfach klären, indem Sie mir die Wahrheit sagen. Sowohl was die Morde betrifft als auch das Motiv dahinter«, fuhr er ruhig fort.

Mossman starrte wieder nur stumm auf seine Zehen. Vielleicht weil er der Ansicht war, dass zehn dicke Zehen klüger waren als ein Inselkommissar. Doch dann war es so weit. Mossman verlor die Beherrschung. Sein Tonfall wurde beißend.

»Wenn Sie erfahren, was hinter den Morden steckt … Wenn Sie die nackte Wahrheit wie einen Teppich vor sich ausgerollt haben, dann bricht die Hölle hier erst richtig los. Die Komplexität dieses Falles übertrifft alles, was wir in diesem Land je erlebt haben. Die Sache ist so … erdrückend groß. So hässlich, abstoßend und skandalös für unsere Demokratie, dass sie für jeden, wirklich jeden, unbequem sein wird.«

Mossman griff nach seinem Wasserglas und trank einen Schluck, bevor er weitersprach, langsam und ohne den Blick von ihm abzuwenden.

»Und eins kann ich dem Herrn Kommissar versprechen … Sollte dieser Fall je an die Öffentlichkeit gelangen, dann wird von dem Glanzbild unserer glücklichen kleinen Monarchie, in der Zinnsoldaten mit Bärenfellmützen die heilige Einfalt bewachen, nichts mehr übrig sein. Aber niemand möchte sich seine Traumwelt zerstören lassen. In Wahrheit will niemand, dass dieser Fall ans Licht kommt. Deshalb gibt es Menschen wie mich, und deshalb bekommen Sie auch keine Informationen. War das jetzt deutlich genug?«

Mossmans Worte klangen groß, undurchschaubar und bedrohlich. Aber Andersen hielt sich an die Wirklichkeit. Und in der Wirklichkeit lagen vier Morde auf seinem Schreibtisch. Darunter ein Mann, der zweimal erschossen worden war. Alles andere war Theaterdonner.

»Sie haben sicher Ihre Gründe, Mossman. Und ich habe meine. Ich werde Wachen vor Ihrer Tür anordnen. Morgen Vormittag werden Sie abgeholt.«

»Sie sind doch total verrückt … Verschwinden Sie!«

Mossman schlug mit seiner rechten Pranke in die Luft wie ein gereizter Grizzly. Dann ließ er sich in sein Kissen zurücksinken und würdigte ihn keines Blickes mehr.

Andersen stand auf, ließ den Stuhl stehen, wo er war, und verließ das Zimmer.

61.

Der Plan war kein chromglänzender Masterplan, der mit einem Schlag alle Probleme lösen würde. Christian Sonne war der Erste, der es aussprach. Aber dafür war der Plan relativ simpel und würde sie einen wichtigen Schritt weiterbringen.

Wenn es gelang, würden sie in einer Frage endlich Klarheit haben: War Villum Grund-Löwenberg wirklich der Leiter des Danehof Süd?

Sie saßen zu dritt in der Küche der kleinen Wohnung im Zentrum von Nyborg, die Mossman als strategischen Stützpunkt angemietet hatte. Auf dem Tisch lagen ein Grundriss von Gram Slot und eine Übersicht der näheren Umgebung.

Sie würden sich Zugang zum Schloss verschaffen und sowohl in Villums Teil des Schlosses als auch in dem Flügel, in dem der alte Graf wohnte, eine Handvoll winziger Mikrofone platzieren.

Danach würden sie eine Bombe hochgehen lassen. Und dann einfach nur zuhören.

Wenn alles wie vorgesehen verlief, würde die Abhöraktion ihnen Gewissheit verschaffen. Erst dann konnten sie die weiteren Schritte vorbereiten.

»Wir sind nicht mehr dazu gekommen, den Plan im Detail auszuarbeiten«, erklärte Sonne, der ihnen gerade gezeigt hatte, wo sich die Arbeits-, Wohn- und Schlafzimmer im Schloss befanden. »Und wir haben auch noch nicht entschieden, welche Art von Bombe wir hochgehen lassen wollen – Fotos? Schriftliches Material? Videos? Aufzeichnungen der Gespräche zwischen Bulbjerg und Vitus Sander? Wollen wir ihnen mit Oxens gestohlenen Dokumenten vor der Nase herumwedeln? Oder eine Kombination aus allem?«

»Gib dem Grafen das, was ihn am härtesten trifft: bewegte Bilder. Dann kann er sich selbst dabei zusehen, wie er auf einer Bank sitzt und Waren in Empfang nimmt – und sich darüber wundern, wie um alles in der Welt man ihn beschatten konnte. Schick ihm den ganzen Packen Videos. Auch die Sequenzen im Auto«, sagte Franck.

Oxen nickte. Er war ganz ihrer Meinung. Sie mussten den größtmöglichen Schockeffekt erzielen. Als würde man eine Blendgranate in ein kleines Zimmer werfen. Dann blieb dem Alten gar nichts anderes übrig, als sofort zu reagieren. Und da man in der Welt des Danehof solche Dinge nicht am Telefon regelte, würde Villum schnellstmöglich zu einem vertraulichen Vater-Sohn-Gespräch ins Schloss eilen. Sie konnten nur hoffen, dass dieses Gespräch in einem der präparierten Zimmer stattfand, denn dann würden sie mit großen Ohren danebensitzen.

»Okay«, sagte Sonne. »So machen wir es. Was ist mit dem Begleitschreiben?«

»So kurz wie möglich. Die Videos sprechen für sich. Lass sie einfach schmoren«, antwortete Oxen.

»Aber welche Forderung wollen wir stellen? Geld her, und zwar sofort? Oder ein Treffen?«, fragte Franck.

»Geld. Wir waren uns einig, dass Geld am realistischsten ist. Mein Onkel sieht das genauso. Kohle versteht jeder«, erwiderte Sonne.

»Also, wenn ich an deren Stelle wäre, würde ich denken, na ja, ein alter Mann, der auf einer Bank oder im Auto sitzt und sich unterhält, das ist doch kein Verbrechen …«, wandte Franck nachdenklich ein.

»Aber wenn der Absender in der Lage ist, eine derart brillante Überwachung auf die Beine zu stellen, dann muss man diesen Absender ernst nehmen. Und auch davon ausgehen, dass er noch mehr in der Hand hat. So würde ich denken, und das würde mich nervös machen. Ich finde, wir sollten uns auf so wenige Informationen wie möglich beschränken, um den maximalen Effekt zu erreichen. Sagen wir zwanzig Millionen Kronen – und wir melden uns mit weiteren Anweisungen.«

Franck und Sonne überdachten seinen Vorschlag, dann nickten sie.

»Ob zehn oder zwanzig Millionen ist egal. Ich finde, Niels hat recht«, sagte Franck. »Je weniger man weiß, umso größer ist die Verunsicherung.«

»Wir hatten überlegt, parallel auch noch die Wohnung im Tuborg Havnepark zu verwanzen. Aber es dürfte um einiges schwieriger sein, sich Zugang zu einem Luxusloft zu verschaffen als zu einem alten Schloss«, sagte Sonne.

»Wir sollten es trotzdem versuchen. Ich kann das gern übernehmen«, sagte Franck.

Sonne konnte nichts mehr darauf erwidern, denn im selben Moment klingelte eins seiner drei Handys. Das konnte eigentlich nur Mossman sein.

Sein Neffe klang nicht nur überrascht, die Verwirrung stand ihm förmlich ins Gesicht geschrieben. Seine Kommentare waren kurz und verblüfft. Zum Schluss sagte er: »Wir können nur abwarten, morgen wissen wir mehr.«

Christian Sonne starrte auf das Handy in seiner Hand.

»Das war mein Onkel«, sagte er. »Gegen ihn ist Haftbefehl erlassen worden, morgen wird er dem Richter vorgeführt … Andersen hat U-Haft beantragt. Ich kapiere das nicht.«

Sonne gab ihnen eine Zusammenfassung des kurzen Gesprächs. Erst im Laufe des nächsten Vormittags würden sie mehr erfahren. Schweigend saßen sie am Küchentisch, während die Bedeutung dieser Nachricht langsam in ihr Bewusstsein sickerte.

Oxen hob den Kopf. Der unerwartete Angriff des Kommissars schien Franck und Sonne in Unruhe zu versetzen. Er selbst blieb gelassen, ihn machte das alles eher misstrauisch. Ein ähnliches Szenario war ihm durch den Kopf gegeistert, als er mit der Whiskyflasche auf dem Bett gelegen hatte.

»Ich finde das gar nicht so abwegig. Es ist doch merkwürdig, dass sie ihn nicht auch liquidiert haben. Vielleicht ist das Ganze nur Mossmans grandioses Meisterwerk? Eine doppelte Inszenierung?«

»Bei dir traut ja nicht mal die rechte Hand der linken, Oxen.« Franck klang bissig.

»Wenn es so wäre, würde das meinen Onkel zu einem dreifachen Mörder machen, und dazu kann ich nur eins sagen: Niemals. Das ist völlig ausgeschlossen. Ich kenne ihn mein ganzes Leben lang, und wir standen uns immer nah. Nein, wirklich nicht …«

»Und wie würdest du weiter argumentieren, wenn du diesen Verdacht begründen solltest?«, hakte Franck nach. Er konnte ihr ansehen, dass sie den Gedanken im Kopf bereits weiterspann.

»Ich weiß, dass er dein Onkel ist – aber lass mich kurz die Argumente durchspielen, okay?«

Sonne nickte.

»Ich gehe also davon aus, dass Mossman selbst zum inneren Kreis der dunklen Männer gehört. Und dieser Gedanke ist mir nicht mal neu … Was hätte er davon, so eine Szene zu arrangieren? Angenommen, Bulbjerg hat sich mit seinem Wissen an Mossman gewandt. Mossman muss ihm eine Zusammenarbeit vorgaukeln und sein bedingungsloses Vertrauen gewinnen, um herauszufinden, wie viel Bulbjerg weiß. Er muss sich ein Bild davon machen, wie groß der Schaden für den Danehof sein könnte. Indem er Bulbjergs Tod und seine Beerdigung inszeniert, sichert Mossman sich einen gewaltigen Vorteil: Sobald er Bulbjerg sämtliche Informationen entlockt und seine Untersuchung abgeschlossen hat, kann er den Museumsdirektor einfach liquidieren und seine Leiche irgendwo verbuddeln … Niemand würde ihn vermissen. Wieso sollte man jemanden suchen, der bekanntlich tot ist?«

»Und die Ehefrau?« Franck hatte ihm konzentriert zugehört.

»Es gibt zwei Möglichkeiten: Bulbjergs Frau wusste nichts von der ersten Inszenierung. Sie war nur eine trauernde Witwe, die ihren Mann beerdigt hat. Oder … sie haben ihren Tod als Kollateralschaden in Kauf genommen, genau wie den Tod der beiden ehemaligen PET-Mitarbeiter, die Mossman anheuern musste. Die Frau wurde ermordet, als Mossman sich auf Tåsinge aufhielt. Also muss er Helfer gehabt haben, um sie aus dem Weg zu schaffen.«

»Wozu dann die umfangreiche Überwachungsaktion? Wir haben die Schatten zu dritt im Wechsel beschattet«, sagte Sonne.

Oxen zuckte mit den Schultern. Vielleicht gab es noch andere Antworten darauf, aber eine lag auf der Hand: »Alle Anstrengungen waren ein reines Ablenkungsmanöver. Sie sollten sämtliche Beteiligten von Mossmans guten Absichten überzeugen, auch dich, aber vor allem den Museumsdirektor.«

»Also kurz zusammengefasst: Mossman erschießt die anderen – um dann auf sich selbst zu schießen?« Sonne sah wirklich skeptisch aus.

»Falls es so war, hat er irgendwas getan, um Schmauchspuren zu vermeiden. Ich vermute aber eher, dass er einen oder mehrere Helfer für den Job im Ferienhaus hatte.«

»Aber die ganze Vorgeschichte meines Onkels …« Sonne breitete hilflos die Arme aus. »Die Geschichte in seiner Anfangszeit bei der Kripo, der Tod des alten Ryttinger, später der Selbstmord des Sozialdemokraten Gregersen – und seine tote Frau. Das liegt so viele Jahre zurück, Oxen.«

»Das stimmt natürlich. Aber man könnte sich auch fragen, ob

es gewissen Personen nicht sehr gelegen kam, dass ausgerechnet dein Onkel die Ermittlungen in beiden Fällen geleitet hat.«

»Willst du damit sagen, dass er schon damals einer von ihnen war?«, fragte Franck.

»Alles fängt irgendwann mal an …«

Sonne saß am Tisch und schüttelte langsam den Kopf. Franck hatte tiefe Falten auf der Stirn und einen schmalen Mund. Keiner von beiden sagte etwas.

»Setzt das alles mal Stück für Stück zusammen. Egal ob man etwas hinzufügt oder wegnimmt, das Fazit bleibt immer dasselbe: Axel Mossman, der melodramatisch zugibt, meinen Hund auf dem Gewissen zu haben, gewinnt Stück für Stück mein Vertrauen. Und was will er damit? Er will mich dazu bringen, ihm zu sagen, wo sich die Dokumente aus Nørlund Slot befinden. Er will wissen, ob ich Kopien angefertigt habe. Das ist nämlich sein eigentliches Ziel: die Liste mit den fünfzehn Namen zurückzuholen und eine Katastrophe abzuwenden. Und im selben Aufwasch hat er noch eine zweite Bedrohung eliminiert – den Museumsmann, der zu viel wusste. Das ist genial. Da zeigt sich der wahre Meister … Lasst den Gedanken mal einen Moment sacken …«

Christian Sonne war wie versteinert. Sein Gesicht färbte sich rot, während er stumm am Tisch saß und auf die Wand starrte. Dann konnte er sich nicht länger beherrschen.

»Du bist *krank*, Mann! Du stellst alles auf den Kopf, nur damit es am Ende in dein Bild passt. Wegen einem Hund! Ich fasse es nicht …«

Sonne stand so wütend auf, dass der klapprige Küchenstuhl umkippte, und verschwand ins Wohnzimmer. Franck und Oxen sahen sich an. Franck zog die Brauen hoch. Bisher hatte Sonne einen eher zurückhaltenden Eindruck gemacht.

»Was du sagst, klingt plausibel, aber ist das bei Verschwörungstheorien nicht immer so? Dass sie passen, egal wie man es dreht? Armstrong war nie auf dem Mond. Elvis lebt.«

»Ich wittere nicht an jeder Straßenecke eine Verschwörung, Franck. Ich gehe das Ganze nur kritisch an. Je höher sich jemand auf der Leiter befindet, umso wichtiger ist es, wachsam zu sein. So sehe ich das, und so ist es da draußen. Das hat mich mein Leben gelehrt.«

Franck lehnte sich mit dem Stuhl nach hinten, um einen Blick ins Wohnzimmer zu werfen, aber sie konnte Sonne nicht sehen.

»Hör zu«, sagte sie. »Ich glaube, ich kann eine gewisse Logik im Ablauf erkennen. Sie beobachten Vitus Sander. Als Bulbjerg bei ihm im Hospiz auftaucht, schrillen bei ihnen alle Alarmglocken. Sie kennen die Geschichte von Bulbjerg und der Ryttinger-Familie und wissen über den alten Industriemagnaten und den vorgetäuschten Verkehrsunfall von Bulbjergs Eltern Bescheid. Sie haben also allen Grund, kalte Füße zu bekommen. Und das weiß Mossman. Besser als jeder andere. Er simuliert Bulbjergs Tod, um ihn zu beschützen – vor einem schnellen Ende.«

Franck zählte die Ereignisse an den Fingern mit. Bislang waren es drei, jetzt kam ein vierter Finger dazu. »Als Bulbjerg stirbt und beerdigt wird, müssen sie aus der Deckung kommen. Sie müssen wissen, was um alles in der Welt da los ist. Vermutlich hatten sie selbst schon überlegt, ihn auszuschalten, und dann kommt ihnen plötzlich jemand zuvor. Sie kapieren gar nichts mehr. Der alte Graf kümmert sich diskret um die praktischen Angelegenheiten: Er heuert einen Datendieb an, um an die Informationen der Polizei zu gelangen, und zwei ehemalige Soldaten, die die Beerdigung observieren und ein paar Fragen stellen. Sind wir da einer Meinung? Ergibt das Sinn?«

»Ja, so könnte es gewesen sein«, räumte er ein.

»Gut. Allerdings müssen wir hier zwei parallele Entwicklungen im Auge behalten. Zeitgleich mit dem ganzen Mysterium um Bulbjergs Tod ärgern sich die Anführer des Danehof darüber, dass sie mit dir nicht weiterkommen. Eine Pattsituation. Sie wissen, dass du Archivmaterial gestohlen hast, aber sie kommen nicht an dich ran, weil du im Besitz des Videos bist, das den vom Justizminister begangenen Sexmord zeigt. Abgesehen davon haben sie keine Ahnung, wo du steckst. Du könntest in Dänemark sein, in den USA oder in Timbuktu. Sie wissen es nicht. Aber sie wüssten es wahnsinnig gern. Korrekt?«

Damit war der fünfte Finger abgehakt, und Franck hob den sechsten an der anderen Hand hoch.

»Aus Gründen, die wir nicht kennen, beschließen sie plötzlich, Fakten zu schaffen, und opfern ihren Justizminister. In derselben Sekunde, in der er stirbt, ist dein Video wertlos. Jetzt hindert sie nichts mehr daran, die Jagd auf dich zu eröffnen. Und sie legen auch sofort damit los – und zwar mit voller Kraft. Sie heuern eine Handvoll Profis an und blasen zum Angriff auf den Kriegsveteranen Niels Oxen.«

»Das kannst du laut sagen.«

»Siebtens … Sie kennen Axel Mossmans Vorgeschichte. Die alten Morde, die ihn nicht loslassen, und so weiter. Die Sache mit den gehängten Hunden hat ihnen gezeigt, dass er es immer noch ernst meint. Deshalb haben sie permanent ein wachsames Auge auf ihn. Sie fürchten, er könnte irgendwas aushecken. Als er sich nichtsahnend operieren lässt, nutzen sie die Gelegenheit und statten ihn mit einem GPS-Tracker aus. So stöbern sie dich bei den Fischteichen auf und finden das Ferienhaus auf Tåsinge. Das war clever eingefädelt. Und es ist nicht mal unrealistisch.«

Franck richtete den achten Finger auf und fuhr fort.

»Und als alle anderen schließlich tot sind und sie jedes Risiko ausgeschaltet haben, erscheint es geradezu logisch, dass sie Mossman die Morde im Ferienhaus als kostenlosen Bonus anhängen. Was für ein Geschenk. So ergibt alles einen Sinn. Punkt für Punkt.«

Franck streckte die gespreizten Finger in die Luft, um ihre Pointe zu unterstreichen, bevor sie die Rechnung wegwischte und nach ihrem Kaffeebecher griff.

»Sie hätten Mossman doch einfach erschießen können. Dann wären sie ihn für immer los gewesen«, knurrte er.

»Die wollen ihre Macht demonstrieren. Sie spielen mit ihm. Sie spielen mit dem Chef des großen PET. Eine Katze spielt auch mit der Maus. Du hast es doch selbst erlebt. Ihre Macht ist grenzenlos. Stell dir doch mal vor ... Dem PET-Chef einen GPS-Tracker einzupflanzen, wo vorher ein Fettgeschwulst war! Das ist die ultimative Demütigung.«

»Er könnte es selbst eingefädelt haben. Um uns zu überzeugen.«

»Das erscheint mir dann doch eine Nummer zu konstruiert. Ich glaube an die Wahrheit in der einfachen Erklärung. Du wirfst Mossman vor, ständig alles zu verdrehen. Dabei machst du es genauso, Niels.«

»Selbst wenn sie ihn jetzt unter Mordverdacht in U-Haft stecken, ist es noch ein weiter Weg bis zu einer Verurteilung. Es könnte eine Menge technischer Fakten geben, die in eine andere Richtung weisen. Fußabdrücke, Einschusslöcher, Textilfasern – der ganze Kram.«

Franck nickte energisch.

»Ja, stimmt. Das Gesamtbild wird Mossman früher oder später entlasten. Aber das ist egal. Es gehört zum Spiel, ihm einen Stock in die Speichen zu stecken. Schon allein sich erklären zu müssen, um die eigene Haut zu retten, wird eine harte Prüfung für Mossman werden. Sie haben ihn genau da, wo sie ihn haben wollen – unter Kontrolle.«

Oxen nahm einen großen Schluck von dem lauwarmen Kaffee. Eine Weile saßen sie schweigend da. Aus dem Wohnzimmer war immer noch nichts zu hören. Vielleicht versuchte Sonne, sich zu beruhigen. Vielleicht überlegte er, ob er sich entschuldigen sollte. Francks Gedankengänge waren nachvollziehbar und plausibel. Er hatte keine Ahnung, was er glauben sollte.

»Vielleicht hast du recht, Franck. Aber ich traue ihm nicht. Das kann ich einfach nicht.«

»Das ist verständlich, wenn man an Mr White denkt …«

»Whitey, ja … Aber es geht auch um die ganze Sache letztes Jahr. Mossman hätte mich an den Meistbietenden verkauft, ohne mit der Wimper zu zucken.«

»Das ist nicht gesagt. Am Ende hat er nur damit gedroht, und mehr nicht. Abgesehen von Mr White, habe ich Mossman immer als anständigen Menschen erlebt.«

»Vielleicht liegt es auch daran, dass ich einen wahnsinnigen Respekt vor ihm habe, vor seiner Intelligenz und seinem Scharfsinn. Jedes Mal wenn ich mit ihm allein bin … Er gibt mir ein Gefühl von totaler Unterlegenheit, und das mag ich nicht. Verstehst du, was ich meine?«

Franck nickte.

»Oh, ja … Er ist extrem talentiert und erfahren. Aber er ist auch nur ein Mensch aus Fleisch und Blut.«

»Und Fettgeschwulsten«, murmelte er.

Sonne tauchte auf und blieb im Türrahmen stehen.

»Tut mir leid, Oxen … Was ich gesagt habe, war nicht in Ordnung. Ich sehe ihn nur mit anderen Augen als ihr. Er ist mein Onkel, und er ist ein guter Mensch. Mir ist einfach der Kragen geplatzt. Sorry, kommt nicht wieder vor.«

62.

Die Geräusche hörten nicht auf. Es war kein Lärm oder Krach, eher ein Gewirr aus gedämpften Lauten, die von der Straße durch das gekippte Schlafzimmerfenster drangen.

Neuer Ort, neue Geräuschkulisse. In der letzten Zeit prasselte ein Bombardement fremder Laute auf ihn ein, nach der Stille am Waldrand. Jedes Geräusch zuordnen zu können gab einem ein großes Gefühl von Sicherheit.

In dem Haus beim alten Johannes Fisch hatte er abends und nachts Vögel und andere Tiere gehört, und das Rauschen der

Bäume, das je nach Windrichtung und -stärke die Tonlage veränderte. Und dann das Warnsignal, das ihn gelegentlich aus dem Bett gerissen hatte. Noch bis vor Kurzem war es jedes Mal falscher Alarm gewesen, ausgelöst von einem aufgescheuchten Reh, einem Fuchs oder einem anderen Waldbewohner.

Margrethe Francks Wohnung in Kopenhagen war da eine ganz andere Sache gewesen. Mehr Lärm und ein ungewohntes Lautbild, das sich gewaltig vom vorigen unterschied. Und dann plötzlich das Schlagen von Autotüren – was denselben Effekt hatte, als wäre der Alarm im Unterholz ausgelöst worden. Kein falscher Alarm, sondern ein echtes Signal, dass die Jagd begonnen hatte. Über den Dachboden, die Hintertreppe, raus in den Hof – und dann wieder zurück.

Später, in derselben Nacht, wieder eine Serie neuer Geräusche, diesmal in Kihlers Reihenhaus draußen in Brønshøj, wo er Zuflucht gesucht hatte und mit offenen Armen aufgenommen worden war.

Auf dem Bauernhof mit dem Bed-and-Breakfast-Zimmer war es ruhig gewesen, aber jeder Ort hatte seinen eigenen Klang. Da war die Frau, die den Hund hinausließ und wieder ins Haus rief, wenn er fertig gepinkelt hatte. Das Klappern und Rascheln, das aus den anderen Zimmern im Nebengebäude drang, und das leise Brummen der Autos auf der Landstraße.

Jetzt lag er hier, ein Nomade in Nyborg, und versuchte, die neuen Geräusche in der Mellemgade einzuordnen. Der Nachbar war gerade auf dem Klo gewesen und hatte eine volle Ladung durch das Abwasserrohr geschickt. Gegenüber war eine ältere Dame mit dem Taxi nach Hause gekommen. Irgendwo weiter weg warf jemand eine Flasche auf den Bürgersteig. Sie zersprang mit einem dumpfen Knall, gefolgt von lautem Klirren.

Es waren abendliche Geräusche, keine Nachtgeräusche. Es war erst kurz vor zehn. Franck war im Hotel. Sie hatte sich am Nachmittag verabschiedet, als auch Christian Sonne gegangen war, der zurück nach Aarhus musste, um die Abhörausrüstung für den nächsten Tag zu holen. Außerdem wollte er sich um eine Perücke und eine Brille kümmern.

Hätte er nicht mehr gewusst, wozu die Maskerade nötig war, dann hätten spätestens die Fernsehnachrichten seinem Gedächtnis auf die Sprünge geholfen. Es kam ein Bericht über die »Menschenjagd«, die mittlerweile als »gescheitert« bezeichnet wurde. Die Topnachricht des Abends galt jedoch dem wichtigsten Mann des PET, der verhaftet worden war, weil er mit einem undurchsichtigen Mordfall mit mehreren Toten in einem Ferienhaus auf Tåsinge in Verbindung gebracht wurde. Der Beitrag bestand aus einer kruden Mischung von Fakten und Mutmaßungen und Leuten, die sich nicht dazu äußern wollten.

Er hatte den Fernseher ausgeschaltet, noch bevor der Bericht über ihn selbst zu Ende war – und er hatte ihn nicht wieder angemacht.

Aus den spärlichen Resten, die noch im Kühlschrank lagen, hatte er sich ein Abendessen zusammengerührt und nebenbei ein paar Seiten über die Geschichte von Gram Slot und das Geschlecht der Familie Grund-Löwenberg gelesen, die Sonne ihm ausgedruckt und auf den Küchentisch gelegt hatte.

Seitdem war er in der kleinen Wohnung auf und ab getigert und hatte versucht nachzudenken. Küche, Schlafzimmer, Wohnzimmer, hin und her, vor und zurück. Das Ganze war völlig unstrukturiert und brachte ihn kein bisschen weiter.

Schließlich gab er auf, zog sich aus und ging ins Bett, in der Hoffnung auf eine Nacht mit Schlaf.

Sie hatten sich darauf geeinigt, weiter nach Sonnes Plan vorzugehen. Trotz seiner Bedenken hatte er zugestimmt. Zum einen weil Franck ihm seine ewige Skepsis vorgeworfen hatte und zum anderen weil er ihrer Intuition vertraute – aber auch weil es keine Alternative gab.

Es hatte immer wieder lange Phasen in seinem Leben gegeben,

in denen er fast nur Englisch gesprochen hatte. Manchmal dachte er noch auf Englisch und manchmal verdrängten die festen Wendungen und Funksprüche des Militärs das Dänische.

Aber jetzt war es ein ganz gewöhnlicher englischer Ausdruck, der ihm in den Sinn kam, weil er seine Gedanken so treffend zusammenfasste. Er hatte zugestimmt, weil es für einen Mann auf der Flucht in diesem Augenblick keine andere Möglichkeit gab. Weil es zu spät war, um umzukehren.

Er war am *point of no return*, wie seine britischen oder amerikanischen Kollegen überall auf der Welt sagen würden.

Ab hier gab es kein Zurück mehr.

Morgen würden er und Sonne versuchen, sich am helllichten Tag, während das Grafenpaar wie immer um diese Zeit auswärts zu Mittag aß, ins Schloss zu schleichen und Mikrofone zu installieren.

Margrethe Franck sollte unterdessen nach Kopenhagen fahren und sich Zutritt zu Villum Grund-Löwenbergs luxuriösem Loft verschaffen, damit sie auch das abhören konnten. Sie war damit einverstanden gewesen, den Toyota zu nehmen und später nach Brønshøj zu bringen, damit Kihler seinen Wagen wie versprochen zurückbekam. Irgendwann am Abend würde sie dann mit dem Zug nach Nyborg kommen.

Ein Moped ohne Auspufftopf knatterte mit ohrenbetäubendem Lärm die Straße entlang. Ein paar Minuten später folgte ein Auto, in dem die Musik so laut aufgedreht war, dass die Mauern im Takt der Bässe vibrierten, bis es endlich vorbeigefahren war.

Er vermisste die Stille. Er vermisste das Flüstern der Bäume.

Schon in den ersten Tagen hatte er ein paarmal an sie denken müssen, und jetzt fiel sie ihm wieder ein – die Krähe in der Pappkiste. Was wohl aus ihr geworden war? Hatten seine unbekannten Feinde das Haus bis auf die Grundmauern abgefackelt – und die Krähe gleich mit? Oder hatten die Polizisten vor Ort sie bemerkt und sich um sie gekümmert? Vielleicht hatte ihr jemand den Hals umgedreht, um sich lästigen Ärger zu ersparen.

Er hoffte, dass irgendjemand auf die Idee gekommen war, den Vogel freizulassen. Er hätte das inzwischen sicher getan. Aber wahrscheinlich konnte die Krähe sowieso schon längst fliegen, hatte das Durcheinander zur Flucht genutzt und saß jetzt irgendwo in der Nähe auf einem Baum. Der Gedanke gefiel ihm.

Da war ein neues Geräusch. Ganz plötzlich konnte er es hören. Ein leises Klopfen an der Wohnungstür.

In Sekundenschnelle war er aus dem Bett, schnappte sich die Pistole, die auf dem Nachttisch lag, und schlich sich aus dem Zimmer. Als er die Küche durchquert hatte, hörte er ein deutliches Flüstern. Es kam aus dem Briefschlitz – Margrethe Franck.

Er schaltete das Licht an, zog den Riegel zurück und machte ihr die Tür auf.

»Oh, nackt bis auf die Unterhose, aber dafür mit Pistole – gewagte Kombi …«

Sie konnte sich ein Grinsen nicht verkneifen, während sie in den Flur trat. Oxen blinzelte geblendet.

»Ich hätte nicht gedacht, dass du schon im Bett bist. Soll ich wieder gehen?«

»Nein, bleib. Ich konnte sowieso nicht schlafen.«

Er verschwand im Schlafzimmer und sie ging Kaffee aufsetzen. Einen Moment später war Oxen wieder zurück, mit offenem Hemd und immer noch barfuß, aber zumindest hatte er sich eine Hose angezogen.

Am Körper des Kriegsveteranen war nicht ein Gramm überflüssiges Fett zu entdecken. Das war ihr schon im Flur aufgefallen.

Das letzte Mal, dass sie ihn fast nackt gesehen hatte, war vor einem Jahr in einem Hotelzimmer am Rold Skov gewesen. In einer Nacht, in der er so laut und markerschütternd geschrien hatte, dass sie auf einem Bein hüpfend in sein Zimmer gestürmt war, die

Dienstwaffe im Anschlag, um ihm zu Hilfe zu eilen – und ihn dort kurz nach einem Albtraum schlaftrunken und völlig neben der Spur vorzufinden.

Zwischen damals und jetzt lag ein deutlicher Unterschied, dachte sie, während sie zwei Becher aus dem Schrank nahm. Damals war er abgemagert und in mieser Verfassung gewesen. Jetzt waren sein Oberkörper und die Arme straff und muskulös, wahrscheinlich von der harten Waldarbeit, doch sie wirkten ganz anders als die aufgepumpten Muskelberge, die man durch gezieltes Krafttraining bekam, wie sie es von Anders kannte.

»Was willst du? Wieso bist du nicht im Hotel?«, fragte Oxen.

Anders Becker … Der Mann, der in den letzten Tagen diverse Nachrichten auf ihrem Anrufbeantworter hinterlassen und den sie vor einer Stunde zurückgerufen hatte, um mit ihm zu reden, obwohl sie die Antworten auf ihre Fragen schon zu kennen glaubte. Aber sie hatte Gewissheit haben wollen.

»Äh, was?«

»Ich hab gefragt, warum du nicht im Hotel bist.«

»Weil ich dir etwas zeigen will.«

»Was denn?«

»Ich hab den Mann angerufen, dem du neulich in meiner Wohnung begegnet bist.«

»Deinen Freund? Diesen Kerl, der seine Klappe nicht halten kann?«

»Er heißt Anders, Anders Becker. Und er ist nicht mein Freund. Das war er nie und er wird es auch nie werden. Aber natürlich hat mich das die ganze Zeit beschäftigt. Also dachte ich mir, man könnte diese kleine Pause, bevor es morgen wieder losgeht, ja auch sinnvoll nutzen. Ich habe ziemlich lang mit ihm telefoniert und behauptet, ich sei auf dem Weg nach Hause. Außerdem habe ich ihm gesagt, dass du total durchgeknallt und unzurechnungsfähig bist.«

Er sah sie verwirrt an. Und dann gab sie ihm eine kurze Zusammenfassung ihrer Unterhaltung mit Anders.

Sie hatte ihm tatsächlich weisgemacht, sie fühle sich mit Oxen, der unter Druck stehe und komplett aus dem Gleichgewicht geraten sei, immer unwohler. Außerdem hatte sie ihm erzählt, dass Mossman sie nach Tåsinge bestellt habe, wo sie ein schreckliches Chaos vorgefunden hätten. Jetzt habe sie das Gefühl, in eine Sache hineingeraten zu sein, deren Folgen sie gar nicht mehr überblicken könne. Ein geistesgestörter Kriegsveteran, der wegen Mordes gesucht, und ein Chef – ein womöglich krimineller Chef –, der morgen vor den Untersuchungsrichter gestellt werde.

Außerdem hatte sie behauptet, Mossman habe ihr die Anweisung erteilt, sich weiter um Oxen zu kümmern, dass sie jetzt aber trotzdem nach Hause fahren werde, in ihr eigenes Bett in Østerbro, um über alles gründlich nachzudenken. Sie wolle sich wenigstens einen Tag Pause gönnen, bevor sie zu Oxen zurückfahre, weil sie den wirklich nötig habe. Ja, und natürlich wolle sie ihm noch sagen, wie leid es ihr tue, dass sie sich nicht schon früher gemeldet habe, aber es sei eben alles so hektisch gewesen.

Anders hatte sehr verständnisvoll reagiert. Er hatte angeboten, zu ihr zu kommen, um alles zu besprechen, sobald sie zu Hause war. Sie hatte das Angebot angenommen.

Dann hatte sie, verpackt in andere Details über den kranken Kriegsveteranen, den letzten Köder ausgelegt und erwähnt, dass Oxen verwirrt und sturzbetrunken in einer Wohnung liege, die Mossman organisiert habe. Im Hinterhaus eines kleinen Sportgeschäfts, in der Mellemgade in Nyborg.

Jetzt winkte sie Oxen zu einem der Fenster im Wohnzimmer und zog den Vorhang ein winziges Stück beiseite.

»Da drüben, ein kleines Stück die Straße hinunter, da ist das Sportgeschäft und daneben ein Eingang zum Hinterhof. Es kann eigentlich nicht mehr lange dauern. Also, falls du mit deinem Verdacht recht hattest … Möchtest du auch einen Kaffee, während wir warten?«

»Nein, ich kann sowieso schon nicht schlafen. Wie lang ist euer Gespräch jetzt her? Eine Stunde?«

»Mittlerweile eher anderthalb.«

Oxen setzte sich auf die Armlehne des Sofas, sodass er die Straße durch den schmalen Spalt zwischen den Vorhängen beobachten konnte. Margrethe holte sich einen Küchenstuhl und ging am anderen Fenster in Stellung.

»Ich habe vorhin die Nachrichten gesehen«, sagte sie. »Zuerst hat ja nur eine der großen Zeitungen darüber berichtet, aber inzwischen bringen sie die Sache mit Mossman auch im Fernsehen. Der ganze Beitrag war fragwürdig. Und übrigens gilt die Jagd auf den Kriegsveteranen und mutmaßlichen Mörder mittlerweile als gescheitert, weil angeblich mehrere leitende Polizisten versagt haben. Man ist zu dem Schluss gekommen, dass die letzten Hinweise der Bevölkerung mit großer Wahrscheinlichkeit falsch waren.«

»Ja, ich hab's auch mitbekommen. Das heißt – einen Teil davon«, antwortete Oxen.

»Das muss heftig sein.«

»Was?«

»Mit anzuhören, wie man selbst mit so einer Sache in Verbindung gebracht wird. Zu hören, dass man als Gefahr für seine Umgebung bezeichnet wird.«

»Eine Gefahr? Das war ich doch immer.«

Sie konnte das schiefe Grinsen in dem dämmrigen Zimmer nur ahnen, wo es nie ganz dunkel wurde, weil die Straßenlaterne direkt vor dem Fenster stand. Als ihr Blick zurück auf die Straße fiel, sah sie die Männer sofort – drei kräftige Gestalten, die langsam näher kamen.

»Sie sind da!«

Oxen nickte.

»Ja. Wer wohnt eigentlich im Hinterhaus?«

»Ich habe vorhin kurz nachgeschaut. Ein junges Paar mit Kind. An der Tür hängt eine Kinderzeichnung mit den Namen.«

»Die werden einen ziemlichen Schreck bekommen.«

»Sie werden es verkraften. Da!«

Die drei Männer blickten sich diskret um und verschwanden dann durch das Tor in den Hinterhof.

Margrethe war erleichtert. Und sauer. Sie fühlte sich unfassbar gedemütigt und dumm.

In der leicht angestaubten Fachsprache ihrer Branche, die wohl noch aus der Zeit des Kalten Krieges stammte, war Anders Becker ein sogenannter *Romeo*. Sie war in eine klassische *honey trap* geraten. Wie um alles in der Welt hatte sie so unglaublich dämlich, hirnlos und naiv sein können?

Das Einzige, was Oxen dazu sagte, war ein schüchternes »Sorry«.

Schon nach ein paar Minuten tauchten die Männer wieder auf. Der eine gestikulierte wild herum, auf eine Weise, die man nicht missverstehen konnte. Dann verschwanden sie im Stechschritt aus ihrem Blickfeld.

»Die wollten mich die ganze Zeit im Auge behalten. Aus nächster Nähe. Sie wussten, dass wir beide damals eng zusammengearbeitet haben, und dachten vermutlich, dass ich sie früher oder später bestimmt zu dir führen würde. Klingt das logisch?«

Oxen saß nickend auf seiner Armlehne.

»So eine Scheiße! Dieses miese Schwein!«

Sie schlug mit der Faust gegen den Fensterrahmen und sprang auf.

»Und selbst wenn du jetzt glaubst, dass ich nur versuche mich rauszureden – ich war wirklich lange skeptisch. Ich bin vorsichtig und fange eigentlich nie was mit Kollegen an. Aber Anders war so unkompliziert und direkt. Kein Gerede über das Bein oder so. Und es wünscht sich doch jeder ein bisschen Geborgenheit, oder nicht? Kleine Auszeiten, in denen man nicht alleine ist. Wir waren kein Paar. Es war nur …«

Obwohl sie darauf vorbereitet war, traf sie die Gewissheit ziemlich hart. Sie zitterte vor Wut. Oxen nickte langsam.

»Ja, du hast recht, der Kerl ist ein Schwein, aber du wirst es nie beweisen können, Franck.«

»Dafür wird er bezahlen, irgendwann. Doppelt und dreifach.«

»Einverstanden, aber warte den richtigen Zeitpunkt ab. Ich würde jetzt gern wieder ins Bett und ein bisschen schlafen.«

»Kann ich mich auf dein Sofa legen? Ich möchte nicht ins Hotel zurück.«

»Na klar. Gute Nacht.«

»Gute Nacht.«

Birgitte hob seine Decke an und kroch zu ihm. Sie bewegte sich wie in Zeitlupe. Er bekam es gar nicht richtig mit.

Sie fühlte sich angenehm kühl an, und er spürte ihren warmen Atem im Nacken.

Er hatte schon fast geschlafen, doch jetzt tauchte er aus der Tiefe auf. Sie hatte wohl eine ihrer üblichen Fernsehserien gesehen, die sie nie verpasste. »Sex and the City« oder »Friends«. Und jetzt war die Folge vorbei. Das Licht im Wohnzimmer war aus. Nicht ihre eigene Decke, nein, seine. Ins Warme.

Und jetzt … Sie drehte sich um und zog die Decke behutsam ein Stück zu sich.

Schlagartig war er wach, rückte blitzschnell zur Seite und setzte sich auf. Das war nicht Birgitte … Es war nicht ihr erstes heißes Jahr in der kleinen Dreizimmerwohnung, vor Magnus. Das war …

Sein Herz raste.

»Alles gut, Niels. Ich bin es nur, Margrethe. Komm, leg dich wieder hin und schlaf einfach weiter. Es passiert nichts. Ich wollte dich nicht wecken.«

»Franck, zur Hölle! Das geht nicht … Ich kann … nicht … Das geht einfach nicht. Ich will … alleine schlafen.«

Franck richtete sich auf. Sie hatte ein weißes Unterhemd an. Im Licht der Straßenlaterne sah er die Umrisse ihrer Brüste und wie sich der Stoff darüber spannte.

»Nein, das geht wirklich nicht … Ich kann nicht … Ich würde ja gerne, aber das …«

Er sah sie an. In ihren Augen lag Ruhe. Sie hob einen Zeigefinger und legte ihn an ihre Lippen.

»Schhhh … Keine Panik, entspann dich. Ich weiß genug über PTBS. Du musst gar nichts, Niels. Und ich will auch überhaupt nichts. Nur hier liegen und schlafen. Sonst nichts. Leg dich wieder hin, mit dem Rücken zu mir. Das ist schon in Ordnung. Wir liegen einfach gemeinsam hier. Ganz still. Im Dunkeln. Wir halten zusammen. Du und ich gegen den dreckigen Rest, ja?«

63.

Die anderthalb Stunden Fahrt waren fast zu Ende, entspannt über die Autobahn von Nyborg bis Vejen. So entspannt, wie eine Fahrt in einem dröhnenden Transporter eben sein konnte.

Jetzt lagen nur noch wenige Kilometer vor ihnen. Vielleicht würde es ein Kinderspiel werden, aber vielleicht auch ein Fiasko. Er versuchte, sich auf die bevorstehende Aufgabe zu konzentrieren.

Christian Sonne saß am Steuer. Mossmans Neffe, der zu Hause in Aarhus übernachtet hatte, hatte ihn in der Wohnung in Nyborg abgeholt.

Er fühlte sich seltsam und außerdem war ihm zu warm. Die dunkelbraune Perücke, die Sonne ihm besorgt hatte, machte einen völlig anderen Menschen aus ihm. Die Haare waren dick, halblang und wirkten irgendwie fettig. Zum ersten Mal seit vielen Jahren hingen ihm kitzelnde Haarsträhnen in die Stirn. Außerdem trug er eine Brille mit einem dicken schwarzen Gestell.

Die Verkleidung war lästig, aber sie funktionierte. Abgesehen davon trugen sie beide Arbeitskleidung von SE, der Energiegesellschaft von Südjütland, und auch der Transporter war als Firmenwagen getarnt. Er hatte schon eine Weile in Aarhus bereitgestanden, weil Sonne mit den Vorbereitungen schon ziemlich weit gewesen war, als auf Tåsinge alles schiefging. »Wir sind Breitbandtechniker im Außendienst. Die sind im Moment überall unterwegs«, hatte Sonne erklärt.

Er warf einen Blick auf die Armbanduhr. Es war kurz nach elf. Eigentlich müsste es bald Neuigkeiten geben. In diesen Minuten stand Axel Mossman vor dem Untersuchungsrichter, wo die Entscheidungen manchmal überraschend schnell fielen.

Margrethe Franck und er hatten zusammen gefrühstückt. Ihre Anwesenheit war ihm nicht unangenehm gewesen, aber keiner von ihnen hatte das, was in der Nacht passiert war, kommentiert. Für einen kurzen Moment hatte er das Bedürfnis verspürt, zumindest das zu kommentieren, was *nicht* passiert war. Doch dann war ihm wieder eingefallen, was sie in der Nacht gesagt hatte: *»Entspann dich. Ich weiß genug über PTBS.«* Und er hatte seine Klappe gehalten.

Sie hatten eng beieinandergelegen. Franck in seinem Arm. Es war eine Ewigkeit her, seit er das zuletzt erlebt hatte. In den letzten Jahren ihrer Ehe hätte zwischen ihn und Birgitte ein ganzer Ozean gepasst.

Dabei mochte er es gar nicht, so zu schlafen. Es war zu nah und zu warm. Doch er war liegen geblieben, hatte ganz vorsichtig geatmet und sich keinen Millimeter bewegt. Irgendwann, als sie eingeschlafen war, hatte er sich umgedreht.

Schließlich war er selbst auch weggedämmert. Er hatte ruhig geschlafen, aber wieder nur kurz. Er schlief nie besonders gut und am besten, wenn er allein war. Trotzdem war er neben ihr im Bett geblieben.

Jetzt saß er hier im Wagen, auf dem Weg nach Südjütland, in einen kleinen Ort, wo ein Schloss auf sie wartete. Franck war schon nach Kopenhagen aufgebrochen, noch bevor Sonne ihn abgeholt hatte. Inzwischen war sie bestimmt dort angekommen.

Sonne und er hatten auf der Fahrt nicht viel geredet. Der Wagen fuhr in gemächlichem Tempo an langen Backsteingebäuden vorbei, die wie Stallungen aussahen. Sie passierten die beiden Ortsschilder, die links und rechts der Straße an dekorativen Miniaturtürmen mit Ziegeldach angebracht waren. Offenbar identifizierte man sich hier sehr mit dem Schloss.

»Wir haben den alten Grafen abwechselnd beschattet. Ich bin jetzt zum vierten Mal in Gram. Da vorne rechts ist das Schloss. Ich kenne eine gute Stelle zum Parken, aber vorher drehen wir noch eine Runde durch den Ort. Wir liegen gut in der Zeit«, erklärte Sonne.

Sie hatten den Besuch gemäß ihren Observationen geplant. Wenn der Graf seinen Gewohnheiten treu blieb, würden er und seine Frau sich gegen Mittag auf den Weg nach Ribe, Haderslev oder vielleicht Aabenraa machen, wo sie üblicherweise eine Kleinigkeit aßen. Dann würde die Gräfin einen Schaufensterbummel machen, sich möglicherweise sogar etwas kaufen, und nach ein paar Stunden würden sie wieder nach Gram zurückkehren.

Sie überquerten die Brücke über das Wehr, das einen Teil des Gram Å staute, um mit seinem Wasser den See zu speisen, der die Schlossanlage umgab.

Gram Slot war nicht sehr groß. Es erinnerte ihn fast ein wenig an Nørlund Slot im Rold Skov, wo Botschafter Corfitzen, der ehemalige Leiter des Danehof Nord, bis zu dem Tag residierte, als man ihn tot in seinem Bürostuhl aufgefunden hatte. Dem Tag, als er selbst von der Polizei umzingelt und zum Verhör ins Präsidium gebracht worden war.

Das machte nachdenklich. Damals war er mordverdächtig gewesen. Und jetzt schon wieder … Die dunklen Kräfte waren gewaltig.

»Der Alte bewohnt den vorderen Flügel, Villum den Rest«, erklärte Sonne und nickte in Richtung Schloss.

Das dreiflügelige Gebäude war aus rotbraunem Backstein gebaut und hatte weiße Gesimse und Fensterrahmen. Von der Straße aus blickte man direkt in den Schlosshof und auf den offenen Vorplatz. Das Schloss war auf einer kleinen Insel im See errichtet worden und jünger als die mittelalterliche Räuberfestung bei Rold. Man hatte um 1470 mit dem Bau begonnen, und jeder der drei Gebäudeflügel war in einem anderen Jahrhundert fertiggestellt worden. Den Hauptflügel hatte seinerzeit Feldmarschall Hans Schack in Auftrag gegeben.

Bereits 1793 hatte das Geschlecht der Grund-Löwenbergs mit einem großen Sack voller Geld hier Einzug gehalten. Mehr war ihm von der Lektüre am Küchentisch nicht in Erinnerung geblieben. Seine Gedanken waren mit wichtigeren Dingen beschäftigt gewesen.

»Die alte Schlossschenke hier gehört übrigens auch Villum. Er hat sie verpachtet«, fuhr Sonne fort, als sie an dem schönen alten Gebäude vorbeifuhren.

»Wo stellen wir den Wagen ab?«

»Auf der Schlossinsel. Das ist so dreist, dass es schon wieder glaubwürdig ist. Wir halten vor dem Verwaltungsgebäude auf der linken Seite. Da drin sitzen nur ein paar fest angestellte Mitarbeiter, die sich um den Landwirtschaftsbetrieb kümmern, und außerdem ein Gärtner und der Hausmeister. Wenn uns jemand begegnet, sagen wir einfach, dass wir einen Fehler im Netzwerk lokalisieren müssen.«

»Kennst du dich mit diesem Breitbandzeug aus?«

»Kein bisschen, Oxen.«

»Ich auch nicht. Dann passt es ja.«

Sonne grinste, aber ganz überzeugt schien er nicht zu sein. Anders als sein Onkel strotzte er nicht gerade vor Selbstvertrauen. Er machte einen pragmatischen und seriösen Eindruck. Sonne bog an der nächsten Straße rechts ab, wendete den Transporter und fuhr wieder zurück.

»Wir warten am Straßenrand hinter der Hecke bei den Stallungen. Da haben wir freie Sicht auf die Zufahrt und sehen, wenn sie das Schloss verlassen.«

»Und wenn nicht?«

»Dann fahren wir wieder.«

Eins von Sonnes Handys klingelte. Das Gespräch war kurz und er nickte mehrmals.

»Ich? Ich bin bei der Arbeit – zusammen mit einem neuen Kollegen«, sagte er, bevor er sich verabschiedete und das Gespräch beendete.

»Das war meine Tante. Der Richter hat den Antrag auf Untersuchungshaft wohl abgelehnt, aber der Haftbefehl bleibt vorläufig bestehen, damit die Ermittler noch etwas mehr Zeit haben, und zwar dreimal vierundzwanzig Stunden.«

»Ich war selbst mal bei der Polizei«, sagte Oxen.

»Das wusste ich nicht.«

»Es waren auch nur zwei Jahre, ich habe die Polizeischule nicht abgeschlossen.«

»Warum nicht?«

Er umschiffte die Wahrheit, die nur schwer zu erklären und erst recht nicht zu glauben war: dass man ihm eine Falle gestellt, dass man Drogen in seiner Garage deponiert hatte und dass man ihn aus der Polizeischule hatte entfernen und davon abhalten wollen, für eine Untersuchungskommission zu kämpfen, die Bosses Tod überprüfen sollte. Dass man ihn mit einem Freifahrtschein zum Jägerkorps hatte ködern wollen und ... dass er sich hatte kaufen lassen. Zumindest für eine Weile.

»Ich war davor bei der Armee und wollte gern wieder zurück. Als klar war, dass ich bei den Jägern aufgenommen werden würde, ist mir die Entscheidung nicht schwergefallen«, sagte er und servierte damit zumindest die halbe Wahrheit.

»Ach so. Ja, von deinen Verdiensten habe ich schon gehört. Wirklich toll. Was das bedeutet, können wir anderen uns wahrscheinlich gar nicht richtig vorstellen«, sagte Sonne, der aussah, als würde er gern mehr darüber hören.

Oxen antwortete nicht. Eine Weile saßen sie schweigend nebeneinander, den Blick fest auf die Einfahrt des Schlosses gerichtet.

»Sie müssen Mossman freilassen. Etwas anderes kann ich mir nicht vorstellen«, sagte er.

»Ich auch nicht«, antwortete Sonne.

»Und wenn er draußen ist, was passiert dann?«

»Dann machen wir genau so weiter, wie wir jetzt angefangen haben. Allerdings wird er intern mit Sicherheit mächtig Schwierigkeiten bekommen. Aber mein Onkel hat sich über die Jahre jede Menge Goodwill geschaffen und er kennt die richtigen Leute. Natürlich ist es absolut fragwürdig, dass er seine private Geheimoperation abgewickelt hat, ohne jemanden zu informieren. Und dass er das Ganze über irgendein suspektes Betriebskonto finanziert hat. Jeden anderen würde das den Kopf kosten.«

»Und wieso machst *du* dabei mit? Du könntest deinen Job verlieren.«

»Ich hab wegen meiner Scheidung noch ein paar Tage frei und brauche dringend Geld. Ich hocke jetzt allein in unserem Haus, und dieser Dreckskasten lässt sich einfach nicht verkaufen. Außerdem ist er schließlich mein Onkel.«

Bei dem Gedanken an den Kampf, den Mossman vor sich hatte, um einen Freispruch zu erreichen, bildeten sich besorgte Falten auf Sonnes Stirn.

»Vielleicht kommt ihm ja zugute, dass er sowieso bald in den Ruhestand geht. Eigentlich könnte man sich den ganzen Ärger auch sparen«, fuhr Sonne fort.

»Er hat mir gesagt, dass er vorzeitig aufhören will.«

»Das ist typisch. Er trifft die Entscheidungen selbst. Keiner über ihm und keiner neben ihm.«

»Stimmt es, dass er in London alle wichtigen Leute kennt?«

»Du meinst den MI5 und den MI6? Über solche Dinge redet er nicht gern, aber er pflegt tatsächlich mit beiden Diensten freundschaftliche Verbindungen. Mit den Briten ist er besonders dicke, vielleicht aufgrund der Familiengeschichte, aber er kommt auch mit den Amerikanern, den Deutschen und den Franzosen gut aus. Mein Onkel ist ein großer Mann, in jeder Hinsicht. Er findet sich überall zurecht, auch auf internationalem Parkett. Sogar die Israelis reden mit ihm.«

Sie schwiegen wieder und starrten geradeaus. Um das Bild der Servicetechniker, die gerade Mittagspause machten, zu vervollständigen, fehlten ihnen zwar die Brotdose und eine Thermoskanne, aber es waren nirgends neugierige Blicke zu entdecken. Nicht einmal die vereinzelten Fahrradfahrer, die vorbeikamen, schienen sie wahrzunehmen.

»Das mit deinem Hund …«, Sonne tastete sich vorsichtig weiter, »das sieht ihm überhaupt nicht ähnlich.«

»Hmm …«

»Er hat mir davon erzählt. Er sagte, er habe es um einer höheren Sache willen angeordnet. Er hat selbst einen Hund. Und hat schon immer einen gehabt. Aber ich kann dich gut verstehen …«

Ein silbergrauer Rover tauchte in der Einfahrt auf. Die Gräfin saß auf dem Beifahrersitz. Der Wagen blinkte links, rollte gemächlich am Schlosssee vorbei und verschwand im Ort.

Sonne ließ den Motor an, fuhr los, bog entschlossen in die Einfahrt ein und parkte den Transporter vor dem Nebengebäude, in dem die Büros untergebracht waren.

Sie stiegen in aller Ruhe aus und betrachteten die fremde Umgebung, wie jeder andere es auch getan hätte. Dann öffnete Sonne die Ladefläche, holte diverse Gerätschaften heraus und drückte ihm ein paar rot-weiße Vermessungsstäbe in die Hand.

Sonne hatte bisher noch nicht herausfinden können, ob das Schloss mit einer Alarmanlage ausgestattet war. Allerdings hatten sie überlegt, ob das bei einem großen Gebäude mit so vielen Fenstern überhaupt möglich war. Sollte das Schloss tatsächlich gesichert sein, würde der alte Graf die Anlage aber höchstwahrscheinlich nur nachts einschalten.

Es war keine Menschenseele zu sehen. Nur ein altes Fahrrad, das an der Mauer lehnte. Dann hörten sie ein Brummen. Es kam von dem Bauernhof am gegenüberliegenden Ufer des Schlosssees. Aus der Ferne konnten sie einen Mann auf einem Gartentraktor ausmachen.

»Das ist Gramgård. Der Hof gehört auch zum Schloss. Ich nehme an, der Mann ist der Gärtner. Dem laufen wir also schon mal nicht in die Arme«, sagte Sonne.

Damit man ihren Einbruch weder von der Straße noch vom Park aus beobachten konnte, mussten sie versuchen, auf der Seeseite durch den Keller ins Schloss zu gelangen.

Sie klemmten sich ihre Ausrüstung unter den Arm und machten sich auf die Suche. Die Kellerfenster des linken Seitenflügels waren alle verschlossen oder mit Brettern abgedeckt, doch zwei Fenster im ersten Stock waren gekippt. Nach kurzem Beratschlagen einigten sie sich darauf, es mit der Leiter zu probieren. Der Transporter verdeckte den Blick aus den Büroräumen, und falls etwas Unvorhergesehenes passieren sollte, würde sich Oxen darum kümmern, während Sonne, der den Grundriss des Schlosses im Kopf hatte, drinnen alles regelte.

Sie holten die Aluminiumleiter aus dem Wagen. Sie bestand aus drei gleich langen Teilen, die zusammengesteckt hoch genug waren, dass man bequem das Fenster erreichen konnte.

Sonne warf sich die Tasche mit dem Werkzeug über die Schulter, stieg hinauf und öffnete mit einem Schraubenzieher den Fensterriegel. Dann drückte er das Fenster ganz auf, schob eine Vase beiseite und kletterte vorsichtig in das Gebäude. Kurz darauf streckte er den Kopf heraus.

»Das war einfach. Ich stehe in irgendeinem Wohnzimmer. Ich fang jetzt an. Es wird ungefähr eine Viertelstunde dauern«, sagte er, hob einen Daumen und verschwand.

Jetzt musste er so schnell wie möglich zehn Mikrofone anbringen, winzig kleine *bugs*, die wie unsichtbare Ohren im Allerheiligsten des Grafen und seines Sohnes sitzen und ihnen alle Geheimnisse verraten würden. Vorausgesetzt, die Herren teilten sie miteinander. Büros, Wohnräume, Schlafzimmer und Küchen – das würde hoffentlich reichen.

Er drückte auf den Knopf an seiner Armbanduhr und startete die Stoppuhr. Der Gärtner drehte weiter seine Runden auf dem Rasenmäher. Das Motorengeräusch war immer noch zu hören. Oxen nahm die Leiter weg und kniete sich neben eins der Messungsgeräte, um sich unauffällig umzusehen.

Das Grundstück war sehr gepflegt. Selbst die Rasenkanten waren getrimmt, die Beete waren frei von Unkraut und auf dem Wasserspiegel blühten Seerosen.

Das Schloss bildete den Rahmen für das sicher ausgesprochen beschauliche und von Routinen geprägte Leben des alten Ehepaars, das den Stab längst an den Sohn Villum weitergereicht hatte, selbst ein Gewinner seiner Zeit, weit weg von der Idylle in Gram, in Kopenhagen und Zürich.

Eine Stockentenfamilie schwamm über den See, wie zwei Mutterschiffe, gefolgt von einer Küken-Flottille. In dem schwarzen Gewässer gab es bestimmt Hechte, große Hechte. Das konnte zu einer riskanten Angelegenheit für die Kleinen werden. Wenn sie es am wenigsten erwarteten, schoss das Monster aus der Tiefe an die Oberfläche und zog sie mit nach unten.

So war es in einem See und so war es auch unter Menschen. Natürlich mussten sie Villum Grund-Löwenbergs Stellung in der Organisation erst verifizieren, aber er war sich jetzt schon sicher, dass sie es mit einem gebildeten und höflichen Menschen zu tun hatten, der den richtigen Weitblick besaß und ein Näschen für gute Geschäfte. Doch unter dem Anzug … steckte ein Monster.

Im Lauf des Nachmittags würde Franck versuchen, sich Zutritt zu seinem Penthouse in dem mondänen Hafenviertel in Hellerup zu verschaffen, um auch dort eine Handvoll *bugs* zu platzieren. Sobald alles vorbereitet war, mussten sie dem Grafen nur noch die schockierende Forderung zukommen lassen. Das würde den Puls hinter den alten Mauern garantiert schnell in die Höhe treiben.

Nach exakt sechzehneinhalb Minuten laut Stoppuhr streckte Sonne den Kopf aus dem Fenster und stieß einen Pfiff aus. Alles lief nach Plan. Er lehnte die Leiter an die Mauer. Sonne schloss den Riegel wieder und stand kurz darauf neben ihm auf dem Rasen. In Windeseile nahmen sie die Leiter auseinander und gingen zurück zum Auto.

Als sie gerade um die Ecke bogen, wären sie fast mit einer älteren Frau zusammengestoßen, die misstrauisch ihren Transporter musterte. Sie machte einen schnellen Schritt zur Seite und sah sie mit wachsamen Augen an.

»Was haben Sie denn hier zu suchen?«, fragte sie streng.

»Wir kommen vom SE. Es gibt eine Störung im Netzwerk«, behauptete Sonne ohne Umschweife.

»Hat es ein Loch?«

»Ein Loch?«

»Ja, das Netz«, sagte die Dame prompt, die deutlich über siebzig war.

»Richtig, ja, irgendwo ist etwas kaputt. Aber hier nicht, wir müssen also weitersuchen. Arbeiten Sie im Schloss?«, fragte Sonne.

»Arbeiten ist ein bisschen zu viel gesagt. Ich helfe manchmal aus. Ich habe für die Gräfin Fleisch zerteilt, portioniert und eingefroren. Solche Leute sind es ja nicht gewohnt, ihre Hände zu benutzen wie wir.«

Sie lachte und wackelte mit ihren Fingern.

»Die funktionieren immer noch. Seit fünfundzwanzig Jahren gehe ich ihnen jetzt zur Hand. Solange man kann, sollte man sich darüber freuen, nicht wahr?«

»Ja, natürlich«, erwiderte Sonne und lächelte breit.

»Na ja, dann noch viel Erfolg«, sagte die Frau, winkte kurz und marschierte zu dem Fahrrad an der Mauer.

Sie packten die Ausrüstung zurück in den Wagen, klappten die

Hecktüren zu und stiegen ein. Auch wenn es überraschend leicht gegangen war, war es ein gutes Gefühl, den Motor starten zu hören. Der Transporter rollte vom Hof.

Die Falle war aufgestellt. Jetzt fehlte nur noch der Köder.

64.

Die exklusiven weißen Apartmenthäuser mit ihren großen Glasfronten und der edlen Holzverschalung standen in einer Reihe direkt am Wasser. Villum Grund-Löwenberg residierte im letzten Haus ganz oben. Sie hatte sich verrechnet. Es war schlicht unmöglich, sich Zugang zu diesem Wohntraum mit fantastischer Aussicht zu verschaffen.

Ins Treppenhaus war sie mit einem uralten Trick gekommen. Sie hatte so lange gewartet, bis ein Bewohner auftauchte, der auch hineinwollte. In diesem Fall war es ein älterer Herr in jugendlichen Klamotten, der ihr galant die Tür aufhielt.

Ganz oben vor der Wohnung des erfolgreichen Geschäftsmannes stand sie dann allerdings vor einem elektronischen Türschloss mit sechsstelligem Code. Der elektrische Dietrich in ihrer Tasche hatte von vornherein ausgespielt.

Auch die Rolle mit dem schwarzen Gaffa-Tape demonstrierte bestenfalls ihr mangelndes Vorstellungsvermögen, was nobles *urban living* am Wasser betraf. Es gab schlicht und ergreifend keine Scheiben, die man hätte einschlagen können. Das Klebeband war somit auch keine Hilfe.

Jetzt saß sie auf dem wenig einladenden Flachdach des Hauses und wusste selbst nicht so genau, warum sie hier gelandet war. Wenigstens war der elektrische Türschlossöffner auf diese Weise doch noch zum Einsatz gekommen.

Der Dachüberstand war mehrere Meter breit, und sie hatte schnell festgestellt, dass es ein Ding der Unmöglichkeit war, von hier aus in die Wohnung darunter zu klettern.

Sie würden also keine einzige Wanze an Villum Grund-Löwenbergs bevorzugter Adresse haben. Damit mussten sie wohl leben und daran würde der Plan auch sicher nicht scheitern. Solange Sonne und Oxen es geschafft hatten, die Abhöranlage im Schloss zu installieren, würde es schon funktionieren. Es war sowieso viel logischer, dass Villum nach Hause eilen würde, sobald der Köder am Haken baumelte – und nicht, dass der alte Graf sich ins Auto schwang.

Vor einer halben Stunde war Villum nach Hause gekommen. Sie hatte gehört, wie unter ihr eine Terrassentür geöffnet wurde. Vielleicht genoss er die Abendsonne und genehmigte sich einen Drink? Oder saß er am Balkontisch und arbeitete noch am Laptop? Checkte er den Puls des Konzerns – oder die Temperaturkurve der Börse? Einer wie er kannte vermutlich keinen Feierabend.

Inzwischen war es halb neun. Das hier war Zeitverschwendung. Sie konnte jetzt genauso gut nach Brønshøj fahren, den Toyota bei Kihler abgeben und sich in den nächsten Zug nach Nyborg setzen.

Sie musste an Oxen denken. Wieder … Im Laufe des Tages war er ihr oft durch den Kopf gegangen. Sie würde nicht zu ihm in die Wohnung fahren und bei ihm übernachten. Das war ihm offensichtlich zu viel.

Impotenz und die Angst vor engen Beziehungen waren nur zwei der zahlreichen Symptome, die eine posttraumatische Belastungsstörung kennzeichneten. Oxen hatte nicht alle. Und manche waren auch nicht sehr ausgeprägt. Aber sie musste behutsam sein.

Sie wollte gerade aufstehen und das Dach verlassen, als sie ein leises Geräusch hörte. Es klingelte an der Tür. Villum bekam Besuch. Das machte sie neugierig – und ärgerlich. Aber das half ja auch nicht weiter.

Sie stand auf, überquerte das Dach und öffnete die Tür. Sie war schon ein paar Stufen nach unten gegangen, als ihr plötzlich eine

Idee kam. Wenn sie nicht mit eigenen Augen nach unten schauen konnte, dann musste es eben anders gehen. Ihr Handy hatte schließlich auch ein aufmerksames Auge …

Sie ging zurück aufs Dach, kniete sich hin und kramte in ihrer kleinen Schultertasche. Sie hatte ja die Rolle mit Gaffa-Tape, damit könnte es funktionieren. Auf einen Versuch kam es auf jeden Fall an.

Sie schätzte ab, wie lang das Klebeband ungefähr sein musste, und kam auf mindestens fünf Meter. Dann aktivierte sie die Videofunktion ihres Handys und legte das Telefon auf das Tape, sodass ein Stück von etwa dreißig Zentimetern Länge unten überstand. Diesen Abschnitt klappte sie sorgfältig nach oben, legte ihn über das Display und verklebte den Rest mit dem langen Ende des Gaffa-Tapes. Schließlich wickelte sie noch ein Stück Klebeband quer um das ganze Paket herum.

Jetzt war ihr Handy stabil befestigt und konnte auf keinen Fall abstürzen, wenn sie es abseilte.

Sie nahm einen Kugelschreiber aus der Tasche und bohrte mit der Spitze rund um die Vertiefung der Kameralinse viele kleine Löcher in das Tape. Dann kratzte sie das kleine runde Stück ab, das sie auf diese Weise ausgestanzt hatte. Genauso hatte sie sich das vorgestellt. Gleich hatte sie doch noch ein Auge am Fenster …

Sie kroch ganz an den Rand des Daches, legte sich flach auf den Bauch und ließ die Kamera vorsichtig nach unten gleiten. Das Schlimmste, was passieren konnte, war, dass Villum oder jemand anders in der Wohnung das schwebende Handy bemerkte. Dann würde sich die Tür zur Dachtreppe sicher ziemlich schnell öffnen und sie würde wohl ihre Pistole ziehen müssen.

Nach etwa fünf Minuten, in denen sie die Kamera mal höher, mal tiefer gehalten hatte, zog sie das Handy wieder nach oben, ging zehn Meter weiter und wiederholte das Manöver. Da sie keine Ahnung hatte, wie die Wohnung aufgeteilt und eingerichtet war, tastete sie sich auf gut Glück vor. Das Einzige, was sie mit Sicherheit sagen konnte, war, dass sich zumindest eine der Terrassen auf der Wasserseite befand.

Von der Straße aus hatte sie keine Gardinen oder Vorhänge gesehen, aber natürlich konnte es Jalousien geben. Womöglich filmte sie schon minutenlang nichts als abgedunkelte Fensterscheiben?

Sie wechselte ein letztes Mal den Standort, bis sie insgesamt etwa eine Viertelstunde Videomaterial zusammenhatte. Dann zog sie vorsichtig den Gaffa-Streifen ein letztes Mal hoch, stopfte das klebrige Knäuel in ihre Tasche und eilte zur Tür. Es gab keinen Grund, länger als unbedingt nötig hierzubleiben.

Ein paar Minuten später entriegelte sie die Autotür mit einem Druck auf die Fernbedienung und setzte sich hinter das Steuer des silbernen Yaris, den sie unauffällig an einem der vorderen Häuser geparkt hatte.

Sie war froh, wieder unten zu sein, aber vor allem war sie gespannt, ob man auf den Aufnahmen etwas erkennen konnte und wer da bei Villum zu Gast war.

Sie zog das verklebte Handy wieder aus der Tasche und befreite es vorsichtig vom Gaffa-Tape. Dann tippte sie auf Play und verfolgte neugierig das Geschehen auf dem kleinen Display.

Die erste Aufnahme zeigte durch eine große Fensterpartie ein Zimmer, wahrscheinlich ein Büro. Das Bild wackelte ein wenig, weil das Handy im Wind geschaukelt hatte, und zwischendurch hatte sie es auch zu weit nach oben gezogen. Für eine Weile sah man nur nackten Beton. Aber abgesehen davon, tat sich auch sonst nichts in dieser ersten Sequenz. Kein Mensch weit und breit.

Die zweite Szene war ähnlich. Sie hatte über das Geländer der Terrasse gefilmt, aber außer einem Tisch mit einer Zeitung und einer Wasserflasche waren nur ein paar leere Stühle zu sehen. In der Wohnung dahinter war die Küche zu erkennen, die offenbar direkten Zugang zur Terrasse hatte. Alles war in Weiß gehalten.

Als die dritte und letzte Sequenz anfing und die Kamera herunterfuhr, waren Margrethes Erwartungen am Nullpunkt angelangt. Doch dann stoppte die Kamera und gewährte ungehinderten Einblick in ein großzügiges weißes Wohnzimmer.

Sie riss die Augen auf. Sah sie das gerade wirklich?

65.

Es lag etwas in der Luft, das er irgendwie nicht richtig zu fassen bekam. Margrethe Franck hatte frische Brötchen mitgebracht. Sie wollten den Tag nutzen und gleich morgens gemeinsam den Brief an Graf Erik Grund-Löwenberg aufsetzen. Später, wenn sie den Brief per Expresskurier abgeschickt hatten, würden Sonne und er nach Gram fahren und in dem getarnten Transporter in Stellung gehen, um von dort aus die Abhöraktion zu starten.

Gerade hatte Franck ihnen erzählt, wie sie daran gescheitert war, Wanzen in Villums Penthouse zu platzieren. Eigentlich müsste sie also zumindest genervt wirken, wenn man bedachte, wie ehrgeizig sie normalerweise war. Stattdessen schien sie überraschend aufgeräumt.

Er hatte gut und ruhig geschlafen, fast fünf Stunden am Stück, und fühlte sich ausgeruht. Der erste Schluck Kaffee schmeckte himmlisch, und frische Brötchen hatte er das letzte Mal vor einem Jahr gegessen, als er und Franck im Rold Storkro logierten.

Franck war mit ihrem Handy beschäftigt.

»Ich habe hier etwas, das ich euch gerne zeigen würde. Von gestern«, sagte sie.

Sonne und er schauten hoch. Sie lächelte geheimnisvoll und wedelte mit dem Telefon herum. Sein Gefühl hatte ihn also doch nicht getäuscht. Es hatte etwas in der Luft gelegen, und gleich würden sie erfahren, was es war.

Margrethe berichtete kurz, dass sie schon im Begriff gewesen sei, das Dach zu verlassen, als ihr plötzlich eine Idee gekommen sei und sie es sich anders überlegt habe.

»Aber ich denke, ihr solltet euch einfach ansehen, was ich aufgenommen habe«, sagte sie. »Jetzt hab ich die richtige Stelle gefunden. Seid ihr bereit?«

Sie nickten. Was um alles in der Welt konnte das sein? Sie grinste immer noch, als sie ihm das Handy reichte. Er hielt es so, dass Sonne mitschauen konnte.

Die ersten Bilder waren verwirrend. Erst Himmel und Abendsonne, dann nackter Beton. Dann ein Fensterrahmen und noch mehr Glas – und dann …

Konzentriert verfolgte er das Video. Auf einem weißen Sofa saß ein Mann mit aufgeknöpftem hellblauem Hemd. Villum Grund-Löwenberg. Auf seinem Schoß saß rittlings eine Frau. Sie trug ein schwarzes, trägerloses Kleid. Ihre Haare waren mit einer Spange hochgesteckt. In der Hand hielt sie ein Longdrinkglas, während sie sich gleichzeitig lasziv auf und ab bewegte.

Auch Villum hatte ein Glas in der Hand. Sie stießen miteinander an. Tranken aus. Stellten die Gläser auf den kleinen Tisch neben dem Sofa. Die Frau legte ihm eine Hand in den Nacken und zog ihn an sich.

Er tastete nach dem Reißverschluss auf ihrem Rücken, öffnete das Kleid, zog es nach unten, umfasste mit beiden Händen ihre Brüste, küsste und leckte sie.

Die Frau bewegte sich jetzt schneller, hob sich und stieß kraftvoll nach unten. Sie lehnte sich nach hinten und er konnte zum ersten Mal ihr Gesicht sehen. Das war doch … War das wirklich …? Ja. Sie war es. Eindeutig.

Damit hätte er niemals gerechnet. Nicht mal im Traum.

Die beiden auf dem Sofa machten weiter. Steigerten das Tempo. Sie verzog genussvoll das Gesicht. Nahm Villum in Besitz.

Plötzlich stand sie auf und kniete sich zwischen seine Beine. Als sie sich nach vorn beugte, wurde das Bild unscharf. Erst kam der

Fensterrahmen, dann ein Streifen Beton, dann der blaue Himmel – und mit einem Mal wurde der Bildschirm schwarz.

Er schaute hoch. Franck feixte.

»*Blowjob, blown away* … Hast du sie erkannt?«

Er nickte.

»Hätte ich geahnt, was ich da filme, hätte ich die Vorstellung natürlich weiterlaufen lassen«, sagte sie belustigt.

»Wer ist die Frau?«, fragte Sonne verwirrt.

»Das ist Karin ›Kajsa‹ Corfitzen, die Tochter des verstorbenen Botschafters Corfitzen. Er war der Gründer des Thinktanks Consilium und Leiter des Danehof Nord.«

Sonne pfiff durch die Zähne.

»Heißt das etwa …?«

»Ja«, sagte Franck. »Sieht ganz so aus, oder?«

Er selbst war immer noch sprachlos. Was er da gerade gesehen hatte, waren Danehof Nord und Danehof Süd in einer völlig unerwarteten körperlichen Vereinigung. Kajsa und Villum, erfolgreiche Geschäftsleute und die führenden Köpfe der neuen Generation, bereit, die Posten ihrer Väter zu übernehmen und die Tradition fortzuführen. Aber dass ihre Zusammenarbeit so intim und heiß war …

Es war eine ziemlich interessante Information, die viele Perspektiven eröffnete – und die sie einem Streifen Gaffa-Tape zu verdanken hatten.

»Hättest du das gedacht?«

Franck streckte die Hand aus und er gab ihr das Handy zurück.

»Nein, niemals. Andererseits erscheint es fast logisch, oder?«

»Ja, wenn man länger darüber nachdenkt, schon. Sie sind beide erwachsen, beide Single und arbeiten beide für dieselbe große Sache. Also warum nicht? Was meint ihr, sollten wir diesen kleinen Ausschnitt mit in den Brief an den alten Grafen packen, damit er seinen Sohn mal in Aktion sehen kann? Oder behalten wir das für uns?«

»Vielleicht weiß er es längst«, sagte Sonne.

»Auf keinen Fall, das kann ich mir nicht vorstellen. Und ich finde, wir sollten ihnen auch nicht verraten, dass *wir* es wissen. Es könnte später noch nützlich werden«, antwortete Oxen.

Franck nickte.

»Das war auch mein erster Gedanke. Das Video ist ein Trumpf, den wir erst mal im Ärmel behalten sollten. Also, wie sieht's aus? Wollten wir nicht einen Brief schreiben?«

66.

Die Gräfin hatte gerade ihre Mittagsruhe beendet. Sie hatte eine gute Stunde tief geschlafen und war immer noch ein bisschen durcheinander, während sie aus dem Fenster sah und sich die warme Sonne ins Gesicht scheinen ließ.

Sie wollte eine welke Blüte von der Begonie auf der Fensterbank zupfen, als ein gelber Lieferwagen viel zu schnell, wirklich *viel* zu schnell, auf den Schlossplatz raste.

Ein junger Mann in einem grünen Kurzarmhemd und mit einem gelben Käppi auf dem Kopf stieg aus und hetzte zur Tür des Schlosses. Er hob den großen Türklopfer an. Während sie verschlafen durch das angrenzende Zimmer wankte, konnte sie durch die Fenster verfolgen, wie der Mann ungeduldig von einem Bein auf das andere trat, noch einmal klopfte und weiter wartete.

Endlich hatte sie die Halle erreicht und drückte die schwere Tür auf.

»Hallo, ich dachte schon …«

»Sagen Sie, junger Mann, was ist das für eine Art zu fahren? Das hier ist ein Schlossplatz und keine Rennbahn.«

»Ja, in Ordnung.«

Der junge Mann zuckte mit den Schultern. Er hielt einen großen, dicken Umschlag in der Hand und warf einen Blick auf den Namen des Empfängers.

»Erik Grund-Löwenberg? Ist er … zu Hause?«

»Das ist mein Mann. Er ist zu Hause, aber er darf jetzt nicht gestört werden.«

»Ich habe eine Expresssendung für ihn, aber ich brauche eine Unterschrift«, sagte der junge Mann.

»Die können Sie von mir bekommen.«

»Auch gut, hier.«

Er streckte ihr ein kleines Gerät entgegen und hielt es für sie fest.

»In dem großen Feld ganz unten«, sagte er.

Sie nahm den kleinen Stift und gab sich Mühe, leserlich zu schreiben. Sie hatte das schon ein paarmal gemacht, wenn die Post Pakete brachte und ihr Mann nicht zu Hause war, doch es kam ihr nach wie vor komisch vor, auf einem elektronischen Plastikding herumzukrakeln, statt ihren Namen auf richtiges Papier zu schreiben.

»Danke. Hier, bitte sehr. Schönen Tag noch«, sagte der junge Mann erstaunlich höflich, reichte ihr das Kuvert und saß schon wieder im Auto, noch bevor sie etwas erwidern konnte. Sekunden später verschwand der Lieferwagen in einem Regen aus Kies.

Sie warf einen Blick auf den gefütterten weißen Umschlag. Als Empfänger war lediglich »Graf Erik Grund-Löwenberg, Gram Slot« angegeben. Einen Absender konnte sie nirgends entdecken. Es war bestimmt etwas Wichtiges.

Sie durfte nicht vergessen, ihm das auszurichten, wenn er seinen Mittagsschlaf beendet hatte. Eigentlich sollte er langsam wirklich aufstehen, aber ein bisschen Ruhe tat ihm bestimmt gut. Sie fand, dass er in letzter Zeit wieder viel zu viel um die Ohren hatte. Er wirkte abends immer so erschöpft.

Gleich nachdem er aufgestanden war, hatte seine Frau ihn darauf aufmerksam gemacht, dass unten in der Halle ein dicker Brief für ihn auf der Kommode liege. Jetzt hatte er sich in sein Arbeitszimmer im ersten Stock zurückgezogen, um nachzusehen, was in dem Umschlag war – in aller Ruhe und ungestört von ihren neugierigen Blicken.

Ein Expressbote habe die Sendung gebracht, hatte sie gesagt. Ein junger Mann mit gelbem Käppi, der wie ein Irrer auf den Schlossplatz gerast sei. Es war kein Absender angegeben.

Auch wenn er nicht mehr in bester körperlicher Verfassung war, hatte er immer noch einen scharfen Verstand und ein gutes Gedächtnis. Er war sich ganz sicher, dass er nichts im Internet bestellt oder irgendeine andere Art von Geschäft oder Vereinbarung abgeschlossen hatte, die eine Erklärung für diese Eilsendung sein könnte.

In letzter Zeit war er vor allem damit beschäftigt gewesen, diverse diskrete Unterfangen mit verschiedenen Beteiligten zu organisieren. Aber bei diesen Angelegenheiten war das Prozedere der Kontaktaufnahme völlig anders geregelt und mit zahlreichen Sicherheitsvorkehrungen versehen. Ein Brief, der an ihn persönlich und per Kurier ins Schloss geschickt wurde, war in diesem Zusammenhang völlig ausgeschlossen.

Er griff nach dem Brieföffner. Zerrissene Umschläge waren ihm ein Graus.

Dann zog er einen weißen Briefbogen aus dem Kuvert und schüttelte ein kleines durchsichtiges Plastikkästchen auf den Tisch. Es enthielt einen USB-Stick, so ein ungeheuer praktisches kleines Ding, auf dem sogar große Datenmengen Platz fanden.

Er wechselte die Brille, um den Brief lesen zu können. Es waren nur wenige Zeilen.

»*Wir haben über einen längeren Zeitraum Ihre Aktivitäten überwacht. Auf beiliegendem USB-Stick befinden sich kurze Ausschnitte aus vier umfangreichen Videoaufzeichnungen. Die Identitäten sämtlicher Personen liegen uns im Detail vor. Das Original des Überwachungsmaterials samt der zugehörigen Dokumentation überlassen wir Ihnen gegen eine einmalige Zahlung von zwanzig Millionen*

Dänischen Kronen. Wir werden uns zu einem späteren Zeitpunkt mit weiteren Informationen wieder an Sie wenden.«

Seine Hände zitterten, und das Herz schlug ihm plötzlich bis zum Hals. Beides ärgerte ihn schrecklich, aber er hatte die Reaktionen seines alten Körpers einfach nicht mehr so unter Kontrolle wie früher.

Er las die kurze Nachricht noch ein paarmal durch, dann schaltete er seinen Computer an und steckte den USB-Stick ein.

Die vier kurzen Videodateien waren mit sämtlichen relevanten Informationen gekennzeichnet, wie Zeit, Ort, Datum und Namen der Beteiligten. Er spielte jeden Film zweimal ab. Langsam beruhigte sich sein Puls, und die Hände hörten auf zu zittern, aber das konnte nicht darüber hinwegtäuschen, dass er völlig fassungslos war. Er war wie gelähmt, und das kam nicht oft vor.

Das Gefühl, nicht zu wissen, was als Nächstes zu tun war, traf ihn mit unerwarteter Wucht. Es war alles vollkommen unüberschaubar.

Als er das spezielle Mailprogramm öffnete, das sein ältester Sohn ihm auf dem privaten Computer eingerichtet hatte, zitterten seine Hände schon wieder so ärgerlich. Es war ein Programm, das jede Korrespondenz automatisch verschlüsselte.

Aber er wusste jetzt, was er tun musste: Villum kontaktieren und ihn umgehend nach Hause bestellen.

67.

Die Sonne hatte sich durch die graue Wolkendecke gekämpft und ihm den Nacken gewärmt, während er am Straßenrand ohne Eile eine Rinne ausgehoben hatte. Jetzt war Zeit für einen Vormittagskaffee. Er saß im Gras, mit Thermoskanne und Brotdose.

So gehörte es sich schließlich, wenn man für eine Energiegesellschaft am Ausbau des Breitbandnetzes arbeitete, wohlgemerkt in der Abteilung für manuelle Erdarbeiten.

Zum Glück konnte er sich wenigstens an der frischen Luft aufhalten. Sonne hatte es schlechter erwischt. Der musste den ganzen Tag an der Abhöranlage im Heck des Transporters verbringen.

Sonne hatte sogar im Wagen übernachtet, den sie etwas abseits der Straße abgestellt hatten. Ihnen blieb nichts anders übrig, als sich rund um die Uhr einsatzbereit zu halten, denn keiner von ihnen wusste, wann Villum auftauchen würde. Also, *falls* er überhaupt auftauchen würde.

Dass der alte Graf seinen Sohn kontaktiert hatte, nachdem der Kurier den Umschlag abgegeben hatte, daran bestand kein Zweifel. Also würde sich auch irgendetwas tun. Und das durfte von ihm aus gern passieren, bevor er eigenhändig die halbe Stadt aufgegraben hatte.

Er hatte gerade in eine Scheibe Graubrot gebissen, als das Geräusch in sein Bewusstsein drang. Er erstarrte. Dieses Geräusch kannte er nur zu gut. Es war wie ein hartes, pulsierendes Schlagen in der Luft. Ein Geräusch, das seinen Körper augenblicklich in Alarmbereitschaft versetzte und einen Adrenalinstoß in jeden einzelnen Muskel schickte.

Der Vogel kam von hinten …

> »Delta 13, here is Norseman 14, pick up two minutes out, inbound 260 degrees, pop smoke, over.«
»Delta 13, wilco, call contact blue smoke.«
»Norseman 14, contact your smoke, out.« <

Die Kommunikation mit denen am Himmel wurde auf Englisch geführt, unter der Leitung des Forward Air Controllers. *Pop smoke* war der Befehl, farbigen Rauch zu werfen, um die Landezone zu markieren. Nicht mehr lang, und sie mussten nur noch einsteigen, sich zurücklehnen und die Reise genießen.

Er drehte den Kopf, und der Marsch über den staubigen Pfad in der Helmand-Provinz, auf dem Weg zum Helikopter, der sie abholen und pünktlich zum Kaffee zurück ins Lager bringen sollte, verblasste vor seinem inneren Auge.

Dieser Vogel war kein *Gunslinger* und auch kein *Reaper*, wie die Amerikaner mit ihrem Hang zu Slang und Drama ihre Kampfhubschrauber gern nannten. Es war nur eine kleine Zivilmaschine, zu der die Beinamen »Revolverheld« oder »Sensenmann« nicht so gut passten.

Das Geräusch der Rotorblätter wurde immer lauter und steigerte sich zu einem Höllenlärm, als der Helikopter wie eine wütende Wespe über dem Schloss kreiste, bevor er an Höhe verlor und zur Landung ansetzte.

Die Anwohner hatten es vermutlich schon oft erlebt, dass der Schlossherr den Heimweg durch die Luft antrat. Ein älterer Fahrradfahrer hob zwar den Kopf und sah zu, wie der Hubschrauber sich dem Boden näherte, aber mehr auch nicht. Er fuhr unbeeindruckt weiter.

Gleich würde Villum seinen Fuß auf den Rasen des Schlossparks setzen. Es lief alles nach Plan.

Als er im großen Bogen über das Schloss flog, war ihm der Transporter, der ein Stück weiter nördlich an der Landstraße stand, sofort ins Auge gesprungen.

Er war überzeugt davon, dass sich genau dort jemand mit Kopfhörern auf den Ohren versteckte, der zwanzig Millionen Kronen von ihnen erpressen wollte. Wer auch immer es war. Und wie auch immer er und seine Freunde auf ihre Spur gekommen waren.

Das Vorgehen war ziemlich professionell, und die Drohung war unbedingt ernst zu nehmen. Und genau diesen Gefallen würde er ihnen auch tun. Seine Herausforderer sollten sich in Sicherheit wiegen. Was sie für einen Vorteil hielten, würde er gegen sie verwenden – und dann zuschlagen, wenn sie am wenigsten damit rechneten.

Er konzentrierte sich ganz darauf, den Helikopter exakt an derselben Stelle ins Gras zu setzen, wo er schon so viele Male zuvor gelandet war.

Meter für Meter, routiniert und ruhig. Schließlich standen die Kufen auf dem Rasen. Er schaltete den Motor ab, die wirbelnden Rotorblätter wurden langsamer und der Lärm verebbte. Dann schaltete er alle anderen Funktionen aus, setzte das Headset ab, öffnete die Tür und kletterte aus dem Cockpit.

Sein Vater wartete am Ende der alten Holzbrücke, die über den Burggraben führte. Er hob die Hand zum Gruß. Dann kam er ihm entgegen. Er sah ernster aus als sonst. Seine Umarmung änderte nichts daran. Der Alte schien sehr besorgt zu sein.

»Schön, dich zu sehen, Vater. Lass uns reden.«

»Ja, aber vorher trinken wir eine Tasse Tee mit Mutter. Sonst merkt sie sofort, dass etwas nicht stimmt.«

»Nein, was ich dir zu sagen habe, kann nicht warten. Wir müssen zuerst sprechen. Komm, wir setzen uns einen Moment auf die Bank.«

Er führte seinen Vater über die Brücke zu der Bank, die vor dem Nebenflügel stand.

»Ich muss dir etwas zeigen«, sagte er und zog sein Handy aus der Tasche. Er tippte ein paarmal darauf herum und reichte es dann seinem Vater. Der alte Graf riss erschrocken die Augen auf.

»Villum, was hat das zu bedeuten? Das ist ja hier! Im Hauptflügel!«

»Genau. Das ist eine Videoaufnahme von vorgestern. Dieser Mann schleicht im Schloss herum und befestigt an verschiedenen Stellen im Hauptgebäude winzige Mikrofone, da bin ich mir ganz sicher. Schau, hier ist er in meinem Büro.«

»Ja, aber wie kann …?«

»Wir haben uns schon vor einer ganzen Weile über unsere unzureichende Einbruchsicherung unterhalten, erinnerst du dich? Die Alarmanlage deckt nur das Allernötigste ab. Ich habe euch das nie erzählt, aber im letzten Jahr habe ich eine Reihe IP-Kameras im

Hauptgebäude installieren lassen. Sie befinden sich unter anderem im Büro, im Schlafzimmer, im Wohnzimmer und in der Eingangshalle. Diese Kameras funktionieren sogar im Dunkeln und werden durch Bewegungssensoren aktiviert. Sie sind über das Internet mit meinem Handy verbunden, und sobald sie ausgelöst werden, bekomme ich eine Nachricht. Ich kann die Aufnahme live verfolgen oder sie später von einem Server abrufen. Diese Bilder hier sind entstanden, als ich gerade in einer Besprechung war. Ich denke, der Kerl ist ins Schloss eingebrochen, als ihr auf dem Weg zum Mittagessen wart.«

»Wir waren in Ribe … Aber was versprechen sich diese Leute davon?«

»Das ist doch klar. Das sind dieselben Ganoven, die jetzt zwanzig Millionen von uns fordern. Sie wollen mithören, um uns einen Schritt voraus zu sein. Und genau das werden wir sie glauben lassen. Ich habe nur darauf gewartet, dass sie sich melden.«

»Was meinst du? Wer sind diese Leute, weißt du das?«

Der Zweifel und die Unsicherheit im Blick seines Vaters entgingen ihm nicht. Der Graf wurde langsam alt. Vielleicht schneller, als er selbst sich im Augenblick eingestehen wollte. Vermutlich war es an der Zeit, sich nach einer anderen zuverlässigen Hilfe umzusehen. Oder, noch besser, sich mit Ost zu verbünden, um sich seines treuen und äußerst professionellen Mitarbeiters bedienen zu dürfen – Nielsen.

So streng sein Vater immer noch wirken konnte, so erschüttert und verwirrt war er jetzt, da er nicht bemerkt hatte, dass er überwacht und gefilmt worden war – und damit das ganze Problem verursacht hatte.

»Ist es der PET? Sind das Mossmans Leute, Villum? Aber das würde doch nicht zu der Geldforderung passen, oder?«

Sein Vater sah ihn fragend an.

»Die zwanzig Millionen könnten Tarnung sein. Aber vielleicht ist die Forderung auch echt. Dann steckt Mossman wohl nicht dahinter. Das wird sich alles zeigen. Wie gesagt, wir lassen sie in dem Glauben, uns einen Schritt voraus zu sein. Und jetzt gehen wir hinein und trinken eine Tasse Tee mit Mutter. Aber vergiss nicht, dass überall Mikrofone sein könnten, auch in eurem Flügel. Also kein Wort über gar nichts, nur ganz gewöhnliche Gespräche. Danach setzen wir uns wieder hier draußen auf die Bank, besprechen alles, machen uns ein paar Notizen und bereiten uns vor – und dann gehen wir in mein Büro und liefern ihnen das, was sie so gerne hören wollen.«

Sonne hatte die Tür ein kleines Stück aufgemacht, um wenigstens etwas frische Luft in den Wagen zu lassen. Es waren jetzt fast zehn Minuten vergangen, seit der Helikopter gelandet war. So langsam müsste sich eigentlich etwas tun.

Oxen wollte gerade die Schaufel nehmen und weitergraben, als Sonne ihm ein Zeichen gab.

»Wir haben sie. Sie sind in der Küche«, flüsterte er, als bestünde die Gefahr, dass die Übertragung in beide Richtungen ging.

Oxen blieb stehen und wartete. Sonne konnte den Ausschlag der Stimmen auf dem Display seiner digitalen Anlage sehen, die alle Gespräche aufzeichnete. Er hörte konzentriert zu. Nach ein paar Minuten schob er auf einer Seite den Kopfhörer vom Ohr und erklärte, was gerade los war.

»Im Moment sitzen sie zusammen und trinken Tee. Nur stinknormales Gerede. Die Gräfin ist auch dabei. So schnell wird das wohl nichts werden. Ich hoffe nicht, dass wir uns bis heute Abend gedulden müssen.«

»Immer mit der Ruhe. Villum fliegt nicht zum Krisengespräch hier ein, um dann stundenlang damit zu warten. Sie werden sicher bald die Köpfe zusammenstecken.«

Sonne rieb sich die müden Augen und setzte den Kopfhörer wieder richtig auf. Er sah aus, als ob er eine ordentliche Mütze Schlaf gebrauchen könnte.

Oxen schnappte sich die Schaufel. Er war sich so sicher, dass Vater und Sohn bald ein ernstes Gespräch miteinander führen würden, dass er anfing, die Rinne wieder zuzuschaufeln, statt weiterzugraben.

Der Bruch im Kabel war gefunden, der Schaden behoben. Niemand hatte ernsthaft bemerkt, dass sie da waren. Niemand würde ernsthaft bemerken, dass sie bald wieder weg sein würden.

Es ging auf halb zwölf zu. Der vereinbarte Zeitpunkt, zu dem sie das Gespräch in seinem Büro beginnen wollten. Auf der Bank im Park hatten sie alles gründlich durchgesprochen. Sein Vater hatte sich Notizen gemacht, genau wie er selbst. Sie lagen nun vor ihm auf dem Schreibtisch.

Sie hatten den ganzen Ablauf nur ein einziges Mal geübt, aber es war wahnsinnig wichtig, dass das Gespräch nicht künstlich, sondern flüssig und realistisch klang. Im Großen und Ganzen würde er das Wort führen. Jetzt klopfte es an der Tür.

»Komm rein!«

Er ertappte sich selbst dabei, dass er unnötig laut wurde, dabei klebte das Mikrofon direkt unter der Tischplatte, und es war nicht nötig zu schreien. Sein Vater kam ins Zimmer und setzte sich, mit einem leisen Lächeln auf den Lippen. Das war ein gutes Zeichen. Er würde seine Rolle perfekt spielen.

»Wir müssen das so schnell wie möglich in den Griff bekommen, Vater. Ich bin nicht bereit, mich mit einer solchen Dreistigkeit abzufinden. Aber jetzt erzähl mir erst mal alles von Anfang an.«

»Eigentlich gibt es gar nicht viel zu erzählen. Ich habe meinen Mittagsschlaf gemacht, und Mutter war gerade aufgestanden, als ein Kurier angerast kam und ihr einen Umschlag gab, der an mich adressiert war.«

Sein Vater schilderte die Geschichte in aller Ruhe, genau wie sie es geplant hatten. Er unterbrach ihn hin und wieder, aber ansonsten hielt er den Mund.

»Und der Brief, wo ist der jetzt?«

»Hier.«

Sein Vater zog den Brief aus der Innentasche seines Jacketts und reichte ihn über den Tisch. Er las ihn ein paarmal durch.

»Zwanzig Millionen … Wer auch immer sich das ausgedacht hat, ist offenbar völlig verrückt. Und der USB-Stick?«

»Hier.«

»Gut, dann wollen wir mal sehen, was die in der Hand haben.«

Er steckte den USB-Stick in seinen Computer und spielte alle Filmsequenzen ab, wobei er darauf achtete, zwischendurch immer wieder entsetzte Geräusche von sich zu geben.

»Was hältst du davon, Villum? Steckt Mossman dahinter?«

»Es könnten Mossman und Konsorten sein. Oder einfach nur jemand, der versucht, schnelles Geld zu machen. Keine Ahnung. Wirklich, ich habe keine Ahnung.«

»Könnte es einer von uns sein?«

»Der Gedanke ist mir auch schon gekommen. Aber die Einzigen, die etwas wissen, sind die, die für uns gearbeitet haben. Und das ist völlig undenkbar.«

»Haben wir das Geld?«

»Die Summe ist nicht das Problem, die ist schnell beschafft. Aber das Ganze muss sorgfältig überlegt werden. Im Grunde hat Ost das letzte Wort, aber wenn es nach mir geht, zahlen wir nicht eine müde Krone. Ich denke, wir sollten versuchen, diese Leute ausfindig zu machen und zu beseitigen.«

»Also ein Treffen. Eine Krisensitzung?«

»Ja, es bleibt nichts anderes übrig, als Nord und Ost einzuberufen.«

»Denk an das Prozedere.«

»Keine Sorge, das werde ich einhalten. Wir sollten uns morgen Abend um Punkt zehn Uhr hier treffen.«

»So spät? Und ausgerechnet hier? Das möchte ich nicht, Villum.«

Sein Vater spielte seine Rolle hervorragend.

»Ja, so spät. Wir haben nicht viel Vorlauf. Und nein, natürlich nicht *hier*, sondern im Archiv, drüben im alten Hof.«

Der Rest ihres Gespräches war unerheblich. Das Wichtigste hatten sie auf überzeugende Weise geliefert.

Die Falle war aufgestellt.

68.

Eine Aura aus Angst und Tod lag über der gesamten Szenerie. Im Haus war es am schlimmsten. Dort war die Furcht in der stickigen Luft förmlich greifbar.

Er wanderte auf und ab. Hinaus in die milde Augustsonne und zurück in den eisigen Schatten des Hauses. Er versuchte, es zu begreifen, das Unsichtbare zu sehen.

Zum vierten Mal trat er ins Wohnzimmer und blieb in der Tür stehen. Er kannte die Fundorte der Leichen und des verwundeten PET-Chefs in- und auswendig. Er hielt den abschließenden Tatortbericht in den Händen, in dem alle Details über die Ballistik, die Anzahl der abgegebenen Schüsse, ihre Flugbahnen und Einschlagswinkel vermerkt waren.

Nichts davon passte zusammen. Es war zum … Das Handy in seiner Brusttasche vibrierte.

»H. P. Andersen.«

Es war seine Tochter, die ihn fragen sollte, ob er zum Abendessen zu Hause sein werde. Und sie rief ihn auf dem Diensthandy an, weil sein privates zu Hause auf der Fensterbank lag.

»Das vergesse ich doch sonst nie … Ja, Prinzessin, ich komme zum Essen. Ich bin noch auf Tåsinge und fahre dann direkt von hier aus nach Hause.«

Er beendete das Gespräch und steckte das Handy wieder ein. Das Mädchen war fast erwachsen, und trotzdem nannte er sie immer noch »Prinzessin«, als hätte sich nichts verändert. Er war sich ziemlich sicher, dass sie das weder lässig noch cool fand, aber sie beschwerte sich nicht. Manchmal glaubte er das Band zwischen ihnen, zwischen Vater und Tochter, buchstäblich greifen zu können. Und dann – und das kam immer öfter vor – saßen sie beide wieder auf unterschiedlichen Planeten und versuchten vergeblich, sich gegenseitig zu erreichen.

Ihre Welt war ihm oft fremd. Sein Blick wanderte durch das Wohnzimmer des Ferienhauses, wo die Markierungen der Spurensicherung ihre ganz eigene, stumme Sprache sprachen. Und seine Welt war ihr fremd …

Wieder fragte er sich, wie das wohl sein mochte: in eine Pistolenmündung zu starren und zu wissen, dass in einem winzigen Augenblick eine Kugel auf einen zuschießen und einen töten würde. Hatte er diese Erfahrung gemacht, der Museumsdirektor? Und die beiden anderen – die Exkollegen, die der PET-Chef angeheuert hatte? Hatten sie die Kugel kommen sehen?

Egal wie sehr es ihm widerstrebte, er musste Axel Mossman laufen lassen.

Morgen Vormittag liefen die drei Tage Haftverlängerung ab, und wenn es nach ihm gegangen wäre, hätte irgendein Richter den PET-Chef danach direkt in die U-Haft verfrachtet. Dass daraus nun nichts wurde, würde er dem arroganten Fleischberg aber erst morgen mitteilen. Das war immer noch früh genug.

Er hatte nichts gegen Mossman in der Hand, abgesehen von der Kleinigkeit, dass der Idiot nicht bereit war, auch nur ein einziges Wort über den Hintergrund der ganzen Geschichte zu verlieren.

Es stimmte, dass Mossman mit der Waffe angeschossen worden war, die in der Hand des Museumsdirektors gelegen hatte, aber die Flugbahn des Projektils war nicht nachvollziehbar. Es hätte schon einen Looping drehen und die Richtung ändern müssen, um dort zu landen, wo es gefunden worden war. Der Schütze musste jemand anders gewesen sein, jemand, der näher und in einem anderen Winkel zu Mossman gestanden hatte.

Es hatte sich auch herausgestellt, dass die Heckler & Koch, die sie unter Mossmans massigem Körper herausgezogen hatten, nicht seine Dienstwaffe war. Der PET-Chef hatte also die Wahrheit gesagt, er besaß wirklich keine Dienstwaffe. Zumindest nicht offiziell. Tatsache war, dass mit ebendieser Pistole sowohl Bulbjerg als auch der zweite Mann im Zimmer erschossen worden waren – jedoch *nicht* der Mann auf der Terrasse. Und auch die Eintrittswinkel der Kugeln in Bulbjergs Körper ergaben keinen Sinn.

Es sah also ganz danach aus, als wollte irgendjemand Mossman diesen Mist anhängen. Physikalisch gesehen, war es ein Ding der Unmöglichkeit, dass er der Täter war.

Die Profis, die für das Gemetzel auf diesem idyllischen Fleckchen Erde verantwortlich waren, mussten im Vorfeld schon gewusst haben, dass die Ermittler irgendwann zu diesem Schluss kommen würden. Aber wozu dann die ganze Mühe? Was war ihr Ziel? Den Chef des Nachrichtendienstes zu demütigen? Wollten sie ihm ans Bein pissen – was sollte das alles?

Schon der Ballistikbericht und auch die Ergebnisse aus Fredericia waren entlastend gewesen, aber nachdem die Medien in Rekordgeschwindigkeit Einzelheiten aus den eigentlich vertraulichen Ermittlungen veröffentlicht hatten, waren zusätzlich neue Zeugen auf der Bildfläche erschienen. Erst hatte er vor Wut geschäumt. Doch dann hatte er sich beruhigt und erkannt, was er eigentlich längst wusste, nämlich dass die Öffentlichkeit häufig der Schlüssel zur Lösung war.

Vor einer Stunde hatte er sich mit einer Frau getroffen, die ihn heute Vormittag angerufen hatte. Sie wohnte in Stjoul, einem winzigen Nest, das aus einer Handvoll Häuser und Bauernhöfe bestand. Am Tag der Morde war sie mit ihrem Hund draußen unterwegs gewesen.

Zu ihrer großen Verwunderung hatte sie dabei gesehen, wie fünf Fallschirmspringer ein Stück strandaufwärts gelandet waren, alle auf einem Fleck, am Siø Sund. Von dort bis zum Ferienhaus waren es ungefähr drei Kilometer. Die Frau hatte ihre Beobachtung knapp zwei Stunden vor dem Tatzeitpunkt gemacht.

Hinzu kamen zwei weitere, übereinstimmende Zeugenaussagen. Sie stammten von einem Rennradfahrer und einem Angler, der in seinem Ruderboot auf dem Wasser gewesen war. Beide hatten einen Hubschrauber landen und kurz darauf wieder starten sehen, und zwar auf einem Feld, das an den Wald grenzte, in dem das Ferienhaus stand. Die Zeitangabe deckte sich mit dem Zeitpunkt der Morde.

Das passte alles erschreckend gut zusammen. Die Täter waren lautlos mit dem Fallschirm gekommen und von einem lärmenden Hubschrauber wieder abgeholt worden. Tote Ohren hören nichts.

Die ganze Angelegenheit stank geradezu nach einer militärischen Operation. Wenn er Mossmans verfluchte Geheimniskrämerei noch obendrauf packte, war das eine absolut logische Schlussfolgerung. Da waren gewaltige Kräfte am Werk, die nicht in seine normalen Schablonen passten, die auf die üblichen Routinefälle auf Fünen zugeschnitten waren.

Er ließ ein letztes Mal den Blick durch den Raum schweifen. Anders als zuvor hatte er diesmal das untrügliche Gefühl, dass sich hier kein kleines Detail versteckte, kein verräterischer Hinweis, der ihn weiterbringen würde.

Der Raum »sprach« zwar zu ihm, erzählte von dem Grauen, das zwischen den Wänden hing – aber Informationen rückte er nicht heraus.

Er ging durch den Flur nach draußen, über die Terrasse und weiter durch das hohe Gras bis zu dem kleinen Areal im dichten Gestrüpp, das mit Polizeiband abgesperrt war. Hier hatte die Spurensicherung die besten Fußabdrücke gefunden. Die Gipsabdrücke waren ziemlich deutlich. Es waren zwei verschiedene Paar Schuhe erkennbar. Das eine einige Nummern größer als das andere, aber die Sohlen beider Schuhpaare waren dick und hatten ein starkes Profil. Die Abdrücke passten hervorragend zu seiner These der militärischen Aktion.

Er sah sich um. Nur ein einsamer Vogel durchbrach mit seinem Zwitschern die Stille. Er sah sie förmlich vor sich. Fünf Mann. Sie waren mit ihren Fallschirmen am Strand gelandet und lagen nach einem kurzen Fußmarsch hier im Versteck, um das Ferienhaus zu beobachten.

Auf ein Signal hin sprangen sie auf. Einer von ihnen schoss und tötete den Wachmann auf der Terrasse, wahrscheinlich mit einer schallgedämpften Waffe, um die weiteren Zielpersonen im Haus nicht zu alarmieren.

Sie schlichen sich an, und dann ging es los. Schnell und brutal. Einer von ihnen trat die Tür zum Wohnzimmer ein. Alle, die sich im Raum befanden, erstarrten vor Schreck. Derselbe Mann, der die Tür eingetreten hatte, tötete Wachmann Nummer zwei und den Museumsdirektor. Dann richtete irgendjemand, möglicherweise der Kommandant der Truppe, seine Waffe auf Axel Mossman, schoss ihm in den Bauch und schlug ihn bewusstlos. Am Ende platzierten die Männer gezielt ihre Waffen, damit alles in dieselbe Richtung wies – auf den PET-Chef Mossman.

Er hatte gedacht, dass er die drei Tage darauf verwenden würde, die Argumente gegen Mossman zu untermauern, damit der Richter ihm seinen Wunsch erfüllen würde. Stattdessen musste er Mossman nun laufen lassen.

Das alles hatte mit aller Wahrscheinlichkeit den Exit der Polizeidirektion Fünen zur Folge – man würde ihn und seine Mitarbeiter von diesem Fall abziehen. Die Gerüchteküche brodelte, und man hatte ihm zugetragen, dass seine Vorgesetzten sich bereits auf ein Treffen mit den hohen Herren aus Søborg vorbereiteten.

Falls sich keine schnelle diplomatische Lösung fand, würde die Angelegenheit mit juristischem Kompetenzgerangel auf höchster Ebene enden.

Da er überzeugt davon war, dass niemand das Bedürfnis hatte, die knappen Ressourcen mit Letzterem zu verschwenden, rechnete er damit, dass der Fall in weniger als vierundzwanzig Stunden von seinem Tisch verschwinden würde.

Er schloss das Ferienhaus ab, setzte sich hinters Steuer und ließ den Motor an. Zum Abendessen würde er zu Hause in Kerteminde sein.

Die letzte Zeit hatte ihn eine Menge Kraft gekostet. Er hatte viele Mahlzeiten am heimischen Küchentisch verpasst. Aber in diesem Moment, als er dem Drama den Rücken kehrte und alles hinter sich ließ, quälte ihn vor allem die Erkenntnis, dass er innerhalb kürzester Zeit zwei Niederlagen hatte einstecken müssen.

Dabei hing das erste Fiasko untrennbar mit dem zweiten zusammen. Ein und dieselbe Person war zweimal gestorben. Und beide Male hatte er die Waffen strecken müssen.

Als er auf die Landstraße abbog und Kurs auf die Brücke nach Svendborg nahm, fing er trotzdem an, sich wieder auf einen normalen Alltag zu freuen.

69.

Die Pizza hatte ungefähr den Durchmesser eines Wagenrads. Margrethe Franck schob den Karton in die Mitte des Tischs, an dem Sonne und er schon warteten, bereit, sich auf das Essen zu stürzen, sobald sich der Deckel öffnete.

»Familienpizza Nummer vierzehn. Bitte sehr, bedient euch«, sagte sie und klappte den Karton auf.

Es war ein langer Tag gewesen. Sie waren hungrig, und vor allem Sonne war nach der Nacht im Transporter müde. Alles war planmäßig verlaufen, und mehr konnten sie im Augenblick nicht tun. Aber wenn es weiter so gut für sie lief, dann würden sie morgen Abend um zweiundzwanzig Uhr den ersten herben Schlag gegen den Danehof landen.

»Sonne, kann ich mir die Aufnahme anhören, während wir essen?«, fragte Franck.

Christian Sonne nickte und stellte ein kleines digitales Abspielgerät auf den Tisch. Dann startete er das Gespräch zwischen dem alten Grafen und seinem Sohn im Büro des Hauptflügels.

Franck nickte anerkennend, als es zu Ende war.

»Sehr gut. Und ich möchte kurz darauf hinweisen, dass das Gespräch ein eindeutiger Freispruch für Mossman ist, nicht wahr, Niels?«

»Ja, ich geb's ja zu«, sagte er. »Mein Verdacht war falsch, aber er ist trotzdem ein Scheißkerl.«

Bei dieser Bemerkung hörte Sonne auf zu kauen, doch er verkniff sich einen Kommentar.

Sie hatten noch nicht genau geplant, wie sie morgen Abend vorgehen würden, aber während Villums heiße Nummer mit Kajsa nur ein Zufallsbonus gewesen war, hatte sich das Gespräch des Schlossherrn mit seinem Vater zu einer wahren Goldgrube entwickelt, was wertvolle Informationen betraf.

Sie wussten jetzt, wo sich das Archiv befand. Im »alten Hof«, womit nur Gut Gramgård gemeint sein konnte, das zu den alten Wirtschaftsgebäuden des Schlosses gehörte.

Irgendwo dort würden sie sich also morgen einfinden. Und da ihr Brief eine solche Schockwelle ausgelöst hatte, dass der innere Kreis zum Krisengespräch zusammengetrommelt worden war, würden sie dabei auch noch die Identität von Ost erfahren.

Sonne kaute zu Ende und sah sie an.

»Also, wenn das morgen alles klappt, haben wir unseren Durchbruch, oder? Dann kennen wir das Gesicht von Ost, dem mächtigsten Danehof-Mitglied überhaupt, und wir haben das Archiv. Aber wie genau wollen wir morgen vorgehen? Darüber haben wir noch gar nicht gesprochen. Ich finde, wir sollten meinen Onkel mit einbeziehen. Er jagt den Danehof seit Jahrzehnten und er ist ein strategisches Genie.«

Oxen hatte wirklich kein Interesse daran, dass Mossman sich mehr in die Operation einmischte, als unbedingt nötig war. Andererseits war der PET-Chef nach dem Mitschnitt aus dem Schloss rehabilitiert, es gab also keinen Grund, länger skeptisch zu sein.

»Es ist doch ganz klar, was wir morgen Abend tun müssen. Wir müssen unsichtbar bleiben und alles beobachten. Nicht mehr und nicht weniger«, sagte er.

»Aber wenn wir mal von der anderen Seite her denken«, entgegnete Franck, »könnte das nicht vielleicht der richtige Zeitpunkt sein, um die ganz große PET-Aktion zu starten? Alle drei unter irgendeinem Verdacht festnehmen, das komplette Archiv konfiszieren und sofort alles nach Beweisen durchforsten?«

»Und welcher Verdacht soll das sein?«

»Mord. Genug Tote haben wir ja.«

»Aber keinen einzigen, bei dem sich eine Verbindung zu den dreien herstellen ließe. Das reicht nicht mal für ein paar Stunden hinter Gittern.«

»Dann müssen die Juristen sich eben was einfallen lassen. Es reicht doch, wenn sie ein bisschen Zeit schinden, während wir das Archiv auf den Kopf stellen.«

»Franck, hör zu … Das funktioniert so nicht. Außerdem würden wir damit alles preisgeben, was wir wissen. Wir können nicht beweisen, dass Kajsa Nord und die dritte Person Ost ist. Und es ist nicht verboten, sich abends um zehn im Gramgård zu treffen. Das macht weder die Polizei noch der PET mit. Mal abgesehen davon, dass es Monate dauern würde, die Zuständigen davon zu überzeugen. Danehof? Eine Vereinigung der mächtigen Elite Dänemarks? Mit Wurzeln, die bis ins Mittelalter zurückreichen? Und dazu das Consilium, ein anerkannter, gesellschaftlich engagierter Thinktank als Tarnung? Das könntest du nicht mal meiner dementen Mutter einreden.«

Franck kaute nachdenklich auf ihrer Unterlippe.

»Okay, okay … war ja nur ein Versuch.«

Es war frustrierend. Ihre Unterhaltung erinnerte ihn wieder an seine eigene verzweifelte Lage. Außerhalb dieser Wände lief immer noch eine groß angelegte Fahndung, weil man ihn verdächtigte, einen alten Mann aufgeschlitzt zu haben.

»Kein Mensch auf dieser Welt wird dir glauben, ehe du nicht das ganze Paket auf einmal lieferst: drei Archive, drei Leiter, drei Ringe zu je fünfzehn Auserwählten. Fünfundvierzig einflussreiche Menschen, dazu die komplette Liste aller Morde, sowohl der alten als auch der neuen, Kartellbildung, Vetternwirtschaft, Korruption. Namen, Orte und konkrete Zeitpunkte. Und nicht zuletzt die Namen der Söldner, die sie angeheuert haben, um mich zu fangen oder umzubringen – so wie sie es mit dem Justizminister und meinem Freund Fisch gemacht haben. Es muss das ganze Paket sein. Weniger reicht nicht, Franck. Wasserdicht, schusssicher, gefesselt und verschnürt. Erst dann wird man dir glauben.«

»Ist ja gut, ich habe es verstanden. Du hast recht, du hast ja recht …«

Er lächelte. Es war ihr eigentlich sowieso klar. Wenn es jemanden gab, der eine Ahnung davon hatte, welch uferlose Aufgabe da vor ihnen lag, dann Margrethe Franck. Sie hatte nur genau wie Sonne einen tief sitzenden gewaltigen Respekt vor Axel Mossmans Verstand und fühlte sich am wohlsten, wenn sie ihn zurate ziehen konnte. Und diesen Respekt, den verspürte er ja selbst leider auch.

»Wenn du ihnen nicht das ganze Paket auf den Schreibtisch knallst, dann finden sie ganz schnell irgendwo eine geschlossene Abteilung für dich«, knurrte er.

»Vielleicht dort, wo sie dich bis dahin auch untergebracht haben werden. Schließlich bist du ein Mörder und außerdem psychisch krank. Ja, vielleicht sogar ein Psychopath, wer weiß?«

Sonne fühlte sich offensichtlich unwohl mitten in ihrem Kreuzfeuer. Er kannte sie beide nicht gut genug, um den Ton richtig einzuordnen, der manchmal zwischen ihnen herrschte.

»Ich bin immer noch dafür, mit meinem Onkel zu reden. Mehr nicht. Nur, damit wir auf der sicheren Seite sind.«

»Noch ein letztes Wort in dieser Sache, Franck«, fuhr Oxen fort. »Warum hat Axel Mossman denn seine ganz private Geheimoperation gestartet und seinen Neffen und ein paar alte Kollegen ins Boot geholt? – Weil der Mann seinem eigenen Verein nicht traut. Einen offiziellen PET-Einsatz kannst du dir also abschminken. Aber okay, einverstanden, fragen wir deinen Onkel, Sonne.«

Franck nickte zufrieden.

»Ich gehe davon aus, dass er noch in Svendborg im Krankenhaus liegt. Morgen soll er übrigens wieder vor den Richter. Ich fahr jetzt los. Mich lassen sie bestimmt zu ihm rein.«

Sonne stellte seinen Kaffee auf dem kleinen Couchtisch ab. Nachdem er den Fernseher ausgeschaltet hatte, waren sie ein paar Minuten einfach schweigend sitzen geblieben.

Sie hatten sich die Spätnachrichten angesehen. Mittlerweile war Oxen auf die kurze Meldung zusammengeschrumpft, dass es nichts über ihn zu melden gebe. Auch Mossman und die mit Spannung erwartete Entscheidung des Richters waren nur kurz erwähnt worden.

Es war ziemlich dunkel in dem kleinen Zimmer. Nur die Straßenlaterne warf etwas Licht durchs Fenster, sodass von Sonne nicht mehr als ein schwarzer Umriss zu erkennen war.

»Wie …« Christian Sonne räusperte sich. »Wie ist es für dich, wenn du dich da selbst im Fernsehen siehst und das alles?«

»Seltsam, sehr seltsam. Und absurd.«

»Du steckst bis zum Hals in der Scheiße, oder? Das sagt jedenfalls mein Onkel.«

»Er hat recht. Das im Fernsehen ist die Wirklichkeit, auch wenn es eigentlich nicht zu begreifen ist. Würde ich jetzt raus auf die Straße gehen und irgendjemandem erzählen, wer ich bin, dann säße ich fünf Minuten später hinter Schloss und Riegel.«

»Abgesehen von dieser Sache mit deinem Hund und deinen ganzen Orden habe ich eigentlich noch nichts gehört, was das alles irgendwie erklärt. Wie bist du in diesem Chaos gelandet?«

Man konnte Christian Sonne wirklich nicht vorwerfen, dass er voreilig oder indiskret war. Sie hatten Stunden zusammen im Auto verbracht, ohne dass er sonderlich viel gefragt hätte. Wenn er ihm jetzt antwortete, würde es ein langer Abend werden, und Oxen war sich nicht sicher, ob er das durchhielt.

»Willst du dir das wirklich alles anhören?«

Die Gestalt gegenüber nickte.

»Sonst hätte ich nicht gefragt.«

»Okay … Wie hat das alles angefangen? Ich würde sagen, das war letztes Jahr am 1. Mai, als ich mit meinem Hund in den Zug von Kopenhagen nach Skørping gestiegen bin und schließlich im Rold Skov mein Lager aufgeschlagen habe. Hätte ich das nicht getan, dann wäre ich jetzt nicht hier. Irgendwann bin ich abends durch den Wald gewandert, bis nach Nørlund Slot. Ich war einfach nur neugierig. Beim Schloss waren Männer in Anzügen, Security-Typen, und als ich durch den Park wieder verschwinden wollte, bin ich in etwas reingelaufen, das von einem Baum herunterhing. Es war ein toter Hund … Und dann, ein paar Tage später, hat die Polizei am frühen Morgen mein Lager umstellt und mich aufs Präsidium in Aalborg mitgenommen. Ich wurde verdächtigt, den Schlossherrn und ehemaligen Botschafter Corfitzen umgebracht zu haben.«

»Das ist der Vater von Kajsa Corfitzen, der neuen Leiterin von Nord, richtig?«

»Ja. Er saß tot auf seinem Schreibtischstuhl, ziemlich übel zugerichtet.«

»Aber wieso du?«

»Ein Autofahrer hatte mich an dem betreffenden Abend gesehen, und sie haben überall in den Blumenbeeten Spuren von mir und meinem Hund gefunden.«

»Aber von dort bis zu einem Mordverdacht …«

»Das war ja erst der Anfang. Die Probleme nahmen schnell zu. Es wurde einfach immer schlimmer.«

Er hörte sich selbst dabei zu, wie er Sonne, den er im Grunde doch gar nicht kannte, Stück für Stück die Geschichte um die erhängten Hunde schilderte. Aber irgendwie war es auch ein gutes Gefühl, den Fall und seine Chronologie im Kopf zu sortieren und sie einem anderen Menschen zu erzählen. Franck und Mossman wussten das alles, aber mit Sonne war es etwas anderes. Für ihn war die ganze Sache neu, und er hörte aufmerksam zu und unterbrach ihn nicht.

Er hatte jegliches Gefühl dafür verloren, wie lange er schon hier saß und die Vergangenheit heraufbeschwor, doch schließlich war er an jenem Festakt im Aalborger Präsidium angelangt, wo ihm bei Bøjlesens Lobrede auf seine großartige Zusammenarbeit mit dem PET fast das Kotzen gekommen war. Großspurig hatte Bøjlesen den Fall für abgeschlossen erklärt und ihn dann als Gipfel der Heuchelei auf die Bühne gerufen, um ihm ein paar lächerliche Flaschen Wein für seinen Einsatz zu überreichen.

Aber da war er bereits auf dem Weg nach draußen gewesen, in ein Taxi gesprungen und zum Rold Storkro zurückgefahren. Er hatte seine Sachen gepackt, hatte Margrethe Franck versetzt und war zu Fuß durch die Felder losmarschiert, einfach immer weiter. Bis er in der Silvesternacht in einem Strohhaufen aufgewacht und dem alten Fischzüchter Johannes Ottesen begegnet war.

Dem freundlichen Alten, der sein Leben lang hart gearbeitet hatte und am liebsten Fisch genannt werden wollte und den er angeblich mit seinem großen Bowie-Messer ermordet hatte.

»Jetzt verstehe ich ein paar Sachen besser«, sagte Sonne, eine Weile nachdem Oxen geendet hatte. »Ich hoffe, wir können morgen den ersten Schritt in Richtung Wahrheit machen. Und ich hoffe, dass es eines Tages wieder gut für dich läuft.«

»Der Schlüssel liegt in den Archiven. Sie wachen über alles, was sie vernichten könnte. Und irgendwo, in Nord, Süd oder Ost, liegt auch der Beweis, dass ich es nicht war. Es muss morgen einfach klappen.«

70.

Mr Nielsen betrat das Hotelzimmer mit der gewohnt souveränen Attitüde. Je öfter er ihm begegnete, desto überzeugter war er von seiner Theorie: Dieses Auftreten deutete darauf hin, dass der ältere Herr in seinem früheren Leben mit Sicherheit in einer übergeordneten Position für andere Menschen entschieden hatte.

»*Hello, Mr Smith.*«

»*Hello and welcome, Mr Nielsen.*«

Sie gaben sich die Hand, ein formeller, fester Händedruck. Dann setzten sie sich an den kleinen Tisch.

Für Nielsens Verhältnisse war es noch früh am Abend. Es war erst dreiundzwanzig Uhr, und Smith war gerade in das dritte Hotel umgezogen, seit er sich in der dänischen Hauptstadt aufhielt. Seine Männer, die in verschiedenen anderen Hotels einquartiert waren, folgten demselben Rotationsprinzip. Nur wenige Tage am gleichen Ort und dann weiter. Das war eine goldene Lebensregel: Ein Vogel war im Flug am schwersten zu fangen.

Nielsen legte eine Aktenmappe auf den Tisch.

»Hier sind alle wichtigen Informationen. Fotos und Karten vom Gebäude und vom Gelände.«

Er öffnete die Mappe und betrachtete schweigend den Inhalt. Er ließ sich Zeit. Drehte und wendete jedes Blatt und versuchte, sich schnell einen Überblick zu verschaffen. Was war möglich? Was war zweckmäßig?

Nach etwa zehn Minuten legte er alles vor sich hin.

»Das sieht vielversprechend aus.«

»Wir erwarten Ihre Ankunft am Schloss morgen um dreizehn

Uhr. Dann bleibt noch genügend Zeit, um alles bei Tageslicht durchzugehen.«

»Damit wird Oxen niemals rechnen. Diesmal haben wir ihn. Wo sollen wir ihn übergeben?«

»Im Schloss. Es sind zwar nur ein paar Hundert Meter, aber werfen Sie ihn in den Wagen und fahren Sie das kurze Stück. Wir können keine Zeugen gebrauchen und an Gut Gramgård führt die Straße direkt vorbei.«

»Ja, das habe ich gesehen. Okay, dann liefern wir Oxen also im Schloss ab. Was ist mit den beiden anderen?«

»Das läuft genauso.«

»Werden Sie auch vor Ort sein?«

»Nein.«

»Unser Exit?«

»Für übermorgen Vormittag sind auf drei verschiedenen Flügen Plätze reserviert, ab Billund. Sie fliegen über Paris, Amsterdam und Frankfurt und von dort aus weiter nach Heathrow beziehungsweise Gatwick und Stansted. Genau wie gewünscht.«

»Hervorragend. Wir nähern uns also endlich dem Ziel – wenn auch mit etwas Verspätung.«

»Es gibt noch eine wichtige Änderung, was die Vorgaben betrifft.«

Er sah Mr Nielsen fragend an.

»Die Änderung betrifft Niels Oxen. Und zwar *nur* Oxen … Sollte es notwendig werden, Oxen an der Flucht zu hindern, haben Sie ab sofort die Erlaubnis, das Feuer zu eröffnen.«

»Mit welchem Ziel?«

»Wenn nötig, um ihn zu töten.«

To kill … Für einen Moment saß er schweigend am Tisch und überdachte diesen radikalen Sinneswandel. Hätte der Befehl von Anfang an so gelautet, dann hätte er die Bruchbude im Wald innerhalb von Sekunden dem Erdboden gleichgemacht, und Oxen hätte niemals in seinen Fuchsbau abtauchen können.

»Verstanden. Aber wieso gilt die Order nicht auch für die anderen?«

»Jeder Mord bedeutet ein großes Risiko und macht uns angreifbar. Die beiden anderen dürfen nicht getötet werden. Die können wir auf andere Weise vernichten. Aber einen Mann, der schon zerstört ist, kann man nicht mehr brechen. Die Jagd soll nicht noch weiter in die Länge gezogen werden. Sie hat sowieso schon viel zu lang gedauert. Oxen darf uns unter keinen Umständen noch einmal entkommen. Dann wollen wir ihn lieber tot.«

71.

Sie parkten hinter einer Hecke, etwas abseits auf einem Feldweg. Je näher sie Gram gekommen waren, umso stiller war es im Wagen geworden. Seit sie von der Autobahn abgefahren waren, hatte keiner mehr ein Wort gesagt.

Sonne saß hinter dem Steuer. Er war blass. Oxen wirkte entspannt und konzentriert, und sie selbst fühlte sich nervös, aber das war wichtig, wenn man wach sein musste.

Die Abendsonne leuchtete golden. Es war fast halb neun. Noch anderthalb Stunden.

Der Tag war ihr endlos vorgekommen. Gleich frühmorgens war sie in die Wohnung gefahren, um den anderen von ihrem Besuch bei Mossman im Krankenhaus zu berichten. Der PET-Chef war derselben Meinung wie Oxen gewesen.

Heute ging es nur darum, alles zu beobachten, und für diese Aufgabe war ihr kleines Trio völlig ausreichend. Zum jetzigen Zeitpunkt andere zu involvieren wäre unsinnig gewesen.

Mossmans Worte hatten Gewicht. Durch seine klare Ansage war jede weitere Diskussion überflüssig geworden.

Am Vormittag hatte sie mehrere Stunden damit zugebracht, ihre Ausrüstung zu besorgen. Drei schwarze Overalls, drei Paar schwarze Handschuhe, drei schwarze Mützen und eine Dose mit schwarzer Farbe für ihr Gesicht. Der kleine Laden in Odense hatte wirklich alles vorrätig, was schießverrückte Paintballfans so brauchten.

Während sie noch vor den Regalen stand, mit einer originalgetreuen AK-47 in den Händen, und gerade dachte, wie praktisch es wäre, so eine für den Abend zu haben – allerdings mit echtem Blei –, rief Christian Sonne an. Er hatte mit Mossman telefoniert und gute Neuigkeiten zu verkünden: Der leitende Kommissar H. P. Andersen hatte aufgegeben. Mossman musste nicht einmal mehr vor den Richter. Ihr Chef war frei und konnte tun und lassen, was er wollte.

Das heißt, er konnte es natürlich nicht, denn man hatte ihn postwendend ins Präsidium nach Odense bestellt, wo auf höchster Ebene verhandelt werden sollte. Der Polizeipräsident der Direktion Fünen und seine Sekundanten gegen die Führungsspitze aus Søborg. Gunhild Rask war Mossmans Stellvertreterin und juristische Leiterin des PET. Sie würde die Verhandlungen führen. Außerdem gab es noch den Verwaltungschef Bo Folmer, der die Rolle des Diplomaten übernehmen sollte, und schließlich den Operativen Leiter Martin Rytter, der das Spiel so gnadenlos durchziehen würde, wie er es von Mossman gelernt hatte.

Die Ermittlungen in Sachen Ferienhaus würden an den PET übergeben werden. Etwas anderes war gar nicht denkbar, da einige Aspekte des Falls die nationale Sicherheit betrafen. Sie konnte sich die Diskussion lebhaft vorstellen.

Natürlich würden sie Mossman ans rettende Ufer ziehen wie ein schwer verletztes Walross. Dass einige von ihnen sich dabei freudig die Hände rieben, weil der ganze Ärger ein weiterer Nagel zu seinem Sarg war, stand auf einem anderen Blatt. Und wenn am Ende das ernste Gespräch mit der neuen Justizministerin anstand, würde der PET-Chef sich selbst retten müssen.

Mossman hatte sich seither nicht wieder gemeldet. Sie ging davon aus, dass die Angelegenheit in wenigen Stunden überstanden sein würde und alle ihr Gesicht wahren konnten. Die Polizei auf Fünen hatte bestimmt Besseres zu tun, als Arbeitszeit mit langen Debatten zu verschwenden.

»Alle raus.«

Auf Oxens Kommando stiegen sie aus. Sie öffnete den Laderaum und reichte jedem von ihnen ein schwarzes Bündel. Sie hatten die Overalls zusammengerollt und mit einer Schnur festgezurrt und würden sich erst umziehen, wenn sie ihre Position eingenommen hatten. Nicht dass sie in dieser Aufmachung jemandem begegneten, der erschrocken die Polizei alarmierte, weil Gram von Ninja-Kämpfern angegriffen wurde.

Sie legte Sonne eine Hand auf die Schulter.

»Alles okay, Sonne?«

»Ja, klar.«

»Bleib einfach ganz ruhig, ja? Wir müssen nur unsichtbar bleiben, dann klappt schon alles. Bis zu den Spätnachrichten sind wir wieder zu Hause.«

»Die Waffen? Alle gecheckt und in Ordnung?«

Oxen war in den operativen Modus gewechselt. Hier war er zu Hause, hier fühlte er sich am wohlsten. Würde er je wieder ein normales Leben führen können? Konnte man ihn in einen Supermarkt schicken, mit dem Auftrag, Kartoffeln, Milch und Schwarzbrot zu kaufen? Womit würde er nach Hause kommen? Und würde er überhaupt nach Hause kommen?

»Wisst ihr, wo ihr euch aufstellen müsst, oder sollen wir alles noch mal durchgehen?«

Sie sah Sonne an, dann schüttelten sie beide den Kopf.

»Nicht nötig«, antwortete sie.

»Sonne – Interkom?«

»Check und Doppelcheck.«

»Waffen?«

Sie nickten. Oxen musterte sie mit hochgezogenen Augenbrauen. Er war auf dem Weg in den Krieg, mit Rekruten im

Schlepptau. Er hatte wohl vergessen, dass sie selbst auf sich aufpassen konnten.

»Ihr dürft erst schießen, wenn ihr schon mit einem Bein im Grab steht, klar?«

Sonne nickte und wurde noch blasser, falls das überhaupt möglich war.

»Gut. Wir trennen uns an der Straße. Sollte im Lauf des Abends irgendetwas Unvorhergesehenes passieren, treffen wir uns hier am Wagen wieder.«

Sie klemmten sich ihre schwarzen Bündel unter den Arm und gingen los. Unterwegs testeten sie das Funksprechgerät. Alles funktionierte perfekt.

An der stillgelegten alten Molkerei trennten sie sich. Sonne und Oxen überquerten die Straße und liefen an der Windschutzhecke entlang, um sich dem alten Hofgut von hinten zu nähern. Sie selbst schlich sich an den Stallungen und dem alten Maschinenschuppen vorbei zu ihrer Position in einem Gebüsch gegenüber der Zufahrt.

»Oxen hier. Sonne, kommen und Status durchgeben.«

Er lag flach auf dem Bauch am Waldrand. Noch hatte er freie Sicht über die Grünfläche, den Hof und sogar über die Straße, die am Schloss vorbei in den Ort führte. Aber es wurde schon langsam dämmrig.

Als Oxens ruhige Stimme in sein Ohr drang, dachte er gerade darüber nach, worauf er sich hier bloß eingelassen hatte. Alles nur, weil er das Geld brauchte. Weil die Scheidung ihn zu ruinieren drohte. Er hatte zwei Kinder, tolle Mädchen, sechs und acht Jahre alt. Waren die nicht viel wichtiger als Geld? Scheiß auf das Haus, scheiß auf das Auto.

Es ging doch ums Leben … Das konnte man nicht kaufen. Es gab keinen Ersatz dafür. Wenn man es einmal verloren hatte, war es für immer weg. Tief in seinem Bauch spürte er ein nagendes Gefühl. Er hatte … Angst.

»Sonne. Kommen.«

»Sonne hier, nichts Auffälliges zu erkennen. Aber bald kann ich die Straße nicht mehr sehen.«

»Verstanden. Ende.«

Oxen klang, als säßen sie mit einer Pizza am Küchentisch. Total ruhig. Der Mann war so mit Orden behängt, dass er sich wahrscheinlich kaum aufrecht halten konnte, wenn man ihm alle gleichzeitig anheften würde. Er war es gewohnt, umgeben von Talibankriegern durch die Dunkelheit zu robben. Mit so jemandem konnte er nicht mithalten. Es wäre wirklich unfair gewesen, das von ihm zu erwarten.

»Oxen hier. Franck, kommen und Status durchgeben.«

»Franck hier, keine Auffälligkeiten. Ich kann den Schlossplatz gerade noch sehen – aber nicht viel weiter.«

»Hier ist auch alles ruhig. Ende.«

Sie kroch ein paar Meter weiter durch das Gebüsch. Es erstreckte sich fast bis zur Giebelseite des großen Gebäudes, das parallel zur Straße stand.

Noch konnte sie alles erkennen. Auch auf der anderen Straßenseite, wo sich die Zufahrt zu dem großen offenen Vorplatz des alten Bauernhofs befand.

Ihre Nerven waren bis zum Zerreißen gespannt, und sie war hoch konzentriert. In einer guten halben Stunde ging es los. Nur wo? Das Gelände war weitläufig. Würden sie sich im Haupthaus treffen? Oder in irgendeinem der vielen Nebengebäude?

Das Wichtigste war, sie im Dunklen nicht aus den Augen zu verlieren.

Es war eine reine Überwachung. Sie würden unsichtbar bleiben. Ob die Danehof-Spitze Leibwächter dabeihaben würde, wussten sie natürlich nicht. Aber es sprach viel dafür, dass das nicht der Fall war. Hier trafen sich drei Privatpersonen, um sich zu später Stunde zusammenzusetzen und ein ernstes Problem zu besprechen.

Mehr war es nicht. Trotzdem hörte er Sonnes Stimme an, dass er Angst hatte. Franck dagegen war eiskalt, genau wie er es von ihr kannte.

Er selbst fühlte sich ruhig, aber es war schon sehr lange her, dass er jemanden angefunkt und um den Status gebeten hatte. Das hatte eine Reihe verstörender Bilder und Szenen vor seinem inneren Auge wachgerufen, doch es gelang ihm, die Erinnerungen zurückzudrängen.

Er lag bäuchlings in einer Hecke, die das Anwesen vom freien Feld trennte. Von hier aus hatte er den gesamten Hofplatz im Blick, und er war in Sonnes Nähe, was bestimmt keine schlechte Idee war.

Um 21:45 Uhr meldete sie sich flüsternd über das Funksprechgerät.

»Franck hier. Vom Schlosshof hört man Motorengeräusche. Das einzige Auto, das dort steht, ist der Rover des Grafen. Moment. Jetzt kann ich ihn sehen. Gleich kommt er an mir vorbei. Der Fahrer sieht aus wie Villum. Jetzt biegt er zum Hof ab. Ende.«

Sonne bestätigte, dass er von seiner Position aus die Scheinwerfer gesehen habe. Oxen ebenfalls.

Die Autotür ging auf. Sie meldete sich wieder:

»Franck hier. Villum ist angekommen. Er geht ins Haus.«

Kurz darauf wurde die Außenbeleuchtung eingeschaltet.

»Er bereitet alles vor. Fehlen nur noch die beiden anderen. Sie müssen jeden Moment auftauchen. Ende«, flüsterte sie, aber noch bevor sie das letzte Wort gesagt hatte, presste sich eine behandschuhte Hand auf ihren Mund, und sie spürte das kalte Metall einer Pistolenmündung am Hals.

»*Quiet, or you're dead*«, zischte ihr eine Männerstimme ins Ohr, während routinierte Finger sie abtasteten, die Pistole in ihrem Gürtel fanden und aus dem Holster zogen.

Der Mann hielt ihr immer noch den Mund zu und drückte sie mit seinem ganzen Körpergewicht zu Boden.

»Sonne hier. Im Giebel des Haupthauses ist Licht angegangen. Ich kann nicht richtig …«

Er hörte ein leises Rascheln hinter sich und drehte sich um. Er sah gerade noch einen Schatten, als der Schlag ihn schon traf. Ein heftiger Schmerz schoss durch seinen Kopf. Dann war alles schwarz.

»Oxen hier, bitte wiederholen. Sonne, wiederholen.«

Keine Reaktion. Das war merkwürdig. Sonnes Meldung war so plötzlich abgerissen. Er versuchte es ein drittes Mal. Immer noch Schweigen.

»Oxen hier. Franck, kommen und Status durchgeben. Franck? Kommen, ich wiederhole, kommen …«

Er richtete sich auf und kam auf die Knie. Das Interkom funktionierte, also musste irgendetwas anderes katastrophal schiefgegangen sein.

Hinter ihm knackte ein Zweig, sofort gefolgt von einem scharfen Befehl.

»Auf den Bauch! Ganz runter!«

Der Mann sprach Englisch … Der Söldnertrupp war zurück, und diesmal würden sie ihre Arbeit zu Ende bringen. Man hatte ihnen eine Falle gestellt. Es war vorbei.

»Runter, habe ich gesagt!«

Ein kräftiger Schlag mit dem Gewehrkolben traf seinen Rücken und er kippte nach vorn.

»Alpha an alle. Primärziel unter Kontrolle. Bravo, Charlie und Delta, herkommen. Ende.«

Er hörte lautes Geraschel und noch mehr knackende Zweige links und rechts.

»Smith?«

Der Ruf kam von links, und der Mann hinter ihm antwortete. »Hier!«

Es war also Alpha-Smith, der Kommandant der Truppe. Man

hatte sie erwartet, ihn, Sonne und Franck, und alles für ihren Empfang vorbereitet, so wie es sich gehörte, wenn jemand zu Besuch kam. Wie war das möglich?

»Hände auf den Rücken!«

Jeden Moment würde man ihn fesseln. Dann war es zu spät. Sobald sie die Kabelbinder um seine Handgelenke gezurrt hatten, war der erste Schritt Richtung Tod schon getan.

Also jetzt oder nie. Keine Sekunde zu früh. Keine Sekunde zu spät. Genau dann, wenn er das Plastik auf der Haut spürte. In dieser einen Sekunde, wenn sein Gegner die Aufmerksamkeit auf mehrere Dinge gleichzeitig richten musste. Gleich … Jetzt …

Er spannte alle Muskeln an, und obwohl der Brite auf seinen Beinen saß, gelang es ihm, sich mit diesem gewaltigen Energieschub auf den Rücken zu drehen. Wie eine Feder schnellte er mit dem Oberkörper hoch und drückte die Maschinenpistole zur Seite. Ein Kugelhagel prasselte in die Dunkelheit. Mit aller Kraft versetzte er dem Mann einen Handkantenschlag gegen den Hals. Für einen Moment war sein Gegner wie gelähmt. Er verlor das Gleichgewicht, und Oxen konnte ihn von den Beinen stoßen und aufspringen.

Jetzt kamen die Angreifer von zwei Seiten auf ihn zu. Er sah, wie sich der Lauf der Maschinenpistole erneut auf ihn richtete, obwohl der Brite ziemlich mitgenommen war. Er trat ihm die Waffe aus der Hand, zerrte ihm das Nachtsichtgerät von der Stirn und schlug es ihm mit aller Wucht ins Gesicht.

Jemand eröffnete das Feuer. Mehrere Schüsse hintereinander.

Er spürte einen Schmerz in der Schulter. Für die Pistole blieb keine Zeit, also griff er nach dem Messer, zog es mit einer blitzschnellen Bewegung aus der Scheide und schleuderte es der heranstürmenden Silhouette entgegen. Der Mann stoppte mitten im Lauf, stolperte taumelnd zur Seite und noch ein paar Schritte nach vorn. Dann sackte er zusammen.

Oxen bekam seine Maschinenpistole zu fassen und eröffnete

das Feuer in die andere Richtung. Schnelle Schüsse, ohne zu zielen. Nur um seine Angreifer zu bremsen und Zeit zu gewinnen.

Aus den Augenwinkeln sah er ein Mündungsfeuer und wich der nächsten Schusssalve gerade noch aus, indem er sich kopfüber in die Hecke warf, sich abrollte und auf der anderen Seite losrannte, quer über das offene Feld.

Er rannte, so schnell er konnte. Einfach immer weiter. Dabei wusste er, dass er sich nicht lange auf offenem Gelände aufhalten durfte. Sie würden jeden Moment hinter ihm auftauchen und ihn mit allem jagen, was ihnen zur Verfügung stand. Zu Fuß, im Auto – und womöglich auch mit dem Hubschrauber.

Links von ihm lag die Straße. Er sah die Scheinwerfer eines Autos, das in Richtung Gram unterwegs war. Er änderte die Richtung und lief zu der Windschutzhecke am Rand der Straße. Auf der gegenüberliegenden Seite befanden sich die großen Wirtschaftsgebäude mit den Stallungen und Geräteschuppen, an denen sie vorhin vorbeigegangen waren, nachdem sie den Transporter abgestellt hatten. Der Transporter? Nein, das war aussichtslos. Sonne hatte den Schlüssel.

Als er das schützende Gebüsch erreicht hatte, beugte er sich vor und versuchte, kurz Luft zu holen. Bilder einer blutverschmierten Margrethe tauchten vor seinem inneren Auge auf. Sein Magen schnürte sich zusammen. Das viele Blut auf ihrer weichen weißen Haut. Die aufgerissenen Augen. Das verzerrte Gesicht.

War sie tot? Wenn sie Franck umgebracht hatten, würde er ihnen bei lebendigem Leib das Herz herausschneiden und es auf einem Scheiterhaufen verbrennen.

»Niels? Hörst du mich?«

Ihre Stimme kroch in seinen Kopf. Von den Toten zu den Lebenden in weniger als einer Sekunde.

Da war die Stimme wieder, leise und flüsternd in seinem Kopfhörer.

»Hörst du mich? Wenn du mich hören kannst: Wir sind beide

am Leben. Verschwinde, so schnell es geht. Für uns kannst du hier nichts tun. Hau ab! Hast du verstanden?«

Bis er den Bügel mit dem Mikrofon aus seinem Kragen geangelt hatte, war sie weg. Er hörte nur noch einen Knall und einen schmerzerfüllten Schrei. Irgendjemand schlug auf Franck ein. Hatten sie bis eben vergessen, ihren beiden Gefangenen das Interkom abzunehmen, dann war es spätestens jetzt mit der Kommunikation vorbei.

Gerade als er sie tot vor sich gesehen hatte, war sie zu ihm zurückgekommen. Sie lebten beide noch, Margrethe und Sonne. Sein professionelles Ich übernahm das Kommando. Es war wie ein Mantra, einmal gelernt und ständig wiederholt. Ein eisernes Gesetz – du rettest niemanden, indem du dich leichtfertig in Gefahr begibst. Im Gegenteil, du raubst ihnen und dir damit jede Möglichkeit.

Er musste weg. Die Art und Weise, wie ihre unbekannten Gegner vorgegangen waren, sprach eine deutliche Sprache: Diesmal hatten sie Order zu schießen und, wenn nötig, zu töten.

Um Sonne und Franck musste er sich später kümmern. Vielleicht konnte man verhandeln? Er hatte die Unterlagen aus Nørlund Slot. Vielleicht ein Tauschgeschäft?

Am Ende der Straße tauchten Scheinwerfer auf, und kurz darauf hörte er einen Wagen beschleunigen. Sie waren auf dem Weg. Er rannte über die Straße und verschwand zwischen den Gebäuden. Ab sofort ging es nur noch von Hausecke zu Hausecke weiter.

Wenn sie ihn haben wollten, dann würden sie teuer dafür bezahlen müssen.

72.

Das Auto raste an den Wirtschaftsgebäuden vorbei, dicht gefolgt von einem zweiten Wagen. Er sah die Bremslichter, als sie stehen blieben, die Scheinwerfer aufs offene Feld gerichtet.

Der alte Trick, im Bogen zurückzulaufen, würde sie nicht lange in die Irre führen, aber sie waren wahrscheinlich sowieso eine ganz Weile damit beschäftigt, das Gelände und die Wohnhäuser zu durchkämmen, die an die Felder grenzten.

Er hatte die Gegend ziemlich genau im Kopf. Jenseits der Felder führte die Landstraße durch ein großes Waldgebiet, und der größte Teil des Waldes breitete sich nach Westen aus.

Es gab also jede Menge potenzieller Verstecke, und ihre Suche dürfte sich als ziemlich mühsam erweisen. Wenn die Truppe aus denselben Männern bestand, die ihn schon bei der Fischzucht durch den Fuchsbau gejagt hatten, waren sie zu siebt oder acht, minus dem einen, den er mit dem Messer erwischt hatte.

Er traf eine Entscheidung. Er musste weg, weit weg, und das so schnell wie möglich, um nicht in der Klemme zu sitzen, sobald es hell wurde.

Er war überzeugt davon, dass sie genauso vorgehen würden wie beim letzten Mal: ein Anruf, dass man ihn gesehen habe, und die Polizei löste sofort Großalarm aus, um die Menschenjagd mit frischem Schwung zu eröffnen.

Er hörte Schritte auf der Straße und sah den Lichtkegel einer Taschenlampe. Ein Mann kam die Auffahrt herunter. Für einen kurzen Moment streifte das Licht die Maschinenpistole, die er an einem Riemen um den Hals trug.

Jetzt durfte er keine Zeit verlieren. Oxen huschte an der Mauer des lang gestreckten Gebäudes vorbei und nahm die erste offene Tür, die er fand. Sie führte in einen schwach beleuchteten Kuhstall.

Der Stall war groß. Die schwarz gescheckten Milchkühe konnten sich frei bewegen. Nicht so wie früher auf dem Bauernhof in Westjütland, wo er so viele Sommerferien bei seinem Onkel und seiner Tante verbracht hatte. Sein Wissen über Landwirtschaft war begrenzt, aber das hier nannte man Laufstall, so viel wusste er noch.

Er untersuchte seine linke Schulter. Schon draußen im Dunkeln hatte er bemerkt, dass seine Kleidung blutig und zerfetzt war, doch erst hier, mit etwas Licht, konnte er sich die Verletzung genauer ansehen. Es war ein glatter Durchschuss. Wie stark der Muskel betroffen war, konnte er nicht beurteilen, aber im Moment tat es jedenfalls nicht weh. Noch nicht.

Er nahm sich kurz Zeit, um die Situation zu überdenken. Der Kuhstall war eine Sackgasse. Er musste hinaus und weiter, aber er hatte keine Ahnung, wo sich sein Gegner augenblicklich befand.

Gerade als er nach der Klinke greifen und verschwinden wollte, sah er durchs Fenster den Lichtkegel der Taschenlampe. Lautlos schlich er zwischen die Kühe, die sich von ihrem späten Besucher nicht stören ließen.

Die Stalltür ging auf. Ein Mann kam herein und sah sich aufmerksam um. Genau wie der andere trug er einen schwarzen Kampfanzug und ein Nachtsichtgerät. Jetzt war es nach oben geklappt. Eine Hand lag auf der Maschinenpistole. Er richtete die Taschenlampe auf den Boden und blickte wieder hoch.

Hatte er Fußabdrücke auf dem Betonboden hinterlassen? Gab es irgendwo Blutstropfen, die ihn verrieten?

Sein Widersacher, der außer der Maschinenpistole noch eine Pistole im Gürtelholster stecken hatte, überlegte offensichtlich, was er als Nächstes tun sollte. Dann machte er einen Schritt nach vorn und bewegte sich vorsichtig zwischen den Kühen in die Mitte des Stalles. Die ganze Zeit sah er sich wachsam um. Ab und zu blieb er reglos stehen. Jetzt hatte er beide Hände an der Waffe.

Wenn Oxen sich nicht schleunigst weiter zurückzog und zwischen den Tieren an der Stallwand Deckung suchte, hatte er verloren. Langsam ging er in die Knie, dann hinunter auf alle viere. Meter für Meter robbte er durch Mist und Stroh, um Kühe herum und unter Kühen hindurch.

Eine zuckte nervös und hätte ihn fast getreten. Falls sein Gegner das bemerkt hatte, war es ein verräterischer Hinweis.

Angespannt kroch er weiter, bis er am Ende des Stalls angelangt war. Hinter einer Kuh richtete er sich auf und spähte über ihren Rücken.

Gleich war der Mann an der Wand. Wenn er nach links ging, würden sie sich in wenigen Sekunden Auge in Auge gegenüberstehen – und er entschied sich für links.

Oxen tauchte ab, ging wieder auf alle viere. War das Misstrauen des Mannes tatsächlich geweckt, würde er ihn so lange durch die Manege treiben, bis er irgendwann aufflog, weil er doch noch getreten wurde oder eine der Kühe einen nervösen Satz machte.

Hatte der Mann jedoch keinen Verdacht geschöpft, würde er vielleicht einfach zur Tür zurückgehen, mit dem zufriedenen Gefühl, das Gebäude überprüft zu haben.

Langsam robbte er unter zwei Kühen durch, die dicht beieinanderstanden. Jetzt war er hinter seinem Gegner. Drei große Schritte und er wäre an ihm dran. Sollte er …?

Er traf seine Entscheidung im Bruchteil einer Sekunde. Vielleicht hatte der Mann ja etwas bei sich, das ihm nützlich sein könnte. Er zog seine Pistole aus dem Holster, ging vorsichtig auf die Knie und rutschte so leise wie möglich ein kleines Stück vorwärts. Dann sprang er auf und war in zwei Sätzen bei ihm.

Der Mann schaffte es gerade noch, den Kopf zu drehen, als Oxen ihm schon den Griff der Pistole gegen die Schläfe schlug. Ein paar Kühe sprangen erschrocken beiseite. Sein Gegner taumelte und sackte zusammen. Er kniete sich neben ihn, drehte ihn auf den Rücken und durchsuchte ihn.

In der Brusttasche des Kampfanzugs fand er, wonach er gesucht hatte. Ein Handy. Außerdem nahm er ein Portemonnaie und einen Pass an sich. Der Mann war Brite, genau wie der andere. Mark Johnson. Wahrscheinlich ein Deckname.

Einer plötzlichen Eingebung folgend, rief er die Kamerafunktion des Handys auf. Er wischte Kuhmist und Stroh aus dem Gesicht des Mannes und machte drei Bilder von ihm. Er hatte das vage Gefühl, dass die Fotos irgendwann vielleicht nützlich sein könnten und dass er sich diese Gelegenheit nicht entgehen lassen sollte.

Er schnappte sich die Taschenlampe, packte alles ein, stand auf und ging in aller Ruhe zur Tür. Er musste von hier verschwinden, bevor der Rest der Söldnertruppe zurückkam.

In einer geschützten Ecke zog er eilig den stinkenden Overall aus und schlich dann an den anderen Gebäuden vorbei, bis er einen großen Maschinenschuppen entdeckte. Das Tor stand offen, und er huschte hinein. Erst als er hinter einem großen Fahrzeug in Deckung war, riskierte er es, die Taschenlampe einzuschalten. In der Halle standen zwei Traktoren, ein Mähdrescher und ein paar andere Maschinen – aber vor allem ein Toyota Pick-up.

Er richtete den Strahl der Lampe auf die Ladefläche. Sie war vollgepackt mit Zaunpfählen und Maschendraht. Dann leuchtete er in den Innenraum. Der Schlüssel steckte. Natürlich. Er war ja auch nicht im Kopenhagener Nordwestquartier, sondern mitten in Jütland.

Er stieg ein und ließ den Motor an. Der Tank war halb voll. Oxen legte den Gang ein und ließ den Wagen langsam aus dem Maschinenschuppen rollen. Wenn er stadtauswärts fuhr, war das Risiko zu groß, seinen Verfolgern zu begegnen. Also musste er den entgegengesetzten Weg nehmen: am Schloss vorbei, in den Ort und von dort weiter nach Westen in Richtung Ribe – oder nach Osten in Richtung Haderslev.

Noch hatte er keine Ahnung, wofür er sich entscheiden sollte. Ohne die Scheinwerfer einzuschalten, bog er ab und fuhr langsam auf Gram zu. Erst als er an der alten Schlossschenke vorbei war, schaltete er das Abblendlicht ein.

Er beschloss, nach Ribe zu fahren und von dort aus nach Norden. Der Osten und erst recht der Süden kamen ihm begrenzt vor. Er wollte sich auf keinen Fall an die Landesgrenze nach Deutschland drängen lassen, wenn die Treibjagd in Kürze eröffnet wurde.

Jetzt hieß es, so viele Kilometer zurückzulegen wie möglich und immer wieder das Fahrzeug zu wechseln.

73.

Ihre aufgeplatzte Unterlippe hatte endlich aufgehört zu bluten. Der Mann hatte kräftig zugelangt, als er bemerkt hatte, dass sie über das Interkom mit Oxen kommunizierte.

Der Schlag war so heftig gewesen, dass sie zu Boden gegangen war. Der Mann hatte sie, ohne Gegenwehr befürchten zu müssen, am Kragen gepackt und mitgeschleift, während ein anderer Sonne brachte, den sie ebenfalls übel zugerichtet hatten. Aus einer Platzwunde über seiner Augenbraue tropfte Blut.

Man hatte sie in einen kleinen Raum im Hofgut gesperrt. Einer der Männer bewachte sie, die Hand immer griffbereit an der Maschinenpistole. Ein einziges Mal hatten sie versucht, miteinander zu reden, doch das hatte Sonne einen Stiefeltritt in die Magengrube eingebracht.

Sie konnte einfach nicht begreifen, was schiefgegangen war. Man hatte sie einen nach dem anderen geschnappt. Man hatte auf sie gewartet und zugeschlagen, sobald es dunkel wurde. Aber woher wussten sie, dass …?

Die Tür ging auf. Villum Grund-Löwenberg erschien und winkte sie beide zu sich.

»Folgen Sie mir, bitte«, sagte er.

Er brachte sie in einen Wohnraum und bat sie, auf dem Sofa Platz zu nehmen. Die Wachmänner blieben im Hintergrund stehen. Villum selbst setzte sich ihnen gegenüber in einen Sessel.

»Kaffee oder Tee?«

Der Schlossherr redete gedämpft und freundlich. Sie schüttelten beide den Kopf.

»Margrethe Franck … und Christian Sonne … Was soll ich jetzt nur mit Ihnen machen?«

Villum musterte sie eingehend. Margrethe starrte trotzig zurück.

Bildete der Idiot sich vielleicht ein, er könnte ihnen Daumenschrauben ansetzen? Oder sie auf die Streckbank legen? Wie seine ach so edlen Vorfahren in einem fernen Jahrhundert? Niemals. Aber leider standen ihm eine Menge anderer Möglichkeiten zur Verfügung. Er konnte sie auf der Stelle liquidieren und wegschaffen lassen.

Sie dachte an Oxen. Und an ihre Eltern. *Per aspera ad astra.* Wenigstens würde sie mit der Uhr am Handgelenk sterben.

Villum saß immer noch schweigend vor ihnen.

»Erwarten Sie etwa eine Antwort?«

»In Anbetracht der Umstände ist das vielleicht zu viel verlangt.« Villum legte den Kopf schief und sah sie nachdenklich an. »Aber lassen Sie mich einfach laut denken«, fuhr er dann fort. »Zunächst möchte ich festhalten, dass es unverschämt von Ihnen war, sich unerlaubt auf meinem Grund und Boden aufzuhalten und zu verstecken. Das ist verboten, und eigentlich sollte ich die Polizei rufen und Sie beide anzeigen. Ja, das sollte ich vielleicht ...«

Er hielt inne und musterte abwechselnd Franck und Sonne. Dabei sah er nicht so aus, als hätte er Freude an dieser Situation.

»Andererseits«, fuhr er fort, »verschwendet die Polizei nicht gern ihre knappen Ressourcen auf solche Belanglosigkeiten. Was würde es bringen? Es würde Sie vermutlich nicht davon abhalten, mich ein zweites Mal zu belästigen. So gesehen könnte ich mich auch für eine endgültige Lösung entscheiden. Aber ich bin kein primitiver Barbar. *Wir* sind keine Barbaren. Wir bemühen uns, unserer großen Verantwortung gerecht zu werden. Ich denke, für heute Abend ist das genug ... Sie können gehen. Sie interessieren uns nicht. Steigen Sie in Ihren Transporter und fahren Sie nach Hause. Ich lasse Ihnen ausreichend Zeit, bevor ich die Polizei darüber informiere, dass Ihr Freund, der Kriegsveteran unter Mordverdacht, hier in der Gegend gesehen wurde.«

Ihr erster Gedanke war, dass er sie in die nächste Falle locken wollte. Dass sie nur leicht und bequem an einen geeigneteren Ort bugsiert werden sollten, damit einer seiner Männer die Drecksarbeit mit einem Nackenschuss erledigen konnte.

Villum sah sie an.

»Margrethe Franck, Sie denken, ich bluffe. Aber Sie irren sich. Ich lasse Sie laufen. Wenn Sie wollen, dann versuchen Sie gern, der Polizei Ihre Geschichte zu erzählen. Ich fürchte nur, das könnte schwer für Sie werden. Oder Sie lassen es bleiben. Es ist mir egal. Aber eine Sache verspreche ich Ihnen: Sie werden dafür bezahlen, dass Sie lebend hier herauskommen. Ich werde Sie vernichten. Alle beide. Das ist der Preis.«

Villum Grund-Löwenberg erhob sich aus seinem Sessel, nickte ihnen zu, gab der Wache ein Zeichen und verließ den Raum.

Der Wachmann wedelte mit seiner Waffe in Richtung der offenen Zimmertür.

»*Go now, out!*«

74.

Die dunklen Tannen schlossen sich um den kleinen Opel Corsa, sodass er weder von der Straße noch aus der Luft zu sehen war. Er brauchte eine Pause, um nachzudenken, die Schusswunde zu versorgen und die Augen zuzumachen, wenigstens für zehn Minuten.

Er wollte gerade den Schlüssel abziehen, als der Radiojingle ertönte und eine Stimme die Siebenuhrnachrichten ankündigte. Die erste Meldung galt ihm.

»*Große Polizeieinheiten wurden landesweit in Alarmbereitschaft versetzt. Gesucht wird der mordverdächtige Kriegsveteran Oxen, der sich seit mittlerweile elf Tagen auf der Flucht befindet. Die Polizei geht davon aus, dass er einen vierundsiebzigjährigen Mann in der Nähe von Brande in Jütland erstochen hat. Gestern am späten Abend wurde Oxen in Gram in Südjütland gesehen, wo er ein Auto gestohlen hat. Der Toyota wurde später verlassen in Ribe aufgefunden. Dort wird ein zweiter Autodiebstahl mit Niels Oxen in Verbindung gebracht. Nach uns vorliegenden Informationen führt die Spur von Ribe weiter nach Esbjerg. Die für den Bezirk Südjütland zuständige Polizeidirektion ist gegenwärtig nicht bereit, die jüngsten Entwicklungen des Falls zu kommentieren. Es wurden allerdings zahlreiche Straßensperren in der Region errichtet, und einige Verkehrsknotenpunkte werden von der Polizei überwacht. Der vierundvierzigjährige Niels Oxen steht im Verdacht, den Besitzer der Fischzucht getötet zu haben, bei dem er gearbeitet hat. Oxen ist ein ehemaliger, hochdekorierter Elitesoldat und der Einzige, dem bisher das dänische Tapferkeitskreuz verliehen wurde. Oxen hat eine Reihe von Auslandseinsätzen absolviert. Es ist zu vermuten, dass er unter einer posttraumatischen Belastungsstörung leidet. Er gilt als äußerst gefährlich. Niels Oxen ist …«*

Er schaltete das Radio aus. Die Meldungen über seine Flucht waren in den letzten Stunden detaillierter geworden. Er stieg aus dem Wagen und streckte sich. Inzwischen tat die Schulter ziemlich weh.

Abgesehen vom Krächzen einer Krähe, war es vollkommen still. Er wusste nicht genau, wo er sich befand, nur dass es irgendein Waldstück südlich von Herning war.

Der Corsa war sein viertes Auto seit der Flucht aus Gram. Er hatte ihn auf einem kleinen Bauernhof in der Nähe von Tarm gestohlen. Er hatte das Garagenfenster eingeworfen, nachdem er gesehen hatte, dass der Schlüssel im Wagen steckte. Bei dieser Gelegenheit hatte er sich auch einen Pullover und eine Arbeitsjacke vom Kleiderhaken geschnappt und beides auf den Rücksitz geworfen.

Indem er ständig die Fahrzeuge wechselte, hoffte er, der Polizei Knüppel zwischen die Beine zu werfen und seine Route zu verschleiern. Sein nächster Halt würde Herning sein. Eine große Stadt mit Einfallstraßen aus allen Richtungen. Esbjerg an der Küste war eine unvermeidliche Ausnahme gewesen, denn seine Strategie lautete eigentlich, sich im Landesinneren zu halten. Auf diese Weise hielt er sich immer mehrere Möglichkeiten offen und erschwerte es der Polizei, ihn in die Enge zu treiben.

Ansonsten war alles Chaos. Er hatte keine Ahnung, wie es für ihn weitergehen sollte. Er wusste nur, dass die Polizei ihn überall suchte, dicht gefolgt vom Söldnertrupp des Danehof. Wegen Mordes verurteilt oder tot? Das machte keinen großen Unterschied.

Er klappte den Kofferraum auf und holte den kleinen Verbandskasten heraus. Die Schusswunde war ein ernstes Problem. Sie blutete immer noch, nicht sehr stark, aber trotzdem zu viel. Er kippte den Inhalt des Verbandskastens in den Kofferraum.

Es hatte ihn einige Stunden gekostet, so weit zu kommen. Einen Wagen zu klauen war nicht so leicht wie im Film. Es genügte nicht, eine Scheibe einzuschlagen und zwei Kabel aneinanderzuhalten. Deshalb hatte er in Ribe das Auto eines Pflegedienstes genommen, das mit steckendem Schlüssel in der Hofeinfahrt einer Seniorenwohnanlage stand. Ihm war natürlich klar, dass dieser Wagen sofort zur Fahndung ausgeschrieben werden würde. Also hatte er ihn schon in Esbjerg wieder abgestellt.

Auch das Handy des Söldners hatte er längst weggeworfen. Möglicherweise war es mit einer GPS-Suchfunktion ausgerüstet, aber mit den richtigen Hilfsmitteln ließ sich sowieso jedes Handy über das Mobilfunknetz orten. Er hatte es deshalb nur für zwei Telefonate innerhalb der ersten Stunde benutzt.

Er hatte L. T. Fritsen angerufen. Nicht in der Werkstatt, sondern zu Hause. Theoretisch konnte auch Fritsens Telefon abgehört werden, deshalb hatte er nur das Codewort gesagt, »*Black Horizon*«, und damit einen Notfallplan in Gang gesetzt, den sie schon vor langer Zeit vereinbart hatten. Auf dieses Signal hin ging Fritsen sofort zum Haus seiner Schwester, die wie er auf Amager wohnte, und wartete dort, bis Oxen sich auf ihrem Festnetzanschluss erneut meldete.

Bei seinem zweiten Anruf hatte er Fritsen kurz über die Lage informiert. Dann hatte er an Fritsens Schwester eine E-Mail geschickt, in deren Anhang sich Daten aus dem Telefonbuch und der Mailbox des Handys befanden sowie die Fotos, die er im Kuhstall von dem bewusstlosen Handybesitzer gemacht hatte.

Im Augenblick konnte er mit diesem Material nicht viel anfangen. Er wurde gejagt und stand unter Druck. Aber vielleicht kam irgendwann der Tag, an dem diese Daten ihm nützlich sein konnten.

Zuletzt hatte er Fritsen noch Anweisungen gegeben, wie er sich auf dem Server in Singapur einloggen musste, um die drei Kreuze anzuklicken. Andernfalls würde das Video von Rosborg innerhalb von vierundzwanzig Stunden veröffentlicht werden. Jetzt, wo der Justizminister tot war, war das zwar sinnlos, aber er wollte seiner Witwe und den Kindern diesen Schmerz ersparen.

Seine Gedanken kreisten ununterbrochen um Margrethe Franck. Was hatten sie mit ihr und Sonne gemacht? Lebten die beiden noch? Oder hatte er Margrethe gestern Abend zum letzten Mal gesehen? Und zum letzten Mal ihre Stimme gehört, als sie ihm über das Interkom zugeflüstert hatte, dass er so schnell wie möglich abhauen solle?

Es war mehr als wahrscheinlich, dass sie … tot war. Erschossen und irgendwo auf dem Schlossgelände verscharrt. Spurlos verschwunden, genau wie damals die Litauerin auf Nørlund Slot. Bei dem Gedanken wurde ihm übel.

Vorsichtig zog er die blutige Jacke und sein Sweatshirt aus. Er konnte den linken Arm kaum noch heben. Mit den Kompressen aus dem Verbandskasten tupfte er sich das Blut von der Schulter und untersuchte die Verletzung zum ersten Mal in Ruhe und aus der Nähe.

Die Kugel hatte die Außenseite der Schulter erwischt, knapp unterhalb des Gelenks. Das Projektil war offenbar glatt durchgegangen, hatte aber den großen Schultermuskel perforiert oder zerrissen. Möglicherweise war es ein Schaden mit bleibenden Folgen.

Er desinfizierte die Wunde mit einer Salbe, bedeckte die offenen Stellen mit Wattekompressen und fixierte alles mit einer Mullbinde.

Schließlich wickelte er sich noch umständlich eine elastische Binde straff um Schulter und Oberarm, was hoffentlich genügen würde, um die Blutung zu stoppen. Dann zog er den Pullover aus der Garage an. Er hatte ein paar Ölflecken am Ärmel und stank nach tausendjährigem Schweiß, aber er war trocken und nicht blutverschmiert.

Oxen war müde und hungrig. Er hatte höllischen Durst, doch das alles waren nur rein körperliche Probleme. Oxen war darauf trainiert, mit solchen Dingen klarzukommen. Er legte sich quer über die Vordersitze und schloss die Augen. Ein kurzer Powernap würde Wunder wirken.

Als er die Augen aufschlug, blickte er in ein fremdes, faltiges Gesicht, das ihn verwundert anstarrte. Es war ein alter Mann mit hängenden Wangen und buschigen Augenbrauen.

Oxen zog die Pistole aus dem Holster und richtete sie auf den Alten, der starr vor Entsetzen nach Luft schnappte.

Oxen stieg aus dem Auto aus. Der Mann, er schätzte ihn auf über achtzig, war angezogen wie ein Jäger. Er trug eine grüne Jacke, Gummistiefel an den Füßen und eine grüne Schiebermütze auf dem Kopf. In der Hand hielt er eine kräftige Lederleine, aber ein Hund war nirgends zu sehen.

»Wo ist er, der Hund?«

Der Unterkiefer des Alten bebte.

»Ich … habe ihm nur … ein bisschen Auslauf gelassen«, brachte er endlich stammelnd heraus.

»Rufen Sie ihn.«

Er steckte die Waffe zurück ins Holster. Mit zitternder Hand zog der Mann seine Hundepfeife aus der Brusttasche, und sobald er damit gepfiffen hatte, kam ein Deutsch Drahthaar angeschossen. Der Hund sah ziemlich lebhaft aus, mit hellwachen Augen und einem struppigen Vollbart.

Oxen ging in die Hocke, streichelte ihm über den Kopf und kraulte ihm die Ohren. Es war das erste Mal – seit Mr White.

»Hübscher Kerl. Wie heißt er?«

»Boris.«

»Hallo, Boris. Na, Kumpel, hast du Spaß?«

Er streichelte den Hund weiter, der begeistert um ihn herumsprang. Sein Besitzer dagegen stand stocksteif daneben und rührte sich nicht.

»Sind Sie Jäger?«

Der Alte nickte.

»Aber … nicht mehr aktiv. Es ist … Jahre her, dass ich … einen Schuss abgegeben habe.«

Er zitterte immer noch, und die Worte wollten nicht so richtig herauskommen.

»Dann ist Boris ein guter Jagdhund?«

»Na ja, eher ein guter Kamerad …«

Der Mann schielte zu dem blutigen Sweatshirt, das immer noch auf der Motorhaube lag.

»Sind Sie der Typ, der überall gesucht wird? Ich habe es im … Radio gehört. Der Kriegsveteran … Der mit den Orden?«

Oxen nickte.

»Ja, der bin ich.«

»Ich dachte, die hätten Esbjerg gesagt.«

Langsam erholte sich der Alte von seinem Schock.

»Ich bin von dort gekommen.«

»Werden Sie mich jetzt töten?«

»Nein, warum sollte ich?«

»Weil … weil ich Sie gesehen habe.«

Er schüttelte den Kopf.

»Sie lassen mich einfach laufen?«

Er nickte.

»Haben Sie es getan? Haben Sie den Mann umgebracht?«

»Nein. Aber niemand glaubt mir.«

»Mein ältester Sohn war auf dem Balkan«, fuhr der Alte fort. »Er hat auch lang gebraucht, um sich davon zu erholen.«

»Balkan, ja … Da war ich auch … Haben Sie ein Handy dabei?«

Der Alte zögerte einen Moment. Dann nickte er.

»Das muss ich Ihnen leider abnehmen.«

Er streckte die Hand aus, und der Mann nahm sein Handy aus der Innentasche seiner Jacke und gab es ihm. Oxen wühlte ein kleines Bündel Geldscheine aus seiner Hosentasche heraus. Er fand einen Tausendkronenschein und drückte ihn dem Mann in die Hand.

»Hier, tausend Kronen. Ich weiß nicht, wie viel so ein Teil kostet.«

»Danke«, sagte der Alte, den das alles sehr zu verwirren schien.

»Wie weit ist es von hier nach Herning?«

»Etwa eine Viertelstunde.«

»Haben Sie ein Auto in der Nähe, oder …?«

»Nein, Boris und ich machen jeden Morgen einen langen Spaziergang. Ich wohne nicht weit von hier auf einem kleinen Bauernhof.«

Er überlegte kurz, wie er weiter vorgehen sollte. Innerlich verfluchte er seine eigene Dummheit. Wäre er nicht schwach geworden, sondern hätte auf die Schlafpause verzichtet, würde er jetzt nicht in diesem Dilemma stecken. Er vergeudete gerade seinen kostbaren Vorsprung. Aber er hatte keine andere Wahl.

»Wie lange brauchen Sie für den Heimweg?«

Der Alte stand einen Augenblick nur stumm da und rieb den Geldschein zwischen seinen Fingern.

»Eine Dreiviertelstunde, wenn ich gemütlich gehe«, antwortete er schließlich.

»Kann ich mich darauf verlassen?«

»Das können Sie. Sie hätten mich ja auch einfach umbringen können, also ... Boris und ich sind frühestens in einer Dreiviertelstunde zu Hause.«

»Danke.«

»Gern geschehen.«

Der Alte rief seinen Hund zu sich und setzte seine morgendliche Runde durch den Wald fort.

Oxen schleuderte das blutige Sweatshirt ins Gestrüpp, setzte sich ins Auto und ließ den Motor an. Er musste so schnell wie möglich nach Herning. Jetzt zählte jede Minute.

75.

Wenn er noch irgendeinen Nutzen aus dem Handy ziehen wollte, musste es jetzt geschehen, bevor die Polizei die Nummer von dem alten Mann bekam. Er parkte den Corsa am Herning Center, dem großen Einkaufszentrum im Osten der Stadt.

Dann nahm er das Telefon aus der Tasche. Er hielt es in der Hand, starrte es an – und legte es wieder weg. Plötzlich war er sich nicht mehr sicher, ob er es wirklich tun sollte. War es die Müdigkeit, die sich bemerkbar machte?

Er stand auf dem riesigen Parkplatz vor dem Eingang B und drehte sich auf dem Sitz um. Um ihn herum parkten schon einige Autos, aber das war wahrscheinlich nichts gegen den Betrieb, der hier herrschen würde, sobald das Center seine Tore öffnete.

Er war unschlüssig. Sowohl was das Handy betraf als auch seinen Standort. War das der richtige Ort für den Absprung? Sein Blick fiel auf die großen Straßenschilder. Dort lag die Autobahn und wartete nur auf ihn. Schon in wenigen Minuten könnte er sich zwischen Norden und Süden entscheiden oder nach Osten in Richtung Silkeborg fahren.

Er schaute zum Handy, zu den Straßenschildern und erneut zum Handy zurück. Dann nahm er es wieder in die Hand. Die quälende Unsicherheit war einfach zu groß. Er musste es versuchen, auch wenn es von vornherein aussichtslos erschien. Wenn sie irgendwo festsaß, an Händen und Füßen gefesselt, oder, schlimmer noch, irgendwo im Waldboden vergraben lag, dann würde sie seine Verzweiflung natürlich nicht besänftigen können. Aber vielleicht konnte er ja ihre Stimme auf der Mailbox hören …

Er tippte Margrethes Nummer ein.

»Franck, hallo?«

Er brachte kein Wort über die Lippen. War sie das wirklich? Oder hatte sich da irgendeine andere Frau gemeldet? Eine, die wie die echte Margrethe Franck klang?

»Hallo, ist da jemand?«

Er kam zu sich.

»Ich bin's.«

»Niels!«

»Ich dachte, du …«

»Geht es dir gut? Wo bist du?«

»Das kann ich dir nicht sagen. Vielleicht hören sie mit, vielleicht können sie das Gespräch zurückverfolgen.«

»Okay. Aber geht es dir gut?«

»Ja, alles in Ordnung.«

»Sonne und ich hören ununterbrochen Nachrichten.«

»Wo seid ihr? Und was ist passiert?«

»Sie haben uns gehen lassen.«

Sie erzählte ihm schnell, wie die Begegnung mit Villum in dem alten Hof abgelaufen war.

»Er will euch vernichten? Wie stellt er sich das vor?«

»Keine Ahnung. Aber das hat er wortwörtlich zu uns gesagt. Das sei der Preis, den wir bezahlen würden.«

»Wo seid ihr?«

»In der Wohnung in Nyborg. Aber ich muss zurück nach

Søborg, zurück zur Arbeit. Gibt es irgendetwas, was ich für dich tun kann? Ich mache alles, du musst es nur sagen.«

»Ich melde mich bei dir, wenn sich der Sturm wieder gelegt hat. Könnte sein, dass es ein bisschen dauert. Du kannst nichts tun, denn die werden jeden Schritt verfolgen, den du machst. Das heißt, doch … eine Sache. In meinem Rucksack sind eine größere Summe Geld und ein Foto von meinem Sohn. Kannst du den Rucksack mitnehmen und für mich aufbewahren?«

»Ja, natürlich.«

»Was ist mit Mossman?«

»Er ist über die Situation informiert, aber ihm sind die Hände gebunden. Er hat im Moment mehr als genug damit zu tun, seinen eigenen Hintern zu retten.«

»Wir sollten besser aufhören. Die Polizei kann jederzeit anfangen, nach dem Handy zu suchen, das ich gerade benutze. Ich melde mich.«

»Niels, ich …«

Franck zögerte einen Augenblick. Dann fuhr sie fort.

»Pass auf dich auf. Versprochen?«

»Versprochen, Franck. Bis dann.«

Er legte auf und warf das Handy ins Handschuhfach. Es war wertlos geworden. Er war erleichtert. Franck ging es gut. Eine Sache weniger, um die er sich Sorgen machen musste. Seine Finger trommelten auf das Lenkrad. Er musste raus aus der Stadt. Aber in welche Richtung? In spätestens fünfundzwanzig Minuten brach die Hölle los. Vorausgesetzt, der alte Mann hatte Wort gehalten und war langsam gegangen.

Nein, er konnte nicht auf die Autobahn. Es war viel zu riskant, auch nur einen weiteren Kilometer mit dem Corsa zu fahren. Er wusste immer noch nicht, wie er sich entscheiden sollte, aber er legte den Gang ein und fuhr langsam los. Er würde eine Runde um das Einkaufszentrum drehen, während er nachdachte und nach Antworten suchte.

Auf der Rückseite des Gebäudes trat er auf die Bremse. Diese Straße führte offensichtlich in eine Tiefgarage, aber auf der rechten Seite befand sich hinter einem hohen Zaun der Warenhof eines Supermarkts. Das Tor war offen.

In der Ladezone stand ein Lkw. »Unsere grüne Welt« prangte in riesigen Buchstaben auf der Plane und kleiner darunter: »Ihr Großhändler für alles, was grünt und blüht.«

Der Fahrer war gerade dabei, einen Gitterrollwagen voll bunter Topfpflanzen abzuladen und zum Liefereingang des Supermarkts zu schieben. War das vielleicht die Gelegenheit, die er brauchte? Blitzschnell wog er die Vor- und Nachteile ab. Dann fuhr er auf den Hof und parkte den Corsa. Er stieg aus, sah sich um, rannte zum Lkw und kletterte auf der Beifahrerseite ins Führerhaus.

In einem Ablagekorb türmte sich ein Stapel Papiere. Ganz offensichtlich die Frachtbriefe. Er überflog die oberen Zettel. »Unsere grüne Welt« hatte ihren Stammsitz in Silkeborg. Der Reihenfolge der Frachtbriefe nach zu urteilen, stand für heute noch eine weitere Lieferung in Herning an, dann drei in Viborg und schließlich eine in Hobro, bevor die Reise zurück nach Silkeborg ging.

Er stieg wieder aus und schlich sich nach hinten zur Laderampe. Der Supermarkt bekam noch mehr Grünzeug – die hydraulische Rückwand des Lasters war noch unten. Die Ladefläche war dicht bepackt mit Zimmerpflanzen. Oxen kam sich vor, als würde er in einen Dschungel schauen. Er kletterte hoch und zwängte sich bis ganz nach hinten durch.

Es gab eine Sache, die für ihn nie infrage kam: sich in eine Lage zu begeben, die ihm keine Möglichkeit zum Rückzug bot. Es war wie mit der Hütte bei Fisch – der Fuchs war der Klügste von allen.

Er inspizierte die Plane, die mit Spanngummis und Seilen an dem Stahlgerüst des Lkw befestigt war. Die hintere Wand war höher als die Seiten, und die Plane ließ sich über die gesamte Breite der Ladefläche aufrollen, was für Belüftung sorgte. Er lockerte eins der Seile an der Seite.

Dann setzte er sich zufrieden auf einen Stapel Säcke mit Blumenerde und warf einen Blick auf seine Armbanduhr. Jetzt musste er nur noch warten. Und hoffen.

Es waren höchstens ein paar Kilometer, bis sie die nächste Lieferstation in Herning erreichten. Aus den Geräuschen schloss er, dass es ebenfalls ein Supermarkt war.

Dreimal fuhr der Fahrer mit dem Lift rauf und runter, bis alle Rollwägen für den Kunden abgeladen waren. Gerade als die Ladeklappe geschlossen und verriegelt wurde, hörte Oxen die erste Polizeisirene eines Einsatzwagens, der ganz in der Nähe vorbeiraste.

Er sah auf die Uhr. Die Zeit stimmte ungefähr mit seiner Schätzung überein. Die Polizei in Herning war zwar nicht übermäßig schnell, aber auch nicht langsam. Die kritische Phase hatte begonnen.

Der Fahrer ließ den Motor an und fädelte sich in den fließenden Verkehr ein. Erst ging es nur stockend voran, mit häufigem Bremsen, Abbiegen und roten Ampeln. Dann fuhr er schneller, sie hatten offenbar den Stadtrand erreicht. Mehrmals hörte Oxen Sirenen, ganz nah und weiter weg. Die Polizeimaschinerie kam auf Touren. Vermutlich suchten sie den silbernen Corsa, und es würde nicht lange dauern, bis sie ihn gefunden hatten. Aber zuallererst würden sie die Ausfallstraßen sichern, um den Flüchtigen in der Stadt einzukesseln, bevor dann die Feinarbeit begann.

Als der Laster endlich zügig voranzukommen schien, bremste der Fahrer plötzlich ab, bis er nur noch in Schrittgeschwindigkeit vorwärtsrollte – und schließlich ganz stehen blieb.

Oxen schob die Plane einen winzigen Spaltbreit zur Seite. Weiter vorn sah er das Blaulicht. Er saß in der Klemme …

Immer wieder bewegte sich der Laster ein paar Meter weiter, um dann wieder anzuhalten. Für dänische Verhältnisse war es eine ziemlich ungewöhnliche Maßnahme, den gesamten Verkehr stadtauswärts zu stoppen, aber aus Sicht der Polizei natürlich ein sinnvolles Manöver. Er hatte nur auf eine längere Reaktionszeit gehofft. Jetzt kam er ein paar lausige Minuten zu spät.

Sollte er in seinem grünen Versteck bleiben? Oder abspringen und in die Stadt zurückgehen? Genau dorthin, wo sie ihn haben wollten? Nein, seine Mitfahrgelegenheit war optimal. Hier zwischen den Pflanzen würde ihn so schnell niemand finden.

Er stellte sich auf die Säcke mit der Blumenerde, zog sich mit dem gesunden Arm an der Wand nach oben, bis er ein Bein darüberschwingen konnte, und schob sich durch den Spalt zwischen Plane und Wand nach draußen. Sein linker Arm tat höllisch weh und war eigentlich nicht zu gebrauchen, aber er hatte keine andere Wahl, als sich mit beiden Armen festzuhalten, während er sich mit den Füßen von einem der Holme abstieß.

Mit einer letzten Kraftanstrengung hievte er sich auf das Dach des Lkw und schob sich bäuchlings so weit vorwärts, bis er einen stabilen Punkt der Trägerkonstruktion unter der Plane spüren konnte. Genau hier musste er absolut reglos liegen blieben, mit Körper, Armen und Beinen auf den Metallträgern, damit er die Plane nicht nach unten drückte und sich dadurch verriet, falls jemand auf die Idee kam, im Laderaum einen Blick nach oben zu werfen.

Das ständige Stehen und Anfahren dauerte eine Ewigkeit, bis die Geräuschkulisse verriet, dass der Lkw die Straßensperre erreicht hatte. Er hörte, wie ein Polizist den Fahrer aufforderte auszusteigen und die Ladefläche zu öffnen.

Falls man den Corsa schon gefunden hatte und falls der Beamte den Fahrer nach seinen Lieferstopps fragen würde, hätte das eine ziemlich gefährliche Mischung werden können. Aber dazu kam es nicht. Er hörte, wie der Fahrer beteuerte, dass er den Verdächtigen nicht gesehen, aber natürlich im Radio von dem Mörder und seiner wilden Flucht gehört habe.

Dann wurde die Ladeklappe geöffnet und abgesenkt, und er hörte und spürte, wie jemand die Ladefläche betrat. Stiefelsohlen dröhnten über die Stahlplatten, und schon die kleinste Bewegung konnte ihn verraten. Er lag wie erstarrt da und hielt den Atem an.

»Man könnte echt denken, die Green Zone wäre mit Taliban gepflastert, was, Oxen?«

»Ich glaube nicht, dass TB gekommen sind, um Gemüse zu essen …«

»Sollen wir zum Compound?«

»Auf keinen Fall. Nicht ohne Unterstützung. Wir warten.«

> »Lima 16, hier Kilo 12. Tango-Bravo durchquert das Maisfeld. Acht Krieger. Bewaffnung: Kalaschnikows. Wenn sie Kurs halten, kommen sie eurer Position verdammt nah. Bleibt, wo ihr seid. Bestätigen. Kommen.«
»Lima 16. Verstanden. Ende.« <

Der Beamte ließ sich offensichtlich Zeit. Die Schritte stockten. Der Mann stand still im Laderaum. Waren doch irgendwo Spuren zu sehen, die sein Misstrauen geweckt hatten? Ein Tropfen Blut?

Endlich bewegte der Mann sich wieder.

»Silkeborg, sagen Sie?«, rief er halblaut. »Und wohin fahren Sie als Nächstes?«

»Viborg und dann Hobro – und dann nach Hause.«

Die lauten Schritte bewegten sich zurück zur Ladeklappe.

»Bringen Sie Ihrer Frau öfter Blumen mit?«

»Äh, also … ich habe keine Frau«, antwortete der Fahrer und ließ die Hebebühne nach unten.

»Danke und gute Fahrt«, sagte der Polizist.

Der Fahrer schloss die Bordwand wieder, kletterte hinters Steuer, und der Lkw rollte langsam durch die Absperrung.

Er hatte es tatsächlich geschafft. Jetzt musste er nur noch irgendwie vom Dach und zurück auf die Ladefläche kommen, ohne sich dabei das Genick zu brechen.

Als er sich kurz darauf wieder auf die Blumenerde setzte, merkte er, dass die Schulter wieder angefangen hatte zu bluten.

Trotzdem konnte er sich jetzt erst einmal etwas entspannen. Alle Aufmerksamkeit war auf Herning gerichtet. In Viborg würde es keine Straßensperren geben, und in Hobro musste er nur noch dafür sorgen, dass er vom Laster kam, sobald der Fahrer mit dem ersten Rollwagen verschwunden war.

Wie es danach weitergehen sollte, würde er sich unterwegs überlegen.

Es war schon nach neun Uhr, und die Sonne war bereits untergegangen, als er in Frederikshavn aus dem Überlandbus stieg. Im Laufe eines chaotischen Tages hatte er es unter Einsatz sämtlicher Mittel geschafft, vom Süden Jütlands bis ganz in den Norden zu gelangen. Jetzt musste es nur genauso glatt weitergehen.

Das Busterminal befand sich direkt am Bahnhof, am Rand des weitläufigen Hafengebiets. Er orientierte sich anhand des Aushangs im Wartesaal und aß dabei zwei Hotdogs, die er sich nebenan im 7-Eleven-Kiosk gekauft hatte. Dann zog er sich die neue Kappe tief in die Stirn, warf sich den ebenso neuen Rucksack über die Schulter und marschierte los in Richtung Fährhafen.

Die letzte Etappe seiner Flucht war so unspektakulär gewesen wie der erste Teil dramatisch.

An einem Supermarkt in der Fußgängerzone von Hobro war er in aller Ruhe aus dem Blumenlaster geklettert. Auf dem Weg durch die Stadt war er an einem Sportgeschäft vorbeigekommen und hatte sich ein paar notwendige Dinge besorgt. Eine schwarze Kappe, einen dünnen Fleecepullover, damit er das stinkende Ding loswurde, das er auf der Flucht gestohlen hatte, und eine schwarze Nylonjacke sowie einen schwarzen Rucksack. Außerdem ein kleines Messer. Ein armseliger, aber unverzichtbarer Ersatz für sein bewährtes Kampfmesser, mit dem er in Gram den heranstürmenden Gegner ausgeschaltet hatte.

Zuletzt hatte er in einer Buchhandlung noch einen Kugelschreiber und ein Notizbuch gekauft.

Es war immer noch Geld übrig, auch wenn die kleine Rolle aus fünf Tausendkronenscheinen inzwischen deutlich geschrumpft war. Einen davon hatte er dem alten Mann für sein Handy gegeben, und einiges war für den Einkauf und das Busticket draufgegangen. Jetzt hatte er noch exakt 2558 Kronen und fünfzig Øre in der Tasche.

Kein besonders großes Barvermögen, wenn man bedachte, dass über 40 000 Kronen in seinem Rucksack in Nyborg steckten und er 50 000 Kronen im Waldboden bei der Fischzucht vergraben hatte sowie einen Koffer mit weiteren 100 000 Kronen ganz in der Nähe von Mr Whites Ruhestätte am Lindeborg Å. Es war alles Geld, das er von Mossman bekommen hatte. Die Bezahlung für seinen Einsatz im Fall der gehängten Hunde. Geld, an das er in den nächsten Wochen definitiv nicht herankommen würde. Oder waren es Monate? Vielleicht Jahre?

Er hatte vergeblich nach einer Telefonzelle Ausschau gehalten, aber die waren inzwischen ähnlich schwer aufzutreiben wie Grammofonplatten. Irgendwann hatte er den Busbahnhof gefunden. Wobei Busbahnhof ein wenig hoch gegriffen war. Es war ein ziemlich bescheidenes, flaches Backsteinhaus, das genauso gut ein Imbiss oder Zeitungskiosk hätte sein können. Gegenüber war eine Pizzeria. Er hatte einen jungen Typen angesprochen, der gerade dabei war, Waren nach drinnen zu schleppen. Ob er vielleicht kurz telefonieren könne? Das Zögern wurde von einem schnellen Nicken abgelöst, als er einen Zweihundertkronenschein aus der Tasche zog.

Er musste unbedingt mit Fritsen sprechen und ihn noch einmal um Hilfe bitten.

Er brauchte einen vollständigen Überblick über seine Fluchtmöglichkeiten. Denn während er stundenlang auf seiner Blumenerde gesessen und gegrübelt hatte, war ihm eine Sache klar geworden: Er musste Dänemark verlassen. Nur im Ausland konnte er einen sicheren Rückzugsort finden, seine Schulter versorgen lassen, Kräfte sammeln und sich eine Gegenoffensive ausdenken.

Der Seeweg war seine einzige Chance.

Fritsen hatte auf dem Computer seiner Schwester sämtliche Informationen herausgesucht, und Oxen hatte alles, was wichtig für ihn war, in sein Notizbuch gekritzelt, das er genau zu diesem Zweck gekauft hatte.

Es war eigentlich ziemlich einfach. Grenå war die falsche Richtung, nach Süden und somit ungeeignet. Blieben Hirtshals und Frederikshavn. Von hier aus gab es vier mögliche Ziele: die Färöer, Island, Schweden und Norwegen.

Die beiden ersten Optionen waren zu weit weg und außerdem Sackgassen. Schweden war näher als Norwegen. Noch dazu war das Land groß, mit weitläufigen unbewohnten Gebieten. Das waren beste Voraussetzungen, um unterzutauchen.

Also Schweden. Er hatte sich die Route Frederikshavn–Göteborg herausgesucht. Diese Überfahrt war die kürzeste, etwa drei Stunden, und sie war stark frequentiert.

Deshalb lenkte er seine Schritte jetzt in Richtung Hafen. Schon als er in die Nähe des Fähranlegers kam, konnte er sich einen ersten Eindruck von den örtlichen Gegebenheiten verschaffen.

Die letzte Fähre der Stena Line legte um 22:30 Uhr ab. Sollte sich da eine Gelegenheit ergeben, würde er sie sofort ergreifen. Er hatte Brot und Wasser in seinem Rucksack, was er beides an einem Kiosk in Aalborg besorgt hatte. Klappte es nicht so schnell wie erhofft, musste er irgendwo Unterschlupf suchen und bis morgen warten.

Er war Fritsen unendlich dankbar. Auf seinen alten Freund war auch dieses Mal Verlass gewesen. Nach ihrem Gespräch hatte er sich bei dem Pizzamann bedankt und war die wenigen Meter zum Busbahnhof zurückgegangen.

Er hätte von Hobro aus auch direkt mit dem Zug fahren können, aber dieses Risiko wollte er nicht eingehen. In einem Zug war man viel zu exponiert. Man saß sich gegenüber, und die Leute beobachteten sich gegenseitig, weil sie sonst nichts zu tun hatten. Ein Bus dagegen war die unauffälligste Möglichkeit, sich von A nach B bringen zu lassen. Keine neugierigen Blicke, alle Sitze in Fahrtrichtung, jede Menge Haltestellen und purer Alltagstrott.

Mit dem ersten Bus war er von Hobro nach Arden gefahren, von dort weiter nach Støvring. Auf der Strecke hatte er den Rold Skov durchkreuzt – auf den Spuren seiner selbst.

Wo wäre er jetzt, wenn er an jenem 1. Mai im letzten Jahr *nicht* in den Zug nach Skørping gestiegen wäre? Würden er und Mr White immer noch in dem Keller wohnen und sich aus Mülltonnen ernähren? Würde er immer noch Nacht für Nacht seine Routen abklappern und Flaschen sammeln?

Die Fragen tauchten so schnell auf, wie er sie wieder beiseiteschob. So war es bis nach Frederikshavn gegangen. Wenige Passagiere, viele Gedanken. Lose Fetzen und lange Grübeleien. Es war sinnlos, einer anderen Version seines Lebens nachzuhängen, er musste sich mit dem jetzigen Zustand abfinden: Er wurde wegen Mordes gesucht und war gezwungen, von der Bildfläche zu verschwinden.

Und jetzt war er also in Frederikshavn.

Im Hafen herrschte für diese Uhrzeit noch erstaunlich viel Betrieb. Die großen Kräne der Orskov-Werft reckten ihre Hälse in die Höhe, mehrere Schiffe lagen zur Überholung in den Docks, und weiter hinten sah er das beleuchtete Terminal der Stena Line.

Er überquerte die Straße und folgte den Schildern. Dann blieb er wie angewurzelt stehen. Blaulicht flackerte in der Dunkelheit. Er hatte sich verkalkuliert.

Zwei Streifenwagen flankierten die Zufahrt zum Schwedenkai. Er sah, wie ein paar Polizisten Kontrollen durchführten, während alle Fahrzeuge brav warten mussten, bis sie an der Reihe waren. Um diese Zeit waren es nicht mehr viele Autos, vor allem Laster wollten noch die letzte Fähre des Tages nehmen.

Er suchte Schutz in einer dunklen Ecke und beobachtete die Polizisten. Natürlich hatte er damit gerechnet, dass auch an den Fähren erhöhte Wachsamkeit herrschen würde – aber nicht in diesem Ausmaß.

Die meisten Laster waren Kühlwagen, hatten Seecontainer geladen oder einen verschlossenen Frachtraum. Alle anderen wurden gründlich durchsucht, während die Privatautos nach einem kurzen Blick durchs Fenster weitergewunken wurden.

Erst dahinter kam die eigentliche Schleuse zur Stena Line. Dort gab es sechs Check-in-Schalter, die man passieren musste, bevor man sich in die eigentliche Warteschlange einreihen konnte.

Das sah nach einer ziemlich riskanten Angelegenheit aus. Selbst wenn er auf einem Parkplatz oder an einer Tankstelle einen geeigneten Laster fand und es ihm gelang, sich im Frachtraum zu verstecken, erwartete ihn hier die Polizeikontrolle. Und wenn er sich erst hinter dem Check-in eine Mitfahrgelegenheit suchte, würde er wahrscheinlich schon auf dem Weg dorthin entdeckt werden, beim Versuch, die diversen Zäune und Absperrungen zu überwinden.

Die dritte Möglichkeit kam von vornherein nicht infrage: sich direkt an Bord zu schleichen. Dafür waren jetzt schon viel zu viele Mitarbeiter am Kai. Und sobald die Fähre anlegte und das Fahrzeugdeck geöffnet wurde, würden es noch mehr werden.

Ein Meer aus Lichtern tauchte aus der Dunkelheit auf. Das musste die Stena Danica sein, die aus Göteborg kommend in den Hafen einfuhr. Das waren alles keine guten Voraussetzungen für eine spontane Aktion. Heute Abend würde er nicht mehr nach Schweden reisen. Vielleicht würden sie die Kontrollen morgen früh schon lockern? Oder ganz einstellen?

Nach der Enttäuschung meldete sich die Müdigkeit mit aller Macht zurück. Er hatte keine Ideen mehr, keine Lösungen parat. Er war erschöpft. Der Tag auf der Flucht hatte an seinen Kräften gezehrt. Er kehrte um und ging langsam in die Stadt zurück.

Ziellos wanderte er durch die Straßen und hielt Ausschau nach einem Platz, wo er übernachten konnte. Er war in einem Wohngebiet mit kleinen Einfamilienhäusern gelandet. Er musste in einen anderen Stadtteil, der mehr Möglichkeiten bot.

Irgendwann kam er an ein paar Bänken mit einer großen Infotafel des Tourismusverbands vorbei. Neben dem Stadtplan hing eine kleine Übersichtskarte der Umgebung.

Er betrachtete den Stadtplan, und dann fiel sein Blick eher zufällig auf die Umgebungskarte. Etwa fünf Kilometer nördlich befand sich ein kleiner Ort namens Strandby, der offenbar einen Hafen besaß. Noch weiter nördlich, ganz am Rand der Karte, war ein weiterer kleiner Ort eingezeichnet. Ålbæk. Auch dort war ein Hafen, knapp zwanzig Kilometer von hier entfernt.

Es gab also doch Alternativen zu den Häfen, die Fritsen ihm ins Notizbuch diktiert hatte. Oxen ging los und bog in eine Seitenstraße ab in der Hoffnung, in einer anderen Gegend mehr Glück zu haben.

Ein paar Minuten später blieb er stehen. Auf der anderen Straßenseite stand eine große Wohnanlage aus rotem Backstein. Sie hatte mehrere Eingänge und vier Etagen plus Dachgeschoss. »Bakkegård« stand mit riesigen weißen Buchstaben auf der Fassade.

Er überquerte die Straße und ging langsam durch die offene Hofeinfahrt. Die Rückseite des Gebäudes war nur schwach beleuchtet, das Haus war über Eck gebaut und der Hinterhof wie ein Park angelegt, mit Wiese, Hecken, Spielplatz und einem kleinen Platz zum Kicken.

Jeder Hauseingang hatte einen eigenen Kellerzugang. Oxen machte sich systematisch auf die Suche. Das Ergebnis war deprimierend. Er hatte gehofft, dass irgendjemand nachlässig seinen Keller offen gelassen hatte, aber die Bewohner des Bakkegård waren ordentliche Leute. Nachdem er an sämtlichen Türen gerüttelt hatte, musste er feststellen, dass überall abgeschlossen war.

Als er gerade wieder gehen wollte, tauchte das Licht einer Fahrradlampe auf. Er duckte sich hinter einen Müllcontainer und wartete, bis die Frau an ihm vorbeigefahren war. Am nächstgelegenen Kellerabgang hielt sie an, stieg ab und schob das Rad zur Rampe. Sofort rannte er los und erreichte die Kellertür gerade noch rechtzeitig, um seine Hand dazwischenzuschieben, bevor sie ins Schloss fiel.

Irgendwo weiter weg hörte er die Frau mit ihrem Rad klappern. Vorsichtig schlüpfte er durch die Tür und kam in eine Art Vorraum. In einer Ecke stapelten sich leere Pappkartons. Er kauerte sich dahinter und wartete. Nichts geschah, bis er hörte, wie eine andere Tür zuschlug. Es gab also einen zweiten Ausgang, der vermutlich direkt ins Treppenhaus führte.

Leise stand er auf und ging weiter in den nächsten Raum, der als Fahrradunterstand diente. Dann folgte ein langer Gang mit schmalen Kellerabteilen auf beiden Seiten. Sie waren durch stabile Gitter voneinander getrennt. An jeder Tür hing ein kleines Schild mit der Nummer der zugehörigen Wohnung.

Das Licht ging aus. Er fand einen Schalter und machte es wieder an. Nach etwa fünf Minuten ging die Beleuchtung also automatisch aus.

Einige Kellerabteile waren mit Vorhängeschlössern gesichert, andere nur mit einer Schnur oder einem Draht verschlossen. Manche waren vollgestopft bis unter die Decke, andere fast leer.

Er löste den Draht von »3. re«. Auf wenigen Quadratmetern standen ein Stapel Gartenstühle mit dazu passenden Polsterauflagen, ein paar Rollen Teppichboden, Umzugskisten, eine alte Anrichte und ein verrostetes Herrenrad, und an der Wand lehnte eine Tischplatte. Die Nachbarabteile waren beide randvoll, sodass man von der Seite her keinen Einblick hatte. Er war ausgesprochen zufrieden. Jetzt hatte er eine Bleibe für die Nacht – Hotel Bakkegård.

Inzwischen hatte er permanent Schmerzen in dem kraftlosen Arm. Er setzte sich, zog seinen Pullover aus und entfernte Verband, Mull und Kompressen. Er warf das blutige Knäuel in die Ecke, ging zum Lichtschalter und setzte sich dann wieder hin, um sich die Schulter genauer anzusehen.

Die Wunde hatte sich geschlossen. Aber natürlich würde sie bei Belastung schnell wieder aufgehen. Nach seinem Ausflug auf das Dach des Blumenlasters hatte er den Arm weitgehend ruhig gehalten. Er legte einen frischen, festen Verband an, mit einer neuen Schicht Salbe, sauberen Kompressen und dem letzten Stück der elastischen Binde.

Dann zog er sich wieder an, stellte die Tischplatte als Sichtschutz vor die Tür und baute den letzten Spalt mit ein paar Kisten zu. Zum Schluss legte er die Gartenpolster auf den Betonboden, zwei hintereinander, zwei Lagen übereinander und noch eine zusätzlich für den Oberkörper.

Dann legte er sich hin und schloss die Augen. Er fragte sich, ob Herning wohl immer noch hermetisch abgeriegelt war oder ob der Polizei inzwischen etwas Neues eingefallen war.

Er konnte sich bestens vorstellen, wie die führenden Köpfe des Danehof ihre unsichtbaren Fäden zogen. Sie hatten garantiert alles unter Beobachtung und hatten sich außerdem einen dauerhaften Zugriff auf sämtliche verfügbaren Informationen der jütländischen Polizei gesichert.

Sie durchkämmten das gesamte Fahrwasser auf der Jagd nach einem einzigen Fisch. Aber sie würden ihn nicht an Land ziehen …

Nach und nach verblassten die Gedanken und das Chaos in seinem Kopf, und er fiel in einen tiefen Schlaf.

76.

Die kleine Straße, die vom Bahnhof in den Ort führte, mündete in die Landstraße nach Skagen. Rechts ragte ein Tankstellenschild über die Bäume, und bog man nach links ab, waren es nur noch zwanzig Kilometer bis zum nördlichsten Punkt des Landes.

Die Vormittagssonne schien ihm ins Gesicht, und am Himmel zogen große weiße Wolken vorbei. Er blieb stehen. In nächster Nähe gab es gleich zwei Supermärkte und einen Schlachter, und an der gegenüberliegenden Straßenecke sah er ein Lokal mit Biergarten, dessen Tische aber leer waren. An einem Wochentag im August war hier nicht mehr viel los. Der Sommer in Ålbæk ging zu Ende.

Er war mit dem Bummelzug gekommen, die Fahrt hatte knapp zwanzig Minuten gedauert. Es gab zwei simple Gründe, warum er sich ausgerechnet für Ålbæk entschieden hatte.

Nach ein paar Stunden Schlaf auf dem Kellerboden war er mit heftigen Schmerzen im Arm aufgewacht und hatte sich schon ganz früh am Morgen aus dem Haus geschlichen. Von dort war er direkt zum Hafen gegangen, um nachzusehen, ob sich die Situation am Fährterminal verändert hatte, doch das war nicht der Fall gewesen.

Polizeibeamte kontrollierten den gesamten Verkehr, der aus der Stadt ins Hafengebiet fuhr. Und bei Tageslicht sah sein Vorhaben noch viel riskanter aus als in der Dunkelheit. Es war unmöglich, in einen Laster zu steigen, ohne alle Blicke auf sich zu ziehen. Auf der einen Seite stand das mehrstöckige Gebäude der Zollabfertigung mit seinen zahlreichen Fenstern, dort gab es keine Chance für ihn, ungesehen zu bleiben. Und auf der anderen Seite befanden sich die grauen Gebäude der Flottenstation, er konnte sich also auch hier nicht anpirschen.

Also hatte er aufgegeben und sich stattdessen auf die beiden kleinen Hafenorte konzentriert, die er auf dem Stadtplan entdeckt hatte – Strandby und Ålbæk.

Im Touristenbüro am Hafen hatte er sich eine Broschüre besorgt und herausgefunden, dass das kleine Strandby immer noch um einiges größer war als Ålbæk, und genauso verhielt es sich auch mit dem Hafen.

Für Oxen galt: je kleiner, desto besser. Er suchte einen Ort mit so wenig Betrieb wie möglich. Deshalb war seine Wahl auf Ålbæk gefallen.

Und jetzt stand er hier, an einer Kreuzung in Ålbæk, auf der Suche nach dem Hafen. Allerdings brauchte er über seinen weiteren Weg nicht lange nachzudenken, er musste nur dem Straßenschild folgen, das gleich gegenüber stand. Ohne Eile schlenderte er an beschaulichen Einfamilienhäusern vorbei, und nach ein paar Hundert Metern hatte er die letzten Gärten des Städtchens hinter sich gelassen. Es folgte ein Stück Brachland mit Büschen, hohem Gras und ein paar Zwergbirken, dann war er am Ziel.

Auf einem freien Platz waren einige Jachten aufgebockt, links standen ein paar Gebäude. Weiter vorn war der Hafenimbiss, die lokale Variante eines Check-in-Schalters.

Und die Häusergruppe entpuppte sich als kleine Werft, die das Hafenbild dominierte. Das Tor zur Werkhalle stand sperrangelweit offen, und im Dunklen erahnte er ein paar Gestalten, die an einem Fischerboot arbeiteten.

Sein Blick fiel auf eine Ansammlung kleiner Holzhütten, in denen Netze und sonstige Ausrüstung aufbewahrt wurden. Zwei davon schienen allerdings anderen Zwecken zu dienen. Aus einer offenen Tür drangen Stimmen, und davor standen ein Moped mit einer Milchkiste auf dem Gepäckträger und zwei Fahrräder.

Langsam ging er weiter bis zu einem größeren Haus am Ende des Kais. Hier fanden offenbar die Fischauktionen statt. Ein kleines Schild erregte seine Aufmerksamkeit: »Der Hafen wird videoüberwacht.«

Er drehte sich um und ließ seinen Blick schweifen. Alle Gebäude waren aus Holz errichtet und einheitlich dunkelrot gestrichen, sämtliche Fensterrahmen, Zierleisten und Geländer waren weiß. Dieselben Farben wie auf einem schwedischen Einsiedlerhof. Es war ein malerischer kleiner Hafen.

Am Kai lagen ein paar Fischkutter, sonst nur Sport- und Freizeitboote in sämtlichen Größen und Varianten. Schon bald würde er ihnen seine volle Aufmerksamkeit widmen.

Es hätte ihn gewundert, wenn der Hafen nicht überwacht worden wäre. Nach diesen kleinen Kameras hatte er die ganze Zeit Ausschau gehalten, allerdings ohne Erfolg. Irgendwo hingen sie bestimmt, aber es war ihm egal – bis sie ihn verrieten, würde es längst zu spät sein.

Als Nächstes zählte er die Laternenmasten. Es waren nicht viele, aber vermutlich beleuchteten sie den Hafen die ganze Nacht über, gerade hell genug, sodass er agieren konnte – allerdings auch entdeckt werden.

Abgesehen von den Männern in der Werft und den drei anderen, die in der Hütte zusammensaßen, waren kaum Menschen unterwegs.

Am Ende des Anlegers kämpfte ein Mann mit seinem Boot, und ein Rentnerpaar ging mit einem Hund an der Leine am Kai spazieren.

Er setzte sich auf eine Bank, um sich einen Überblick zu verschaffen. Er suchte nach einem Motorboot, nicht zu klein, nicht zu groß, aber er konnte im Moment nicht wählerisch sein.

Ein Elitesoldat musste sich überall fortbewegen können, auch auf dem Wasser. Deshalb kannte er sich auch mit Booten aus, und er hatte schon ein paar vielversprechende Kandidaten im Visier. Er beschloss, sich vier davon näher anzusehen. Er stand auf und schlenderte den Kai entlang.

Für ihn ging es hauptsächlich um Motorstärke, Größe und Seetüchtigkeit. Er hatte nicht die Absicht, in einer Nussschale rund hundert Kilometer durchs Kattegat zu fahren und sich mit Müh und Not durch die Wellen zu kämpfen – um am Ende womöglich abzusaufen.

Das erste Boot schied sofort aus. Es war zu klein und der Motor zu schwach. Dasselbe galt für das nächste. Bei Nummer drei blieb er kurz stehen. Es war etwa fünfzehn Fuß lang, hatte einen Motor mit 60 PS und schien für seine Zwecke ganz brauchbar zu sein. Aber er ging noch weiter bis ans Ende des Anlegers.

Ganz hinten schaukelte ein Boot mit blauem Verdeck sacht im Wasser. Es war etwas größer als das andere, ein Uttern D62, wie auf dem weißen Rumpf zu lesen war. Der Motor war ein ordentliches Kaliber, ein schwarzer Mercury Optimax mit 125 PS. Es war das perfekte Boot für flotte Touren in ruhigen Gewässern, zum Spaß oder mit der Familie, aber bei einem Wetter wie heute hatte er auch keine Bedenken, sich damit aufs offene Meer zu wagen. Auch wenn der Wind gern noch ein bisschen abflauen durfte.

Er kniete sich hin und tat so, als würde er sich die Schnürsenkel binden. Auf diese Weise konnte er einen Blick durch das Seitenfenster werfen. Die Instrumente im Cockpit waren Standard, aber dort, wo sich vermutlich ein GPS-Navi befand, wenn das Boot unterwegs war, klaffte eine Lücke. Er konzentrierte sich auf das Zündschloss. Es war wesentlich einfacher, ein Boot kurzzuschließen als ein Auto. Ein handelsüblicher Schraubenzieher würde einen hervorragenden Zündschlüssel abgeben, wenn man ihn mit etwas Nachdruck ins Zündschloss rammte.

Das Uttern-Motorboot war das perfekte Ticket nach Schweden … Gemächlich machte er sich auf den Rückweg und versuchte dabei, im Kopf eine kleine Rechenaufgabe zu lösen. Wahrscheinlich konnte man aus dem Motor vierunddreißig bis siebenunddreißig Knoten Spitzengeschwindigkeit herausholen, aber auf lange Distanz würde der Mercury das nicht durchhalten. Außerdem stieg der Kraftstoffverbrauch dadurch dramatisch an. Eine Geschwindigkeit von fünfundzwanzig Knoten erschien ihm realistisch.

Er schätzte die Strecke zwischen Frederikshavn und Göteborg auf etwa einhundert Kilometer, also rund fünfzig Seemeilen. Fuhr er von Ålbæk genau nach Osten, würde er die schwedische Küste südlich von Göteborg erreichen. Allerdings wollte er lieber weiter im Norden an Land gehen. Wenn seine Erinnerung ihn nicht täuschte, gab es dort unzählige Schäreninseln, Halbinseln und Landzungen. Diese Route war mit Sicherheit weit weniger befahren als der Weg, der direkt zur zweitgrößten Stadt Schwedens führte.

Die Entfernung musste ungefähr dieselbe sein. Grob überschlagen waren es zwei Stunden Überfahrt. Seine Erfahrung sagte ihm, dass er pro Seemeile einen Liter Benzin benötigen würde, also fünfzig Liter insgesamt. Aber wie viel war noch im Tank? Er konnte leer sein – oder auch voll.

Das Risiko, am helllichten Tag an Bord zu klettern und nachzusehen, war entschieden zu groß. Er würde sich also um zwei gefüllte Fünfundzwanzig-Liter-Kanister kümmern müssen.

Den Sprit musste er sich im Ort besorgen, außerdem einen Schraubenzieher, frisches Verbandsmaterial, Schmerztabletten für die Schulter und natürlich Proviant.

Es war kurz nach zwölf, als er den Hafen verließ. Er war es gewohnt, auf die Nacht und die Stille zu warten, und auch heute plante er, erst gegen Mitternacht aktiv zu werden. Bis dahin war eine Menge Zeit totzuschlagen. Doch zuerst musste er seine Einkäufe erledigen und das Benzin besorgen, um dann so schnell wie möglich wieder aus der Öffentlichkeit zu verschwinden.

In dem Brachland am Hafen konnte er sich gut verstecken. Die Büsche dort waren der perfekte Ort, um sich auszuruhen, zu essen und den Verband zu wechseln. Und wenn der richtige Zeitpunkt gekommen war, war der Hafen nur wenige Meter entfernt.

77.

Es war beinahe so, als würde man versuchen, in einem reißenden Gebirgsbach Gold zu waschen. Man musste ununterbrochen aufmerksam sein, damit einem nichts Glitzerndes durch die Lappen ging. Vielleicht war er mit seinen einundsechzig Jahren inzwischen doch zu alt, um zwei Tage hintereinander mit wenig Schlaf durchzuarbeiten.

Er setzte seine Brille ab, lehnte sich in seinem Schreibtischstuhl zurück, gähnte herzhaft und streckte sich. Einundsechzig? Eigentlich war das doch kein Alter. Er würde hier konzentriert weitermachen, solange es nötig war. Das war keine Arbeit, die man delegieren konnte.

Seit er die Meldung erhalten hatte, dass der ehemalige Jägersoldat Niels Oxen dem erfahrenen John Smith und seinen Männern erneut entkommen war, saß er vor diesen drei großen Flachbildschirmen. Zum dritten Mal entkommen, obwohl er ihnen in Gram in die Falle gegangen war.

Somit kam Smith nicht mehr in Betracht, falls sie eines Tages den Auftrag für ein neues, ähnliches Vorhaben zu vergeben hatten.

Der Vergleich mit der Goldwäsche war naheliegend, da er sich einen Zugang zum POLSAS, dem elektronischen Dokumentationssystem der Polizei verschafft hatte. Das versetzte ihn in die Lage, jederzeit auf die Tagesberichte aller zwölf Polizeidirektionen des Landes zuzugreifen, um jede eingehende Meldung sofort auszuwerten.

Der Goldklumpen, den er noch nicht herausgefischt hatte, war derselbe, den auch die Polizei unter Hochdruck suchte: die winzig kleine und vielleicht belanglos erscheinende Spur, die darauf hinweisen könnte, dass der gesuchte Niels Oxen sich in einem bestimmten Gebiet aufhielt.

Denkbar waren beispielsweise weitere gestohlene Autos, Motorräder, Mofas oder eventuell auch ein Fahrrad. Vielleicht war es aber auch ein unbedeutender Einbruch, ein schneller Überfall auf einen Straßenkiosk oder ein simpler Diebstahl an einer Tankstelle. Mit anderen Worten alles, was ein Mensch auf der Flucht an Fußabdrücken hinterließ.

Vor dem Hintergrund, dass jeden Tag etwa fünfzehn Autos in Dänemark gestohlen wurden und unzählige Anzeigen auf die

Polizei einprasselten, erforderte es eine große Portion Instinkt und Erfahrung, um aus dieser Flut tatsächlich Gold herauszufiltern.

Im Augenblick tendierte er immer noch am ehesten zu Herning, wo man den Corsa mit Oxens Fingerabdrücken auf dem Parkplatz eines großen Einkaufszentrums gefunden hatte.

Der Kriegsveteran hätte äußerst schnell handeln müssen, um es rechtzeitig aus der Stadt zu schaffen, die von der Polizei innerhalb kürzester Zeit vollständig abgeriegelt worden war.

Den Tagesbericht für die Region Mittel- und Westjütland konnte er inzwischen fast auswendig. Momentan konnte man in Herning nicht einmal einen schrumpeligen Apfel klauen, ohne dass Alarm ausgelöst wurde …

Andererseits konnte man auch nichts ausschließen. Oxen war einer der Besten – selbst wenn er verletzt war – und hatte ja schon früher bewiesen, dass man ihn nicht unterschätzen durfte.

Ob Faxe Ladeplads, Rønne auf Bornholm oder Padborg an der Landesgrenze – jeder Anruf in der Einsatzzentrale, der auch nur ein Minimum an Substanz enthielt, wurde zumindest kurz im Bericht vermerkt. Wie eine Art Beleg dafür, dass der Anruf eingegangen und bearbeitet worden war, aber auch um einen kleinen elektronischen Baustein im System zu hinterlassen. Denn manchmal stellte sich später heraus, dass genau dieses Detail zusammen mit anderen kleinen Bausteinen zur Aufklärung eines Falls beigetragen hatte.

Sofort wenn er etwas glitzern sah, untersuchte er den Fund, ganz egal aus welcher Richtung er kam. Also, außer Bornholm, denn das lag nun doch zu weit ab vom Schuss.

Auf diese Weise hatte er inzwischen geklärt, dass Oxen *nicht* in Skanderborg in eine Gartenlaube eingestiegen war und dort übernachtet hatte. Er hatte sichergestellt, dass Oxen *nicht* die Kasse einer Würstchenbude in Ebeltoft leer geräumt hatte und dass es *nicht* Oxen gewesen war, der einer alten Dame in Randers bei einem Einbruch in ein Altenheim 5300 Kronen gestohlen hatte.

Im Augenblick überprüfte er zwei weitere Fälle: 1. Ein Mann, dessen Beschreibung ungefähr auf Oxen zutraf, hatte in einem Supermarkt in Kruså ein paar Sachen mitgehen lassen und gleich danach einen Motorroller gestohlen. Zeugen hatten gesehen, wie er in südlicher Richtung aus der Stadt gefahren war. Ein paar Stunden später hatte man den Motorroller auf der deutschen Seite der Grenze im Straßengraben gefunden.

2. Ein Mann, dessen Beschreibung eher dürftig war, war dabei beobachtet worden, wie er gegen 07:30 Uhr den Keller eines Mehrfamilienhauses in Frederikshavn verlassen hatte. Ein Hausbewohner hatte den Vorfall später dem Hausmeister gemeldet, der die Sache aber erst angezeigt hatte, nachdem er im Keller gewesen war und in einem Abteil blutiges Verbandsmaterial entdeckt hatte. Die Wahrscheinlichkeit, dass es sich bei dem Mann um einen Drogenabhängigen oder einen Obdachlosen handelte, war groß. Aber Oxen war de facto verletzt. Das hatte die Befragung eines älteren Mannes ergeben, der Oxen in einem Waldstück südlich von Herning begegnet war.

Seine Leute waren alle mit Laptops ausgestattet und mussten sich nicht einmal in die Datenbank der Polizei einklinken, um einen Abgleich der Fingerabdrücke zu machen. Sie hatten Oxens Fingerabdrücke selbst im System, und es dauerte nur ein paar Sekunden, das Programm zu starten, nach einem Treffer zu suchen und ihm eine verschlüsselte Mail mit dem Ergebnis zu schicken.

Er warf einen Blick auf die Uhr. Es war Zeit für einen kurzen Zwischenstand. Er tippte die Nummer in sein Handy.

»Nielsen hier. Ich habe den aktuellen Status für Sie.«

Schnell und präzise skizzierte er die Ereignisse der letzten fünf Stunden, genau wie von seinem Auftraggeber gewünscht.

Dann legte er auf. In fünf Stunden würde er sich wieder melden.

Bis dahin trank er literweise Kaffee, behielt alles im Auge, was glitzerte, und setzte seine Hoffnung weiterhin auf Herning.

78.

Der Wind war zum Glück nicht stärker geworden. Im Gegenteil, es schien, als hätte er sich im Laufe des Abends ein wenig gelegt, was eigentlich auch typisch war. Es war kurz nach Mitternacht, als er die beiden Kanister ans Ende des Bootsanlegers schleppte. Den einen hielt er in der Hand, den anderen hatte er sich mit seinem Gürtel über die gesunde Schulter gehängt. Vor dem Boot stellte er seine Last ab.

Der Hafen lag menschenleer da. Er hatte recht gehabt, was seine Einschätzung der Laternen betraf. Eine gedämpfte Nachtbeleuchtung warf ihren schwachen Schein auf das gesamte Gelände.

Er knöpfte das Verdeck des Boots ab und verstaute es. Dann brachte er die Kanister und seinen Rucksack an Bord. Er ging in Gedanken noch einmal alles durch, ehe er die Leinen losmachte und das Uttern mit dem Bootshaken vom Steg abstieß.

Er musste möglichst lautlos ablegen und ohne Motor den Hafen verlassen, aber das war gar nicht so leicht, wenn man dabei nur einen Arm zur Verfügung hatte. Er gab alles und schaffte es schließlich, das Boot mithilfe des Windes durch die schmale Hafeneinfahrt zu manövrieren. Unendlich langsam bewegte es sich auf der stillen Wasserfläche vorwärts und glitt endlich auf das offene Meer und in die Freiheit.

Jetzt konnte er den nächsten Schritt machen. Er steckte den Schraubenzieher in das Zündschloss, hielt die Luft an – und drehte ihn vorsichtig. Die Zündung gehorchte und die Bordinstrumente erwachten zum Leben.

Der Tank war halb voll. Ein Uttern D62 war ein ziemlich großes Boot mit einem ziemlich durstigen Motor, und er ging davon aus, dass der Tank um die hundertfünfzig Liter fasste. Er hatte also gut fünfundsiebzig Liter im Tank und hätte sich die Mühe mit den Kanistern sparen können. Trotzdem schraubte er den Deckel auf und kippte den Inhalt des ersten Kanisters in den Tank. Falls ein großer Umweg nötig sein würde, hatte er genug Sprit, um es bis nach Schweden zu schaffen.

Er drehte den Schraubenzieher noch ein Stück weiter, bis hinter ihm ein tiefes, lang gezogenes Husten ertönte und der Mercury ansprang. Er setzte sich auf den Vordersitz und wartete, bis der Motor warm gelaufen war.

Oxen schaute nach oben in das funkelnde Sternenmeer. Die Sterne waren seine Freunde. Sie hatten ihm in schwierigen Zeiten unter fremden Himmeln schon oft weitergeholfen.

Er legte den Vorwärtsgang ein und lenkte das Boot auf den richtigen Kurs. Der Abschied von Dänemark war gekommen. Er blickte zurück.

Aber was war das? Aus dem Hafen leuchteten ihm zwei helle Lichtkegel entgegen – Autoscheinwerfer. Seltsam … Um diese Uhrzeit? Hatte ihn jemand erkannt? Im Zug oder beim Einkaufen? An der Tankstelle? Oder hatte das Auto vielleicht gar nichts mit ihm zu tun?

Er gab Gas und das Uttern gehorchte. In Sekundenschnelle hob sich der Bug aus dem Wasser und der Rumpf schnitt geschmeidig durch die Wellen. Er nahm das Gas ein wenig zurück, bis er eine Fahrgeschwindigkeit von fünfundzwanzig Knoten erreicht hatte.

Er verzichtete darauf, die Bordbeleuchtung anzuschalten. Er war eins mit der Nacht, hatte nur die funkelnden Kameraden über sich. Oxen flog übers Wasser und sprengte alle Ketten.

In wenigen Stunden würde er Schwedens zerklüftete Küste erreichen.

Er sah auf die Uhr. Seit eindreiviertel Stunden war er auf dem Wasser. Er hatte das Gefühl, die Hand nur in die Nacht strecken zu müssen, um die rauen Felsen der Schären zu berühren.

Da tauchte es auf, direkt hinter ihm. Das bedrohliche Dröhnen zerriss die Dunkelheit und verjagte die Sterne.

Er sah das Licht des Helikopters erst, als er direkt über seinen Kopf hinwegjagte, einen weichen Bogen flog und dann erneut auf ihn zukam. Ein kräftiger Scheinwerfer wurde eingeschaltet, sein Lichtkegel stand wie eine Säule in der Luft.

Instinktiv drehte er das Steuer und schlug einen Zickzackkurs ein, ohne dabei die Richtung zu verlieren. Der Scheinwerfer flog auf ihn zu. Zweimal fegte er über ihn hinweg und versuchte, ihn festzuhalten – doch ohne Erfolg. Mit ohrenbetäubendem Lärm rauschte er vorbei, nur um sich in die nächste Kurve zu legen.

Sie hatten ihn gefunden, und er wusste, was ihn erwartete. Er zog seine Waffe, lud sie durch und machte sich bereit.

Als der kräftige Lichtstrahl Niels Oxen eine winzige Sekunde lang erfasste, durchströmte ihn ein völlig unerwartetes, warmes Gefühl. Erleichterung mischte sich mit dem süßen Geschmack der Rache.

Er hatte es geschafft, obwohl die Nachricht spät eingegangen war und sie erst im allerletzten Moment starten konnten.

Wie es Oxen gelungen war, aus Herning zu entkommen und sich bis nach Frederikshavn durchzuschlagen, würden sie nun leider nie erfahren.

Wie so oft hatte eine Kombination aus Zufall und solider Arbeit am Ende auf die richtige Spur geführt. Von dem blutigen Verband über die Fingerabdrücke im Keller war es allerdings eine ziemliche Rennerei gewesen. Erst viel zu spät hatten sie das kleine Örtchen mit dem winzigen Hafen nördlich von Frederikshavn ins Visier genommen. Oxen, der gerade zwei Kanister mit Benzin füllte. Die kurze Sequenz, aufgezeichnet von der Überwachungskamera einer Tankstelle, ließ keine Fragen offen.

Ein Mitarbeiter seines Auftraggebers war angeblich auf den Bootsanleger gerannt, konnte aber nur noch zusehen, wie die Dunkelheit das große weiße Motorboot verschluckte.

Die Grenze zwischen Erfolg und Misserfolg war manchmal hauchdünn. Eine halbe Stunde später, und Oxen hätte sie besiegt.

Der ehemalige Elitesoldat des dänischen Jägerkorps hatte ihm einiges abverlangt. Ja, vielleicht war der Mann krank und über die Jahre kaputtgegangen, aber er war immer noch auf geradezu unheimliche Weise einsatzfähig, was alles beinahe ruiniert hätte.

Man konnte »John Smith« immer kontaktieren. Er war nicht billig, aber er erfüllte einen Vertrag bis ins letzte Detail. So war es elf Jahre lang gewesen, und so würde es auch die nächsten Jahre sein.

Oxen hatte ihn fast um seinen guten Ruf gebracht. Er hatte ihn niedergeschlagen und vor den Augen seiner eigenen Männer gedemütigt, als alles gerade so einfach schien und die Falle am Gram Slot nur noch zuschnappen musste. Ganze verfluchte drei Mal war ihm der dänische Ordensammler entkommen. Aber jetzt war Schluss damit.

Diese Gedanken und Gefühle durchströmten ihn, als das Scheinwerferlicht auf Oxens Gesicht fiel. Sie waren der Grund für die unerwartete Süße. In seinem Alltag spielte Rache keine Rolle. Sie existierte nicht, ein irrationales Gefühl, das in seinem Geschäft nichts verloren hatte.

Und doch rauschte sie durch ihn hindurch, während er dem Piloten Befehl gab, sich dem Boot in einer neuen Kurve zu nähern.

Er sah das Mündungsfeuer, aber es interessierte ihn nicht. Niemand, nicht einmal Oxen, konnte mit einer Pistole Schaden anrichten, die aus dieser Entfernung von einem fahrenden Motorboot abgefeuert wurde.

Er kontrollierte ein letztes Mal, ob der Gurt auch korrekt befestigt war. Dann schob er die Tür auf, nahm die Panzerfaust und legte sie sich auf die rechte Schulter.

Er ließ sich Zeit. Das Ziel war so gut wie zerstört, er hatte keine Eile. Die RPG-7 war mit einem Infrarotzielfernrohr ausgerüstet. Der rote Leuchtpunkt im Zentrum des Fadenkreuzes glitt auf dem weißen Rumpf hin und her.

Zweimal krümmte sich sein Zeigefinger … Erst beim dritten Mal feuerte er die Waffe ab.

Es war reiner Instinkt, der ihn dazu trieb, aufzustehen und sich über die Reling zu werfen.

In dem schwachen Licht, das aus dem Cockpit kam, hatte er gesehen, wie die Tür des Helikopters aufgeschoben wurde, während sich der Pilot seitlich an sein Boot geheftet hatte, etwa hundert Meter von ihm entfernt.

Er wusste, was das zu bedeuten hatte.

Aber dass er sich gerade jetzt fallen ließ, keine Zehntelsekunde früher oder später, war ausschließlich seinem Instinkt zuzuschreiben.

Der Rest war Explosion, Feuer und Wasser. Kaltes schwarzes Wasser, das über ihm zusammenschlug.

79.

Der Staatssekretär saß mit versteinertem Gesicht vor seiner Kaffeetasse. Der weiße Hals der Justizministerin dagegen war übersät von verräterischen roten Flecken, die darauf schließen ließen, dass sie innerlich schäumte.

»Guten Tag, Mossman, setzen Sie sich«, sagte Helene Kiss Hassing.

Der Ton war scharf und die Begrüßung knapp. Er nahm Platz. Hier braute sich ganz offensichtlich eine Katastrophe zusammen. Die neue Ministerin kochte vor Wut. Dabei hatte er gedacht, sie hätten Frieden geschlossen und den Fall einvernehmlich hinter sich gelassen. Er hatte sogar freundlich gelächelt, als man ihn vorgewarnt hatte. Musste er doch noch einmal in den Ring, bevor endlich Ruhe einkehrte?

»Mossman, was zur Hölle haben Sie sich dabei gedacht?«

Die Ministerin, deren einzige erkennbare Qualifikation ihr Aussehen und die dazugehörige Fernsehtauglichkeit waren, schob einen Laptop über den Tisch, sodass er den Bildschirm sehen konnte. Während ihre zitternden Finger ein paar Tasten drückten, wunderte er sich über ihre Wortwahl und darüber, was sie mit dem Computer wollte.

Ein Video startete. Er kannte es nur allzu gut.

Es zeigte den verstorbenen Justizminister Ulrik Rosborg nackt hinter einer Frau kniend, die auf allen vieren kauerte …

Er lehnte sich auf seinem Stuhl zurück und schlug die Beine übereinander. Er war überrascht, aber nicht schockiert. Sie hatten also ihre letzte Karte gespielt. Jetzt würden sie ihm den Todesstoß versetzen. Mitten ins Herz.

Weder der Staatssekretär noch seine Ministerin sagten auch nur ein einziges Wort. Sie ließen die Aufnahme bis zum bitteren Ende weiterlaufen.

Er starrte die meiste Zeit aus dem großen Fenster hinter der Ministerin.

»Es ist gerade mal ein paar Tage her, dass wir Sie mit viel Mühe und Aufwand aus der Patsche geholt haben! Und jetzt das! Was um alles in der Welt haben Sie sich dabei gedacht, Mossman? Sagen Sie es mir!«

Die Ministerin war außer sich. Er schüttelte stumm den Kopf und zuckte mit den Schultern. Er wusste, wann er verloren hatte, auch wenn es in seinem Leben nicht oft der Fall gewesen war. Das hier war seine größte Niederlage – und seine letzte.

»Woher haben Sie die Aufnahme?«, fragte er.

Die Ministerin sah ihren Staatssekretär auffordernd an.

»Sie wurde uns zugespielt. Mit der Information, dass sich eine identische Aufnahme auf Rosborgs Computer in seinem Ferienhaus befand. Und dass Sie die Aufnahme in Absprache mit dem Polizeichef der Direktion Nordseeland von dort entfernt haben. Angeblich um sich persönlich um die Angelegenheit zu kümmern.«

»*Well* …« Zu mehr kam er nicht, denn der Staatssekretär redete schon weiter, ohne eine Miene zu verziehen.

»Und mit der Information, dass Sie seit über einem Jahr Kenntnis von diesem Verbrechen und von der Existenz dieser Aufnahme hatten. Das Verbrechen hat auf Nørlund Slot stattgefunden. Genau dort, wo sich im letzten Jahr auch der große Fall um die gehängten Hunde und den Tod des ehemaligen Botschafters Corfitzen abgespielt hat.«

Der Staatssekretär trank einen Schluck Kaffee, stellte ganz ruhig die Tasse wieder ab und legte noch einmal nach.

»Eine Unterschlagung nach der anderen. Dazu der Versuch, das brutale Verbrechen eines hochrangigen Politikers zu vertuschen. Ich muss sagen, ich bin zutiefst erschüttert, Mossman. Nach all den Jahren …«

Tatsächlich machte der Staatssekretär keinen besonders erschütterten Eindruck. Beide sahen ihn fragend an.

»Es ist vollkommen klar, wer das alles inszeniert hat. Ich habe in den letzten Tagen doch schon versucht, Ihnen die Situation darzulegen, und Ihnen angekündigt, dass der PET der Sache auf den Grund gehen wird. Das alles war der Danehof. Sowohl die Aufnahme als auch die Informationen wurden gezielt platziert. Und ich kann Ihnen auch sagen, warum – man will mich loswerden.«

»Mossman, ganz ehrlich … Ich bin zwar neu auf dem Posten, aber ich bin nicht neu in der Politik. Was wollen Sie mir – oder uns – denn noch alles weismachen? Wie lange wollen Sie Tatsachen verdrehen, damit sie mit Ihrem seltsamen Weltbild übereinstimmen? Ich möchte kein Wort mehr vom Danehof oder dem Consilium hören, kein einziges! Ich will gar nichts mehr von dieser ganzen Geschichte hören! Sie sind zu weit gegangen. Es reicht, und zwar ein für alle Mal.«

Die Justizministerin hatte wieder angefangen zu zittern, obwohl sie sich zwischenzeitlich ein wenig beruhigt hatte, während das Video lief.

»Wir können es einfach nicht mehr länger verantworten, eine schützende Hand über Sie zu halten, Mossman. Also … müssen wir eine andere Lösung finden … Sie werden ohnehin bald pensioniert. Ein Rücktrittsgesuch aus gesundheitlichen Gründen? Am besten, Sie reichen Ihre Kündigung ein. In … sagen wir, einer Stunde?«

Der Staatssekretär klang, als hätte er eben eine geschäftliche Vereinbarung vorgeschlagen. Aber das war es ja auch, rein geschäftlich.

Er saß zurückgelehnt auf dem Stuhl und dachte kurz nach, und seine Gedanken flogen durch das große Fenster in den grauen Vormittagshimmel.

»*Well*«, antwortete er schließlich. »Dann sind wir wohl am Ende des Weges angelangt. Ich werde dafür sorgen, dass meine Kündigung in einer Stunde auf dem entsprechenden Schreibtisch liegt.«

80.

Der Operative Leiter Martin Rytter übernahm kommissarisch die Leitung des polizeilichen Nachrichtendienstes. Seine Ernennung war nur ein kleiner Teil der Bombe, die um die Mittagszeit hochgegangen war.

Axel Mossman, der Inbegriff des PET, der es geschafft hatte, den Nachrichtendienst zu verändern und fit für die Zukunft zu machen, *Big Mossman*, hatte beschlossen, vorzeitig aufzuhören. Seine angeschlagene Gesundheit zwang ihn, ein Rücktrittsgesuch einzureichen.

In einer Pressemitteilung hatte seine Dienstherrin, die neue Justizministerin Helene Kiss Hassing, den Abschied des Hünen bedauert und ihm für den jahrzehntelangen Einsatz im Dienst der Nation gedankt.

Das Ganze war natürlich nichts anderes als hübsch verpackter Bullshit. Nur wusste Margrethe Franck momentan auch nicht mehr als alle anderen. Und sie war etwas verwundert darüber, dass es Rytters erste Amtshandlung war, sie in sein Büro zu bestellen.

»Franckie, verdammt! Was ist das hier?«

Rytter knallte einen Stapel Fotos auf den Tisch. Sie blieb stehen und nahm die Bilder in die Hand.

Das erste zeigte Niels Oxen auf dem Sessel in ihrer Wohnung und sie selbst im Vordergrund. Das Bild musste an jenem Abend entstanden sein, als Anders und sie spät nach Hause gekommen waren und plötzlich Oxen gegenübergestanden hatten.

Der Einzige, der diese Aufnahmen gemacht haben konnte, war Anders. Wahrscheinlich mit seinem Handy. Die Bilder waren körnig und das Licht wirkte gelb. Die zweite Serie jedoch war taufrisch. Darauf waren Sonne, Oxen und sie selbst in Gram am Straßenrand zu sehen, unmittelbar bevor sie sich getrennt hatten und jeder von ihnen auf Position gegangen war.

Sie warf ihm die Bilder wieder hin.

»Ja … na und?«, fragte sie.

»Franckie, du willst mir doch wohl nicht erzählen, dass du mit einem Mordverdächtigen zusammengearbeitet hast, der zeitgleich von der gesamten Truppe gejagt wurde? Während alle deine Kollegen hinter ihm her waren? Das ist nicht dein Ernst, oder?«

Rytter donnerte wütend die Faust auf den Tisch.

»Woher hast du die Bilder? Ein paar sind von Anders Becker, stimmt's?«

»Es ist völlig egal, woher ich sie habe. Hast du eigentlich gar nichts kapiert?«

»Du weißt doch selbst, welche Rolle Oxen bei den gehängten Hunden gespielt hat. Du weißt, dass es eine Verbindung zu Mossman gibt – und natürlich auch zu mir.«

»Nein! Davon weiß ich überhaupt nichts! Denkst du, du kannst dir alles erlauben? Du wusstest die ganze Zeit, wo sich Niels Oxen befand. Du hast mich hintergangen, uns alle, die ganze Polizei!«

»Dahinter steckt der Danehof. Sie haben das alles eingefädelt. Sie haben mir selbst gesagt, dass sie mich vernichten wollen …«

»Der Danehof? Ich will nichts mehr über diesen Mittelalter-Scheiß hören. Du bist erledigt, hörst du? Ich kann nicht diesen

Posten hier übernehmen und mich gleich als Erstes strafbar machen, indem ich deinetwegen beide Augen zudrücke. Das geht einfach nicht. Ich könnte es an die große Glocke hängen und ein Verfahren gegen dich einleiten. Aber das erspare ich dir und mir und werde dich einfach rausschmeißen. Du bist zu weit gegangen. Viel zu weit. Du bist gefeuert. Auf Wiedersehen.«

»Martin ... Ich dachte, wir wären Freunde. Aber in Wahrheit bist du nur ein erbärmlicher kleiner Wichser.«

Sie stieg ein und knallte die Tür des Minis zu. Sonne hatte sie auf ihrem Handy angerufen, als sie gerade dabei war, ihren Schreibtisch zu räumen. Er wollte ihr nur sagen, dass man ihm ein paar Bilder vorgelegt habe, auf denen er mit ihr und Oxen zusammen zu sehen war.

Danach hatte sein Chef ihn aus dem Büro geworfen, mit dem Hinweis, dass er nicht mehr zurückzukommen brauche, wenn sein Urlaub zu Ende sei.

Sie steckte den Schlüssel ins Zündschloss. Villum Grund-Löwenberg hatte seinen Willen bekommen. Er hatte sie beide vernichtet. Besser gesagt, sie alle drei. Denn ohne jeden Zweifel hatte der Danehof interveniert und auch für Mossmans »freiwilligen« Rücktritt gesorgt.

Sie drehte den Schlüssel um, und der Mini Cooper sprang an, und mit ihm das Radio.

»*Wir beginnen mit der großen Meldung des Tages*«, sagte eine ernste Frauenstimme. »*In diesen Minuten suchen Taucher im Fahrwasser vor der schwedischen Küste, nördlich von Göteborg, nach der Leiche des Kriegsveteranen und ehemaligen Jägersoldaten Niels Oxen. Nach Oxen wurde in den vergangenen Tagen landesweit gefahndet. Er stand unter Verdacht, den vierundsiebzigjährigen Besitzer einer Fischzucht in Mitteljütland brutal ermordet zu haben. Die Aufnahmen einer Überwachungskamera belegen, dass er letzte Nacht in einem gestohlenen Motorboot den Hafen in Ålbæk bei Fre-*

derikshavn verlassen hat. Augenzeugen berichten von einer Explosion auf dem Meer. Es wird vermutet, dass Oxen auf seiner dramatischen Flucht möglicherweise Sprengstoff mit an Bord hatte. Unseren Informationen zufolge bestätigt eine zweite Videoaufzeichnung, dass Oxen gestern an einer Tankstelle in Ålbæk mehrere Kanister mit Benzin befüllt hat, das er vermutlich für seine Flucht nach Schweden benötigte. In dem betreffenden Gebiet wurden Wrackteile gefunden. Ein Havarie-Experte bestätigte uns, dass alles auf eine gewaltige Explosion an Bord des Motorboots hindeutet. Niels Oxen wurde als Soldat gleich mehrfach ausgezeichnet. Als bislang Einziger wurde er vor einigen Jahren mit dem Tapferkeitskreuz geehrt. Der vierundvierzigjährige Niels Oxen war …«

Sie schaltete das Radio aus, sackte nach vorn und legte die Stirn ans Lenkrad.

Dann kamen die Tränen.

81.

Vielleicht war es nur Einbildung, aber er hatte den Eindruck, dass die sieben Flammen über dem großen Silberleuchter ganz gerade standen. Eigenartig, dass ihm dieses Detail heute auffiel, nachdem es ihm bei ihrer letzten Zusammenkunft so vorgekommen war, als tanzten die Flammen nervös.

Es gab nicht mehr viel zu tun. Sie hatten alles besprochen und die kritische Situation bewertet, die sie inzwischen überstanden hatten.

Süd hatte die ganze Aktion souverän und effektiv in die Hand genommen, vom Umgang mit den Medien bis zur praktischen Durchführung aller Maßnahmen.

Gemeinsam hatten sie die richtigen Entscheidungen getroffen. Jetzt ging es um die Zukunft ihrer Arbeit, und das war weitaus interessanter, als immerzu unter Hochdruck Feuer löschen zu müssen.

In ihrer langen Geschichte hatte es immer wieder Zeiten gegeben, in denen es nicht nötig gewesen war, auf die »endgültige Lösung« zurückzugreifen. Doch in den letzten Jahren war dieses drastische Mittel besorgniserregend oft zum Einsatz gekommen.

Umso mehr freute es ihn, dass zumindest ein Teil der Probleme auf eine Weise hatte geklärt werden können, die diese Lösung überflüssig machte.

Axel Mossman, der langjährige Chef des PET, war schachmatt gesetzt und konnte keinen Einfluss mehr nehmen. Er würde nie wieder genug Kraft aufbringen, um zu einer Bedrohung zu werden. Niemand nahm einen Frührentner ernst. Er würde schon bald in Vergessenheit geraten.

Seine Helfer, diese Frau und seinen Neffen, hatte man ebenfalls ausgeschaltet – und zwar ganz ohne Blutvergießen.

Übrig geblieben war der Soldat Oxen. Er persönlich bedauerte es zutiefst, dass einer der stolzesten Söhne Dänemarks hatte eliminiert werden müssen, ausgerechnet von ihnen, denen das Wohl des Landes so sehr am Herzen lag.

Aber es hatte keinen anderen Ausweg gegeben. Nun war auch diese Tür endgültig geschlossen, nach so vielen Jahren.

Oxens Tod bedeutete aber auch, dass eine neue Tür geöffnet werden konnte. Endlich konnte man sich darauf konzentrieren, den Kandidaten für den wichtigen Posten des Oberbefehlshabers der dänischen Armee in Stellung zu bringen. Dieser Posten musste innerhalb weniger Monate besetzt werden, sobald der jetzige Oberbefehlshaber zurückgetreten war.

Mit seinen unerbittlichen Attacken hätte Oxen ihren Kandidaten angreifbar machen können. Er hatte es im Alleingang geschafft, das System so sehr unter Druck zu setzen, dass damals eine Untersuchungskommission eingesetzt werden musste. Und obwohl die Kommission ihren Kandidaten von allen Vorwürfen freigesprochen hatte, stellten Oxens Anschuldigungen weiterhin eine große Gefahr dar. Wenn etwas schwelte, konnte daraus leicht ein Brand werden …

Nun hatte das ewige Querulieren des tapferen Soldaten ein Ende und der Weg war frei.

Darüber hinaus waren sie sich alle einig gewesen, dass es sich nicht lohnte, Ressourcen an die neue Justizministerin zu verschwenden, auch wenn gerade dieses Amt zu allen Zeiten strategisch wichtig für ihre Organisation gewesen war.

Es war sinnvoller, in Politiker zu investieren, die eine längere Karriere zu erwarten hatten und mehr Talent für diesen Job bewiesen. Rosborg hatte beides in vollem Umfang besessen. Bedauerlicherweise hatte er andere Mängel gezeigt, die sie im Vorfeld übersehen hatten.

Helene Kiss Hassing war eine hübsche Eintagsfliege. Sie machte sich gut im Fernsehen, weil sie nett anzuschauen war und sich leicht verständlich äußerte. Das lag vor allem daran, dass sie einfach nicht imstande war, komplexe Zusammenhänge zu erfassen.

Es gab andere Möglichkeiten, ins Justizministerium zu gelangen. Sie hatten die Liste auf vier Kandidaten zusammengestrichen.

Er sah seine Kollegen am Tisch einen nach dem anderen an.

»Hoffen wir also auf eine Reihe friedlicher Jahre, in denen wir uns auf die Politik und das Wohlergehen unseres Landes konzentrieren können. Vor uns liegen wichtige Aufgaben, nicht wahr? Woran arbeitet das Consilium gerade?«

Der Thinktank fiel hauptsächlich in die Verantwortung von Nord. Man könnte sagen, es war das Erbe eines Lebenswerkes.

»Das große Thema in diesem Herbst mag auf den ersten Blick etwas ungewöhnlich erscheinen, aber wir werden uns jetzt dem Wohnungsmarkt widmen. Trotz einiger zaghafter Anläufe seitens der Politik, und obwohl die Branche selbst hartnäckig versucht, das Thema in den Vordergrund zu rücken, ist der dänische Wohnungsmarkt außerhalb Kopenhagens und der anderen Großstädte nahezu vollkommen eingebrochen. Dieser Zustand besteht nun schon seit der Krise im Jahr 2008. In den ländlichen Gebieten sieht es besonders schlimm aus. Wer dort Eigentum erwerben will, kann lange auf einen Kredit warten … Die Situation verursacht eine ganze Reihe ungünstiger Folgereaktionen, gesellschaftlich betrachtet. Pessimismus, sinkender Privatkonsum, steigende Spareinlagen, die Gesellschaft verliert insgesamt an Mobilität, Landflucht … und noch vieles mehr. Wir haben einige Foren zu diesem Thema eingerichtet und werden sechs Sonderveranstaltungen durchführen. Ich denke, wir fassen im Anschluss alle Ergebnisse in einem Memorandum zusammen.«

Er nickte. Der Wohnungsmarkt – das war gut erkannt. Ein populäres Thema und wie geschaffen dafür, die Tagesordnung zu bestimmen. Seit dem Tod des alten Corfitzen hatte das Consilium eine ganz neue Vitalität entwickelt.

Aber Nord hatte noch einiges hinzuzufügen.

»Ende des Jahres werden wir uns erneut den Schulen zuwenden. Es besteht großer Bedarf, die Reformen zu evaluieren. Schon jetzt zeichnet sich ab, dass nachgebessert werden muss. Zu Beginn des kommenden Jahres werden wir dann die notwendige Diskussion um das Problem der Aushilfskräfte anstoßen. Wenn wir den Produktionsstandort Dänemark ausbauen wollen, darf Konkurrenzfähigkeit nicht länger nur ein Schlagwort sein, das Politiker bei feierlichen Anlässen anführen. Das Problem ist äußerst ernst, und ich freue mich schon darauf, diesen Punkt in Angriff zu nehmen.«

Er nickte. Stundenlöhne, ein eminent wichtiges Thema. Er wollte gerade zusammenfassen, als Nord lächelnd fortfuhr:

»Außerdem möchte ich noch auf die eher unterhaltsamen Programmpunkte hinweisen, die vor allem der Publicity dienen. Der Besuch der amerikanischen Zentralbankchefin, Janet Yellen, im Hotel d'Angleterre im Dezember wird ein absolutes Highlight. Im Frühjahr findet am selben Ort eine Veranstaltung mit dem Facebook-Gründer Mark Zuckerberg statt, der über Innovation sprechen wird, und wir konnten Bill Gates gewinnen, der zum Thema ›Business und soziale Verantwortung‹ für uns referieren wird. Man wird uns die Bude einrennen, sobald die Ankündigungen rausgehen.«

»Das ist brillant. Wirklich beeindruckend. Ich kann mich nicht erinnern, dass das Consilium je ein so herausragendes Programm auf die Beine gestellt hätte. Danke.«

Es war ein Vergnügen, mit diesen jungen Kräften zu arbeiten. Nord und Süd brachten eine ungeahnte neue Dynamik in ihre Organisation. Das sah alles sehr vielversprechend aus. Zumal er selbst ja nicht ewig weitermachen konnte …

»Ich denke, für heute können wir zusammenfassend feststellen, dass wir zu einem weit zukunftsträchtigeren Modus Vivendi zurückgekehrt sind. Die Sitzung ist beendet.«

82.

Es gab kaum eine Stelle an dem sehnigen, muskulösen Körper, die sie nicht verbinden musste. Ein paar kleinere Fleischwunden hatte sie offen gelassen, damit sie an der Luft heilen und verschorfen konnten. Sie leuchteten dunkelrot und unterstrichen den dramatischen Gesamteindruck.

Der Mann, der in dem kleinen Zimmer lag, war ein leibhaftiges Wunder. Er war so übel zugerichtet worden, so lange im Wasser gewesen – und trotzdem am Leben. Das vermochte nur der Herr.

Sie öffnete das Fenster und beugte sich über ihn, um den Verband am rechten Oberschenkel zu wechseln, wo sie einen Metallsplitter aus dem Fleisch entfernt hatte. Natürlich waren ihr auch die alten Verletzungen nicht entgangen, die vielen Narben, die von der Vergangenheit des Mannes erzählten.

Es würde nicht ihre Aufgabe sein, Fragen zu stellen, wenn die Zeit gekommen war, und es stand ihr auch nicht zu, über ihn zu urteilen. Vor vielen Jahren hatte sie den Eid abgelegt zu heilen, und nichts anderes tat sie.

Für den Rest musste jeder selbst geradestehen, wenn er irgendwann vor seinen Schöpfer trat.

Sie machte einen Schritt zurück und musterte ihn von Neuem. Die Sonne strahlte mit großer Kraft vom Meer herüber und warf einen gleißend hellen Streifen über das Gesicht des Mannes.

Licht, Licht … Von irgendwoher drang es zu ihm durch. Und Wärme. Er bekam es nicht richtig zu fassen, aber irgendetwas wärmte ihn.

Dann strich etwas über seine Haut, kitzelte fast ein wenig.

Seine Wahrnehmung wurde klarer, bewusster. Licht … Was war da so hell? Ein starker Scheinwerfer? Feuer? Oder die Sonne, die ihm ins Gesicht schien? Und das andere war vielleicht eine milde Brise, die ihn streifte?

Er holte tief Luft, atmete aus und noch tiefer ein. Es tat weh. Da war etwas, das ihn mit Schmerz erfüllte. Wie eine ferne Erinnerung. Aber er spürte auch etwas Vertrautes, Schönes, das nicht wehtat. Der Duft von Tang und Salz – und wütende Schreie. Möwen?

Jetzt hörte er eine sanfte, fast singende Stimme. Erst war sie weit weg, dann kam sie langsam näher. Schließlich konnte er die Stimme verstehen, auch wenn sie anders klang als das, was er gewohnt war.

Sie fragte freundlich, ob er sie hören könne. Sie wollte wissen, ob er wach sei und ob er Schmerzen habe. Was passiert sei. Wer er sei und ob er einen Namen habe.

Es dauerte eine Weile. Dann hörte er seine eigene Stimme, die flüsternd einzelne Worte formte und sie über die trockenen Lippen presste.

»*My … name … is … Dragos …*«

Nachwort

Ich bin ausgebildeter Journalist. Vielleicht rührt daher mein Wunsch zu erfahren, ob in der Fiktion auch Fakten stecken. Und wenn ja, an welcher Stelle. Für andere, die dasselbe Bedürfnis haben:

Den Danehof in Nyborg hat es wirklich gegeben. Und das Schloss steht dort immer noch, es ist heute ein Museum. Ich habe mich bemüht, die Geschichte des Danehof, dieser faszinierenden mächtigen Institution des Mittelalters, in Kurzform wiederzugeben. Erstaunlicherweise nimmt der Danehof in den Geschichtsbüchern Dänemarks nur einen sehr bescheidenen Platz ein.

Das Tapferkeitskreuz, das meiner Hauptperson Niels Oxen verliehen wird, existiert ebenfalls. Es ist Dänemarks jüngste und höchste militärische Auszeichnung. In der realen Welt wurde es zum ersten und einzigen Mal am 18. November 2011 verliehen. Königin Margrethe überreichte das Kreuz damals Sergeant Casper Westphalen Mathiesen.

Gram Slot gibt es ebenfalls. Die Geschichte des Schlosses entspricht der kurzen Schilderung im Roman. Es war aber nie im Besitz einer Familie Grund-Löwenberg, die frei erfunden ist. Gram Slot gehört heute dem Ehepaar Sanne und Svend Brodersen, es umfasst unter anderem einen landwirtschaftlichen Betrieb und ein Hotel mit Tagungsräumen.

Die Ereignisse, die im Roman zum Tod von Niels Oxens Kameraden Bo »Bosse« Hansen führen, sind den Umständen nachempfunden, unter denen Sergeant Claus Gamborg während der kroatischen Großoffensive am 4. August 1995 als erster dänischer UN-Soldat im offenen Kampf ums Leben kam.

Dass in diesem Zusammenhang eine Untersuchungskommission eingesetzt wurde, ist Fiktion.

Jens Henrik Jensen

Leseprobe

ISBN 978-3-423-21812-2

1. Die Gestalt saß reglos auf dem Felsen, um in der Sonne Kraft zu tanken wie ein ausgehungertes, wechselwarmes Reptil.

Zwischen kleinen Kiefern und Mooskissen standen trostlose Inseln aus braunem Heidekraut, und die Schneereste im Dauerschatten der Felsspalten ließen erahnen, dass der Winter noch nicht zu Ende war.

Das Einzige, was sich in Sichtweite bewegte, war eine Krähe, die in einer Senke an etwas herumpickte, das nur noch vage an den Kadaver eines Hasen erinnerte.

So früh im Jahr war alles hier karg und mager.

Die Gestalt auf dem Felsen schien im Schneidersitz erstarrt zu sein. Der Rücken war aufrecht, die Füße nackt, die Hände ruhten auf den Oberschenkeln.

Es war ein Mann.

In dem harten Märzlicht traten die zahlreichen Narben auf seinem nackten Oberkörper deutlich sichtbar hervor. Manche waren alt und blass, andere noch frisch und dunkellila. Geschwungene und gezackte Linien, die sich überall auf dem blassen, sehnigen Körper abzeichneten, mit Hunderten von Stichen zusammengeflickt.

Seine langen Haare trug der Mann in einem kleinen Pferdeschwanz im Nacken, und an Hals, Kinn und Wangen wuchs ein spärlicher, widerspenstiger Bart. Er sah aus wie ein Schiffbrüchiger, der in einem Archipel aus Felsen, Heide und Nadelbäumen gestrandet war.

Er hatte die Augen geschlossen, das Gesicht zur Sonne gewandt. Es war eine strategisch günstige Stelle zwischen zwei großen Felsblöcken, wo die Luft wärmer war und der Wind ihn nicht erreichen konnte.

Seit einer halben Stunde hatte er sich nicht mehr bewegt. Keine Hand gehoben. Nicht mit dem Finger gezuckt. Keine Augenbraue hochgezogen oder die Nase gerümpft. Das Ganze wirkte wie ein konzentrierter Energieaustausch – zwischen dem unbedeutenden Organismus auf dem Felsen und dem Leben spendenden Stern in 149 600 000 Kilometern Entfernung.

Links neben dem Mann standen alte Gummistiefel, seine Strümpfe hatte er in den Schaft gestopft. Rechts von ihm lagen ein T-Shirt, ein Holzfällerhemd und ein Strickpullover. Ganz oben auf dem Kleiderhaufen blitzte etwas in der Sonne. Ein Messer. Auf der Klinge waren Rostflecken, und auch der Griff hatte schon bessere Zeiten gesehen. Er war repariert und mit fester Schnur umwickelt.

Als der Mann sich irgendwann wieder bewegte, tat er es unendlich langsam, als wäre die Sonne noch nicht fertig damit, seine Muskeln mit neuer Kraft zu füllen.

Er streckte seine Arme nach vorn und hob sie bis in die Senkrechte. Dann atmete er tief ein und langsam wieder aus, während er die Arme wie in Zeitlupe seitlich sinken ließ, zurück in die Ausgangsposition, um die Übung von Neuem zu beginnen.

Er war gerade mitten in der sechsten Wiederholung, die Arme nach oben gestreckt, als er sie plötzlich fallen ließ und wachsam den Kopf drehte. Er hatte etwas gehört. Fremde Stimmen drangen von dem Fußweg zu ihm herauf, der an seinem Sonnenplatz auf der kleinen Felsformation vorbeiführte.

Der Mann verschwendete keine Zeit darauf, sich anzuziehen. Er klemmte sich rasch das Messer zwischen die Zähne. So hatte er beide Hände frei und konnte sich abstützen. Geschmeidig wie eine Raubkatze glitt er lautlos nach unten und ging hinter einem riesigen frei stehenden Findling am Wegrand in die Hocke.

Vorsichtig spähte er hinter dem Stein hervor. Die Stimmen

wurden lauter, dann tauchten zwei Männer auf. Sie spazierten gemächlich nebeneinanderher und unterhielten sich. Er presste sich an den Fels und prägte sich blitzschnell alle Details ein.

Die Männer waren beide um die siebzig, aber davon ließ er sich nicht einlullen. Feinde gab es in jeder Altersklasse.

Sie trugen Wanderstiefel, der eine hatte einen kleinen Rucksack dabei. Ihre Kleidung war gepflegt und zweckmäßig, perfekt geeignet für einen Ausflug in die Natur, in Jägergrün und Grau, eine lockere Jacke und eine Weste mit einem Fleecepullover darunter. Er suchte nach einer kleinen Wölbung im Stoff, die darauf hindeuten könnte, dass die Männer bewaffnet waren, und achtete genau auf ihre Blicke, um herauszufinden, worauf sie ihre Aufmerksamkeit richteten.

Es kam äußerst selten vor, dass sich Fremde in diese abgelegene Gegend verirrten, die seit ein paar Monaten sein Zuhause war. Schon die Jahreszeit machte ihn misstrauisch. Mitte März … Eigentlich zu früh für Wanderer, aber nichts an den beiden älteren Herren löste Alarm bei ihm aus.

Als sie schließlich an dem Findling vorbeigingen, konnte er hören, dass sie gerade diskutierten, wie man das Geld aus der Altersvorsorge am besten anlegen sollte. Ihr Gesprächsthema beruhigte ihn endgültig. Er blieb in seinem Versteck, bis die Männer außer Sicht waren.

Das kleine weiße Holzhaus mit dem gewellten roten Stahlblech auf dem Dach leuchtete förmlich in der Sonne. Es stand auf einem flachen Hügel über der kleinen Bucht mit dem Boot am Anleger, und dahinter waren nur noch Felsen. In diesem Licht sah es aus, als hätte jemand das Haus frisch gewaschen und zum Trocknen in den blauen Himmel gehängt.

Zum ersten Mal im neuen Jahr, in dieser neuen Welt des Mannes, hatte die Sonne wirklich Kraft. Ein herrlicher Tag.

Er hatte auch an anderen Tagen schon auf seinem flachen Felsen gesessen, mit nacktem Oberkörper die Sonne genossen und sich dabei tief in das eigene Sein versenkt, aber dieser Tag heute war der schönste von allen, unvergleichlich. Bald würde der Frühling das Regiment übernehmen.

Er verließ den Fußweg und folgte dem schmalen Trampelpfad zum Haus. Als er um die Hausecke in den Garten bog, sah er sie, noch bevor sie ihn bemerkte. Sie saß auf ihrem üblichen Platz, mit dem Rücken zum Feuerholz, die Staffelei leicht schräg ausgerichtet, um das Licht im richtigen Winkel einzufangen. Ihre grauen Haare waren unter einem breitkrempigen Strohhut versteckt.

Sie malte wieder Blumen. Er hatte sie noch nie etwas anderes malen sehen. Als sie ihn entdeckte, winkte sie ihm mit dem Pinsel und rief ihm auf Englisch zu:

»*Hello, Dragos!* Warst du wieder spazieren? Immer in Bewegung, was? Du bist wirklich eine rastlose Seele.«

»Rosen?«, fragte er.

Die Frau lächelte und schüttelte den Kopf.

»Tulpen. Jede Menge Tulpen …«

2.

Der Ruf gellte durch die Werkstatt, eher eine Feststellung als eine Frage: »Lars Thøger Fritsen?«

Der Postbote war hereingekommen, während er gerade mit der Flex an dem Auto gearbeitet hatte, das auf der Hebebühne stand. Der Mann hatte einen derart militärischen Ton am Leib, dass Fritsen fast die Hacken zusammengeknallt und sich zum Rapport gemeldet hätte. Doch dann begnügte er sich damit, misstrauisch hinter dem Vorderrad des Toyota hervorzuspähen.

»Hier«, sagte er.

»Einschreiben«, polterte der Postbote weiter. »Ich brauche eine Unterschrift, danke.«

Fritsen legte den Winkelschleifer beiseite und kam unter dem alten Kombi hervor.

»Einschreiben?«

»Ja, hier, bitte«, sagte der Postbote und reichte ihm einen großen, gefütterten Umschlag. »Und hier unterschreiben.«

Fritsen kritzelte seinen Namen auf das elektronische Unterschriftsfeld.

»Danke«, sagte der Postbote und wünschte ihm im selben Atemzug einen schönen Tag, ehe er aus der Werkstatt marschierte.

Fritsen blieb stehen und musterte verwundert den Umschlag. Er erwartete nichts, schon gar kein Einschreiben.

»L. T. Fritsens Autowerkstatt, Amagerbrogade 108, 2300 Kopenhagen, z. Hd. Lars Thøger Fritsen persönlich«. Auf der Rückseite stand der Absender, eine Kopenhagener Anwaltskanzlei, Sjørsleb, Blaufeldt & Juel. Der Name sagte ihm gar nichts.

Er wog das Kuvert in der Hand und tastete es mit den Daumen ab. Es war erstaunlich schwer und enthielt offenbar einen länglichen Gegenstand aus irgendeinem harten Material.

»Und? Klappt es?«

Er schaute seinen Lehrling fragend an, der mit dem kaputten Scheinwerfer eines getunten schwarzen BMW kämpfte. Im Augenblick sah die Karre wie ein Wrack aus. Die gesamte Kühlerhaube war zusammengefaltet, nachdem der Fahrer nähere Bekanntschaft mit einem Baum gemacht hatte. Nach Absprache mit der Versicherung sollte der ganze Schrott ausgetauscht werden.

Der Lehrling nickte nur kurz. Fritsen zögerte einen Moment, ehe er beschloss, die mysteriöse Post in seinem Büro zu öffnen.

Er setzte sich an seinen Schreibtisch und schob einen Stapel Papier beiseite, um Platz zu machen. Dann riss er das Kuvert mit dem Daumen auf. Er rieb sich die Hände vorsorglich am Hosenbein ab und zog schließlich eine schwarze Plastikschachtel und einen Brief aus dem Umschlag. Er nahm seine Lesebrille aus der Brusttasche.

»Sehr geehrter Herr Lars Thøger Fritsen, unsere Kanzlei wurde damit beauftragt, den Nachlass von Frau Gudrun Oxen zu verwalten, zuletzt wohnhaft im Pflegeheim Solbakken, Ringsted. Bei der Sichtung der Hinterlassenschaften sind wir auf die beiliegende Kassette gestoßen, die mit einer schriftlichen Anweisung des Sohnes der Verstorbenen, Herrn Niels Oxen, versehen war. Er bittet darum, die Kassette an Sie zu übersenden, sofern er nicht über den Tod seiner Mutter informiert werden kann.«

Was zur Hölle wollten die ihm damit sagen? Er überflog den ersten Abschnitt ein zweites Mal, dann las er weiter.

»Wir sind ferner über die unklare Situation des rechtmäßigen Besitzers der Kassette, Niels Oxen, informiert. Da die Umstände seines mutmaßlichen Todes nicht geklärt sind, ist es den Angehörigen frühestens in fünf Jahren möglich, ihn für tot erklären zu lassen. Wir haben die Tochter der Verstorbenen, Frau Susanne Oxen Viig, über diese Problematik in Kenntnis gesetzt. Sie hat sich damit einverstanden erklärt, den Anweisungen ihres Bruders zu entsprechen. Wir bestimmen Sie somit zum rechtmäßigen Verwalter der Anlage dieser Postsendung (s. beigelegte Kopie der Zustimmung von Frau Oxen Viig samt einer genauen Auflistung des Inhalts der Kassette) und erlauben uns, den Vorgang hiermit als abgeschlossen zu betrachten.«

Oxen? Gudrun Oxen, Susanne Oxen – und Niels.

Vorsichtig öffnete er die Kassette. Sie war mit rotem Samt ausgeschlagen – und mit Herz und Mut gefüllt. Niels Oxen auf dem Totenbett, in absentia. Sein Leben erzählt in vier Orden.

Der erste war ein Orden für Tapferkeit. An die Geschichte dahinter erinnerte er sich nicht mehr. Und auch den zweiten hatte Oxen für seine Tapferkeit erhalten, ergänzt um silbernes Eichenlaub. An diese Geschichte erinnerte er sich besser als an jede andere. N. O. hatte den Orden bekommen, weil er, ohne zu zögern, bei Kostajnica in die Una gesprungen war, um einen Kameraden der Bravo-Kompanie zu retten, der von einem serbischen Heckenschützen getroffen worden war.

Dieser Kamerad war er selbst gewesen, L. T. Fritsen.

Manchmal juckte die Narbe in seinem Brustkorb noch. Und manchmal spürte er, wie sich das kalte, schwarze Wasser um ihn schloss, an der Schleuse zum Tod. Und jedes Mal wachte er nass geschwitzt auf, nachdem ihn starke Arme ins Leben zurückgezerrt hatten.

Der dritte Orden war die Tapferkeitsmedaille mit goldenem Eichenlaub. Wenn ihn die Erinnerung nicht täuschte, dann hatte N. O. sie nach einem Einsatz erhalten, als die dänischen Jägersoldaten an der *Operation Enduring Freedom* in Afghanistan beteiligt gewesen waren. N. O. war einer Helikopterbesatzung zu Hilfe gekommen, die unter heftigen Beschuss geraten war.

Vorsichtig öffnete er die Sicherheitsnadel, mit der die vierte und letzte Auszeichnung an dem Samt befestigt war. Ehrfürchtig legte er sich den Orden auf die ausgestreckte Handfläche.

Es war die höchste Auszeichnung von allen. Die nur in ganz besonderen Fällen verliehen wurde. Niels Oxen war der Einzige, der das Tapferkeitskreuz je erhalten hatte. 2009, als Soldaten des Jägerkorps in der afghanischen Helmand-Provinz stationiert waren, hatte N. O. sich hinter die feindlichen Linien gepirscht und eigenhändig acht Talibankrieger niedergekämpft, um seine Kameraden zu retten, die in einen Hinterhalt geraten waren.

Vorsichtig legte er das dekorative schwarze Kreuz zurück. Die vier Orden verschwammen vor seinen Augen.

Nein, nicht jetzt, nicht bei der Arbeit, an einem ganz normalen Vormittag. Er würde jetzt nicht … Verärgert wischte er sich mit dem ölverschmierten Handrücken eine Träne weg.

Er musste sich um den Toyota auf der Hebebühne kümmern. Der musste schließlich bis morgen fertig werden.

Doch dann übermannte ihn das alles mit ungeahnter Wucht. Er konnte nichts dagegen tun. Die Tränen liefen einfach und hörten nicht auf. Über sein Gesicht, die Lippen, den Hals und direkt in das Loch, das Oxens Tod gerissen hatte.

»Chef, ich bräuchte mal …« Der Lehrling platzte herein und blieb wie vom Donner gerührt stehen. »Äh … ist alles in Ordnung?«

Er blickte hoch und nickte.

»Jaja, kein Problem …«

»Äh, okay, es eilt nicht.«

Der Junge verdrückte sich rückwärts aus dem Büro und zog die Tür hinter sich zu.

Fritsen stellte die Kassette auf den Schreibtisch. Die Orden funkelten im Sonnenlicht, das durch das Fenster fiel. Am meisten quälte ihn die Ungewissheit. Würde Oxens Leiche jemals gefunden werden, sodass er beerdigt werden konnte? Hatten sich Krebse und Aale über ihn hergemacht? Gab es im Meer überhaupt so etwas wie Totenruhe? Oder hatte ihn eine Schiffsschraube zerfetzt und das Fleisch von seinen Knochen gerissen? Und sollte er eines Tages an eine fremde Küste gespült werden … würde sich dann jemand um ihn kümmern? Dafür Sorge tragen, dass man ihm den Respekt erwies, den er mehr als jeder andere verdient hatte?

Fritsen blieb reglos auf dem Schreibtischstuhl sitzen, während alles noch einmal an seinem inneren Auge vorbeizog.

Der Tag, als Oxen ihn aus der Una gefischt hatte. Die Zeit im Krankenhaus. Die wachsende Freundschaft, die sich zu einem starken Band entwickelte. Die Jahre, in denen Oxen immer wieder in seiner Werkstatt aufgetaucht war – nur um ein bisschen zu quatschen, nur um ein wenig Dampf abzulassen. Dann das langsame Abrutschen, das in einem Kellerzimmer im Nordwestquartier geendet hatte, als sich die Dunkelheit um seinen alten Kameraden schloss.

Er hatte versucht, ihn zu unterstützen, und ihm seinen wohlmeinenden Rat gegeben. Aber Niels Oxen war ein Mensch, der seine eigenen Wege ging und Entscheidungen allein traf. Das war seine Stärke. Und seine Schwäche.

Auch wenn sie sich nur noch selten gesehen hatten, hatte er immer wieder etwas für Oxen repariert. »Reparieren«, das konnte er gut. Oder notfalls kannte er jemanden, der es konnte.

Das alles war jetzt vorbei. Und die Orden lagen auf seinem Schreibtisch. Wie diese Frau vom polizeilichen Nachrichtendienst es ihm damals prophezeit hatte. Franck hieß sie, und sie hatte die Orden und den Brief mit Oxens Anweisung in einer Schublade entdeckt, als sie seine demente Mutter in dem Pflegeheim in Ringsted besucht hatte.

Wie hatte es bloß so enden können? In den letzten zwei Jahren hatte er nur Bruchstücke aus Oxens Leben mitbekommen, aber er kannte den Anfang. Und das Ende.

Man hatte es ihm, genau wie dem Rest des Landes, in den Medien serviert: Der Kriegsveteran, der verdächtigt wurde, einen alten Fischzüchter ermordet zu haben, hatte in einem kleinen nordjütischen Hafen ein Boot gestohlen. Damit war er nachts in Richtung Schweden aufgebrochen, aber dann war es kurz vor dem Ziel angeblich zu einer Explosion an Bord gekommen. Schwedische Zeugen hatten einen Lichtschein auf dem Meer gesehen, und später hatte man Wrackteile des dänischen Bootes gefunden. Aber keine Spur von Niels Oxen.

Seine Augen brannten immer noch, als er schließlich die Nummer seiner Frau wählte. Zum Glück ging sie sofort ans Telefon.

»Ich bin's. Ich habe eben seine Orden mit der Post bekommen. Auch das Tapferkeitskreuz. Ich bin ziemlich durch den Wind, Schatz …«

Er erzählte ihr, was passiert war, und er erzählte ihr, wie es ihm damit ging, so wie er es immer tat. Sie war der Dreh- und Angelpunkt seines Lebens. Sie kannte ihren Soldaten. Sie hörte ihm zu und gab ihm Rat. Er hatte sich Luft verschafft. Er legte auf. Beim Abendessen würden sie alles noch einmal besprechen.

Diese ganze Geschichte mit Niels stank zum Himmel …

Der Niels Oxen, den er kannte, hätte niemals einen wehrlosen alten Mann umgebracht. Er hätte nie jemanden umgebracht, der kein echter Feind war. Es war unglaublich traurig. Eine große, schmutzige Lüge, der ein kleiner Mann wie er machtlos gegenüberstand. Und das ganze Land glaubte das Märchen vom gefallenen Kriegshelden. Der Gedanke war unerträglich.

Oxens wahres Vermächtnis lag hier vor ihm auf dem Schreibtisch, auf roten Samt gebettet.

Langsam stand er auf. Er hatte einen Toyota fertig zu machen.

3. Die Bürolandschaft des Importunternehmens für Landmaschinen lag menschenleer vor ihr. Es war ihre zweite Woche bei der Reinigungsfirma, und jetzt startete ihre Spätschicht hier in Ballerup.

Es war kurz nach neun. Draußen war es dunkel, und die Plackerei hatte gerade erst begonnen, als sie, bewaffnet mit Lappen und Seifenlauge, den Putzwagen den Flur hinunterschob.

Sie hörte, wie hinter ihr eine Tür zufiel. Das war ihr Chef, der in die entgegengesetzte Richtung loszog, um die kleineren Büros zu übernehmen. Er war, ohne zu zögern, eingesprungen, als ihre Kollegin, eine junge Litauerin, die er für diesen Abend eingeteilt hatte, nicht aufgetaucht war.

Bis heute hatte sie ausschließlich mit polnischen, litauischen oder lettischen Frauen und Männern zusammengearbeitet. Und vor fünf Minuten hatte der Chef ihr in der Putzkammer bestätigt, dass sie die einzige dänische Mitarbeiterin der gesamten Firma war.

»Willkommen in der Unterschicht. Dänen bewerben sich sonst nie auf meine Anzeigen. Die leben alle lieber von der Sozialhilfe, als ihren Hintern zu bewegen und zu putzen. Was denkst du, wer in den Hotels den Abwasch erledigt oder die Betten macht? Dänen sind das nicht. Also bei mir braucht keiner über Arbeitslosigkeit zu jammern.«

Sie hatte nur genickt. Auf eine Diskussion mit ihrem Chef, einem Muskelprotz Anfang dreißig, konnte sie gut verzichten. Der Typ war vollgepumpt mit Anabolika, hatte sich in ein ultraenges schwarzes T-Shirt mit goldenem Aufdruck gezwängt und trug weite Cargohosen im Armylook und weiße Sneakers.

Beide Begegnungen zusammengerechnet, hatte sie bisher etwa eine knappe halbe Stunde mit ihm verbracht. Zunächst bei ihrem Einstellungsgespräch und gerade eben, während sie alles für die Arbeit vorbereitet hatten. Mehr Zeit war nicht nötig gewesen, um herauszufinden, dass Bo Bremer schon mit den beiden Buchstaben seines Vornamens überfordert war. An einer Stelle hatte dieser Mann nämlich leider überhaupt keine Masse – zwischen den Ohren.

Der Putzjob war körperlich anstrengend, und der Zeitplan, den der Idiot erstellt hatte, straff und gnadenlos ausbeuterisch.

Ihr Oberschenkelstumpf, der eigentlich perfekt in der Prothese saß, tat weh, und ihr Rücken ließ sie spüren, dass sie viel zu viel über ihn kompensierte. Der Job hier war eine Notlösung, bis sie etwas anderes gefunden hatte. Aber im Augenblick führte kein Weg daran vorbei. Sie hatte schon durchgerechnet, was ein Verkauf ihrer Wohnung einbringen würde, die sie seinerzeit teuer erstanden hatte, als die Immobilienpreise noch astronomisch gewesen waren. Vermutlich war das der nächste Schritt, um ihren Abstieg zu bremsen.

Sie steckte sich die Kopfhörer in die Ohren und drehte die Lautstärke hoch. Das Metallica-Album »Load« aus den Neunzigern pustete ihr zuverlässig den Kopf frei.

Es fehlte nur noch der letzte große Schreibtisch, dann konnte sie staubsaugen.

Sie hatte den Computerbildschirm mit einem trockenen Tuch abgewischt und beugte sich gerade weit nach vorn, um mit dem feuchten Lappen bis zur hinteren Tischkante zu kommen, als zwei kräftige Arme sie von hinten packten. Sie saß fest wie in einem Schraubstock.

»Na, Süße, wie sieht's aus? Gleich hier auf dem Schreibtisch? Fünfzehnhundert bar auf die Hand …«

Ihr Chef hatte sich angeschlichen und stöhnte ihr ins Ohr.

»Lass mich los, du Wichser!«

Für eine kurze Sekunde ließ er locker, aber nur, um sofort nach ihren Brüsten zu grapschen.

»Ich hab noch nie eine Behinderte gefickt, aber mit deinen Titten scheint ja alles in Ordnung zu sein. Also okay, sagen wir zweitausend, du vorlaute kleine Bitch …«

»Lass mich los!«

»Und wild bist du auch, was? Das gefällt mir …«

Sie holte aus und knallte ihm den Hinterkopf in seine widerliche Visage. Nicht fest genug, um ihn loszuwerden, aber immerhin brachte es ihn aus dem Konzept. Sie presste das Knie ihres gesunden Beins gegen den Schreibtisch und drückte sich damit weg. Er machte einen Schritt zurück, und sie nutzte den Moment, um ihren Fuß an die Tischkante zu stemmen und sich mit aller Kraft abzustoßen. Sie stürzten beide nach hinten. Im Fallen musste er sie loslassen.

Franck war schnell wieder auf den Beinen. Er grinste schmierig.

»Okay, dann eben auf die harte Tour. Ist mir auch recht«, sagte er, rappelte sich auf und machte einen Schritt auf sie zu.

In den guten alten Zeiten hätte sie jetzt einfach ihre Dienstwaffe gezogen und ihm eine Kugel ins Bein oder an irgendeine andere harmlose Stelle gejagt. Aber die alten Zeiten waren vorbei, und sich mit ihm zu prügeln kam nicht infrage. Er war viel zu kräftig. Also musste sie ihn beim ersten Versuch erledigen.

Eine Grundregel jeder Selbstverteidigung und jedes Kampfsports besagt, dass man die Trägheit zum eigenen Vorteil nutzen soll. Auf diese Weise lassen sich selbst gravierende Unterschiede in der Kräfteverteilung ausgleichen. Als er auf sie losging, schleuderte sie ihm den nassen Lappen ins Gesicht, was ihn nur noch mehr in Rage brachte. Er holte aus, aber bevor er zuschlagen konnte, packte sie sein Handgelenk, zog ihn zu sich, wich mit einer halben Drehung aus und krallte sich mit der anderen Hand in seinen Haaren fest.

Er lief buchstäblich gegen die Wand, und sie half noch etwas nach, indem sie seinen Kopf mit aller Kraft an den nackten Beton schmetterte. Als er in die Knie ging, zog sie seinen Kopf zurück und rammte ihn ein zweites Mal gegen die Mauer. Der Mann sackte zu Boden.

»In Zukunft benimmst du dich hoffentlich besser, du widerlicher Mistkerl!«

Ihr Chef rollte sich ächzend auf den Rücken und sah sie an. Zwischen dem Blut, das aus einer aufgeplatzten Augenbraue und seiner vermutlich gebrochenen Nase rann, grinste er höhnisch.

Sie verpasste ihm einen kräftigen Tritt zwischen die Beine. Er schrie auf und wand sich wimmernd auf dem Boden.

»Glaub nicht, dass du auch nur eine Krone von mir bekommst, du verfluchte Schlampe«, keuchte er und richtete sich stöhnend auf. »Ich bringe dich um!«

Erstaunlicherweise hatte er schon wieder genug Kraft gesammelt, um einen neuen sinnlosen Angriff zu starten, und stürzte sich auf sie. Franck griff nach dem erstbesten Gegenstand, einer Schreibtischlampe mit solidem Fuß, und schwang sie gegen sein Kinn.

Der Mann kippte um wie ein nasser Sack. Ein drittes Mal würde er nicht so schnell wieder aufstehen. Sie drehte ihn auf den Bauch und zog ein auffallend dickes Portemonnaie aus seiner Hosentasche. Sein Gesicht glich inzwischen einer unförmigen, blutverschmierten Masse, aber er hatte es nicht besser verdient. Mühsam öffnete er die Augen, während sie ein ganzes Bündel Tausendkronenscheine herausangelte. Das hatte sie sich schon gedacht. Er war ein Bargeld-Typ. Sie zählte die Scheine und kam auf stolze siebzehn. Vermutlich rechnete er mit einigen Mitarbeitern schwarz ab.

»Okay, du Arsch! Die ersten zehn sind der Lohn, den du mir schuldest. Zwei nehme ich mir für die sexuelle Belästigung, drei für den gewalttätigen Angriff und den Rest als Wiedergutmachung, weil ich mit einem so unfassbar miesen Schwein wie dir zusammenarbeiten musste. Und sollte ich dich je wiedersehen, dann zeige ich dich an. Verstanden?«

Sie steckte das Geld ein und ließ die leere Brieftasche neben ihm auf den Boden fallen. Dann drehte sie sich um und verließ den Raum.

Als sie sich auf den Heimweg machte, goss es in Strömen. Der Regen war so heftig, dass der Verkehr fast zum Erliegen kam. Ihre Gedanken kreisten im selben Tempo, wie die Scheibenwischer hin- und herfegten.

Gleich morgen musste sie sich um einen neuen Job kümmern. Oder am besten um zwei. Aber nicht wieder Putzen. Da hatte sie sich wirklich überschätzt. Vielleicht fand sich ja etwas in einem Kiosk oder einer Cafeteria oder in einem Supermarkt? Sie könnte auch Taxi fahren. Oder eine Kombination aus allem?

Kurz vor Herlev fing ihr Suzuki an zu mucken. Der kleine Alto, der schon vierzehn Jahre auf dem Buckel hatte, war ein Symbol für ihren steilen Absturz. Sie war gezwungen gewesen, sich von ihrem geliebten Mini Cooper zu trennen, als ihr klar wurde, dass sie nicht damit rechnen konnte, jemals wieder einen guten Job zu finden.

Der Wagen stotterte einen letzten Kilometer die Herlev Hovedgade hinunter, und sie schaffte es gerade noch, ihn an den Straßenrand zu lenken, bevor der Motor verreckte. Wahrscheinlich war der Regen schuld, vielleicht Feuchtigkeit in der Zündung?

Es schüttete immer noch wie aus Kübeln. Wütend knallte sie die Hände auf das Lenkrad. Sie konnte nicht mal den Pannendienst rufen, denn auch der war ihren Sparmaßnahmen zum Opfer gefallen.

Es war exakt so, wie Villum Grund-Löwenberg es ihr angekündigt hatte. Die dunklen Männer des Danehof hatten sie in kürzester Zeit vernichtet, weil sie gemeinsam mit Niels Oxen, dem PET-Chef Axel Mossman und dessen Neffen Christian Sonne versucht hatte, ins Zentrum des geheimen Netzwerks vorzudringen – und es zu zerschlagen. Sie hatten ihr bis dahin so komfortables Leben auf Eis gelegt. Das war die bittere Wahrheit. Ihre komplette Existenz war eingefroren worden. Das war der Preis, den sie bezahlen musste.

AUCH ALS
HÖRBUCH
MIT DIETMAR WUNDER
mp3 Ungekürzt 13 h 10 min
DAV
JENS HENRIK
JENSEN
OXEN
DER DUNKLE MANN
THRILLER
Lesung mit Dietmar Wunder
Ungekürzte Lesung
mit Dietmar Wunder
2 mp3-CDs • ca. 13 h 10 min • EUR 19,99 (UVP)
ISBN 978-3-7424-0412-1
DAV
www.der-audio-verlag.de
Hintergrund: © Dmitr1ch/Shutterstock.com